你在路边放一起火
红色的枫叶燃烧
于是
秋天和你
一起吃进我的身体里

欣梦享
ENJOY LIVING

本能靠近

上册

扁平竹·著

BEN NENG KAO JIN

海峡出版发行集团 | 海峡文艺出版社

图书在版编目（CIP）数据

本能靠近 / 扁平竹著 . — 福州 : 海峡文艺出版社，
2022.8
ISBN 978-7-5550-3036-2

Ⅰ . ①本⋯ Ⅱ . ①扁⋯ Ⅲ . ①长篇小说－中国－当代
Ⅳ . ① I247.5

中国版本图书馆 CIP 数据核字 (2022) 第 096406 号

本能靠近

扁平竹　著

出 版 人	林　滨	
出版统筹	李亚丽	
责任编辑	陈　谨	
编辑助理	王清云	
特约监制	杨　琴	
特约策划	笛庚喵	
出版发行	海峡文艺出版社	
经　　销	福建新华发行（集团）有限责任公司	
社　　址	福州市东水路 76 号 14 层	
发 行 部	0591—87536797	
印　　刷	三河市兴博印务有限公司	
厂　　址	河北省廊坊市三河市杨庄镇大窝头村西	
开　　本	880 毫米 ×1230 毫米　　1/32	
字　　数	424 千字	
印　　张	16.5	
版　　次	2022 年 8 月第 1 版	
印　　次	2022 年 8 月第 1 次印刷	
书　　号	ISBN 978-7-5550-3036-2	
定　　价	69.80 元	

如发现印装质量问题，请寄承印厂调换

目录

CONTENTS

〈上册〉

目录

CONTENTS 〈下册〉

第一章

陌路

晚上八点，图书馆的灯仍旧亮得晃眼。

周嘉茗喊了江苑好几声，江苑才有反应，长时间地早出晚归，让她整个人都有了一种不受阳光眷顾的苍白感，声音也显出几分有气无力来："怎么了？"

周嘉茗指了指腕表上的时间，提醒她："再晚点宿舍就要关门了。"

注意到江苑的虚弱，周嘉茗皱着眉问道："你是不是又没吃饭？"

居然八点了。江苑把电脑关机，收进电脑包里。

"忘了。"轻飘飘的两个字。

周嘉茗无语了："吃饭都能忘？"

起身时，一阵晕眩，江苑手扶着桌面，才勉强支撑住自己，不至于摔倒。

周嘉茗真不知道这人为什么这么拼："我现在算是理解了贺轻舟以前为什么每天不辞辛苦地来学校给你送饭了，要是没有他，你恐怕早饿死了。"

听到贺轻舟这三个字，江苑收拾东西的动作停下来。

后知后觉地意识到自己说错了话，周嘉茗别开脸，感到有些懊悔。

然后向她道歉："对不起啊！江苑，我……"

江苑的笑容很轻，摇了摇头："这有什么好道歉的。出去吧，别吵着其他人学习。"

从开着暖气的图书馆出来，身体迅速被扑面而来的冷空气吹透，周嘉茗跺了跺脚，感觉脚冷得像结了冰一样："天气预报也没说今年这么冷啊。"

江苑把外套穿上："上次发布了橙色预警，说是气温创近年新低了。"

周嘉茗一脸震惊的表情："我的天，为啥和我看到的不一样？"

江苑从背包里拿出一个暖宝宝，递给周嘉茗，笑着提醒道："下次看天气预报，记得看准城市。"

出了图书馆，一路上都能看见约会的情侣。

周嘉茗抱着电脑，感叹一句："别人约会、泡吧，我们医学狗只能泡图书馆。"

江苑吃了一块巧克力，听到周嘉茗的话，只是笑笑，安慰周嘉茗："会有的。"

"你继续这样下去身子迟早会垮，"周嘉茗见江苑只吃这个，说，"不吃碳水头会秃的，正好我宿舍还有两盒自热米饭。"

江苑谢绝了周嘉茗的好意："今天可能不行，我得回家一趟。"

周嘉茗羡慕得要命。

江苑是本地人，想回家随时都可以。不像她们，只有放长假的时候才行。只是江苑现在实在太虚弱了，周嘉茗不放心她自己一个人去坐车，于是送她去了公交车站。

人刚到，公交车也正好来。

隔着车窗玻璃，周嘉茗看到江苑随意找了个靠窗的位置坐下。

这些天来，江苑瘦了不少，手腕都能看见骨头的轮廓了。和江苑认识这么多年，周嘉茗知道她一向不知道该怎么照顾自己。

从前是因为有贺轻舟，他总是事无巨细地照料她的生活。贺轻舟对待江苑，比对待他自己还要上心。

他们的学校，一个南一个北，离这里一个多小时的车程，他仍旧坚持每天都来给她送饭。只是可惜……

——只是可惜，江苑亲手把这艘能将她从无边汪洋中救起的船推远了。

贺轻舟，是她孤立无援的人生中，唯一一个能救她的人啊。

公交车开走了，江苑回过头来看了一眼，又冲周嘉茗挥了挥手，脸上的笑容温和。

周嘉茗同样举起手，朝江苑挥了挥，眼眶却有些发热。

北城很大，不同地方的天气也不一样，明明城南只是起风，城北却下起了雨。而且还下得这么大。

江苑忘了带伞，下车后她去旁边的便利店买了一把。但还是不可避免地被淋湿。她其实很喜欢下雨，因为只要下雨，街上人少，四周就会变得安静。她讨厌吵闹。甚至于很多时候，她都会不切实际地希望，如果可以，她想变成天边的乌云，自由自在的。

等江苑到家时，已经九点半了。客厅仍旧灯火通明，她收了伞进去。

吴婶见江苑的衣服都湿了，忙拿来了毛巾让她擦擦："先去洗个热水澡，当心感冒。"

江苑接过毛巾，向吴婶道谢。

沙发上的女人却冷哼一声："感冒了才好，最好直接病死，也省得我看到你头疼。"

江苑没有出声，安静地擦着头发。

一旁的吴婶从中劝和："阿苑也知道错了，您何苦说这么重的话，伤了孩子的心。"

这话像是导火索，那个女人的情绪激动起来，怀里的猫也被她弄疼，挣扎着跑开了。

"她知道错？她要是有这份心，她当初还能做出那些事来？她到底知不知道是她把一切都给毁了？"

江苑的眼神平静，反问她："我毁了什么？"

翟惜雪今年四十五岁了，但保养得当，说她三十岁也有人信。此时她一脸憎恶地看着江苑，恨不得将她撕烂咬碎："你仗着贺轻舟喜欢你，就作天作地。现在好了，人家失忆了，忘了你，还要退婚。你真当离了贺轻舟，你还能靠着你这张脸去勾引别人？"

吴婶过来拦在翟惜雪的面前，怕她动手："事情既然发生了，再追责也没用，明天等人来了再说几句软话，总会有解决办法的。"

翟惜雪恨恨地瞪着江苑："最好是能解决！"

江苑不想和翟惜雪有过多的纠缠，没有再说多余的话，上楼回房间。她很早就睡了，头沾上枕头，就进入了深度睡眠状态。已经忘了有多久没有睡过一个好觉。

次日，江苑是被吵醒的，吴婶在外面敲门："阿苑，醒了吗？"眼睛酸涩，她坐起身，人还没太清醒，嘴上便答："醒了。"

吴婶："赶紧起床洗漱一下，客人快到了。"

江苑去看时间，居然十一点了。她睡了整整十四个小时。江苑换上那条水蓝色的裙子时，吴婶在后面替她整理裙摆，还不忘交代翟惜雪叮嘱的话："待会儿人来了，表现得温顺一些，必要的时候撒撒娇。就算他忘了你又怎么样，他既然喜欢过你一次，就能喜欢你第二次。"

听着这些话从吴婶的口中说出来，江苑却自动代入了翟惜雪说话的语气。

类似的话，翟惜雪和她讲过很多遍。这顿饭是翟惜雪找了各种关系才"求"来的。一周前就开始准备，唯恐怠慢了贺轻舟。

贺轻舟。她有多久没有见过他了。最后一面，还是在医院，两个多月了。

贺轻舟是江苑的未婚夫，严谨点讲，是之前的未婚夫。一个月前他出车祸失忆，别的都没忘，唯独忘了江苑。

退婚电话也懒得亲自打，而是由他的助理代劳。助理的态度不是很好，转述了贺轻舟的话以后就把电话给挂了。

翟惜雪知道，这个助理跟在贺轻舟的身边这么久，惯会察言观色，不可能这么无礼。唯一的原因就是，这是贺轻舟的态度。

所以才有了今天这顿饭。

——请罪饭。

江苑看着落地镜里的自己，水蓝色长裙是专门定做的，尺寸刚好。偏偏翟惜雪不满意，又另外找人将腰围缩小。

江苑只觉得自己都喘不上气来了。

"这里，"她指着腰，转身问吴婶，"可以稍微松一点吗？"

吴婶叹了口气，让她忍一会儿："夫人交代过，贺先生喜欢细腰。"

江苑的腰已经足够细了，可翟惜雪为了不让今天的饭局出半点差池，强行追求一种病态的审美。如果时间允许的话，江苑想，翟惜雪说不定会直接给她预约一家医院，让她取两根肋骨出来。

江苑下了楼，翟惜雪坐在客厅，正和江城说着什么。眼角的余光看见她了，下一秒钟，翟惜雪的眉头就皱了起来。

江苑看得很清楚，那是一种名叫厌恶的情绪。她视若无睹，安静地落座。翟惜雪是江苑的后妈，江城是江苑的爸爸。他们两个平时很少一起出现在家里，很显然，今天的饭局对于他们来说极其重要。

时间一分一秒地流逝。离约好的时间过去了三个小时，桌上的饭菜都放凉了，人还是没到。

翟惜雪吩咐厨房把菜都拿进去热一下，说话的同时，眼神落在江苑的身上，语气带着怨恨："要不是你，我和你爸至于像现在这样低声下气？"

江苑全程保持安静，那双玻璃珠一般透亮的浅棕色眼眸，在这客厅灯光的映照下，泛着一层薄光。她是个内向的性子，话不多。

江苑是私生女，五岁那年，江城方才得知她的存在，并把她接了回来。第一次见到她的时候，小姑娘坐在门口一边发呆一边晒太阳，琼鼻杏眼，睫毛长得都在眼下留下一圈阴影了。不过五岁，就显出姝色。

江城走过去，问她叫什么名字。

小姑娘过了很久才抬眸，眨了眨眼睛，睫毛鸦羽一般。她轻轻歪头："苑妹。"声音很甜，甜到人心里去了。

客厅的电话响了，吴婶过去接。没多久，她过来，神色犹豫："贺家打来的电话，那边临时有事，可能得……得多等一会儿。"都等了三个小时了，还要再等。

翟惜雪问吴婶："有没有说是什么事？"

吴婶支支吾吾地道："说是……朋友的狗过生日，专门摆了两桌，吃完了再来。"

翟惜雪放在桌上的手紧握成拳。这明摆着是羞辱，不把他们放在眼里，拐着弯地说这顿饭甚至还不如一条狗来得重要。

可偏偏他贺轻舟确实有这个瞧不起人的资本。

有钱人也不同，江家是有钱，可人脉关系却少得可怜，在稍微大些的项目上便寸步难行。与江家比起来，贺家才是真正的家大业大。根就扎在这北城里，如百年老树一般。正所谓背靠大树好乘凉，以往江家都是仰仗着贺家，那边帮忙疏通关系，路才好走一些。

可是现在，唯一连通关系的纽带，那个口头上的婚约也没了。所以翟惜雪和江城才会这么着急。

坐的时间太久，江苑感到腰有点疼。她才刚放松了一下坐得笔直的上身，翟惜雪一个眼神看过来，她只能再次被迫坐得笔直。

翟惜雪也一肚子火，贺轻舟是个易燃易爆的脾气，但在江苑这儿从来都是软着性子，捧在手里怕摔了，含在嘴里怕化了，连大声和她说话都不舍得。他长这么大对他的父母恐怕都没这么好过。

但在翟惜雪和江城眼中，贺轻舟实在算不上什么好人。

那段时间江城千辛万苦谈好的单子，总是莫名其妙地被搅黄。之前聊得好好的那些资方，也突然对他避而不见。就好像是有一双隐形的手在暗中给他阻力。但能做到这些的，肯定不是什么普通人。

江城仔细回想，自己好像也没有得罪什么大人物。后来他顺着那些被搅黄的单子暗中查找线索，发现幕后主使就是贺轻舟。

江城为此还登门找过贺轻舟道歉，笑容诣媚："叔叔如果有惹你不高兴的地方，你大可直接和叔叔讲，叔叔会改。"

贺轻舟的坐姿懒散，吊儿郎当地叼了根烟。

江城的脸色有点难看，他好歹是长辈，却被一个晚辈这么对待。

贺轻舟却轻笑出声，指间轻捻着烟嘴，眼神意味深长："江叔叔，求人就是这个态度的？"

贺轻舟太恶劣，他的好也仅仅只在江苑面前表现。

江城知道，贺轻舟是在替江苑出气。但没办法，在贺家面前，他到底翻不起太大的波澜。

那天笑也陪了，歉也道了。那次之后，江城也没再刁难过江苑。

其实在江城的眼中，自己做的那些算不上刁难。他不过是为了让江苑更听话一些，所以才用了一些特别的手段罢了。她和她妈妈一样，骨子里都倔。不治一治，迟早一身反骨。

或许觉得江城的态度让自己还算满意，贺轻舟终于停止了和他作对，甚至还主动帮着牵线搭桥，拓宽江城的人脉网。那些缺少资金的项目，贺轻舟也毫不犹疑地往里投钱。

这是一种变相的施舍，同时也是警告。他只要敢动江苑，贺轻舟有的是法子让他不好过。

江城也明白了，只要他对江苑好，贺轻舟就会对他好。

可这个月十五号，贺轻舟将那些项目重新送去做了风险评估，资金也一项一项地往回撤，用不了多久，这些项目就会因为资金链断裂而全部搁置，到时候的亏损可想而知。

但那些项目本来对贺轻舟来说只是蝇头小利，贺轻舟肯定是知道的。他当初肯签下来，不过是因为江苑。

可如今，他忘了江苑。这种付出大回报小的生意，他肯定不会再做。

贺轻舟是晚上到的。

与江家的重视相比，他的穿着随意，卫衣外面随意搭了件夹克，颜色和他戴着的那顶鸭舌帽一样，都是黑色的。

长身而立，停在玄关处，眼眸漆黑，眼神带点倦色，像没睡醒一样。他的眼睛是那种细长型的，比桃花眼要多出几分冷情，眼尾的弧度也更窄，内收。或许是此刻的气场过于强大，所有人都能感受到他的那点不耐烦。

用人恭敬地将更换的鞋子放在他的脚边，他双手插着裤袋，眼神透出点漫不经心："能换双新的吗？我这人有点洁癖。"

用人低声道："这双鞋别人没穿过，往日您来，穿的都是这双。"

"哦？"贺轻舟微挑了挑眉，把鞋踢开，"我怎么不记得我从前来过这儿，还穿过这么难看的鞋。"

用人下意识地看了一眼翟惜雪。

翟惜雪忙起身，让用人去换双新的来，自己热情地走过去，招呼贺轻舟落座："今天路上不堵车吧？"

贺轻舟："还行，走的高速。"

翟惜雪立刻让人把饭菜端出来，怕凉了，重新收起来又加热了一遍。

贺轻舟的座位和江苑的座位对着，翟惜雪和他说话的时候，他虽然嘴上在答，眼神却落在对面的江苑身上。

美是挺美的，但是寡淡无味。他不好这口。

前阵子所有人都在惊讶，觉得他忘了江苑是一件很不可思议的事情，说他从前有多喜欢她，喜欢得死心塌地，恨不得把心都挖给她。

贺轻舟觉得出车祸撞伤脑子的大概是他们。他怎么可能喜欢上一块木头？他微勾唇角，收回视线。江苑看到了他眼神里的轻蔑，还有嘲弄。

相比贺轻舟的随性，翟惜雪的态度非常热情，又是夹菜又是倒酒的："先前那件事是我家阿苑的错，她事后也很后悔，所以想着专门找个时间和你道歉。你就大人不记小人过，别和她计较了。"

"是吗？"贺轻舟饶有兴致地看向江苑，下巴微抬，眼中带着笑意，"江小姐，我赶时间。"意思就是，快点进入主题。

江苑放在腿上的手缓缓收紧，裙子的面料轻薄，也被捏出一圈的褶皱。见江苑没反应，翟惜雪在桌下踢了她一脚。江苑吃疼，赶紧回过神来。于是她说："对不起。"

贺轻舟却不领情，他的笑容散漫，捏起面前的酒杯，慢慢悠悠地晃了几下，拉长了语调："没什么诚意啊。"

听到这话，翟惜雪给江苑使了个眼色，然后笑道："阿苑，还不快敬轻舟一杯。"

以往贺轻舟是不许江苑喝酒的，她的酒量不行，典型的一杯倒，喝完就会头疼。

世界上最懂江苑的，不是她自己，而是贺轻舟。

原以为哪怕贺轻舟忘得再彻底，也能在见到江苑后，稍微记起一些。毕竟从前他爱她爱得那样深。可是他却没有任何多余的反应，唇角带笑，安静地等着。似乎还挺好奇，这杯白酒她到底能不能喝完。

江苑只想尽快吃完这顿饭，饭桌上的氛围太过压抑。所以她没有多说一个字，端起酒杯仰头饮尽。后来她眼前的天地好像开始旋转，她忍耐着，不让自己倒下去。

他们又说了些什么，江苑没听清。只知道贺轻舟没有待多久，甚至连筷子都没动，将"不耐烦"三个字，表现得淋漓尽致。

这顿饭大概也是因为被江家这群人弄烦了，想过来表个态。他对江苑没兴趣，对这个婚约更加没兴趣，以后不用再来烦他。他的不礼貌，就是最好的表态。

江苑醉酒晕倒了，这次睡得更久。次日醒来，头还是疼的。

家里只有吴婶在。

"好些了吗，头疼不疼？"

江苑的脸色惨白，却还是笑着摇了摇头："好多了。"

吴婶给江苑倒了一杯温水："学校那边帮你请了一天假，今天在家好好休息。"

江苑喝光了水，缓解了一下嗓子的干涩："不用，我已经恢复得差不多了。"

吴婶看着江苑，几次欲言又止，最后终于没忍住，叹了口气："当初为什么要说那些话呢？嫁给贺轻舟，你的日子最起码能好过许多。

他是把你放在心上的。"

会好许多吗？可她做了那么多努力，就是为了能够摆脱这道无形的枷锁。她是流浪猫，是孤雁，也是独行的野兽。她注定是要挣脱这个牢笼的。

五岁那年被接回来，江苑的人生就没有一天是自己做主的。外人都说她的运气好，能被贺轻舟爱上。

每次听到这些话，江苑从不为自己做任何辩解。后来说这些话的人逐渐少了，从前嘲讽过她的，反而都来向她道歉。

江苑也是无意间听说的，贺轻舟挨个去找了这些人。至于他说了些什么，把他们吓成这样，江苑无从得知。

江苑一直按部就班地按照她父母的意愿活着。这漫长的人生中，唯一一件自己做主的事情，是拿命换来的。十八岁，她拿了把刀，割破自己的手腕，用这条命来制止他们篡改自己的志愿。家里人不希望江苑学医，想让她学艺术。

那次是江苑第一次反抗。长时间的精神压迫，她在困境中生出了一种名为偏执的极端情绪。她隐藏得很好，但总有冒头的时候。

贺轻舟说喜欢她，可喜欢是什么？她查阅过很多资料，企图从那些文字上面理解一二。但资料看得越多，却越不理解。她的脑子里好像比平常人缺少一个零件，以至于本该正常出现的情绪，从根上被切断。

她终究是会离开这里的，离开这个让她感到恶心的家。所以她斩断了剩下的，唯一会束缚她的枷锁。

如果按照家里的安排，和贺轻舟结了婚，他们将一辈子捆绑在她身上。她的人生已经被毁了大半了。

于是，她给贺轻舟打了那个电话，听到他在电话里带着哭腔的颤抖的声音。江苑不知道为什么，她的胸口处很疼，疼得她说不出任何话来。

后来，听说贺轻舟在开车来找她的路上出了车祸。原本，他是想当面再问江苑一次的。哪怕是求，他也得试试。

江苑是下午去学校的，那个时候她的酒还没完全醒，头还是有点晕。

周嘉茗在旁边吐槽最近上映的那部电影到底有多烂。

江苑听后，也只是笑笑，把那本《病理学》翻开："马上就要考试了，你要是再不专心复习，当心挂科。"

周嘉茗痛苦地趴在桌上。"那些教材加起来比我人都要高了，我得背到什么时候去。"她转了下头，看着江苑，人还趴在桌上，"你想好去哪个医院实习了吗？"

江苑拿着平板刷题："可能会去一医，那里的综合实力高一点，可以学到很多东西。"

"那我们这次可能得分开了。"周嘉茗痛苦地叹了口气，"一医的工作量实在太大了，我听一个师姐说，她已经连续一周睡觉没有超过五个小时了。"

江苑安慰周嘉茗："实习生应该还好。"

"那也很可怕。"周嘉茗有时候很佩服江苑，江苑的性格和她的长相实在不太符合。明明长了一张娇生惯养的脸，却半点不娇情，老师吩咐的那些脏活累活，她从来没有一句怨言，甚至做得很好。这样的女孩子，很难不让人心动。

班级群里一直有人发言。

手机接连振动了好几下，周嘉茗从包里摸出手机来，面部识别解锁，点开信息。粗略地看了一眼，她坐起身，来兴趣了："班长说我们都要去实习了，今晚搞个聚会。"过了一会儿，她又激动起来，"群里都在叫你呢，问你去不去。"

江苑也被拉进了班级群，但她嫌吵，就把群消息屏蔽了。她从来没有在群里面发过言。

"你们去吧，我就不去了。"

"这可能是咱们最后一次聚会了，你就去一次嘛。"周嘉茗挽着江苑的胳膊撒娇，"好不好嘛……"

周嘉茗撒娇的功力实在深厚，江苑最后还是点头同意了，无奈地低笑："祖宗，我去行了吧。"

这还是江苑第一次参加同学聚会，周嘉茗把消息发到群里，群里的人都炸了，开启了刷屏模式，消息瞬间冲破999条。

"不是吧？不是吧？不是我出现幻觉了吧？江苑参加同学聚会？"

"我收回我刚才说不去的话。我女神去了我肯定也要去！"

"唉！看来咱们是真的要毕业了，连江苑都松口参加聚会了。"

"同学们，八点，到时候别记错时间了。"

"听说这次班长下了血本，在BELL订了个大包。"

"毕竟有可能是全班最后一次聚会了，还是得认真对待。"

周嘉茗显然很重视这次的聚会，甚至专门回宿舍化了个妆。她放下豪言："今年能不能脱单就看今晚了。"

周嘉茗的衣服换了一套又一套，哪件都不满意。

江苑看了眼周嘉茗的妆容，和她平时穿的衣服都不怎么搭，于是给她提意见："素色的裙子，应该更搭一点。"

周嘉茗垂头丧气地道："我的衣服都是些花里胡哨的。"

江苑笑了笑："我的衣柜里应该有。"

周嘉茗的眼睛亮了，又觉得不太好："还是算了。"

江苑说："好多都是新的，没穿过。放着也是浪费，你要是喜欢的话，我送给你。"

周嘉茗眼泪汪汪地过来抱住她："呜呜呜呜，我要是个男的该多好，就能和你结婚了。"

周嘉茗最后选了条白色的连衣裙。江苑看着那条被她拿出来的裙子，眼神有了轻微的变化。

周嘉茗询问江苑的意见："这条可以吗？"

江苑笑着点头："不过我穿过几次。"

"没事，和仙女穿同一条裙子，是我的荣幸。"说完，周嘉茗就拉上帘子去后面换衣服了。

那条裙子，是贺轻舟送给江苑的。

那个时候他们年纪也不大，不过是因为她点赞了一条微博，图片上女明星穿的裙子，就是这条裙子。

贺轻舟不认识那个女明星，他以为江苑点赞这条微博是因为喜欢这条裙子。所以他打了两个月的工，攒钱给她买了一条，送给她当生日礼物。

那是贺轻舟第一次，用自己赚的钱给她买礼物，所以江苑才会记得这么清楚。他说，生日礼物得用心一些，不能太随便对待。

周嘉茗垂头丧气地出来，手里还拿着那条白色的裙子。

"腰太细，塞不进去。"后来她换了一条稍微宽松点的，至少勉强能穿进去。

"你太瘦了。"周嘉茗用手臂丈量了一下江苑的腰围，估计只有五十七厘米，"以后多吃点，去医院实习后，那么高强度的工作环境，不吃饱真的会要人命的。"

江苑点头，向周嘉茗保证："我以后定个闹钟，按时三餐。"

周嘉茗："这还差不多。"

相比周嘉茗的盛装打扮，江苑就显得随意许多，美观和保暖之间，她选择了保暖。

从这儿去 BELL，半个小时的车程。

她们算是去的比较晚的了，到了包间以后，一群人起哄说要她们罚酒。

周嘉茗自告奋勇喝了两杯，把江苑那杯也喝了。还不忘警告他们："江苑一杯倒，你们心里有点数。"

有人笑着调侃："难怪校花从来不参加这种聚会。"

江苑不知道该说什么，礼貌地笑了笑。

包间很大，有 KTV，还有棋牌室。

班长叫阙自，戴眼镜，长相斯文。今天的局也是他组的。大约是怕江苑第一次参加这种聚会，会不太习惯，他非常贴心地询问她要不要去里面打牌。

江苑谢绝了他的好意："我不会打牌。你去玩你的吧，不用管我的。"她是个很有礼貌的人，但不太合群。同班四年，除了周嘉茗，她好像没有其他相熟的朋友。

只是周嘉茗还有很多除她以外的朋友，所以绝大多数时候，江苑都是一个人独来独往。

阙自也很识相，她既然不愿意，他就不烦她了："有什么需要的可以和我讲，我就在里面。"

江苑点头："谢谢。"

阙自："都是同学，客气什么。"

周嘉茗喝了两杯就嗨了，一直抱着话筒唱歌。

在包间里面待久了有点闷，和周嘉茗说过之后，江苑出去透气。

这个地方，她是第一次来。听周嘉茗说，这是个挺高端的娱乐场所，在这儿都是高消费，外面随便一瓶酒来了这里，身价都得翻十倍。

经过某个包厢时，里面有人喊她的名字："江苑？"

江苑疑惑地停下脚步，往声源处看。

苏御打开包厢门出来，一脸熟络的笑容："真的是你啊，我还以为我认错人了呢。"苏御是贺轻舟的朋友，之前贺轻舟来找她，有时候也会带上他。所以江苑前前后后也算是和他见过很多次了。

"不过你怎么在这儿啊？"苏御记得江苑不喜欢来这种地方的，贺轻舟也从来不舍得带她来。

江苑抬手指了指最里面的包厢："同学聚会。"

苏御恍然大悟："这样啊。要不进去坐一会儿？"

江苑刚要拒绝，苏御却不由分说地把她拉了进去，根本不给她开口的机会："轻舟也在。"

包厢里的灯光暧昧，人很多，清一色的帅哥美女。这时大家也停下了手头的事，都看着江苑。

苏御说："轻舟在里面打斯诺克，我去叫他出来。"

"哟，苏御，这是哪位呀？我怎么好像没见过，难不成是贺轻舟的前任？"苏御开门的动作被打断。说话的是一个穿着火辣的女人，画着欧美妆，肩膀上还文了一串英文。

她说话的语气阴阳怪气的，苏御冲她使了个眼色，然后笑着和江苑道歉并解释："她这人脾气就这样，你别和她一般见识。"

江苑摇了摇头，她还是比较有眼力见的，并没有继续留下碍眼："你们好好玩，我就不打扰了。"

方才那个女人却直接站起身，走到江苑的跟前上下打量着。她似乎对江苑很没好感，话里也句句带刺："这种长得像白莲花的女人，看着清纯，其实比谁都会勾搭人。"

苏御皱眉："你有完没完？"

那个女人也火了："这话我还想问你呢？你把这女的带来，有没有替白芍想过？"

提到这个名字，苏御下意识地去看江苑，第一时间是想替贺轻舟解释几句的。但不等他开口，当事人就出来了。

贺轻舟上身只穿了件黑色衬衣，领扣是刚才打斯诺克的时候解开的。手上沾了点巧粉。

此时贺轻舟斜靠门框站着，下巴微抬，眼神又往下压，是很明显的审视他人的姿态。唇边的笑又带了点轻佻的意味，显得傲慢，又无礼。

江苑看到了贺轻舟卷起的袖口，露在外面的半截手臂上的文身。她从前竟然不知道他的身上有这么大范围的文身。不过仔细想想，他以往在她面前，好像一直都是穿着长袖，她不知道也正常。

和贺轻舟一起出来的还有一个女生，头发是酒红色的大波浪，穿着黑色长裙，是那种轻薄的材质，不算特别紧身，却又贴合皮肤，若隐若现地显出身材曲线。他们两个人站在一起，很般配。

化着欧美妆的女人走过去，挽着她的胳膊告状："苏御把贺轻舟的前任带来了，一看就是个白莲花。"

白芍微微抿了抿嘴唇，去看身边的男人，似乎想要得到解释。

贺轻舟却不说话，仍旧看着江苑，唇边带了点笑。他的笑容江苑很熟悉，但是此刻，她却分明能够感受到，这个笑容里带着一些不好的成分。

男人舌尖抵了抵腮帮，带着几分散漫，几分讥讽的声音，不紧不慢地在这个包厢内响起："你担心什么？我的眼光还不至于这么差。"

苏御的眉头一皱，想帮贺轻舟和江苑解释，他不是这个意思。但这话但凡是个正常人都不会信。好在江苑并没有表现出难过来。

江苑的表情仍旧平静，平静地和苏御道别："我出来很久了，再不回去我的朋友该担心了，你们慢慢玩。"

江苑打开门离开，苏御皱着眉，让贺轻舟赶紧出去解释一下。

贺轻舟无动于衷，耸了耸肩："我为什么要解释？"

苏御："她是江苑啊！"

　　贺轻舟叼了根烟，笑容不羁，漫不经心地问苏御："她是谁关我什么事？"

　　苏御看着贺轻舟的表情，是发自内心的不在意。算了。他冷静下来，既然当事人都不急，他又跟着急什么。他也懒得管了。不过他还是劝了贺轻舟一句："舟哥，听兄弟一句劝，凡事别做得太绝。"

　　苏御也不是真的要替江苑说话。虽然他一直都觉得江苑是个性格和脾气都很好的小姑娘，但他还是站在贺轻舟这边的。他只是怕贺轻舟到时候恢复记忆了，回想起自己这么对江苑，会后悔，会自责。贺轻舟把江苑看得比自己的命还重要的那些年，苏御一直都是旁观者。

　　从小到大，贺轻舟都是众星捧月般的存在。大约是人生太顺风顺水了，贺轻舟一身的臭毛病，脾气差，性格也差。他不缺爱，人人都爱他。但他只爱江苑。他这辈子的耐心和温柔，都给江苑了。

　　为了让江苑好好吃饭，他请了老师开始学做饭。读书那会儿，学校离得远，他每天往返几趟去看她，就算是下大雨也不能阻止。用他的话说就是，不看一眼她，他晚上会睡不着觉。

　　这话听起来夸张，却又是事实。他的人生，从认识江苑起，不知何时便只剩下江苑了。

　　化着欧美妆的女人似乎对苏御不满很久了："你们男的是不是都喜欢那种白莲花？"

　　苏御说："反正不喜欢你这种涂黑粉底的。"

　　她生气地道："什么叫黑粉底？你到底有没有见识？"

　　苏御不屑地笑了一下："你全身上下，包括你那个假鼻子加起来，还没我一只鞋来的贵，你说到底是谁没见识？"

　　这波财力碾压，她彻彻底底地输了。化欧美妆的女人只能去找白芍帮她出头。

白芍又去找贺轻舟，声音又娇又媚："轻舟。"白芍叫贺轻舟的名字时，都快腻出水来了。

贺轻舟的下巴微抬，让苏御少说几句。

江苑回到包厢时，周嘉茗正准备出去找她。看到她全须全尾地出现，周嘉茗这才松了口气："你出去了这么久，给你打电话你也不接，我还以为你出了什么事，担心死我了。"

江苑摸了下外套口袋："手机忘了带。"

周嘉茗说："没出事就好，这种地方乱，还是别乱跑了。"

江苑点头："嗯。"

周嘉茗问她："不过你去哪儿了，怎么去了这么久？"

想到刚才那幕，江苑沉默片刻，敷衍地带过："见到一个老朋友，进去打了个招呼。"

好在周嘉茗也没有继续追问。江苑家好像还挺有钱的，会在这种地方遇到朋友，也正常。

他们也没玩太久，十二点前就散了。毕竟都还是学生，又面临考试，学业繁重。

离开的时候，经过隔壁包厢，没有关严的包厢门里，男人舒缓慵懒的歌声传了出来。他只唱了两句，听歌声都能听出几分不耐烦。大约是被那些人集体起哄要求的，所以随便唱了两句敷衍了事。

贺轻舟唱歌好听，江苑一直都知道。她有一段时间经常失眠，贺轻舟就给她打一整夜的电话。她失眠，贺轻舟就陪她一起，有时候会唱歌哄她睡觉。那个时候他压低了声音，虽然唱的都是些儿歌，但听了人的心情会变好。

江苑心情最压抑的那段时间，就是这样熬过来的，在贺轻舟的陪伴下。如果没有贺轻舟，她的人生大概也就止步于那个时候了。她为了自己的自由，为了继续往前走，把对她这样好的贺轻舟当累赘卸掉了。所以不管他怎么对她，她都认了，是她活该。

回到家，灯关着。

江苑没来由地松了口气。

江苑没开灯，借着窗外路灯的光亮走到中岛台，取下杯子，倒了杯水，喝完以后才上楼。

夜里很安静，江苑打开台灯，继续看书。她唯一的出路，唯一的从这个家里逃走的机会，只有当下这一个了。所以她不能松懈，也不允许出现一丁点出错的可能。这些天她无时无刻不在看书、刷题。

教授找过她一次，询问她对于接下来实习的医院有什么想法。她说想去一医，教授的笑容里带着赞许："年轻人就是得有韧性，肯吃苦。你们这届学生里，我最看好的就是你。"沉着冷静，是一个医生需要具备的首要条件。她没有过上手术台，就有这个特点，已经算是少见了。

江苑随身都会带着巧克力，防止低血糖晕倒。

图书馆里，江苑正戴着耳机听网课，周嘉茗给她发了条信息。右下角的绿色图标一直在闪，她摸着鼠标点开。

周嘉茗："这是你吗？"

下面是几张监控的截图。虽然模糊，并且也没有正脸，但看穿着和发型，是同学聚会那天拍的。虽然照片被别人打了码，但江苑还是一眼认出来，这是在贺轻舟包厢里拍的视频。

江苑："是我，怎么了？"

周嘉茗："有个小网红发了条微博，说自己的男朋友被白莲花前任死缠烂打，最后挑拨离间让他们分手了。"

江苑："……"

周嘉茗："你怎么可能做出这种事情来，一看就是那个小网红在栽赃你。现在评论里都是在安慰她和骂你的。要不我发条微博帮你澄清一下？"

江苑："不用了，没必要。"她不关心这些。

当事人都说没必要了，周嘉茗也就无须多管闲事。

看着屏幕上方一直显示着的"对方正在输入中"，江苑知道，周嘉茗虽然信任她，但她对这件事还是很好奇。毕竟她自己都说过，她消失的那段时间里，去见了个老朋友。如果她不主动说的话，恐怕周嘉茗得纠结一整天。

江苑："不是老朋友，是贺轻舟。"

果然，周嘉茗的消息很快就过来了。

周嘉茗："这才多久啊？贺轻舟连女朋友都换了一个？"

江苑没有再做评价。在她看来，这些都是贺轻舟的自由。周嘉茗就是觉得，有种看错人的痛苦。她以前一直觉得贺轻舟和江苑两个人肯定能走到最后。可谁知道，到头来竟然是这个令人唏嘘的结局。

结束了对话，江苑继续上网课，并不受影响。

下午开始下雪，从城南下到了城北。图书馆里看书的人有的出去看雪了，有的趴在窗户上拍照。这是今年的第一场雪，江苑没什么太大的感触，就是觉得冷，很冷。苏御没想过今天会这么冷，所以穿得也不多。

见贺轻舟那么久没过来，苏御打开车门，哆哆嗦嗦地下了车："还没好吗？"

贺轻舟把引擎盖关上，问苏御："你这车多久没做保养了？"

苏御回想了一下："也没多久吧，半年？"

"……"贺轻舟叼了根烟，点燃，"油路故障，传感器故障，电路也有问题，这车要是想卖，估计人家只愿意按斤收。"

苏御："谁买车按斤买啊？"

贺轻舟靠着车门，吐了口白色的烟雾："废品回收站。"

苏御："得，我这车修修还能开。"

贺轻舟的唇角挑起一道弧度："这车都破成这样了，还不肯扔？"

苏御抱着车身，似乎怕贺轻舟真的给他扔了："这可是我自己买的第一辆车，有感情的。"

贺轻舟嘲笑苏御："狗屁感情。"他其实一向都是这种，直来直去，桀骜自大的性子。从小被溺爱得狠了，成长过程中没有遇到一丁点挫折。

苏御还记得，那个时候他们应该十四岁。贺轻舟刚把人打了，那个人哭着跑回家。苏御有点害怕，问贺轻舟："他爸妈明天会去我们家里吗？"

贺轻舟擦干净手："爱去不去。"

不可一世的小浑蛋，就是在那个时候遇到江苑的。她穿着白色的连衣裙，安安静静地坐在秋千上发呆。然后苏御看见，贺轻舟的脸一点一点地变红了。他将手背在身后，悄悄把上面的血擦去，怕被江苑看到。

那次之后，安静、内向的江苑，身后多了个跟屁虫，也是她的守护神。这一跟，就是八年。

只是可惜……

苏御叹了口气，他这辈子大概都不会再看到那个温柔、体贴的贺轻舟了。贺轻舟本来性子就恶劣，罕见的温柔全给江苑了。现在忘了江苑，那点少有的温柔便也一起消失。

车坏了，贺轻舟给 4S 店打了个电话，让他们把车拉走，又让他家司机过来，换了辆车。司机下车走了，贺轻舟坐进驾驶室。

苏御正好拿出手机看了一眼："天，你之前泡的那个小网红，居然发了个帖子，还把江苑挂了。"

贺轻舟听后无动于衷。

苏御看贺轻舟这副样子，也悻悻地闭上了嘴，话题转到了白芍的身上："你前几天不是还挺喜欢她的吗？怎么突然就不联系了？"

贺轻舟说得云淡风轻，仿佛刚分手的人不是他："谈了一个月就要查我的手机，还让我把照明送走，说她害怕狗。"照明是贺轻舟养的狗，都养七年了。

苏御问："狗不是在老宅吗？"

贺轻舟的舌尖抵了抵腮帮，似乎想到什么，低笑一声："她说她看到我外套上的狗毛了。"

"……"苏御觉得有点无语，"你们都走到这步了，分手的理由也太随便了。"

贺轻舟问苏御："哪步？"

苏御哽了一下："这话你问我？"

车子下了高架桥，拐出主干道，贺轻舟轻飘飘地来了一句："我们什么也没做。"

苏御大为震惊："柏拉图啊？"

"狗屁柏拉图。"贺轻舟空出手去拿烟盒，车窗半降，抖出一根烟叼在嘴里。别说做什么了，连牵个手都不行。一靠近她就觉得恶心、反胃，还想吐，身体下意识地抵触，不受控制的那种，试了几次都这样。

次数多了，贺轻舟就没了兴致。他起初还以为是自己年纪轻轻的就不行了，后来自己试了试，比钻石还硬。

回到家后，正好碰上阿姨在打扫。

阿姨知道贺轻舟失忆，也知道他忘了江苑。

至于先前那个房间里的东西，她不知道该怎么处理，于是先问过他的意见。那是贺轻舟专门用来存放和江苑有关的东西的房间。

以前贺轻舟都是不许别人进去的，就算是打扫卫生也是他亲自来，可是眼下，他头也没回地上楼："扔了吧。"

第二章

妄念

雪一直没停，宿舍的窗户上甚至还结了霜花。江苑站在窗户前，看了很久。这种天气，这么厚的雪，很适合堆雪人。

周嘉茗开了门进来，冻得直哆嗦，手上提着两份外卖："冷死我了。"她的肩上还落了雪，江苑走过去，替她拍干净，然后递给她一个暖手宝："下次出门记得戴手套，当心冻手。"

周嘉茗接过来，把外卖放在桌上："你是不知道现在的情侣有多疯狂，我才出去了一趟就冷成这样了。他们居然还在约会，那女的就穿了两件衣服。"

阮薰穿上鞋子从床上下来："我的那份没放葱吧？"

周嘉茗把没葱的那份给了阮薰。

阮薰问江苑："你不吃吗？"

江苑摇头："没什么胃口。"她很挑食，挑食到一定程度，对食物就没有太大的兴趣了。

阮薰吃着这碗平平无奇、毫无亮点的拉面，叹了口气："还没贺轻舟的厨艺好，好想念他做的豆角焖面啊。"

周嘉茗用胳膊肘撞了阮薰一下，朝她使了个眼色，阮薰立刻捂住嘴。

好在江苑没有什么反应。室内暖气开得足，她只穿了一件米白色的连衣裙，洗过吹干的长发微卷。她的身子纤细，给人一种摇摇欲坠的娇弱美感。此时她正安静地看着窗外。虽然江苑从不诉苦，从不说自己的人生有多不如意，但周嘉茗总有这样的感觉，江苑是一个深陷泥泞的人。她这么用功地学习，就是为了摆脱现状。

周嘉茗只是觉得可惜，这个世界上，唯一一个愿意无条件，全心全意爱她的人，现在也消失了。

翟惜雪又给江苑打过好几通电话，让她这些天干脆回家住。她安静地听完，然后安静地拒绝。江苑把手机放在一旁，随翟惜雪怎么骂她，自己戴上耳机继续学习。

这段时间，江苑从早到晚都在学习，甚至连晚上也会空出一些时间看书。直到考试结束，这种繁忙才告一段落。

为了庆祝假期，庆祝考试结束，周嘉茗说她在网上预约买了票，是最近在微博上被众多博主"安利"过的密室逃脱。

阮薰有点害怕："听说很吓人的。"

周嘉茗嫌阮薰给医学生丢脸："我们平时上过那么多节解剖课，和'大体老师'一待就是一整天。你连这个都不怕，会去怕那些假货？鬼都是真人扮的，不吓人。"

许来来推了推鼻梁上不断往下滑的眼镜，举手表示她要参加。

于是只剩下最后一个人没表态。

三个人一齐将视线移过去，江苑点头轻笑，没有扫她们的兴："我去。"

那家密室逃脱离学校有点远，她们打车过去，花了一个多小时。

人还是蛮多的，还好她们提前订了票。

她们是掐着点来的，所以没有等太久。

服务员上前，先是和她们说了下注意事项，手机是不能带进去的，也不能殴打 NPC（非玩家角色）。

"另外这个主题的密室是九人一组，这边还有五个人，不介意的话可以拼一下。"

周嘉茗询问过其他三个人的意见后，同意了。

他们先被带到了一个房间，江苑看到了早就坐在那里的几个人。

五个人中，最显眼的就是贺轻舟。他的坐姿闲适，手上不知道拿了本什么书在翻阅。看得也并不认真，应该是等得太久了，打发下时间。头发比上次见，要短了许多。他的五官很硬朗，线条如刀削斧凿一般，细长的眼却让他多添几分邪气。

服务员走过去，简单地说明了一下情况，然后询问他们愿不愿意接受拼团，如果不愿意的话，可以等下一批。

贺轻舟将书放回原处，戴上那顶黑色的鸭舌帽站起身，从头到尾都没看江苑一眼。

"无所谓。"开口时，低沉的嗓音里添了几分散漫。他个子很高，无论是谁，与他站在一起时，很有压迫感。

宋昭昭看到江苑了，眼里有敌意。她很久以前就认识贺轻舟了，她哥哥和贺轻舟是好朋友。宋昭昭从小就喜欢贺轻舟，不过贺轻舟的眼里压根就看不到江苑以外的其他人。再加上贺轻舟的脾气不怎么好，所以她就一直把自己的感情偷偷藏着。

几个月前贺轻舟失忆，宋昭昭自认为机会来了，隔三岔五地就去医院探望他。大约是真的忘了江苑，她有时候也能得到贺轻舟的一个笑，这对她来说简直就是无上的恩赐。

今天更是在宋昭昭提出要玩这个时，贺轻舟罕见地没拒绝。她有点担心贺轻舟会再次喜欢上江苑，毕竟感觉骗不了人，那么刻骨铭心地爱过的人，哪怕再有第二次、第三次，似乎也会爱上。

于是宋昭昭娇滴滴地过去，撒着娇："轻舟哥哥，我很怕这个的，你待会儿记得保护好我。"

贺轻舟不动声色地推开宋昭昭搭上来的手，低笑一声："都是假的，怕什么？"

这个主题游戏的惊悚值有四颗星，名字叫午夜电车，整个密室都弄成了电车的模样，需要玩家在一个小时内出去。

苏御没什么脑子，进去以后就开始发愣，我是谁？我在哪儿？我应该干吗？

赵佳伟小声问苏御："这是什么情况？"

赵佳伟在隔壁省读书，最近学校放假，才回来。他只知道贺轻舟出了车祸，失忆了，但没想到他失忆得这么彻底。江苑在这儿呢，贺轻舟居然看都不看她？他从前哪怕是吃江苑的醋都不敢做这种事，顶多是几个小时不理她，偶尔还会被她气得自己偷偷躲起来哭。

苏御耸肩、摊手："还能什么情况？全忘了呗。"

宋昭昭带了她的朋友一起来，但她满心满眼都是贺轻舟，哪里还顾得上她的朋友。恨不得一直和贺轻舟单独相处才好，生怕一个不留神贺轻舟就被江苑勾跑了，所以无时无刻不跟着他。

被忽略的朋友干脆来和周嘉茗她们组队，还不忘做了个自我介绍："我叫许依然。"

许来来自来熟，笑道："还是本家啊，我也姓许，许来来。"

周嘉茗看向那边，宋昭昭恨不得把整个身子都挂到贺轻舟的身上去，要不是贺轻舟在尽量和她保持距离，估计就真的挂上去了。

周嘉茗问许依然："你的朋友和贺轻舟是什么关系？"

许依然愣了一下："你们认识啊？"

周嘉茗下意识地看了一眼江苑，江苑已经开始找线索了。

这节车厢只是第一道关卡，得先找到密码开锁进去。

虽然她们没说，但看眼神，许依然大概也猜出一些来。她顿时觉得自己的朋友没啥希望了，虽然她的朋友长得确实很美，但和面前这个女孩子比起来，好像总觉得差点什么。

"这些好像都是她哥哥的朋友，也没什么特别的关系。这次也是她自己要跟来的。"

苏御更好说话一点，宋昭昭以往都是把他当突破口。得知他们晚上要去赛车，宋昭昭缠着苏御带上她。苏御受不了她的软磨硬泡，才同意了。

正好还有两个小时的时间，宋昭昭提议玩密室逃脱。她紧张地看着贺轻舟，生怕他会像从前那样，不耐烦地离开。他一直都是这样，严重缺乏耐心。不过这次，他没拒绝。没同意，也没拒绝，那就是随便了。宋昭昭觉得离自己的目标更近了一步。

江苑不管做什么都很专注，她按照上面的提示，将那些色块一一对应成了数字，变换顺序挨个试了一遍。

门开了，里面传来电车诡异的提示音："欢迎乘坐 444 号电车，请各位旅客按照手中的车票找到相应的车厢。"

在进来之前，服务员给他们一人发了一张车票。

江苑按照上面的数字，推开了左边房间的门。一起进来的，还有贺轻舟和宋昭昭。

江苑随便找了个位置坐下，等待下一次提示音响起。

起初是有点光亮的，但往后，这点光亮也彻底消失，四周陷入一种诡异的黑暗。

江苑下意识地感到害怕，放在腿上的那双手，死死地攥着裤子。她对这种完全封闭的黑暗有种莫名的恐惧。

黑夜中，传来男人低沉的笑声，说话时，带着几分气音："怕什么？哥哥在呢！"熟悉的声音，和记忆中的似乎重合了。

"我是自己找过来的。"

"没事，山路好走。"

"江苑，你别怕，我在呢。"

女生说话的声音娇滴滴的，还带着点颤音："什么时候灯才会开啊？该不会突然窜出个鬼来吧？"

贺轻舟懒散的一笑："哪来的鬼，都是真人扮的。"

江苑度过适应期，适应了黑暗之后就逐渐冷静下来。旁边放了一盏灯，她过去看了一眼，上面的小纸条依稀能看见几个字。她按下开关，那盏灯发出微弱的光亮。上面写着几个字：亮光限时，越往后灯越暗。

旁边还有两盏灯，江苑和他们说："这里有灯，你们一人拿一盏吧。"

贺轻舟走过去，随便拿起一个。

躲在贺轻舟身后的宋昭昭说："我就不用了，我和轻舟哥哥用同一盏。"

江苑点了点头，没再说话。她自己拎着灯去找线索了，这里的恐怖指数其实还可以忍受，就是黑了点，音乐诡异点，其他的倒还好。

找了十来分钟，终于把所有线索都集齐了。

解密的题目涉猎范围有点广，不光有高数，还有五行八卦，难怪评论里那么多人给差评，说根本过不了。对于那些年纪小，还没学过高数的小朋友们，这的确有些难度。

江苑不太懂五行八卦，就凭借上面给出的线索推算了一下，最后得出三个数字。她不太确定地看了贺轻舟一眼。后者斜靠着墙站着，眼神懒散地落过来，并没给任何回应。

江苑收回视线，把自己推算出来的数字输了进去。

然后，面前的门没开，旁边的暗门反倒开了，江苑只来得及看到一个白色的身影飘了出来。她甚至来不及害怕，因为下一秒，她就被人抱在怀里，眼睛也被捂住了。

贺轻舟的动作太快了，快到江苑都来不及看清那个鬼长什么样子。一如既往，温暖又熟悉的怀抱，能闻到淡淡的木质清香。

诡异的音乐，以及 NPC 凄厉的惨叫声，刺激着人的耳膜。但是此刻，恐惧似乎被隔绝在他的怀抱之外。

贺轻舟抱得很紧，紧到江苑觉得自己要被嵌进他的身体里一样。

江苑听到了旁边的女孩子惊恐的尖叫声，然后贺轻舟松开了手。

贺轻舟的眉头皱着，看着不受自己控制的双手。很显然，他对自己这个下意识的举动感到疑惑。他为什么会抱她？是条件反射？还是肌肉记忆？

贺轻舟的脸色不太好看，他不想在这里多待，快速在密码锁上重新输入几个数字，门开了，他们也得以成功出去。

最后一关，就是很普通的讲故事和解密。

贺轻舟全程没参与，戴上帽子在旁边睡了一觉。帽檐往下压，挡住他的脸，只能瞧见露在外面的脖颈，细长白皙。他的身材高大，肩宽腿长，哪怕窝在沙发里一言不发，也仍旧很难让人忽略他的存在。

苏御总觉得刚才发生了什么，于是他问宋昭昭："你的脸色怎么这么差？"

"还说呢。"宋昭昭在生闷气，贺轻舟不主动和她道歉她是不会理他的。她把刚才在车厢内发生的事一五一十地讲了出来。

苏御沉默下来，下意识地看向当事人一眼。两个人的脸上都没有过多的表情，中间隔着很远的距离，彼此之间，像是陌生人一样。

江苑知道，贺轻舟不仅忘了她，而且他对自己是抵触的。他出车祸昏迷不醒的那段时间，江苑一直陪着他，他醒过一次。看到江苑了，贺轻舟就赶她走，语气也不怎么好。那个时候他已经不记得她了。

之后贺轻舟又连续昏迷了好几天，也忘了中间发生过的事。医生说他的精神和记忆都处在极度不稳定的状态，或许是潜意识里的委屈、难过太过强烈，他处于一种自我保护的本能中，让他生起了抵触情绪。

再次醒来后，贺轻舟便彻彻底底地忘了江苑。

贺轻舟曾经对她说过，委屈、难过到极致时，他连骨头都会酸痛。但是能让他委屈、难过的，这个世界上，也只有江苑一个人。所以，他现在是不是很疼？

江苑站在病房外，透过病房门的小块玻璃看着贺轻舟。他的身上打满了石膏，床头也摆着各种仪器。

脸上湿润一片，江苑抬手去摸，随后疑惑地低头，是眼泪。

许依然和许来来她们在短短的一个小时内，迅速确立了良好的友谊，甚至还加了微信，说改天再约。

苏御原本想问江苑待会儿要不要一起，结果贺轻舟直接走了。苏御有些点尴尬地摸了摸鼻子，看向江苑："你别多想，他不是讨厌你，他本身就是这种性格。"的确，贺轻舟从小到大脾气都不好，性格也奇怪，只有在江苑面前才会装成温顺的小绵羊。现在不过是懒得装了。没有装的必要。

江苑摇头，笑了笑："没事。"似乎是真的不在意贺轻舟用什么态度对她。

苏御看到江苑的这个笑，一时不知道到底该心疼谁了。他一直都觉得江苑挺惨的，圈子总共这么大，她家那点事他多少也听说过。以往要不是贺轻舟护着她，谁知道她会被欺负得多惨。可是现在呢？

从密室逃脱场馆离开后，江苑她们四个去附近的餐厅吃了顿饭，然后才各自回家。

到门口后，江苑抬起的手又迟疑着收回，她听到了里面的谈话声，下意识地想要逃走。

但吴婶已经把门打开了，屋内的暖气迎面而来，将她身上的寒意驱散了一部分。江苑却只觉得更冷。

"快进来，外面冷。"吴婶替江苑拍掉肩上的雪，从鞋柜里取出拖鞋让她换上。

江苑下意识地抬眼，看到翟惜雪和江城都在，内心的不安被放大。这样的眼神她太熟悉了。她慢吞吞地换好鞋子，进屋。

翟惜雪叫住她："今天晚上有个酒局，你陪你爸爸一起去吧。"

江苑拒绝了："我不去。"

翟惜雪气得恨不得活撕了她，她看向江城，阴阳怪气地道："你这个女儿现在长大了，翅膀硬了，我管不了，你自己来管！"

江城看向江苑，叹了口气："苑苑啊，你听话。你的几个叔叔都在，就是去吃顿饭而已。"

江苑平静地反问："您也知道我该喊他们叔叔？"她不是什么都不知道，在这个圈子里，有纸醉金迷，也有声色犬马，她没有亲眼见过，但也听过不少。

从前是因为有贺轻舟护着她，所以才没让那些流言的风吹到她身上。可是现在，他忘了她。所以，江苑的父亲只能另外物色目标，毕竟公司的那些项目不可能就这么放任不管。

江苑知道她父亲想的是什么，一直以来，他只把女儿当成一个工具而已。她上楼回房间，不再去听身后那些恶毒的辱骂。她有时候会想，在那个小乡村长大，其实也挺好的。她不该被接回来的，不该被接回这个令人作呕的地方。

十六岁那年，江苑第一次试图反抗家里的安排，结果她那个所谓的父亲，不远千里把她送到深山里闲置的别墅。那里断电断水，一到晚上，只能听到虫鸣蛙叫。他惯用这种方式逼迫她听话。时间长了，只要她对他产生恐惧，便自然不会再忤逆他的意思。

江苑知道，他是这么想的，但她偏不让他如愿。冰箱里有足够的食物和水，不至于让她饿死。她要面对的，只是无边的孤独和恐惧。

听说这个地方闹鬼。入夜以后，楼下的房间总能传来女人的哭声，楼梯也咯吱咯吱作响，像是有人在上面走来走去。

江苑只敢缩在角落里，她蹲坐在地上，抱着自己的双腿，脸埋进膝盖里，肩膀一直在颤抖着。她不敢发出任何声音，因为她知道，这附近除了她，没有任何人。她很害怕，怕得几次想要哭，最后都忍住了。或许是骨子里的韧性支撑着她，她总觉得自己一旦哭了，那就是在认输。

旁边的窗户被人砸响。江苑吓得浑身颤抖，头埋得更深。

四天了，她被关在这里四天了。精神高度紧绷，让她觉得自己随时都可能崩溃。

可是下一秒钟，她听到了楼下传来熟悉的声音："江苑，你在里面吗？"

江苑以为是自己幻听了，揉了下耳朵，没有立刻回答他。

贺轻舟的声音染上了担忧和慌乱，声音也更大："江苑，你在里面吗？"

确定不是幻听以后，江苑急忙起身，走到窗边。

月光太黯淡，但也足以看清一个人。贺轻舟的四周都是杂草，而他身后的杂草则被踩得东倒西歪，想来他便是一路这么摸索着走过来的。

江苑在看到贺轻舟的那一瞬间，就彻底忍不住了，眼泪决堤，哭得上气不接下气："你……你怎么来了？"

贺轻舟的衣服上都是土，露在外面的小臂上也满是划痕，想也知道他一路找过来有多狼狈。但他还是面带得意地看着她："我是自己找过来的，你舟哥厉害吧？"

江苑哭得更凶了："这么晚，你不要命了？"

贺轻舟说得轻飘飘的，就好像他身上的那几道伤口不存在一样："没事，山路好走。"

别墅的大门被从外面上了锁，贺轻舟猛踹了几脚都没踹开，只能放弃，找别的入口。最后他是顺着水管攀爬上来的，水管破旧，有些地方都损坏了，好几次差点摔下去。

江苑在三楼，手撑着窗台，看得心惊肉跳。好在最后贺轻舟还是平安地爬上来了。

贺轻舟拍干净身上的灰才过去，哄小孩似的拍打着她的后背："江苑，你别怕，我在呢。"

江苑觉得有点委屈，手往门边指："外面，有鬼。"

贺轻舟嘴上说着："这世界上压根就没有鬼。"却还是打开房门出去看了一眼。他好像压根就不怕这些，甚至还把楼上楼下，每个角落都检查了一遍。

"楼下的门坏了，风一吹就有摩擦声，听起来像女人在哭。"贺轻舟皱了下眉，满脸嫌弃，"也不知道这破地方多久没住人了，到处都是老鼠。所以，没有鬼。"

江苑低着头，不说话。贺轻舟看着她这副模样，吊儿郎当地笑了："看来还是离不了你舟哥。"

安静了很久的江苑，坐在贺轻舟身侧，看着面前的黑暗，声音轻，但又异常坚定，她说："贺轻舟，我会从这个家里离开的。我不会让他们如愿。"

江苑的声音很轻，哪怕说再狠的话，也是软绵绵的腔调。但那时的贺轻舟，却总有种感觉。他们之间仿佛隔着一条河，他在左边，而江苑在右边，并且脚步不停地一直往前走着，最终离他越来越远。哪怕他努力地想要跟上她的脚步，她也会将他扔下。她的目标太明确了，她清楚自己想要什么，她不会为了他停下来，更加不会带上他。贺轻舟知道。正因为他知道，所以才会害怕。他怕江苑不要他。

江苑关上房门，那种疲惫感让她走到床边便躺下。真想一直这么睡下去，永远都不要醒。

但现实总是事与愿违，她不光没有长睡不醒，反而在入睡后的第三个小时被叫醒。看了眼床头的手机，凌晨一点。她听到吴婶的声音，电话那边压低了音量，苦口婆心地劝说着江苑，让她下去服个软。

江苑还听到了楼下传来的声音。

这一家子人，大抵也只有在面对她的时候，才会团结一心吧。

江苑不想躲了，她是真的累了，就趁今天，把这一切都说开吧。于是她穿上外套，下了楼。

翟惜雪看到她了，依旧没什么好脸色。

倒是江城，她的好父亲，这会儿不忘虚情假意地关心她："气色怎么这么差，不舒服？"

江苑的语气平静："您如果让我睡个好觉，我的气色应该会好很多。"

江城叹了口气："阿苑，这事确实是你不懂事了，只是让你去吃顿饭而已，你这么大反应做什么？我好歹是你父亲，你想的那些腌臜事，我怎么可能让你去做？"

江苑点头，不卑不亢地道："我明天一整天都有课，您让江愿去吧。"江愿是她同父异母的妹妹，也是翟惜雪的亲生女儿。

一听这话，翟惜雪就气得跳脚："江苑，你这话是什么意思？"

江苑看向江城，似乎想看看，谎言被拆穿后他的表情。

江城的眉头紧皱，也不耐烦了，一改刚才的和蔼："江苑，趁我还在好好和你说话，你把你的态度摆端正点！"他的态度强硬，"你不去也得去！"

江苑点了点头，她走进厨房，把菜刀拿出来，放在江城面前的方几上："那您现在杀了我吧，然后带着我的尸体去，我不会反抗。"

江苑太平静了，平静到哪怕江城真的拿起那把刀，她也不会有丝毫退缩。别人眼中的菟丝子，实际上是扎手的仙人掌。

翟惜雪被江苑吓到了，急忙冲吴婶使了个眼色，让她把刀拿走。或许是见硬的没用，于是翟惜雪放软了语调："你不是一直想要从这个家离开吗？只要你嫁了人，我们就不管你了。"

江苑不为所动："我嫁过去了，你们会放过我吗？你们不会，你们只会榨干我最后一点利用价值。"

贪得无厌的人，是不会适可而止的。她从来不指望他们良心发现。

江城终于忍无可忍，抽了江苑一巴掌，让她滚。

江苑走了。连夜走的，一秒钟都没有多留。但她也只是从这个家里搬出去而已，要想彻底摆脱他们，只有离开这座城市。

就快了。没人知道，她从前的十几年是怎么过的。她被困在这里太久了，她的灵魂在一点点死去。

如果不是贺轻舟，她大概在很久很久以前，就死在那个冬夜了，用她手里的安眠药。

每个人都在自己的人生道路上前行，属于江苑的那条路，布满了荆棘和冰霜。

后来，有个人带来了希望的火种，他说："江苑，有我在，以后不会让人欺负你了。"那也是，江苑支离破碎的人生中，唯一一抹光亮了。可是她亲手推开了自己的救世主。但是她不后悔。本该这样的，这样才对。

江苑随便收拾了一下，然后拖着行李箱，头也不回地从这个家离开。她在附近酒店开了间房，拿着平板登上找房软件，看了看离医院近的房子。

北城的房租贵得吓人，她也没什么积蓄，暂时租不起太贵的房子。挑来挑去，最后选中了几处，她用笔记下来，打算明天去看看。

之后她躺在床上，却怎么也没睡不着，便拿出手机刷了会儿朋友圈。

刚点开，第一条就是苏御一个小时前发的："再也不和贺轻舟这条狗打牌了，内裤都输没了。"

底下的评论有点多。

贺轻舟以前总说，江苑太安静了，都没什么朋友，所以他把自己的朋友介绍给她认识，还让他们加了她的微信。不过他不准江苑和他们说话，朋友圈点赞也不行。有一种属于那个年纪、幼稚的占有欲。

他们高中毕业那年，苏御在朋友圈发了张合影，穿着校服的贺轻舟笑容不羁，似乎连头顶的阳光都格外眷顾他，自带柔光滤镜。江苑给这条朋友圈点了个赞。

也是因为这事，贺轻舟气得说要一天不理她，结果半个小时都没忍过去，主动过来问她饿不饿。

犹豫片刻，江苑点开了那条朋友圈，一直往下拉。在最下面看到了贺轻舟的评论："滚，谁要你的内裤，恶不恶心？"

她的手指放在屏幕上方，轻慢地摩挲了几下。贺轻舟，晚安。

那天晚上，她做了一个梦，梦到了贺轻舟。

那个时候，他们还不大，贺轻舟红着脸，小声告诉她："江苑，我妈说她找人算过了，我们八字很合。"

江苑疑惑地问道："你还信八字？"

贺轻舟摇摇头，声音却比刚才更小："她说，八字合的人，适合结婚。"

或许是因为昨天晚上失眠的原因，江苑一觉睡到了中午，以至于错过了中介的电话。她回拨过去，对方接通后，她向中介道歉："不好意思，刚刚在睡觉，没有听到。"

中介的声音又客气又热情："没事。江小姐现在有时间来看房吗？"

江苑："有的。"于是他们约好了时间。

江苑洗漱完以后换了件衣服，简单收拾了一下，然后背上包出门。

房子离一医很近，坐地铁十分钟就到了。

中介边走边和她介绍："房子小是小了点，但地段好，出门就是地铁站，而且这里也安静。你应该是学生吧？这周围住的都是学生。"

这个小区附近有个技术学校。

江苑进去看了下，房子很小，客厅只能放下一个沙发和一张桌子。

再放别的家具就显得很拥挤了。大约是看出她不太满意，中介欲言又止：
"说句实在的，您的预算，这个房子已经是目前最好的了。"

中介又带她去看了其他几处，最后她还是选了这里，小是小了点，
至少干净。

签完合同后，江苑把行李从酒店搬到这边，花了两天的时间布置、
打扫，终于让房间整洁、温馨了许多。

入夜，她只开了一盏夜灯，然后打开电脑上网课。考试结束并没有
让她有太多的放松，接下来还有实习和考研。她已经想好了，到时候考
到江北，远离这个地方，开始自己新的人生。

这是江苑第一次在外面租房子住，没什么经验，这个房子的问题是
在她搬到这里的第三天才发现的。

周边住的都是些不务正业的人。楼上那个酒鬼一喝醉就打老婆孩子，
每天晚上楼上都传来号哭二重奏。隔壁又住着一群早出晚归的人，再加
上屋子隔音不好，短短几天下来，江苑快被折磨得神经衰弱了。

记不清有多久没有睡过一个好觉，没办法，她预约了师兄的号，想
去他那儿拿点安眠药。

一大早，再次被楼上的争吵声吵醒。江苑看一眼时间，才七点半，
她昨天晚上四点才睡着。在床上又躺了一会儿，她决定去和楼上交涉
一下，深夜和清晨能不能稍微控制一下音量。

她刚上楼去，就看到楼上那家人的门开着，小男孩就站在门口尿尿，
冷风一吹，尿骚味在整个楼道里弥漫开。

小男孩看到江苑，非但不害臊，还特地换了个方向，对着她尿。

江苑的眉头微皱，也忘了自己上楼的目的，转身离开。

直到去了医院，那股味道和那个场景都没从她的脑海里离开，让她
反胃得厉害，没胃口吃早餐。

江苑到了医院，按照流程取号，一路上遇到好几个师兄、师姐，光是打招呼就花了不少时间。

到了四楼后，她看了眼显示屏上滚动的名字，还有三个人才到她。于是她先去前面的自助机买了个病历本，填写信息的时候，听到后面脑科播报的声音。

"请，三十七号病人贺轻舟，前往十一号诊室就诊。"

江苑愣了一下，等她回头去看时，只来得及看到一个背影。他的身高太优越，挺拔如松柏，周身气质桀骜难驯。人群中，总是一眼就能找到。

直到他推开诊室的门，进去，再也看不见了，江苑这才收回视线。

几个小护士坐在那里聊天，说觉得江苑很眼熟，是不是哪个艺人。

江苑摇头："我也是学医的。"她把资料填好，道过谢后，将笔还给她们，"说不定以后还能成为同事。"

进到诊室后，师兄上下看了她一眼："怎么这么憔悴？最近很累？"

江苑坐下："还好，就是有些睡眠不足。"

师兄在电脑上打药单："别太拼，身体才是革命的本钱。"

江苑笑了笑："嗯，知道了。"

师兄开好了药，把单子打出来："给你开了三片，今天晚上先吃半片。能睡着就不要吃，是药三分毒，而且这玩意儿是有依赖性的。"

江苑笑着点头："知道了。"

好不容易听完师兄的絮叨，从诊室出来，去楼下拿药。

江苑取了号，三号窗口，看了眼排队的人，都转弯了。她走过去，把手机从包里拿出来，正要给周嘉茗发信息，身边有人娇滴滴地埋怨："洗手间的人太多了。"

"行了。"一个不耐烦的男人的声音打断她，"走吧，磨磨唧唧的。"

江苑下意识地往那边看了一眼。

贺轻舟拿着手机打电话，避开了人群往外走。他身边的那个女孩子，不是她之前见过的任何一个，又换了。

贺轻舟经过江苑的身旁时，往这边看了一眼。于是，四目相对。贺轻舟的眼睛黑白分明，或许是受性情的影响，此时带了些不耐烦的感觉。两个人平静地对视，又平静地收回视线。

贺轻舟拉上外套的拉链，面不改色地离开，如同对待陌生人一般。

赵梦澜今天穿了双高跟鞋，不敢走太快，跟不上贺轻舟，出了医院后，委屈地喊道：“表哥，你慢点啊，我都快追不上你了。”

贺轻舟皱着眉：“所以是谁让你跟来的？”他十分钟就可以解决的事，她非要跟来，来了又嫌消毒水味重，磨磨蹭蹭地不肯进去，最后肚子又开始疼，在卫生间排了十多分钟的队终于轮到她，又嫌太脏不肯上。

赵梦澜噘着嘴：“你以为我想来啊？还不是一舟姐不放心你一个人，让我看着你。”

“我可真是谢谢她了。”贺轻舟这声谢得咬牙切齿。自己怕麻烦，就把这个祖宗扔给他。

江苑从医院里面出来，冷得缩了下脖子。或许是昨天晚上吹了会儿冷风，有点感冒，她咳嗽几声，肩膀轻轻颤抖着。哪怕是穿着厚重的羽绒服，仍旧能看出她消瘦的身形。风雪有点大，她没有打伞，大约是冷，腰也轻轻弯着。

贺轻舟看着这一幕，不知怎的，心脏突然开始隐隐作痛。那种绵密的酸疼感从心脏传来，他捂着胸口，眉头皱着。他常有这种感觉，尤其是在见到江苑时，就好像，身体不受他的控制一样。

赵梦澜见贺轻舟这样，还以为他的脑子出问题了：“刚才那个 CT 该不会有什么副作用吧？对智力有影响？”

贺轻舟不耐烦地把车钥匙扔给赵梦澜：“你自己先回去。”说完转身进了大厅。

赵梦澜捏着车钥匙，对贺轻舟喊：“那你呢？”

　　贺轻舟没回应。贺轻舟重新挂了两个号，一个心内科，一个精神科。

　　心电图和超声波都做了，什么问题也没有。至于精神科，贺轻舟觉得自己应该是心理出现了点问题。他没办法和异性太亲密，连拥抱都会觉得反胃、恶心。是那种心理和生理的双重抵触。他不知道自己这是怎么了。

　　医生听完他的症状以后，委婉地询问了他的性取向，得到答复后，医生开玩笑道："不排除是社恐。"

　　贺轻舟低笑一声，笑里带着对医生专业性的质疑："社恐，我吗？"

　　医生："看着也不太像。"

　　从医院离开后，贺轻舟看了眼手上的病历，想起医生为他分析的种种可能，觉得可笑。

　　还有人和他说，他是因为内心深处有了喜欢的人，所以对其他异性有抵触心理也正常。可是他喜欢谁？他怎么不知道？江苑吗？

　　贺轻舟的脑海里浮现出那张清冷寡淡的脸。他冷笑一声，怎么可能？

　　这大概是江苑搬来这里的这么多天内，第一次和她的邻居碰面。看着年龄不算大，应该刚成年，每个人手里都提着一个大袋子。透明的袋子，里面装的都是些零食和啤酒。

　　看到江苑，刚才还说说笑笑的几个人，此时你撞撞我，我推推你的，都十分默契地往江苑这边看。

　　江苑把围巾往上拉，挡住大半张脸。她不太喜欢被人这么注视。

　　走上台阶，有人主动和她招呼："姐姐，你也住这儿啊？"

　　江苑点头："嗯。"

　　少年笑道："刚搬来的吗？难怪之前没见过。"他从手中的袋子里翻翻找找，找出一瓶甜味饮料，递给她，"姐姐，喝水。"

　　江苑轻声婉拒了，礼貌却又带着很明显的疏离："谢谢，你们喝吧，我不渴。"之后开门进去，又轻轻关上门。

那几个少年站在走廊里，小声说："漂亮姐姐好难接近。"

"不过好漂亮。"

他们笑了几声："怎么，有想法？"

"得了吧，我还是有自知之明的，人家长这样，明显看不上我啊。"

他们大概不懂，对这套房子的隔音来说，他们此刻的讲话声，足够让江苑听到了。她打开窗户，又把屋子打扫了一遍，然后拿着睡衣去洗了个热水澡，早早吃药躺下了。

一夜无梦，睁开眼就是第二天，但身子仍旧乏累得很。她躺在床上没动，看着天花板发呆。

过了十来分钟，神智回笼，才慢吞吞地起床。

马上就是春节了，周嘉茗她们都回了家。宿舍里，只有江苑是本地人。

江苑去菜市场买了些蛋蔬鱼肉，又去逛了逛超市，提前把东西囤好。

大约是临近春节的原因，这座城市比之前还要热闹。只不过，这些热闹与江苑无关。她还是反反复复着自己从前的生活，上网课，看书，刷题。

有时候学习得太晚，没有精力做饭，她就吃泡面，一边吃一边上网课，偶尔还得停下来记笔记。等到一碗泡面都放凉了，还没有吃完。

胃大概就是在这样无规律的作息中弄坏的。于是家里除了安眠药，又开始常备胃药。她也知道这样不好，但要暂时辛苦一下。

江苑安慰自己："没关系的，熬过去就好了。"只要熬过这段时间，就能过上自己想要的生活。她想，或许这是最难熬的几年，但已经是离她理想生活最近的几年。

窗外，又开始下雪。

"你说这破天，下这么大的雪，开车都麻烦。"苏御摸了一手烂牌，骂骂咧咧地把火撒到这场雪上面。

贺轻舟扔了手里最后两张牌——王炸，结束了这场牌局。

"不来了，没意思。"他坐在沙发上，模样懒散地点了根烟。

苏御输了一晚上，也觉得没啥意思。他坐过去，问贺轻舟："一舟姐没让你回去？"

贺轻舟抬眸低笑，反问他："你觉得可能？"

想到一舟姐那个唠叨性子，苏御说："那必须不可能啊。"不光让他回去，还得让他把江苑也带回去。

贺轻舟坐姿散漫闲适，隔着绵密的烟雾，微微眯起了眼睛。所以，那个江苑和他到底进行到了哪一步？为什么连他姐那么挑剔的人都开始松口？

"苏御。"贺轻舟坐起身，把烟掐灭，"我以前，和江苑的关系很好？"这还是贺轻舟失忆后第一次主动提起江苑。

苏御愣了好半天："怎么突然问这个？你记起什么了？"

"没，就是好奇。"好奇自己为什么会喜欢上一个完全和自己的品位背道而驰的人。

苏御还是觉得挺可惜的，毕竟他可是目睹了贺轻舟苦苦坚持的那几年。江苑虽然是块木头，但也有被打动的那天。好不容易她的态度开始转变，贺轻舟眼见着就要守得云开见月明，结果突然来了一出狗血的失忆情节。

苏御："你们那已经不叫关系好了，你对江苑简直到了掏心掏肺的恋爱脑程度。"

贺轻舟的眉头皱着，脸色沉下来："谁是恋爱脑？"

看出来贺轻舟对这个称呼的不满，苏御急忙改口："我是，我是。"

贺轻舟没了耐心，也没了继续听下去的心情，穿上外套起身："走了。"

黑色的轿车等在外面，司机见贺轻舟出来，急忙下车，绕到后排把车门打开。

贺轻舟弯腰进去，似突然想到什么，手扶着车顶，回头看向苏御。声音淡淡的，却是不容置喙的语气，带着几分强硬："以后不要在我面前提起这个人。"

北城的夜景很美，但贺轻舟没心思去欣赏这座他看了二十多年的城市。他拿出手机，点开了江苑的对话框。他们的最后一条信息，停留在半年前。那个时候他刚出车祸。

"我去找你。"

"江苑，我求求你，你别这样好吗？你别不要我。不管你要去哪里我都可以陪着你一起去的。"

"你别扔下我好不好？"

贺轻舟将聊天记录往上拉，很多时候，都是他单方面的自言自语。他向江苑讲述着自己今天发生了什么，枯燥的，有趣的，他全部讲给她听。

而江苑，偶尔会拍一张照片发过来。

"下雨了。"

"这次考了第一。"

"午餐有青椒。"

往往江苑的一句话都似狂风骤雨，足以在贺轻舟这儿掀起泥石流。她的一句话，他可以用很多句来回应。

"那你带伞了吗？"

"我待会儿去接你吧？"

"你别自己先走了，上次淋雨烧了三天。"

"我去接你，你乖乖地在里面坐着，等我。"

"牛啊！姐姐，数学都能考满分，我这种全校第一都得丢个几分。"

"你简直就是我的偶像！"

"我们苑妹太厉害啦！"

"你不是吃不了辣吗？"

"下次还是别吃了，胃会难受的。"

"我今天亲自下厨，嘿嘿，我待会儿去接你，让你尝尝你舟哥的厨艺。"

贺轻舟没有继续往上翻，而是面无表情地清空了所有聊天记录。

江苑上完一整节胸腔积液的网课，整个人都昏昏沉沉的，大约是昨天晚上吃的那片安眠药的副作用。她穿上外套，换了鞋子，想出去透透气。她住的这片儿位置挺偏的，虽然离医院近，但是离市中心远。外卖也少，而且配送时间也长。好在超市和菜市场离得近，也不需要走太远。

江苑开了门出去，正好和回家的阿姨打了个照面。她的手里提着刚买的新鲜蔬菜，笑容热情地和她打招呼："你是新搬来的住户吧？"

江苑点头："也搬来有半个多月了。"

阿姨笑道："这么好看的小姑娘，我平时居然没注意到。附近技校的学生？"

江苑说："我是医学院的，明年要去一医实习，所以就搬到附近了。"

"哎哟，还是名牌大学的学生啊，真厉害。"阿姨从袋子里拿出一串香蕉给她，"平时要是有什么需要帮助的，可以来找阿姨，我就住在三楼，你们楼上的楼上。"

江苑原本是不想接那串香蕉的，但阿姨硬塞给了她，态度强硬。江苑只得笑着接下："谢谢阿姨。"

"谢什么哟，这小姑娘真乖。"

江苑这种长相乖巧又聪明的女孩子，似乎格外讨这些阿姨们的喜欢，她甚至还邀请江苑改天去她家做客："阿姨的厨艺不比那些餐馆里的厨师差。"

冰雪好像在逐渐消融，江苑的指尖也泛出一阵暖意，她这次没有再拒绝："谢谢阿姨。"

那之后阿姨隔三岔五地来找她，给她带一点自己做的腊肉、腊肠之类的，甚至还有老家带来的土特产。

江苑也没有什么好回礼的，就是偶尔给他们看个诊、号个脉。她虽然是学临床医学的，但对中医也有涉猎。

阿姨逢人就夸她："楼下搬来了个小姑娘，人长得漂亮，还是个高才生，医术也好，你们家里有未婚小崽子的，可得抓紧点了。"

这话传得快，也的确有些动了心思地找阿姨来说媒，但都被江苑礼貌地回绝了。她目前还没有这方面的打算。

越是临近春节，年味就越重。

早上七点，江苑熬好了粥，又煮了个鸡蛋。

群里一直有人发消息。

周嘉茗："我家太后今天亲自下厨，做的满汉全席，大伙儿看看怎么样？"

紧接着，一张照片发了过来，很丰盛，鸡鸭鱼肉都有。

许来来表示不服，把自己家的饭菜也拍了发过来。

许来来："这碗猪肚鸡汤可是我奶奶的拿手绝活，店里都吃不到的那种。"

阮熏表示挺无奈的："我们一家今天出去吃，暂时还拍不了照。"

然后她们就开始疯狂喊江苑："江大小姐，让我等看看你今天吃的什么山珍海味？"

粥正好盛出来，江苑用破壁机打了杯豆浆，出来的时候才看见这条消息。她拿出手机拍了张照片，发到群里。

周嘉茗："这是啥？大过年的就吃这个？"

许来来："你们家改吃素了？"

江苑无奈地轻笑，指尖轻触屏幕，敲下一行字发送："我从家里搬出来了，现在自己住。"

这件事她还没来得及告诉她们，所以一群人再次震惊。

周嘉茗："你家里人居然同意？"

江苑："嗯，同意了。"她并没有打算在这件事上做太多的解释，毕竟周嘉茗不知道她家里的事情。

结束了这次对话以后，她把手机锁屏放在一旁，安安静静地吃早餐。

近日越发冷了，家里的暖气也在这种时候出现了故障。老小区，没有物业。她只能给维修公司打电话，得到的回复竟然是放年假，目前没有工人，需要再等几天。江苑只能先在网上买了个小太阳，腿上也时刻盖着小毯子。

日历一张一张地往下撕，终于到了大年三十。

隔壁住着的那几个小男孩也都回家了，于是这层楼，更加冷清。好在是一楼，平时也常有人经过，还不至于到连人影都看不到的程度。

江苑去超市买了春联和福字，自己动手把屋子里里外外都贴完了。虽然是租的房子，但也要有点仪式感才行。做完这一切后，她给自己泡了杯枸杞红枣养生茶，端着杯子窝在沙发里，随便选了一部电影。

屋子的隔音不好，楼上楼下有一点动静都能听得清清楚楚。江苑听到楼道口传来女人的叫骂声："叫你洗个澡能死人啊？不洗澡就别穿新衣服！"

大年三十，辞旧迎新。北城的习俗是在这天洗个热水澡，然后穿上新衣服，寓意是新的一年，有个新开始。茶杯在江苑的手中转了一圈，她若有所思地想了一会儿，然后放下茶杯，起身打开衣柜。她也换上了新衣服，希望在新的一年里，能有个好兆头吧。

记忆总在不合时宜的时候被唤醒，江苑走到窗边，去看窗外的雪。那片刺眼的白，每次看到，都有一种奇怪的感觉。

十四岁那年，江苑被邻居家堆的雪人吸引了。少年面红耳赤地询问她的意见，想给雪人戴什么装饰，江苑说都行。

江苑站在一旁，安静地看着。

后来贺轻舟进来。看到眼前这一幕，他的脸色阴沉着，也不说话，牵着江苑就往外走。他来江苑家找她，结果没看到人。阿姨告诉他，江苑一早就去了隔壁，现在还没回来。

这就是她爽约的原因吗？贺轻舟到隔壁，果然看到他们在一起，离得还那么近。他气得要死，心里想的是，迟早把这个人揍一顿。

江苑却说："贺轻舟，有点疼。"

贺轻舟停下，低下头，看到他们紧握在一起的手，他的力气太大了，江苑的手背都被捏红了。他的动作开始变缓，眼底也迅速攀上一抹愧色。

"我……我……对不起。"贺轻舟松开手，磕磕绊绊地向她道歉。刚才还气得想揍人的他，眼下懊恼得蹲在地上，不肯走。

江苑还以为贺轻舟是生气了，在难过，哄了他很久很久。后来，也是那一天，只不过时间变成了深夜，贺轻舟给她打电话，让她下来，他有东西要给她看。

江苑已经洗过澡了，准备睡下，但她还是穿上外套下了楼。

客厅里灯火通明，江家人围坐在壁炉旁，谈笑风生地守岁。真是其乐融融的一家人啊！

他们都看到了江苑，但没人和她说话，哪怕敷衍地提出一句"要不要一起"也没有。

但江苑也庆幸没有。她礼貌地主动打过招呼："我出去一下，马上就回来。"

这里唯一一个和她有血缘关系的男人点了点头。

江苑换上鞋子出门。她看见，附近的公园里，有一个很大很大的雪人，比她在邻居家的院子里看到的那个还要大上许多。

贺轻舟也不知道在这儿待了多久，露在外面的皮肤都被寒风吹红。

堆好的雪人的衣服和帽子和她今天白天穿的一样，都是喜庆的大红色。

贺轻舟此时正在堆第二个雪人，旁边的椅子上，放着他的衣服。

江苑走过去，好奇地问贺轻舟："怎么你的那个，比我的要小？"

贺轻舟说："大点化得慢。"

江苑抬眸，没懂。

贺轻舟说："我很迷信的。"哪怕是雪人，属于江苑的那个，也要长长久久地保存着。这样她就能活得比他更久。

江苑点头。

"江苑，我以后每年都给你堆雪人。"贺轻舟支支吾吾的，脸比刚才更红了，"你能不能……能不能别看其他人的雪人？"那是一种，属于那个年龄段的幼稚。

那天，江苑坐在公园里，陪了贺轻舟很久。因为他为了堆雪人，让环卫工阿姨不用扫这里，待会儿他来扫。

于是那一年的守岁夜，贺轻舟在打扫公园，江苑在陪他打扫公园。

第三章

荒芜

　　应该已经有人家里开始吃团年饭了，江苑闻到了饭菜的香味。她今天也空出了一天的时间，简单地做了几个菜。

　　中国人眼中最重要的节日，总得有些仪式感。她摆好碗筷，从冰箱里拿出一瓶鸡尾酒，倒了半杯。她只能喝这种低度果酒。

　　这好像还是长这么大，第一次一个人吃团年饭，但感觉其实挺不错的。至少不用作为旁观者，去欣赏别人的其乐融融，合家团圆，也不用去听那此起彼伏的嘲讽声。

　　在江苑很小的时候，她一直觉得，吃饭是一个任务。在这场生存游戏中，吃饭可能不是晋级的必要选项，但不吃饭，一定会被淘汰。所以她一直以来都觉得，吃饭只是为了生存。

　　江苑体会不到别人那种吃到美食后的愉悦和开心。她就像是一个迟钝的木偶，四肢被人绑着线，一举一动都被握线的人操纵着。

　　后来贺轻舟出现了，他告诉江苑："你自己的人生应该你自己做主啊，你为什么要去听别人的？"他是第一个告诉江苑，她可以做自己的人，也是第一个，将她从泥泞中拉出来的人。

　　楼上的阿姨来过一次，给江苑端了一碗饺子。她知道江苑是一个人过年："阿姨家里人多，你这儿冷冷清清的，去阿姨家里过年吧。"

江苑笑着婉拒了。大年三十，是一家人团圆的日子，她还没有那么没眼力见，去打扰别人。

阿姨见江苑这样，也不勉强，只是叮嘱她如果无聊的话就去楼上。

江苑点头，向她道谢。

晚上，雪才终于停了。外面传来孩童嬉闹的声音，总觉得有风透进来，江苑把窗户关严实，然后抱着毯子坐在沙发上，开始看春晚。有个小品很有意思，她用手机拍下来，发了条朋友圈："很有意思。"

苏御他们在屋里喝酒，贺轻舟出来抽烟，顺便透气。作为北城地段最好，楼层最高的酒店，从这儿可以俯瞰北城最好的夜景。他闲散地靠着护栏，眼神落在远处的江面，眉宇间带了点漫不经心。他总觉得自己好像忘了什么事，是一件必须要在今天去做的，很重要的事，可他想不起来到底是什么，以至于今天无论做什么都有些提不来劲。

酒过三巡了，贺轻舟仍旧烦躁得很。寒风刺骨，远处江面的轮渡上，正响着刺耳的鸣笛声。思虑许久，他拿出手机，点开朋友圈。划过无数条新年快乐的自拍照，他的动作停下，手指悬停在屏幕上方。

江苑："很有意思。"下面是一张春晚小品的图片。

莫名地，贺轻舟没由来烦躁的心情，突然平复下来，在看到江苑这两个字的时候。但越是这样，他就越觉得奇怪。那种身体和情绪完全不受自己控制的感觉，让他越发感到不满。

于是，陷入死循环。

贺轻舟微微眯起了眼睛，掐灭指间的烟。直觉告诉他，他遗忘的事和这个人有关。

露台的门开了，苏御过来搬救兵："舟哥，你赶紧去治治他们，我裤子都快输没了。"

贺轻舟无动于衷，胳膊搭在护栏上，周身是说不出的慵懒随意。冷风也吹够了，他绕过苏御进去。

室内，温度适宜。桌上放着牌，此刻也没人管这个了。

音乐声有些刺耳，不知道谁找来的女团，在前面跳着女团舞。刚刚还哭着喊着说自己内裤都快输完了的苏御，此时起哄最带劲。

贺轻舟没有过去，而是靠着墙，又点了一根烟。他没什么烟瘾，心情不好的时候会来一根。譬如烦躁的此刻。太吵了。

原本以为这首跳完就会结束，谁知道自动进入下一首。在她们开始舞蹈动作之前，贺轻舟把电源拔了，扔在地上，音乐骤然停止。

刚到兴头上的苏御回过头来正要骂人，对上贺轻舟阴沉的眼睛时，便知道这位祖宗的脾气上来了。

贺轻舟那个易燃易爆的脾气，可不是一般人能招架得住的。也难为他能在江苑面前装这么久。当然了，也不一定是装。贺轻舟从前把江苑宝贝成那样，哪舍得冲她发脾气啊！

苏御在贺轻舟发火前，让人把那些女团的妹妹送走，然后主动找贺轻舟认错："舟哥，我错了。我就是觉得守岁总得丰富多彩一些，所以才让珏哥把这些妹妹们弄来，给哥几个跳舞助兴。"

苏御他家是开娱乐公司的，这几个女生都是他家新签的艺人。大年三十，谁不想和家人团团圆圆，但少东家召唤，也不敢拒绝。毕竟在不久的未来，这个人可能就是她们的老板了。

苏御觉得有点委屈："舟哥，你把人赶走了，哥几个看什么？"

贺轻舟抬眼看苏御，淡淡地威胁道："还不闭嘴？"

苏御不敢说话了。

宋昭昭是缠着她哥哥偏要来的。贺轻舟不接她的电话，无论打多少通都显示无人接听。她还以为贺轻舟是把自己拉黑了，后来才从苏御那里得知，贺轻舟有两部手机，一部私用，一部公用。说白了，就是懒得花时间应付的人，给的都是公用的号码，连拉黑她都嫌浪费时间。

宋昭昭在家哭哭啼啼的，说没了贺轻舟就活不了。正好她哥哥前几天从国外回来过春节，她一哭二闹，吵着让哥哥带自己过去。

宋邵安穿着一身笔挺的西装，戴了副银边眼镜，有一种与生俱来的清贵气质。他在美国读博，明年就要毕业回国了。说起来，他的学习成绩从小到大一直都被贺轻舟压一头。两个人都是外人眼中的天才少年，中考结束后直接进入高三备战高考。甚至连高考成绩，贺轻舟都比他高出足足二十多分。

后来宋邵安出国留学，贺轻舟却放弃了更好的选择，留在了北城。因为他怕自己走了以后，江苑不好好吃饭。很奇怪的一个理由，但在贺轻舟那里，又很正常。

苏御让侍应生把自己存在酒窖里的那瓶罗曼尼康帝取出来："一九九〇年的，前年老爷子去拍卖会拍的一箱，让我给顺走了。"

贺轻舟的下巴微抬："你倒是孝顺。"

苏御怎么也没能从贺轻舟毫无波澜的语气中听出半分对自己的夸奖，但他还是厚颜无耻地认为贺轻舟是在夸他。

宋邵安从刚才开始，就一直在寻找着什么，偶尔朝贺轻舟这边投来探究的眼神。

贺轻舟倒了杯威士忌，没放冰球，喝了一口，有点呛嗓子。

"说吧。"酒杯放回大理石桌面时，发出清脆的声响。

贺轻舟靠坐在沙发上，平静地对上宋邵安的视线。他够直白，宋邵安也不遮掩了："江苑她，还好吗？"

贺轻舟的脾气上来了，冷笑道："怎么一个个都爱来我这儿问，我是那女的监护人吗？想知道她好不好，不会自己去看？"

这还是宋邵安第一次听到贺轻舟这样称呼江苑。宋邵安的眉头皱着，说不出是什么感觉。贺轻舟出车祸的事，他听说了。

听说是挺严重的，贺轻舟当时精神恍惚，车子撞在护栏上，直接报废。安全气囊救回了他半条命，剩下的半条，是医生彻夜不眠，从死神手里抢回来的。

这事其实没人能细说出个对错来。毕竟贺轻舟也是经历过一个晚上被医生下好几张病危通知书的人。

宋昭昭这次跟过来就是为了找贺轻舟。虽然贺轻舟目前只是拿她当朋友的妹妹对待，但宋昭昭相信，只要自己功夫下得深，他总会动心的。谁知道自从她来这儿以后，他的注意力没有一分在她的身上过。也不是说刻意忽略，而是压根就没注意到她这个人。

宋昭昭不甘心，决定一展自己的歌喉，狠狠地惊艳他一下，于是点了一首《被伤过的心还可以爱谁》。

苏御嫌这首歌太土，不让她唱，过去要切歌。宋昭昭护着屏幕不许他靠近。

顿时，房间里更加吵闹。

江苑坐了太久，腰有点酸疼，于是想出去透透气。

这个点儿，小区里罕见地还这么热闹，小孩子们在追逐打闹，大人们则在一旁聊天，偶尔还能听到不知道哪栋楼传来的麻将声。

这个地方，虽说偏僻了些，脏了些，但比起她从前那个家，她更喜欢这个有烟火气的地方。

只有在这儿，她才觉得自己是个活生生的，有存在感的人。

有小孩跑过来，递给她一把仙女棒，他的小脸被冷风吹得红扑扑的。江苑向他道谢。他没有立刻离开，而是站在原地，等了一会儿，才去牵她的手："姐姐可以和我们一起玩。"

江苑无奈地笑了一下，所以她现在是被一个小朋友怜悯了？

他们没有打火机，用来点火的是一根燃着的香。

小朋友替江苑把仙女棒点燃，顿时，像是金色的丝线炸开一样。

有小朋友问江苑："姐姐怎么一个人过年呀？没有家人吗？"

江苑笑了笑："姐姐的家人不太喜欢姐姐。"

"那男朋友呢？"

现在的小孩子，怎么都这么早熟。

江苑看着自己手中的仙女棒燃尽，安静地垂眸："姐姐没有男朋友。"

那一个晚上，江苑都没有睡觉，守岁本来就是要守一夜。

在老家的记忆只剩下一点了，但她仍旧记得，以往每次过年，都得放鞭炮。吃团年饭之前放，守岁到第二天的时候也得放。但城里禁止燃放鞭炮，所以这一习俗也逐渐没有了。

外面逐渐归于安静，不再吵闹。

江苑拿着茶杯，又开始上网课。熬了一宿，她却不怎么困，第二天天亮，还能给自己做个早餐，顺便再洗个澡。然后才躺下。

暖气坏了，房间里跟冰窖似的，总得躺上一会儿才能觉出暖意来。

江苑干脆坐起身，看了一眼手机。昨天晚上有很多人给她发新年祝福，应该都是群发的。江苑也每一条都回复了，甚至还有人企图顺着她的回复继续聊下去，但这次江苑便当没看见。她将信息一直往下拉，拉了很久才看到那个熟悉的名字。聊天框里空空荡荡的，什么也没有。然后她把手机锁屏，放在远处，安静地入睡。

江苑是被来电提示音吵醒的，睡前忘了将手机调静音。此时不过离她睡着只过了四个小时，她从沉睡状态中被吵醒，眼睛酸涩难耐，左手从被子里伸出来，顿感凉意袭来。胡乱地在床头摸了摸，摸到手机后，才凭感觉按下接通："喂。"

大约是听出了江苑话里的困意，电话那边的女人轻声致歉："看来我这通电话打得不太是时候，吵到你睡觉了。"

江苑的困意醒了大半："一舟姐？"

电话对面的女人笑了笑："嗯，是我。听说你搬家了？"想不到这事连贺家那头的人都知道了。

　　江苑大概也能猜到，翟惜雪是怎么添油加醋地和别人讲这件事的。她一向这样，乐于将自己塑造成用心良苦却又吃力不讨好的后母形象。而江苑，则是不知好歹的恶毒继女。但江苑也懒得为自己辩解。

　　江苑："嗯，这边离医院近，以后实习也方便。"

　　贺一舟随口问了句："一医？"

　　江苑："嗯。"

　　贺一舟："挺好的，就是比较累。"贺家在医疗方面也有涉猎，北城大点的医院几乎都和他们家公司有合作。

　　江苑笑了下："就是因为累才过来的，累点好，可以多学点东西。"

　　贺一舟就是喜欢江苑这种，看似柔软，实则坚韧的女孩子。

　　贺一舟："明天小童满月，在思锐摆了几桌，你记得过来。"

　　江苑点头："好，我会去的。"

　　电话挂断后，她也彻底没了困意，坐在床上发了会儿呆。

　　上次见到贺一舟，还是在她的婚宴上。贺轻舟对他那个姐夫似乎不太满意，北城的习俗是交换婚戒时，必须由新娘的兄弟姐妹上台送戒指。

　　贺一舟只有贺轻舟这一个弟弟，于是，这个任务理所当然地落在了他的身上。

　　临上台前，江苑替贺轻舟把领带重新正了正，还不忘嘱咐他："这么重要的场合，你别把戒指往新郎的脸上砸。"

　　贺轻舟的眉头皱着："我怎么觉得在你的眼里我像个弱智。"

　　江苑笑得有些直不起腰，她趴在贺轻舟的肩上继续笑。她很少有这么开心的时候，贺轻舟就顺势搂着她。他的肩膀很宽，他的手也很大，放在她的腰后面，都快整个覆盖住了。修长白皙的手指，将她丝质的裙子揉乱。

　　贺轻舟："你养条狗吧，以后我们结婚了，也有个送婚戒的。"他想得足够远，甚至包括他们婚后，应该怎么调节江苑的工作时间和陪他的时间。她当医生以后，肯定很忙很忙，估计都没什么时间陪他。

贺轻舟不缺爱。他的人生顺风顺水，亲友挚交，他拥有很多的爱。所以爱对他来说，不是稀缺品。他只是想要江苑的爱。

寒意将江苑唤醒，她打了个冷战，掀开被子下床，把床铺整理好后，她去洗手间简单洗漱了一下。

今天是初一，走亲戚的日子。外面很热闹，有说有笑的。

江苑今天随便吃了点，然后又开始投身于知识的海洋里。正所谓学海无涯，学无止境。

手机铃响了几声，她放下笔，拿起来看了一眼，是同校的师姐发来的："你和贺轻舟，是不是闹别扭了？"

师姐之前带过她一段时间，贺轻舟那会儿常来找她。时间长了，周围的人便默认了江苑有个帅哥男朋友。甚至大家还不止一次讨论过，贺轻舟要是他们学校的学生，这身材，这长相，恐怕下一次校草投票他得断层出道。

这事江苑没有主动和任何人讲过，就连周嘉茗她们，也是凭借蛛丝马迹推断出来的。

江苑："我们现在已经没有任何关系了。"

师姐："哦哦，我刚刚看到他和别的女孩子在一起，还以为他劈腿了呢。"

师姐："不过你们在一起好好的，怎么就分手了？"

其实也算不上分手吧，他们甚至都没好好在一起过。

江苑："很多原因，就没在一起了。"

师姐安慰了江苑一会儿，也没有继续说下去。

江苑把手机放在一旁，继续上课，明明是在认真做笔记，等她低头去看时，却满页都写着三个字：贺轻舟。

虽然贺一舟把小孩的满月宴说得很家常，但江苑知道，这种有钱人家的宴会，也不可能随便到哪里去。好在她从家里带走的衣服里，有几条适合参加晚宴的裙子。

裙子是一年前定做的，那时穿着合适，现在却大了点，腰那里有点空。她不得不承认，没有贺轻舟在旁边监督，她的确不会好好吃饭。

江苑把裙子拿去附近的裁缝铺改小了一点。妆发随便弄了弄，很简单，只涂了个增加气色的口红，甚至连粉底都没用。她足够白，白得没有一点瑕疵。肩若削成，腰如约素，哪怕未施粉黛，仍旧美得出挑。

宴会很热闹，那些宾客的注意力都在小孩身上。不过才满月，能看出什么来，还不是违心地夸着可爱。毕竟夸孩子比夸母亲本人，更加来得有效。

贺一舟不愧女强人之称，这才刚出月子，就已经和寻常人无甚区别了。孩子是她老公抱着的。她看到江苑了，不知道和那些人说了些什么，然后朝江苑走来："怎么不提前打个电话，我让人去接你。"

江苑笑了笑："也不算远，坐出租车半个小时就到了。"

贺一舟欲言又止："今天来的人很多，你要是不习惯的话，可以先去后面吃点东西。"她这话的意思太明显了——江家的人也会来。

江苑点了点头。其实她是无所谓的。外人对她，好像总有种误解，觉得她是柔弱得经受不住任何风吹雨打的小白花。但江苑知道，自己不是。

江苑没有刻意想避开他们，但还是去了后面的甜品区。因为她确实有点饿了。吃完一整块红丝绒蛋糕，江苑听到旁边有人在议论。没有刻意压低音量，压根就不在乎当事人能不能听到。

"我还以为她不会来呢，居然还真来了。"

"这么好的机会怎么可能错过。过了今天估计就没机会见到贺轻舟了，总得把握好。说不定还能故技重施，让他回头。"

"不过贺轻舟是真的失忆了吗？这也太像电视剧里的情节了吧？谁都记得，偏偏就忘了江苑。"

"谁知道呢？反正今天是有好戏看了。"

江苑找了一圈，看到自己爱吃的蛋挞，夹了一块放在盘中，用刀叉切成小块，安静地吃着。旁人的话，对她不造成干扰。

"啧啧啧，看她那样，估计觉得自己胜券在握了吧。"

"谁让人家有那个资本呢，也确实长得好看。而且贺轻舟之前都被她迷成什么样了，像被下了蛊一样。"

"你说贺轻舟会对江苑二次动心吗？"

"难说。"

"打个赌？我坐庄。"

江苑没有去管身后那些带着调侃的笑意去下注的声音，吃完蛋挞后，她去了露台透气。

这里的视野很好，从前贺轻舟带她来过。每次临近考试，他都会带她来这儿。因为知道她在家里不可能有机会安静地学习，所以他特地找了这里，给她补课。

这里不光安静，风景还好。江苑喜欢在高处看夜景，她觉得夜晚的灯光，就像天空翻转后的星星。她看着远处的夜景，还是一如既往的好看。

露台是被围起来的，算不上冷，但是待久了仍旧会有淡淡的寒意。于是她推开门进去。隔着人群，也没有刻意去找，但她一眼就看到了姗姗来迟，却被众星捧月的贺轻舟。

过于耀眼的人，总是很容易成为全场焦点。

贺轻舟今天少见地穿了西装，虽然一如既往地散漫、随性，但周身浑然天成的清贵气质还是很难让人忽略他的存在。

身边的女孩子不知道说了些什么，他垂眸看着她，灯光映照之下，清亮的眼底，带着淡淡的笑意。

贺轻舟晃了晃手中的香槟，浅浅地抿一口，抬头时，偶然与江苑的视线对上。不过一刻，便挪开了。他的神色也没有丝毫的变化，仿佛只是与一个陌生人不经意地对上视线。

"刚才是谁押了贺轻舟会对江苑旧情复燃的，给钱给钱。"

"这才刚开始呢，谁输谁赢还不一定。"

"什么刚开始，你以前见过贺轻舟带过除江苑之外的其他女伴？这明显就是移情别恋了。"

"啧，什么嘛，江苑也太不争气了。"

灯光太刺眼了，灯泡的瓦数，应该很大吧。还有，厅内太闷了，闷到让江苑觉得，自己的脖子好像被掐住，喘不过气来。她其实不太喜欢这样的氛围。

逃离了不属于她的热闹，江苑去了趟洗手间，接了捧冷水洗脸。原本是想找个稍微人少点的地方清静清静，却不想在这种地方也能碰到老熟人。看到江愿那张带着戏谑笑意的脸，江苑认命地想，看来老天爷也不想让她清静。

江愿冷笑道："怎么，现在终于想通了？想来求贺轻舟的原谅？"

江苑的脸色平静，只说："让开。"

江愿最讨厌的就是江苑这副万事看淡，什么都无所谓的高姿态："你还真把自己当成江家的大小姐了？不过是那个女人不光彩的私生女罢了，狗得了便宜还会冲主人摇摇尾巴呢。你呢？在我家吃住这么多年，连声谢谢都没有？"

江苑走近她，声音平静地道："你把刚才的话再重复一遍。"

江愿其实有点怕她，表面上看着柔弱好欺负，实则是一条不怕死的疯狗。尤其是提到她妈妈的时候。江愿曾经就被她咬过。当时她把江苑妈妈留给江苑的遗物烧了，江苑一句话也没说，拉着她就往火里冲。江愿挣扎时看见她被火光映亮的侧脸，那双眼睛里什么也没有，空洞且平静。她不怕死，她要和江愿一起死。如果不是父母回来得及时，恐怕她们两个当时就死在那场大火里了。

江愿到底不敢把刚才的话再重复一遍，因为她知道，江苑什么都做得出来。她不敢开口，江苑便绕过她，走了。

对面就是抽烟区，江苑刚出去，就对上某双懒散看过来的眼睛。他的外套不翼而飞，内里只着了件黑色衬衣，领带也解开抽走了。大约是嫌拿着碍事，干脆绑在了手腕上。他很白，遗传的原因，哪怕晒黑了，也能在短期内白回来。

灯光朦胧，贺轻舟也被笼在朦胧的灯光之中。桃花眼细长，眼里没带其他的情绪，纯粹只是，在这儿抽烟，碰巧吃了瓜而已。他不知道来了多久，也不知道听到了多少。但看他嘴里叼着的那根烟的长度，应该有段时间了。应该全部都听见了。

江苑走不动道，她像被定死在那儿一样。但还是尽量保持镇定地和他打了声招呼："晚上好。"

贺轻舟低笑一声："你还挺乐观。"分不清是夸奖，还是在反讽。

江苑笑了笑："还好。"

与贺轻舟不纯粹的笑不同，她是那种真诚的笑，真诚到仿佛刚才在洗手间内说话的那个女人不是她。

身后紧接着出来个瓜子脸的女孩子，是刚才和贺轻舟一起进场的女孩子，她换了身衣服，仍旧拿湿巾反复擦拭着自己的左手。眉头轻轻皱着："还是一股红酒味。"

贺轻舟看到她了，掐灭了烟："行了，走吧。"

那个女孩子跟过去："你等等我呀。"

原来不是来抽烟的，是来等人的。

赵梦澜是混血，中韩混血，先前一直住在韩国，近期才回来。对她来说，这里的人全是陌生人。刚才被一个不看路的侍者洒了一身的红酒，她又不敢一个人去洗手间清理，于是缠着贺轻舟陪她。

贺轻舟也是被烦得不行，这才点头同意。

走远些了，赵梦澜问他："刚才那个人，你认识啊？"

回想起刚才听到的对话，贺轻舟的唇边勾起一道若隐若现的弧度。原以为是弱不禁风的小白花，原来还是朵扎手的野玫瑰。

贺轻舟："应该认识，但又不太认识。"

赵梦澜蒙了，还以为没听懂是因为自己的中文水平太差。

江苑今天的到场，似乎给足了别人茶余饭后的谈资。常有人意味深长地看一眼贺轻舟，再看一眼她。

有时江苑甚至能听见自己身边的人的议论着："喜欢的时候护得严严实实，这会儿不喜欢了，连个陌生人都不如。先前她哪能和我们一桌，不得在主桌啊。"

"所以说啊，这人越有钱，品行就越不端。"

他们议论自己的时候，江苑没有想要为自己辩解，但听到他们诋毁贺轻舟时，她却想上前解释，同他们争论。刚才那句话里，是对贺轻舟的诋毁侮辱，可最后她还是保持了沉默。

安静地吃完这顿饭，然后安静地离开吧。

贺轻舟在上面致谢词，大概说了一些感谢的话，谢谢大家今天来参加侄子的满月宴。

身后有小孩子跑来跑去，撞到了江苑旁边的桌角，蹲在地上号啕大哭。江苑抱着他，将他放在自己腿上坐着，替他擦着眼泪，轻声哄他："撞疼了是吗？"

他眨了眨眼睛，睫毛上挂着泪珠，委屈巴巴地看着她。

江苑用手拍了下桌角，笑道："姐姐帮你打它了。"

小男孩这才停住不哭。

"江苑？"头顶的声音，分走了她的注意力。

江苑抬眸，看到一张有些熟悉的脸，走近她的身前。

男人身穿一身高定正装，身正挺拔，似松柏。方才似乎只是在怀疑，眼下确认了，他笑着同她打招呼："好久不见。"

江苑努力搜刮了一下脑子里的记忆，这才依稀有了点印象："宋邵安？"

宋邵安笑着点头，与坐在江苑身边的客人打了声招呼。

"可以和你换个位置吗？"宋邵安笑容温和而且礼貌，"想跟老同学叙叙旧。"

这桌都是些不太受重视的客人，大多都处在这个圈子的边缘，他们对宋邵安这张脸不熟悉，但名字却熟悉得很。川御的大公子，能和他搭上话，自然是再好不过的。那个人想也没想就点头同意了。

宋邵安向那个人道谢："谢谢。"宋邵安在江苑的身边坐下，目光落在最前面。贺轻舟的讲话早已结束。

"我好像的确离开很久了，久到你都快不认识我了。"宋邵安自嘲般地轻笑。

江苑轻声解释："我的记性不大好。"

宋邵安知道，不是她的记性不好，而是她压根就没把自己放进心里过。他有这个自知之明。

他和江苑认识，还是因为贺轻舟。宋、贺两家本来就是世交，他跟贺轻舟更是从小一起长大，也是因为贺轻舟，他才得以认识江苑。

很多次，贺轻舟去找江苑，宋邵安都会陪着。但江苑的性子安静，话不多，对他更是无话。因此不记得他，也正常。

宋邵安轻声笑道："明年我就要毕业回国了，到时候应该能经常见面。"

江苑点了点头："这样啊。"

宋邵安让侍应生重新换了套餐具。

"本来因为工作的事情，要在洛杉矶再待半年，但因为太想回国了。"宋邵安说这话时，眼睛看的是江苑。

然而江苑却没多注意，她拿起杯子，喝了口水："嗯。"清清冷冷的语气。

宋邵安笑了一下。看来她还是没怎么变，依旧是那个话不算多的小姑娘。

吃饭的时候，江苑吃得也不怎么多，吃了几口就放下了筷子。

宋邵安给她盛了一碗汤："喝点汤暖暖胃。"

江苑礼貌地向他道谢，但是那碗汤，她没有喝。

宋邵安大约也猜到了。

江苑对不熟悉的人，仅仅保持在有礼貌的程度，从小到大都是这样。她最多，会与贺轻舟多说几句话。

宋邵安不是没有羡慕过，一直都很羡慕，羡慕贺轻舟。但扪心自问，贺轻舟为江苑做的那些，确实是他比不上的。

这些年，贺轻舟可以说是毫无保留地把江苑放在自己生命中的第一位。他不是个好脾气的主，被家里溺爱得狠了，就成了不可一世的混世大魔王。那些混账事以前也没少干，十足的纨绔子弟。后来遇到了江苑，他的本性才收敛起来。但也只在她的面前。他把自己的例外和唯一全部给了江苑。

最缺爱的江苑，没了爱情也能无动于衷，不缺爱的贺轻舟，反而离了她活不了。真够讽刺的。

晚宴结束，江苑没有留下来应付那些冗长的应酬环节。她穿上外套，安静地离开。宋邵安一直都跟在她的身后，她知道，但也懒得去管。

江苑站在路口，准备拦车，那辆银灰色的卡宴在她的面前停下。车门打开，宋绍安走下来："我送你吧。"

江苑往后退了一步，与宋邵安拉开距离："不用了，谢谢。"

宋邵安突然看向江苑的身后。

江苑犹豫片刻，也往自己的身后看了一眼。

江面很长，似乎要贯穿整个城市一样。

贺轻舟懒散地靠着江边的景观栏杆，嘴里叼了根烟，此时正看着他们，唇边的笑容沾染了几分玩味、轻佻。

被贺轻舟中途扔下的赵梦澜跑过来，用一嘴流利的韩语，骂他。

贺轻舟掐灭了烟："说人话。"

赵梦澜说："我说你走这么快干吗？也不多穿点，当心感冒。"

贺轻舟垂眸，笑了一下："以为我会信？"

赵梦澜扁了扁嘴："我都说让你等等我了。"正犯着嘀咕，在心里骂他，眼角的余光瞥到了宋邵安，两只眼睛都亮了，大帅哥啊！此时哪里还顾得上去追究贺轻舟有没有等她。

正要勇敢过去搭讪的赵梦澜，却眼见着大帅哥上了车，走了。

江苑拦到一辆出租车，上了车后报出目的地。

太晚了，宋邵安不放心，所以一直开车跟着她，直到看见她下了车，走进那个老旧的小区。他也一并下了车，扫视了一下小区周边的环境，很差。

江苑从家里搬出来的事情，宋邵安是最近才知道的。她的后母，近来逢人就诉苦，说她有多可怕，因为被退婚，所以情绪很不稳定，竟然还要拿刀砍他们，但他们还是用最温柔的态度对待她，几乎有求必应。可她还是不满足，最后从这个家里搬了出去。

宋邵安知道，这些话里，没有一个字是真的。他只知道江苑搬出去了，却不知道她住在这种地方。

一楼，靠近楼道的那个房间亮起了灯。窗帘后面，宋邵安看到一道纤细的身影，手抬起来，将长发束成马尾。再然后，门打开，她将晾晒在外面的衣服收进去。目测房子的面积不算大，但温馨、整洁，他能看到桌上的花瓶插满了新鲜的花。

宋邵安庆幸地想，或许这是江苑一直想要的生活。其实这样，也挺好的。他靠着车身站着，看了很久，一如宋邵安出国留学前夕，去找江苑的那次。

江苑抱着刚从图书馆借来的书，看到了站在路口等她的宋邵安。宋邵安没有和她说很多话。其实一直以来，他都没有和她说过几句话，加起来估计不超过十句。

但这次，宋邵安说了之前没说过的很多话："我要走了，明天的机票。"

江苑点点头，无动于衷："一路顺风。"

宋邵安突然笑了一下："你的头发乱了。"莫名其妙的一句话。江苑大概是没听懂的。但最起码，他把自己的心意表达了。

宋邵安拨通了贺轻舟的电话。他靠着车身，电话接通后，他听到贺轻舟那边有些吵闹，大多是一些旁人奉承的话。

宋邵安对这种日常再熟悉不过，他也知道，贺轻舟最烦这种。大概也能想到，贺轻舟此刻是何种不耐烦的表情。

贺轻舟的语气也不怎么好："有事？"

宋邵安轻轻"嗯"了一声，视线望向那间开着灯的屋子："贺轻舟，我有些话要对你说。"

贺轻舟不耐烦地敷衍着打发掉那群人，然后走到稍微安静点的地方："说吧。"

宋邵安沉默半晌。"从前因为你喜欢，并且我是后来者，所以我从来没有表达过自己的心意。但是现在，"他停顿片刻，向贺轻舟坦白，"贺轻舟，我喜欢江苑。"

　　其实早在很久很久以前，宋邵安就想过要和贺轻舟坦白了，但他说不出口，顾虑太多。宋邵安甚至也想过，如果他真的说了，贺轻舟会是怎样的反应。贺轻舟虽然桀骜不驯，但却是一个很讲义气的人。

　　苏御有一次被人激怒，对方骂他是杂种，还骂他妈。贺轻舟冲上去和人打了一架，把对方打进了医院，最后那件事还被贺轻舟扛了下来。苏御他爸不是什么好东西，要是被苏御他爸知道，可能下一个住院的就是苏御了。

　　那段时间贺轻舟被家里禁足，每天罚抄《道德经》。宋邵安和苏御陪江苑去看望过他，还给他带了自己做的饭菜。

　　贺轻舟的房间在三楼，他不能出来，是灯泡下来把食盒叼上去的。灯泡是照明的爸爸，一条大金毛，贺轻舟的弟弟，从小和他一起长大。

　　他站在一旁，听江苑给贺轻舟打电话。

　　江苑仍旧是不大的声音，语气却温温柔柔的，让贺轻舟不要挑食，蔬菜也要全部吃完。

　　贺轻舟难得乖巧地道："只要是你做的，毒药我也会全部吃完。"

　　宋邵安想过很多种可能，或许贺轻舟会生气，会揍他一顿，也或许贺轻舟一句话都不会说，但挂断电话后，抽一晚上的闷烟。他想过很多种。但没有一种，是现在，此刻这种情形。

　　宋邵安听见手机里传来的笑声，散漫轻佻，却又一点也不意外："早看出来了。"

　　在这段关系里，旁观者似乎从宋邵安，变成了贺轻舟。他的语气是那么无所谓。宋邵安微怔，继而点头。

　　电话挂断以后，宋邵安的思绪放空了一会儿。他其实应该高兴的，贺轻舟忘了江苑，他终于可以毫无顾虑地去爱她了。可是，他为什么会感到难过，替江苑难过。

　　对江苑来说，贺轻舟才是那个不顾风雨，一直陪着她的人。她是迟钝的蜗牛，是没有安全感的流浪猫，也是不会诉苦的孤鹰。但是，她也是一个女孩子，一个普普通通的女孩子。从小在那样的环境下长大，她的内心是封闭的，好不容易被一个人打动，准备慢慢打开自己的内心，结果对方忘了她。

如果可以的话，宋邵安反而希望贺轻舟能记起她，这样她应该会开心一些。

宋邵安又想起了他们第一次见面的场景。

少女披头散发，脸上有伤，穿着白色的裙子，没穿鞋，蹲坐在地上，双臂环膝，抬头去看路边的栀子花树。

宋邵安刚下钢琴课，他走过去，问她："你怎么了？"

江苑就像没听到一般，仍旧盯着那棵栀子花树看。

过了很久很久，少女转过头，那双琥珀般清澈的眼睛直勾勾地看着他："我的小猫，可以埋在那里吗？"

江苑法律上的家人，当着她的面，摔死了她当家人养的小猫，还动手打了她。

那天，宋邵安陪江苑安葬了小猫。

看着江苑小心翼翼地从怀里把那具已经僵硬的小猫尸体抱出来。

"他们说，因为我不够听话，所以小球才会死。"江苑踮起脚，从树上摘下一朵栀子花，放在地上。

江苑："管家爷爷告诉过我，葬在花树下，下辈子会投生到好人家。我的小球，下辈子要快快乐乐的。"江苑没有哭，甚至没有任何表情，连说话的语气，都是平淡的，没有任何起伏的。

宋邵安看着江苑的眼睛，里面什么都没有，虽然清澈，但是一片空洞与虚无。她真可怜。这是他当时唯一的想法。

　　师兄开的安眠药吃完了，晚上又开始失眠，江苑闭着眼睛，在床上躺了两个小时。明明身体已经很累了，可意识却越来越清醒。她也不强迫自己继续睡了，穿上衣服下了床，把电脑打开。

　　刚登陆上通讯软件，就收到师兄发来的消息，问她怎么这么晚还没休息。自从上次找他开了点安眠药，他就对江苑的睡眠状况和精神状况格外关注。

　　江苑说，睡不着，努力尝试过了，但还是睡不着，所以就不勉强了，顺其自然吧。

　　消息发过去后，聊天页面上端一直显示"对方正在输入中"。师兄问她最近的情绪有没有什么异样。

　　江苑说没有。

　　师兄大抵也是知道的，她就像是一块木头，这么问也问不出什么来。于是让她明天来趟医院，挂他的号。

　　江苑犹豫片刻，最后回了一个"好"。这天晚上，她直到四点钟才睡，虽然睡得晚，但依旧在七点钟时睁开了眼睛。

　　睡眠质量太差，做了一晚上的噩梦，这也导致江苑的脸色惨白。洗漱的时候，她看见镜子里的自己，手撑着洗脸池，犹豫片刻，还是简单地化了个淡妆。

　　相比上次去，这次显得轻车熟路许多。

　　提前预约了师兄的号，直接过去就可以了。

　　师兄正低头看着不知道哪位病人的病历，听到敲门声，抬头看向门口。

　　江苑走进来。

　　师兄放下手里的病历，看了眼腕表的时间："怎么这么早？"他见江苑化妆了，还涂了一层口红，就问她："今天几点起的？"

　　江苑拖出椅子坐下："七点。"

师兄笑出声来："这也算是提前适应医院的生活了。"

大约是怕她害怕，所以师兄说话的语气显得很轻松。但江苑从始至终都没有太明显的情绪波动，这让师兄觉得自己的担心有点多余。

看来这个小学妹，并不是她外表看上去那样娇弱。他问了江苑一些问题，然后给她打出几张单子，让她交完钱后按照上面的楼层去做检查。

大大小小的检查折腾下来，用不了差不多三个小时的时间。江苑拿着那些检查结果，重新回到诊室。她能看懂，也大概知道自己是怎么回事。

师兄沉默半晌："不排除抑郁症的倾向，但应该是初期，失眠只是其中一个症状而已。"

听到师兄的话，江苑没有太大的反应。她点了点头："我家里还有一些药，上次搬家带出来了。不知道有没有过期。"

师兄皱眉："家里有药？"

"嗯。"江苑的语气平静，"我十三岁就开始吃药了，三年前才停。"

所以，不是患上，是复发。师兄愣了半晌，然后安慰她："抑郁症本身就容易反复，不过你这个是初期，控制好就会没事的。"

这些江苑都知道。在她还不是医学生的时候，就已经知道了。久病成医。

师兄欲言又止，最后还是开口问她："最近，发生了什么吗？"如果没有诱因的话，不会随随便便就复发的。

江苑摇摇头，没说话。她不说，师兄也没坚持再问。最后还是给她开了点药，让她半个月后回来复查。

江苑站起身："谢谢师兄。"

从医院出来，她去后面的小吃街买了一碗凉粉，只吃了半碗就没了胃口。

手机接连震动了几下，她看到上面的信息："长风街新开了一家甜品店。你要是有空的话，我带你去。"

　　江苑把手机锁屏，放回包里，给了现金结账，然后离开。她没有乘坐出租车，而是选择了步行。从这里回家，挺近的，十几分钟，全当是透透气了。

　　江苑走上大桥，沿着人行道走，来往的车辆不多。今天的天气刚好，温度适宜，有风。

　　初春的日光，感受不到一点灼热。

　　桥边站着一个脸色苍白的女人，她那件蓝色的连衣裙，和天空的颜色很像。

　　江苑看见了被风吹起的裙摆。在她即将往下跳的时候，江苑跑过去将她抱了下去。

　　连江苑自己都没察觉，她刚才奔跑的速度，超过了她人生中任何的时候。

　　江苑的体能不行，以往每次体育考试之前，贺轻舟都会陪着她练跑步。她跑得慢，可是再慢他也陪着她，一圈又一圈，一天又一天。虽然进步缓慢，但至少每天都在进步。

　　就差一点，哪怕江苑慢一秒，都来不及了。那个女人坐在地上，号啕大哭，情绪明显已经崩溃。

　　江苑看了一眼自己手背上的擦伤，应该是刚才去抱她下来的时候，不小心蹭到的，不过她并没有在意。她走过去，递给那个女人一张纸巾。

　　女人瞪着哭肿的眼睛，此时正抬头看着她。江苑没有说话，而是挨着那个女人，坐了下来，也不去管地上有多脏，她的白裙子，有多干净。

　　耳边，是轻柔的风声，擦着脸颊而过。

　　江苑不是一个很好的开导者，从她将这个想要轻生的女人从桥上抱下来到此刻，她都一言未发。但她是一个很好的倾听者。

　　那个女人接过纸巾，开始哭诉自己的生活有多么多么不如意。工作上不顺心，家中父母的逼迫，以及前几天身体不适，去医院做了个检查，胸上发现了结节，医生建议她做微创手术，还让她不要太过易怒，要学会控制自己的情绪。

"我的工作都快 007（每天工作 24 小时，一周工作 7 天）了，每天都是加班、加班、加班，回到家里还要听我父母发唠叨，怎么还不结婚？我怎么结婚？我敢结婚吗？上个月公司刚辞退了一个备孕期的同事，我要是结婚了，恐怕我就是下一个无业游民了。"她痛苦地捂着脸，"就连今天出来体检，也是我提交了好久的请假条，公司才批的。"

江苑不善言辞，更加不懂该如何安慰人，只是安静地听完她的哭诉，然后给了她一个拥抱。

"今天天气不错。"江苑的声音，轻轻软软的，比这初春的微风还要柔和。那个拥抱，也很轻。

江苑松开了手。

女人愣愣地看着江苑，似乎对她这句没头没尾的话感到疑惑。

江苑笑了一下："和你的朋友见个面吧。"

不知怎的，刚才还绝望得想要一死了之。可是此刻，在听到江苑的这句话以后，那个女人的情绪莫名地缓和下来。明明是轻柔的声音，却又带着一种万物复苏的生机。

那个女人最后对江苑说谢谢。

江苑摇摇头，没开口。

女人离开，走到路口时，回头看了一眼。

穿着杏色外套的女孩子，此时正目送着她离开。那双漂亮、清澈的浅棕色眼睛，带着淡淡的笑意。

她突然想到了一种花。一种只在春天盛开，看上去柔柔弱弱，却生命力顽强的花。

第四章

不渡

江苑回到家，已经是下午了。

楼上的阿姨抱着小孩逛完超市回家，看到她回来，和她打招呼："吃饭了吗？要不上阿姨家吃点？"

江苑笑着拒绝了："谢谢阿姨，我吃过了。"

阿姨怀里的小孩子冲她做了个鬼脸，阿姨抬手去打她的嘴："不礼貌！"

随即和江苑道歉："我外孙女，调皮得很。这些天和她妈一起过来，天天闹腾。"

江苑笑了笑，没说什么。

年快过完了，周嘉茗她们也都陆陆续续买了返程的票，都不打算在家过十五。

每个人都在埋怨，回家的前五天是小公主，剩下的每一天都在被唠叨，起床晚了被唠叨，出门晚也被唠叨，不出去也说，反正横竖都是错。

江苑看了一会儿群消息，然后烧了壶开水，放温以后把药给吃了。对于旧病复发，她没有多大的感触与情绪波动。这个病本来就易反复，很正常。

吃的药有助眠的功效，但因为她之前吃过很长一段时间，这点功效对她也失去了作用。她干脆将失眠的时间利用起来，上网课和背书。医学生需要背的内容很多很多，江苑光是笔记，就有十几本了。

凌晨三点，外面又开始下雪了。

北城的气温本来就不稳定，尤其是初春。

江苑给自己热了一杯牛奶，腿上盖了条薄毯，坐在藤椅上，看着窗外的夜景。

这个时间，整个城市都笼罩在一片无声的寂静之中。她喜欢这样。安安静静的，仿佛世界上只剩下她一个人。

她已经想好了，等到了四十岁，攒了足够的钱，她就辞职，然后挑一处风景好些，偏僻些的地方，去当义诊医生，在那里安享晚年。她没有打算活很长时间，可能五十岁就会离开这个世界。其实五十岁也够长了。人生漫漫五十年，该体会的也都体会了一遍，不会遗憾。

那个晚上，江苑坐在藤椅上睡着，醒来的时候，薄毯已经从腿上滑落。好在家里的暖气早已修好，不至于感到寒意。

江苑洗漱完，穿上外套出去买菜。穿着浅驼色的毛呢外套，长发用杏色发带随意地绑起来，松松垮垮的，搭在肩上，显出几分慵懒和随意。

这个点儿，还很早，微风泛凉意。

昨天晚上的雪没下多久就停了，早上甚至连雪影都没见着。

江苑关上门出去，正好碰上回家的邻居，是住在她隔壁的那几个男生，瞧见她了，都热情地和她打招呼。

江苑轻轻点头，态度不冷不热。

她买了点南瓜，准备煮南瓜粥。

楼上阿姨的是中午来的，说她待会儿要去庙里上香，问江苑要不要一起去？似乎是怕江苑拒绝，她便多劝了几句："知道你们年轻人现在都不信这个，但这年头拜一拜，讨个好彩头也行。你看看你，"她摸了下江苑的腰，"都瘦成什么样了，要是让你的父母看到，该多心疼。"

听到父母二字，江苑垂下了眼睛，最后还是点头，笑道："我换件衣服。"

阿姨听到她这话，也笑了："我去外面等你，好了直接出来就行。"

江苑换好衣服出去时，外面那几个阿姨，正在聊天，瞧见她了，都笑得挺开心。

"刚才我们几个还在夸你呢，说你长得好。"

江苑礼貌地同她们道谢。她说话的声音不大，模样气质跟水墨画里人儿一般，有种别样的美感。安静时，似远山，靠近不了，总是清清冷冷的。

这年头，少有这样的女孩子。

寺庙在山上，好在不算太高，爬了没多久就到了。

此时上山拜佛的人还是很多的，她们在外面多等了一会儿。

中途有几个人过来同江苑搭讪，看年龄，不算大，十八九岁出头的模样。

朋友结伴，应该只是为了爬山，而不是拜佛，甚至连搭讪的开场白都显得稚嫩。

江苑并没有给太多的回应，他们讨了个没趣，也自觉地离开了。

终于到了，她们进去以后，江苑接过点燃的香，拜了三次。然后将香插进香炉之中，跪在蒲团上。

江苑其实不信这些的。但不知怎的，看着那尊菩萨像，她的心情竟没由来地平和下来。

于是双手合十，闭上眼睛，在心中默念："愿菩萨保佑贺轻舟，平安喜乐，一世无忧，长命百岁。"

江苑的手放在蒲团上，虔诚地磕了三个头。她一直觉得，贺轻舟忘了她，并不是一件太坏的事。只有这样，他才不会难过，她也能离开得更没有顾虑一些。她与贺轻舟，注定不会有未来。

小的时候她便觉得，贺轻舟的出现，是妈妈在天上怕她受委屈，被人欺负，所以派了一个天使来保护她。这个世界上，恐怕再也找不出第二个像贺轻舟待她那样好的人了。

贺轻舟满心欢喜地畅想他们的未来时，却不知道她的未来中，始终都是形单影只的一个人。

故事的结尾有好有坏，至少现在的故事结尾，对贺轻舟来说，是最好的。她从来不奢求贺轻舟的原谅，他可以以任何方式对待她。他护了她半生，往后的日子里，他们或许不会再相见。她唯愿他平安健康。

从这儿出去，阿姨问她："刚才许了什么愿？"

旁边的阿姨笑着插话："这个年纪的小姑娘还能许什么愿，家人平安健康，自己早日寻个如意郎君呗。"

江苑也只是笑笑，并未答话。

外面有卖护身符的，说是方丈亲自开过光。

阿姨问江苑要不要也去买一个，戴在身上："现在医生也成高危职业了，宁可信其有不可信其无，你不如也去买一个。"

江苑摇头："我有一个了。"她下意识地抬手，触到脖子上的红绳，拉出里面的平安符。不大的一个，在她的胸口上方。她不常戴。

阿姨瞧见了，走近了看："哎哟，这可是个好东西啊，外面那些小物件可比不了。"

阿姨信佛，每年都过来好几次，哪怕是出门旅游，必去的地方也是当地寺庙，所以她在这方面很懂。她问江苑："这是找的哪个大师？"

江苑也不知道："我一个朋友的祖父在他满月的时候给他求来的，后来他送给了我。"

是什么时候送给她的，江苑记不清了。她只记得，那天下了很大一场雨，她躺在医院的病床上，盯着头顶的输液袋发呆，手腕上绑着厚厚的纱布。

是家里的帮佣发现了她，并把她送到了医院。晚上送来的，在确认没有生命危险后，帮佣才离开。走之前她让江苑不要再做傻事了，她去叫先生来。

可是她回去以后，没有一个人来。

江苑知道，不会有人来的。她也从未奢望过。

第二天下午的时候，贺轻舟浑身湿透了，跑进来。他很少穿校服，但今天却罕见地穿了校服。

因为新生入校，他作为全校第一，被要求代表学生发言。本来这种事他从来不参与，但是这次，他破天荒同意了。因为江苑答应他，到时候会去看。

可是江苑没去。

贺轻舟一句责怪她的话都没说，进了病房后，就把湿透的校服脱了，里面只剩一件 T 恤，白色的，也湿了，中间有个 LOGO（商标）。

江苑不认识那个牌子，衣服是她在店里买的。逛街的时候正好看到，觉得好看，所以就买了一件送给贺轻舟。他十分喜欢，当场就穿上了，说平时没白疼她。

后来江苑才知道，那是一个挺知名品牌的 LOGO。但凡是个稍微识货点的人，都能看出那件衣服是山寨货，更别说是这个圈子里的人了。

但贺轻舟完全不在意那些人嘲讽的笑容，反而生怕别人看不见一样，恨不得每天都穿。

贺轻舟倒了杯热水，吹凉些了才递给她。他坐在椅子上，一米八五的大高个子，此时低着头，靠近她。外面的雨应该很大，他连睫毛都湿了。

江苑的嘴唇苍白，不见血色。她没反应，眼神空洞。

贺轻舟轻声哄着她：“不烫了。阿苑，你喝一口。”

江苑还是没反应。她不再看他，而是去看窗外。

那场雨，下得可真大啊，路上甚至看不见行人，只有几棵苍老的枯树。雨真可怜，人人都怕它，对其避之不及。树真可怜，到了这个季节，连一片叶子都不剩了，它多孤单。

贺轻舟又把水吹凉了一点："阿苑，真的不烫了，你喝一口。"

江苑似乎没听到一般，手放在被子上，安静地看着窗外。

贺轻舟也不再说话。他站起身，把杯子放回原处。背对着她，头低着，肩膀轻轻颤抖着。

贺轻舟说："阿苑，骨头又开始疼了。"他说话的声音也在颤抖。那是一种恐惧，对江苑可能随时会"离开"的一种恐惧。也是在那天，他把自己的护身符送给了她。

贺轻舟："我在你身边的时候，我会保护你。我不在你身边的时候，我的护身符会代替我保护你。"他的模样那样虔诚，那样认真。

江苑其实见过贺轻舟打架，见过一次。他抓着那个人的头发，膝盖往他的肚子上顶。那个人疼得弯腰，他又一拳揍在那个人的脸上，动作凶狠。力道应该很大，因为她见到贺轻舟手臂上因为用力而泛起的青筋了。也看到那个人，趴在地上，疼得弓起腰。

那个时候的贺轻舟，是让她感到陌生的贺轻舟。

贺轻舟的声音带着寒意，眉宇间的戾气让人看了莫名觉得害怕："这次先饶了你，下次再敢骚扰江苑，让你吃不了兜着走！"

江苑这才得以看清挨打的那个人的脸，是隔壁班的同学，不止一次拦过她，还对她讲一些不堪入耳的污言秽语。

那次之后，江苑没有再看到过他。反而是贺轻舟，每天都会出现在她们班门口，准时等她下课，然后和她一起回家。

贺轻舟是坏坏的贺轻舟，也是温柔的贺轻舟。但不管是哪个贺轻舟，都不会是她的贺轻舟。

他们注定了会分道扬镳的。

从山上下去，到回家，前后花了两个小时的时间。

身上有了香火的味道，洗完澡后那股味道才彻底消失。

江苑吹干了头发，坐在沙发上，看了一部周嘉茗前段时间推荐给她的纪录片——《亲爱的，不要跨过那条江》。时长八十六分钟，很平淡的一部片子。她看完以后，总觉得心里堵着什么，出不来，下不去。

于是发了一条微博——

　　@yuan0718：今天看了一部纪录片。突然觉得，能拥有一个从年少陪伴到老的人，是一件很幸福的事情。

　　可是长了根的树，是不是只能待在一个地方？

　　我不希望让其他的树放弃自己适应的生长环境，陪着我去流浪。

　　我不向树走去，也不愿树向我走来。

这个账号是江苑很久之前注册的，微博可观看的时间是半年。身边的朋友都不知道这个账号，她也没有告诉任何人。这个账号本身就是为了记录一些生活中的琐碎。

大约半个小时后，江苑看到有人给她点了一个赞——用户267×××××××。

江苑一共有 5 个粉丝，全是僵尸号。这个号关注她挺长时间了，想不到现在的僵尸号，居然还会点赞。她没再去管，把手机锁屏放回桌上，继续背书。

苏御见贺轻舟从刚才开始就拿着手机，坐在那儿看，所以好奇地坐过去，问他看什么看得这么认真。

贺轻舟不动声色地将手机锁屏，苏御只来得及看到黑掉的屏幕。

"没什么。"

苏御暧昧地一笑："有情况？"

贺轻舟不耐烦地站起身，走了。他这阵子比较忙，尤其是开始逐渐接手家里的产业后。

年轻气盛的年轻人到底不如念旧的年老者仁慈，他接手后来了一次大换血，公司内部怨声载道，甚至还有几位元老把状告到了贺智民跟前。说贺轻舟这种做法容易得罪人，往后的路可能没这么好走了。

贺智民已经到了半隐退的状态了，每天的日常就是逗逗鸟，浇浇花。他吹着口哨，喂笼中的紫蓝金刚鹦鹉："一代人有一代人的做法，你我都老了，就别去瞎掺和了。"

老爷子溺爱儿子，也正是因为这份溺爱，贺轻舟从小就是这群年轻二代中最桀骜不驯的。他天不怕地不怕，混账事也做过不少。但他有做生意的天赋，智商高，把公司交给他，老爷子也放心。

"一舟虽然沉稳理性，但脑子不如他好。"贺智民坐下后，给元老倒了一壶茶，让他睁一只眼闭一只眼，"轻舟的气性本来就大，你把他给惹恼了，当心他连你一块开了。那孩子可是个倔脾气，到时候别说我了，天王老子来了都没挽回的余地。"

男人的眉头皱着："都是你溺爱得狠了。"

贺智民笑得坦然："我老来得子，可不得溺爱些？"

贺母最近天天念叨着想儿子，昨天终于给贺轻舟打了一通电话，让他回家吃顿饭。

厨房从晚上就开始准备，高汤都是熬了一整晚的，准备的全是贺轻舟爱吃的菜。

贺母拿着手机给自己的老姐妹打电话，聊着待会儿的牌局，她喜笑颜开地说："儿子今天回来吃饭，就不去了。"

提起贺轻舟，她的老姐妹就来了兴致："我上次和你说的那事，你和轻舟说了没？"

圈子里的那些人可都惦记着贺轻舟呢。以往那是没机会，他的眼里只有江苑一个，容不得其他人。可现在他失忆了，忘了江苑，正是乘虚而入的好机会。

大家都想靠上贺家这棵大树。更何况贺轻舟的相貌也是这上流圈子里最出众的，那些未婚的名媛千金，对他芳心暗许的海了去了。

贺母对那个叫江苑的小姑娘，其实没什么太特别的印象。只记得她身材纤细，皮肤很白，整个人有种病态的易碎感，像画里的人一样，带着几分古典美。虽然礼貌，但是不爱说话，也不怎么爱笑。每次江苑来家里，都好像是贺轻舟在用自己的热脸去贴她的冷屁股。自己的儿子就像中邪了一样，被那个丫头迷得神魂颠倒。

前几年有一次贺轻舟也不知道和那个丫头闹了什么别扭，从外面回来以后就把自己关在房间里，两天两夜不吃不喝，也不肯出来。不论他们怎么劝，怎么哄都没用。

后来那个丫头来了，只是喊了一声他的名字，他就听话地把门打开，一顿吃了三碗饭。

贺母叹气："忘了也好，忘了也好啊！"她从未插手或者过问这段感情，但她希望自己的儿子能够幸福，而不是一味地付出，在一个木头一般的女孩子身上。有回应的感情才算是感情。她不会要求贺轻舟为了利益去娶哪家的名媛千金，只要是他喜欢的，哪怕是乞丐，她也不会反对。但她更希望儿子能找一个爱他的，而不是一个他爱的。

贺轻舟是下午六点钟到的家，贺母正打着电话，笑声愉快。听到开门声，她和电话那端的人低语几句，然后把电话给挂了。起身迎过去，上下打量贺轻舟："怎么瘦了？"

贺轻舟把外套脱了，一旁的用人接了过去。他低笑一声："每次回来都是这句话，我要是多回来几次，是不是都瘦得没人形了？"

贺母的眉头皱着："真瘦了，这下颚线比上次见还要明显。你最近是不是没有好好吃饭？"

贺轻舟很少回来就是因为怕他妈唠叨。他两句话敷衍过去。

贺母叹了口气，但又拿他没办法。忙让用人通知厨房，把饭菜都端出来。

"昨天晚上就开始准备了，哪里晓得你回来得这么晚。"

贺轻舟倒了杯水，笑着点头："下次早点。"

贺母睨他："我还不知道你？这家里是有鬼还是怎么的？平日里也不舍得回来看一眼，我和你爸可是成天盼着你。"

尤其是他前阵子还出了车祸，险些白发人送黑发人，可把他们给吓坏了，一个多月没睡个好觉，睡着就做噩梦。

饭菜端上来后，贺母这才停止了唠叨，不停地给贺轻舟的碗里夹菜："都是你爱吃的，外面可吃不到这么好的。"

贺母自己也没怎么动筷子，净和贺轻舟讲话了。话题拐了五里地，终于拐到了重点。她试探着说了一句："你姚阿姨家的二女儿，你还记得吗？比你小个两岁，往年总爱追在你屁股后面喊轻舟哥哥的那个。"

贺轻舟："没印象。"

没印象也应该，就他先前，眼里除了江家那丫头，还容得下谁啊？

贺母："你姚阿姨与我说起了这件事，我也觉得你们两个可以先相处试试。你不就喜欢文静内向的吗？"

贺轻舟微挑了下眉，靠着椅背，唇角的笑意浅淡："我什么时候说过喜欢文静内向的了？"

"江家那丫头不就是……"说到这儿，贺母停下了。还是少提那个丫头，免得他记起来。说起来，他出车祸这事还是因为那个丫头呢。她仔细地观察贺轻舟的表情，生怕他想起什么来，好在，他的神情毫无异样。是真的忘了。

贺母暗自松了口气，说他的生日快到了，让他这几天就住在家里：
"到时候在家里摆几桌，把你那些姑姑、小姨们都请来。"

贺轻舟想到这个画面就头疼，眉头一皱："算了。"

贺母："怎么能算了呢？生日一年就一次。"

贺轻舟无所谓地说道："每年都能过。"

贺母叹了口气，横竖说不过他，也就随他去了。

贺母："就算不在家大操大办，也不能太随意。"

贺轻舟点头打断了贺母接下来的话："知道了。"

那顿饭吃完后，贺轻舟也没在家里留多久。临走前，贺母往贺轻舟
的外套里塞了张纸条，说是那个姑娘的微信，让他记得加。

贺轻舟没说话，开门离开。走到路口，他把纸条拿出来，看也没看
一眼就扔进了路边的垃圾桶里。

晚上的时候，贺母的电话打过来，问他怎么回事："人家小姑娘等
了你半天都没有等到你加她微信。"

贺轻舟随口回了一句忘了。手机开了免提放在桌上，他看着电脑屏
幕上的方案。公司旗下的制药厂刚起步没多久，就全权交到了他手上，
这阵子他都在忙这事儿。

"人家姑娘现在主动加了你，你通过一下。"贺母颇有些恨铁不成钢。

电话挂断后，贺轻舟微皱了眉，把一旁的手机拿过来，上面果然多
出一条新的好友请求。他解锁点开，按了通过。

几乎是通过的同一时间，对方发了个表情包过来："贺轻舟？"

他言简意赅地回了个"嗯"。

对方的话一下子多了起来："你好呀，我是万姗。"

"我猜你肯定不记得我了，不过没事，以后有的是时间让你记住我。"

贺轻舟想起贺母说的话。文静，内向。就这？他非常没有礼貌地把

手机锁屏，懒得继续应付。

对方却不依不饶。

"你的微信名很好听。"

"轻舟渡江海。"

"不过有点不吉利，江海风浪太大了，容易翻船。哈哈哈，你要不改一个吧。"

"轻舟已过万重山怎么样？我觉得山比江要吉利，还可以保护你。"

贺轻舟本来就是个没耐心，脾气不好的主。那点仅靠教养支撑的礼貌让他忍了她这么久，耐心彻底告罄以后便没有任何犹豫地按了删除。

那边锲而不舍地又加了好几回。

验证消息上写着：

"我说错什么了？我向你道歉嘛。"

"可不可以加回来？"

"你好拽啊，我更爱你了。"

"贺轻舟，我一定会让你喜欢上我的，嘤嘤嘤。"

贺轻舟直接把她拉进了黑名单。

"这是个傻子。"

但注意力却怎么都集中不了了。

轻舟渡江海。

贺轻舟，江苑？

哪怕他努力地想要和那个女人划清界限，可生活中关于她的蛛丝马迹还是数不胜数。日历上的标记，他胸口的文身，日记本里的三两心事。江苑这个名字，早以渗透进他的生命里了，仿佛悬崖峭壁上的石头缝，草木的种子掉进去，便生了根。不到发芽长出来的时候，是寻不到踪影的。可真等它长出来了，那个时候还来得及吗？来得及拔掉吗？

　　贺轻舟的眉头微蹙，一种难以言说的情绪从胸口蔓延到了四肢百骸。如同藤蔓一般，紧紧地攥着他的心脏。他捂着胸口，身子前倾，全部的着力点都落在撑着桌面的手肘上。又来了，那种溺水般的窒息感又来了。

　　好像是有什么东西在他的体内，想要拼命地挣脱牢笼一般，头疼得厉害。他大口地呼吸，手抓着衬衣领口，慌乱地扯开扣子，因为过于用力，骨节处泛起青白色，手背青筋凸显。

　　忘了到底过了多久，他才逐渐恢复过来。重新靠回椅背，重重地喘着粗气，往日冷白的肤色，此时染上一抹潮红。冷汗从他的额角滑落。

　　胸口起伏剧烈，衬衣被濡湿，扣子也被扯掉了几颗，此时领口微敞，隐约还能瞧见一部分的肌肉线条，以及半个江字。

　　江苑。那个女人的名字。

　　缓过劲来后，贺轻舟坐直了身子，去拿桌上的手机，点开江苑的微信。

　　她的微信名只有两个字，江苑。

　　不光是她的微信名，她整个人，好像都没有贺轻舟这三个字的半点踪迹。

　　他低声"呵"了一声，眼中泛起冷意。

　　江苑打了个喷嚏，放下笔起身，确认窗户是关严实了的。

　　再有两天就是贺轻舟的生日了，她白日里还在想，应该给他准备什么生日礼物。

　　后来想起去年贺轻舟发给她的那张微博截图，有个女生用自己男朋友的名字写出了一幅画来。

　　贺轻舟发了个表情，白色的兔子，趴在桌上，脸圆嘟嘟地撒着娇："你昨天送我的手表，和你送给苏御的一模一样。"

　　"我昨天一晚上都没睡着。"

　　"我和苏御不一样。"

　　"你怎么能送我和他一样的礼物呢？而且还是他的在前。"

江苑向贺轻舟道歉："那你下次生日，想要什么礼物？"

贺轻舟把那张截图又发了一遍，这次配了个小兔子捂脸害羞的表情。

江苑盯着手机屏幕看了一会儿，然后浅浅地笑起来。东西其实早就写好了，看到他这条信息以后开始的，没用太长时间。但因为距离他的生日还有一年，所以一直放着。好在这次搬家，她没有忘记，把它也带了出来。

江苑拉开抽屉，从里面拿出一个日记本，那幅画就夹在最中间。一年的时间过去，保存得还很好。

密密麻麻的，全是贺轻舟的名字。放远点，眯着眼看时，那些密密麻麻的字变成了他的脸，笑容桀骜而阳光。

江苑去买了点做蛋糕需要的工具，然后做了一个生日蛋糕。从蛋糕胚再到奶油，都是她亲手做的。不过还是不太熟练，裱花不太好看。她用巧克力在正中间画了个简笔画。

贺轻舟有一颗小虎牙，平时看不出来，只在笑的时候才明显。不过他好像不太喜欢自己的那颗虎牙。如果不是江苑说好看，恐怕他早去矫正了。

江苑是晚上过去的，夜里风大，冷风刮在人身上，锋利似刀片一般，不光冷，还疼。这是下车以后，她最直观的感受。她把蛋糕换了一只手，空出来的手放在嘴边哈了哈气，这才稍微暖和一些。等这次倒春寒过去，应该会暖和起来吧。脚上也是冰冷的，仿佛鞋子里灌满了冰水。

江苑走到铁门外，看着院里的那些高大绿植，春日里都纷纷长出了新芽。

落地窗内，灯火通明，她听到了里面的吵闹和笑声，很热闹。不知怎的，她稍稍松了口气。她是有愧于贺轻舟的，所以想趁最后一年，尽量弥补一下。过了这一年，他们大概率这辈子都不会再见面了。

江苑已经做好了打算，等明年毕业，她就会从这儿离开，到时候也会彻底断了和他们的联系，再也不回来。所以，只剩最后一年了。

好在贺轻舟已经忘了她。她也不用担心他到时候找不到她，会哭鼻子。

江苑其实常被人说冷血，像块捂不热的石头。她自己也不太清楚。迟钝的神经大概是这一切的源头，她的情绪总是上来得很慢。尤其是，贺轻舟常挂在嘴边的喜欢，她体会不到。

正为应该怎么把东西送给贺轻舟而犯愁，这时阿姨提着两大袋垃圾出来。看到江苑了，她先是一愣，然后满脸笑意地走近："来给轻舟过生日？"

江苑摇了摇头，她接过阿姨手中的垃圾，把蛋糕和礼物递给她："能麻烦您，把这个给贺轻舟吗？"

阿姨问她："你不进去？"

江苑还是摇头，礼貌的笑意很浅："他过生日，我希望他能开心一点。"见到她以后，恐怕就开心不起来了。

阿姨照顾了贺轻舟挺长一段时间，对江苑也算熟悉。

贺轻舟有几次大晚上急匆匆地出去，然后带着一身伤的江苑回来。她的表情木讷，坐在那儿发呆，贺轻舟在一旁给她上药，偶尔低头用袖子抹下眼睛。

江苑会轻轻拍拍他的手臂："贺轻舟，我不疼。"

但更多的时候，江苑是一言不发地发着呆。

那阵子，江苑都住在这儿。

贺轻舟和她一起上下学，带她去后面的河里摸鱼，教她玩游戏，连做饭都是他亲自下厨。

小姑娘不爱笑，贺轻舟就扮鬼脸逗她笑。她夸过一句他的虎牙可爱，他就天天咧着个嘴傻笑，让她看自己的牙。

再后来，小姑娘被接了回去，贺轻舟怕她又被欺负，就天天往江家跑。

　　阿姨觉得唏嘘，好好的一对青梅竹马，怎么就落得现在这个局面。

　　江苑走了，顺便还帮阿姨把垃圾拿去扔了。垃圾袋里都是些酒瓶子，她看了下酒瓶上面的度数，有点高，也不知道贺轻舟喝了多少。他宿醉之后，第二天就会头疼。希望阿姨能记得给他煮一碗醒酒汤。

　　走之前，江苑特意拜托阿姨，不要告诉贺轻舟，东西是她送的。

　　阿姨虽然感到疑惑，但也点了点头。

　　贺轻舟压根就没有想过要过生日，谁知苏御直接领着一群人来了他家。

　　阿姨开门进来，手上多了个蛋糕，她将蛋糕放在桌上，上面还压着一个盒子："刚才有人过来，让我把这个转交给你。"

　　一旁举着酒瓶子鬼哭狼嚎的苏御看到了，走过来："哈，舟哥的追求者也太疯狂了，都追到家里来了。"他喝得有点多，眼下也有点喝醉了，舌头都捋不直，擅自把那个盒子打开，看到一张纸。

　　他"喊"了一声："包得这么好，还以为是什么好东西呢？居然就送了张破纸。"

　　苏御摇摇晃晃的，手里的瓶子落在地上，和那张纸一起。酒洒出来，洇湿了纸，墨水被晕开。

　　贺轻舟的眉头微皱，不太耐烦地踹了苏御一脚："喝不了就别喝。"他身上也没能幸免，袖口处也染上一点。他站起身，把外套脱了。动作间，视线往下。晕开的墨水，依稀还能看见大致的模样。字迹娟秀熟悉，那些名字凑在一起，像是一张人脸。

　　阿姨连忙过来，手里拿着拖把，看到地上的那张纸时，她犹豫地停在那里："这个……要拿去扔了吗？"

　　贺轻舟半晌没动，贺字上面的口，是往里撇的。他突然有种莫名的熟悉感。头又开始疼了。一刹那，仿佛牢笼被挣破，有什么东西短暂地被放了出来。眼前的画面跟幻灯片似的，一帧一帧地闪过，记忆如同瓶子里的水，往他的脑子里灌。

"江苑，你的字怎么这么好看？"

"和你的人一样好看。"

"我好喜欢你的字。"

"江苑，你们班长一看就不是好人，你以后离他远一点。"

"你每次和他说话，我的骨头都会疼。"

"江苑，我明年的生日礼物你不许再送我和别人一样的东西了。"

"江苑，我们都有婚约了，等到成年咱们就结婚吧。"

"我好怕你被别人抢了。"

"江苑……"

"江苑……"

贺轻舟的手撑着桌面，头疼得仿佛要炸开了一样。阿姨瞧见了，忙放下手里的东西过来，问他怎么了？

贺轻舟的眉头紧皱，但还是摇了摇头，用忍耐过后仅有的力气说出那句"没事"。但这话显然没什么说服力，他的脸色苍白得没一点血色。

阿姨上楼给贺轻舟拿了药，和水一起递给他："上次去复查，医生不是说没事吗？"

贺轻舟摆了摆手，没接，又是一句："我没事。"

声音却很沙哑，如同吞了一把被烈日灼烧过的沙子，声带也被烫伤了。虽然阿姨没说蛋糕和礼物是谁送来的，但贺轻舟大概也猜到了。

蛋糕不知道是被谁打开的，就这么放在桌子上，和周围杂乱的酒瓶放在一起，显得有些突兀。

阿姨迟疑片刻，拿了盘子过去切下一块，递给贺轻舟："吃一块吧，生日不吃蛋糕怎么行？"

贺轻舟没胃口，冷冷地拒绝："您吃吧，我有点累。"

刚踩上一级台阶，他又停下，转身嘱咐阿姨，不要让他们上楼。

看着贺轻舟的背影，阿姨叹了口气，过去把蛋糕收好，放进了冰箱里。

小姑娘的一番心意，一看就是自己做的，又顶着这么大的风过来，要是让她知道贺轻舟一口都没吃，会难过的吧。

怎么就到了这个局面呢？这下，真就是爹不疼娘不爱，连唯一护在她身边的人，也将她遗忘了。

回想起江苑方才离去的身影，瘦削，纤细，在寒风中独立，仿佛风再大一点就会没了踪影。阿姨心中是有怜惜的。但愿小姑娘未来的人生之路，会好走一些。不求大富大贵，平安就好。

江苑在回去的路上遇到了楼上的阿姨，她刚带着小孙子去逛了超市。

小孙子很乖，被他的奶奶牵着，也不闹腾，看到江苑了，还很礼貌地喊她姐姐。小奶音很甜。

阿姨见江苑又是孤零零的一个人，便笑道："你这个年纪，也该找个男朋友了。"

江苑礼貌地笑了笑："以后工作会很忙，也没有这个时间。"

"时间嘛，挤挤总会有的。"阿姨似乎还是不放弃给她做媒的想法。

江苑这种性子的女孩子不多见了，再加上她又长得好看。阿姨承认自己确实有私心在，她有个外甥，比江苑要大两岁，是个牙医，在街心路有自己的诊所。长得一表人才，个子也高，和江苑般配得很。

但她也不全是出自私心，江苑一个女孩子，孤孤单单的，有时候她见了都会心疼，所以总希望有个人能陪着她。

这次，江苑依旧是拒绝。谢过她的好意后，态度没有一丝松动地拒绝了。她是有自己的打算的，就不去糟蹋别人的心意了。

入夜，微寒。

江苑打开台灯，背了会儿书，但她的思绪却怎么都集中不了，总觉得心里仿佛装着事。

沉默半晌，她把书合上，放在一旁，将手机拿过来。

朋友圈点开，苏御大约是喝醉了，一连发了好几条朋友圈。

有他抱着啤酒瓶的，也有他靠在别人肩膀上的自拍。

最后是一张合照。

江苑放大后，仔细找了一遍，没有看到贺轻舟。

与此同时，手机震了一下，她看到屏幕上方弹出来的消息。

宋邵安："明天有时间吗？"

江苑沉默几秒，回了个"不好意思"。

那边似乎早就想到了她的答复，便很快回复了："不会占用你太长时间的。"

"家里的老人生病了，要去做个体检。但我刚回国，还不太熟悉这边。"

话说到这个份上了，再拒绝似乎就显得有些不近人情。

江苑最后还是同意了。

不是因为宋邵安，而是因为他的那句，家里的老人生病了。

宋邵安同她道谢，江苑将手机锁屏，没有再回复消息。

怕打扰到她休息，第二天中午的时候，宋邵安才给她打了个电话。女生轻柔的声音，像是羽毛，仿佛隔着手机往他的耳朵上拂了几下，连带着他古井不波的心都跟着泛起了涟漪。他轻声询问："打扰到你休息了吗？"

江苑刚吃完饭，把碗筷收拾了，正拿纸巾擦手："没有。"

宋邵安看了眼窗外的晴空万里，也不知是受这难得的好天气影响，还是因为终于和江苑说上了话，他的心情也好了许多："我现在过去方便吗？"

江苑："方便的，我把地址发给你吧。"

宋邵安说："不用，我知道在哪儿。"

江苑沉默下来。

意识到自己的话有歧义，宋邵安沉吟几秒钟，又说道："上次你一个人打车回家，我不太放心，所以就跟了一段。抱歉。"

江苑没有说过多的话，这通电话也到此为止。她将洗衣机里的衣服拿出来，挂上衣架，晾晒出去。偶尔有同一栋楼的邻居从这儿经过，和她打招呼，她礼貌地回应。

宋邵安来的时候，江苑刚换完衣服。

车停在外面，宋邵安走过来，手上还提了一个纸袋。

"来的时候顺路买的。"宋邵安和贺轻舟完全是两个极端，一个性格温和，一个暴躁得要命。

宋邵安："我记得你小的时候，最爱吃那家的糕点。"

江苑摇头："味道变了，就没再去过。"

宋邵安愣了一下，继而点头笑笑："看来那些老字号的店，也开始偷工减料了。"他早就习惯了江苑对他的态度。应该说，她对除贺轻舟之外的人，都是这个态度。不冷不热，礼貌是有的，但也仅仅只有礼貌。

生病的是他的外婆，昨天晚上突然喊腰疼。但时间太晚，老人家身体又禁不住折腾，所以在家休息了一天，今天才出门，此时就在车内坐着。

瞧见江苑了，那双因为年迈而浑浊的眼睛微眯着，笑着说："我们小阿苑真是越长越好看了。"

江苑乖巧地喊了一声"外婆好"，手下意识地扶上后排车门。

迟疑片刻，她去看已经进到驾驶室的宋邵安。他此时正回头看她，一只手扶着方向盘。

江苑想了想，还是松开手，坐进了副驾驶。坐后排总不太礼貌。

外婆自她上车起，话便没停过，听着她中气十足的声音，江苑稍微松了口气，想来也没大碍。

"想不到以前那个不爱说话的小姑娘都要成为救死扶伤的医生了。"外婆的笑容欣慰，"我们小阿苑可真有本事。"

宋邵安轻声笑笑："这会儿话这么多，腰不疼了？"

"还疼什么？要不怎么说我们小阿苑有本事呢，看到她啊，我这腰就好了。"

宋邵安笑她："马屁拍得有些过分了。"

外婆打了他一下，嗔怪道："我夸阿苑呢，你总插什么嘴。"

宋邵安安静地笑着，恰好此时在等红绿灯，他便往江苑那边看了一眼。

江苑也不是完全没有表情，唇角微弯，大约是因为外婆刚才的话。

宋邵安握着方向盘的手紧了紧，他也松了一口气。

到了医院，等着用电梯的人很多。

江苑陪外婆排队，宋邵安在前面挂号。等他挂完号过来，手上多出一盒糖。

他的笑容温柔，把糖递给江苑："刚才有个小朋友给我的，她妈妈没现金，我帮她付了。这是答谢。"

江苑看了一眼糖，又看了一眼他，然后摇头："谢谢，不过不用了。"

她好像总是喜欢下意识地拒绝别人。

宋邵安把糖放进她的外套口袋里："你不收下的话，就只能给外婆了。她只剩下两颗好牙了。"他的笑容，带着几分无奈和无赖。

外婆掐了宋邵安一把，骂他不孝顺长辈。

宋邵安也没躲，动作温柔地替外婆按摩肩膀："今天回去了，您想吃什么，我都给您做，好不好？今天就先听话，医生都不许您吃糖了。"

江苑沉默半晌，没再开口。

等电梯的队伍排得很长，人有点多，第三批才到他们。

外婆是老人家，大家都尽量避让着她，甚至连一同乘坐电梯的医护人员也悉心陪着她。

江苑则被陆陆续续进来的人挤到了角落。身旁那个男人，也不知是故意还是无意，身旁明明还有空间，偏偏要往江苑这边挤。她一再退让，直到靠着墙，对方却还在往这边挤。

突然，那个男人不再靠近，江苑闻到一股清爽的山风气息，与此同时，她身侧多出一双手臂，撑在她身侧的墙壁上，像是一道人肉屏障，抵挡住外面的拥挤。

江苑抬眸，看到了宋邵安。

宋邵安也低头看着她。

那双深邃好看的眼，在触上她视线的那一刹那，不自然地挪开了。

江苑则显得清冷、淡漠得多。

从电梯出来，她向宋邵安道谢。

宋邵安轻声笑笑："江苑，你不用和我这么客气的。我们是朋友。"

江苑点了点头，便再无话。

外婆体检的项目有点多，老人家出来一趟不容易，索性把该检查的都检查了。

腰疼是老毛病了，医生开了点药，其他的都还好，注意下饮食就行。

等忙完这一切，已经是下午四点钟了。

宋邵安缴款后去拿药，他让江苑陪外婆在前面等着他，他马上就好。

江苑点了点头，然后扶着外婆坐下。

外婆拉着江苑的手，和她说了很多话。

说她几年前去了南州乡下养病，那边的空气好，去年才回北城。

这几个小崽子，可以说是外婆看着长大的。

江苑的性子安静，每次他们几个瞎闹腾的时候，她都会抱着贺轻舟脱掉的外套，安安静静地跟在后面。

外婆喜欢她，也知道自己那个小外孙喜欢她。

那会儿宋邵安也安静，和她一样安静。她陪着贺轻舟，宋邵安就在远处陪她。安安静静地看着，也不过去打扰。

外婆叹了口气，拉着她的手："瘦了。"

江苑抿唇笑了笑："只瘦了两三斤。"

"本来身子就单薄，还是要多吃点。下次去外婆那儿，外婆给你煮饺子。"

江苑是女孩子，胃口不大，但外婆煮的饺子，她每次都能全部吃完。有时候贺轻舟还会担心她没吃饱，把自己碗里的饺子夹给她。

似乎是想到什么有趣的事了，外婆笑道："贺轻舟那个小兔崽子，先前还偷偷找过我，说要学做饺子。结果连个饺子皮都擀不好，还把自己气得够呛，差点没把擀面杖给掰了。"

江苑低下头，唇角的笑意浅淡。

外婆喜欢她的笑，清淡又娴静，光是看着，就赏心悦目。

"也不知道未来哪个兔崽子有这个福气，能够娶到你。"外婆这话说得别有深意。她自然希望自家外孙能争点气，喜欢了那么久的姑娘，可别再退缩了。学了个那么能说会道的专业，怎么在江苑的面前，反倒说不出什么来了。

宋邵安没想到会在这里碰到贺轻舟，他刚从诊室出来，看到宋邵安，倒也不意外："外婆病了？"

宋邵安摇头："腰疼，老毛病了，带她来医院检查一下。"

贺轻舟："结果怎么样？"

"没大碍。"宋邵安问贺轻舟，"你呢？怎么突然来医院了？"

贺轻舟："来复查，恢复记忆了。"

宋邵安愣住。

贺轻舟拍了拍宋邵安的肩膀，笑道："一点点而已，瞧把你吓得。"

宋邵安自知失态，立刻恢复过来，垂眸轻笑："我吓什么。"

"不怕我记起来以后，会把她抢走？"他的下巴微抬，视线的方向，正好是江苑坐着的地方。

宋邵安的喉结上下起伏，没说话。他这副模样，不用开口，就已经算是回答了。

贺轻舟低笑几声，是他惯有的慵懒散漫："放心，就算我记起来了，也不会和你争。"

宋邵安认真看着贺轻舟的眼睛，那里面，好像真的没有一点点在意。对江苑的在意。于是他阴暗地想，希望贺轻舟一辈子都不要记起来。他为自己这个想法感到羞愧，同时，还有对自己的憎恶。他不知道自己为什么会变成这样，但感情这种东西，好像真的忍不住。一旦看到一点希望，就会奢求更多的可能。

宋邵安没有与贺轻舟闲聊太久，外婆和江苑还等着他，他取完药就过去了。

外婆被搀扶着起身，问他怎么去了这么久，他却只说："排队的人多。"

江苑扶着外婆，走到电梯口时，她往回看了一眼，又安静地收回视线，不发一言。

周嘉茗是宿舍里最先到的，在江苑那里先住了一晚。她端着江苑的杯子，喝着江苑给自己泡的咖啡，裹着江苑的小毯子，上面还有江苑身上那股淡淡的栀子花香。周嘉茗满足地喟叹一声："还是北城好啊，在家总听我妈唠叨。"

江苑在厨房做饭，问周嘉茗想吃什么？

周嘉茗报了几个菜名。

江苑打开冰箱，上下看了一眼，好在食材都有。

做饭中途周嘉茗说要过来打下手，切了半个青椒就嚷着手被辣得疼。

江苑从冰箱里拿出一瓶冰镇过的可乐递给她："冰敷一下手，会舒服一点。"

周嘉茗接过后，手扒着门框，往厨房里看："江苑，我现在真的太佩服会做饭的人了。你说你一个富家千金，怎么也会做饭？"

江苑笑了笑："我只能保证它们熟了，味道就另说。"

周嘉茗对江苑很信任："你做的，肯定都好吃。"

好在，最后也确实没让她失望，周嘉茗吃了两碗饭。

那天晚上，周嘉茗是和江苑一起睡的，她搂着江苑的腰，和她说了很久的话。实习后，恐怕就没有这么多机会再聚了，到时候一个城南一个城北，隔那么远，再者工作也忙。

"我现在好怀念咱们刚见面那会儿啊。"是搬宿舍，还是在学校外的那棵老槐树下，周嘉茗也记不清谁先谁后了。她只记得，那天的江苑穿了条白色的连衣裙，柔顺乌黑的长发散落，她站在那棵老槐树的树荫下，似乎在等谁。

然后贺轻舟提了杯奶茶跑过来，说是他排了很长的队才买来的，非得耍赖让江苑夸夸他才行。

那个时候周嘉茗的第一反应就是，果然帅哥和美女站在一起才最养眼。

后来，美女和她一个宿舍。她也因为这个，经常有幸见到帅哥，还吃上了帅哥做的饭。

贺轻舟每次来学校看望江苑，也不会忘了她们。有时候是请她们吃饭，有时候是顺道给她们买点礼物，让她们平时多照顾一下江苑。他总怕江苑会被欺负。只要江苑离开他的视线一秒钟，他都会怕。

今天有几颗星星，还挺罕见。

周嘉茗已经睡着了，江苑小心翼翼地从她的怀里离开，下了床。她睡不着，索性裹着毯子，去外面吹了会儿冷风，看着不算好看的夜景，什么也没想。

江苑一直都知道，自己是一个很奇怪的人。她执拗，偏执，还自私。所以，贺轻舟不该喜欢上这样的自己。

最后一年了，只剩下最后一年了。明明是她奢求了那么多年的日子，为什么会有一点不舍呢？她在不舍什么？

贺轻舟睡得不太好，断断续续地做了一整夜的梦。

梦的内容他不记得了，但醒了以后，心情不怎么好，总觉得有什么一定要记起来的事情。可他只要回想，头就疼得仿佛要炸开一样。

本来早就和文身店约好，要去把胸口的文身给洗了，也不知怎的，一推再推，最后还是作罢。算了，反正在胸口，平时也看不见。

他妈仍旧没放弃劝他相亲，说人家小姑娘的状都告到她跟前了，哭哭啼啼的，委屈得要命。

"聊天记录我看了，人家也没说什么，你怎么直接给人删了？"

贺轻舟明显不想在这件事上多费口舌："她算什么，凭什么管到我头上来了？"

贺母听到他这话，叹了口气。她知道，贺轻舟最讨厌别人对他的事情指手画脚，哪怕是一点点微末的事情也不行。

"还有一个，你肯定喜欢，我把照片发给你，你抽个空见见？"

贺轻舟敷衍过去。他能怎么说，说他靠近异性就反胃、恶心？太荒唐。

他从楼上下来，阿姨给他泡好了咖啡。

贺轻舟喝了一口就皱眉放下了。

阿姨反应过来，把咖啡杯端走，笑道："你看我这记性，总忘。我再去给你泡一杯。"

三勺糖，两勺奶，那是江苑喝咖啡时的习惯。江苑喜欢的，贺轻舟都会喜欢，就算不喜欢，他也会努力让自己喜欢上。但本质上，他讨厌甜食。

贺轻舟走过去拿了外套穿上，说了句："不用了。"然后开门离开。

阿姨把咖啡倒掉，叹了口气。

贺轻舟最近很忙，刚开始逐步接手公司的事务，很多事情都得慢慢熟悉。好在他的学习能力和适应能力都很强，哪怕是那些避无可避的酒局应酬，他也能应付自如。这也算是从小生活在这个圈子的一个必备技能吧。

三两白酒下了肚，他的神智还很清醒。那个啤酒肚谢顶的男人似乎对酒量好的年轻人格外欣赏，手放在他的肩上拍了拍："可以啊，比老贺总能喝。"

贺轻舟拂开他的手，低笑一声，明目张胆地嘲讽："您还是悠着点，这么大的年纪了，身体吃得消吗？"

男人笑道："你还年轻，等到了我这个年纪了，自然就知道了。"

贺轻舟把最后一杯酒喝完，装都懒得装，拎起挂在沙发靠背上的外套，起身走了。这种地方，他连一秒钟都不想多待。

身上混杂着一股难闻的气味，他径直走向垃圾桶，把外套扔进去，然后给苏御打了个电话。刚才也没胃口吃饭，光顾着犯恶心了，这会儿出来了才觉得饿。

第五章

思慕

　　马上要开始实习了，宿舍几个人都到北城以后，周嘉茗组了个饭局，说是实习前最后的聚餐。弄得好像她们不是去实习，而是要经历一场生离死别。时间不知不觉就流逝了。

　　等她们从音乐餐吧出来，已经凌晨一点钟了。

　　周嘉茗喝得有点多，许来来和阮熏两个人才勉强扶起她。

　　两个人有些不放心地看了江苑一眼："你一个人回去可以吗？要不要给朋友打个电话？"

　　江苑摇头笑笑："我没事。"其实真要给谁打电话，她反而不知道打给谁。除了她们三个，她好像没有其他朋友了。

　　送她们上车后，江苑随手拦了一辆出租车。

　　下车以后，小区里十分安静。这个点儿，大家几乎都睡了。

　　江苑拿出钥匙往小区走，身后却始终有一个不紧不慢地跟着她的脚步声。路边灯光过于暗淡，她攥着钥匙，甚至能感受到自己不断加快的心脏跳动声。

　　起初江苑还以为是自己的错觉，直到走上台阶，停下，那个脚步声也跟着一起停下时，她才意识到危险就在自己身后。她装模作样地蹲下，装作将散开的鞋带系上。与此同时，她动作极快地站起身，用钥匙将门打开。

身后尾随的人的动作同样很快，甚至一只手都伸进来了。江苑用身子死死地压着门板，那人被夹得吃痛，这才将手收回去。她闻到了一股浓郁的酒气。

反锁上门后，那人直接在外面用脚踹门，不时骂几句污言秽语。

江苑的身子剧烈颤抖，总觉得这一切和记忆中的某些画面开始重合了。她费力地把沙发拖过来，抵住门。她的手颤抖着拨通了一串号码，直到铃声自动结束，都没有人接听。她低头去看，看到上面，贺轻舟三个字，有一瞬间的恍惚。习惯的确是一种可怕的东西，总是让你下意识地会去依赖。

也不记得等了多久，警察来的时候，那个男人还在不断地砸门。

江苑作为受害人，也被一起带去了派出所。

大约是见她的脸色过于惨白，还在浑身发抖，上了警车后，随队的警察问了一句："需要回去拿件外套吗？"

江苑摇了摇头，眼神还是空洞的。

"不用，谢谢。"看模样，是被吓坏了。

警察脱下自己的外套搭在她的肩上，出声安慰了几句："没事，我们会处理好的。"

过了很久，江苑才缓慢地点头。

江苑在派出所里做完了笔录，对方被拘留七天。

警察让江苑给她的家人打个电话，她沉默了几秒钟，摇了摇头："我没家人。"

警察愣了一下，然后又说："那给你朋友打吧。"

江苑拿出手机，看着上面仅有的几个号码，最后还是将手机锁屏，收了起来："我可以自己回去的。"

她不知道应该打给谁，本来就不是喜欢麻烦人的性格，再加上这个时间，她们应该都睡了。

最后还是警察亲自开车送她回去的，临走前叮嘱了一句："你一个小姑娘，以后还是尽量别这么晚出去。"

江苑点头，说谢谢，声音很轻，没有起伏，仿佛被卸掉了全部气力。

家里一片狼藉，江苑把灯打开，看到被拖到门口的沙发。眼下没了力气将它恢复原位，太累了，她真的，太累了，躺在床上便不想再起来。

可是无论如何都睡不着。一闭上眼睛就是刚才的那一幕，她蜷着身子，缩在角落。

明明不冷，身子却抖得厉害。

时间的流逝仿佛是有声音的，她能感觉到。

忘了睁着眼睛躺在床上到底有多久了，她只觉得口干舌燥，艰难地坐起身。

余光却瞥见窗外的动静，她吓得呼吸都快停止了，浑身发抖。等她小心翼翼地站起身，从窗户往外看的时候，却看到了站在外面抽烟的贺轻舟。同样的，贺轻舟也看见了她。

也不知道贺轻舟在外面等了多久，眼神暗了点，掐掉手里的烟："电话是你打的？"

看到贺轻舟的那一刻，江苑高悬着的心，好似彻底落下。不需要保佑她的菩萨了，贺轻舟，好像比这一切都有效。

江苑开了门出去，向他道歉："不好意思，打扰到你了。"

贺轻舟看见她的脸色不太好看，皱了下眉："发生什么了？"

江苑："没什么，已经报警处理好了。"江苑不明说，贺轻舟也能猜到七七八八，顶着这样一张脸住在这种偏僻地方，很难不被盯上。

贺轻舟四下看了眼，窗台上晾晒的都是女生的衣服。于是把外套脱了，递给她："挂上吧。"

江苑没接。

贺轻舟把外套塞到江苑的手里："那些变态就是欺软怕硬，他要是知道你家里住着男人，不会乱来的。"

贺轻舟塞过来的外套，还带着他身上的体温，攥在手里，甚至比她掌心的温度还要高。江苑向他道谢。

贺轻舟也不知道为什么，一看江苑这副模样就难受。不是主观上的难受，而是这具身体的条件反射。他不大喜欢这种不受自己掌控的感觉，别开脸不去看她，只是淡淡地说了一句："好歹曾经也是朋友。"

虽然他忘了江苑，但他生活中的蛛丝马迹里，又处处都有她。刚才在酒吧，他看到手机上的未接来电，"老大"两个字时，他下意识地就和脑海中与这个称呼不太相符的江苑挂上了钩。

深夜打来的电话，他没办法不去管，甚至分不出心去做别的。所以他找宋邵安要了她的地址。

"早点休息吧。"留下这句话，贺轻舟便要离开。

"贺轻舟。"江苑叫住他。

贺轻舟停下脚步，回头看她。

江苑笑道："谢谢。"

胸口处，不再是绵软的痛感，而是一种撕裂感，像是有什么东西在碎掉。贺轻舟皱了皱眉，忍住疼痛。

"没事。"他说，"就当我积德行善了。"

江苑笑了笑，不再多说。

直到贺轻舟走远了，江苑才抬头去看天上的月亮。云层有点厚，月亮也被掩去了一半，哪怕临近十五了，却仍旧只能瞧见一部分。

脸上突然冰凉一片，她抬手去碰，是眼泪。

贺轻舟修长挺拔的背影早就消失在夜色之中了，江苑抱着他的外套。在这一刻，她突然意识到，他是贺轻舟，可他又不是贺轻舟。胸口突然涌上一股酸涩之意。她不理解这种感觉，也不理解有个形容词，叫思念。她在思念许久未见的贺轻舟，被埋葬在这副皮囊之下的贺轻舟。

贺轻舟走后，她终于睡着了，这是这么多天来，唯一睡得踏实的一个晚上。她抱着贺轻舟的外套，闻到熟悉的乌木香，然后做了一个梦。

梦好像很遥远，可又觉得，就发生在昨天。

江苑被她的后母反锁在房间里，不许她出去。

她的房间在二楼，贺轻舟便爬到她家院子里的那棵老槐树上陪她，怕她难过，就扮鬼脸逗她开心。

他真的很没有幽默细胞。扮的鬼脸非但不搞笑，反而还很吓人。

但江苑还是笑了。

她说："你下去吧，很危险。"

贺轻舟浑不在意，手撑着树干，坐在上面："危险什么，才这么点高度。"他是张扬的，如同天上的旭日，夺目又耀眼。

那个时候是夏天，他浑身上下被蚊子叮咬了很多包。气温那么高，他流着汗，冷白的皮肤也被晒得发红，明明看起来很狼狈，却笑得比阳光还要灿烂。

江苑看着贺轻舟，他也看着江苑，给她讲一些不知道从哪里听来的故事。他说话的时候，江苑能看见他那颗若隐若现的小虎牙，很可爱。

人人都说江苑幸运，高高在上的旭日甘愿坠落进她的掌心。只做她的太阳。

江苑难得不靠安眠药睡得这么熟，醒来的时候已经是中午了，她把贺轻舟的外套手洗过后，拿出去晒在外面。却正好看见站在外面的宋邵安。

听到动静，宋邵安看向这边，松了口气，正要和她打招呼，却在看到江苑手上的外套时，愣在那里。

江苑不知道宋邵安怎么在这儿，但也没问，点过头便算是打招呼。

之后把外套晾晒上去。

宋邵安只觉自己的嗓子眼干涩难耐。昨天贺轻舟找他要江苑家的地址时，已经是深夜。他想问贺轻舟要地址的原因，可是却又问不出口。是习惯了吧，习惯了贺轻舟与江苑的亲近。

他一直都是局外人，第三者。可还是会在意，一整个晚上他都没睡着。

天一亮便过来了，可是又怕打扰到她，于是只敢等在门外，直到她醒。

江苑似乎也不意外他的到来，甚至可以说，她是不在意。

宋邵安还是第一次来江苑家，上一次只是在外面远远看了一眼，此刻身处其中，只觉得这里狭窄但又温馨。

空气中有股淡淡的兰花香，是江苑身上的。

江苑打开冰箱，问他："喝什么？"

宋邵安的笑容温和："白水就行，谢谢。"

江苑点了点头，关上冰箱。洗了个水杯，倒上温水端给他。

宋邵安接过后，向她道谢。

江苑用摇头代替了她的回答。她安静地坐着，偶尔喝一口手中的酸奶，酸奶插着吸管。

她的皮肤粉白粉白的，脸部轮廓的线条流畅，杏眼微微下垂，清冷之中又显出几分天然的无辜。

宋邵安从小就觉得，她像只兔子，不爱说话的兔子。犹豫、沉默了很久，宋邵安还是问出了自己心中的疑惑："贺轻舟昨天来过？"

江苑："嗯。"

宋邵安看起来有些担忧："他昨天半夜问我要了你家地址，是出什么事了吗？"

江苑摇头："没事。"连敷衍都不愿意。

宋邵安又喝了一口水，手指触着杯壁。水是温的，但他却觉得触感很凉。过了半晌，他像是忍受不了这种沉默，问她："要实习了？"

江苑再次点头："嗯，下周。"

宋邵安："注意身体。"

江苑："谢谢。"

便再无话。

宋邵安学的是法学专业，面对别人侃侃而谈，淡定、沉稳的他，在江苑这儿，却如同一个话都说不清楚的结巴。

他走了，喝完那杯水之后走的。

没有人永远是一个样子。

贺轻舟都能忘了江苑，他相信，只要自己足够真诚，足够坚持，江苑总有一天会被打动。

会有，那么一天吗？

宋邵安走后，江苑慢吞吞地站起身，把杯子洗好放回原处，花瓶里的花也拿去扔了。

那一整天她都在家里看书，直到晚上做饭的时候，才注意到醋用完了。

有了昨天晚上的经历，她不太敢在夜晚出去。

哪怕知道那个人还在拘留期间。

指尖泛着凉意，她沉默半晌，最终还是戴上帽子和口罩，用外套把自己裹得很严实。

以一种完全对外界戒备的姿态出了门。

走两步便要回头看一眼，明明这个点儿路上的人还很多。有散步的，也有出来约会的，不远处的广场上甚至还有跳广场舞的。

大约是这种喧闹的烟火气太过浓烈，她的恐惧稍微平复了一些。

直到走出了巷子，到对面的便利店，热闹便似被隔绝在外一般。

她买了醋，又从冰箱里拿出两板酸奶，一起放在收银台。

收银员扫描出价格后，机器上立刻显出了金额数目。

江苑付的是现金。这个社会，大家好像都习惯只带一部手机就能解决所有的事。但对缺乏安全感的江苑来说，她没办法把自己的全部放在一部没了电就如同废品的手机上。

江苑拎着购物袋，从便利店出去。

巷子比方才安静了，来时还聚在巷口讲话的居民此时应该各回各家了。

风声更加明显。

江苑缩了缩脖子，手拢进袖中，低头往前走。

身后的脚步声再次响起，不知道跟了她多久，也不知是从什么时候开始跟着她的。

江苑的心脏蜷缩起来，她终于停下。

像昨天那样逃跑吗？可跑得掉吗？

深知退缩也没用，她深吸了一口气，转过身来，看到的，却是一张熟悉的脸。

男人嘴里叼着只剩半截的烟，黑衣黑裤，身姿挺拔，戴一顶黑色的鸭舌帽，单手插进裤袋。周身的张扬和锋芒太过显眼，哪怕是在这可见度很低的夜色之中，仍旧没有被遮挡分毫。

江苑停下，他也停下了。

被发现也没什么异样，他取下嘴边的烟夹在指间，十分淡定。

缕缕青灰色的烟雾顺着夜风往上飘，江苑的心莫名安定下来：“你怎么在这儿？”

贺轻舟说得很直白，毫不遮掩：“不太放心，所以过来看看。”贺轻舟也不知道自己怎么了，明明可以做到视而不见，哪怕是身体的下意识反应，在看到她的未接来电也没法忽视。

可是她今天明明没给他打电话，他却一直心神不宁，所以就想过来看一眼。谁知道这一眼就看了这么久。四个小时。

她倒是胆大，经历了昨天的事情，居然还敢在夜晚独自出来。把自己遮得那么严实有什么用，歹徒可不会管你穿多穿少。

江苑看着贺轻舟他指间的烟，沉默半晌："少抽点烟，对身体不好。"

贺轻舟把烟掐灭，四下看了一下，没找到垃圾桶，就这么拿在手上："等得有点无聊，就抽了一根。"

江苑点头："你来多久了？"

贺轻舟又说："没多久。"

前后话语矛盾，敷衍之意很明显。

江苑似乎并不在意。

两个人一起走出逼仄窄小的巷子，贺轻舟动作自然地接过她手里的购物袋。掂了掂重量，神情复杂，大约是觉得江苑的力气太小。见她提得那么费力，还以为多重。

江苑近来瘦了不少，站在身材高大的贺轻舟身边，被衬得更加娇小。

终于看到路边的垃圾桶了，贺轻舟走过去，把拿在手中有一会儿的烟蒂扔进灭烟盒中。

江苑以前其实是不知道他抽烟的，以往他每次来找她，身上也没有烟味。有时是乌木香，有时是沉香，是那种微苦，又容易让人上瘾的味道。

贺轻舟上次来就注意到了这附近的杂乱，他嫌弃地看了一眼四周："怎么租了个环境这么差的地方？"

他一贯养尊处优，人间疾苦和他几乎不搭边。这种连电梯和物业都没有的老小区，想来他也不会有机会来。

江苑唇边的笑意淡淡的："这里房租便宜，离医院也近，虽然环境是差了点，但是我目前能负担起的最好的房子了。"

"我是说这儿连个保安都没有，不安全。"他的眉头皱着，看着空无一人的保安亭，也不知道荒废多久了，灯都没开。

江苑安静地看着贺轻舟。她突然觉得，眼前这个于她来说完全陌生的男人，竟然多出几分熟悉感来。

从前的贺轻舟，也是这样关心她的。

江苑轻描淡写地带过："老小区都这样。"然后接过贺轻舟手里的购物袋，"谢谢你。"

这三个字贺轻舟在江苑这儿，耳朵都快听出茧子来了。他没回应，只是把外套脱下来，递给她。

江苑沉默着，没接，指了指自家窗前的晾衣绳上的那件男士外套："我家也不可能住这么多男人。"是一种，半开玩笑的语气。

"我是让你穿着。"他没了耐心，简单粗暴地直接往她怀里塞，"我以前怎么会喜欢你？这么蠢。"

江苑点了点头："我也挺好奇的，居然有人会喜欢我。"怎么会有人喜欢她这样的人？

意识到自己刚才说的话重了点，贺轻舟想解释，但又懒得解释。这些天来，他的思绪和感情都很混乱，就像一盆白色的颜料不慎掺进去一点别的颜色。总是莫名其妙地想起面前这个女人。明明记忆只恢复了一点点，十几秒钟而已，却又还是搅得他不得安宁。

贺轻舟走了，江苑也开门进去，把他的外套挂在衣柜里，然后江苑系上围裙进厨房做饭。

这些天来，她的厨艺进步了不少。至少不像刚开始那样，只能做到弄熟。

江苑第一次做饭，贺轻舟是她最忠实的追捧者。但是那次贺轻舟吃了她做的没熟透的豆角，食物中毒，半夜腹泻呕血，被送到医院洗胃。

江苑在外面等他，一边等一边哭。那个时候多蠢啊，无论做什么都做不好。

　　每次重来的勇气，都是贺轻舟给她的。

　　她家里人对她是那种打压式的教育方式，因为想把她的脾气棱角通通磨平，这样她才会听话。

　　是贺轻舟，以一己之力在和他们对抗。无论何时，他都会鼓励她，夸她。哪怕她只是解出一道再简单不过的数学题，他都恨不得去酒店摆几桌大宴宾客庆祝几天。

　　就像那次，他明明已经没什么力气了，却还是抬起手，摸摸她的头，虚弱的声音染上几分笑意：“医生说很少看到有人吃豆角吃到呕血的，我们苑妹还挺厉害。”

　　江苑低着头，肩膀哭得一颤一颤的。

　　贺轻舟叹气，想给她擦眼泪，却又没了力气，只能求饶：“我现在没法抱你，等我恢复点体力了再哭，好不好。”

　　那之后江苑就很少做饭了，做饭也几乎不碰豆角。

　　江苑属于先飞的笨鸟，因为不够聪明，所以格外用功。能走到现在的程度，有现在的成绩，她很珍惜。或许是她的生命里，爱出现的次数太少，所以她对这些本就不抱太多的期待。

　　一直以来，她都把自己圈在一个框框里。

　　虽然贺轻舟短暂地闯进来过，但他不会一直在里面。

　　江苑很清楚，和他结婚意味着什么。她将永远被困在这个牢笼之中。别人仍旧会在背地里议论她，说她不过是幸运，被贺轻舟看上了。

　　那之后她将顶着贺太太的名号，过上和翟惜雪一样的生活。以贺家的势力和背景来看，她的地位和得到的物质满足，会比翟惜雪高出许多。然后他们一家，会把她当成吸血的工具，江苑也将一辈子甩不开他们了。她不想要这样的人生，不想要被人非议的人生。

　　她知道，贺轻舟会把她保护得很好。但这种生活，与她一直追求，并且为之努力的人生大相径庭。

是她先对不起贺轻舟的。重来一次的话，她还是会解除婚约，但会找一种尽量让贺轻舟接受的方法。可真有这种方法吗？

江苑只知道自己是执拗偏执的，却不知道，贺轻舟对她的感情，同样执拗偏执。她追逐着她的梦想，贺轻舟则追逐着她，海枯石烂，至死不渝。

讲不清谁对谁错，是命运在作怪。

十五那天，江苑是和周嘉茗她们一起过的，吃了火锅。

点完餐以后，服务员过来，说是有活动，带定位发朋友圈可以赠送三罐可乐。

江苑刚要拒绝，周嘉茗一听有活动，顿时来了劲："可乐要冰镇的，谢谢。"

江苑无奈地摇头笑笑，只能拿出手机拍了个锅底，带上定位发了条朋友圈。

正好菜端上来，她忙着把面前的餐具往一旁挪，手机随手放在一旁，也忘了删除。

周嘉茗说起后天的实习，心里开始发怵。

"我听师姐说，她们平时忙得脚不沾地，还没去呢，我就开始害怕了。"她眼神心疼地看着江苑，"就更别提一医了。"

她们点的是鸳鸯锅，江苑全程只吃左边的番茄锅。听到周嘉茗的话，她倒是没什么太大的反应："其实也还好，我之前去一医看病的时候，多看了一眼，只有急诊科的才忙。"

周嘉茗的眼睛顿时就睁大了："看病？你生病了？"

江苑无奈地轻笑："有些失眠而已，所以找师兄开了点安眠药。"

周嘉茗这才松了一口气："吓死我了。你是不知道，你最近这样子有多憔悴，整个一易碎的瓷娃娃。"

江苑笑："哪有这么夸张？"

周嘉茗："怎么没有？不信你问她们。"

江苑的视线移到许来来和阮熏身上，她们两个都非常默契且赞同地点头。

江苑："可能是最近太累了。"

周嘉茗叹了口气，语重心长地劝她："身体是革命的本钱，身体都垮了，其他的东西就更不用提。"

江苑听话地点头："会注意的。"

因为是十五，所以来这儿吃饭的人还是很多的。如果不是她们提前了三个小时过来，恐怕现在还在等位。

苏御的声音很有辨识度，是那种轻快欢乐的语调，听了莫名其妙会让人心情变好。不见其人，便先闻其声。

"江苑？还真是你啊。"大约是为了配合节日喜庆的气氛，苏御穿了件红黑相间的外套，后背是个国风刺绣。这么夸张的穿着，在他身上倒也丝毫不违和。

苏御走过来，动作自然地在周嘉茗旁边的空位上坐下，和江苑打招呼的同时还不忘和她问声好："你好，我可以坐这儿吗？"

周嘉茗满头黑线："可不可以你不都坐了吗？"

苏御一笑，让服务员多拿了三份餐具过来，然后手往前招手："舟哥，安哥，这儿。"

苏御笑得挺喜庆："你说巧不巧，在这儿都能碰上。"

周嘉茗不耐烦地推了推他："巧不巧两说，这是我们的座位。"

苏御自来熟，揽过她的肩膀："都老熟人了，咱们之间就不整那些虚头巴脑的玩意儿。"

周嘉茗把苏御的手拍开，一脸嫌弃的表情："谁跟你熟了？"

苏御："你不记得我了？先前我们见过的，密室逃脱那次。"

周嘉茗："不记得。"

苏御笑道："可是我记得你啊，唢呐精。进去一个小时，你就在我耳边打鸣了一个小时。"他还挺认真地问她："你有兴趣进娱乐圈吗？我让珏哥把你签了。你可是个女高音的好苗子，声音还特有穿透力，我耳膜到现在都还是疼的。"

阮熏和许来来两个人都强忍着笑。

周嘉茗的脸色更难看了，她忍不了，起身换到对面的位置上去。

然而苏御没什么眼力见，这会儿也要起身跟过去："怎么还害羞上了？我长得虽然是帅了点，但也不至于到和我说会话就脸红的程度吧？"

江苑身边的位置，此时也空了出来。

贺轻舟是和宋邵安一起进来的。两个人的身形相当，不过贺轻舟的肌肉含量应该要多一些，所以他整体看上去，比宋邵安多了几分压迫感。他先是看了一眼江苑，然后皱眉问苏御："这就是你非要来这儿吃饭的原因？"

苏御有点心虚地笑了下："去哪儿吃不是吃？而且我看苑妹发的朋友圈，感觉还挺好吃的。"

服务员把新加的餐具拿上来，一同拿来的，还有点餐用的平板。她扫视了一圈，一时不知道该递给谁。

贺轻舟伸手接过来，动作自然地在江苑旁边的空位上坐下："这儿什么好吃？"

服务员还以为是在问她，脸微微红，刚要开口，贺轻舟却把平板放到江苑的面前："你点吧。"

江苑愣了一下，然后抬眸去看他。后者单手撑着脸，坦然地承接她的视线。他周身总有种说不清的慵懒气质，那种好像对任何事情都不在意的态度。就像此刻，他明明是在她看他，但眼里却又没有杂念，譬如暧昧或是其他。

江苑轻轻"嗯"了一声，按照贺轻舟的口味又另外点了一些东西，然后把平板递给了苏御。

宋邵安沉默地看了他们一眼，没说话。

有苏御在，就不可能冷场，他的嘴巴从刚来到现在就没停过。天南地北地聊，就没有他接不了的话。

坐在苏御旁边的周嘉茗大概是全场最大的受害者："你不说话能死吗？"

苏御突然停下来，眨了眨他那双无辜的狗狗眼。

有那么一秒钟，周嘉茗为自己的语气感到内疚，但是下一秒她就不这么觉得了。

苏御笑道："能死。"

周嘉茗："……"

贺轻舟的语气淡定："我让服务员在外面单独给你摆一桌，你出去吃。"

苏御委屈地凑过来："舟哥，你怎么能这么对我呢？"

贺轻舟低笑一声："滚，恶不恶心。"

江苑这个角度，正好可以看到贺轻舟笑时嘴角露出的那颗小虎牙。虽然随着年龄的增长，没有小时候那么明显，但还是增添了几分少年气，尤其是笑起来的时候。他爸以前总想让他去把这颗牙矫正了，说他作为贺家的继承人，未来要掌管那么大的企业，这颗虎牙会让他镇不住场子。

贺轻舟从小就傲慢，他说再大的场子自己都能镇住。他最烦那种用外表来虚张声势的人。

但江苑知道，贺轻舟是因为她喜欢，所以才一直留着那颗虎牙。其实他自己也嫌弃，觉得显小，尤其是笑的时候。

读初中的时候，学校里就常有女生给他写情书，说喜欢他，也喜欢他的小虎牙，很可爱。

贺轻舟每回都气到想当场把自己的牙给拔了。但如果是江苑夸他可爱，夸他的虎牙可爱，他反而害羞得说不出话来，甚至趴在课桌上，不肯抬头。

江苑以为是自己说错了话，惹他不高兴了，哄了他很久。然后，他终于抬起头，白皙的脸绯红一片，甚至连眼尾都是红的。声音软软的，撒着娇："阿苑，你以后只能夸我一个人。"

菜都上齐了，苏御去调了几碗自己独门的酱料，说是用来拌面味道一绝。

他给江苑拌了一碗，递到她跟前："尝尝看，不好吃我跳楼。"

江苑看着面条上的红色的剁椒，迟疑片刻。

贺轻舟已经先她一步把碗端走了："她肠胃不好，吃不了辣。"

贺轻舟这话一出，所有人都愣在那儿了，看着他。

贺轻舟沉默了几秒钟，用一种不太确定的眼神看着江苑："能吃辣吗？"他也不知道自己刚才为什么说得那么肯定，几乎是没有任何犹豫地脱口而出。

江苑摇了摇头："我的肠胃不好。"

苏御的眼睛当场就瞪大了："舟哥，你该不会是记起来了吧？"

贺轻舟也没否认，他把餐具拆开："十几秒。"

"难怪。"苏御犯起了嘀咕，"才记起十几秒就坐江苑的旁边了，这要是全部记起来，估计能直接让她坐你脖子上去。"

贺轻舟抬眸，淡淡地睨他一眼。

苏御被看得发怵，不说话了。

宋邵安全程没怎么说话，挺安静的，但他眼神里的落寞还是不动声色地出卖了他的情绪。

许来来和阮熏还是第一次看到宋邵安，于是让江苑做个介绍。

江苑抬眸，看向坐在她对面的宋邵安。此时的宋邵安也正好看着她，中间隔着薄薄的水汽。她的声音平静："宋邵安，召耳邵，平安的安。"

宋邵安眼底带起一抹笑意，很淡，但是带着满足，方才的落寞仿佛烟消云散了："原来你还记得。"

这是他们第一次见面时，宋邵安向她做的自我介绍。宋邵安，召耳邵，平安的安。

江苑点头："记得的。"

苏御总觉得哪儿不对，宋邵安笑得不太对，总觉得气氛突然变得暧昧起来。他下意识地去看贺轻舟，后者却全无半点异样。甚至连眼皮都没抬一下，压根就不在意这两个人有没有擦出火花来。

那顿饭吃到中途，贺轻舟和宋邵安先后离开了。是家里来了电话，催他们回去吃饭。

今天是元宵节，周嘉茗她几个是因为家在外地，所以只能出来吃。

周嘉茗原先还挺疑惑，他们都是北城本地人，怎么元宵节不待在家里和家人团圆，反倒还往外跑。

直到贺轻舟和宋邵安一前一后离开，苏御用筷子戳了戳碗里没煮太熟的蟹柳，替周嘉茗解了惑："他们是特地出来陪我的。"

闻言，江苑抬眸。

苏御把那个没熟的蟹柳夹到盘子里，又用漏勺捞了一个上来。

周嘉茗好奇："你不回家和你家人团聚吗？"

苏御耸了耸肩，没说话。

江苑看着他，握紧了筷子。苏御家的事情，她多多少少也听过一些。细说起来，他们二人的身世其实有几分相似。但苏御和她不同，他很乐观，也很坚强，那些事情好像压根没有对他造成任何影响。所以不知实情的人，恐怕看不出丝毫端倪来。

苏御不说，周嘉茗也就没继续问了，甚至还主动揽过他的肩膀："姐姐们待会儿还要去第二场，你要是交点保护费的话，我们也不介意带上你这个拖油瓶。"

就是随口一句玩笑话，没想到苏御竟然还真的傻乐着给钱了："姐姐，小弟钱包里就这点现金了，全孝敬给您。"

周嘉茗也没想到他真给。眼神意味深长地看了他一眼，发现这人好像的的确确是个傻子。

周嘉茗有种天生的英雄主义，对弱小生物有种莫名其妙的爱护，所以也就忘了刚才苏御的种种行为。

许来来好奇地问："什么第二场？"

周嘉茗神神秘秘地从外套口袋里掏出一张闪着金光的卡："唱歌啊，这张明天会员卡可是我求了我表哥好久他才借给我的。"

明天是郊县路的一家高端娱乐会所，里面吃喝玩乐一应俱全，而且只接待 VIP。

苏御说："你早说去那儿嘛，我让舟哥直接打个电话不就行了。"

周嘉茗："贺轻舟？"

"嗯。"苏御点头，轻描淡写地说了一句，"他家开的。"

江苑没和他们一起去。虽然周嘉茗劝了她很久，并且她自己也觉得扫了她们的兴致，有些抱歉，但她还是拒绝了。哪怕是正月十五，也得抽出一些时间来学习。她知道自己的处境，也明白自己没有任何可以用来浪费的时间。

周嘉茗最后也没强求，让江苑平安到家以后给她打个电话。

江苑点头："嗯。"

正月十五，元宵节。合家团圆的一个节日，也是预示着再次分开的一天。因为过了正月十五，大家都要纷纷踏上求学和工作的旅途。

江苑感受着周围喜庆的氛围，把窗帘拉开，感受外面的喜庆气氛。

至少在此刻，当下，她觉得自己的心境是平和的，甚至有了一点即将摆脱枷锁的满足感。最后这段时间，熬过去就好了。

江苑从来不给自己定太远大的目标，她深知希望越大，摔得越痛的道理。她想要的也从来不多，不求大富大贵，不求平安喜乐，能像个正常人一样生活就足够了。做自己喜欢的事，活得像一个正常人，不用时刻担心自己会被"卖掉"。

江苑看书看到夜里十一点。手机接连震动了几下，她拿起来看了一眼，是周嘉茗刚建的一个群，里面有七个人。正好是今天一起吃饭的那七个人。

周嘉茗往群里发照片和视频，她今天刚拍的，除了刚刚唱歌时拍的那些照片以外，还有一些吃火锅时的照片。

江苑用手指按着屏幕，缓慢往下滑动，然后，动作停下。视频中的江苑唇角微弯，笑容淡淡的，她身边的贺轻舟倒是笑得挺开心。他的眼睛很好看，虽然眸色深了些，但是很亮，像是清澈透亮的宝石，镶嵌在他的眼中。

至于为什么笑，江苑也记得不太清楚了，或许是苏御说了些什么。

不看视频还不知道，原来他们之间的距离这么近。

身后有喝多的人去洗手间，走路摇摇晃晃的，几次要往这边撞。贺轻舟的手伸出椅背，虚放在江苑身后，阻隔了那人碰到江苑的可能。几乎是下意识的举动，他大约也没想到，会被周嘉茗的相机捕捉到吧。

江苑将视频点开，又按了返回。

群里消息不断，那段视频很快就被刷没了。

那天晚上，江苑也没看多久的书。她的头疼得厉害，想来应该是白天受了凉。

吃完退烧药后，在家里一躺就是一整天。

生病的时候才发觉独居的弊端。她没了力气，连起床都费劲，但嗓子干涩得厉害。最后是用手扶着墙，勉强走到厨房的。

因为体质的问题，她一生病就会全身无力。

一杯水喝下去，嗓子的干涩稍微得到了缓解。

江苑取出水银温度计，夹在腋下，十分钟后取出来看了一眼，三十八度五。没退烧，反而烧得更厉害。

昨天晚上还只是磨人的低烧，吃完药后反而成高烧了。经验告诉她，吃药没多大用，于是想等天亮去附近的诊所打一针。她昏昏沉沉地睡着，睡得也不怎么好，中途醒了好几次。身子太烫，像被火烧一样，太难受了。

等江苑彻底醒来的时候，已经是中午了。外面有些吵闹声，她依稀能从那些吵闹声中辨出一个熟悉的声音。

于是，心往下沉了沉。不知道她是如何找到这里的，但也大概清楚，自己好不容易得来的清闲日子，画上了句号。早该知道的，他们不可能这么轻易放过她。

江苑没什么力气，手臂都是酸痛的。她费力地穿上衣服，开门出去。

翟惜雪的脸上带泪，一副为人父母的悲痛与无奈，此时正和那些左邻右舍诉说苦楚。

江苑来得晚，只听到了最后一点。她的私生活太乱，总爱和不三不四的男人来往，甚至还不惜为此和父母决裂。

有人扶着翟惜雪的胳膊安慰她。

随着江苑打开门出现，众人的视线都落在了江苑身上。这种眼神，江苑太熟悉了，是一种探究的眼神。

江苑的表情不咸不淡，并没有想过要替自己辩解，而是把翟惜雪拉进屋子，并关上大门。

屋子里有股暖意，分不清是天气足够暖和，还是她的体温高到让四周都受到了影响。

"你怎么来了？"江苑说话的语气很平静，不见被诋毁后的恼怒，更没有歇斯底里的崩溃。

翟惜雪收起了眼泪，换上另外一副表情："当然是来看你死了没有。"她四处看了一圈，笑道，"当初见你走得那么决绝，还以为你早给自己找好了退路。就这？"

头突然晕得厉害，江苑手扶着沙发，才勉强站稳："让你失望了。我还活着，活得好好的。"

翟惜雪冷笑，打量了她一眼："不过看你这副样子，估计也好不到哪去。你知道因为你，你爸的生意亏损有多严重吗？我倒希望你保持现在这样，最好多受点折磨。"

这些恶毒的话，江苑早就免疫了。从小到大听过太多，甚至比这些更恶毒，更不堪入耳的她都听过。

翟惜雪没有在这儿多留，担心江苑把病传染给她。

江苑突然庆幸自己生了病。

翟惜雪走后，她全身的力气在此刻便彻底卸掉，摔在地上，眼前一片漆黑。

江苑最近常做梦，一个接着一个，好似要把睡眠时间都给填满一般。醒来的时候，手背有轻微的刺痛感。她微微皱了下眉，睁开眼睛。

最先看到的是医院雪白的墙壁，然后才是站在自己床头的贺轻舟。他今天穿了一件浅灰色毛衣，看着不厚，但总觉得很暖和，兴许是窗外的阳光正好投落到他身上的缘故。

胸腔处似有什么堵着一般，江苑咳嗽了几声。

男人听到动静，垂下眼来，淡淡地给出点评："还挺能睡。"

贺轻舟走过去，给她倒了杯水，递给她："感觉怎么样？"

江苑接过杯子，向他道谢，然后说："还好。"

贺轻舟用脚背拖了张椅子过来，在她的床边坐下："连睡觉都在皱眉头，这叫还好？"

江苑愣了一下，然后轻声笑笑："应该是做噩梦的原因。"

贺轻舟本来就不是爱多管闲事的性子，江苑不肯说实话，他也就不再问了。看她把那一杯水都喝完了，便替她把杯子拿走，放好。

"医生说是病毒感冒，还有肺炎，没大碍。但你的体质不行，建议你在医院先住两天，手续已经给你办好了。"贺轻舟抬手看了眼腕表，穿上外套，显然已经在这儿浪费了太多时间，"我还有事，先走了。"

停顿片刻，贺轻舟又补充了一句："有事再给我打电话就行。"

听到这个"再"字，江苑突然问他："今天……"后面的话，她停顿许久。

贺轻舟却仿佛知道她要问什么一样："你的邻居给我打电话，说你晕倒了。"

她点头，难怪贺轻舟会出现在这里。

贺轻舟松开了去开门的手，靠着病房门站着，眼神打量着她。

病房里好像一切都是白的，墙壁，床单。江苑在这一片白的映衬下，更是显得脸色苍白，没有血色。输液的左手压放在被子上，手腕细得他稍微用力点都能捏断。

安静是被贺轻舟轻慢的语气打破的："我现在好像有点理解，他们为什么觉得我喜欢你了。"

江苑没说话。头顶传来意味不明的低笑："我这人有点英雄主义，挺爱保护弱小的，你懂吧？"

江苑便也笑了："算懂吧。"所以，不是喜欢。只是因为她太惨了，惨到连他都没法坐视不理。

"行了，你好好养病，不吵你了。"贺轻舟打开门离开，又将门关上，动作还算小心。

江苑重新躺回床上，看着头顶的灯。白色的灯，刺得她眼睛疼。她其实早就习惯了自己的任何遭遇。因为她的人生一直都是不幸的，从前是因为有贺轻舟站在她前面替她挡着风风雨雨，所以她才不至于被淋湿。但是现在，其实她也能硬扛下来，没关系的。她足够坚强，也足够努力，没有什么坎是她跨不过去的。

药水换到第三瓶的时候，宋邵安来了，手上还提着一个木质的食盒。他的脚步急切，眼中有担忧，把东西放下便过来："好些了吗？"

江苑摇头："我没事。"

见江苑的脸色的确好了许多，宋邵安悬着的心便逐渐放了下来。他把食盒打开，里面都是一些清淡的食物。

宋邵安："轻舟给我打电话，说你在医院，让我过来陪你。"

江苑半晌没说话，沉默良久，才缓慢地点头："这样啊。"

宋邵安犹豫了一会儿，不太敢看她的眼睛，只低头摆弄碗筷："他有个饭局，所以就先走了。万家的小女儿，你见过的，万姗。"

提到这个名字，江苑有点印象，幼时万姗便常爱追着贺轻舟跑，一口一个轻舟哥哥。

不过贺轻舟没什么耐心，总是让她别烦自己，还把她凶哭过几回。但小姑娘不记仇，第二天就好了。

江苑点头："我记得她，挺可爱的。"

宋邵安把床上的小桌板支起来，意有所指地说："贺伯母很着急他的终身大事，不出意外的话，这次很有可能就定下来了。"

江苑若有所思地点了点头："挺好的，他们家世相当，性格也合，很般配。"

宋邵安在江苑的脸上瞧不出异样来，不知怎的，他松了口气。他厌恶自己的卑鄙，但又控制不住自己。他把喜欢藏了许多年，终于等到可以放在阳光下的那一天，他不舍得就这么放弃。

白粥是宋邵安让家里的阿姨煮的，软糯浓稠，带着淡淡的甜味。他把勺子递在江苑面前："吃点粥。"

江苑摇头："谢谢，我不饿。"

一早便想到她会拒绝，宋邵安也不勉强她。

今天还是有点太阳的，担心江苑被晒着，他站起身，去把窗帘拉上："刚才让人去附近看了一圈，有套公寓挺适合的，环境好，离医院近，也安静。"

江苑抬眸："你都知道了？"指的是，翟惜雪去找过她的那件事。

宋邵安重新坐过来。那个女人的嘴不严，什么话都爱往外讲，并且全是一些诋毁江苑的话。他自然不会告诉江苑，她都说了些什么。

宋邵安："我知道你喜欢安静，所以那一栋楼我都买下来了。你要是不想住也没关系，什么时候想去了就打这个号码。"说完，他递给江苑一张名片。

江苑没接："谢谢你，但……"

宋邵安的笑容温柔，替她补全了接下来的话："不用是吗？江苑，你不必总和我这么客气，我们是朋友，从小一起长大的朋友。我与贺轻舟，没区别的。"

江苑住院的那几天，宋邵安都在。哪怕江苑和他说了不用再过来，她可以照顾好自己，但宋邵安每次都是答应得好好的，到了饭点依旧会准时出现，给她送饭。他怕口味太单一，还让厨房多做了些花样。

江苑沉默的时间越来越长，经常看着窗外发呆，一看就是一整天。

那个时候宋邵安也不打扰她，他只是安安静静地坐在一旁陪着。运气好的时候，江苑会和自己说几句话。

"你说，真的会有苦尽甘来吗？"江苑的声音很轻，像羽毛一般，和她的人一样缥缈，想抓，却不易抓住。

宋邵安点头："有的。"

江苑若有所思地想了一会儿，像是在那短短的几秒内做好了一个决定。她看着宋邵安，问他："你有什么想要做的事情吗？"

　　宋邵安起身替她把被子掖好："没有特别远大的抱负，当律师是我从小的梦想，所以就坚持下来了。"

　　江苑轻声低喃着，像是在问他，又像是在问自己："那我坚持的话，也能做到吗？"

　　宋邵安的笑容温和："当然。你有什么想做的吗？"

　　江苑沉默了很久，然后才抬眸："如果可以的话，我想当一个无国界医生。"

　　宋邵安脸上的笑容有片刻的僵硬："可是很危险。"

　　江苑无所谓："我不怕危险。"

　　宋邵安突然觉得自己的嗓子干涩异常，那是一种不太好用言语来形容的感觉。他一直都有这样的感觉，江苑随时会从他的眼前离开。可他没想到，会是以这种方式。

　　宋邵安："那……那你还会回来吗？"

　　江苑摇头："不清楚，可能不会回来了。"

　　宋邵安的手不受控制地颤抖了几下，他想让自己尽量看上去正常一些，可那些笑容到了嘴边却变得异常僵硬："你要不要再考虑一下？其实国内也有很多医疗资源匮乏的偏远地区。"

　　"我考虑得很清楚了。"江苑的声音不轻不重，许是因为她毫不动摇的念头，语气里也多出了几分坚定，"我已经登记了器官捐献的申请。如果我能活过四十岁的话，我就找个安静偏僻点的地方养老，当个义诊医生。如果活不过，也没什么遗憾。"

　　阳光过于强烈，哪怕窗帘拉上了，仍旧透过那点缝隙映照进来，像是浅金色的画笔，将她的眉眼轮廓反复勾勒。江苑本就是清冷古典的长相，不落俗套。

　　此刻，宋邵安越发觉得，自己与她的距离相差甚远。她的目标太明确，她把自己后面的人生全部规划好了，已经没有多余的空位让他挤进去。他突然开始理解贺轻舟当时的绝望。

那是一种，拧断了肝肠的无能为力。只能眼睁睁地看着她走远，想伸手，却什么都抓不住。

第三天的时候，江苑出院了。临出院前，医生交代了些注意事项。她是下午到的家，原本以为会听到某些指指点点，但出乎她意料的是，不断有人过来询问她的状况，关心她。

"病好些了吗？你那个后母，还有没有刁难你？"

"哎哟，当时就看你的脸色不太好，后面还是从刘婶子那里知道你晕倒的事。"

刘婶子就是经常给江苑送饺子的阿姨。

邻居们脸上的关心是真挚的。

江苑迟疑了几秒钟，似乎对于她们这么笃定地相信自己，感到几分不知所措。她听过太多议论、编排她的话，但这些来自外人的善意，实在是罕见。

这个点儿邻居阿姨大多是带着小孙子下楼遛弯的，一人怀里抱着一个孩子。

有位阿姨叹了口气："你那个后妈，说的话太重了些，真当我们是好糊弄的傻子。"

旁边的阿姨也跟着开腔："都说有了后妈就会有后爸，命苦的孩子啊。以后有什么需要帮忙的尽管和阿姨讲。"

与她有血缘关系的，只拿她当一件物品，只有几面之缘的邻居，却处处信任她。江苑说不清该高兴，还是该难过？哪怕这两种情绪都有，但也只是微末的，在她这儿掀不起太大的风浪。她有时候其实还蛮庆幸自己的迟钝，至少不会受到太深的伤害。

江苑垂眸轻笑："谢谢阿姨，我没事，挺好的。"

回到家后，江苑把窗户打开通风，没什么胃口，但也不敢不吃东西。因为待会儿还得吃药，那药不能空腹吃，伤胃，所以她煮了点粥。等粥煮好的时间里，她坐在沙发上，随便拿了一本书翻阅。

楼上的阿姨兴许是看到她家终于有了人，便带了些自己刚包好的饺子过来："感冒好些了没？"

江苑给她倒了杯水："好多了，烧也退了。"

阿姨闻言，松了口气："你是不知道你前天那副样子有多吓人，脸色苍白地躺在地上，我当时也慌了神，忘了这儿离医院近，可以直接打120。好在你的手机没有密码，我就给排在通讯录第一位的号码打了电话。"

大约是见她没大碍了，阿姨也开起了她的玩笑："是男朋友吗？"

江苑摇头笑笑："朋友。"

阿姨笑道："小伙子长得挺帅的，个子也高，我还以为是最近刚出道的大明星呢。"阿姨打趣江苑："难怪之前我说要给你介绍男朋友都拒绝，原来是有更好的。不过这个小伙子确实不错，他抱你出去的时候，稳稳地，胳膊一点都没抖。"

江苑抬眸："抱？"

阿姨的笑容暧昧："对啊，难不成还用扛的？"

阿姨走后，那碗饺子被江苑用保鲜膜封好，放进了冰箱。她暂时没什么胃口，只能勉强吃点清淡的白粥。

教授给她发了消息，让她在家多休息几天，医院那边已经替她请了假。不过江苑还是拒绝了，自己本身就已经因为生病而迟了三天。更何况，她现在病也已经好得差不多了。她稍微准备了一下，第二天便去医院报到。

实习医生做的都是一些比较简单的工作，说累其实也谈不上。

这么多天下来，她学到了不少东西。

同科室的师兄、师姐比较照顾她，那些又脏又累的活也很少交给她。但江苑并不希望受到这种特殊对待，所以她委婉地表达了她的想法。

有个病房的老奶奶，精神状况不太好，大小便没办法自理。负责那个病房的小护士站在外面哭，江苑看到了，把笔放进白大褂口袋，走过去，轻声询问她怎么了。小护士抽泣着说出了原委，病人弄脏了裤子，自己过去给她换，她反而还动手。

江苑看到小护士脸上的红肿，让她先去冰敷一下。

小护士犹豫着："可是那个病人……"

江苑的笑容温柔："你别担心，这里有我。"

小护士的脸一红。美是不分性别的，更何况还是这么温柔的人。

江苑的耐心好，哪怕那个老奶奶的脾气大，爱挑剔，江苑仍旧轻声哄着她。折腾了半个小时才把裤子换好。

听着很简单的一件事，实际上花费的体力却比得上她做十次伤口缝合了。手酸痛到抬不起来，脸上也在推搡间挨了一下。她靠着墙，缓了很久。脸颊还是痛的，但也没法歇，她还有其他的工作。

人往电梯口走，按亮上楼的键。

电梯门开了，江苑双手插在白大褂的口袋里，头低着。太累，累得只想好好睡一觉。

电梯里的人出来了，她正要进去，手腕却被人抓住。

"脸怎么回事？"头顶熟悉的声音传来。

江苑的身子微微顿住，恍惚间抬眸，那张熟悉的脸便落进她的眼底。江苑问道："来复查？"

贺轻舟没有回答江苑的问题，而是皱着眉，重复一遍："脸怎么回事？"

江苑轻描淡写地道："被病人不小心碰了一下。"

贺轻舟的眉头皱得更深："哪个病人？"他的语气有点不耐烦。虽然别人口中的贺轻舟好像一直都是这般，但在江苑面前，他总是把自己掩藏得很好。所以江苑是第一次瞧见贺轻舟对她不耐烦的样子。

江苑想开口解释，最后不知怎么，默默地闭上了嘴，而是带他过去了。

就站在病房外，看着病房里面那个连起身都颤颤巍巍的老人家，贺轻舟的脸色变得难以言喻。好半天，才简短地给出一句点评："路都走不稳，手劲还挺大。"

江苑低下头，唇角不动声色地往上挑起一个弧度："不动手了？"

"这还动什么？"贺轻舟收回视线，"朝她吐口唾沫估计都能在地上躺个三天起不来。"

贺轻舟的话说得夸张了些，江苑被逗笑了，肩膀轻轻颤抖了几下。

看到贺轻舟手上的病历本，江苑问："复查的结果怎么样了？"

贺轻舟："还行。"

江苑动作自然地伸手接过来，翻阅了一遍。看到第一页的时候，江苑的动作有片刻的停顿。身体多处骨折，各种感染和并发症。伤到这样的程度，能被救回来，已经可以称之为医学奇迹了。那之后他又在床上躺了两个多月，好在年轻，体质够好，恢复得也快。

贺轻舟会恨她，江苑其实没有怨言，毕竟这一切原本就因她而起。

大约是见江苑的手颤抖得厉害，贺轻舟把病历本从她的手中抽走，合上。他低笑，笑里带着几分无所谓："你手抖什么？我活得好好的。"

江苑停顿片刻，又对贺轻舟说了一句："对不起。"

对于江苑突如其来的道歉，贺轻舟早就见怪不怪了。他的记忆虽然只恢复了十几秒，但也足够让他对江苑原有的印象有所改观了。喜欢自然是谈不上，她压根就不是他喜欢的类型。但也不至于像先前那样抵触，甚至潜意识里会想要保护她。

江苑深吸一口气："贺轻舟。"

贺轻舟垂眸："嗯?"

江苑补充一句："也谢谢你。"

贺轻舟的声音带着轻微的颗粒感，稍微压低点便像是在撩人："谢我什么?"

一抬眼，就对上他那双似笑非笑的眼，江苑突然莫名地在此刻释怀了："谢谢你原谅我。"

江苑知道，哪怕他们之间的关系破冰，也不可能再回到从前。但江苑觉得这是最好的结果。不当男女朋友，不当未婚夫妻，只做最普通的朋友。是那种，哪怕突然有一天，再也见不到面，也不会难过，不会遗憾的朋友。

江苑的器官捐献申请通过了，相关机构那边把感谢信和卡寄给了她，江苑小心地保存好。

这些天来，她的生活过得还算充实。病情虽然恢复得一般，但好在不怎么失眠了。太累了，累得没有失眠的机会。

回到家匆匆洗个澡，头碰上枕头便入了梦。

宋邵安偶尔会过来看她，带一些她爱吃的水果或是糕点。哪怕江苑一再强调，不需要来看她。可他总是答应得好听，却又从不做到。

久而久之，江苑便不说什么了。

宋邵安偶尔还是会劝她，无国界医生太危险，他可以给她找一个安静、环境也好的乡镇医院。

江苑只是向他道谢，谢谢他的好意。她外表看着柔弱，但性子却比任何人都倔，做好的决定，十头牛都拉不回来。

这些宋邵安都清楚，可他还是会担心，会害怕。怕她这一走，自己就真的再也见不到她了。毕竟她对这个地方、这座城市，早就没有留恋了，也没有回来的必要。

冰箱里有阿姨送来的荔枝，江苑冰了好几天，一直没吃。她端出来，放在宋邵安的面前。

刚开始说过几次但是没什么效果后，江苑对于宋邵安的到来就成了一种默许。她本来就是对任何事都无所谓的态度。谁来都是一样。

下班回家了也得学习，宋邵安便不打扰她，自己走到书柜旁，抽出一本书翻阅。无意间瞥见旁边的器官捐献卡，他沉默半晌，回过头去看她。

女孩身子纤细，此时正安静地看书做笔记。他的心莫名地往下落了落。

如果是贺轻舟的话，在她面前哭一哭，撒撒娇，她是不是有可能心软？

江苑在这个世界上，唯独对贺轻舟特别对待。她的世界里只有两种人，别人，和贺轻舟。

或许，江苑曾经是有过动摇的，想为了贺轻舟留下来，但贺轻舟的失忆让她的动摇彻底消失。她没了后顾之忧，便能更加坚定地去走自己想要走的路。

如果说贺轻舟是江苑前进路上的绊脚石，那么自己，连做绊脚石都没资格，多可笑。

等江苑看完书，宋邵安已经走了。

那碗荔枝宋邵安没吃，反而留下了一盒眼药水，下面压着一张纸条。

纸条上用力透纸背的行楷写着一行字："看书的时候不要离得太近，眼睛会近视。注意休息，别太劳累。"

万姗最近为了追人可以说是无所不用其极。自从前几天和贺轻舟一起吃了那顿饭以后，她就整天缠着他。虽然那顿饭也代表不了什么。

贺轻舟最怕唠叨，贺母整天在家长吁短叹，一有空闲就给他打电话。

大抵是被吵得烦了，贺轻舟便彻底没了耐心，想要应付了事。饭是两家一起吃的，他态度闲散并不上心。

一个小时的饭，贺轻舟中途出去接了好几通电话。

贺伯母同他们道歉，万姗的爸爸却赞许地笑道："男人就该以事业为重，轻舟是这些小辈中，我最看好的。"

门当户对，双方父母也满意。挺好的一门亲事，只要贺轻舟点头同意。偏偏他始终没有任何反应。

若贺轻舟只是这样的性子，万姗倒觉得无所谓，可她见过他全心全意爱一个人的模样。

有一年江苑过生日，贺轻舟用那种老土且俗气，但又是他费尽心思准备的方法给她庆生。

江苑没有太大的反应，他反而脸红到不行，害羞得一句话都说不出来。

脾气暴躁、充满戾气的二世祖，在自己喜欢的女生面前，也不过是个害羞的愣头青。

有对比，才有差距，才会难过。不过没事，她才不会放弃。喜欢一个人就是要拥有无限的勇气，倒下了再爬起来嘛。

万姗决定从其他方向入手，譬如，情敌。

江苑刚给 3102 病房的病人换完药，小护士走过来，说有人找她。

江苑把病房门关上："找我？"

小护士抱着病历本点头："长得挺好看的，该不会是江医生的情敌吧？"

江苑低头笑笑："我哪来的情敌。"

江苑洗了手才过去，万姗正靠着墙，低头看手机。听到声音，她抬眸，把手机收好，自然且热情地上前揽过江苑的胳膊："江苑姐姐。"

她们两个，其实算不上熟。对于万姗这般热情的举动，江苑迟疑了几秒钟，有些许不适应，但还是没有推开她。

江苑："你今天来找我，是有什么事吗？"

万姗对江苑没什么坏印象，虽然在她的眼中，江苑一直都是自己的情敌。但情敌太优秀，也太惨了一点，所以她压根就对江苑讨厌不起来。

眼下在江苑的身边乖巧得像只兔子："江苑姐姐，好久没有见到你啦。"

江苑礼貌地笑笑："我也很久没见到你了。"她待会儿还要和医生一起去查房，就没有在这里留太久。

万姗就在对面的咖啡厅等江苑。

勇敢追求自己的爱情不可耻，可耻的是用一些卑鄙下流的手段，万姗不会做出那些事来。

江苑下班后，看到万姗给自己发的消息，上面有一条定位，就在医院对面的咖啡厅。她换上衣服过去，万姗在里面冲她招手："江苑姐姐，这儿。"

江苑走过去："这么晚了，你还不回家吗？"

万姗咬着吸管笑道："我又不是小孩子了，我家里人不怎么管我的。"她问江苑想喝什么，随便点，她请客。

江苑要了一杯冰美式，然后安静地坐在那儿，等万姗开口。她知道，万姗突然来找自己，肯定是有话要和她说。

万姗笑了笑，也不拐弯抹角了，说明了她的来意。她在追求贺轻舟，同时也知道，贺轻舟从前和江苑的那段往事。

万姗："我不会做第三者，所以在这之前，我想知道江苑姐姐的想法。如果你们两情相悦，我就再等等。"

江苑以前总做同一个梦，梦里的她被困在一团看不见方向的雾里。她听到了外婆和妈妈的声音，她们在喊她的名字，可是她却找不到她们。四周全是雾，她看不到路在哪边。后来，雾里伸出来一只手，牵着她，走了出去。

　　她来到一片空旷的场地，看到贺轻舟冲她笑："这么路痴，以后跟紧你舟哥，别又不见了。"

　　贺轻舟一直以来，都充当着这样的角色——她的引路灯，她的方向牌。

　　江苑看着万姗，如果是她，其实也挺好的。她与自己到底不同，万姗的性格好，活泼可爱。

　　贺轻舟在自己这儿投入的，得不到回应的热情，随便换一个人，最起码不会像之前那么累。并且她的家世也好，与贺轻舟门当户对。如果能成的话，是好事。

　　于是江苑笑了笑："我跟他就是普通朋友，你不必介怀。祝你早日心愿得偿。"

第六章

触
碰

那次之后，万姗和江苑的联系便多了起来。她总会问江苑一些关于贺轻舟的事，譬如他喜欢什么，不喜欢什么。

江苑干脆直接列了一张清单给她，洋洋洒洒写了十几页。

万姗看到了，惊讶地瞪大了眼睛："轻舟哥哥本人估计都没你这么了解他。这么多，我得背到什么时候去。江苑姐姐，你是怎么记下来的？"

江苑一时不知该如何作答。也没有刻意去记，日积月累的相处中，早成了习惯。

万姗笑着向她道谢，说以后她和贺轻舟结婚的时候，一定给她包个大红包。

江苑笑了笑，没说话。

医院的实习工作逐步进入了正轨，江苑开始逐渐忙了起来。虽然忙，但也充实。

第一次见到病人死亡，江苑跑去洗手间吐了很久。不是恶心，而是一种极度的无力感。

师姐在旁边陪她，她脸上也有哀色，但相比江苑的反应来说，则显得平静许多："我刚来的时候，也和你一样。第一天晚上在家里哭了个通宵。"

江苑不害怕死亡，但她害怕生命在自己面前消逝，以及那种束手无策的无力感。

师姐拍了拍江苑的肩膀："会克服的。"

窗户外，能看见一轮清月，高高地挂在天上。转眼又是十五，月亮很圆，也很大。

夜班的好处就是安静，江苑走过去，抬头看天，看了很久很久。她连续几个月都是两点一线，医院和家里，与外界好像彻底失联了一样。

苏御的电话打来时，她刚和主任医师查完房出来。第一通电话她没有接，直到第二通电话打来，她才走到僻静点的地方，按下接通。

苏御的声音一如既往地有朝气："苑妹儿在忙吗？"

江苑点头："刚查完房出来。"

听出江苑声音里的疲惫，苏御的语气轻下来，关心地问了一句："怎么了，最近工作很累吗？"

手机按了免提，放在桌上，江苑一边把衣服脱了，换上自己的外套，一边很轻地说了一句："还好。"

苏御知道他也问不出个什么来，江苑本来就是个不肯诉苦的闷葫芦性子。于是他也就作罢，开始进入正题："我后天生日，你应该没忘吧？"

胳膊伸进袖子的动作停顿片刻，在他的提醒之下，江苑才后知后觉地记起来。于是带着歉意地笑了笑："还有两天时间，生日礼物应该来得及准备。"

苏御一早就想到她会忘。也不能说江苑记性不好，只是她对自己不在意的东西很少上心。她本身就是这样性子。所以很多时候他才会觉得，江苑没能和贺轻舟走到最后，是一件很可惜的事。对任何事情都不上心的江苑，却把关于贺轻舟的桩桩件件都记在了脑子里。

苏御："后天我组了个局，去野外钓鱼，你到时候一定得来。"

江苑迟疑半晌："钓鱼？"

原是想要拒绝的，但又架不住苏御的软磨硬泡，最后她还是同意了。大约是知道，之后一别，可能很难再遇见。好歹也算是认识许多年的朋友，就当是提前告别吧。

苏御的生日是周一，江苑和同事换了班，周末也在医院工作。

同科室的师兄，他妈妈前阵子从乡下过来，带了些土特产，和一些新鲜出炉的八卦。

中午休息时间，一群人坐在那里吃糖炒板栗，然后天南地北地聊着。

江苑只安静看书，并没有加入。她的路已经规划好了，读完研，就出国。没几年了，她没有多余的时间来浪费。

"江苑，我妈刚还和我问起你了呢。"

突然被点到名，江苑抬起头："提到我？"

师兄暧昧一笑："问我你有没有男朋友，说想给你做个媒。"

类似的话，江苑已经听过太多。这些长辈，似乎热衷于给单身的适龄青年介绍对象。

江苑轻声婉拒了，仍旧是那套万年不变的说辞，暂时还没有这方面的打算。

苏御生日那天，江苑一大早就收到了周嘉茗的电话，苏御也叫上了她。

自从正月十五那次聚餐以后，他们之间的联系好像也逐渐频繁起来。

得知有个熟人在，周嘉茗便稍微松了口气："我还担心全是他的朋友，到时候我一个人去了会尴尬呢。"

江苑轻声笑笑："和苏御在一起，应该不会有尴尬的时候。"

周嘉茗对她的这句话表示赞同："确实，他那个人咋咋呼呼的，还说我是唢呐精呢，我看他是哨子精。"

那通电话没打多久，挂断以后，江苑起床洗漱，把衣服换上。

宋邵安很早就来了，坐在车里等她。车上只有他一个人。

见江苑迟疑，没有立刻上来，宋邵安解释了一句："他们先过去了，我正好在附近办事，所以就顺路过来接你。"

江苑点了点头，拉开副驾驶的门上去，系上安全带，向他道谢。

宋邵安把副驾驶上的遮阳板放下来，见仍旧有大片的阳光铺洒在她的裙边："前面好像有点晒，后排会好点。"

江苑说："没关系。"坐到后排到底不太礼貌，好像把他当成了司机一样。

听江苑这么说，宋邵安便没有再多说。

车子平稳地启动。

似乎是想到一件比较有趣的事，宋邵安轻声笑笑："轻舟都快被气死了，他原本不想去的，结果苏御六点就去他家敲门，把他给吵醒。你知道的，他那个起床气……"说到这儿，他停下了，去看江苑。

是啊，江苑不知道，以前的贺轻舟哪里舍得冲她发脾气。

车子开进主干道，上了高架桥。话不多的宋邵安碰到同样话少的江苑，反而一路上都没停过。和她聊最近的案子，挑的都是些鸡毛蒜皮有娱乐性，又不会太压抑的案例。

江苑全程安静地听着，末了，看一眼车窗外。

宋邵安看了一眼她长袖外套之下的手腕。好像比之前又瘦了些许，想来最近工作应该挺累。安静保持了一会儿，他稍微握紧了些方向盘，又松开："万姗这次也会去。"意有所指一般。

江苑点头："我知道。"

宋邵安沉默半晌，问她："你觉得他们，能成吗？"

江苑眉眼平静，声音也平静："能不能成不是我说了算的。"

宋邵安笑了笑："我觉得他们其实还挺配。"

江苑沉默片刻，认同了他的话，确实挺配的。

目的地离得挺远，出了市区。

宋邵安按照导航开过去，车停在外面的停车场，停车场简陋得很，停车线也画得歪歪扭扭。停车费按时收费，一小时五块。边上已经停了两辆车，江苑看到其中一辆，认出了那是贺轻舟的车。

宋邵安做完登记过来："走吧。"

江苑收回视线："嗯。"

宋邵安动作自然地接过江苑手里的帆布包，笑容温柔："我来吧。"

江苑犹豫了一下，不太想麻烦他，刚要接过来，宋邵安已经走到她前面去了。

等他们一前一后进去，河边早就支好了鱼竿。

苏御正捏着鱼饵往河里扔，边上那条小黑狗应该是附近农家的，正围着万姗叫唤，万姗吓得直跺脚，一口一个轻舟哥哥。而被她视作救命稻草的贺轻舟，此时躺在不远处的躺椅上，脸上盖了顶帽子，手臂从椅子扶手上滑落。

贺轻舟只穿了件白色短袖，外套放在一旁，能看见他手臂上的文身，以及微微凸起的筋脉。他没睡好的时候，身上总有种浑然天成的懒散、颓丧。世界末日都和他无关，更别提万姗的呼喊。别说回应了，他估计只会嫌吵。

周嘉茗看见江苑了，兴奋地提着桶过来，让她看看自己刚钓的鱼，是几条个头不大的鲫鱼："大爷说再多钓几条，待会儿能做鲫鱼汤了。"

江苑有点惊讶："还能做饭？"

周嘉茗伸手往前指："天然灶台，刚搭的。"

江苑顺着周嘉茗手指的方向看过去，确实挺天然的，十分简陋。

江苑之前没有钓过鱼，宋邵安在旁边教她，替她把鱼饵挂上，教她抛线收线。他指着那个彩色浮漂告诉她："那个动了，就代表有鱼咬饵，然后就可以收线了。"

江苑似懂非懂地点了点头。

钓鱼非常需要耐心，要一直静坐着。江苑坐了半个小时，一条鱼都没钓上来。她从一开始的全神贯注到后面的发呆、走神，等她回过神来的时候，发现一左一右都坐了个人。除了一直陪着她的宋邵安以外，还有贺轻舟。

贺轻舟不知道是什么时候醒的，他眼底还有几分没完全退散的倦色，慵懒地半睁着眼睛。

此时正将视线从毫无动静的浮漂上收回来，给她提了个建议："实在不行你去庙里拜拜吧。"他就没见过她这么衰的。

江苑没说话，仍旧安安静静地握着鱼竿。

贺轻舟伸手，往上抬了抬，做了个索要的手势。

江苑听话地把鱼竿递给他，贺轻舟将鱼线收上来，看到空无一物的鱼钩，低声笑笑："愿者上钩？"

贺轻舟的声音此时好像就贴在她耳边，带着几分戏谑，没有刻意压低，气音却显得莫名温柔。好像是他失忆后，少有的时候。

应该是鱼饵被咬了，然后鱼顺利逃脱，走神的江苑没有发现。她也没继续钓鱼了，起身去看周嘉茗他们生火做饭。

其实偶尔出来一次，也挺好的。风景好，空气好，连带着人的心情也会变好。

宋邵安说，如果她喜欢的话，以后就常带她来。

江苑摇头，没说话。

野外蚊虫多，宋邵安就拿着蒲扇替她驱赶那些蚊虫。

江苑没有察觉到，不工作时，她发呆的次数越来越多，很容易就陷入自己贫瘠的精神世界中。

远处的笑声将她的思绪逐渐拉了回来。她循着声音看过去，贺轻舟不知何时被授予了大厨这个身份，此时正站在灶台边上做着饭。他个高腿长，这个灶台的高度确实有点委屈他了。

万姗此时站在贺轻舟旁边，双手捧着脸，一脸花痴地夸他："轻舟哥哥真厉害，居然还会做饭。"

贺轻舟没说话，但早就被她烦到了临界值，那碗鱼汤出锅后，他把手里的东西放下，警告她不要再来烦自己，然后拿着烟和打火机走去远处。

但是万姗还是小心翼翼地跟了过去。

两个人一前一后消失在前方的密林之中。

宋邵安轻笑："也只有万姗能受得了轻舟这个脾气。"

江苑的视线落在那锅鲫鱼汤上，汤是白色的，很香，她站在这里都闻到了。那天吃的饭，几乎都是出自贺轻舟之手。

万姗回来的时候，眼睛有点红，像是刚哭过，也不知道贺轻舟到底对她做了什么。他不是会动手打女生的人，应该是说了些什么。

贺轻舟就是这样一个人，不喜欢谁，就不会让她看到一丁点的希望。除了没什么耐心之外，再有的，是他不希望别人在他身上浪费时间。

这话是贺轻舟亲口告诉过江苑的，他说："人的青春总共就那么短，我不希望别人把青春浪费在我身上。"

江苑若有所思地点了点头。然后贺轻舟又红着脸，头靠在她肩上，声音染上羞意。她突然想到了小球，自己曾经养的那只三花猫，它也最爱这样和她撒娇。

贺轻舟对她说："江苑，我的青春全都给你了，你要对我负责。"

万姗的自我修复能力很好，她来找江苑的时候，已经不难受了。她抱着江苑的胳膊，头靠着她。

"江苑姐姐，我不会放弃的。"声音很坚定。

江苑握住万姗的手，有点凉，于是她问："怎么不多穿点？夜里风大，当心感冒。"

万姗笑了笑："年轻人哪有怕冷的道理。"

苏御拿着手机兴奋地跑过来，说今天晚上有流星雨。

贺轻舟早就想走了，但又架不住苏御的恳求，此时便上车睡觉去了，让他们什么时候弄好什么时候叫他。

苏御说："我现在可太怀念曾经那个喜欢苑妹儿的少女心贺轻舟了。"他这话一说出来，又立刻沉默下来。深知自己说错了话，于是做了个拉拉链的动作，拉上了自己的嘴巴。

宋邵安脱下自己的外套盖在江苑的腿上，她今天穿的裙子，坐下时，小腿会露出来半截。他担心江苑会冻着，江苑的感冒才刚刚好。

江苑向宋邵安道谢，然后把外套还给了他："我不冷，谢谢。"不算太疏离，但分明也不亲近的距离感，让宋邵安的动作稍微停顿片刻。

宋邵安轻声笑笑："不冷就好。"

流星没有等太久。江苑长这么大，还是第一次看到流星，听说对着流星许愿，愿望就会成真。虽然是很无厘头的言论，但人们总是对这种事情选择无厘头地相信。

宋邵安问江苑，许了什么愿望。江苑没说话。但宋邵安还是猜到了。她的人生之中，于她来说重要的人，大抵只剩下贺轻舟一个了。她不是那种会考虑自己的人，所以她刚才许的愿望，肯定与贺轻舟有关。

宋邵安笑了笑："没关系，你的那个，我帮你许了。"希望，江苑平安喜乐，永远只做自己想做的事。

他说："我名字里的安，是平安福气的安。江苑，我把我的福气借给你，你记得还给我。要当面还。"

那一天，算是江苑这段时间以来，少有的闲散时光了。

回到市区后，她便又开始投入繁忙的工作之中。

江家那边还在坚持，仍旧隔三岔五给她打一通电话过来。她的父亲还在试图说服她，医生有什么前途，又累又脏。他最近寻了几个好人家的男孩子，年龄与她相当，一表人才，有空去见一面。

江苑只觉得胃里翻涌着阵阵的酸意，想吐，被恶心的："您既然这么满意的话，干脆您自己嫁过去。"她把电话挂了，不受任何影响，继续看书。这些日子，她的心也逐渐沉静下来。其实也多亏了贺轻舟失忆，让她想明白了很多事情。她会选择这条路，已经不完全是为了逃离这个令人作呕的家了。

人生本来就是一条独自向前的路，可能沿途会遇到很多形形色色的人，但他们终将会离去。

江苑曾经确实有过动摇，看到贺轻舟红了眼尾的那一次，她的心突然软下来。她想，时间干脆停留在这一刻吧。她不太清楚那个时候自己是何种心情，但她知道，她不希望看到贺轻舟难过。

耀眼的天之骄子，频频在她这儿低头示弱，她怎么可能无动于衷呢？她是有想过要让他心愿得偿的。

可是，为什么又打了那通电话呢？

记不太清了，好像是她藏起来的妈妈的遗照被砸。她扑过去，想要推开她们，把那张被踩在精致羊皮底鞋子下的黑白照片抢回来，却被玻璃碎片给划伤了手。

她们用恶言攻击她，甚至诋毁她早就过世的母亲。可是她的母亲又有什么错？那个可怜的女人，在十九岁的时候，被渣男花言巧语骗了全部。她满心欢喜，以为自己觅得真爱，后来发现那个男人早就成了家。

在怀有身孕的时候，被原配找来，极尽侮辱。那件事成了压死她的最后一根稻草。

犯错的人在这件事中隐身，受害者却在生下肚子里的孩子后，选择了仓促地结束自己年轻的生命。

你看，人生有时候就是这么不公平。

就像贺轻舟，他又有什么错？她对这一切突如其来的厌恶，却让他来承担后果。

江苑不觉得自己无辜，无辜的人，从头到尾只有贺轻舟一个。好在，他忘了这一切。

病房里的那些爷爷奶奶们平时躺得久了，总爱下楼遛个弯。

不忙的时候，江苑会推着轮椅，陪他们下去。大多数的家属都是偶尔来几回，平时老人家都是孤零零一个人。

虽然已经入夏了，但好在只是初夏，不太热。

下楼的病人很多，四周也热闹，偶尔碰到几个熟悉的，彼此还会打招呼。

老奶奶笑着和江苑讲起自己从前的故事，说到最后，她叹了口气，说自己不该那么早结婚的。结了婚以后，人生都已经不属于自己了，而是老公和孩子的。但他们那个年代，人人都结婚早。她以过来人的身份劝江苑，千万别太早结婚。

江苑笑了笑："我没有这方面的打算。"

老奶奶愣了一下，然后也笑了，大抵是觉得，江苑的性子，和她的长相不太相符。明明长了一张需要被人照顾的脸，却又带着寻常人没有的韧性。

老奶奶知道她是实习生，问她是不是快毕业了。

江苑推着轮椅，慢慢地往前走："嗯，下个月。"

上了年纪的人，似乎都爱感慨时间的流逝："时间过得可真快，几个月前还是一群青涩的小朋友呢，想不到居然都要毕业了。"

江苑找了一处有树荫的地方停下来，走到前面，替她把盖在腿上的小毯子掖好："我走了以后，您记得好好治疗，按时吃药，要乖乖地听医生的话。"

老奶奶笑着点头："第一次见你的时候，那会儿还在想，这个医生是怎么回事，脸上没表情，话还少，怎么现在反而变得唠叨起来了。"

江苑蹲在她的身前，笑容温柔："您要是听话一些，我也不至于变得这么唠叨。"

老奶奶倒也不反驳，人老了，就会变得固执，话也多了起来。她问江苑："实习期过了，还会回来吗？"

江苑摇头："应该不回来了。"

老奶奶停顿了一下："我听刘主任说，你是北城本地人？"

江苑："嗯，但我是五岁那年被接过来的。我的根不在这边。"所以，她没有再回来的必要。

老奶奶点头表示理解，但还是有些遗憾。她知道自己的身体状况，没几年活了。以后怕是再也见不到了，于是把手上的镯子取下来，戴在江苑的手上。

江苑第一反应就是躲开，老奶奶却握住她的手腕："这个镯子不是什么贵重的物件，是早年前，一个有缘的大师送给我的，说是能够挡灾。我也不知道有没有用，全当戴个心安。我那些儿女们是瞧不上这便宜物件，可我又不舍得让它陪我一起进棺材。你与我有缘，你要是不嫌弃，就收下吧。"

这话说到如此地步，如果再拒绝，反而真成了嫌弃了。江苑垂下视线，极轻地应了一句："谢谢奶奶。"

夏天的白日总是很长。江苑坐在休息室打盹，同事轻手轻脚地进来，说是下午有个饭局，教授的升迁宴，让大家都去呢。

这种聚会江苑原本是能推则推的，但她到底也得分轻重，毕竟升迁宴不是普通的聚餐。她坐直了身子，把外套穿上："好，我知道了。"

同事指了指自己的嘴角，笑着提醒她："墨水，睡到脸上了。"

江苑愣了一下，抬手去擦，却将墨水晕开，越擦面积越大。

饭局是在晚上，人一旦多起来，吃饭都得好几个小时。

酒是一圈一圈地敬，好在大家都熟悉，也不会出现那种低俗的酒局文化。

大家都知道江苑酒量不行，便让她以水代酒。

教授被调去了其他地方，他们毕业的时候，他估计也回不来，于是就提前预祝他们毕业快乐，脱离苦海。

有人笑道："学医的还有脱离苦海一说？从一个苦海进入另外一个苦海罢了。"

这话引得一群人发笑。都说劝人学医，天打雷劈。这话也不假。医生太累了。背不完的书，考不完的试。

大家也都有了心仪的学校，大部分是留在本市读研，还有一部分出国，另外一部分，则想去其他地方试试，江苑便是其中之一。

江北和北城，虽然都有一个北字，距离却隔得很远。

席间有人开着玩笑，问她去那么远的地方，不会想家吗？

江苑端着杯子，小口地抿着温水，只淡淡地笑，却并不作答。

想家？她哪来的家。

饭局结束后，已经很晚了，有个女同学正好开了车，还没喝酒，便开车送江苑回去。

下车后，江苑向她道谢，她笑道："你别总和我们这么客气啊，我们都认识多久了。"

江苑是个过分有分寸感的人，如果不是这张脸，她的性格其实不算讨喜。不过也不至于讨厌。

也是因为这张脸和她身上那种独特的气质，让人下意识地会对她多几分好感与保护欲。

江苑开门进去，屋子里漆黑一片。她凭直觉在墙上摸索，把灯打开。

换了鞋子后才进去，客厅花瓶里那把小雏菊已经有了枯萎的迹象。

江苑走到书桌旁，拉开抽屉。那些整齐码放的小物件旁边，放着一个墨绿色的绸缎盒子，看着有些时间了，却保存得很好。这是贺轻舟送给她的那个护身符，她平时不戴的时候，都会放在这里面。

她本来不迷信的，但每次碰到一些大型的考试或是重要的场合，她还是会下意识地把它戴上。也说不清是依赖这个护身符，还是在依赖贺轻舟。

江苑打开盒子，把这个护身符拿出来，放在掌心仔仔细细地看了许多遍，用指腹轻抚，眼中流露出的不舍，连她自己都没察觉。

该到了物归原主的时候了。

楼上的阿姨近来常往她这儿来，有时还会把自己的孙子暂时留在这里由江苑照看。好在他虽然有些闹腾，但还是很听话的。

江苑给他一本童话书，他自己能安静地坐着看上半个小时，有不认识的字了，他会问江苑该怎么读。声音稚嫩，而且有礼貌。

江苑有耐心地教他，然后摸摸他的头，从罐子里拿出几颗奶糖给他。她虽然不是喜欢热闹的性子，但她珍惜生命中每一个阶段认识的人。

这段旅程可能要暂时结束了，她还挺幸运的，至少她遇到的，都是好人。

毕业典礼那天，宋邵安来了。他抱着花，穿着一身高定西装，出现在学校。

周嘉茗小声在江苑耳边低语："他穿得好正式。"

江苑不知道宋邵安为什么会来，也没多问，在他把花递过来时，她没有立刻去接。

还是周嘉茗主动伸手，把花拿过来，放在江苑怀里："眼光不错啊，这花还挺漂亮。"

宋邵安轻笑起来："是她喜欢的小雏菊。"他的眼神，从始至终都在江苑身上，挪不开。

身正挺拔，模样出众的宋邵安，引得旁人频频侧目。长得好看的人，不管在哪儿，都能成为人群中的焦点。譬如此时的宋邵安，也譬如曾经的江苑和贺轻舟。

江苑刚入校时，就在口口相传中成了校花，并没有那些幼稚的投票，只是那张脸实在太出众，自然而然就成了校花。

只可惜校花有个帅哥男朋友，这让学校里的男生迅速恋爱，又迅速失恋。校花男朋友的样貌和气质，都是平日里少见的。

大约也只有这样的人，出现在她身边才不会有违和感。若是寻常人，只要往她身边一站，就被衬得原形毕露了。

人群之中有人低声议论："校花换男朋友了？"

"先前那个好像分了，好久没看到他了。"

"以前每天都来送饭。今天可是毕业典礼，人没来，肯定是分了。"

"我还站过他俩的 CP（表示人物配对关系）呢，可惜了。"

"你怎么这么爱追 CP，追动漫和明星就算了，同学你也不放过？"

"我追 CP 怎么了，他们俩不比明星好看？"

她们大概不知道，自己刻意压低的声音，仍足够当事人听个仔细。

宋邵安沉默半晌，先是看了江苑一眼。

江苑的眼睛很美，清澈的浅棕色，阳光之下，像是玻璃珠一样。此时那双玻璃珠一般的眼里，没有因为那番议论而翻涌起任何多余的情绪来。仍旧平静，古井无波。

不知是不是自己的错觉，宋邵安总觉得，她的情绪好像更难被影响了。尤其是在面对喜欢和爱这种字眼时，她好像已经把自己这方面的感情给封闭起来了。就算是恢复记忆的贺轻舟再次出现在她面前，他们之间，也断然恢复不到从前的关系了。

宋邵安一向很正直，他家祖上是从军的，到了他祖父这辈才开始从商，家教严明。但此刻，他有过几秒钟短暂的阴暗念头。他在庆幸，庆幸江苑终于彻底释怀，彻底放下了。又有些厌恶与难过，厌恶自己的恶劣。为自己最要好的朋友感到难过，苦苦坚持了这么多年，最终以这种戏剧化的方式，仓促地结束了恋情。

周嘉茗让宋邵安站到江苑的身边去，她给他们拍一张照片。

宋邵安走过去，笑意温柔。

两个人之间原本保持着一定距离的，在周嘉茗按下快门的那一瞬间，他不动声色地朝江苑的方向靠近了一步。

宋邵安想，可能江苑的心比之前更难撼动。但没关系，贺轻舟等了她八年，那他可以等她十八年，或是二十八年，哪怕一辈子都等不到，只要能陪在她身边，他都没有任何怨言。从前他一直不敢奢望有现在这样的机会，所以也该知足了。

这些天一直下雨，整座城市都笼罩在一片灰败之中。

苏御整日游手好闲的，和他那群狐朋狗友过着纸醉金迷的生活。

贺轻舟刚开始接手家里的产业，近期忙得脱不开身，苏御不敢打扰他。

时间就这么从指间流逝。

直到这场淅淅沥沥下个不停的雨终于停了，贺轻舟也稍微得了一点空闲，苏御立刻组了个局，说让他放松放松。

二楼的包间，贺轻舟刚把烟叼上，立刻有人殷勤地点燃打火机凑过来。

纸烟卷被点燃的焦烟味逐渐散开，贺轻舟垂眸看了那个人一眼，觉得脸生，又去看苏御。

后者一看贺轻舟这个眼神就知道他没把人给记住，于是提醒他："周家的二儿子，以前咱们飙车的时候，他也在。每回都跑最后的那个。"

看长相没印象，说起跑最后贺轻舟倒记起了一些。

掸了掸烟灰，贺轻舟靠坐在沙发上，眼睛盯着大屏幕看，不知道是谁点了一首《别看我只是一只羊》。

周珅拿起话筒，笑了笑："我女朋友喜欢听，我打算学会了唱给她听。"

苏御笑道："还整得挺浪漫。"

贺轻舟的兴致不高，周身的懒散便更明显。他的散漫气场总让人觉得，他游离在这群人之外。

周珅拿着话筒唱儿歌，眼神却总往他这儿看。

一根烟抽完了，贺轻舟掐灭在烟灰缸，对上周珅的视线："怎么，看上我了？"

这话问得平静，被提问的当事人反倒有些不知所措，支支吾吾半天，这才挤出一句："舟哥说笑了。"

贺轻舟冷笑不语。

周珅知道面前这位大少爷是出了名的脾气不好，眼下自然不敢多吱声，生怕得罪了他。

苏御忙着在那边挨个找人喝酒，也不知道这边发生了什么，手里的酒瓶子还没来得及放下，忙过来解围："怎么回事？"

周珅低垂着眉眼，几次欲言又止。

贺轻舟见多了这样的人，一看神态就知道是有求于他，但周珅不说，他也懒得问。他把酒杯往前推了推，下巴微抬，示意苏御给自己倒一杯。

苏御手上那瓶酒的度数还挺高的，他给贺轻舟倒上，说这是他前些天存在这里的："这酒容易上头，后劲还大。"

　　贺轻舟点了点头，喝了一口。

　　周珅还在那里支支吾吾，一副想说又不敢说的模样。

　　贺轻舟最烦这种，耐心没了，便让他别在自己跟前碍眼。

　　周珅深知这是最后的机会了，哪怕心中再有惧意，眼下也迫不及待地全交代了。他是来给他爸求情的，希望贺轻舟能够网开一面。

　　贺轻舟看着周珅："你爸？"

　　周珅急忙说出一个名字来。

　　贺轻舟的眉头皱了一下，是前段时间清掉的一个公司高层："泄露商业机密，你爸违反的可是法律，你要我怎么帮？"

　　周珅谄笑："不过就是您一句话的事。"

　　大约是被这句话戳中了笑点，贺轻舟也笑了："我怎么不知道自己有这么大能耐？"

　　话说到这里，明显就是没有转圜的余地了，周珅抿紧了嘴唇，不再说话。

　　苏御忙着打圆场，心里还不忘骂周珅一句。难怪他上赶着要过来，早知道他要来这么一出，自己就该提前把他的电话给拉黑了。

　　周珅中途出去接了个电话，再进来的时候，他告诉苏御，他女朋友待会儿也要过来。

　　说这话的时候，周珅的眼睛分明看的是贺轻舟。后者喝着酒，倒没有注意。

　　贺轻舟一向如此，不感兴趣的事或物，便懒得多分出半点注意力来。

　　十多分钟后，门开了。

　　苏御看到来人后，愣了几秒。

　　白芍穿了件绿色的吊带裙，皮肤白如凝脂。来了便往周珅的怀里钻，声音娇气："在附近拍 vlog（视频网络日志），还没拍完呢。"

　　周珅的笑容宠溺："待会儿散局了，我开车送你过去。"

苏御看着面前这神奇的一幕，总觉得莫名陷入了修罗场。等他去看贺轻舟的时候，后者却毫无异样，平静地看着这一幕，甚至于，眼中带了点嘲弄的笑。觉得用这种方式就能报复他？还真是"虎父无犬子"啊！都蠢得可以。

白芍显然也看到贺轻舟了，脸色变了一下，下意识地就要从周珅的怀里挣脱出来。

"贺轻舟。"

贺轻舟下的巴微抬，饶有兴趣地看着她，似乎也挺好奇她下一句能说出什么话来。

白芍整理了一下裙摆，眼神里透露出几分爱而不得的伤感："好久不见。"

贺轻舟从胸腔里低低地溢出一声笑，那笑是不带任何感情的。

想以这种方式让贺轻舟出丑的周珅，反倒因为自己的现女友对贺轻舟旧情难忘，当场被打了脸，眼下也只得仓促离开。

周珅深知，这次过后，他便彻底被踢出局了。

等他们都走后，苏御才坐过来解释："舟哥，我不知道周珅居然打这个歪主意。"

贺轻舟喝酒不上头，但他眼尾容易泛红。难过了会红，醉酒了也会红。他是狭长微挑的桃花眼，此时便更符合"桃花"两个字。

苏御知道是那酒的后劲上来了。

贺轻舟的酒量可以，但他是直接结束了上一场应酬过来的，来之前也不知道已经喝了多少。

苏御原本想开车送他回去，但在临出发前接到他家里打来的电话。他的父亲怒不可遏，一口一个浑蛋地骂他，并让他赶紧滚回去。苏御整天惹是生非，估计是哪件事没捂严实，被发现了。他看了眼沙发上逐渐开始昏睡过去的贺轻舟，最后还是拨通了江苑的电话。

　　江苑住的地方离这里挺近，只有十多分钟的车程，等她坐出租车车过来，包厢内只剩下了贺轻舟一个人。

　　此时的贺轻舟躺在沙发上，睡得很熟。睡着后的他，意外地显得乖巧。

　　江苑一个女孩子，没什么力气，于是推醒贺轻舟，轻声询问："还能走路吗？"

　　贺轻舟睁开眼睛，那双眼尾带红的桃花眼，此时迷迷糊糊地看着她，听话地点了点头，然后站起身，又摔下去。好在江苑及时扶住了他。

　　贺轻舟的下巴搁在她的肩上，手顺势搂着她的腰，轻轻在她颈窝蹭来蹭去，像只撒娇的小猫儿一样。

　　"你为什么，总是不理我呢？"贺轻舟的语气带着一种哀怨与委屈。

　　江苑愣了一下："什么？"

　　贺轻舟从她的肩上离开，薄唇轻抿，视线低垂，看着她："阿苑，我最近学会做粤菜了，我想做给你吃，可你总是不理我。"他看上去好委屈，好委屈，仿佛一只被遗弃的流浪猫。

　　江苑知道贺轻舟什么都没想起来，这一切可能只是他醉酒后无意识的举动。她点头笑了笑："下次一定好好尝尝。"

　　贺轻舟又委屈地要抱上来，江苑却下意识地往后退了一步。她的潜意识里，在抵触这个怀抱，连她自己都没察觉。

　　但醉酒后的贺轻舟却察觉到了。他站在那里，不发一言，眼中的慌乱却出卖了他此刻的情绪。大抵不知道，为什么会这样。

　　江苑扶着贺轻舟坐下，让他等一等，她去外面喊人来帮忙。

　　贺轻舟早就醉到双眼没有焦距了，此时更是双眼无神，看着她离开的背影，只觉得模糊一片。他像是在雾里，被什么枷锁控制着，哪怕短暂地从雾里出来，又很快回去。

　　江苑找了等在外面的出租车司机帮忙，等他们进来的时候，贺轻舟已经睡着了。

司机帮忙扶他上车，江苑在后面跟着。她没带身份证，也不知道贺轻舟身上带了没。眼下时间很晚了，她只能暂时将他带回自己家。

煮了醒酒汤，哄着醉酒后的贺轻舟喝完，然后自己在客厅的沙发上将就了一晚。

次日一早，江苑从窄小的沙发上起身，只觉得全身酸痛。

今天还要去上班，所以给贺轻舟留了早餐，离开前在桌上压着一张纸条："粥在锅里，宿醉后就吃点清淡的吧。"

中午下班回家，原本以为贺轻舟那个时候已经走了，结果屋子没有半分被动过的痕迹。

包括锅里的白粥。

看到鞋柜里的那双男士皮鞋，江苑沉默片刻，走过去把房门打开。

贺轻舟还在睡，也不知道他昨天到底喝了多少。

江苑把锅里的粥倒了，重新做好了午饭。

贺轻舟便是在这个时候醒的。她听到房间里的动静，于是将火调小，走过去，隔着房门问他："醒了吗？"

好半天，里面才传来一阵低沉沙哑的轻轻的"嗯"。

在征求过贺轻舟的意见后，江苑把门推开，见他正盯着自己身上的衣服裤子看。

江苑笑了笑："放心，没对你做什么。"

贺轻舟皱了下眉，从床上下来："想哪儿去了？"

浴室里有江苑提前准备好的一次性牙刷和毛巾。

贺轻舟洗漱完出来，闻了闻自己身上混着烟酒的味道，眉头便皱得更深："你的床单和被子，我待会儿让人买套新的给你送来。"

原来是因为这个。江苑笑道："没关系。"

哪怕是沾了烟酒味的贺轻舟，闻起来也不令人难以接受。他好像天生就与别人不同。

贺轻舟看到江苑脸上的笑，总觉得有什么变化，变得更客气，更礼貌，也更生疏了。

江苑把做好的饭菜端出来，说自己最近才开始做饭，可能味道不如他家厨师做得好。

贺轻舟被家里惯坏了，从小就挑食严重。江苑做的饭菜其实不合他的胃口，但不知怎的，他却觉得挺好吃的。饭吃到中途，手机响了，他拿起看了眼，是苏御打来的。

于是贺轻舟站起身，走到一旁接听。

苏御上来就是三连问："昨天江苑去接你了吗？你还好吧？酒醒了没？"

贺轻舟简短的一句："好得很，没死。"

苏御正要继续问，贺轻舟却没什么耐心了，说了句："挂了。"然后把电话挂了。

贺轻舟转过身，江苑正看着他："苏御打来的？"贺轻舟点头，重新坐下，椅子脚应该坏了，坐上去总会咯吱咯吱地响。

江苑感到有点愧疚："昨天忘记给他打电话了。"

贺轻舟没说话。吃完饭后，他主动把碗洗了。

江苑出去扔了个垃圾，回来的时候贺轻舟已经离开。

沉默很久后，她走到书桌旁，拉开抽屉，看见里面的绸缎盒子。

到底是忘了给他。

下次吧，总会有机会的。

607病房的老奶奶转走了，去了其他医院。她的儿女职位调动，不会继续待在北城了，所以也把她一起带走。

江苑收拾着病房，知道大概率是不会再见面了。

老人的病，治不好，只能靠药吊着一条命。

人生有时候就是这样，分分合合，半点不由人。

又开始下起雨，江苑看向窗外，透过淅淅沥沥往下落的雨水，时间的流逝在此刻仿佛也有了形状。

晚上的时候，有家具公司上门，送来了新的柜子和椅子，还有床单和被子，上面甚至连标签都没拆。

江苑给贺轻舟发了一条消息："东西是你让人送来的吗？"

大概十分钟，他给了回复："答谢。"

倒是礼尚往来。

此时那些新的桌椅早在送家具的师傅的利落动作下，取代了原有的。

江苑其实很想告诉贺轻舟，没有这个必要，她没多久就要搬走了，换这些只是便宜了房东而已。但想了想，她还是什么都没说，将手机锁屏，放在一旁。

秋天悄然而至。

等树上的叶子开始黄了的时候，便很难再遇到晴好的太阳。

好不容易等到出太阳的大晴天，江苑便把家里的那些书搬出去，晒了晒。

整理书籍时候，有一页纸从里面掉了出来，被风儿吹着，在空中打了个旋，然后才落地。

江苑弯腰，将它捡起来。

也不知道过了多少年，纸页都开始泛黄，上面的字迹虽显几分稚嫩，但仍旧端正好看。

　　你在路边放了一把火

　　红色的枫叶燃了

于是

秋天和你一起呛进我的身体里

那是十五岁的贺轻舟，写给江苑的情诗。

万姗最近一有空就往贺家跑，陪贺母品茶逛街，像是在为日后的婆媳关系打好基础。

贺一舟带着向云青回娘家住了几天。

云青如今会叫人了，就是叫不全，给个奶嘴他能自己玩半天。

万姗拿着自己刚托人从国外秀场带回来的早秋新款裙子，送给贺一舟。

贺一舟也没看，客气地道过谢以后，便把东西放在一旁。

万姗抿了下嘴唇，坐在那里。

贺一舟是出了名的不苟言笑，万姗从小就挺怕她的。

"对了。"贺一舟把向云青的口水兜换下来，问吴姨，"轻舟呢？昨天怎么没见着他？"

吴姨泡好了奶粉过来："昨天苏家小公子把他喊出去喝酒了，也不知怎的，一晚上都没消息。"

贺一舟皱了一下眉头："这个苏御。"她对贺轻舟那些狐朋狗友一向没什么好的观感，尤其是苏御，平日里游手好闲。她把向云青交给保姆抱着，自己拿出手机给苏御打了一通电话。

苏御一听到贺一舟的声音，立刻吓得把事情从头到尾交代了一遍。

听完，贺一舟的神色缓和了许多。

万姗在一旁看得发愣，等贺一舟把电话挂断以后，她才壮着胆子问了一句："轻舟哥哥应该没什么事吧？"

贺一舟把手机放下："昨晚上和江苑在一起，应该是没事。"

万姗愣在那儿："江……江苑？"

贺一舟抬眸看她："怎么？"

万姗的眼神暗淡下去，摇头："没事。"

贺母倒是不满地叹了口气："怎么又和那个小妮子给搅和到一起了。"

贺一舟虽然不苟言笑，但自小最疼的就是自己这个幼弟。她看了一眼万姗，意有所指地和贺母说："他总有一天会全部记起来的。他有多喜欢那个丫头您又不是不知道，您这会儿操心他的终身大事，草草地给他定一桩姻缘。待他恢复记忆之后呢？不死也能丢了半条命去。"

贺母的眉头皱着："你话说得这样严重！"但也深知贺一舟说得不无道理。她的儿子她最了解，贺轻舟自小被宠坏了，一大家子人都拿他当祖宗供着，可他却在江家那个丫头面前，做小伏低，"你说这轻舟也真是的，那个丫头除了长得好看点，也没其他优点，他倒是被迷得神魂颠倒。"

万姗在一旁，有几分难堪地低垂下眼睛来。总觉得，自己此刻越发像一个局外人了。

周嘉茗最近常往江苑这儿跑，她谈了个男朋友，是一医的骨科医生，大她们三届的学长。

"我现在可算知道北城有多大了，明明我和他在同一个城市，却和异地恋没什么区别。"

听到周嘉茗的埋怨，江苑笑了笑，把刚泡好的木耳捞出滤水。

她最近刚学会一道新菜，鲫鱼汤，从贺轻舟那儿偷师来的。

味道自然没有贺轻舟做得好，但勉强还能担得起一句"好喝"。

周嘉茗的彩虹屁就没停过，末了，还不忘感慨一句："你还别说，贺轻舟这种养尊处优的大少爷，做饭居然这么好吃，果然是天才和普通人的区别。"

江苑把鱼身上的那块月牙肉夹给周嘉茗，这是鱼身上最嫩的一块肉："他刚开始学做饭其实也吃了些苦头的。"

第一次做饭，没什么经验，不知道先把锅里的水烧干，就倒了油进去，结果被滚烫的油溅了一身，手臂和脖子上烫出了好几个血泡。

周嘉茗仍旧在惋惜："我以前总觉得，你们会结婚的。"

江苑笑了笑："两个当事人都释怀了，你怎么反倒难过上了。"

周嘉茗握着筷子，几番欲言又止，最终还是小心翼翼地问出了口："江苑，你真的，一点都不喜欢他吗？"

喜欢吗？她虽然不懂这种情感，但时常有人和她提起，久而久之，她大概知道这是什么了。或许她是喜欢过他的，甚至一度，喜欢这两个字，在她的生命中占比过重。但现在不同了。

江苑脸上的笑容仍旧平静，她说："嘉茗，我终究是要从这个地方离开的，所以我不能不负责任地带走这里的一草一木。它们适应了这里的生活，它们是属于这里的。"

周嘉茗虽然惋惜，但也替江苑高兴。她举着那杯雪碧，说要敬自由，敬理想。从见到江苑的第一眼时，她就常有这种感觉。江苑仿佛是一阵虚无缥缈的风，看起来温和，却又抓不住，短时间的停留后，便再也寻不到踪影。

江苑得空便在家研究菜谱。起初做饭是为了能够生存，而现在，她也从中窥出了一些乐趣，可以说是爱上了做饭。

按照她从贺轻舟那儿学来的做法，再参考网上的教程进行改良，鲫鱼汤的味道一次比一次好。虽然仍旧比不上贺轻舟做的，但好歹也能被楼上的阿姨夸一句好吃了。

"你这个厨艺，真是越发好了哇。"阿姨舀着鱼汤，喂自己的小孙子。

小孩冲江苑竖拇指，声音软软的："比奶奶做得好吃。"

江苑笑着和他道谢，摸了摸他的头。

阿姨笑骂他："白养你了，跟着姐姐过去吧。"

江苑开着玩笑，问他："要和姐姐一起吗？"

阿姨见江苑的脸色红润了许多，笑容也多了，心底莫名地踏实下来。她第一次见到这个小姑娘的时候还在想，这个身板怎么当医生救死扶伤，估计连自救都费劲。

那会儿江苑是真的憔悴啊，身体和心理上的，眼神也暗沉沉的，仿佛没焦距一般。但现在，她变了许多。

庙里的师父常说，人的命数中都有一道坎，跨过去了，人生就会彻底敞亮起来。想来江苑是跨过去了。

阿姨打心底里替她感到高兴。

趁着时间还早，从阿姨家回来后，江苑把家里的东西全部整理了一遍。之前从家里搬出来时，带的东西也不少。她拉开抽屉，看到里面的素描本，扉页上写着三个字：给江苑。

贺轻舟的祖父是国画大师，贺轻舟从五岁就开始学画画，十三岁的时候因为叛逆期到了，坐不住，所以就不画了。但他在这方面有天赋，画工也好。

这些素描本里，每一页都是江苑。他说他不画人像，因为觉得没什么挑战性。但后来，他只画江苑。

江苑的手在那三个字上轻轻摩挲，最后还是将它轻轻地放进了纸箱中，再用黄色胶带封上，和那些杂物一起，彻底尘封。

宋邵安来的时候，江苑刚收拾好，此时天正好下着雨。

明明才下午四点钟，天色却暗沉得如同深夜一般。

江苑看到宋邵安的湿发，递给他一块干毛巾，让他擦擦。

宋邵安接过去后，向她道谢。

江苑摇头，坐在旁边的沙发上。好半晌，方才出声，喊他的名字："宋邵安。"

后者抬眸，擦头发的动作停下，安静地看着她。

江苑不清楚宋邵安为什么对自己这么好。她不爱将人往不好的方向去想，更何况，她身上也没有什么值得被利用的地方。所以她想先把一切都讲清楚。她不希望再牵扯进任何一段不清不楚的关系中了。

"我跟贺轻舟不可能，跟你更加不可能。"这话说得太直白，压根就不给人转圜的余地。

宋邵安的手不受控制地颤抖了几下，手里的毛巾险些掉在地上。好在他学过心理学，自身的心理质素也足够好，很快就恢复了寻常的态度。笑容仍旧温柔："江苑，你我是朋友，更是从小一起长大的发小。我待你和待苏御他们是一样的。如果这些事情发生在苏御身上，我也不会坐视不管。"

江苑深知自己没办法去管控别人的行为，她也实在没有多余的心力去管。他对自己，只要不是那种容易绊住人的感情就行。

两个人都没再说话，一人手里端着一杯热茶，安静地等雨停。

宋邵安是在雨势稍微小些的时候走的，临走前放了一盒软糖在她的桌上，是江苑最爱吃的牌子和味道。这个牌子早就没什么名气了，每年的生产量也很少。

宋邵安也是在去收集证据的路上，途经一家超市无意间看到的。然后不辞辛苦，开车两个小时过来，就为了把这盒糖给她。

早该知道的，贺轻舟都没能成功撬动她的心，自己又哪来的能耐。

这些天，江苑的心情随着离开的日子越来越近而变得越来越好，甚至连师兄都说她的病情有了好转。

他握着鼠标开药，还不忘开个玩笑："一个月后的考研可得争气啊，不然上岸失败，到时候病情加重怎么办？"

"我没这么脆弱。"江苑轻声笑笑，"而且，我还挺有把握的。"

药单打印出来，他递给江苑："师兄相信你。"

江苑点头："谢谢师兄。"

开完药以后，她就直接换上白大褂，去了所属科室。

教授在里面给病人问诊，瞧见江苑，让她过来："你来看看。"

江苑知道这是教授在考她，她走过去，在患者的痛处按了按，简单地询问了几个问题，又将手放在患者的脉搏上，之后才不紧不慢地说出大致病情。

教授的目光带着赞许，点了点头。

那个病人笑道："刘医生，你这个学生看着年龄不大，想不到还挺厉害的嘛。"

教授颇有几分自豪："我手底下的学生就没有差的。"说完开好单子，让患者去二楼缴费，然后去做个CT。

一个病人走后，下一个病人进来。江苑在诊室待了半天。

教授只有周二和周五坐诊，下午的时候，他一般都在住院部。下午有两台手术，江苑和其他几个实习医生换上无菌手术服，进去观摩学习。以他们现在的资历，想当主刀还早，后期还要考各种证。

从手术室出来时，已经有人喊腿酸腿疼了。

教授摘了口罩，说这个体力，还想当医生呢，光是站这么一会儿就喊累。那个被批评的女生低着头，不说话了。

回到休息室，江苑把衣服换了。她对医生这个职业一开始是不抱多大热情的，只是为了选择一个足够让她独立，逃离那个家的专业。是后来，在逐渐了解、逐渐熟悉之中，才开始慢慢爱上的。

江苑是一个极度慢热的人，这种慢热表现在方方面面。

可是最近，她好像逐渐开始期待自己未来的人生了。

于她来说，这是一个很好的开始。

第七章

离索

　　小区门口的那几棵树，叶子全部掉光了，寒风变得萧瑟之时，周嘉茗分手了，原因是对方出轨了他们医院的药剂师。

　　那天晚上，周嘉茗喝了很多酒，她靠在江苑的肩膀上边哭边骂，说不专一的男人都该拉出去物理阉割。

　　江苑抱着周嘉茗，用陪伴的方式无声安慰。

　　一年的时间，说长不长，说短不短，却发生了很多事情。

　　江苑从前有写日记的习惯，但现在她已经很久没写了，也实在不知道该写些什么。日子好像复制粘贴的一般，今天和昨天没有太大的区别，甚至可以猜到明天会发生什么。

　　江苑的头发长了点，总挡着眼睛，她在家自己给自己剪了个刘海。虽然不如理发店剪得好，但也看不出有什么瑕疵。长得好看的人似乎都有种天然的优势，那就是不论什么发型都能驾驭住。

　　甚至于去了医院以后，大家都夸她的新发型好看，也不知是出于礼貌还是客套。

　　江苑一一道过谢，然后换上衣服，开始了新一天的生活。

　　同一批的实习生近来总喊累，说后悔当初学医了。可江苑却不觉得后悔，这份工作累是累了点，但胜在充实。

和主任医生查完房出来，江苑就去病房帮忙了。

近来突然降温，感冒的人多。

护士忙不过来，所以江苑也会帮忙做注射工作。

病房里热闹得要命，都不是什么大病，说话中气十足。有位病人一会儿问还有多久打完，一会儿问能不能多弄几个暖宝宝，手实在冷得厉害。

江苑让他稍等，然后过去多拿了几个暖宝宝过来，一个放在他手上，一个压在输液管下，让他尽量用手隔开。

病人笑道："咋的，怕药水被煮开啊？"说完，满病房的传来笑声。

处理完这里，江苑洗净了手，去了下一个病房。她看着病历本，病人刚缝合完伤口，过来输消炎药，三瓶。

门推开时，她才看见病历上面病人的名字：贺轻舟。

与此同时，病房里的男人也因为开门声而抬起了头。

江苑愣在那里，好半响，才后知后觉地回过神来。她看到了贺轻舟手臂上的伤口，不算太长，但也不短，已经缝合上了。她深呼吸几次，然后问出那句："怎么回事？"

贺轻舟最烦这种质问一般的语气，要是别人，他的臭脾气早爆发了。可不知怎的，在江苑跟前，他再大的火气仿佛都能立刻熄灭。于是他轻描淡写地回了一句："车祸。"

江苑的手不受控制地颤抖了几下，手中的病历也险些拿不稳。自从贺轻舟先前出了那些事以后，在江苑这儿，车祸的严重程度堪比世界末日。她突然觉得嗓子里干涩难耐，好半天，才缓慢地问出一句："为什么开车总是不专心？"

贺轻舟觉得自己大约是疯魔了，在江苑的质问之下，居然还能保持住好脾气，并且还耐心地解释："苏御开的车，不是我。"

闻言，江苑的神色才稍微恢复了一点："那苏御他……"

"抢救呢，估计也就那一口气了。"贺轻舟这边话音刚落，那边苏御挂着拐一瘸一拐地过来："舟哥，怎么样？"

贺轻舟仿佛变脸一般，刚才面对江苑时那点罕见的耐心荡然无存："老子早说让你把那辆破车给扔了，废品站都不要的车你还学人家飙车？"

苏御觉得委屈："谁让他挑衅我来着，人家副驾驶坐了个辣妹，我副驾驶坐个什么东西！"

贺轻舟疑惑地皱眉："什么东西？"

苏御不想解释："当着人家的面，不说了。"

贺轻舟眉头皱得更深："你脑子里装的都是些什么烂玩意。"

苏御自己都快成残疾了，还不忘关心一下他的舟哥，他问江苑："舟哥他咋样？"

江苑把输液管扎到输液袋中，放了点药水出来，把里面的空气排出去："没有大碍。"

贺轻舟伤的那条胳膊是有文身的。苏御关心地走过去，扒拉他的胳膊："让我看看他们给你缝合伤口的时候有没有把文身对齐。"

贺轻舟不耐烦地推开苏御："滚。"

江苑让贺轻舟把手伸出来："可能会有点疼。"

贺轻舟靠着床头坐着，模样闲适、懒散："我不打麻药缝了八针，也没觉得疼。"

江苑点头，握着贺轻舟的手，绑上压脉带，然后拍了拍他的手背。他的血管明显，这个步骤对他来说，实在是多余。

贺轻舟的眼睛微抬，又挪开视线。手上的触感过于嫩滑，还带了几分凉意。

针头扎入血管后，江苑用胶布固定："这几天吃饭记得忌口，切勿食用辛辣，也不许喝酒。"

　　贺轻舟点头，懒洋洋地应："知道了。"

　　苏御在一旁笑着打岔："苑妹儿，我怎么觉得你现在特像老婆管老公。"

　　贺轻舟抬眸看她，江苑倒没有太大的反应，没有害羞，或是急忙反驳。她表现的，更像是一种不在乎，对这种调笑的不在乎。

　　那天之后，江苑偶尔会联系贺轻舟，询问一下他的伤势恢复得如何。

　　贺轻舟懒得说多余的话，都是直接拍照发给她。果然是年轻人，身体好，恢复得也快，没过多久，伤口就结痂了。

　　确认没什么事后，两个人之间的联系也减少了。

　　又是一年春节，家里仍旧冷冷清清的，但心境却与往年不同了。

　　江苑一大早就开始准备团年饭，不再是简单地应付一下。哪怕这个团年，只有她一个人。

　　母亲的遗照重新装裱过，和外婆的放在一起。照片上的那个女人，看着已经比她的年纪小了。

　　江苑给她们上了香，指腹轻轻擦过泛着凉意的玻璃框。

　　刚被接走的那一年，她才五岁，那个时候每天都会哭。想外婆，同时也害怕。大约早就有了预感，自己被拉入的，是怎样的地狱。

　　家中那些同龄的小辈以欺负她为乐趣，起初江苑还反抗过，但反抗没用，反而被打得更凶。她们每一个人都很讨厌她，骂她是不要脸的杂种。江苑起初还不知道"杂种"是什么意思，后来稍大些才逐渐明白，那是一个不太好的词。

　　她很笨，脑子也不太好。所以每次考试结束，几个姐姐、妹妹拿着接近满分的试卷坐在客厅里接受表扬的时候，她就一个人待在房间，反复地看书、背书。

　　以往受了委屈还能给外婆打电话，可是后来，打过去的电话无人接听，直到最后彻底成了空号。

听爸爸说，外婆去世了。三年前就去世了。

江苑看着相框里那个慈眉善目的老人家，眼眶一热，眼泪便落了下来。

"好想吃您做的糖饼。"以前每次过年，外婆都会给她寄她亲手做的糖饼，上面写着：外孙女，江苑收。

那是江苑最开心的时候，因为糖饼是她一个人的，外婆也是她一个人的。只有在那个时候，她才能真真切切地感受到，她是被爱着的。

吃完了团年饭，阿姨的小孙子跑下楼，手里拿着各种各样的烟火，软乎乎的小手牵着江苑的手："苑姐姐，我奶奶让我和你一起玩。"

江苑笑了一下，蹲下身，捏了捏他的脸："姐姐都多大了，早就不玩这个了。"

他一脸认真："我是小朋友，小朋友的姐姐也是小朋友。"

江苑心头一热，蹲下身，摸摸他的头："谢谢你。"

他歪着头："姐姐为什么要谢谢我？"

她轻笑："谢谢你觉得姐姐是小朋友呀。"

他恍然大悟："难怪奶奶说，女孩子都喜欢被人夸年龄小。我奶奶也特爱听人喊她姐。"

一旁正和左邻右舍聊天的阿姨冲小孙子喊了一句："这个小崽子，乱说些什么呢！"

小孩冲她奶奶吐了下舌头，就拉着江苑的手走到更远点的地方，开始放起了仙女棒。

新的一年了，愿年年岁岁，岁岁年年，愿平安，愿心想事成。

江苑一点一点封闭了自己的情感，却建立了和外界沟通的那道桥梁。

清月高挂，到处都是喜庆热闹的气氛。

小孩手里用来点火的香不知怎的，突然灭了，他一脸委屈地扯了扯江苑的衣摆，然后把那根香举到她面前："灭了。"

江苑柔声哄着他："姐姐去买一个打火机。"

"哪用得着这么麻烦？"喧闹的夜色之中，男人独特的慵懒声线显出几分与这个环境的违和。

江苑抬眸，贺轻舟眼中还有倦色，像是刚睡醒一样。路灯混着黯淡的月光，勾勒出他的身形轮廓。夜色像是画布，这幅不属于这里的画作，就这样完成了。

贺轻舟拿出打火机，把那根香点燃。

小孩子是最单纯的生物，对人的喜欢和厌恶，都来自最直观的第一眼。他显然很喜欢贺轻舟，笑容足够灿烂："谢谢哥哥。"

贺轻舟点了点头，没再看他，而是将视线放在了江苑身上。

江苑迟疑半晌，问他："你怎么来了？"

贺轻舟从兜里拿出烟，看了一眼江苑，沉默半晌，又和打火机一起放了回去："不知道。"

江苑疑惑："不知道？"

"在苏御的车上睡着了，醒了以后就被带到了这个地方。"贺轻舟四下看了看，保安亭还是空的，唯一不同的倒是路灯全开了，不过可能也只是大年三十短暂地打开一下。

贺轻舟："听宋邵安说，你要走了？"

江苑点头："等考上研究生的。"

贺轻舟："哦，那快了。"

江苑笑了笑，问他："那你呢？"

贺轻舟抬眸："我？"

江苑的笑里透着几分暧昧："阿姨不是很着急你的终身大事吗？如果你结婚的话，记得给我请帖，我肯定会回来的。"

　　不知怎的，听到江苑的话，贺轻舟突然恍惚了一下。心脏的抽痛是无意识的，仿佛他的体内还住着另外一个灵魂，这个痛觉便是来自那个灵魂，与现在的他无关。他微微皱了下眉，捂着胸口，又不动声色地放下手："还早。"

　　贺轻舟总觉得，江苑和以前不同了，尤其是在面对他的时候。她的笑容是发自真心的，不再强迫自己去忍耐些什么。就好像，有什么东西被她彻底放下。没了绊住她步伐的累赘，她也比以前更加开朗。

　　那个时候的贺轻舟不知道，被放下的是他，绊住她脚步的，也是他。那个不懂爱是什么的小姑娘，曾经特地在心口开了一扇门，只把他装了进去。

　　而现在，他们就像是不那么熟悉的老朋友，心平气和地聊了会儿天。

　　江苑突然想到了什么，让贺轻舟等一下。她回房间，打开抽屉，将那个墨绿色的绸缎盒子拿出来。那个跟在她身边八年之久的护身符，在此刻，物归原主。

　　贺轻舟沉默半晌，伸手接过去。他是忘了江苑，但他知道这东西对自己的意义。他刚出生的时候就差点没了，后来他祖父找大师替他算过命，大师说他这一生坎坷太多，注定半生孤苦，所以就给了他一个护身符。从他尚未足月的时候开始，这个护身符就挂在了他的脖子上。他从胸腔里溢出一声笑："我以前……"他抬眸，看她，"真是你的舔狗？"从前还不信，但现在好像又不得不信了。

　　江苑也笑，远处不知是谁在放烟花，那是一种绚烂的、短暂的美。"贺轻舟，谢谢你。"她说，"你要平安，我希望你平安。"

　　她在庙里求过菩萨了，也把护身符还给了他。所以，他肯定会平平安安的。

　　江苑是真心希望，贺轻舟能够平安。

　　如果说她对贺轻舟尚且还留有最后一点执念，那就是希望他能长命百岁，哪怕往后他们可能不会再见面。

　　那几个月的时间，不过弹指一挥间，眨眼的工夫就过去了。

　　江苑没有任何悬念地成功上岸，如愿考到了江北。

　　那阵子班级群里很热闹，都商量着在最后的时间，大家聚个餐。

　　江苑这次没有参加。

　　周嘉茗受上一次感情的影响，浑浑噩噩地过了几个月，考试没发挥好，情场、学业双双失意。宿舍里的几个人都忙着陪她，开导她。最后干脆就在江苑家里，弄了个小型的送别会送别江苑。

　　她们几个是江苑为数不多要好的朋友了，也是少数知道她未来打算的人。无国界医生有多苦多累，她们都知道。不光又累又苦，还十分危险。但她们也深知理想至上，都是一群刚出校园的学生，心中还保留着最纯真的那点幻想。于是祝她之后的人生顺风顺水。

　　那天，她们喝了很多酒，说了很多话。

　　阮熏说："时间过得可真快，我还记得刚入校的时候，咱们几个还不是太熟，当初还私下议论过，像江苑这种美女，肯定不太好相处，平时被一群舔狗捧着，一看就高冷。"

　　周嘉茗听后笑了笑："那个时候咱仨不是还拉了个群吗？天天在里面谈论她那个男朋友。一天恨不得来三趟，也不嫌累。"

　　那个时候是真的单纯，无忧无虑，什么也不用管，身上自带一股莽劲，摔倒了照样站起来往前冲。可现在不行了。现在摔倒了，就想找个舒服点的地方继续躺着。

　　人怎么能这样呢？年纪越大，越畏首畏尾。

　　周嘉茗抱着江苑，眼泪无声地流："去了江北也不要忘了我们。"

　　江苑笑了笑，抱着周嘉茗："不会的，不会忘了你们。"

　　怎么可能会忘了她们呢？她这一生，遇到的好人太少了，于是更显弥足珍贵。

　　离开北城的那天，宋邵安不知道从哪儿打听到她的航班，过来送她。

　　一向一丝不苟的宋邵安，此时模样狼狈，还喘着粗气。想必是一路跑来的，头发都跑乱了。额前的碎发垂下来，显出几分柔和。

　　"还好。"待气稍微顺了些，宋邵安如释重负地笑了一下，"赶上了。"

　　说完，宋邵安递给江苑一个长条的小盒子："礼物，祝贺你。"

　　江苑这次没有拒绝，她伸手接过来，轻声向他道谢。

　　宋邵安笑道："一路顺风。"

　　江苑点头："也祝你，前程似锦。"

　　过安检之前，她回头往外看了一眼。这座城市，这座困了她十多年的城市，终于要离开了。具体也说不出什么感觉，大概就是如释重负吧。

　　江北的气候有些潮湿，不似北城那般干燥。

　　起初到时，江苑有些不适应，身上起红疹，浑身都痒，医生说是水土不服，给她开了点药，内服外用。

　　房子是就近选的，两室一厅。

　　江北的房租比北城便宜许多，再加上这些日子她多半时间都在医院，花销不大，所以经济方面还算宽裕。

　　新邻居是这里的老住户，平时左邻右舍碰面了，也会互相打招呼。

　　江苑慢热，在他们和自己打招呼的时候，会轻轻答应一声，之后便再无多余的话。人的性格不可能一朝一夕改变，新的环境，也得花上一些时间来适应。

　　家里人是知道她考到江北的，甚至还试图联系过她，但江苑的态度坚决，甚至换了电话号码。她是下定决心要和过去彻底决裂，包括贺轻舟。她删了他的联系方式。

　　其实现在这样，于他们两个来说，是最好的处理方式。他曾经带给自己的美好，她很感激，也永远不会忘记。

会遗憾吗？也许会吧。这么多年的情谊，以这种方式仓促落幕，如同一出没唱完的戏曲。

但这是最好的处理结果。他们彼此，都有自己的路要走。过了人生的分岔路口后，他们其实早就不顺路了。在特定的站台下车，再分道扬镳，才是人生常态。

江苑从前经常做同一个梦，梦里她被贺轻舟从一团看不清方向的雾里牵着走出来。

只是现在，她已经不做这个梦了。她很少再做梦。

哪怕偶尔做梦，梦里出现的人，也只剩下她的外婆和靠一张照片才能记住脸的妈妈。

人们都说，能梦到的人，都是生命中最重要的人。

在他们都不知道的某一个瞬间，贺轻舟被江苑无声地划了出去。

江北的雨真的很多。

江苑又开始写日记了，她没在本子上写，而是发在微博上——

@yuan0718：生日那天突然想吃荔枝，跑了好几个水果店都没找到，于是去蛋糕店给自己买了一块巧克力蛋糕，没点蜡烛。

@yuan0718：很累，压力很大，比实习的时候还要累。同时又很庆幸，遇到的都是不错的人。

@yuan0718：叶子开始泛黄了，江北的秋天好像来得比北城要早。不记得是第几个自己单独过的中秋节了。

@yuan0718：有在努力生活，病情也好转了许多。

@yuan0718：我希望平平安安的那个人，有平安吗？

@yuan0718：欠你的生日愿望，最后一个，已经许过了哦。明年，就没有任何关系了。

新闻已经在几天前就开始汇报台风的进度，预计 15 号登岸。

由于台风登陆，全市放假，江苑也因此得了几天空闲。

宋邵安是在下午到的，航班早就取消了，他自己开车过来。

蛋糕放在副驾驶，陪着他跨越了一千多公里。

江苑洗过澡，只吃了一口的蛋糕放在桌上，上面仍旧没有插蜡烛。听到敲门声时，她的头上还包着干发巾。她警惕地透过猫眼往外看了一眼。

西装革履的宋邵安，提着包装精致的蛋糕，站在门外。

江苑把门打开，两个人一个在门内，一个在门外。

一年没见，彼此都有变化。

宋邵安更成熟了。而江苑，往日那个总是清冷少言，眼中无光的女孩子，也变得和他印象里的不太一样了。

手腕不再细得仿佛一折就断，腰肢仍旧纤细，却不似从前那般病态。

开车一天一夜，从遥远的北城赶来的宋邵安，在此刻，疲乏荡然无存。他笑容温柔地举起手里的蛋糕，冲她笑了笑："生日快乐！"

江苑没有问宋邵安为什么知道自己住在这里。前些日子，他来江北待过一段时间。他的原话是职务调动，但江苑不知道，两地相隔这么远，为什么能调到这边来。她也没问。

江苑让宋邵安先坐一会儿，自己进到浴室把头发吹干。再出来的时候，宋邵安已经把蛋糕的盒子拆了。

蛋糕是纯奶油的，造型很别致。上面有一个小女孩，面貌特征都很明显，甚至连痣的位置都对上了。长了眼睛的人都能认出是江苑。

宋邵安见她出来了，把蜡烛插上。三根。他笑道："祝我们永远只有三岁的江苑小朋友生日快乐。"

江苑极轻地眨了下眼睛，脸上却没有太多的表情。她向宋邵安道谢，唇角挑起一道弧度："不过，你没必要过来陪我过这个生日。"

宋邵安说："正好我有个案子需要过来处理，顺路帮你过一个生日。"这个理由，他用过太多遍。江苑不蠢，她听得出来什么是真，什么是假。她不是很理解，人为什么要在明知道不可能的事情上费心费力。她也不值得他如此。

宋邵安并没有在这里留太久，他放下礼物就走了。

江苑开门送他出去，然后看了一眼方几上的礼物盒子。她没过去，更没拆，就这么放着，没有去管它。对她来说，生日是个可有可无的日子，顶多就是比平时多一块蛋糕而已。

电视机里，天气预报刚结束，受台风天气的影响，市内这几天都有雨。

赵梦澜要用电脑考试，便借用了一下贺轻舟的电脑。也不知道她点开了什么网站，她用完以后，电脑里多出了一堆乱七八糟的安装包。

贺轻舟简单地杀了下毒。在看到某个取名为"JY"的文件夹时，手里的鼠标停顿了几秒钟。他微微皱了下眉，直觉告诉他，这是某个名字的缩写。

犹豫了很久，最后还是点开。文件夹里有几段视频，上面有日期标注，时间跨度很长。

他随便点开了一个。镜头很晃，拍摄者没有出镜，但贺轻舟还是听出来了，那是他自己的声音。

四周嘈杂、喧闹，少年的声音里带着几分兴奋与自豪，此时正在观众席现场解说："今天是二〇一一年五月十四日，我们苑妹儿第一次上台演讲。她在第五个。"

前四个人依次上场，他似乎没什么兴致，也懒得拍，DV放在腿上，全程只能看到他的腿，以及偶尔入镜的捧花。那是很多种颜色的小雏菊。

到了第五个人，他突然兴奋起来，重新举起DV，距离拉近。他的手在颤抖，通过镜头的颠簸都能感受到抖动的频率有多吓人。

台上的人都没紧张，他反而紧张起来。

下一幕，是他去了后台，那捧小雏菊送给刚卸完妆的江苑。她与贺轻舟印象中的那个清冷、内向的女生不太一样，此时的她，带着点婴儿肥，看着年龄不大。

江苑看到贺轻舟，先是愣了一下，然后眼中露出笑意："你怎么来了？"很淡的笑，但又分明能感受到，她的高兴。

少年的声音清冽，夹杂着笑意与宠溺："当然是来给我们苑妹儿加油的啊。"

江苑拨弄着手中的捧花，低着头，声音里有点委屈："又没拿到名次。"

镜头突然放下去了，只能看见大理石的地板，以及少女白皙、笔直的半截小腿，和少年那条深灰色的运动裤。

下一秒钟，两个人之间的距离在镜头之中被拉近："不管你是第几名，在我心里都是第一名。"

江苑安静很久，然后才轻声开口："贺轻舟，花压扁了。"

下一段，他入了镜。

少年身穿粉色的卫衣，头发像被狗啃过一样，东缺一块，西缺一块的。

他听到了镜头之外的笑声，是属于江苑的："贺轻舟，我都说了，我不会剪头发。"

现在的贺轻舟实在想象不出来，那个清冷话少的江苑，也有笑得这么开心的时候。

他更加想不到，自己居然也会露出这种表情来。

穿着他最厌恶的颜色的衣服，头发也被糟蹋得不成样，却仍旧用一种满含爱意与宠溺的眼神看着镜头。不，应该是看着镜头后面的拍摄者。

贺轻舟："才没有，剪完以后我觉得我都快帅得不成人样了。"

然后是下一段。

他堆了两个雪人，一大一小，还不忘对着镜头介绍："大的那个呢，是苑妹儿，小的是我。你是老大，你可得罩着我。"

小姑娘的声音细细软软的："好呀。"

他一段一段地往后看，画面在他脑子里逐渐变得熟悉起来。

手开始不受控制地颤抖，仿佛生了重病一般。头是突然开始痛的，没有任何缓冲，像是在那一瞬间，很多东西一起钻进了他的脑子里。

"贺轻舟，我想变成乌云，平时飘在天上，累了就变成雨，喜欢哪里，就降落在哪里。"

"那我变成河，不管你掉到哪里，我都会去接你。"

"如果人能一下子就死掉，该多好。"

"江苑，你是要长命百岁的。我找师父算过，他说你会长命百岁。"

"贺轻舟，你大概不懂，我有多羡慕你。你是全天下，最幸福的人。"

"可是你被全天下最幸福的人喜欢了，所以你比全天下最幸福的人还要幸福。"

"贺轻舟，你会忘了我吗？"

"不会。"

"那如果，你有一天真的忘了呢？"

"我会努力想起来。"

最近这些日子的天气预报总是时准时不准，明明前些天说有雨，却一直不下，昨天说今天大晴天，结果到了中午天就阴了。这会儿下起了大雨。

小莲抱着向云青，给他喂奶。

贺一舟刚接完电话出来，瞥了一眼窗外的雨，不知道多久才会停。

她让小莲今天把窗户关严实点，露台上的那些花也多注意点，别让雨水
浇死了。

这些可都是贺母的宝贝，要是没了，她能哭上整整三天。

想到这儿贺一舟就头疼。

刚把向云青从小莲怀里接过来，楼上突然传来一声动静。

她愣了半晌，后知后觉地反应过来，那是从贺轻舟的房间传来的。

贺轻舟晕倒了，送到医院后，各种检查都做了一遍，也没查出什么
来。但人一直没醒。

贺一舟焦心得很，却又不敢给她的父母打电话，自己一个人守在医
院里。原本因为之前那场车祸，他们两个老人家的头发就急白了大半，
眼下要是再出乱子，不得急死。好在她沉得住气，没多久就把情绪调整
过来。

医生给贺轻舟开了几瓶药，说是要先静养。虽然没什么事，但还是
建议留院观察一段时间。

贺一舟下楼去办理了住院手续，等她上来的时候，发现病床上空无一
人，输液管被拔了，就这么吊在床边。她眉头皱了一下："刚醒就乱跑。"

出了病房，简单询问了一下走廊里的护士，有没有看到 717 的病人，
个子有一米八七那个。

这个身高很显眼了，刚刚她们几个还议论过这个病人。或许是身体
不适，贺轻舟整个人显得很憔悴，看上去竟有几分破碎感。明明周身自
带生人勿进的冷漠气场，却又格外吸引人靠近。

大约是以为眼前这个女人是他的女朋友，护士有些心虚地低下头，
手往前指："刚刚看他往电梯的方向走了。"

贺一舟和她道过谢，然后匆忙跑过去。

电梯上的楼层数字不断下沉变化，最后停在一楼。

贺一舟乘坐了另外一部电梯，也去了一楼，找了一圈才在路边看到穿着蓝白条病号服的贺轻舟。他的神情恍惚，大约是想拦车，动作里却带着几分不正常的迟钝。

贺一舟跑过去："医生让你静养，你乱跑什么？"

贺轻舟一直喃喃自语，也不知道说了些什么。

贺一舟靠近了点，这才断断续续地听到了几个字。

"江苑……生日。"

贺一舟愣了半晌，问他："你都记起来了？"

贺轻舟像是突然回过神来了一样，看到贺一舟，找她要车钥匙。

贺一舟皱眉："你这个状态还怎么开车？"

贺轻舟："可是昨天是江苑的生日，我得去陪她。"

察觉到贺轻舟的情绪不太对劲，贺一舟用言语安抚他："只是一个生日而已，她不会怪你的。"

"只是一个生日吗？"贺轻舟垂下眼，声音很轻，像是在问自己，"只是一个生日吗？"

他缺席的，真的只是一个生日吗？

病房里很黑，没开灯，因为医生说他需要静养。

贺轻舟却睡不着，他一直睁着眼睛，看着头顶雪白的天花板。他失忆后发生的事情，他都记得一清二楚，包括他说了什么话，做了什么事。

疼痛从胳膊开始，像是病毒蔓延，全身的骨头陆陆续续也疼起来了。骨头疼，心脏也疼。

他的脑子里好像放了个录音机，一直在重复播放他曾经和江苑说的那些话。他不知道自己为什么要说出这些话来，更加不知道应该怎么去形容自己此刻的感受，心脏像是被人拧碎了，没法呼吸。他开始吐，吐到实在没东西可吐了，又开始干呕。

　　江苑天生不会喊疼，她难过了，也只会忍着。人人都觉得她坚强，只有他知道，没有人天生是坚强的。不过是因为知道喊疼也没人关心，所以久而久之，她就不说了。

　　贺轻舟一直都知道，江苑难过了，只会将自己封闭起来，然后独自消化掉那些情绪。从小便粗心大意的他，在这方面，逐渐变得细心起来。他学会了观察，观察江苑是难过还是高兴。他说过的，要保护她，保护一辈子，可偏偏到头来，反而是他伤她最深。

　　江苑那个时候该有多难过，听到自己的恶语相向。这个世界上，唯一一个爱她的人，也开始对她恶语相向。她本就悲观的人生，又会崩塌成什么样。

　　只要一想到这些，贺轻舟就感觉有一种剧烈的疼痛，在啃噬他的全身。他为什么没有干脆死在那场车祸里？为什么要被救回来呢？

　　明明不冷，他的身体却抖得厉害。

　　贺轻舟这段时间吃不进东西，一直干呕。医生说，他应该是心理出了点问题，开始对自己产生一种极端的厌恶情绪。可能是车祸后的应激性创伤，也可能是被什么事情刺激到了。

　　医生让贺一舟多注意一些，担心贺轻舟会有自残行为。

　　贺一舟谢过医生以后，走到病床边，轻声询问贺轻舟："有哪里不舒服吗？"

　　贺轻舟不说话，仿佛三魂六魄全丢了。就这么一言不发，看着面前的虚无，眼神没个聚焦点。他也确确实实对自己的身体做出了伤害。半夜的时候，他突然把输液瓶砸了，捡起地上的碎片去划自己的掌心。

　　贺一舟抢过碎片，问他是不是疯了。

　　贺轻舟神情恍惚，眼神空洞："我只是在想，江苑当时有多痛。"他抬起手，面无表情地往伤处按了一下，伤口被撕裂："有这么痛吗？

还是更痛？她很怕痛的。”

贺一舟按响了床头铃，把他的手拉过来，不让他再做出自残行为来：“贺轻舟，你冷静一点！你对她没有做出什么实质性的伤害，充其量是言语过分了一些，她不会怪你的。”

贺轻舟不再说话，他侧眸看向窗外，暮色沉沉，最是寂寥。

江苑被尾随的那天，是不是也是这个时间。

那个时候她有多害怕，她给自己打电话，他却在喝酒。

他在喝酒。

他在喝酒……

贺轻舟的手死死地攥着身下的白色床单，因为过于用力，手臂青筋暴起，眼睛也开始充血。喉间突然涌上来一股腥甜，他弯腰咳出一大口血，雪白的被子被染红。

贺一舟见状，忙去叫医生。

护士来给贺轻舟打了一针镇静剂，待他冷静下来以后，替他把伤口缝合上。之后大致检查了一遍，没发现什么大问题，就是情绪过于激动引发的毛细血管破裂。

医生把贺一舟叫出去，脸色有几分沉重：“病人现在需要的就是静养，保持心情平和。但他目前这个状态是很危险的，精神极度不稳定，我建议还是尽快给病人安排一下心理疏导。”

贺一舟稳了稳情绪：“谢谢医生，真是麻烦您了。”

医生摇头：“这是我们应该做的。”

医生走后，贺一舟重新回到病房，在病床旁坐下，轻声安抚着贺轻舟：“轻舟，我们给江苑打个电话吧，她不会怪你的。”

听到江苑这个名字，贺轻舟暗淡无光的眼睛里短暂多出了一抹光亮，随即又很快暗下来。

“姐，我现在……”贺轻舟极轻地苦笑，抬眼看贺一舟，“有什么资格找她呢？”

贺一舟：“这一切不是你的错，你也是受害者，你的本意不是这样的。江苑是个讲道理的好孩子，她会原谅你的。”

“可是我没办法原谅我自己啊。”这些天来，他不吃不喝，只靠输液来维持，消瘦得厉害，脸颊都可见骨了。

贺轻舟反反复复那一句：“我没有办法原谅我自己。”

“不能因为她是好孩子，我就让她原谅我。从小到大，因为她是好孩子而欺负她的人已经够多了，我不能也这样。”他抬起手臂，挡住自己的眼睛，肩膀剧烈地颤抖着。

那一声哭腔从胸腔溢出来：“姐，我是不是，不能和她在一起了？”

贺轻舟在医院躺了一个多星期，他没让贺一舟把自己记忆恢复的事情说出去。

贺一舟问他：“你不想让江苑知道？”

贺轻舟低垂着眼，脸色苍白，没有半点血色。手上的动作慢了半拍，然后轻轻说出三个字：“我不敢。”

江苑升高中那年，每天都得补课。放学以后直接去补习班，等她下课已经很晚了。她家里没有人去接她，但从补习班走到公交车站，需要走很长一段路。那里没有路灯，也没什么人经过。

贺轻舟不喜欢补课，所以干脆每天在补习班外等她。怕她肚子饿，每次都不忘给她准备一些消夜，有时候是他自己做的，有时候是家里的阿姨做的。时间来不及的时候，他会直接去店里买。

贺轻舟背着两个书包，一路上嘴巴就没停过。

江苑慢条斯理地吃着蛋挞，他在旁边和她吹牛，说自己今天打篮球有多帅，她没去看那是她的损失。

贺轻舟还在耿耿于怀，江苑明明答应好要去看他打比赛的，结果她又放他鸽子。他低着头，边走边踢地上的小石子，一双白嫩的小手伸到他面前，上面还拿着一个蛋挞。

贺轻舟疑惑地抬眼，江苑冲他笑了一下："奖励。"

贺轻舟："奖励？"

江苑点头："奖励你今天打篮球很帅。"

贺轻舟小声嘟囔着："拿我给你买的蛋挞奖励我，还挺会做顺水人情的。"他接过蛋挞，别开脸，却悄悄地红了耳朵。

以前她单独走个夜路都不放心，哪怕每天都得在外面等她两个小时，都毫无怨言。可却在她被变态尾随的时候，因为和客户喝酒，没有接到她的电话。贺轻舟不敢去回想那万分之一的可能，每次想到，骨头都会疼得厉害。

贺一舟一晚上没睡，连工作都在客厅，生怕贺轻舟会做出什么想不开的事来。他把江家那个丫头看得比自己的命还重。眼下刚恢复记忆，一时半会儿肯定接受不了，她得给他时间慢慢消化。可就怕他自己消化不了，做出什么傻事来。毕竟这事他也不是做不出来。

忘了是哪一年了，江苑也不知道犯了什么错，被她爸打了。

贺轻舟那时因为和人打架禁足在家里，整天抄写《金刚经》。

晚上的时候，家里的阿姨给他送饭，发现房间里没人，窗户却开了。

房间在三楼，他就这么生生跳了下去。

听说那次他把江苑她爸的车砸了，还找了几个人，把她爸教训了一顿。

这件事还是之后才传到贺一舟的耳朵里的。

贺老爷子当时还健在，差点气得心脏病发。往日都是拿画笔的手，此时抄起拐杖就往贺轻舟的身上打。

他们一家人都过去拦，让贺轻舟赶紧认个错了事。

　　贺轻舟却挺直了脊背，眼中带着戾气："我是错了，没把那个老东西的腿也一起打折！"

　　老爷子拿着拐杖的那只手颤抖得厉害："你……你要气死我！"

　　那次的结果就是，江苑她爸的胳膊折了，去医院打了固定。贺家在生意上给了他点甜头，把这事给解决了。

　　贺轻舟倒是在床上躺了半个月。那次老爷子是真气坏了，下手也狠。贺轻舟的后背被打得没一处好地方，他倒是也有骨气，死活不松口说是自己错了，还说下次不拿棍子，直接拿刀。

　　因为这事，贺轻舟的父母也受到波及，老爷子说都是他们溺爱得狠了，才养出这么一个不肖子孙来。

　　那段时间贺轻舟睡觉只能趴着，上衣都没法穿，碰着肉就疼。

　　后来江苑来看他，他红着脸拿被子去遮自己的上身，却因为动作过大，不小心扯到了伤口。

　　江苑自责地抿了抿嘴唇，然后轻声问他："贺轻舟，你疼吗？"

　　贺轻舟忙摇头："不疼。"

　　江苑走过去，手上拿着她带的药膏。她每次挨了打，都会用这个，消肿很快。

　　她让贺轻舟趴好，给他上药。

　　贺轻舟红着脸，半晌没动作。

　　江苑喊他："贺轻舟。"她的声音轻轻软软，像是羽毛，瘙得他心头很痒。

　　然后贺轻舟红着脸，松开手，趴在床上，身上只穿了条灰色的家居裤。他有肌肉，还有八块腹肌。虽然被自己喜欢的人这么直接地看着，有些难为情，但某种臭屁心理作祟，他还是忍着疼痛，悄悄使劲，为了让自己的背部肌肉看起来更明显一点。

　　江苑却拍了拍贺轻舟没受伤的肩膀："别用力。"

小心思被发现，他的脸更红了，埋在枕头里，久久不肯抬起来。

还是贺一舟进来送洗好的水果时，提醒了一句："别把自己给憋死了。"

身侧传来压低的笑声。

贺轻舟抬起头，看到江苑终于笑了。

在他松了口气的同时，江苑却突然靠近他："贺轻舟，你是不是发烧了，你的脸好红。"

然后他的脸……更红了。

他明明说过要保护她一辈子的。

那天他接到江苑的电话，想要开车去找她当面问清楚。不管是什么原因，总会找到解决的办法。她不喜欢什么，他通通可以改。他可以变成她喜欢的任何样子，哪怕让他去整容，他也不会有片刻犹豫。

可是，注意力却怎么都集中不了。他不知道自己做错了什么，江苑要态度如此坚决地和他分开。

他不敢放手。因为他知道，江苑一直都是一阵缥缈的风，他好不容易才把她抓住，可一旦松手，她会飞到哪儿去，他不知道。

这段感情中，他一直都是处于下风的那一个。

江苑的情感淡薄，没关系，他有足够的耐心去暖化她。他不着急，他们从小就认识，还有那么多时间留给他们，江苑总有一天会喜欢上他。

贺轻舟一直都有着这样的自信。

可是现在呢？现在他又应该以何种身份去面对她。"贺轻舟"这三个字吗？

他笑了一下，突然觉得身子疲乏得厉害。很困，想就这么一直睡下去，最好不要再醒过来。太痛苦了。

他总是控制不住地去回想，自己对江苑做的那些混账事，说的那些混账话。当着她的面，护着其他女生。

　　他一根接着一根地抽烟，窗户关得严实，烟雾散不出去，屋内仿佛火灾现场一般。或许是被烟雾迷了眼，贺轻舟的眼泪都被熏出来了。他无力地靠着椅背，长出一口气。

　　很多事情都不能细想，譬如，江苑为什么突然从那个家里搬出去？他们是不是又欺负她了？还有那天在医院碰到她，她生病了？严不严重？

　　越想，骨头便越觉得疼，是一种没法忍受的疼痛。

　　医生说是他的体质特殊，没法治。一难过就会疼，痛感和情绪的强烈成正比。但他长这么大，只因为江苑一个人疼过。

　　他默不作声，颤抖着手又点了一根烟，然后突然想起什么，急忙开门冲到楼下。他把那间靠里的房门打开，里面空无一物。

　　什么都没有了。

　　阿姨听到声音，从楼上下来，正好看到贺轻舟站在那个杂物间外发呆。贺小姐出门前特地嘱咐过她，贺轻舟的记忆刚恢复，目前精神状况不是很稳定，担心他做出什么伤害自己的事来，所以让她多盯着点。

　　阿姨担心地上前，问他怎么了："是哪里不舒服吗？"

　　贺轻舟扶着门，摇头。好半天，才哑着嗓子问她："阿姨，这里面的东西，还在吗？"

　　是小心翼翼的语气，带了几分侥幸。

　　阿姨叹了口气："先前你让我拿去扔了，我就都给扔了。"

　　一刹那，心彻底落下。

　　贺轻舟不知道应该怎么去形容自己此刻的感受。

　　后悔吗？还是憎恶，憎恶自己。可能都有，但又不准确。

　　是他自作自受。

　　"那……"贺轻舟记起什么来，手控制不住地颤抖了几下，"我之前过生日，江苑送给我的礼物。"

最后的幻想也破灭了，阿姨摇头："本来我是想替你留着的，但上面被洒了酒，干了以后墨水也花了。"

贺轻舟深呼吸了几次，尽量让自己的心情平复下来，可眼睛却不受控制地迅速染上一抹红。他近来消瘦了不少，许是受情绪影响，身子也微微佝偻。

阿姨见他步履蹒跚地上楼，心头也隐隐发痛。她一路看着贺轻舟长大，一向意气风发的少年，几时有过这么失魂落魄的样子。

突然想起什么，她忙叫住贺轻舟，然后去了地下仓库，把那个贴满水钻的娃娃拿了出来。

娃娃用玻璃框装着，太久没碰过了，外面沾了薄薄的一层灰。

阿姨用抹布擦了擦，然后递给贺轻舟："这个东西我看着昂贵，便没舍得扔，一直放在仓库里。"

东西有点沉，单手拿着，是有些重量的。

贺轻舟的视线低垂，指腹轻抚过那一颗颗镶嵌紧密的水钻。

与江苑有关的东西，哪怕只是一个再劣质不过的木头勺子，或是只装了一半的千纸鹤，他都清楚地记得，是在什么节日，因为什么原因，江苑送给了他。

江苑从小到大，上的每一节手工课，最后的成果都送给了贺轻舟。因为他们的手工课老师说，用心做的礼物，是要送给最值得它的好朋友。

贺轻舟每次收到后都很嘚瑟，总跑去找苏御他们炫耀，哪怕木头勺子只是一个半成品的长条木头，千纸鹤折得不伦不类，贺轻舟都当宝贝似的留着。

他向阿姨道过谢，然后抱着那个水钻娃娃上楼回房。

这个娃娃真的很丑，彩色的水钻，红配绿的色调。甚至因为这个娃娃，江苑的审美一度被苏御质疑。但这个娃娃，是江苑用自己攒了十多年的压岁钱买给他的，用掉了她身上全部的积蓄。

江苑是个小穷鬼，压岁钱少得可怜，攒了十多年，那个最小号的小猪存钱罐都没装满。

明明平时都不舍得给自己买一件太贵的衣服，却在贺轻舟得了奥赛金牌的时候，把自己的小猪存钱罐砸了，"斥巨资"给他买了这个她觉得很好看的丑娃娃。

贺轻舟对她的好，她不是没有任何回应的。

江苑虽然感情迟钝，但也不是完全没有。他是她最好的朋友，她总是用自己最笨拙的方式来对他好。润物细无声。

贺轻舟在他的生命中熠熠生辉，意气风发。而江苑，则在距离人群很远的地方默默地看着他，给他加油。

是很努力，很努力，去学习如何对一个人好的江苑。

贺轻舟难过的是，他在失忆后，用那样恶劣的方式羞辱过她，是他对待自己极度厌恶之人的方式。

江苑被羞辱的次数已经足够多了，从小到大便是在这种冷嘲热讽中生存下来的。可是有一天，连那个疼她、护她的人，也开始羞辱她，她当时该有多难过。

贺轻舟不敢去细想，只要想起一些微末细节，他的心脏就像是被人拿了无数根针往里扎一样。绵密的疼，疼得喘不过气来。

贺一舟因为公司的事不得不过去一趟，但是又不放心贺轻舟，于是每隔一个小时就给家里的阿姨打一通电话，询问贺轻舟的状态。

阿姨看了眼三楼某个紧闭的房门："气色还是有些差，但状态比前些天好多了。"

贺一舟稍微松了口气："我这边有事走不开，还劳烦您多替我留意一下。他在那孩子的事上就是有些认死理。"

阿姨说："你专心忙工作，这里有我呢。"

电话挂断后，阿姨去把露台上的盆栽修剪了一遍。

中午的时候，苏御风风火火地从外面闯进来，鞋子都忘了脱："舟哥，你出啥事了？一舟姐怎么会担心你想不开。"

房门是关着的，但是没反锁。

苏御直接推开门进去，顿时被呛得退了出来："你在里面炼丹呢？"

贺轻舟一身上灰下黑的简装家居服，脸色十分苍白，于是衬得那两个黑眼圈就更加明显。

他席地而坐，望向窗外的江景，一动不动地发着呆。此时指间夹了根烟，也不知道他保持这个动作多久了，烟灰都蓄了长长的一截。

苏御抬手在面前挥了挥，企图把那仙境一般的烟雾给散开，结果是徒劳，于是他直接过去，开了窗："抽了多少啊？这么熏着，也不怕变异。"

他往烟灰缸上看了一眼，零零散散的，好十几根。

贺轻舟后知后觉地抬眸，动作迟缓地把烟掐灭："你怎么来了？"贺轻舟开口说话的声音，是被烟雾侵蚀的沙哑，带着很厚重的干涩感。

"我都来多久了。"苏御从沙发上拿个抱枕抱在怀里，挨着他坐了下来，"一舟姐让我来的，她怕你出事。说我话多，让我陪你说说话，这样你能好受点。"

贺轻舟点了点头，站起身，走到衣柜旁："那真是谢谢她，本来没什么，现在真的有事了。"

还能开玩笑，看来是没啥事了。苏御放下心来。

贺轻舟把衣服从下往上脱了，哪怕好几天没吃饭，身上的肌肉仍旧紧实匀称，线条好看。

苏御发自内心地感慨一句："我现在可算理解为什么你这种狗脾气，那些女生还趋之若鹜地往上冲了。"

若是以往，贺轻舟对苏御的这句话不会有什么反应，顶多是冷笑一声，便不再说话。

可此时，他却愣在那里出神，直到苏御连续喊了他好几声，他才稍微回过神来。

"舟哥，你到底怎么了？为什么一舟姐突然担心你寻短见？"苏御仰着脸看贺轻舟，脸上夹杂着关心和疑惑。

贺轻舟没说话，他沉默地把衬衣扣子扣上。

苏御像是想起什么一样，突然睁大了眼睛："你该不会是恢复记忆了吧？"

贺轻舟没反驳，也没承认，甚至于没有开口。只是沉默着。但他的表情和憔悴的神色，已经无声传递了给苏御确定的信息。

失忆后的贺轻舟是不会露出这么柔软而且脆弱的一面的，他只有在江苑面前，或是想起江苑的时候，才会这样。

苏御的情绪激动起来："你可算记起来了，我还真怕你失忆一辈子。"

贺轻舟没说话。

苏御见他这副模样，大概也能猜到是因为什么。他早就劝过贺轻舟了，他那么对江苑，迟早会后悔。现在可不是遭报应来了吗？后悔又有什么用？都过去多久了，三年。

不是三个礼拜，也不是三个月，是整整三年。

江苑那个冷冷清清的性子，估计早把贺轻舟给忘了。

再加上……苏御沉默了几秒钟，也不知道自己该不该和贺轻舟说。

毕竟两边都是他从小玩到大的朋友，但不说的话，又总觉得对贺轻舟不太公平。

失个忆失三年，从小一起长大的宝贝女朋友还被兄弟给惦记上了。

啧，人间惨案。

第八章

灼烧

苏御见贺轻舟穿戴得这么整齐，又是领带又是袖扣的，刚才那个颓丧的人仿佛瞬间就成了气质清冷的权贵。于是问他："你这是要去哪儿？"

贺轻舟挽好袖扣，因为苏御的话，动作暂停了一下。

对啊，他要去哪儿？找江苑吗？可是他有资格去找吗？

贺轻舟不是多么正直的人，哪怕家教严明，但那些混账事他也做过不少，人人提起他，都要说上一句纨绔。

但是在江苑那儿，他学会了察言观色，如何迎合他人的情绪。

江苑是一头敏感的鹿，稍微一点风吹草动都能把她吓跑。

贺轻舟也不知道为什么，明明她不是自己喜欢的类型，可那次初见，她坐在秋千上发呆，暮色落在她身上，白色的连衣裙上好像洒满了夕阳。

从此，贺轻舟再也挪不开眼睛。

这一看，就是好多年。

贺轻舟不知道经历了那么多事以后，他还有什么资格出现在她面前。

三年，说长不长，说短不短。可三年也足够一个人，忘掉另外一个人了。

在这三年里，他有了自己的生活，那江苑呢？

那么敏感、内向的一个女孩子，她过得怎么样？她一个人，有没有被欺负？

见贺轻舟低垂着眼睛，一言不发，苏御咳了一声："舟哥，其实我觉得你也不必这么自责，你对苑妹儿也没做什么。"

"没做什么吗？"贺轻舟将这几个字又重复了一遍，像是在反问，又像是在问自己。

可能在别人看来，那些都不算什么。顶多是他对待自己不感兴趣的女孩子采用的一种直截了当的拒绝方式。因为他本身就恶劣，脾气差。

但是贺轻舟再清楚不过，那头敏感的鹿一旦被吓跑，就很难再回来。她从小吃过的苦头和遭受的冷嘲热讽足够多了。如果是别人，那可能没什么，可那个人是他。

贺轻舟又不说话了，就这么站着，看向桌上的那个丑娃娃，眼神变得哀伤起来。

苏御叹了口气，心想一个人失忆后，又恢复记忆后，怎么能完全不像同一个人。这不合理啊。他开着玩笑，试图活跃下气氛："舟哥，我觉得你之前应该是被夺舍了，要不我去找个大师给你瞧瞧？"

贺轻舟看了他一眼，苏御吓得立刻闭上嘴不说了。

今天的天气挺好，出太阳刮大风，不冷不热。

贺轻舟发呆的时间越来越长，没人打扰的时候，他甚至可以一个多小时保持着相同的姿势。

苏御看着也挺难过，他知道贺轻舟的反常是因为江苑。

说得俗套点，"江苑"这两个字早就刻进了贺轻舟骨血之中，成了他的命了。

其实这件事，他们都有错。

贺轻舟经历了一次鬼门关，在医院躺了那么久，他也很无辜。

　　但苏御也明白，贺轻舟怎么舍得怪江苑，就算他的那条腿真的没有救回来，他的心里也生不出半点对江苑的恨意来。顶多会有一种，极端的自卑感，怕残疾的自己会被她嫌弃。

　　一个人完全付诸真心以后，就会下意识地把自己放在和对方不对等的位置上。他在低处，而江苑，则在高处。

　　苏御最后还是没忍住，和贺轻舟讲了宋邵安在追求江苑的事："本来不打算告诉你的，但最近他去江北的次数越发频繁了，上次还带着蛋糕开车去江北给江苑过生日。"

　　说到这里，苏御稍微停顿了一下，去观察贺轻舟的表情。

　　贺轻舟倒也淡定，就是不住地抽烟。

　　苏御很想提醒贺轻舟一句，再抽你的肺都要黑成炭了。但还是忍住了。他知道，贺轻舟没烟瘾，贺轻舟就是在某件事上过不去了，才会这么发狠地抽烟。

　　贺轻舟是恢复记忆了，但失忆后发生的一切，贺轻舟都记得一清二楚，包括宋邵安打电话告诉他，他喜欢江苑，想要追求江苑。

　　那个时候他是怎么回应的：

　　"早看出来了。"

　　"恢复记忆了也不会和你争。"

　　贺轻舟猛地抽了一口烟，冷笑一声，想把自己的嘴给缝起来。

　　江苑感冒晕倒那次，他居然还打电话给宋邵安，让宋邵安过来照顾她。真够可以的，自己绿自己。

　　手里的烟还燃着，他收回掌心生生捏皱，力道很大，像是在用这种方式宣泄情绪一样。

　　但情绪太剧烈，怎么也宣泄不了。

　　燃着的烟尾在掌心灼出一块烫伤的痕迹来，他也似乎感受不到疼痛一般。

苏御见贺轻舟的笑阴恻恻的，莫名有点发怵："舟哥，你别想不开，好歹都是朋友。"

贺轻舟没理苏御，拿上外套离开，直接开车去了宋邵安的律所。

宋邵安刚见完委托人，看到贺轻舟了，也不意外他出现在这里。只是有些意外他的脸色这么差，白得没有一点血色。

委托人是个女生，从贺轻舟的身旁经过时，多看了一眼。

然后小声问宋邵安："宋律师，这位是谁呀？您的朋友吗？"

她的意图实在太过明显，宋邵安便替贺轻舟拦了这朵烂桃花："他有家室了。"

女生有些遗憾地点了点头："帅哥怎么都这么英年早婚。"

送走那个委托人以后，宋邵安把手中的资料收好，让助理去泡了两杯咖啡，然后轻笑着看向贺轻舟："大忙人今天怎么有空来我这里了？"

贺轻舟的目光清澈，脸上带笑，偏偏那笑意不达眼底："我再不来一次，恐怕'家室'都要被宋大律师给搅散了。"

贺轻舟这个笑对宋邵安来说，太熟悉了。身处这个圈子，有太多的身不由己，很多时候是不能随心所欲地做自己的。哪怕是遇见了自己厌恶的人，仍旧要奉上一个笑脸。

可贺轻舟仿佛是个异类，他善于用笑容来表达敌意，譬如此刻。但宋邵安怎么也想不到，他有一天也能感受到贺轻舟对自己的敌意。

助理端来了咖啡，放在他们二人面前，便立刻走开了。气氛太过诡异，他唯恐火烧到自己身上来。

宋邵安仔细回味了一下贺轻舟那句意有所指的话，心里隐约有了答案："恢复记忆了？"

贺轻舟冷笑着问道："很遗憾？"

宋邵安皱眉："我有什么可遗憾的？"

"我恢复记忆了，你还怎么随心所欲地追求江苑，可不就是遗憾吗？"没有任何阴阳怪气和拐弯抹角，贺轻舟的话直接得可怕。

宋邵安说："我问过你了。"

"喝醉后说的话都不具有法律效应，更何况老子还失忆了。"贺轻舟是真气笑了，"宋邵安，你连兄弟的墙角都挖，你还是人吗？"

宋邵安："是你说不介意的，还说不和我争，恢复记忆了也不争。"

贺轻舟是一点脸都不要了："我言而无信不行吗？"

宋邵安看着贺轻舟，笑了："倒是一点没变，关于江苑的事，总是能让你分分钟打破自己的原则。"

"别扯这些没用的。"贺轻舟没了耐心，"你喜欢任何人都行，但江苑不行。"

宋邵安平静地问贺轻舟："为什么她不行？你们现在没有婚约了，是你亲自打电话取消的。"

宋邵安不愧是律师，字字句句都戳在贺轻舟的肺管子上："贺轻舟，很多事情不是你回头了就能当作没有发生过。她从那个家里逃出来的时候你在哪儿？她住在那个治安差到随时都有可能被尾随，睡觉时都得多加两把锁的地方时你在哪儿？她被你身边那个小网红诋毁的时候你在哪儿？"

宋邵安点了点头，自己回答了最后一个问题："你当着那个小网红的面，说你怎么可能看得上她。"

宋邵安每多说一个字，就像是有一把隐形的刀在往贺轻舟胸口扎。疼得厉害，四肢百骸都疼。

宋邵安见贺轻舟的神情恍惚，到底有些于心不忍，就连声音都放缓了许多："贺轻舟，我知道你一时半会儿接受不了。但江苑的生活好不容易进入正轨，我希望你还是不要去打扰她了。"

贺轻舟很久没有出声，好半晌他才起身，拖出身后的椅子，离开。

现在的他就像是一张揉皱的旧报纸，哪里还有平日里的意气风发。

宋邵安握着笔，嘴唇紧抿。他们是朋友，他自然不希望看到贺轻舟这副模样，但他也深知，贺轻舟需要一个时间来缓冲。毕竟这件事给他的打击实在太大了。

就好像只是睡了一觉，醒来以后，发现一切都变了。

医院里的那几棵枫树的叶子变红时，江苑收养了一只流浪猫。

他们小区里有很多只流浪猫，她每回下班，都会带点猫粮去那里投喂。

有只流浪猫前些天生了几只小猫。等她过去的时候，发现只剩下了一只三花，和她的小球长得很像。

猫妈妈一直用头蹭她的脚，似乎希望她能把自己的女儿带回去。

江苑笑了笑，蹲下身，给碗里倒入羊奶，看着它吃饱喝足以后，才抱着那只三花回家。

猫妈妈一直跟在她的身后，似乎有些不舍。

江苑停下来，摸摸它的头："会经常带它来看你的。"

猫妈妈像是能听懂人话一样，喵呜一声，放心地跑开了。

回到家后，江苑给它洗了个澡。它很乖巧，安安静静的，也不闹腾。江苑不太会取名字，见它这么乖，干脆给它取名叫小乖。

最近这些天，小乖总是不太安分，经常深夜盯着大门狂叫，就好像外面有人一样。

江苑走到门后，透过猫眼往外看，却什么都没看到。她过去抱住小乖，问它是不是想妈妈了，等些天就带它去看妈妈。

那几天一直在下雨，持续了好几天，经常早上出门前还好好的，到了下午就开始下雨。

初秋的清晨有几分凉意，空气中夹杂着淡淡的花香，微风拂面，心情都变好许多。

有起早去买菜的邻居回来，碰到她了，笑容和蔼地喊一声："江医生，我这最近一吃辣就拉肚子，是什么原因啊？"

江苑说："可能是消化不太好，也不排除胃炎和肠炎的可能性，如果严重的话，建议您还是抽空去医院做下检查。"

邻居笑着同她道谢："等我这小孙子开学了我就去。"

江苑点头，也笑了笑。

脱离了北城那个环境以后，她也逐渐从那个将她封闭住的狭窄世界里走了出来。近来也不会无缘无故地发呆，失眠的状况也有所好转。她是满意现在的生活状态的。

晚上下起了小雨，江苑撑着伞，去家附近的面包店买欧包。她喜欢吃的那款，总是很早就售罄，这次又是空手而归。

从面包店里出来，江苑有种不太好的感觉，总觉得身后有人跟着自己。

或许是因为下雨，这会儿路上没什么人。往后看时，悠长的街道，空落落的，只剩下一排排路灯散发着惨淡的光。

江苑握紧了伞柄，脚步加快，回到家。

小乖这次仍旧冲着大门外狂叫不止。

江苑扣上防盗锁，把门打开一道缝。

走廊外，空无一人。

江苑关上门，动作温柔地过来抱小乖："怎么啦？是到了新环境不适应吗？"

小乖又叫了几声，然后窝在她的怀里，舒服地伸了个懒觉，蜷缩着睡着了。

早上的时候，隔壁邻居家的小孙女过来敲门，抱了一篮子梨："我外婆从乡下寄来的，今年大丰收，年成好，梨子也甜。苑姐姐，这是我奶奶让我给你送来的。"

小孙女叫戚穗岁，现在读高一，平时常找江苑请教功课，一来二去就熟悉起来了。

江苑向戚穗岁道了谢，让她等一下，回屋拿了盒曲奇饼出来，递给戚穗岁："我自己做的，也不知道好不好吃。"

今天不用上班，江苑也就穿得随性了点，小碎花的连衣裙，长发用发带随意束着，侧垂在肩上。皮肤白得没一点瑕疵，嫩得跟刚剥了壳的鸡蛋一样。

戚穗岁接过那盒曲奇饼，笑道："肯定好吃。"

江苑也笑："不嫌弃就好。"

"怎么可能，这可是美女姐姐亲手做的饼干，别人还不一定能吃到呢。"她说话的表情古灵精怪，一会儿一个鬼脸。江苑也被她的表情逗笑："快回屋吧，外面风大，别感冒了。"

戚穗岁点头："我作业写完了再来找苑姐姐玩。"

江北的秋天，气温下降得很快，不像北城，好歹还有个缓冲期。

这种天气最容易感冒。

江苑给自己煮了一碗姜茶，预防感冒。她把电脑打开，一边上着网课，一边做笔记，毛绒毯子盖在腿上，暖烘烘的。小乖窝在她的脚边，舒服地打着盹。

江苑很满意现在的生活状态，可是闲下来的时候，她也会偶尔陷入沉思当中。

会想起一些从前的事。故事很长，长到完全忘记，还需要一些时间。但也不可能再回头了。

小乖睡醒了，喵呜喵呜地叫个不停。

江苑蹲下身，把它抱起来，去喂它吃饭。

接到宋邵安的电话时，她刚给小乖洗完澡。听到电话里的声音，她的态度不冷不热，询问宋邵安有什么事吗？

宋邵安良久没说话，大约是从她说话的语气里得到了答案，便说没什么："我看了天气预报，最近江北降温，你记得出门多穿些衣服，当心感冒。"

这话江苑常和病人说，想不到有一天居然也能从别人的嘴里听到。她点头："谢谢。"

宋邵安轻笑："你总是和我这么客气。"

江苑没再开口。

宋邵安突然察觉出几分失落与无力来。江苑在自己周身画了一条完全与他隔离的线，他努力了这么久，都没能让他往前，哪怕靠近一步。

越是这样，宋邵安就越能明白，他和贺轻舟之间的差距。他连一毫米的距离都没法往前，而贺轻舟，曾经是被划分在那条线里的。贺轻舟是唯一一个，真正进入江苑世界中的人。

电话挂断了，是江苑挂的，她还要去上班，今天是晚班。

简单做了个炒饭，吃完以后，她换了衣服，撑伞出去。

小雨最是扰人，淅淅沥沥地下个没完。

秋日昼短夜长，天好像总是亮不了，再加上天气的原因，这个点儿天空就已经染上了沉沉的暮色，以至于路两边的灯都开了。

街上没什么行人，因为实在偏僻。

空气中泛着凉意，江苑低头，将手拢在嘴边，呵了口热气。白皙修长的手指，指尖冻出一抹红。

身后一直断断续续地有脚步声传来，始终与她保持着一段距离。

江苑迟疑地停下，而后转过身去。

穿着绛紫色冲锋衣的男人此时就站在距离她不到两米的距离，身材臃肿，脸部带了点病态的白，像是很长时间没有见过阳光。和江苑对视的那一瞬间，他的脸顿时涨得通红："你还在生我的气吗？"

江苑疑惑地抬了下眉："您认错人了吧？"

他摇摇头，走近她："先前是我不对，我不该为了游戏不理你。你比游戏重要，我以后天天都陪着你，好不好？"

在他靠近的那个瞬间，江苑最先闻到的是他身上传来的那种类似食物腐烂的臭味。

她下意识地往后退，肯定地道："你认错人了。"

他为难地皱了皱眉："果然还是在生我的气。"

江苑的呼吸稍微停滞了一下，握着伞柄的手不断收紧，浑身都颤抖得厉害，也不知是冷的，还是害怕的。

冷风顺着伞沿就往伞下飘，男人的手眼见着就要伸过来，碰到她的手腕。

下一秒，不知道是谁将帽子戴在她的头上，帽檐往下压。

她的眼前顿时被大片的黑暗覆盖，与此同时，她闻到了熟悉的乌木香，四周充斥着的那股难闻的腐臭味也被这股淡淡的清香驱散。

贺轻舟走过去，抬起一只脚踹在那个人的肚子上，力道之大，那个人直接被踹飞，摔在地上向后滑出很远，随即疼得缩成虾米状，捂着肚子哼哼唧唧的。

贺轻舟走到他跟前，扯着他的衣领子，发狠似的一拳接一拳地往他的脸上揍，如同在揍一堆烂泥。

之前那个尾随江苑的男人，是不是也像这个人一样，趁着路边人少，所以一直盯紧她的背影。

手都揍出了血，甚至还听到了鼻骨断裂的声音，贺轻舟也没有要停下来的打算。

旁边有路人经过，目睹了这场斗殴，吓得尖叫起来。

贺轻舟抬眸，看向声源处，心情不好地皱了皱眉。

也是趁这个时间，那个满脸是血的男人从裤子里掏出一把弹簧刀，往贺轻舟的胳膊上狠狠地划了一刀，然后趁机逃跑。

江苑惊呼一声，连忙过去："你还好吧？"

刚才还狠得像头野狼似的男人，在听到她的声音后，只看背影也能瞧出几分慌乱来。他也顾不上胳膊上的疼痛，匆忙戴上卫衣的帽子，低着头离开了。生怕在这里多留一刻。

江苑追过去，语气带着担忧："你的伤口需要处理，你别……"

一句话还没说完，贺轻舟已经进了巷子，再不见踪影。倒像是一只受了惊的流浪猫。

江苑不知道自己为什么突然想到了这个形容词，但又觉得，莫名地贴切。她把头上的鸭舌帽摘下来，纯黑的，瞧不出什么来。

之后，她打电话请了个假，便直接乘坐出租车去附近的派出局报案。

民警调取了那条街的监控后，一眼就认出了那个尾随的变态。

"派出所的常客了，脑子不太正常，总是把那些长得好看的女孩子幻想成自己的女朋友。"他看着江苑，"你也是够幸运，好在被有正义感的路人出手相救，不然后果估计很严重了。"

听了民警的话，江苑后知后觉地察觉到一股凉意："监控上可以看到那个路人的长相吗？他为了救我，胳膊还被划了一刀，也不知道现在怎么样了。"

民警将监控拉到某个时间点，男人全程都背对着监控，直到拐进巷口的时候看见了侧脸，但被帽子挡着，也瞧不出什么来。

民警让她别担心："凶手的胆子小，关他几天就不敢去找你了。"

江苑点头，同他们道过谢后，撑伞离开。

这不是她第一次遇到这种事了。可不知怎的，比起第一次的无助和恐惧，今天她反倒不怎么害怕了。

她低头看了眼手中的帽子，露出若有所思的表情。

江苑回到家，在门口遇到了刚逛完超市的戚穗岁。

戚穗岁："苑姐姐，你今天不是上夜班吗？"

江苑没有说得太详细，简单地说："遇到点事，请假了。"

戚穗岁点了点头，眼神落在她手里的那顶帽子上，眼睛瞬间就亮了："你中彩票了吗？买这么贵的帽子。"

江苑低头，看着自己手中这顶平平无奇的鸭舌帽。

戚穗岁显得有些激动："这个可是限量联名款，售价好几万呢。不过怎么是男款啊？要送人的吗？"

江苑突然回想起那个慌乱离开的身影。

戚穗岁见江苑不知道想什么想得这么出神，叫了她好多声，她才有反应。

江苑匆匆抬眸，冲她戚穗岁笑笑："怎么了？"

戚穗岁问江苑："江苑姐姐，你是不是谈恋爱了呀？"她一向心直口快，心里想到什么，便会说出来。

江苑只笑："怎么这么问？"

戚穗岁抬抬下巴："这么铺张浪费，可不像你的风格。"指的是，花好几万去买一顶普通的帽子。

江苑说："帽子不是我买的。"她把刚才发生的事情讲了个大概，听完以后，戚穗岁的眼睛瞬间就睁大了："富二代英雄救美还不留姓名，这是多么言情小说的剧情。按照小说的一贯套路，苑姐姐，你们以后肯定还会见面的。"

江苑被戚穗岁这个无厘头的脑洞逗笑："行了，外面风大，你感冒刚好，先回家吧。"

戚穗岁摸了下额头，还是有些依依不舍："苑姐姐，你如果再遇到那个人的话，一定得告诉我啊。"

这个年纪的女孩子，好像都对这种偶像剧般的恋爱剧情充满了幻想。江苑虽然没有经历过这样的阶段，但是也能理解。

回屋后，江苑打开灯，把窗帘拉上，换了衣服去洗澡。

躺在床上，闭上眼睛的时候，仍旧能想起下午的那一幕。她深吸了一口气，翻身拉开抽屉，拿出一粒安神的胶囊，和水服下。

安眠药有依赖性，她已经很久不吃了。来江北的这些年，或许是脱离了困住她的牢笼，她的状态好了许多。

抑郁的症状也逐渐减轻，但药物还没法停。这是一种长期的病，要真正缓解可能还得一年。她放下了很多，也释怀了很多，但还是不能从容面对过去的回忆。

童年的不幸，是要用一生去治愈的。

来江北之后，她就做好了和过去彻底告别的打算。联系方式能换的全换了，不能换的，也将旧日好友全部删了个遍。或许这么做的确有些决绝，但不出意外的话，以后也没了再见面的机会，留着也只会徒增伤感罢了。

她关了灯，重新躺下。最近不做以前的梦了，贺轻舟这三个字，好像也逐渐开始以一种非常决绝的方式从她的生命中剔除。

她有时会梦到外婆，有时会梦到妈妈。她们一点都没变，仍旧是记忆里和照片中的模样。

江苑是与她妈妈有几分相似的，尤其是眉眼。所以翟惜雪总说，她这双眼睛一看就是天生勾引人的。

药物起了作用，江苑很快就睡着了。

窗外，暮色沉沉，长街寂寥，仿佛整个城市的人都陷入了沉睡状态，安静得可怕。

有人因为不放心，坐在不远处的路边，视线落在不带一丝光亮的窗户和粉白色的小碎花窗帘上。指间的烟灰蓄了长长的一截，他也丝毫没有察觉，就这么看着。

第二天起床，江苑在门口碰到不情不愿出门的戚穗岁。

身后是边锁门边骂她的母亲："每回去学校你都摆着这张死人脸，你上学是给我上的吗？还不是为了你自己！"这样的场景，是每天的常态了。

江苑把昨天晾晒的衣服收了，因为起晚了，有些赶时间。洗漱完以后，她随便煮了个鸡蛋当作早餐，吃完就匆忙出门了。

每到换季的时间，医院里的病人都会比平时多上许多。

江苑连轴转了好几天，累得狠了，就靠喝葡萄糖来补充体力。

从病房出来后，江苑没了力气，挨着墙蹲坐下。似乎是一瞬间，她就睡着了。太累，累得连喘息的时间都没有。

贺轻舟刚换完手臂伤口上的药，护士反复提醒他，千万不要让伤口沾到水，不然很容易感染。他礼貌地道过谢后，把衣服穿好。

打开门出去，离开时，视线正好看到走廊某处，靠墙睡着的那个人。

江苑爱干净，平时坐在花坛边都得用纸巾反复擦拭好几遍，何时有过这么随意的时候。

贺轻舟戴上口罩，怕被认出来，他走过去，小心翼翼地在江苑的身旁坐下。然后动作温柔地护着她的头，让她靠在自己的肩上，这样最起码能让她睡得舒服一些。她刚才的姿势，很伤颈椎。明明自己现在已经是个医生了，却连这个都不清楚。

贺轻舟有些埋怨她，都不知道照顾好自己。耳边传来她平稳的呼吸声，以及那点混杂消毒水的淡淡花香。

他努力忍耐着。是有多久了？

他们离得这么近，好像已经是上辈子的事了。

贺轻舟抬起手，想碰碰她，可手举起来，又停在半空。贺轻舟最终还是垂放下手，抬眸去看走廊顶上的灯。医院的灯好像总是很亮，刺得人眼睛都开始疼了。

江苑是被护士叫醒的："江医生，地上凉，当心感冒。"

她睁开了眼睛，只觉得眼睛酸涩得厉害："几点了？"

"十二点了。"护士邀请她，"要去吃饭吗？"

江苑摇头，冲她笑笑："你去吃吧，我想回休息室再睡会儿。"她站起身，盖在身上的外套因为她此时的动作而滑落在地。

她愣了半晌，捡起那件外套。黑色的，有些熟悉。

护士正要离开，江苑叫住她："刚才有谁来过吗？"

护士疑惑地摇头："没看到哎。"她看到了江苑手里的外套，笑容暧昧，"估计是江医生的哪位追求者吧，可能是上周的那个牙医。我早说过他看你的眼神不对劲了。"

江苑无奈地轻笑了一下。她拿着那件外套去了休息室，把衣服抚平后挂在一旁。脱了自己的外套，上床就沉沉睡去了。

因为加班，江苑回家的时间比平时晚了半个多小时。

心心念念的那款欧包，平时正常下班都买不到，现在就更不用提了，但对美食的向往还是让她抱着侥幸的心理推开了面包店的门。

照常询问出还有没有，在柜台后面忙碌的店员抬起头，仔仔细细地看了一遍她的脸，似乎是在确认她的身份："有的，正好还剩最后一个。"

玻璃展示柜里，甚至连再普通不过的肉松面包都已经售罄，这款招牌的欧包居然还剩最后一个。

店员询问过她的意见后，把欧包切成几块，装进纸袋里递给她。

扫码付款，道过谢后，江苑推门离开。

在医院染上的疲乏，因为这点突如其来的惊喜而彻底消退。她是很容易满足的。

贺轻舟几天没露面了，家里没人，他自己的住所也空落落的。贺一舟担心他做出什么傻事来，电话打了好几通，可算是有人接了。

贺轻舟刚洗完澡出来，头顶上盖了块干毛巾，轻轻擦拭着。手机免提放在桌上，贺一舟的声音从里面传出，带着几分焦急："在哪儿？"

贺轻舟开了窗，从他这里正好能看见江苑家。他花了好几倍的价格，又替上一个租客把违约金付了，这才租下了这套破破烂烂的房子。

"江北。"

听到这个地名，贺一舟沉默了好半天，也没说什么，只是提醒了一句注意身体："那边天气冷，最近又下雨，你当心感冒。"

贺轻舟在沙发上坐下，把缠在伤处，防止洗澡时沾上水的保鲜膜撕了，答应得有几分漫不经心："知道。"

贺一舟深知他的决心，也没有想过要劝他回来。只要知道他平安就足够了。

电话挂断以后，面对寂静的屋子，贺轻舟又开始沉默起来。湿湿的头发还在往下滴水，灰色的居家裤被濡湿，甚至连伤口沾水了也一无所知。他像感受不到疼痛一样，长久地陷在莫名其妙涌上来的情绪之中，然后颓然低下头了。叹息声从喉咙间溢出，是那种无能为力的绝望。

老房子，没人管，电路也不稳定，总是突然跳闸。灯泡闪了几下，像是在做最后的努力，直到最后那点微弱的光也彻底消失，整个屋子都陷入黑暗之中。

置身于黑暗之中的人，却毫无半点反应，就这么保持着一个姿势，出神。

好不容易等到周末，戚穗岁解放了，约了自己的朋友来家里玩，一大早就出门去公交车站接朋友。这个点儿还很早，路上都是些买菜回来的人。也是多亏了在学校的日子，强行给她设置了一个生物钟，导致她六点准时醒。

戚穗岁拿着手机正准备给朋友打电话问她到哪儿了，结果刚把手机解锁，眼神就被路边晨跑的男人吸引住了。

穿着挺简单的运动服，大约是身材过于优越挺拔些，运动服也能衬出几分清绝的气质。

也不知道他跑了多少圈，在泛着凉意的深秋清晨，额发也被汗水濡湿，凌乱的几缕垂落下来，眉似弓，鼻梁高挺。

戚穗岁的第一反应就是，他的气质与这里不太相符。有的人，浑身名牌堆砌都能让人觉得穿了一身假货。而有的人，哪怕打扮再随性，周身浑然天成的气质，也能大致瞧出，他所生长的环境是别人努力一辈子都够不着的。

那一瞬间，各种偶像剧在戚穗岁的脑海中上演。她正犹豫着应该以那种方式展开这场浪漫的邂逅，是不小心摔倒在他面前？还是不慎撞到他？

只是等她终于做好决定，那个人早从她身旁过去了，看也没看她一眼。

戚穗岁顿时觉得自己受到了打击。她好歹低也是个校花，有这么不显眼吗？

周末不用上班，江苑得到了喘息的机会。

难得休息，她不太想做饭，原本打算点份外卖随便凑合一下，结果隔壁的周阿姨邀请她去家里吃饭。

江苑本想礼貌地回绝了，可周阿姨却压根不给她这个机会，拉着她就往屋里走："穗岁那几个同学今天都在，家里热闹得很，你要是不去啊，我一个人可应付不来。"

刚进屋，戚穗岁就激动地拉着江苑，神神秘秘地告诉她："苑姐姐，我今天看到我未来老公了。"

周阿姨听到了，嫌弃地瞪了戚穗岁一眼："才多大就老公，也不嫌害臊。"

戚穗岁懒得理她妈，觉得她没品位。她兴奋地把自己今天的遭遇讲了一遍："我跟他就是妥妥的偶像剧第一集的剧情啊！"

江苑点头，笑着问她："这是这个月的第几个了？"

"先前那些不算。"戚穗岁双手捧着脸，犯着花痴，"我可没见过比他还要好看的人。就是感觉有点高冷，应该不太好接近。"

江苑笑着鼓励戚穗岁："那你加油。"

戚穗岁还是很有斗志的，毕竟那些小说里的男主，都很难追。这正常。

吃饭的时候阿姨和江苑闲聊起来，询问她未来的打算。

江苑隐约听出了阿姨想要给自己做媒的苗头，倒也没有遮掩："等读完研了，会出国锻炼一段时间。"她并没有说自己要去做什么。待人留三分。也不是冷血，纯粹就是，性格使然。

阿姨听完后，有些遗憾，但也支持："挺好的，你们这个职业，就是要多学多看。"

江苑点头。饭吃完后，她原本想着帮忙把碗给洗了，但阿姨在厨房里拒绝了半天："哪有让客人洗碗的道理。"

戚穗岁手扒着门框，半边身子探进来："妈，给我切点水果。"

阿姨把手里的抹布扔向她："吃什么水果，还不过来把碗洗了，成天就知道吃！"

连续下了好几天的雨终于停了，乌云散去，太阳高悬。

难得出了太阳，江苑便把衣服洗了。洗衣机在缓慢运转，她的视线看向挂在一旁的外套上。黑色的，男款外套，看大小也大概能猜到外套主人的身高。之所以觉得眼熟，是因为那天在巷子里救下她的人，也穿了这件。

江苑走过去，将外套取下来，手洗后挂出去晾晒。

晚上的时候，戚穗岁送完自己的朋友去公交车站，兴奋地跑回来告诉江苑，她刚才又看到那个人了："苑姐姐，你说我和他是不是真的很有缘分。下次要是再见到他，我一定找他要联系方式。"

江苑也不知在想什么，想得有些出神。

戚穗岁伸手，在她面前挥了挥："苑姐姐，你最近为什么总是心不在焉的，是有心事吗？"

江苑摇头，冲她露出一抹笑："你刚刚说的那个长得很帅的人，他在这附近吗？"

戚穗岁点头，手往前指："就在前面，也不知道是在等人还是在找人。"

江苑向戚穗岁道过谢，看了一眼外面的天色。这个点其实还不算太晚，但天已经黑透了。

戚穗岁笑道："苑姐姐该不会是动春心了吧？"

江苑也笑了，语气自然地否决："怎么会！"

戚穗岁听她这么说，有些可惜地叹了口气。江苑搬来这里的一年多，喜欢她的人也有不少，可她好像对这些情情爱爱完全没有兴趣一样。谈恋爱是多有意思的事情啊！

戚穗岁进屋以后，江苑往她刚才指的方向看了一眼。

夜里起了冷风，江北的气温比北城要低。初来时，江苑也有过一段时间的水土不服，甚至还输了几天液。她多加了件外套才出门，前方的绿化带旁，蹲坐着一个人。熟悉的身影，哪怕看不见脸，江苑还是一眼就认出来了。

听到身边的动静，男人抬头看过去，在对上江苑视线的那一瞬间，他有些狼狈地起身离开，像是做错事被发现的小朋友。

这些天发生的种种奇怪的事情，好像在此刻都有了解释。江苑叫住他："贺轻舟。"

男人仓促离开的脚步，在听到这三个字后停下。

江苑走过去，走到贺轻舟的身前，与他四目相对。他的脸色有几分憔悴，也不知道多久没好好睡过觉了。从前的贺轻舟，何曾有过这么狼狈的时候。

江苑笑着和他打招呼："好久不见。"

终于能够和她说上话了，明明应该高兴的，可不知怎的，贺轻舟只觉得喉咙阵阵发紧。过了很久很久，他才缓慢地点了下头："好久不见。"

他设想过很多种见到他时江苑会有的反应，可能不会理他，也可能会生他的气，但没有哪一种，是现在这样。江苑风轻云淡地冲他笑，和他打招呼，仿佛许久未见的老朋友偶然遇到。

江苑礼貌地邀请贺轻舟去家中做客。

江苑喜欢花，从小就喜欢，尤其是雏菊。贺轻舟在认识江苑后，画的最多的，除了江苑，就是雏菊了。

现在那些画早没了——被阿姨拿去扔了。他总有种预感，被扔掉的，除了那些画，还有别的。譬如，他。

江苑给贺轻舟煮了一碗面，加了两个鸡蛋。她端着面碗出来，把筷子递给他："家里只剩下这些挂面了，招待不周，还望见谅。"

字字句句都透着一种带着礼貌的客气。贺轻舟对她再了解不过。江苑没有多复杂的感情，她只剩下礼貌。对家人礼貌，对外人礼貌，对朋友也礼貌。

　　贺轻舟以前一直挺庆幸的，因为在外人眼中，性格乖巧的江苑，只对他一个人发脾气。她从不轻易生气的，情绪过于内敛。并且，那些无关紧要的人也很难让她动怒。所以贺轻舟一直以来都知道，迟钝的江苑，只有在面对自己的时候，才像是一个活生生的人，有七情六欲。

　　那碗面的味道确实可以，尤其是和从前她做的那些黑暗料理比起来，简直是天上和地下的飞跃进步。贺轻舟的语气故作轻松，夸奖她："厨艺可以啊，进步这么大，都快赶上我了。"

　　江苑笑了笑："谢谢。"笑意很浅，不达眼底，只剩礼貌。

　　伪装出来的轻松好似面具被击溃，贺轻舟低下头，看着那碗只剩下一点面汤的碗发呆。他也不知道自己在想什么，可能想的东西太多，连他自己都一时无法弄清楚。也有可能，什么都没想。

　　江苑刚开始学做饭的时候，做得最多的就是面条。

　　第一次吃江苑做的豆角焖面，贺轻舟就因为食物中毒住进了医院。那个时候是真的疼，麻药效果过了以后，呼吸都不敢太用力。但江苑一哭，他就不疼了。不敢疼，怕她哭得更凶。

　　江苑精得很，自己要是不演得像一点，准被瞧出破绽来。所以他强撑着，冷汗都疼出来了，却还是笑着替她擦眼泪："江苑，我不疼，真的。"

　　那次之后，江苑就很少做饭了。

　　贺轻舟总说，她也不需要会。等以后结婚了，这些家务活他都包圆了。实在不行，还有阿姨。

　　江苑却总是摇头。其实那个时候就该猜到的，她从一开始，就想着逃离。

　　面吃完了，江苑把碗端过去。

　　贺轻舟站起身，说："我来吧。"动作自然地就要从她手里接过去。

　　江苑却下意识地往后退了一步，抵触之意太过明显，仿佛是身体的条件反射一般。她好像也未觉得有不妥之处，冲他笑了笑："哪有让客人洗碗的。你先坐一会儿吧，我很快就好。"

　　贺轻舟站在那里，久久没有反应。

　　四周的空气仿佛都蓄着一股凉意，随着江苑的离开，仅剩的一点温暖也这么散开了，让人从指尖开始感到僵硬。

　　贺轻舟手足无措地站在那儿，眼睫毛微微颤抖，他看着自己的手，很轻地低喃一声："我的手，是干净的。"他将江苑对自己的抵触，理解为她嫌自己脏。

　　很显然，比起前者，后者的解释更能让他好受一些。

　　电视开着，男女主正歇斯底里地吵着架，手边有什么砸什么，砸完了，又跟没事人一样抱在一起接吻。

　　江苑从厨房出来，给他倒了杯水，放在方几上，问他："那天救我的那个人，是你吗？"

　　贺轻舟恍惚地抬头，像是出了故障的机器一样，连带着反应都变得迟钝起来。过了很久，他似乎才把这句话的意思理解了，点了点头："嗯。"

　　得到这个答案，江苑也不意外。认出一个人，其实不需要看脸。气味和身形，还有走路的姿势，其中之一就足够了。

　　"谢谢你。"江苑看了一眼贺轻舟被卫衣袖子挡住的手臂，"你的伤怎么样？有去医院处理吗？"

　　"处理过了，没什么大碍。"贺轻舟的声音，沙哑得可怕。

　　江苑以为贺轻舟是渴的，把水杯往他的面前推了推："没事就好。喝点水润润嗓子。"

　　人真的是一种奇怪并且矛盾的生物。在见到她之前，贺轻舟很害怕看到她对自己露出失望的神色。可当她如同无事发生一样，照常对他笑时，他反而感到一种前所未有的恐惧。

　　恐惧他和江苑，是不是就这样了？她是不是能更加没有负担地离开？从小他就觉得，江苑像是一只风筝，连风筝线都是带刺的。是因为他死死攥着，哪怕整只手被刺得血淋淋的，也不舍得松开，她才没有飞走。

可到头来，反而是他亲手剪断了这根线。

三年的时间，让他们变得如同陌路。

他怎么可能甘心呢？

明明只差一点点，只差一点点的。

或许是见贺轻舟的脸色不太好看，再加上长时间不说话，江苑关心地询问一句："你住在这附近？"

贺轻舟点头："嗯。"

"天色也不早了，你先回去休息吧。医生应该有叮嘱过你，伤口不可以碰水，洗澡的时候注意一些。"江苑说完停顿了一下，冲他笑笑，"那天的事，谢谢你。"

江苑没有问他为什么救了她以后落荒而逃。因为根本不在乎。

如果是从前的江苑，她会是怎样的？会呵斥他乱来，然后心疼地卷起他的袖子，非要看看他的伤口，看他有没有听医生的话，不让伤口碰到水。

但那都是以前了。

见贺轻舟一直不动，江苑看着他，问道："还有什么事吗？"

贺轻舟的声音，一下子就变得哽咽起来："我知道你还在怪我，但你能不能……能不能再给我一个机会？"

那是一种近乎哀求的语气。他的眉眼、神情和前段时间完全不一样了，仿佛又变回了江苑熟悉的那个人。

江苑愣了很久："你恢复记忆了？"

"嗯，都想起来了，全都想起来了。"贺轻舟低着头，不敢看她。

那双手也轻微颤抖，因为恐惧。他知道自己在恐惧什么。他怕江苑再把他推开。

她也的确，推开了他。长久的沉默之后，江苑的声音算得上温柔，像是在哄他一样："贺轻舟，人都是会变的。"

贺轻舟如何听不出江苑话里的意思，立刻就急了，哪怕努力忍着，声音仍旧带着几分哽咽："罪犯都有刑满释放的机会。江苑，你别直接给我判死刑。"

"不是你的原因。"江苑说，"那段时间里，我突然明白，我是一个独立的个体，我不能等待别人来拯救我。我是可以自己救自己的，没有能力我就让自己变得有能力。贺轻舟，我不怪你，我也没有理由怪你。我只是……"

贺轻舟苦笑一声，接过她的话："只是不再需要我了，是吗？"他就这么看着她，眼尾泛红，泣血一般。

江苑不忍再看，于是移开了视线："贺轻舟，我该感谢你的。"

贺轻舟没再开口，任凭沉默在两个人之间蔓延，如同恶疾一般，死死地扼住他的咽喉。过了很久很久，他才低声道："阿苑，骨头好疼。"

江北的夜晚的确冷得可怕，贺轻舟从江苑家离开后，一直在附近徘徊，漫无目的地走来走去。他突然觉得，没了落脚处。心里的情绪太复杂，一下子全都涌上来，便又好似彻底没了感觉。

其实他们刚认识的那几年，江苑对待他的态度和陌生人也没太大的区别，不冷不热，礼貌有，但仅仅也只有礼貌。

苏御总说，他像块狗皮膏药，贴在江苑的身上了，死活不肯下来，整天献殷勤，也没见江苑多看他一眼。但贺轻舟一直坚信，自己对她好，总有一天，她会看到他的。也的确被看到了。

可那么多年的努力，为什么就因为这短短的三年，全部功亏一篑了呢？

他那么喜欢的人，那么那么喜欢的人，现在又要和他做回陌路人了。他笑了一下，无力感瞬间就击溃了他。

骨头太疼了，从前没有哪次像今天这样疼过。哪怕是出车祸，险些丢了命的那次，也不如这次的十分之一。

怎么办啊？他该怎么办？

贺轻舟随意地坐在路边，手捂着脸低下头，肩膀颤抖着，手指被濡湿。

贺轻舟刚出生的时候，比正常婴儿要小上不少，那会儿所有人都说他活不过十八岁。

贺母坐月子期间就天天在家以泪洗面。

后来老爷子找大师给自己这个小孙子算了一卦，大师说贺轻舟的人生一路坦途，是天之骄子，不光能活过十八，活到八十岁也不成问题，就是他这命格不太好，半生孤苦，最想要的反而得不到。

老爷子听了这话，倒觉得无所谓。他们贺家的孙子，想要什么没有？

所以，从小到大，贺轻舟就是在溺爱中长大的，成了个彻头彻尾的浑不吝，满身的狼性。初中就因为打架，无数次被请家长。他呢？永远都是一副"我错了但下次还敢"的桀骜模样。

老爷子气不打一处来，觉得就是溺爱得狠了，但秉性已定，现在想改已经来不及。所以只能罚。贺轻舟犯一次错，他就打一次。

老爷子下手不知道留情，似乎觉得打得越狠，他那个臭脾气就越有机会被纠正过来。经常动不动就打得他下不了床，但还是没用，贺轻舟永远都是好了伤疤忘了疼，伤好了，该干吗还是干吗。

后来有阵子他变得安分起来，架也不打了，整天在家研究做饭，烫得满手血泡。除了打架，这还是他第一次在某件事上这么坚持。

老爷子觉得事出反常必有妖，生怕他又在憋什么坏，于是就去问他。

贺轻舟刚试吃了自己做好的红烧肉，此时正忍着恶心狂喝水。

听到老爷子的问话，他也没隐瞒："江苑在学校总是不好好吃饭，我觉得应该是那里的饭菜不合她的胃口，所以想学会了以后每天给她送饭。"

老爷子过了好一会儿才反应过来："江家那个野闺女？"

贺轻舟不爽地皱眉："什么野闺女，她是江苑。"

老爷子察觉到了什么，自己这个孙子几时这么维护过一个人："她吃不吃饭，与你有什么关系？"

贺轻舟把那盘失败的红烧肉倒进垃圾桶里，重新研究食谱："当然有关系了，她要是饿肚子的话，我会心疼的。"

老爷子的眉头当时就皱了起来，他警告贺轻舟："你才多大啊，就学人家早恋。"

然而贺轻舟头也没抬，切了几片蒜："没早恋，我们是最好的朋友。"

对一个人好，是不求回报的。至少在那个时候的贺轻舟看来，他对江苑好，只是因为她是江苑。哪怕很多人都告诉他，江苑是个私生女，她的身份配不上他。贺轻舟只会把说这种话的人揍一顿，并且是见一次揍一次。

贺轻舟把他所有的耐心和好脾气都留给了江苑，已经不仅仅是偏爱了，是全部的爱，毫无保留的爱。明明以前连稍微大点声音和她说话都舍不得，后来却……

贺轻舟从噩梦中惊醒，手臂上的伤口在隐隐作痛。他把袖子往上拉，缝合过的伤口开始化脓，大概是碰到了水，正好有理由去医院。他穿上外套出门，去医院排队挂号。

护士看到他的伤，问他是不是碰水了。

贺轻舟像没听到一般，一直往外看，似乎在寻找着谁的身影。

护士连续喊了他好几声，他才回过神来，点了点头："嗯。"

见贺轻舟没什么精神，护士安慰他："没事，把脓清理一下就好了，下次多注意。"

贺轻舟沉默了很久，终于还是没忍住，问了护士："江苑今天没来吗？"

"江医生啊？"小护士明白了，低头替他清理着伤口，"江医生很难追的，我劝你还是死了这条心。"虽然他确实长得很帅。

伤口清理完了，小护士冲他笑了笑："你看我怎么样？"

贺轻舟把袖子放下来，和她说了声"谢谢"，然后开门出去了。

走廊上，查房的主任医生走在前面，步伐很快，连带着白大褂的衣角都似书页一般翻飞。他正讲解着刚才的病历，跟在后面的江苑低头边记笔记边点头。经过贺轻舟的身旁时，她的脚步稍微顿住，看了他一眼。也只有一眼，然后收回，面不改色地离开。

贺轻舟看着江苑离去的背影，消失在前面某扇病房门后。

直到这一刻，贺轻舟才突然意识到，那个幼时需要他庇佑的江苑，已经长大了。她像是踏上了一艘船，离他越来越远。

贺轻舟替她感到高兴，却又总有种失落感。

第九章

难舍

　　江苑不太聪明，脑子也不怎么灵光，哪怕是每天一放学就去补习班，考试也永远都是吊车尾。一道题需要给她讲很多遍，她才能稍微懂一点点，就算是拿钱办事的补习班老师也不可能有这么多的耐心。她本来就是个内向、敏感的性格，这样一来就更加畏首畏尾了，最后连补习班都不敢去。但她又没法回家，怕回到家被问起，今天怎么回来得这么早？

　　那个时候她该怎么说呢？

　　说自己不会，老师讲再多遍也听不懂？

　　她没法说，因为说了就会挨骂，被骂蠢，丢江家人的脸，还会被嘲笑，被她那几个同父异母的姐姐、妹妹嘲笑。

　　有一次，贺轻舟因为出省参加奥数比赛，好几天没能去接她。

　　回来后的第一天，没在补习班看到江苑，他问过补习班老师以后才知道，她已经很久没来过了。

　　后来贺轻舟是在附近的便利店里找到她的。江苑坐在店里面，手边放着一盒凉了的关东煮，正低着头写作业，半天也没写完两道。

　　贺轻舟走过去，在江苑旁边坐下，接过她手里的笔："这里直接套用公式就行。"

江苑的眼睛红红的，抹了一把眼泪，问他："你这么快就回来了吗？"

贺轻舟扯着自己的袖子，给她擦眼泪："我自己先回来的。"

江苑低着头，嘴唇紧紧抿着。

贺轻舟知道她肯定是受了委屈，他忍着心疼，笑着摸摸她的头："你舟哥可比补习班的老师厉害，以后我给你补课。"

从那以后，贺轻舟就收起了玩心，一门心思给江苑补课。

苏御成天埋怨，说他区别对待。

贺轻舟也不否认，他就是区别对待。

在贺轻舟一对一，一道题讲十几遍的耐心教导之下，江苑的成绩终于有所提高。

后来贺轻舟问江苑长大以后想做什么，她想了想，然后靠近他耳边，悄悄告诉他："医生，我想当医生。"

说这句话的时候，江苑眼里是有光的，对自由向往的光。

可惜那个时候的贺轻舟没看出来，他只是觉得，她真好看，眼睛亮亮的，像他小时候常玩的玻璃珠子。

贺轻舟在外面站了一会儿，也没走。

江苑拿着病历从病房里出来，看到了他，脚步顿住。看一眼他，又看一眼他手上的药单："伤口化脓了？"

贺轻舟恍惚了一下，然后抬眸，笑了笑："神医啊，隔着衣服都能看出来。"

江苑的眉头微蹙，推开诊室的门，让他进来。

"衣服脱了。"

贺轻舟没动，玩笑一般地说："不太合适吧，这里是医院。"

江苑早就习惯了贺轻舟的不正经，也不与他多说，把发绳取下来，将头发重新扎紧一点："我看看你的伤口处理得怎么样。"

贺轻舟原本不想让她看的，伤口太恶心，江苑这个胆小鬼，以往他后背挨他爷爷几拐杖她都能哭上半天。但他最后还是听话地把外套脱了。

外套里面还有一件，他把袖子往上撸，不可避免地碰到了伤口，微微皱眉。

江苑靠近了一点，仔细观察他的伤口。她的体温好像比一般人要低，呼吸时的气息也总带着一股凉意。此时因为距离太近，气息落在他的手臂上，却好像能灼伤人一般。

贺轻舟的心脏也跟着剧烈地收缩了一下。

他垂眸去看她，见江苑一脸的认真与严肃，站直了上身："还好处理得及时，没什么大碍。下次记得千万不要碰到水，不然就不只是化脓了。"完全公事公办的语气。

贺轻舟看了江苑几秒钟，突然笑道："江医生还真是专业。"

江苑注意到贺轻舟微微泛红的脸颊，抬手去摸他的额头。有点烫。她收回手，从抽屉里拿出消毒过的体温计，递给他："你最近是不是淋雨了？"

贺轻舟看着体温计，没动。

江苑知道他不爱用别人用过的东西，尤其是电子体温计这种需要含在嘴里的。她说："全新的，没人用过。"

贺轻舟这才伸手接过去："前几天忘了带伞。"

江苑低头写着病历："发热的症状有几天了？"

一直没有得到回复，她抬眸，见他嘴里含着体温计，一脸无辜地看着她。

江苑愣了一下，无奈地笑了下："行，先量体温。"

四周陷入一种诡异的安静之中，贺轻舟看着江苑，觉得他缺席她人生的这段时间，她真的成长了很多。他是欣慰的，也应该欣慰，她终于不再是那个弱小的、任人欺负的江苑了。

可为什么他会感到失落呢？是因为她不再需要自己了吗？

命运还真是爱作怪，他那天明明是要开车去找她，希望她不要那么决绝地和他分开。他可以让步，无论是什么事情，他都能让步，只要她别不要他。可那次的结果是，他忘了她，并且先把她给推开了。

江苑看着时间，把他嘴里的体温计取出来，还好是低烧，不算太严重。以他的身体来看，睡一觉就好了。

"这几天好好休息。"说到这里，江苑停顿了一下，抬眸看他，"如果你来江北是因为我，那么还是早点回去吧。"拒绝得倒也直接。

贺轻舟觉得自己的肠胃好像痉挛了一下，拧着痛的感觉。他大约不知道自己此刻的笑容有多勉强："那些工作就算不去公司我也能完成，开远程会议就行。江北的空气还挺好的，我想再多待几天，权当养病了。"

江苑点头："那随你吧。"她没再多说，开门离开。

贺轻舟也不知道坐了多久，脸上的笑容像是雕刻出来的一般，僵硬得要命，直到随着她的离开，缓慢地敛去。他捂着膝盖，膝盖骨的疼痛永远是最强烈的，好像是一种暗示。

回到家后，贺轻舟找保洁将屋子里里外外打扫了一遍，电路也修好了。破旧的房子变得焕然一新不过是一通电话的事。冰箱也被装得满满当当。

失忆的三年里，他下厨的次数寥寥无几，现下虽然有点生疏了，但也还好。他把煤气灶点燃，做的都是些江苑爱吃的，做好后用食盒装好，犹豫着该以怎样的借口送去。

江苑如今拒绝他已经成了常态，早把他划分到陌生人那一类了。

贺轻舟提着食盒在她住的单元门口走来走去，心里好像有什么情绪积堵着。

"是你啊！"欢快、喜悦的声音从身后传来，戚穗岁摘了耳机，惊喜地看着他，"咱们还真是有缘呢。"

看着面前这个十五岁出头的女孩子，贺轻舟的眉头皱了一下。现在的小朋友还真是自来熟。

戚穗岁拿出手机晃了晃，冲他笑笑："我见过你好几次了，加个微信吧？"

贺轻舟："没手机。"

戚穗岁被这种连敷衍都嫌麻烦的拒绝方式噎了一下。她垂头丧气地转身，手扶上单元的铁门，准备推开。

贺轻舟叫住她："你住这儿？"

戚穗岁点头："对。"

贺轻舟："那你认识江苑吗？"

戚穗岁好奇地看着贺轻舟。难怪觉得他说话的口音听着耳熟，满口的北城话，和苑姐姐一样。果然，能够吸引大帅哥的，只有像苑姐姐那样的大美人。

"认识啊，她就住我家隔壁。"

贺轻舟不自然地咳嗽了几声："那个……你只要微信吗？"

江苑刚做完饭，戚穗岁就在外面敲门，说是闻到饭菜香了，要过来蹭饭。

江苑把围裙摘了，挂在挂钩上，出去开门。

戚穗岁从门外带进来一股寒意，一边嚷着冷死了，一边扶墙换鞋。

江苑这才注意到她身后还跟了一个人。

对于贺轻舟的出现，她倒也不意外："你也是来蹭饭的？"

戚穗岁抬了下头，眼神流露出好奇："江苑姐，你真认识他啊？"

江苑点了点头，打开鞋柜，拿了双男士拖鞋给贺轻舟："他是我在北城的朋友。"

　　多余的前缀和朋友两个字，让贺轻舟换鞋子的动作稍微停顿了一下。

　　江苑平时自己吃饭，菜做得也简单，一个清炒藕片，一个溜肉段。三个人，两盘菜，好像过于寒酸了些。

　　江苑站起身，说她再去炒几个菜。

　　贺轻舟说不用这么麻烦。总算有理由把那个食盒摆上桌了，好几层，一一打开，再将里面的东西端出来，最下面是江苑最爱喝的猪肚鸡汤，他熬煮了挺长时间的。

　　食盒的保温效果好，这会儿还带着腾腾热气。

　　原本还在减肥的戚穗岁被这股香味勾得胃口大开，也没客气，拿起筷子就夹了一块东坡肉。这肉肥而不腻，口感软糯，她激动地竖起大拇指，问他："这是哪个饭馆做的，也太好吃了吧！"

　　贺轻舟只轻挑了下眉，没答话。他给江苑盛了碗汤："凉了就不好喝了。"见江苑没动，他又将碗放在她手边，"我好久没下厨了，也不知道你还喜不喜欢。"

　　这话细听着，似乎有两层意思。不止是字面意思。

　　江苑轻声叹息："你胳膊上的伤还没好，需要静养，医生没跟你说吗？"

　　贺轻舟低着头："你本来就没跟我说。"听着竟然有几分委屈。

　　江苑沉默几秒钟："我不是你的主治医生。"意思就是，她也没有义务这么事无巨细地嘱咐他。

　　贺轻舟端着那杯江苑给他倒的水，用眼角的余光和坐在他旁边的戚穗岁手边的水杯对比了一下。他杯里的水要比她的少。

　　整顿饭贺轻舟都吃得很少，江苑以为他是因为自己刚才的话而生气，以至于还在心里自我反省了一下，是不是语气太重了点。她压根就没有想过这个一米八七的大男人，仅仅是因为自己水杯里的水比其他人要少那么一丁点而生起了闷气。

戚穗岁对贺轻舟的厨艺赞不绝口："我还没看过哪部偶像剧里的男主像你这么会做饭的，要是以你为原型拍一部剧，肯定大火。"

贺轻舟全靠那点礼貌支撑着，面上并没有显出不耐烦的神色，仅仅只是没有搭理她。

江苑一直知道，贺轻舟是一个非常执着的人，而他的这种执着，只在面对她的时候出现。

贺轻舟不是英雄，英雄具备的高尚品质，他一样也没有。但他却是江苑的英雄，只是她一个人的英雄。如果没有贺轻舟，可能这个世界上早就没有江苑这个人了。她可能成了沉入海底的沙，也或许早就变成了一捧黄土。

是后背没有长翅膀的贺轻舟，用自己的双手，将她从泥泞中拉了出来，拍干净她身上的狼狈，笑容灿烂地对她说："我来救你了。"他是高高在上的太阳，一直都是。

江苑没法说自己完全把他放下了，但她深知，他们之间很难再继续。从一开始，就走在不同道路上的两个人，短暂的相遇之后，便离得越来越远。

"贺轻舟。"在戚穗岁离开后，江苑叫住了主动收拾碗筷的贺轻舟，"我们谈谈，好吗？"

贺轻舟的动作有片刻的停顿，之后很快便恢复了正常。他说："我知道你要谈什么。"

江苑抬眸："嗯？"

贺轻舟："我不求你这么快原谅我，我只是希望，你别着急推开我。"

江苑摇了摇头："贺轻舟，你没有错，只是我们不可能。你有爱你的家人，你是属于那个地方的。我们的人生不同，追寻的东西也不同，我不可能为了你留下来，你也……"

贺轻舟急忙打断她："我可以的，不管你要去哪儿，我都可以陪着你。"

江苑笑了笑："贺轻舟，谢谢你，谢谢你让我知道，我一直被别人坚定地选择。"

或许听上去很简单，但对于江苑来说，已经算是难得。贺轻舟是她灰暗的人生中，难得的一抹光亮。人人都渴望光，更何况是身处黑暗中的人。

被很多人爱着的贺轻舟，把他独一无二的爱给了江苑，并且给她带去了活下去的希望。

那段时间，因为有了他整夜的陪伴，她终于可以不用依赖安眠药睡个好觉。

别人眼中的二世祖、浑不吝，在江苑眼中，却是救世主。

江苑说："贺轻舟，该道歉的是我，我辜负了你那么多年的喜欢。"

喉咙一阵阵发紧，贺轻舟笑了一下，只是那点笑意太淡，落进眼中，皆成苦意："如果我没有失忆，你是不是，也不会回心转意？"

"贺轻舟啊。"江苑的声音温柔，温柔到让他难过，"对不起。"她总这样，从小到大都是这样，总和他道歉。拒绝他的时候向他道歉，让他难过了，也向他道歉。

贺轻舟没说话，似没听到一般，机械地洗着碗。那几个碗来回回洗了好几遍，干净到拿显微镜估计都看不出什么污渍了。他还在洗。

江苑沉默了几秒钟，最终还是没有开口。

有两个人在的屋子，却比平时她单独在家时还要安静。

小乖不知道是什么睡醒的，沿着屋子转了一圈后，进了厨房，在他贺轻舟脚边蹭了蹭，然后伸展了下身子。

贺轻舟低垂着眼睛，看到它了。他擦干了手，蹲下身去抱它："它叫什么名字？"

江苑说："小乖。"

贺轻舟点了点头："是挺乖的。"

然后两个人之间，又再次陷入沉默之中。

抱着猫待了十几分钟，贺轻舟中途出去接了个电话。等他进来的时候，江苑已经给他泡好了茶。

贺轻舟没过去，靠墙站着，认认真真、仔仔细细地看她。

江苑有时候怀疑，人失忆后，和以前的区别真的这么大吗？失忆了的贺轻舟，看人的眼神总带着一点漫不经心，仿佛谁都不放在眼里。可是恢复记忆后的贺轻舟，又和从前无甚区别，仍旧是那个干干净净，眼里有光的男孩子。江苑想，要是他一直都没恢复记忆，该多好。

贺轻舟走过来，把搭在沙发上的外套拿起来，穿上："公司那边有点事，我可能要回去一段时间。"

江苑点头："一路顺风。"

贺轻舟动作缓慢地将外套穿好："有什么想要的吗？或者有什么东西还在江家，我去帮你拿来。"

江苑摇头："北城与江北离得远，不用这么麻烦的。"

"不麻烦。"贺轻舟的声音很轻，"多远都不麻烦。"

江苑叹了口气："贺轻舟……"

似乎生怕江苑再说出什么拒绝的话来，贺轻舟换好鞋子后就匆忙离开了。

江苑剩下的话，全部哽在喉咙里。

门关上了，只剩下空气中遗留着的那点淡淡的乌木香，证明着刚才的确有人在这里待过。

江苑无声度叹息："何必呢？"

何必在她身上浪费时间和爱呢。

他们，总会分开的。

　　贺轻舟把自己的航班号发给了江苑，然后在机场等了很久，哪怕知道她不会来，但还是怀着一种妄想。

　　从前，不管他去哪儿，她都会来送他的。

　　他一直等，一直等，等到飞机起飞，她还是没有来。贺轻舟只能改签了当天最后一班航班。

　　临起飞前，他接到贺一舟的电话，问他到哪儿了，她派车去接他。

　　贺轻舟的声音里透着几分无力，抬手按了按眉心："刚上飞机。"

　　贺一舟皱眉："这个点你不是已经落地了吗？"

　　空姐拿来消过毒的毛巾让他擦手，并询问他晚餐想吃什么，贺轻舟一一谢绝了。

　　"出了点事，改签了。"至于什么事，贺轻舟虽然没明说，但贺一舟大致也能猜到。毕竟能让贺轻舟失魂落魄成这样的，也只有江家那个丫头了。

　　贺一舟从来不干涉他的私生活，但她觉得，贺轻舟不能一直这样下去。那个丫头的心是铁做的，很难被捂热。她也算见证了自家弟弟的舔狗行为，从十几岁舔到了二十几岁。如果说从前还有点可能，那么现在，可真是一点可能性都没了。她叹了口气，劝他："实在不行咱们就换一个人喜欢，中国这么大，她这种性格的又不是没有，实在不行，国外也能找到。"

　　贺轻舟显然不想在这个话题上多浪费一分口舌，漫不经心地敷衍过去："飞机要起飞了，先不说了。"

　　电话挂断后，他就这么沉默着，坐在那儿。实在不行就换一个人喜欢吗？他低笑，哪那么容易啊？如果能说换就换，他至于难受这么长时间吗？

　　贺轻舟不在的这些天，江苑的生活仿佛又恢复到了往常的平静。除了他带来的食盒在无时无刻提醒着他，他的确来过。

江苑每天都会擦拭那个食盒，怕弄脏。她觉得贺轻舟还和小时候一样，总是那么有心机。这样的事情，他也不是第一次做了。

要离开一段时间，怕她忘了他，就故意留点什么东西在她这里，让她睹物思人，而且下次也有理由再来找她。

戚穗岁常往她这儿跑："男主角今天没来吗？"

江苑起初没有反应过来："什么男主角？"

她咧嘴笑笑："贺轻舟啊，那天来的大帅哥。我同学可都等着我去讲后续呢。"连名字也这么像偶像剧的男主角。

江苑听到这个称呼，无奈地笑笑："他回北城了。"

"那他啥时候来？还会来吗？对了，江苑姐姐，你有他的照片吗？我拿去给我同学看，她们都说我是在编故事，不相信我。"

接二连三的问题，让江苑微微呆住。过了半晌，她摇头："我没有他的照片。"

以前是有的，不过决心从江北离开前，她全删了，一张不留。

戚穗岁有些遗憾，但也还好："反正他还会来的，下次我偷拍一张。"她坚信，只要江苑在这儿一天，他总会来的。

有时候，不能说旁观者看得太清楚，而是他的爱意太满，不用眼睛看，只用耳朵听，都能知道。

这阵子，虽然贺轻舟不在江北，但他每天都会给江苑发消息道早安、晚安。

没了微信，他不知道从哪里弄来她的电话号码。他的消息就这么堆积在那些推销短信中间，显得很突兀。

江苑一条也没有回过，权当没看到。

转眼半个月的时间过去了，天气越发寒冷起来。

江苑再次见到贺轻舟，是在新闻里。

新闻下方的滚动标题上写着："辉发地产数名员工举牌抗议，斥仲景集团新任东家冷血无德，不顾员工死活。"

收拾碗筷的动作停下，江苑看着电视机。仲景集团的新任东家，不就是贺轻舟吗？

记者去了现场采访，那些员工大多激动地对着镜头抗议、诉苦："资本家吃人肉，喝人血！为了收购我们公司，不惜违背底线！"

还有人哭哭啼啼的："我还有一家老小要养，现在老板都被逼得跑路了，总得给我们一个说法吧，好几个月的工资都拖着没发。"

似乎是有了人带头，现场顿时哭号一片。

江苑换了台，不想再看。原来他说的有事要回去一趟，是这种事。

因为这一闹，仲景集团也短暂地上了微博的热搜。这世上不缺有钱人，但那些为人熟知的都是刻意放在明面上的，真正低调的富豪，根本不需要靠这些被讨论而带来的热度来提高公司知名度。

仲景集团这四个字还是第一次出现在大众视野中。好奇的吃瓜网友开始对其深扒一番，发现这个企业的涉及面很广，上到机械制造，下到房产医疗及海运，旗下的分公司更是不计其数。然而不等他们往更深处扒，热搜已经被撤了下去。仲景集团发布了一则公告，相关事宜已得到妥善解决。

刚刚经历了那些动荡的贺轻舟，却仿佛没事人一般，照常和江苑道晚安，其实每次也不仅仅是道晚安，还会说点其他的。譬如他今天吃了什么，做了什么。他的分享欲，好像只在江苑这儿才会旺盛点。

"阿姨今天还问起你了，她说江北降温，让我提醒你多穿一点。"

"你注意防寒，不要感冒。"

"我这边马上就要忙完了，再等几天，我就能去看你了。"

过了很久，第四条信息才慢吞吞地发过来，似乎在他心里天人交战了很久："江苑，我好想你。"

江苑将消息栏往上拉了拉，对话框全是白的，她一条都没回，全程都是贺轻舟单方面的自言自语。犹豫片刻，她将手机锁屏，放在一旁不再去管，继续看书、背书。

天气确实冷了不少，江北和北城不同，供暖还没有普及全城，全靠那个小太阳续命。

小乖也开始整天窝在她脚边睡觉。

一杯水喝得差不多了，她拖出椅子起身，又去烧了一壶。

窗帘被撩开一个小角，她看向窗外，竟然开始下雪了。天气预报难得准一回。前几天预报的那场雨就一直推迟，她原本以为今天的雪也会推个好几天。

雪太小了，手机也拍不出什么感觉来。

江苑坐在窗边看了一会儿，小乖不知道是什么时候醒的，或许是醒来以后没有瞧见她，便找了过来。看到她之后，喵呜喵呜地叫着，然后跳上窗台，钻到她的怀里。换了个舒服的姿势，重新躺下。

江苑笑了笑，动作温柔地抚摸它："下雪了，真好看。"

小时候的记忆已经很遥远了，记不得多少，但她记得很清楚，每次下雪，外婆都会带她去堆雪人。

那个时候山路不好走，她们就在家门口堆。路都是土路，雪沾上泥巴，脏脏的。

外婆就笑着，摸摸小江苑的头："等我们苑苑搬去了大城市，就能堆更干净的雪人了，没有泥巴的雪人。"

那个时候她才多大？五岁吧？是被接走前五个月。

她摇了摇头，走过去抱着外婆，声音稚嫩，奶声奶气地说："苑苑喜欢脏脏的雪人，苑苑要一直和外婆在一起。"

江苑走进房间，拉开抽屉，拿出那张保存在相框里的照片。面容和善慈祥的老人家，和一个脏脏的雪人站着合影。

那是外婆去世前一个月拍下来寄给她的。外婆那时已经病入膏肓了，身形瘦削得可怕，却还是笑容和蔼地看着镜头。

等照片到她手上的时候，外婆已经变成一捧骨灰，住进了小小的盒子里。

照片的背面，是外婆的字迹：

这个雪人送给我最最亲爱、最最乖巧、最最可爱的外孙女，江苑。

江苑的鼻子一酸，低下头，眼泪便落了下来。每到这种时候，她就格外脆弱，格外想家。

这个晚上，江苑睡得并不好，一直在浅眠和惊醒的状态中徘徊。有时睁开眼睛，竟然不知道自己刚才到底有没有睡着。她看了眼时间，三点了。

小乖在旁边睡得正熟，身子蜷缩着趴在猫窝里，身上的小被子什么时候滑落也没察觉。

江苑穿上鞋子下床，给它把被子盖好。

原本是想看会儿雪景，拉开窗帘后，却见街道边，男人身穿一身剪裁得体的深灰色西装，明明是清贵的模样，却做着不符合他身份的事——堆雪人。

一大一小。大的堆完了，此时正在堆那个小的。比起对那个大雪人的细心程度，这个小的相对来说就敷衍很多。脑袋身子随便凑合了一下。

或许是太冷，他中途会稍做停顿。

夜色正浓，雪带来的那一抹浅白的光，不足以看清楚。但江苑还是认出来了，那是贺轻舟。

江苑开门出去。寂静的街道，开门声还是太引人注意。男人回过头来看了一眼。

四目相对，贺轻舟似乎没想到她会醒得这么早，愣了很久，之后下意识地想把那两个雪人挡在身后，但也只是徒劳。

沉默就这么在两个人的周围蔓延。还是贺轻舟先开的口，他说："原本是想给你一个惊喜的。"他的语气里，透出了几分失落。提前被看到，就已经不算是惊喜了。

江苑看到贺轻舟冻得发红的耳朵，把门打开，让他先进屋。

灯开着，温暖的黄光。

水正好烧开，她倒了一半，又倒入一半冷水，兑得不那么烫了，方才递给他。

江苑："你来多久了？"

贺轻舟接过杯子："没多久。"

江苑："多久？"

贺轻舟低下头，老实回答："一点半下的飞机。"

一个半小时，就为了堆那两个雪人，在外面冻了一个半小时。

江苑看到贺轻舟身上的衣服，想来是参加完某个正式的场合便直接过来的。

江苑问他："为什么不去换一身衣服，晚上气温低。"

贺轻舟听出了她话里出于礼貌的关心。他喝了口水，想把心里的焦躁压下去："钥匙忘记带了。"

江苑："……"这也能忘。

贺轻舟没有告诉江苑，他是开完会后匆忙过来的。他知道江苑喜欢雪，也知道每次下雪，她都会难过，所以在得知江北今天下雪的时候，他才会赶过来。因为不想让她一个人难过。

"贺轻舟，谢谢你。"江苑冲他笑了笑，声音明明是温柔的，说出来的话却又让他感到难过，"可是我已经长大了，我不喜欢雪人了。"

贺轻舟平静地抬眼，平静地问她："是不喜欢雪人，还是不喜欢我了？"

哪怕表现得再平静，但翻涌的眼底还是出卖了他此时真正的情绪。暴风雨来临前，海面总是平静的，浪涛都在海底蓄着劲，眨眨眼，便能涌出。

江苑给自己也倒了杯水，在贺轻舟的对面坐下，不动声色地转移了话题："前些天，我在新闻上看到你了。"

贺轻舟并不意外，那件事闹得挺大，她会看到也正常。

江苑迟疑了几秒钟，最终还是问出了口："那些事，是你做的吗？"

贺轻舟先是沉默，盯着她的眼睛看了几秒钟，似乎想看出她的真心。或许，她和那些人是不同的，他们认识那么多年，她应该是最了解他的人。然后，他挪开了视线，开始喝水。可能看出来了，也可能没看出来。但他的心情突然变得不好了起来。

"江苑，我没那么好，但也没这么坏。"贺轻舟又说，"我确实是想要收购辉发地产，所以就在后面推波助澜了一下。但那家公司早就被蛀空，负责人几个月前就卷钱跑路了。那些人不过是找不到人，所以只能来我这儿碰瓷。"

江苑向贺轻舟道歉："对不起，我不该那么想你。"

贺轻舟直到这一刻，才后知后觉地反应过来，两个人之间的隔阂早就出现了。他失去记忆的那三年，展露在江苑面前的，是另外一个贺轻舟，是不被她喜欢，让她失望的贺轻舟。

窗外，夜色仍旧，偶尔有轻微的风声传来，像是在撞击着窗户。江苑的声音，也被这股寂静给无限放大："其实我有时候也会想，现在的贺轻舟，和从前的贺轻舟还是同一个人吗？"

贺轻舟也说不出自己此刻是怎样的心情，他仿佛站在悬崖边上，亲眼看着江苑把自己推出去。

江苑喜欢的是那个恣意阳光，耀眼夺目的贺轻舟。

可是他呢?

他是被人辱骂的资本家，是脾气暴躁、冷血薄情的贺轻舟。

贺轻舟以前就是江苑面前的一条舔狗。

大约实在看不过去自己家居然有在女人面前如此窝囊、万般顺从的人，一向懒得管闲事的贺老爷子最终还是没忍住，把贺轻舟叫到跟前。他告诉贺轻舟："喜欢一个人不是一味地付出，要懂得取舍。"

贺轻舟从小到大都是挺聪明的一个孩子，但在这种事情上却跟个弱智一样。

听完老爷子的话，贺轻舟沉思起来。

老爷子问贺轻舟："听懂了?"

贺轻舟点头："懂了。"

老爷子欣慰地笑道，让贺轻舟给自己讲讲他的理解。

于是贺轻舟就毫无保留地把自己理解的意思讲了一遍："舍弃掉我身上不被江苑喜欢的缺点，然后取得她的喜欢。"

老爷子气得手直发抖："蠢货!"

被骂蠢货的贺轻舟却毫不在意，看了眼时间，说到了饭点，然后屁颠屁颠地去江苑的学校给她送饭。

老爷子无奈地扶额，他们家怎么就出了这么个没出息的。

他们在贺轻舟身上投入了很多很多的爱，但他自小所受的教育和一些耳濡目染的影响，注定了贺轻舟不可能是个傻白甜。他的人生路线早就被规划好了，该怎么走，该走多久，他们已经替他做了铺垫。至于能将这条路拓展成怎样的宽度，则取决于贺轻舟自己。好在，贺轻舟有这个能力。他的手段雷霆，心思深重而且缜密，就好像他天生就该在商界沉浮。

北城每年破产的企业不计其数，贺轻舟不做违法的生意，但这其中与他也不能说完全脱开关系。或多或少会有利益牵扯，他也没办法。他不啃别人的骨头，就只能等着被别人拆骨入腹。

其实这样的变化，也怪不了谁。只能怪时间，毕竟都不是小孩子了。

江苑其实算是幸运的，最起码可以毫无顾忌地放手去做自己想做的事情。

可贺轻舟不行。他看似拥有了很多爱，却也被这些爱给禁锢住。得之，失之，他只有一条路可以走，那是一条让他走得毫无喘息机会的路。

从江苑家离开后，贺轻舟去附近酒店开了间房。他失眠，睡不着，就整夜整夜地抽烟，满脑子都是江苑最后那个失望的眼神。

可是爱一个人，难道不是应该爱他的全部吗？

至少，无论江苑最后变成什么样，哪怕她自私、恶毒、善妒，他都会爱她。毫无保留地爱她。

因为晚上的事情，江苑也没怎么睡好，第二天拖着疲乏的身子去了医院，哈欠不断。

查房的时候，病房里的奶奶看到她眼睛下面的黑眼圈，关心地问她："小江医生昨天是没睡好吗？"因为江苑年纪小，所以奶奶总爱在她的称呼前面加个小字。

江苑走过去，替她把输液的速度调慢了一些，笑了笑："可能是做噩梦了。"

奶奶忙说："做噩梦那可了不得，那是被魔鬼魇着了，得找些薄荷叶泡水喝。"老人家好像对这种事情格外忌讳，随随便便都能扯到鬼神之说上面。

江苑笑着点头："好。"她打开病历，问老人家今天有没有哪里不舒服。

奶奶指了指自己的胃："昨天晚上这里突然抽痛了几下。"

江苑走过去，伸手按了按："这里吗？"

奶奶点头："对。"

江苑："持续了多久呢？"

奶奶："几秒钟吧，不久。"

江苑低下头，在病历本上记下来："应该是肠胃痉挛，我待会儿让护士替你热敷一下。"

奶奶笑得合不拢嘴，拉着她的手不肯放："哎哟，可惜我只有一个孙女，不然就让你当我的孙媳妇了。"

护士敲门进来："江医生，刘主任叫你过去一下。"

江苑答应了一声后，把病历收好，笔挂在白大褂口袋里，之后又叮嘱了奶奶几句，千万别吃太油腻的东西才离开。

刘主任正在打电话，看到江苑来了，指了指旁边的椅子，示意她先坐一会儿。

江苑坐着等了一会儿，刘主任才接完电话过来。

"最近感觉怎么样，累吗？"

江苑摇头："不累，挺充实的。"

刘主任笑了笑，他就是喜欢江苑身上这股子韧劲，挺好。

"这次叫你来，是有个学习实践的机会，想问问你的意见。"刘主任拿出一张申请表，"医院最近有个下乡义诊，就是去那些医疗资源缺乏的地方待几天。先前你不是说读完研后想去当无国界医生吗，我觉得这段经历对你日后的规划是有帮助的。"

江苑看着那张递到她面前的申请表格，倒也没有过多犹豫就签下了自己的名字："谢谢主任。"

刘主任笑了笑："是我应该谢谢你才对。"

从办公室离开后，江苑偶然听到几个男医生在议论："这都是这个月来的第几次了，我看他的身体好得很，一点也不像生病的样子。"

"别有所图吧，不是说他看江苑的眼神不对吗？徐医生，竞争对手攻势挺猛烈的啊，你还不抓紧点？"

"我抓什么紧，他长得也就勉勉强强吧。真不知道那些小护士为什么对着他犯花痴。"

"我觉得他长得不如你，他除了个子高点，也没什么特别，挺普通。而且北方人普遍个子都高，他也就是占了地理优势。"

"对啊，我觉得你长得比他帅。"

被一众男医生打压外貌的、普通长相的贺轻舟此时正输着葡萄糖，在江苑推开病房门的那一瞬间，他垂下的眼睛抬了起来，然后冲她露出一个灿烂无比的笑。

江苑看见了他的那颗小虎牙。除了轮廓比幼时更成熟、深邃了些，他好像也没有其他多余的变化了。尤其是笑的时候，明晃晃的，俨然就是她记忆里，那个熟悉的贺轻舟。江苑移开视线，问给他注射的护士："这次又是什么原因？"

护士的神色复杂："说是头晕无力，身体虚弱，让我给他注射葡萄糖。"

……可他这怎么看也不像是身体虚弱的样子啊。

江苑眉头微皱，呵斥他乱来："医院不是旅游景点，你没病没灾的，就不要总往医院跑。"

贺轻舟睁眼说瞎话："我刚恢复记忆，身体有排异反应。"

"……"江苑无语了，"记忆还有排异反应？"

贺轻舟小声嘟囔着："你是医生，你还问我。"

护士在一旁看着，从二人身上嗅出了几分别样的暧昧。

江苑下意识地看了护士一眼，对上视线后，护士冲她笑了笑，还没有走的打算。于是江苑说："你先去忙吧。"

护士耸了耸肩，开门走了。

护士走后，江苑无奈地叹了口气。她不知道贺轻舟从昨天晚上到今天到底经历了些什么，态度竟转变得如此之快，明明她已经把所有的话都和他说清楚了。

江苑拆了个暖宝宝，塞到贺轻舟的手中，然后后背靠着墙，站着："贺轻舟，我昨天和你说得很清楚了。"她想让自己的语气尽量听上去决绝一些。她想，可能因为她总是以一种温和的态度来对待他，所以贺轻舟便不觉得那是拒绝。

其实在很小的时候，他们刚认识的那几年，她的态度便是那种渗透骨缝的冷。她像是一朵生长在冰天雪地中的花，始终以花苞的状态示人。她把自己封闭在自我的世界中，自己不出去，也不许别人进来。

贺轻舟带来的光，是这朵花感受到的第一抹温暖。灼得人眼睛疼。花苞表面的冰开始抖落，接着一点一点绽放，直到盛开。

江苑大概没能意识到，比起初识时的决绝，现在的她，哪怕语气再决绝，也算不上冷漠。

那个时候都坚持下来的贺轻舟，怎么可能会在此时放弃呢。他说："我知道，你印象中的贺轻舟，是生活在阳光里的贺轻舟。但我也有不属于阳光的阴暗面。"

贺轻舟又接着说道："江苑，时间还长，我不着急的。我可以证明给你看，其实我的阴暗面，也没多坏。"

反正也不是第一次死缠烂打了，比起被江苑厌恶，贺轻舟更怕她忘了自己。

两个人，一个站着，一个坐着，一个是医生，一个是病人。彼此再无别的话。

另外一个病人的到来打破了僵局，是个吃错了东西拉肚子的老奶奶，因为阿尔兹海默病，不是特别配合。

护士好不容易哄着她成功扎完针，但没其他病房了，只能暂时在这里挤一挤。

江苑取下贺轻舟的输液袋，让他去旁边坐着，把病床让出来。

贺轻舟倒也听话，在旁边的椅子上坐下，斗胆提了个小要求："江医生，我有点口渴。"

江苑看了眼他输液袋的剩余药量，让他等等。

等江苑接好了水过来，便见贺轻舟自己拔了针从里面出来了，眉头还皱着。

江苑见贺轻舟刚拔了针的手背没有按着，这会儿血液染红了纱布。于是她放下杯子，替他按着："怎么把针拔了？"

贺轻舟的双眼刚才还蓄着一股有火没处发的怒意，这会儿见到江苑了，便瞬间熄了火，委委屈屈地告状："她占我便宜。"

江苑看着病房内的奶奶，迟疑半晌："占你便宜？"

贺轻舟躲到江苑身后站着："摸我。"

江苑："摸你哪儿了？"

"屁股，还有胳膊。"贺轻舟怪委屈的，小声嘟囔着，"你都还没摸过。"听上去竟然还有几分遗憾，遗憾没被江苑摸过。

江苑的心情有些复杂，沉默几秒钟，一时不知道该说些什么，好半天，才憋出一句："没伤着吧？"

"心灵受到伤害了。"贺轻舟说，"你给我做手术吧，换一个，这个被摸过，已经不干净了。"

江苑抿了抿嘴唇，把他刚才的话原封不动地还给了他："怎么办？应该会有排异反应。"

贺轻舟："……"

奶奶在里面冲江苑使眼色，让她进去。

江苑把一次性水杯递给贺轻舟，让他喝完水就回去。医院最近季节性流感多发，当心被传染。说完后进了病房。

还以为是老人家哪里不舒服，所以才让她进来。结果老人家告诉江苑："奶奶刚刚摸过了，这娃长得结实，身上的肉都是硬的，是生大胖小子的料。"

江苑的笑容有点无奈，替她把被子掖好："奶奶，他是男生，生不了孩子的。"

奶奶情绪激动地反驳："男的怎么就生不了，心诚则灵。就看他有没有这份心，要是他生不出来，那就是不够爱你！"

贺轻舟见江苑这么久不出来，便自己进去了："说什么呢？"

老奶奶不高兴了，呵斥他不懂规矩："我们女人说话，有你插嘴的份？"

贺轻舟挑了下眉，轻轻的一抹笑，实在是硬挤出来的。那一瞬间，仿佛有无数句脏话在他的嘴边。

看出了他的怒意，江苑下意识地挡在他面前："奶奶的精神状态不太好，你别太往心里去。"

一听到江苑的声音，贺轻舟的怒意又化成了委屈："可是她刚才都摸我屁股了。"意思是这事没这么容易算了。

江苑有几分为难。她不善于调解这些纠纷，偏偏却让她遇上了。

奶奶还在那儿火上浇油："摸你一下怎么了，贞节牌坊这就立起来了？我告诉你，你这样连孩子都生不了的，搁我们那个时候，早就有闲言碎语了。"

贺轻舟的舌头抵了抵下牙床，这次是真气笑了："我倒是想生。不如您教教我，我一个男的应该怎么生。"

奶奶白了他一眼，悄咪咪地拉着江苑的手："这个脾气不好，娶回家只会争风吃醋。没别的用，还是抓紧物色其他的，免得把你家都搅乱了。"

江苑顺从地点了点头，拿了个药盒绑在她的手心上，防止她乱动跑针："知道了，您好好休息，天凉，乱动的话当心感冒。"

奶奶似乎还是不太放心，又叮嘱了江苑好几句："美色不能当饭吃，你别看他好看就被他勾了魂去，这种狐狸精长相的最要不得。"

江苑点头："您好好休息。"

离开病房前，她还不忘把贺轻舟也拉出去。

贺轻舟脸色不太好看，阴沉得很。也是，换作任何一个人被这样言语诋毁，也不可能忍着不生气的，更何况他的脾气本来就不好，也难为他能忍住。

江苑是真的很怕他动手。好在，那点教养和礼貌支撑着他不会动手打老人。

"奶奶今天的话……"江苑欲言又止。

贺轻舟接过话茬儿："别往心里去，是吗？"

江苑抬眸，也知晓他的委屈，一时不知该怎么说。

贺轻舟在意的却不是这个："她刚才说的那些话，你点头了。"

江苑一愣："什么？"

贺轻舟："她说我只会争风吃醋，要不得，你点头了。"

江苑自己都没太注意："要先稳住病人的情绪。"

"所以。"贺轻舟的眼睛轻垂，问得小心翼翼，"她的话，你是不赞同的？"

江苑沉默了几秒钟："贺轻舟，我说过了，我们不合适。"

贺轻舟知道，她又要说让他难过的话了，所以他终止了和她的对话，甚至还把耳朵给捂住了。

江苑看贺轻舟这样，无奈地叹了口气。她没办法理解他的坚持，其实小的时候就理解不了。因为不理解，所以会害怕。害怕他只是一时兴起，然后在某天，突然扔下她。

如果不是贺轻舟后来突然失忆，江苑觉得，她这辈子可能都不会知道，原来她对贺轻舟的依赖，已经到了那样的程度啊。

有同事过来，喊她："江苑，开会了。"

她轻轻答应一声，贺轻舟不知何时把手放了下来，此时正看着她。

江苑想说什么的，思索了几秒钟，最终还是什么都没说。

江苑走了。贺轻舟盯着她的背影。他缺席的这三年里，她成长了不少，好像连个子都长高了一点。那一刻，有个非常残忍的现实在他逼迫他不得不面对——他的江苑，已经不需要他了。

在他们都还是孩子的时候，贺轻舟不敢离开江苑太久。她就像一个精致的瓷娃娃，太过脆弱，稍不留神，她就会在他看不见的地方受伤。所以贺轻舟总是时时刻刻守着她。

长大后他想，干脆他们结婚吧，这样他就能一辈子守着她，保护她了。早在很久以前，他就规划好了他们的未来。

左腿膝盖上的痛总是来得没有任何征兆，他只能强行忍耐着，不敢露出任何破绽来。怕被江苑看见。

病房门不知道什么时候打开了，奶奶在里面喊肚子饿。没护士，她是冲贺轻舟喊的。

贺轻舟冷笑一声："饿死算了。"

奶奶瞪着他，说他这么恶毒，还生不了孩子，只配给刚才那个医生当小老婆。

正好有护士从这儿路过，贺轻舟叫住护士，手往里面指了指，语气云淡风轻："她饿了，给她开瓶葡萄糖。"

奶奶说："我要喝粥！"

贺轻舟懒得理她，正要走。

奶奶叹了口气："现在的年轻人哟，不懂得尊老爱幼，我就只能当一回吹枕边风的恶婆婆了。"

贺轻舟的脚步顿住，咬了咬牙："看来我和这个老太太八字犯冲。"

贺轻舟还是下楼给老人买了粥，什么都没加的清粥。

奶奶皱着眉："谁要喝清粥啊，清粥恶心死了。"

贺轻舟："……爱喝不喝。"

奶奶又开始阴阳怪气地说话："现在的年轻娃娃都这样，没耐心。江医生可不能娶你这样的人。"

贺轻舟觉得自己刚才真是疯了，竟然听了一个老年病人的话。他问了护士开会的时间有多长，然后坐在椅子上等江苑开完会。

想不到在医院这种地方都有人找他搭讪，贺轻舟懒得应付，说他自己得了癌症，没几天可活了。然而"美惨人设"更吸引人，那个搭讪的小女孩竟然干脆在他身旁坐下，开始给他演讲起来。无非就是一些安慰他、鼓励他的话。

贺轻舟："我还有肺结核。"

小女孩走了。

本能靠近

BEN NENG KAO JIN

扁平竹·著

◉ 下册

海峡出版发行集团 | 海峡文艺出版社

第十章

失落

　　江苑开会开了挺长时间的，贺轻舟玩完一局游戏她才出来。他把手机锁屏，起身过去："累不累？"

　　江苑迟疑片刻："你怎么还没走？"

　　贺轻舟的笑容又灿烂又真诚："等你。"

　　江苑有时候也会恍惚，她觉得，现在的贺轻舟，其实和以前是没区别的。但转念一想，又觉得自己是在自欺欺人。她不是没有见过那个恶劣的贺轻舟。无关责怪或失望，他保护了她那么多年，弥补了她缺失的爱，是她该感谢他。但人是一种很复杂、很奇怪的生物，被放下的东西，是很难再次拿起来的。

　　江苑："我还需要很久，今天可能要加班。"

　　贺轻舟说："那我也等你。"

　　江苑还有其他的事，就没有在这里继续浪费时间。她去了病房，奶奶的药水只剩下最后一瓶了，就快见底。她轻声询问："有没有哪里不舒服呀？"

　　奶奶摇了摇头："好多了。"她的状态时好时坏，不发病的时候和正常人没什么区别。

　　江苑与她很熟悉，是因为她常来医院，且每次都是一个人，身边也没个陪护的亲人。听说她有一儿一女，但都出国了，每年倒是会寄给她一些钱，除此之外，就再没有关照过。譬如老人家最需要的陪伴和照顾。奶奶也从未责怪过他们，偶尔江苑问起时，她也只说他们工作忙，也都有自己的家庭了，走不开很正常。只是奶奶说这话时，眉眼是哀伤的。

　　奶奶说完后，眼角又重新挂上笑，拉着江苑的手告诉她："那个小伙子虽然脾气差了点，但人不坏，心是好的。对你也上心，挺配。"

　　没想到话题会转得这么快，江苑便也笑了笑："奶奶，我跟他，我们不可能的。"

　　"怎么不可能？"奶奶说，"你们赶上好时候了，可以自由恋爱，不受约束。既然相爱，为什么不在一起？"

　　既然相爱，为什么不在一起？沉默像是一个不会开口的巨兽，一点一点将江苑吞噬。

　　江苑："那如果，我们并没有相爱呢？"

　　江苑开门出去，发现贺轻舟就等在外面，正靠墙站着，低着头，也不知在想些什么。江苑把门关上，他听到声音，回了神，冲她笑笑："怎么进去这么久，我都快等睡着了。"

　　江苑仔细观察贺轻舟的表情，并无异样，想来应该是没听到："陪奶奶说了会儿话。"她低头看了一眼腕表，"我要去查房了，你先回去吧，不用等我。"

　　贺轻舟没说话。不等他开口，她已经转身，急匆匆地离开了。忘了是第多少次，江苑一点留恋都没有地，只留给他一个背影。

　　记不清了，也没有刻意去记。他总有种预感，未来还要看许多次。可是没关系，他有的是时间和她耗。他怕的不是没办法和她在一起，而是再也见不到她。不敢去想，每次想到都会难过，很难过。

江苑出来的时候，已经累得没什么力气了。低血糖的她扶着墙蹲下，头埋在双臂间，就这么枕着膝盖，想要睡上一觉。

模糊的视线中，有人站在她面前，拆开了一颗糖，然后蹲下："阿苑。"是温柔的声音，温柔地喊着她的名字。

于是江苑抬头，眼前阵阵发黑，瞧不清来人，只能看见大致的轮廓。

贺轻舟把手里的糖喂给她。

那一瞬间，江苑闻到了熟悉的乌木香，是足够让她感到心安的味道。她不再说话，含着那颗糖，头好像靠在了谁的肩膀上，沉沉地睡了过去。

再醒来的时候，她躺在自己家中的床上，柔软的床和被子，消减了她大半的疲劳。屋子里充斥着一股久违的饭菜的香气。她坐起身，掀开被子下床。

打开房门的那一瞬间，她看到客厅暖黄的灯光下，有个穿着围裙忙前忙后的人。他个子高高的，肩膀宽宽的，听到声音时，他回过头来看她，然后露出了一个让江苑觉得熟悉的笑容。

记忆仿佛就在昨天，唯一不同的是，他长大了，她也长大了。校服变成了西装和白大褂，

他们之间的距离，也被现实和未来拉得很长很长。

客厅里的灯是江苑后来换的。她害怕孤独，所以换成了温馨的黄调。这样哪怕是她一个人在家，也不会感到孤独。白惨惨的灯光总让她想到从前那个家。

江苑咳了一声，身体有些虚弱，看到桌上的菜肴，丰盛得都快赶上满汉全席了。她沉默了几秒钟："你这是要在我家摆酒席吗？"

贺轻舟走过来，摸了摸江苑的额头，又摸了摸自己的："还有力气

开玩笑，那应该是没什么事了。"他似乎松了一口气。

江苑又咳嗽了几声，扶着凳子坐下："谢谢你送我回来。"

贺轻舟说："让我当心被传染，你这个当医生的倒是一点都不当心。"

贺轻舟盛了碗鱼汤端出来，放在她面前。汤是白色的，很香。

江苑没动，抬眼看了他一眼。

贺轻舟的下巴微抬，故意问她："要我喂？"这么说着，还真端起了碗。

江苑急忙说："不用。"

贺轻舟把碗放下："那就自己动手。"他的手搭在桌边，目不转睛地看着她，似乎她不喝完这碗汤，他就会一直这样盯下去。

这时有人敲门。江苑正要起身，贺轻舟已经过去把门打开了。

戚穗岁的手里拿着一个药箱，递给贺轻舟："轻舟哥哥，我也不知道哪个是你要的，干脆就全拿来了。"她说话的声音嗲里嗲气的，贺轻舟嫌弃地皱了皱眉，到底没说什么。他打开药箱，在里面简单翻找了一下，拿出一盒感冒药，然后把药箱还给她，不冷不热地道了一句谢。

戚穗岁却没走，反而踮脚越过他的肩膀，眼睛往屋子里看，咽了咽口水。

江苑看到了，冲戚穗岁笑笑："吃饭了吗？没吃的话一起吃吧。"

戚穗岁笑道："那多不好意思啊。"

贺轻舟的眉头皱着："知道不好意思还不走？"

江苑捂着嘴，又咳嗽了几声。

贺轻舟急忙进去，给江苑倒了杯水。

江苑接过水以后，有些为难："不过我好像有点感冒了。"

戚穗岁动作熟练地进了厨房，给自己拿了碗筷："被传染最好，正好可以不用上学了。"她嘿嘿笑道。

贺轻舟全程没给戚穗岁什么好脸色，反而一直卑躬屈膝地伺候着江苑，又是夹菜又是倒水的："好些了没有？"

江苑点头，礼貌地向贺轻舟道谢。

贺轻舟忽略了江苑的礼貌和疏离。他把袖口放下来，挽上袖扣："明天请一天假吧，好好在家休息，我给你做点有营养的。"

戚穗岁捏着筷子，笑容暧昧："苑姐姐，你脱单了也不告诉我。"

江苑握着筷子，只摇头，什么都没说。大抵是没精力去应付这些事情了。同样的话她已经说了太多遍，她不确定贺轻舟到底听进去了没有。

江苑没胃口，吃得不多，喝了半碗鱼汤就饱了。

中途贺轻舟的手机响了很多次，他连看都没看一眼就直接掐断。那边锲而不舍地继续打过来，他索性直接将手机关机。

戚穗岁在江苑家待了很久，电视剧都看了两集，如果不是洗完碗的贺轻舟赶她离开，恐怕还要继续在这儿待上很久。

扰人的电视关了，四周便安静许多。

吃过药的江苑被困意席卷。她知道，贺轻舟的工作远比她想的要累人。他又是个眼里容不得沙子的人，那些需要他亲力亲为的事，恐怕早就堆积如山了。不然他的手机也不可能这么频繁地被"轰炸"。但江苑也知道，现如今不管她说什么都没用，他是打定了主意赖上她了。

贺轻舟见江苑困得眼睛都睁不开了，便也不继续留下来打扰她。他给江苑倒了杯温水放在床头，防止她半夜嗓子干涩。临出门前，还贴心地把客厅里的灯开了。

开了门，走廊内的声控灯下出现一个身影。宋邵安抬起手正要敲门，却和贺轻舟打了个照面。

彼此都沉默了一瞬间，显然没想到会在这里碰面。

宋邵安的一根烟都快抽完了，见贺轻舟还是没有开口的打算，便主动问了："你怎么在这儿？"

贺轻舟也点了一根烟，叼在嘴里，视线往江苑家窗口那儿看，灯早关了，她应该已经睡着了："这话不是应该我问你？"

宋邵安轻笑了一声："你我都有答案了，不是吗？"

贺轻舟侧眸看宋邵安，晚上没风，烟雾也没散，有些呛。他冷笑一声："宋邵安，真够可以的啊，专抢兄弟的女朋友？"

宋邵安把烟掐了，往前走了几步扔进垃圾桶里："我说了，我问过你，是你说没意见的。"

贺轻舟火了："你不知道我当时失忆了？"

宋邵安平静地反问："所以呢？因为失忆，所以你对江苑做的那些事就能一笔带过？"

宋邵安每次都来这套，明知道贺轻舟的痛处在这里，还次次都发了狠地往这儿戳，摆明了是不给他留活路。果然，贺轻舟在听到宋邵安这句话后，声音低了下来，眼神也黯淡了几分："那是我和她之间的事，我会处理好。"

宋邵安其实也不想这样，他和贺轻舟是很多年的朋友。他喜欢江苑的时间，其实比贺轻舟短不了多久。但因为贺轻舟喜欢，所以他一直藏得很好，甚至连话都没怎么和江苑说过。因为怕忍不住，怕更喜欢她。

可是后来，看到失忆后的贺轻舟冷落江苑，一次又一次地让江苑难过，宋邵安开始动摇了。直到好不容易做出了决定，开始将那些对江苑的好逐渐放在明面上。可现在让他往回收，他又应该怎么收呢？

感情这种东西，和酒差不多，越酿越纯，越纯味道就越浓。遮不住，也藏不了。

两个人就这样沉默了挺长时间，烟倒是抽了一根又一根。

好在路灯足够暗，也不至于被路边的行人看清脸，但路过这儿的每一个人还是会下意识地看一眼他们，也许是这个场景实在太诡异了。

两个人高马大的大男人，此时坐在路边，都低着头，闷声抽烟。马路牙子都快被烟雾环绕了。

最终是宋邵安率先打破了沉默："贺轻舟，其实这种事情，你和我都没有问过江苑的意愿。"

贺轻舟用看傻子的眼神看了宋邵安一眼，说道："你还说你喜欢她的时间比我短不了多少，你要是直接问她，咱俩都没戏。"

宋邵安先是沉默了几秒，然后低头笑了。也对，比起他，贺轻舟才是最了解江苑的，所以他有时候也会嫉妒。嫉妒贺轻舟，嫉妒贺轻舟是这个世界上，最了解江苑的人。

贺轻舟知道她喜欢吃什么，知道她不喜欢吃什么，知道她害怕什么，也知道她讨厌什么。

他们是彼此陪伴着长大的，生命中好像没有其他多余的人掺和。

有时候，宋邵安也会想，如果一直陪着江苑的是他，他也会像贺轻舟这样，十年如一日地守在她身边吗？其实说实在的，他甚至不确定，他能不能在那么多没有回应的日子里，保持一如既往的热情。他没有自信做到像贺轻舟那样。不管江苑对他是怎样的态度，不管她的冷漠和无动于衷有多伤人。

太阳升起的第二天，贺轻舟照常会带着最灿烂的笑脸出现在她的身边。命运不就是这样吗？讲究一个天时地利人和。

"其实以前，我一直觉得很不可思议。"宋邵安笑了笑，"我记得有一次，江苑把你送给她的木雕扔了，还说你烦。你回到家就把自己关在屋子里，谁叫都不肯出来。那个时候我还以为你不会再喜欢她了。谁知第二天，你又雕了一个其他的送给她，说这次的比之前的要好看。那是我第一次看你那么讨好一个人，就差没给她跪下了。"

脾气暴躁的贺轻舟，是第一次那么有耐心，也是第一次那么温柔。他本来就是向阳生长的人，毫不吝啬地把阳光全都洒在了江苑这株即将死亡的小芽上。

贺轻舟听完宋邵安的话，猛地抽了口烟，然后把还剩半截的烟屁股掐灭。

两个人高马大，蹲坐在路边抽烟的大男人，倒是在这方面讲究的很，宁愿多走几步路把烟扔进垃圾桶里，也不会随地乱扔垃圾。

讨好？什么叫讨好呢？这个说法贺轻舟明里暗里听过很多次，那些人不敢当着他的面讲，却时常在背地里议论。说他贺二少也不过如此，见色起意，看见别人长得美，便挪不动步了，哪怕被拒绝了还厚着脸皮往上凑。

贺轻舟从来不反驳。因为在他的眼中，这些人都是傻子，不与傻子论长短。

死缠烂打久了自然会惹人厌烦，但贺轻舟知道，江苑不会烦他。她是一个溺在湖里，不懂得求救的哑巴。总是下意识地害怕，怕靠近她的人是想要将她往湖水更深处按的坏人。

江苑从小生活的环境太恶劣，人人都对她带着敌意，所以她没办法保持她这个年纪该有的单纯与天真。但贺轻舟就是能看懂，她推开自己的同时，眼里无声的求救。所以他留了下来，留下来救她。

听到宋邵安的话，贺轻舟也懒得反驳。他不需要和宋邵安讲太多，因为他觉得，宋邵安和其他人，没什么区别。宋邵安根本就不懂江苑。

烟也抽完了，贺轻舟站起身："行了，再坐一会儿天都要亮了。"

宋邵安见贺轻舟拿出钥匙，往身后走，眨了眨眼睛："你住在这里？"

贺轻舟倒是承认得坦然，隐约还有点炫耀的意思："和她对面楼，三分钟的路程。"

宋邵安："……"

察觉出宋邵安还想说些什么，贺轻舟打断了他："你也别想再拿我失忆那段时间的事情刺激我，这是我和江苑之间的事，我会处理好。"

钥匙插入锁孔内，左右扭动，轻轻一推，门开了。

　　宋邵安的声音从身后飘来，恰好起了风，他的声音似乎也被撞得七零八落，落进贺轻舟耳中时，便只剩下一些零零碎碎的音节："那你也知道，她因为你，抑郁症复发的事吗？"

　　零碎的音节，最终被拼凑成了一句完整的话。因为他，江苑的抑郁症复发了。

　　开门的手突然不受控制地颤抖起来，在那一瞬间，毫无缓冲之下，贺轻舟觉得全身都僵硬得可怕。从脸开始，再到手脚，再到整个身体。

　　贺轻舟不相信，觉得宋邵安故意在用这种话刺激他："什么抑郁症？她的抑郁症早好了。"

　　贺轻舟想把钥匙从钥匙孔里拔出来，但手却使不上力，试了几次都不行，最后只得作罢。算了，就这样吧。反正他一个大男人独居，也不怕有人进来。

　　生怕宋邵安会再说出些什么来，贺轻舟反手把门关上。算得上窄小的客厅，有一股消毒水的味道，也不知道是不是保洁打扫完屋子以后忘了开窗通风。

　　贺轻舟突然一时不知道该做什么了。回到家后的第一件事是做什么来着？是先换拖鞋还是先开灯？

　　贺轻舟反应迟钝地往屋里走，黑漆漆的房子里，只有一点从窗帘缝隙处透进来的光，可以忽略不计的那种程度。他漫无目的地走着，不知撞到哪儿了，膝盖重重地磕了一下，他顿时像被卸掉了全身力气一样失去了重心，摔在地上。手腕磕伤了，却感受不到疼痛。

　　抑郁症是怎样的？贺轻舟没得过，也不是医生，所以不能太准确地体会。

　　但他是见过的。江苑无数次用刀片割破自己的手腕，也曾经偷偷攒过安眠药，甚至还尝试过上吊。每次被救下来了，她都会告诉贺轻舟：

"我不怕死的，对我来说，死亡是一件很幸运的事。"

江苑说："我有百分之五十的可能性去天堂，比活着幸运。"她说这种话的时候，脸上是没有任何表情的。也不能说没有表情，她的表情是漠然的，脸色是苍白的。

相比江苑的平静，贺轻舟反而是情绪起伏最大的那一个。恐惧让他浑身发抖，也让他脸色惨白。他抱着江苑，像抱着一个残破不堪的破旧娃娃。他想努力把这个娃娃缝补起来。

陪伴大概是这个世界上最具有治愈能力的一件事。贺轻舟从来不会用累赘的言语来鼓励江苑，而是用自己虽然笨拙，但却真诚的行为，一次又一次抚平她所受的伤痛。

贺轻舟带江苑去看大象，也带她跳过伞。去大草原骑马，江苑不敢自己骑，他就替江苑牵着缰绳。他们一起见过山顶的日出，也在雪山前面哆哆嗦嗦地拍过照片。在高山上吸氧，甚至因为高反而输液。江苑像是一只被困在纯金牢笼里的雀鸟，只有和他在一起，她才能见到外面的世界。

贺轻舟一直很庆幸，他的陪伴是有效的。江苑开始积极治疗，最后终于摆脱了纠缠她这么多年的顽疾。

可是，把她拉离悬崖的是他，推她再入深谷的也是他。

贺轻舟笑了下，怎么可能。

不会的，江苑才没有那么脆弱。

贺轻舟摸黑点了根烟，空气中却有股焦煳的味道，等他看仔细时，才发现自己点反了。

烟从贺轻舟的指间掉在地上，那点微弱的火星子被撞碎，成了一粒粒星子，直到彻底熄灭。

黑夜里，贺轻舟突然无力地低埋下头。明明不大的哭声，却因为极度痛苦，而显出几分悲怆。

窗外，风更大了一些，干枯的树枝擦碰出嘶哑干燥的声音。

大概是多亏了贺轻舟昨天晚上细心的照顾，每次感冒最少两天打底的江苑，这次竟然罕见地睡了一觉就痊愈了。她起床洗漱了一下，然后去外面把衣服收进来，正好看见戚穗岁从家里出来，背着个书包。

这个时间点，早就错过了早自习，所以戚穗岁匆匆忙忙地咬着一袋牛奶，往公交车站跑。

江苑看着戚穗岁充满活力的背影，突然有些羡慕。她好像从来没有过这样的时候，没有过这种青春该有的样子。她回屋换好衣服，早饭准备自己煮粥随便对付一下，却听到外面有人敲门。

江苑过去将门打开，看到门外放着一个保温食盒。迟疑片刻，又回过头去，看到屋子里那个，没被拿走的食盒。

江苑左右张望一番，什么也没瞧见。她于是拿出手机，想给贺轻舟发了一条短信询问，然而手指悬停在输入界面上方许久，最终还是放下了。她其实一直都知道，除非从这个国家彻底离开，不然她是摆脱不了过去的。

那些社交网，那些人际关系，他们想弄清楚自己的踪迹，太简单。也包括她所谓父母。

食盒她最后还是拿进去了。揭开盖子，里面的食物很丰盛。粥是雪梨枸杞的，甚至还煮了姜茶，热腾腾的，冒着热气。

这些东西她肯定是不会吃的，只是在桌上放着。

江苑自己随便做了些简单的早餐，凑合着吃完。

吃饭中途，有人在外面敲门。

江苑以为是贺轻舟，过去把门打开，看到的却是宋邵安。

宋邵安仍旧西装革履，戴一副金色细边眼镜。闻到早饭的香味了，他笑容温和地问："希望没有打扰到你吃饭。"

江苑其实很不会处理人际关系，她一直以来都是会把话说得很清楚，但对方若是始终坚持不懈，她便没了别的方法。

似乎是算准了她除了无动于衷的清冷，不会做出太过激的举动。譬如，在上门之后，将对方毫不留情地赶出去。

宋邵安进门以后，看到那个食盒，沉默了几秒钟，问江苑："轻舟来过了？"

江苑摇头，没说多余的话。

如此，宋邵安便懂了。大约是不敢见她，东西八成是偷偷放在门口的。昨天晚上他其实也反省过，他那么直白地说出那些，会不会太过分了一些。明明他深知江苑在贺轻舟心里意味着什么。

毫不夸张地说，在贺轻舟心里，江苑的命甚至比他自己的还要重要。接二连三的打击，他再强大恐怕也扛不住。

宋邵安把那盒包装精致的糕点放在桌上："特地从北城带来的，翠芳斋的糕点。"

江苑点头，向宋邵安道谢，但那声"谢谢"的语气不咸不淡的。

宋邵安也不介意，仍旧笑容温和，安静地瞧她。

江苑咬着筷子，偶尔会看一眼那个食盒。

宋邵安注意到了，脸上的笑容不受控制地微微停滞，自然垂放在腿上的手，也受了情绪的影响稍微握紧。其实也应该习惯的。

贺轻舟在江苑的身边陪了那么久，哪怕江苑放下他了，但和其他人比起来，他的存在相比江苑来说，也肯定会特殊一些。

宋邵安看见桌上忘了收起来的感冒药了，关心地问道："感冒了？"

江苑收回视线，再次摇头："已经好了。"

宋邵安便松了口气："那就好。"

江苑的身体不好，以往生个病总得在家里躺上好几天。

　　贺轻舟每次都会逃课去陪她。

　　他们上的重点高中，管得严，正好那会儿又面临高考。

　　宋邵安和贺轻舟两个跳级生，是学校拿来冲击高考状元的好苗子，自然是被重点关照的对象。但贺轻舟还是想尽各种办法逃课。

　　其实抛开那些家庭因素带来的光环，贺轻舟自身就是顶优秀的一个人，他好像没有缺点，无论在哪方面。文理不偏科，体育也是他的强项。

　　贺轻舟曾经的梦想是踢足球，甚至还总吊儿郎当地和江苑说："国足没希望，还是得靠他来拯救。"他在江苑那儿没个正形，说话也总是一副玩笑做派。但江苑知道，吊儿郎当的贺轻舟，无论做什么，都是认真的。他的成功也不全是因为天赋，但那些人，好像总是因为他的天赋，而忽略了他的努力。

　　最起码，在贺轻舟把整颗心都放在江苑这儿时，人人都在背地里嘲讽他。说他肤浅，看人只看脸，被一个私生女耍得团团转。

　　江苑有时候也会想，以往总是站在金字塔顶的天之骄子，生平所承受过的，最具有侮辱性的话，好像都是因为她。

　　电视里在放《熊出没》，宋邵安坐了一会儿，原本是想和江苑聊会儿天的，但江苑实在太安静了，安静到连呼吸声都是微弱的。

　　实在不知道该说什么了，宋邵安便告诉江苑，他是今天下午的飞机，待会儿要去取证，可能中午就得离开。

　　江苑点了点头，也没说多余的话。

　　宋邵安垂下眸子，喝了口她给自己泡的茶。说不难过是假的。换作任何一个人，被自己爱慕的人这样对待，纵然钢铁般的心脏也会一点一点被腐蚀。

　　离开前，宋邵安看到江苑放在柜子上，忘了收进去的药。

——治疗抑郁症的药。

宋邵安的声音卡在喉咙里，好半天才问出来："你的病，好些了吗？"

注意到宋邵安的视线，江苑也往那边看了一眼。她知道宋邵安问的是什么。

"好多了。"江苑说。

宋邵安点头："那就好。"

开门出去，宋邵安没有立刻离开，而是在门外站了一会儿。眼眸抬起，却分明看到不远处的那间屋子，隔光窗帘拉得很严实。他不确定贺轻舟还在不在里面，也不清楚昨天晚上，他说完那些话以后，贺轻舟那里又发生了些什么。不是没有后悔过，在没有任何铺垫的情况下，那么直白地全盘托出。

没有任何弱点的恶龙，唯一的软肋，只剩下江苑了。是软肋，也是致命伤。

那些天少了贺轻舟的烦扰，倒是清净许多。

老奶奶的身体状况不好，一点小病小灾都得在医院待挺长时间。

这些天没看见贺轻舟，老奶奶便问江苑："那个生不了孩子的男娃娃呢？"

江苑愣了一会儿才反应过来，老奶奶话里指的是贺轻舟。她替老人家把药水换了："应该回老家了。"

老奶奶："老家？"

江苑笑笑："北城。"

老奶奶若有所思地点了点头："北城好啊，北城都是有钱人。"

江苑不置可否，也没在这里多留。她还有其他的事情要忙。

虽然贺轻舟不在她的眼前出现了，但也不是完全没有存在感。每天送到科室的餐点，一应俱全，甚至连其他同事的份都准备好了，留的是江苑的名字和电话，别的信息便什么也没有了。但江苑莫名的，就是知道，东西是贺轻舟点的。

几个同事倒是吃得挺开心，说和大美女当同事就是好，都不用操心每天吃什么了。

江苑也只是礼貌地笑笑，并未多说什么。她没吃，自己下楼买了碗牛肉面。

直觉告诉江苑，贺轻舟在躲着她，至于为什么躲着，她不清楚，也没打算去弄清楚。如果能让他知难而退，那肯定是最好的，她不想让他看到哪怕一丁点的希望。除了她早就放下，还有一部分的原因，是她不希望再让他因为自己而受到伤害了。

苏御再见到贺轻舟的时候，是在一个月后的某场酒局上。

这种重要场合，原本该是他哥来的，但苏父觉得苏御和贺轻舟相熟一些的，虽然他是个草包，但由他去，成功的概率总会更大一点。

一个月没见，贺轻舟瘦了不少，下颚线都比从前更凌厉了。眼神冷淡，有一抹微弱的光，整个人其实没有太多的变化，但给人的感觉就是莫名有种颓丧感。

一杯烈酒下肚，贺轻舟轻轻转动着手中的酒杯，再次仰头时，把杯子里的冰块也全倒进嘴里，咬碎了咽下去。

旁边人殷勤地给贺轻舟倒了杯酒："看来贺二少近来火气挺大啊。"酒倒完了，他笑得暧昧，压低了声音问："要不要泄泄火？"

贺轻舟垂眸瞧瞧那个人，没给回应。

那个人像是能看懂他的意思一般，笑意更浓："我懂，贺二少年轻气盛的……"

贺轻舟低笑一声，把杯里的酒一滴不剩全还给了他。

被浇了一头酒的男人愣在那里，不知道自己哪句话说错了，惹得贺二少不高兴。

那个人最后被保安驱赶了出去。

苏御瞧见了，好奇地坐过来，问贺轻舟："这怎么回事，人怎么还走了？"

贺轻舟低笑一声："管他呢。"只是那笑太过轻浅，只浮于表面，深邃的眼底死寂一片。

苏御瞧着贺轻舟这副样子，心里也怪不好受的。

贺轻舟就是这样一个人，他表达情绪的方式很简单，很少有藏着掖着的时候。所以别人才会觉得他的脾气不好。

但这些明面上能瞧见的情绪都算不了什么，眼下这种，面上相安无事，内里却跟被蛀空的木头一般，才是最可怕的。他是在和自己较劲，和自己过不去。

"舟哥，是江苑和你说了些什么吗？"苏御知道前阵子贺轻舟去找江苑的事，也知道他现在的反常肯定和江苑有关。

贺轻舟倒酒的手不受控制地抖了一下，酒洒了出来，顺着方几流到裤子上，他却好像没什么感觉，只是眸色沉沉地瞧着大屏幕。

不知道是谁点了首挺欢快的歌，MV是某部动漫的剪辑。

贺轻舟突然笑了一下，他看着苏御，声音嘶哑地问苏御："其实遇到我，才是江苑人生最大的不幸吧？"

果然和江苑有关。

"怎么会？"苏御说，"你对她够好了。"

贺轻舟仿佛再听不进去任何话，失魂落魄地低喃着："三年，怎么就能发生那么多事呢？"

哪怕不看贺轻舟的表情，只听声音，也能察觉到他的痛苦，仿佛有人拿着锤子往他心上敲，只需要一下就玻璃似的七零八落，更何况这么多下。

贺轻舟靠坐在上沙发上，盯着大屏发呆。贺二少几时有过这么落魄的时候，那是雪山巅上睥睨众生的人啊。酒杯在他手中晃了几下，他再次陷入长久的沉默之中。神智和五感仿佛都消失了一般，被封存在自己的内心世界之中。

应该放手吗？可是怎么舍得放手呢？是他爱了那么多年的人。但又不敢靠近，连看她一眼都不敢。这些天他不大想见人，能推的局都推了，今天这场实在没法推。

本身就快半个多月不在北城，一些必要的场合还是需要他亲自过来的。随便找了个借口，也没在这儿留太久。

司机过来接贺轻舟，上了车后排，他就把领带解了。看着窗外的街景，那是他从小长大的地方，熟悉得让他闭上眼睛都能摸清楚每一条路。

司机发动车子前询问了一句："先生，去哪里？"

贺轻舟揉了揉眉心，因为司机的话，意识恍惚了一下。

见贺轻舟半天不开口，司机便自作主张地问："回家？"

贺轻舟摇了摇头，说出一个地名。

这个时间点，刚下晚自习，校外的学生很多，都聚在街边的小吃摊前。

贺轻舟进了一家面馆。老板拿着菜单过来，看到他了，先是一愣，然后熟络地笑道："这都多久没见了，长这么大了。"

贺轻舟也笑了笑："是挺久的。"

老板接着问："吃点什么？"

贺轻舟说："牛肉面吧。"

老板见他是一个人："那小姑娘呢？不给她也点一碗？"

贺轻舟愣在那里，好半天才缓过神来，点头说："两碗，她的那碗不要葱，少放辣。"

老板说："我记得她挺爱吃辣啊。"

贺轻舟轻声笑笑："她这些年饮食不太规律，肠胃不行了，一吃辣肚子就疼。"

这个点儿人挺多的，贺轻舟等了好一会儿，面才做好端上来。他的那碗，面上浮着一层辣椒的油光，而他对面的那碗，则少葱少油。他把自己碗里的牛肉全部夹过去，仿佛怕她吃不饱一般。然后低头大口吃了起来。

周围穿着校服的学生来来往往，有说有笑的，这样的画面，熟悉又遥远。

以前江苑也是这群学生中的一员。晚自习下得晚，贺轻舟不放心她一个人回家，便每天都来接她，之后在这家面馆吃一碗面再回去。

江苑吃东西的样子很秀气，一根面咀嚼好多下才咽下去，每次贺轻舟都吃完了，她还剩大半碗。

那个时候店里的墙上还挂着镖靶，老板说，扔中十环五次就能免费送一个娃娃。贺轻舟次次都能投中。但江苑说人家小本生意，赚不了多少，每次都没要。

贺轻舟就问她："那你说我厉不厉害？"

江苑把剩下的半碗面推到他面前，笑着夸他厉害。

贺轻舟捏她的鼻子："又让我吃你的剩饭。"他说这话时，眼里是带着笑的，一种满足的笑。

后面那桌吃完了，老板过来收碗，见他低头吃面，眼泪却掉进碗里。

老板的动作稍微停顿了一下，担忧地走过去："怎么哭了？"

贺轻舟笑了笑，说没事："面太辣，呛着了。"

奶奶第五次问起贺轻舟，眼神里多出了些担忧："那孩子该不会是因为我上次说的那些话，所以生气了吧？"

江苑笑了笑："不是的，怎么会。"

奶奶："那这些天怎么都没见到他呢？"

老人家身体的免疫力差，健康问题更是牵一发而动全身，受上次那事的影响，也怕扯出其他病来，于是打算过些天就办理出院，回家静养。

江苑照常给她做完了一系列的检查，让她别多想，好好休息。

奶奶却拉着江苑的手，执意在那件事上坚持："可不能因为奶奶上次的话而去闹情绪。他虽然脾气差了点，但是个好娃娃，不能生就不能生，冲动不得。"

江苑有些无奈地笑道，为了安抚好她的情绪，便顺从地点头："知道了，奶奶，我会和他好好的。"

闻言，奶奶松了一口气："婚姻就是女人的第二段人生，嫁对人，比投生到对的家庭还要重要。"

从病房里出来后，江苑碰到了赵婷婷，她是和江苑同一批的研究生。

两个人负责的区域不同，赵婷婷刚查完房出来，累得两条腿都打哆嗦："站了一天了，我觉得我现在比起钱，更需要一张椅子。"

江苑把笔卡进白大褂的口袋里，安慰她："马上就下班了，再坚持坚持。"

赵婷婷揉着自己的肩膀，放松肌肉，问她："对了，乡下义诊你报名了没？"

江苑点头："教授帮我报了。"

赵婷婷说："我本来也打算去的，但时间点对不上。"

江苑："以后还会有机会的。"

赵婷婷："我其实挺佩服你的。"

听到赵婷婷这么说，江苑轻声笑笑："是吗？"

赵婷婷佩服江苑，明明看上去一副需要被人保护的娇柔模样，却比谁都坚韧，有毅力，从来不喊苦不喊累。那些别人不想碰的脏活累活，她也毫无怨言，更别说她那个当无国界医生的伟大志向了。

一天的工作结束，江苑换了衣服回家。

在街口的菜市场买了点蔬菜，准备回家做个清炒时蔬。

经过某个大门紧闭的屋子时，江苑的脚步有片刻的停顿，但也只是片刻而已。

直到上了台阶，看到站在自己家门外抽烟的男人，她才彻底愣在那里。

很显然，她从未想过有一天会被他找上门来。或许是安稳的时间太久了，让她忘了自己还姓江。

江城见到江苑了，扔了手里还剩大半支的烟，用脚踩熄："电话号码换了，微信也联系不到你。江苑，你的眼里到底有没有我这个父亲？"

是真的入冬了吧，江苑感到彻骨的寒冷，冷得发抖。手里提着的蔬菜也掉在地上。她也不知道自己到底深呼吸了多少次，指甲都陷进肉里了，才有力气问出那句："你来找我，有什么事吗？"

"没什么事。"江城的语气和蔼，眼神也温和，"只是想来看看我的女儿过得好不好。"

江苑连开门的手都在发抖，钥匙好几次错开锁洞，好不容易将门打开。

屋子里带着寒意。灯打开，小乖喵呜一声从沙发上下来，跑到她脚边要撒娇，却在看到那个陌生的来客以后，吓得直往后缩，身子弓起，后背的毛也立了起来，一副警惕带着敌意的姿态。

江城四处看了看，眉头皱着，透出嫌弃："你就住在这种地方？"

江苑给江城倒了一杯水："我挺喜欢这里的。"

"又破又旧，有什么好的。"别说这杯水了，江城连这里的椅子都不肯坐，嫌脏。

江苑看了一眼干净到不见一粒灰尘的椅子，收回视线，安静地喝水。

江城倒也没拐弯抹角，很快就从房子破旧的言论切入了正题："你看看你，从江家搬出去以后住的都是些什么地方。你恨你继母我能理解，她有些方面确实做得不够好。但我是你父亲，我总归不会害你。你狠心不与我联系，可我做不到。你要真想学医，我如何能拦得了你。北城不比这儿好？你还是同我回去，别在这儿受罪了。"说完他又四下看了一眼，"你瞧瞧，这都是什么贫民窟。"

江苑没有说太多的话，放下杯子，只平静地问了一句："有合适的相亲对象了？"

一句话，便直入主题。江苑曾经也是期待过父爱的，但一次又一次的失望后，她便彻底死了心。这种东西，于她来说还是太奢侈了。

似乎没想过自己的意图被这么直白地指出来，江城先是沉默了几秒钟，然后才拿出照片给她看："新发建材的小儿子，性格好，脾气也好，比你还小两岁。"

江苑看着那张照片，是很典型的唐氏综合征长相。她笑了一下："您有那么多女儿，她们都是宝贝，只有我是用来交易的物品，对吗？"

江城的眉头皱着："你这说的是什么话，难道你嫁过去还是委屈你了？"他的语气坚决，不留给她丝毫的退路，"见个面而已，又不是要你的命。你要是不肯去，医院那边我有办法让你待不下去。"

江苑看着面前这张脸，这张让她妈妈在死亡前，都心心念念的脸。突然觉得，怎么能有人长得这么面目可憎啊。

"我是您的亲女儿，您有没有，哪怕是一刻，觉得对不起过我？"江苑说这话时，声音已经有些哽咽了。她少有这样的时候，但现在实在是忍不住了。太难受了，心像是被使劲揪着一样疼。他是她在这世上唯一的亲人了。他明明很爱他的女儿们，为什么却不肯把这些爱，稍微施舍一点给她呢。她也是他的女儿啊！

　　江苑是一个很胆小的人。小的时候，她有很多东西都不敢尝试。因为只要每次她开口，父亲都会以一种质疑的口吻打击她："你能行？你怎么可能学得会？别想了，你做不好的。"

　　久而久之，她仅剩的那点积极性就没有了。下次遇到同样的问题时，她的第一反应，就是逃避。

　　——她不行，她怎么可能学得会，她做不好的。还没开始，便先想着放弃。

　　是从什么时候开始多出了那一点勇气的？

　　是贺轻舟告诉她，别害怕，有绳子绑着，摔下去也没事，也是贺轻舟在她学骑马时，第一次松开缰绳。

　　夜色很黯淡，连半轮月亮都看不见。

　　江苑坐在书桌前发呆，窗帘拉开，想看月亮，却只看见黑乎乎的天空。

　　小乖早就睡着了，甚至还打起了呼噜。原来猫咪也会打呼噜，从前竟然没有注意到。

　　那种铺天盖地的疲惫感，让江苑抬不起头来，只能趴在桌上，任凭眼泪濡湿纸张。她终于明白，自己的反抗确实毫无意义，如同蝼蚁，居然妄想撼动大象。她没得反抗，也反抗不了。哪怕深知有一就有二，可她到底不敢拿自己好不容易守到今天的安宁去赌。那个人做得出来的，这种事情，他做得出来。

　　江苑在心里安慰自己，没关系，要不了多久了。到时候只要出国，她就可以摆脱这一切了。

　　那个晚上，江苑没怎么睡，意识反复地在清醒和混沌中交替。每次睁开眼睛,都仿佛闭上眼睛是在上一秒,毫无睡着的感觉。看一眼窗外的天际,鱼肚白都露了出来。

小乖自己趴在沙发上玩。

江苑没有胃口,只给自己煮了杯牛奶,换上衣服后,带小乖去宠物医院寄养几天。医院那边没请假,而是和同事申请了调休。

两天而已,江苑不想在那边待太久,但会发生什么未知的事情,她也不太清楚。包里备着防狼喷雾,他总不能强迫她吧。江苑深吸一口气,在心里安慰自己。

飞机降落在北城机场,这个熟悉而又陌生的城市,让她没由来得感觉到不舒服。她果然还是讨厌这里,身体和心理都下意识地抵触。

出了机场,随便拦了辆出租车,去到附近酒店办理了入住手续。

行李放下后,她先去洗了个澡。

江城给她的见面时间和地址是在晚上八点,一家酒店二楼的餐厅。

江苑戴上耳机,听英语单词,练习口语。哪怕再没力气,都得争分夺秒的学习。

北城近来的天气一直不怎么好,阴霾天的可能见度很低,路上也少有行人。

兴许要等一场雨冲洗过后,才能让这座城市变得干净一些。

江苑昏昏沉沉地睡了一觉,却也没睡多久。醒来的时候,才六点半。她只希望赶紧把这顿饭吃完,如那个人所愿,然后她就能够回去了。

应该能够回去的吧?

江苑点开手机自带的日历,计算自己离开的时间。居然还要等这么久。

晚上七点半，她出门拦了辆出租车，报出地名。

一直到餐厅，见到来人，她脸上的神情都是一如既往地冷淡。

穿着简约，却又处处透着华贵的女人，此时正哄着自己那个调皮的儿子。掰好了橘子递到他嘴边，喂给他吃。橘子皮里泛出的汁液，带了点微苦的清香。

江苑礼貌地同她打过招呼，迟疑片刻，拖出椅子坐下。

这里是会员制，并且对接待的客人也是有要求的。所以说，有钱，也未必能进来。也正是这样的原因，难免会碰到不少旧日熟人。

几个打扮优雅的女孩子走进来，看到江苑，彼此交换眼神，眼中带着笑意。

隐隐约约的议论声如同石头一般砸进她的耳朵里。

"从贺轻舟换到这个傻子，看来被抛弃后她的生活质量是真的下降了不少。"

"别说了，她也挺惨的。"

"有什么惨的，贺轻舟喜欢了她那么多年，她也不亏好吧。"

"你为了个男人至于吗？人得罪你了？犯得着说嘴说这么久。"

"啧，你到底站哪边啊？"

"我当然是站你这边，我就是觉得女孩子为了男人去为难女孩子，很蠢。"

"得，懒得和你争，吃完饭还要去泡私汤呢。"

议论声随着她们走远而彻底消失，妇人显然听到了，不过也只是微微皱了下眉，低声呵斥一声："没教养的丫头。"然后便笑着询问江苑，"听你爸爸说，你是医生？"

江苑点头。

妇人笑容里顿时多了几分满意："医生好呀，医生懂得照顾人。"

那个男孩子伸手就要去抓盘子里的澳龙，妇人轻声哄着："乖宝，别用手抓，当心伤到手。"

他却拼命地摇头，情绪激动地用手去推桌子："我就要！我就要！"

妇人替他把嘴擦干净："让苑苑给你切好不好？"

"苑苑。"他的嘴里念着这个名字，满眼期待地看着江苑。

妇人笑着问他："喜不喜欢苑苑？"

他红着脸，点头："喜欢。"

妇人接着问他："那让苑苑做你的媳妇好不好？"

"好！"

江苑觉得自己在此刻变成了一件商品。

这次见面，也不是所谓的相亲，而是估价环节。

江苑出声打断了他们母子的亲密交谈："阿姨，我没有结婚的打算，很抱歉今天占用了您的时间。"

江苑起身想要离开，那个妇人却笑了一下："儿女婚事，父母总要多操心。再者，这门婚事可是江总亲自上门求的。"

冬日的寒冷彻骨，哪怕室内开了空调，也好像起不到多大的作用。寒气钻进骨头缝里，全身酸痛得厉害。

江苑："他不止我一个女儿。"

妇人的声音冷了下来："江小姐这会儿倒给我摆起架子来了？"

江苑笑了笑，声音里带了几分淡薄的冷，"我从来没被江家庇佑过，所以这根高枝，我也没福气去攀。"她准备离开，但是下一刻手腕就被人抓住。

周星宇拉着她不让她走，抓起桌上的澳龙就往她的身上砸，说她不听话。

那么大一只澳洲大龙虾，还带着壳，砸到了江苑的身上。

江苑疼得瑟缩了一下，想要挣脱开，可她一个女孩子，力气到底不如成年男性的大。

最后是怎么挣开的？

事后江苑想起，也记不起具体细节了，她只记得，周星宇的手腕被人捏住，站在那儿哭。

妇人哭着喊保安。

周太看到是贺轻舟，哭着说：“我儿子还小，不懂事，您高抬贵手。”

贺轻舟瞥她一眼点了点头，拉着江苑就走。

夜色昏暗，哪怕四周都是霓虹灯景。

江苑去药店买了些碘伏，自己给自己消毒。

贺轻舟在附近抽烟，不敢过去。他原本说要送她去医院的，但江苑说这点小伤去医院未免太过于多此一举，她自己就能处理好。

处理完了，她抬眼往前面看了一眼，发现贺轻舟正看着她，眉头轻轻皱着，满是担忧与心疼。

在对上江苑的视线以后，又匆忙移开，仿佛在躲避着什么。

江苑把药和棉签收好，起身过去：“刚才，谢谢你了。”

贺轻舟忙掐灭指间的烟，手在面前挥了挥，似乎想让这些呛人的烟雾赶紧散开。可在看到江苑恬静的笑容后，他又有几分无力地停下了动作。

那些造成的伤害是实质性的，就跟二手烟一样，一旦吸入，就是不可逆的。无论做多少补救都是无用功。

沉默了很久，两个人都没说话，就这么沿着人行道一直走着。

北城和江北的不同之处在于，北城的路边种了很多很多树，哪怕在冬日，也仍旧有常绿不败的品种。

路上很安静，没几个行人。忘了是因为什么，两个人变成了一前一后的状态。好像是江苑先离开，贺轻舟迟疑了几秒钟才跟上。以他的腿长，一步就能轻松追上她。可他却始终保持这样不近不远的距离。能看见她的背影，却又不会离她太近。

江苑走过一段路，空气中遗留着她身上的花香味，贺轻舟再经过时，那股淡淡的花香便像是落在了他身上。

忘了走了多久，他们最后停在一个公园里。公园其实很早就废弃了，秋千都生了锈，以一种诡异的姿态卡在那里。

江苑难得有一次，不在乎细节，随意地坐在了路边的花坛边上。

雾霾散去，终于得以看见月亮。不圆，只剩半轮，但是够亮。

江苑冲贺轻舟笑了笑，问他："还记得这里吗？"

直到这一刻，贺轻舟才突然惊觉，江苑其实一直都是他记忆里的江苑。那个笑起来，眼尾会微微下弯的女孩子。难过了就自己偷偷躲起来写日记的江苑。

变的是什么呢？变的其实是他。是因为他的变化，打破了这段原本平衡的关系。

那种让人无能为力的难过再次席卷过来。

贺轻舟走过去，在她身旁坐下："记得，还是你带我过来的。"

江苑的秘密基地，一个破旧到被人遗忘的角落。她什么都争不赢别人，就连难过时藏起来的地方，也是别人不要的。但她却视若珍宝。

江苑告诉贺轻舟："其实这个地方，我只告诉过你一个人。"

贺轻舟身子一震，很长时间都说不出话来。

江苑不再说话，开始认真地看着月亮。真好看啊，她一直以来都喜欢的月亮。

贺轻舟将头靠在江苑的肩上，动作很轻："先别推开我，我就靠一会儿，一会儿就好。"

　　可是他言而无信，明明说好的一会儿，却靠了很久都不抬起来。

　　微微沙哑的嗓音传来，带着一种磁性的质感："听说满月那天在维多利亚瀑布，会看到彩虹和月亮对接的景观。我们以后一起去看，好不好？"

　　"贺轻舟啊。"江苑笑着摸了摸他的脸，"可我是胆小鬼，没有第二次勇气了。"

第十一章

余温

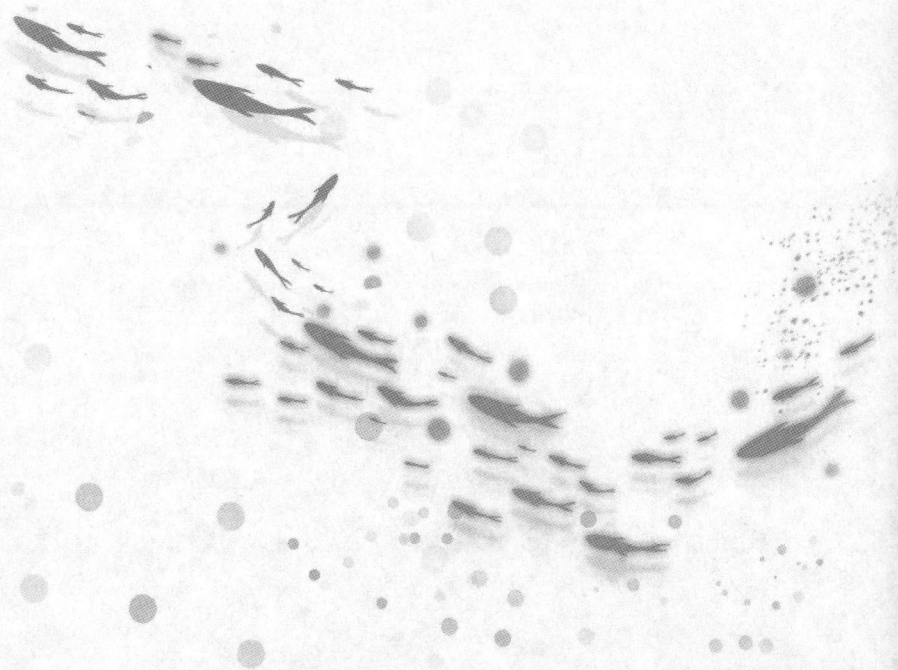

江苑看上去那样平静，又似乎天生带着对众生的悲悯。过去的都过去了，她并不憎恶任何人。

慌乱无措的，只有贺轻舟一个人。他握着江苑的手，向她道歉，语无伦次地说了很多话。甚至连主谓都缺失了，慌乱之中，自己想表达的话也说不明白。

那段时间的贺轻舟，虽然什么都忘了，但在看到江苑时，总是莫名有种抵触和恐惧。他厌恶那种感觉，便以为自己也厌恶她。

"我是个不折不扣的烂人，让你一个人难过了那么久，是我不好。"贺轻舟说，"江苑，我不求你原谅我，我也不求你再给我一个机会。你先别离开好不好，至少，偶尔让我见你一面。"他怎么可能不知道她在打算些什么。小的时候他就知道，总有一天江苑会离开。只是无论是离开他，还是离开这个世界，哪一种他都没办法接受。

察觉到贺轻舟的手在抖，江苑轻声安抚他："贺轻舟，我说过的，我从来没有怪过你。反而应该感谢你。"江苑说，"谢谢你。"

心似灌了铅，垂直地往下坠，连带着每一寸肌肉都被拉扯。疼吗？当然会疼。贺轻舟用一只手死死地按着膝盖，不动声色地隐忍着："我不要谢谢，江苑，你别和我说谢谢。"

江苑好似直接忽略了贺轻舟这句近乎哀求的话，再次抬头去看月亮。幼时便常做梦，企图将它占为己有。因为太美了，美到不舍得让别人也看到。后来才惊觉，其实她不过是沾了别人的光，方才得以窥见这么美好的月亮。人不能贪心，不能什么都想要。

从前她学医，是为了有一技之长，得以逃脱这个家庭。后来她学医，是因为理想。或许她是平庸的，但她的理想却不平庸。她与贺轻舟，本身就是在两条不同路上行走的人。曾经短暂地相交，是缘分，却不长久。不遗憾了。

"你没有做错任何事情。"江苑说，"贺轻舟，你别哭。"

相亲之后的烂摊子，江苑也不知道是怎么处理的，她改签了机票，次日就回了江北。

出乎她意料的是，她搞砸了江城大费周章求来的婚事，他却没有找她兴师问罪。这件事情好像就这么翻篇了。

如果不是后来听周嘉茗偶然提起，她还真的以为自己那个冷血的爹突然良心发现。

周嘉茗："我也是听苏御说的，他说贺轻舟第二天就去找了你爸，至于说了些什么，他也不知道，但你爸突然就老实了。"

自从之前正月十五一起吃了顿饭后，周嘉茗和苏御的联系就日渐密切起来。

江苑听完后，沉默良久，然后点头，声音很轻："这样啊。"

周嘉茗一直觉得江苑与贺轻舟的关系有些微妙的诡异。说没感情吧，不是。但他们不在一起，好像又是一件情理之中的事。也不能说他们不相配，郎才女貌，是只看外表都觉得天生一对的人。可他们给人的感觉，就像是两杯没法相融的液体，分开就是迟早的事。

　　周嘉茗又东拉西扯地和江苑说了很多，问她最近过得怎么样？工作累不累？

　　江苑说还好，不怎么累。

　　周嘉茗就知道她会这么说，江苑是出了名的受伤也不会喊疼，累也不知道休息。她难免有些担忧："就你这个老实本分的性格，去到那些条件艰苦的国家，还不得累死啊。"

　　江苑笑了笑："累就累点，反正还年轻。"

　　周嘉茗似乎被她这个回答弄得无语了，沉默了好半天才问她："打算在国外待多久？"

　　江苑没有给周嘉茗太准确的回答，因为连她自己也不清楚。兴许就不回来了。

　　周嘉茗深知做这个事的人信念感大多都很强，尤其是江苑这种话不多的沉闷性子，她做好的决定，便很难被改变。但她还是多劝了几句："我觉得你还是要想清楚，太危险了。我前几天看新闻，有三个无国界医生在国外的动荡地区丧生了。"

　　其中的危险性，江苑很清楚。她向周嘉茗道谢，说她会好好考虑的。

　　周嘉茗知道，江苑说的好好考虑，不过是为了让她安心罢了，叹了口气，便不再多说。

　　她们又闲聊了些其他的话题，便结束通话，各自忙自己的去了。

　　洗澡的时候，江苑去拿毛巾，经过镜子时，看到自己的肩膀。她太瘦了，肩膀都能瞧见骨头的形状，也不知道贺轻舟今天靠着，觉不觉得硌。不知道自己为什么突然想到这个，她低下头，被自己乱七八糟的想法给逗笑了。

　　洗完澡，江苑穿着睡衣躺在床上，刚换的床单，触感柔软，让人的心情变好。她拿着手机，抬头看天花板，温暖柔和的灯光，叫她全身都映上暖色。其实这样已经很好了，她的人生走上正轨，开始正常的生活。

怕只怕，再有人来动摇她。

江苑重新回到医院，科室里的几个护士、医生常笑着调侃她，问她是不是偷偷回去相亲了。这个年纪的单身男女，好像被人问起最多的问题，便是婚姻大事。江苑也只是笑笑，并不做过多的回答。

近来奶奶问起贺轻舟的次数越来越多，她好像对他的印象很不错，明明初来时说的那些话差点把他给气死。

"奶奶活得年岁多了，看人不会错的。"她语重心长地劝说江苑，"如果是闹别扭了，你就去哄两句。他看你的那个眼神，我能瞧出来，他的心里只有你。女人嘛，总得大度些，该低头的时候就低头。"

江苑温顺地点头，趁奶奶注意力不在这儿的时候，将她的血管拍明显，针头扎进去。她立刻疼得回神，哎哟哎哟地叫着。

江苑笑容温柔，哄着她："不疼不疼。"

奶奶生气了，躺在床上，翻了个身不再理她。

护士冲江苑耸耸肩，嘴巴无声地做了几个口型："完了，江医生要被针对了。"奶奶发起病来很记仇，而且记仇还只记一个人的仇。小护士就因为给她换衣服的时候不小心把她弄疼了，她就变着法地找碴。

江苑轻笑着把东西收好，并不在意。

后天就要去乡下义诊了，东西要提前一天收拾，然后乘坐医院的大巴过去。因为路途遥远，再加上那边的位置也偏僻，所以医院对外开放了几个志愿者的名额。虽然苦点累点，但能够学到不少东西，所以来报名的大多都是未来想往这方面发展的学生，以及一些热衷于做公益的热心人士。

他们早上六点就得集合出发。

清晨起雾，冷得人的手脚都仿佛浸在雪水之中。

此行十来天，冬天的衣服也厚，满满当当地装了一行李箱，行李箱险些关不上。江苑费力地拎着箱子，却高估了自己的力气，低估了箱子的重量。

一打滑，箱子就这么掉了下去，好在有人及时扶住，才不至于让它狼狈倒下。那双的手骨节分明，白皙修长，极富力量感。一只手便将那个箱子放了进去。

江苑向他道谢，谢字到了嘴边，看清来人的长相后，又婉转地变了几个音节。说出来的话，连她自己都听不清是什么。

贺轻舟里面穿了件白色的高领毛衣，外套是医院统一发给志愿者的，普遍都大了些。别人穿着都过宽的肩线，在他身上倒完全被撑得笔直，好似雪中的松柏，在雾里也显得清绝。

大约是在江苑这儿头低得太久了，便让人忘了他也是让人仰慕的天之骄子。平日里不近人情惯了，身上也少有烟火气，但此刻却穿着质朴的志愿者服装，坐上了载客量大的大巴车。

江苑没有多此一举问他为什么在这里，道过谢后便上了车。

随便找到一处空位坐下，有后上来的男医生在询问过她的身边有没有人时，便颇为紧张地坐下，脸微微泛红，些许紧张。

再然后，是整理好一切，上车的贺轻舟。他看了一眼江苑，又看了一眼坐在她身边的男人。眼神黯淡几分，在与他们相隔一条过道的位置坐下。

贺轻舟旁边坐着的，同样也是志愿者。看年龄不大，十八九岁的模样，自上车后嘴便没住过，问了他不少问题。

贺轻舟只当没听到，戴上外套的连帽便开始闭目养神，可这个神怎么都集中不了，总是忍不住睁开眼睛，看向身侧。

好在江苑与不熟悉的人都会保持一些距离，不过分冷漠，却也不过分亲近。柔得像杯水，摔不烂，砸不碎，也难以融合。

山路不好走，大巴车颠簸了好几个小时，车上已经有好几个人忍不住，下车去吐了，也包括坐在江苑身边的那个男医生。趁他下车去吐时，贺轻舟擅自换了位置，在江苑的身边坐下。

江苑原是闭着眼睛在休息的，后来闻到那股淡淡的乌木香，便睁开了眼睛。

贺轻舟知道江苑在看自己，有些心虚地别开眼。

江苑瞧见贺轻舟这副稍显稚气的举动，无奈地摇了摇头，却也没说什么。

"之前有过医学方面的经验？"江苑突然问贺轻舟。大约是觉得，他学的专业与医学八竿子打着，被选上实在是令人不解。

贺轻舟沉默了几秒钟，点了点头。

江苑抬眸，感到有些疑惑，等他作答。

贺轻舟再次将视线移开："你们医院新换的那几台机器，是我捐的。"

江苑："……"原来是这方面的经验。

方才那个男医生吐完后上车，见自己的座位早被别人占了，却也没说什么，随便寻了一处坐着，腿肚子都吐得直打战。

又颠簸了半个多小时，终于到了目的地。一处位于半山腰的小山村，挺破旧，也偏僻。

他们的住处就安排在卫生院的几间房里，条件有限，都是住宿舍，上下铺。

江苑犹豫地看了眼贺轻舟。他自小娇生惯养，于他来说，住在这种地方简直就是在历劫。

贺轻舟知道江苑在想什么，替她把箱子提进去："我还不至于连个通铺都住不了。"他确实是有点生气，觉得自己在江苑眼中原来连这点苦都吃不了。但他也没表现出来，就是声音压低了几分。

　　江苑走进去，知道贺轻舟生气了："我不是这个意思。"

　　她的行李箱有个轮子坏了，拖两下就往旁边拐，贺轻舟蹲下身，用手按了按。左右看了眼，找到根木棍，他过去捡来，插进轮子里，三两下就给修好。然后抬眸看她。

　　周围人来人往，他们两个便以这样尴尬的姿势保持四目相对。一个蹲着，一个站着。

　　江苑愣了一下，反应过来他的意思，无奈地低笑，夸他："真厉害。"

　　贺轻舟有些不自然地移开视线，站起身，不再说话，耳朵倒是红得厉害。

　　江苑的笑意扩大了些。明明是他求夸奖，结果反而害羞了。

　　山里的条件虽然落后了些，交通也不便利，但是空气好，待久了便感觉整个人都精神许多。

　　江苑去得晚，只剩上铺了，住在她下面的是刚才车上坐在贺轻舟身旁的志愿者。那个十八九岁的小女生，这次报名也是她父母的意思，为了让她提前熟悉一下工作环境，顺便磨练磨练。

　　这会儿工夫，宿舍的人都熟悉起来，正天南海北聊着天。什么都聊，讲到哪儿便聊到哪儿。

　　也不知这个话题是怎么从给伤患包扎伤口，偏到贺轻舟身上去的。

　　"刚才坐在我旁边的那个志愿者，你们看见没？"

　　"当然看见了，从他上车那会儿我的视线就没从他身上移开过。"

　　"身材绝，长相也绝，完全就是我的取向狙击。"

　　"长得帅的都是你的取向狙击。"

　　"那可不一定，我眼光高得很好吧，我们学校那些所谓的校草可就从未入过我的眼。"

　　瞧见江苑进来了，她们止住了话头，和她打招呼，一口一个江医生叫得格外乖巧。

　　江苑把东西放好，笑了笑："叫我江苑就行。"她铺好了床，拿着水壶出去打热水，准备备着待会儿吃药。

　　江苑这一走，话题便落在了她身上。

　　"这趟出行还真是帅哥美女云集啊。"

　　"我觉得她和你的取向狙击还挺配的。"

　　"配什么，你别乱磕，帅哥是我的！"

　　打热水在统一的地方，是用柴火烧的一口大锅。

　　贺轻舟大约是出来透气，看到她了，同时也看到了她手里的水壶。动作自然地接过去。

　　江苑犹豫了片刻，还是出声道谢。

　　贺轻舟低声"嗯"了一声，算是给过回应。

　　一壶水打满，江苑要伸手去接，被他的手错开："还是我来吧。"

　　江苑笑了笑："贺轻舟，我的力气还可以。"

　　贺轻舟看她一眼，只是问："你的宿舍在哪儿？"

　　那壶热水最后还是他帮忙拿过去的，也没进去，在门口给她。

　　"你小心点，水很烫。"他的眉头间带着忧虑，仿佛她是个手脚不便利的老年人，生怕她摔了还是烫了。

　　江苑笑着点头："谢谢。"

　　贺轻舟不说话，就这么看着她。

　　看着江苑进了宿舍，恰好有人从宿舍里面出来，撞见贺轻舟那个望妻石般的眼神。

　　江苑不算是太过热情的人，她待人不会明显冷漠，虽然天性亲近不了，但最基本的礼貌与教养还是有的。不过对方如果不主动，她也很少主动。性格如此。

床铺好了，江苑将热水放得稍微凉了些，然后吞服药物。

今天是第一天，舟车劳顿的，都累得很，便早早躺下了。

山里到底不比城市，入夜便黑漆漆的一片。偶尔几粒星子投落淡淡的星光，根本起不到照明作用。

冬日里也有虫鸣叫声，虽不如夏夜那般扰人，却也没法忽略。江苑翻了个身，最后拿出耳塞戴上，才稍微缓解了些。

第一个晚上，睡得并不好，不只是江苑，大家好像都一样。

赵婷婷按着腰，嚷着床板太硬，她感觉自己在地上睡了一晚上。

其他几个人也纷纷附和："而且还吵，我昨天两点多才睡着。"

江苑安静地把床铺好，然后洗漱。

山里交通不便利，再加上并不是所有地方都适合修建房屋，还得考虑山体的原因，所以住户都分布得散。有些上了年纪的老人家腿脚不便利，有个小病小痛的，也没法跋山涉水来村里的卫生所。他们这次过来就是为了上门做个简单的健康检查。

因为带的东西多，所以基本都是两个人一组。想和江苑一组的人很多，最后贺轻舟以脸皮过厚胜出了。

贺轻舟也懒得与那些想和江苑一组的人商量，动作自然地替她拎起药箱。眼神挺淡的，看向那群人，分明带了不屑与敌意，连遮掩都嫌麻烦。

过去的路上，不太好走，贺轻舟在前面替她把那些容易划伤人的枯枝清理了。

江苑说："你对人礼貌一些。"

贺轻舟随手扔了手中的枯枝，点头："嗯。"倒罕见地听话。

江苑看着贺轻舟忙碌的背影，略微迟疑："我身上的衣服挺厚的，刮不到我。"

贺轻舟回头看一眼江苑，也没说什么。

两个人一起走了很长一段路，两个人都安静着。

贺轻舟突然问江苑："冷吗？"

江苑摇头："不冷。"

贺轻舟又问："那饿吗？"

江苑还是摇头。

贺轻舟的眼神黯淡了几分，眼皮垂下，挡住大半的情绪。

江苑知道贺轻舟在想什么。他觉得自己没什么用，在专业方面帮不到她，连照顾她这件事都显得多此一举。是从什么时候开始，那么阳光的一个人，情绪变得这么敏感。一点风吹草动，都能让他情绪不稳。江苑大约不明白，也只有在她这儿，他才会变得敏感。

江苑说："好像有点饿了。"

贺轻舟仿佛立刻便来了精神，他把肩上的背包取下来，从里面拿出一盒牛奶和两个还热着的水煮蛋。

江苑问贺轻舟哪来的。

贺轻舟说他没吃，特地留着。大家吃饭都是统一一起的，一碗白粥就点咸菜，两个鸡蛋和一盒牛奶。白粥大约是不好带，所以就没带上。

江苑的眉头轻皱："你不好好吃饭怎么行？待会儿还要走那么久的山路，而且你还背着这么重的东西。"

贺轻舟风轻云淡说了一句："没事，我的体力好。"

极轻的一声叹息后，江苑也不再多说什么。

到了目的地，这儿一共住着四户人家，年轻人都外出打工了，在家的都是些老人家和小孩。

门前的石桌上趴着一个正写作业的小孩，衣服脏脏的，看到人来了，眼神有些羞涩。扔了笔，便躲进屋里去了。

爷爷奶奶们知晓今天会有城里的医生来给他们看病，早就备好了茶，瞧见自家小孙女这样，笑着和江苑说："小丫头怕生。"

江苑笑了笑："挺可爱的。"

贺轻舟把东西放下，然后被江苑拉着坐下。

她问贺轻舟："喝茶吗？"

贺轻舟摇头。

江苑知晓他是不习惯，他何时来过乡村，更别说是这种下雨还会漏水的房子了。

"我老家，其实和这里差不多。"江苑喝了口茶，茶叶涩口，应该是自家茶园里种的。

听到江苑的话，贺轻舟微抬起了头。她放下茶杯，冲他笑笑："其实世界上还有很多穷得吃不起饭的人。"

"没有嫌弃。"贺轻舟抿了下嘴唇，软趴趴地靠在她的肩上，"饿了。"

江苑下意识地想要推开他，却在听到他这句近乎撒娇的话以后，轻笑出声。

奶奶拿了点自家做的糕点出来，结实，扛饿，但就是干巴，得配着茶才不容易噎着。

江苑让贺轻舟自己先吃着，她去给老人家做个检查。

奶奶除了那些常见的慢性病以外，其他的都没什么太大的问题。倒是有个爷爷因为感冒咳嗽了一段日子。江苑给他开了点治感冒的药，打算等明天去配点药水过来，再给他输液。

贺轻舟掀开帘子进去，门槛做得不高，他得低着头："怎么样？"

江苑把听诊器从脖子上取下来："结束了。"

贺轻舟："这么快。"

江苑笑着点头，又看着爷爷奶奶："因为都很健康，身体好得很。"

老人家们一听这话，都开心地笑了："我就说我这身体，再活十年都行。"

江苑笑说："十年少了，三十年才行。"

奶奶笑得合不拢嘴："哎哟，还是城里来的医生厉害，不光长得好看，这医术啊，也好。"

他们非要留江苑和贺轻舟在家里吃饭："奶奶今天烙了饼子，好吃得很。"

江苑原本是想拒绝的，奶奶却说："你们大老远跑来给我们看病，我们感激你们，但也没有拿得出手礼物，这顿饭啊，就当是奶奶的答谢了。"听到她这么说，江苑也不好再推辞，最后还是点头："谢谢奶奶。"

江苑从屋里出来，看到贺轻舟正拿着笔，坐在椅子上，周围那些小孩排着队，人手一本自己的作业。

贺轻舟的眉头皱着，改一个眉头就皱得更深一点。他问旁边那个小孩："八加七等于几？"

小孩抿了抿嘴唇，手指扒拉半天："六。"

贺轻舟："再算一遍。"

小孩改口："八。"

贺轻舟："再算。"

小孩："十。"

贺轻舟："……"

江苑在旁边看了一会儿，然后端了壶茶过去："贺老师，渴了吗？"

看到江苑的那一刻，贺轻舟眉间的阴郁都散了。接过她递来的茶杯，一口就喝完了，看来是真渴了。也是，说了这么久的话，不渴才怪。

江苑："贺老师教得怎么样了？"

"挺好的。"贺轻舟说，"八加七，猜了半个小时终于把正确答案猜出来了。"

那个小孩此时正挠头，自己写着作业，显然贺轻舟已经没了继续教下去的耐心。

奶奶端了一碗烙饼出来，让他们先吃着。

江苑道过谢，拿起一块，咬了一小口。

奶奶满是期待地看着她："怎么样，好吃吗？"

江苑笑着点头："好吃。"

江苑递给贺轻舟一个："尝尝看。"

贺轻舟看了江苑一眼，伸手接过去。

江苑在长椅上坐下，贺轻舟也坐了过来，就挨着她，坐在她的旁边。江苑身上的消毒水味和他身上的乌木香，两种味道混杂在一起，平白生出了几分严肃的气氛。

远处的人家皆起了炊烟，与云雾连在一起，倒也分不清哪儿是烟，哪儿是雾。他们两个谁都没有说话，就这么安静地欣赏山中的风景。

江苑很喜欢这种安宁的时候，这是她一直向往的生活。或许是见他们两个太安静了，怕他们无聊，奶奶便拿了些桃树苗，给了自己正写作业的小孙子："带哥哥姐姐去后山种桃树。"

小孙子一听不用写作业了，乐得把笔扔到桌上，颠颠地跑过来："奶奶让我带你们去种桃树。"

江苑愣了一下："桃树？"

小孙子点头："后山好大一片呢，春天就能开花。"

江苑还没试过自己种树，有些跃跃欲试，但还是尊重贺轻舟的决定，先看向他。

贺轻舟低着头，唇角微挑，大抵是笑着的，反而问她："想种？"

江苑说："还好。"

于是贺轻舟的笑意便更浓了些，站起身："走吧。"想种两个字就差没写在脸上了，还嘴硬说还好。

他们往山里走，贺轻舟的外套也不知是何时搭在江苑肩上的。重重的，但也暖暖的。

说是桃树苗，但其实也已经长得很粗壮了，需要扛着。这种体力活，便由贺轻舟代劳了。

小孙子挑了处不错的空地，给了他们一把铲子，让他们别挖得太深。

贺轻舟接过铲子，三两下就挖好了。

两个坑，两棵树。

小孙子用脚把土踩实了，声音不大："奶奶说过，这桃树第一年结的果子又小又涩，得第二年才能吃。"

"第二年？"江苑也不知道在想什么，有些出神。

贺轻舟瞧见了，以为江苑是不舒服，压低了声音问她："怎么了？"

江苑摇摇头，笑了："没事。"

小孙子还以为江苑是担心到时候来不了，于是说："没时间来的话也没事，我让奶奶给你们寄过去。"

江苑向他道谢，说他这么乖，待会儿让贺哥哥多教教他功课。

一听这话，小孙子的脸色就变了。

江苑没想到他的反应这么大，她说这话也不是为了故意吓他。

想起贺轻舟那张没了耐心便阴沉着的脸，心里也只觉着好笑。连小孩都怕他。

这儿的桃树很多，为了不和别人的弄混，得取个名字区分开来。

小孙子看着他们两个人，等着取名字。

贺轻舟敷衍道："那就叫江苑吧。"倒是挺会就地取材。

江苑故作沉思："我觉得贺轻舟好听一点。"

贺轻舟皱着眉："难听。"

奶奶在前面喊他们吃饭，烟囱里的炊烟停了。

他们三个往回走，挂在树旁的那块木牌上，遒劲有力的字体写着三个字：贺轻舟。

兴许是饮食差异的原因，口味不太适应。江苑倒是没事，但考虑到贺轻舟，她下意识地往他那边看了一眼。见他也没说什么，只是安静地吃着饭。

奶奶和江苑闲聊起来，问他们两个的年龄。似乎理所当然地把他们当成一对了，笑着问道："领证了吗？"

这句话仿佛是个禁区，贺轻舟停下了手里的动作，却也没有太大的反应。好像只是在安静地听，听江苑接下来的回答。

江苑的笑容总是带着礼貌，却又掺杂着一种不太明显的，难以接近的疏离。她很会把握这个尺度，不会让人察觉出不适来："奶奶，我和他不是您想的那种关系。"

贺轻舟垂下眼，继续吃饭。只是握着筷子的手，不动声色地加重了些力道。

奶奶遗憾地点了点头。

吃完饭了，他们也没在这儿留太久。再晚点估计天就黑了，到时候山路不好走。

两个人路上倒也没说太多话。

贺轻舟一直觉得，江苑对他的态度是有所松动的，至少不像先前那样不留余地地拒绝了。可直到刚才，他才后知后觉地反应过来，她只是把自己和那些她需要礼貌对待的人划分到了一起。

路走了一半，贺轻舟的脚步稍微放缓了一些。走路的姿势明显有些怪异，像是在忍耐疼痛。

江苑作为医生还是敏锐地察觉到了，她问贺轻舟："哪里不舒服？"

贺轻舟摇摇头，冲她笑了一下："明天可能要下雨了。"

就如贺轻舟说的那样，第二天确实下起了雨，从早上开始下的，到中午也没停。

她们几个在宿舍打起了扑克，江苑没有加入，而是去厨房帮忙去了。

做饭的是卫生所徐医生的老婆。

他们一家四口平时就住在卫生所后面搭的那个小房子里，给人看病也方便。

看到江苑进来了，她第一反应自然是拒绝江苑的帮忙："这儿我一个人就够了，反正也没几个菜，不麻烦。"她笑得有几分不好意思。

江苑洗了手过来，说没事，她也闲不住，总想给自己找点事做。她在旁边帮忙摘菜、切菜，两个人就这么闲聊起来。

时间倒也过得很快。

吃饭的时候贺轻舟没出来，听和他住一个宿舍的人说，他昨晚没怎么睡，在外面抽了一晚上的烟，半夜又洗了个澡，把那股烟味洗净了才进来。现在估计在补觉。

江苑听到以后，沉思起来。她等他们宿舍没人后，才进去，端了盆热水，还备了张膏药。

贺轻舟此时坐在椅子上，正看着电脑里的各种数据。下周有个招标会，需要他亲自过去，助理提前把资料传了过来。他看得认真，连何时有人进来都没察觉。

江苑拿了张椅子过来，在他旁边坐下："裤腿卷起来，我看一下。"

听到声音，贺轻舟将思绪从工作中收了回来，眼底的严肃敛去几分，竟带了几分自然流露的欢喜："你怎么来了？"

江苑将毛巾放进热水里浸湿，然后拧干："张医生说你昨天一晚上没睡，是膝盖疼？"

贺轻舟把电脑关了，说"没有"。

外人眼中满是城府，心思缜密的贺总，在江苑这儿倒成了不会撒谎的愣头青，连看她的眼睛都不敢。

江苑："贺轻舟，我是医生，你可以相信我。"

贺轻舟看着江苑的眼睛，想瞧出一点除了医生对待病人以外的其他感情。但他看了很久，什么也没看出来，于是了然地一笑。心脏疼得厉害，便也不觉得膝盖上的疼痛难以忍受了。

贺轻舟听了江苑的话，把裤腿卷起来。直到看见他左腿上那道顺着膝盖延伸的伤疤，江苑的心仿佛被什么刺了一下。原来不是风湿。是那次车祸留下来的后遗症。她当然知道，那场灾祸对于贺轻舟来说，到底有多大影响。

那辆车直接报废了。要不是安全气囊及时弹出来，恐怕这世上，早没了贺轻舟这个人。

江苑低下头，或许是因为愧疚，眼眶微微有些湿润。

贺轻舟轻声叹息，动作温柔地捧起她的脸，替她擦去眼泪："知道你会这样，所以才一直瞒着你。"

手里的毛巾还带热气，江苑替他敷上去："是只有下雨天才会疼，还是平时也会疼？"

贺轻舟："不一定，平时偶尔会疼，但下雨天疼得频繁些。"

江苑："疼得厉害吗？"

贺轻舟说："还好。"

江苑抿了抿嘴唇，显然不信。能疼到一晚上都睡不着，哪里算得上还好。

贺轻舟见她这样，一时不知道该高兴还是该难过。高兴她最起码还是有些在意他的，哪怕只是因为愧疚。

贺轻舟："可能是这儿太潮湿了些，不太适应。平时不这样的。"

江苑没再说话，毛巾凉了，她就再浸热，反复敷了好几遍，然后给他把膏药贴上："这次回去了，再好好复查一下。"

贺轻舟点头，把裤腿放下去："嗯。"

江苑问他："除了疼，还有其他别的后遗症吗？"

贺轻舟把外套脱了，里面是件黑色毛衣。

"伤得太严重了，能救回来已经算是奇迹。只不过那次之后，就没法做太剧烈的运动，我踢不了足球了。"贺轻舟冲她笑了笑，还有点庆幸，"不过好在本身就是一个无法实现的梦。"

先前一直瞒着不说，只是怕江苑嫌弃自己。因为他知道，江苑心中的贺轻舟，是那个站在阳光底下、张扬恣意的少年，而不是现在这个利欲熏心、城府深重的商人。她已经不喜欢自己了，他不希望连她记忆里的那个贺轻舟也一并消失。

雨是中午停的，下午就出了太阳。但是冬天的太阳也烈不到哪里去，地没那么快被晒干。

所以那两天，大家都在卫生所待着，哪儿也去不了。

晚上的时候，江苑睡不着，搬了张椅子出去看星星。

数星星显然是件很容易打发时间的事情。在市区是看不见这种漫天星辰的景观的，偶尔看见几颗都仿佛黯淡得失去了颜色。

那件尚带着温度的外套盖在江苑的肩上，有股暖意席卷了她的全身，于是，冬日便退场。

贺轻舟在江苑身旁坐下，声音竟比这夜色还要温柔几分，似裹了露水一般："在数星星？"

江苑回过神，点头。

贺轻舟问："有多少颗？"

江苑又摇头："数到第三十四颗的时候被你打断了。"

贺轻舟便笑了笑。他好像不知道该聊什么，但又不想浪费和她在一起的时间。于是问她："最喜欢哪颗星星？"

很蠢的一个问题。江苑却很认真地回答了："启明星。"她说，"因为它比其他星星要先看到这个世界。"

江苑说这话的时候，视线看着的，仍旧是头顶的那片天空。

贺轻舟好像也是从这一刻开始，终于明白。

其实他们彼此都知道的一个道理，他们不再是小孩子了，思想也不再似幼时那般单纯，所处的生活环境亦是。回不到从前了。哪怕一方苦苦哀求，另一方偶尔心软。

其实这是贺轻舟一直都知道的事情，却习惯了自欺欺人，因为总是心存侥幸，觉得还能回到过去。她是个有远大抱负和理想的人，她在追求更广阔的蓝天。可他呢？在争权夺利的这条路上越走越远，直到沾染了一身铜臭味。

路干得比他们想象中要快。

次日中午，江苑和贺轻舟去了爷爷家，给他输上药水，又拿了点她配好的药。上面有写服用剂量，她还特地交代了些注意事项。

小孙子倒是多才多艺，上次来是在写作业，这次过来，竟然搬了个画板坐在那里。看那坐姿，倒像是有几分专业水平。

江苑过去看了一眼，纸上画的是哆啦 A 梦，还是个畸变的哆啦 A 梦。知道不能打击小孩子的积极性，但江苑还是没忍住，清清浅浅地笑开了。

小孙子也有些不好意思，挠了挠头："这个是美术课的作业，要交的。"

也不知怎的，可能是前几天贺轻舟教了会儿他的功课，他倒真的把贺轻舟当成老师了。下意识地就用眼神求助于贺轻舟。

反正也是闲着，贺轻舟走过去，接过他手里的笔。微抬下颚，小孙子便乖乖地把椅子给让了出来。

这种卡通画是最简单的，甚至不需要多此一举地打形，随便两笔就画好了。

小孙子的眼睛亮了："哇，贺老师好厉害。"

奶奶瞧见了，也夸贺轻舟厉害，问他能不能给自己的小孙子也画一幅。

　　贺轻舟有礼貌地拒绝了，说他不画人像。也不是什么死板的原则，就是他觉得，该对自己喜欢的人独一无二。他画人像只画江苑，那就不能去画别人。这种通过画画来表达的忠贞，看似幼稚，却足以表现他的一个态度。

　　除了画画，其他方面，江苑也一直都是他的唯一，他的例外。贺轻舟以前还想过，他们以后结婚的时候，他要把他们认识这么多年来的场景全部画下来，然后挂在他们婚礼的大堂里。像是用那几幅画记录着，他们一起走过的时光。

　　甚至连关于婚礼的策划他都没有想过要交给别人，那是他和江苑的婚礼，交给别人，他不放心。事无巨细，他都想要亲自参与。

　　明明一直在等江苑到法定的结婚年纪，最后却等来了一通她的悔婚电话。

　　这次义诊之行，算是贺轻舟和江苑近几年最亲密的时候了。他们一起坐过大巴，一起爬过山，甚至还一起看过星星。

　　山上的星星的确很美，但他却并没有太仔细地去看。最亮最美的那一颗就坐在自己身边，如何还能注意到周边的其他景色。

　　下了山以后，他们的人生又回到正常的轨道，各自投入自己的生活当中。一个回了北城，一个留在江北。

　　日子好像照旧过着，没有谁缺了谁就活不了。

　　唯一不同的，大概就是一有空闲就来找江苑的贺轻舟。

　　江苑也不清楚贺轻舟口中的空闲到底是不是真的空闲，她是见过江城的忙碌生活。

　　小规模的企业打理起来都少有闲时，更别说是贺家，家大业大，大点的项目都得贺轻舟亲自跟进，有时还得出国考察。项目后期交给手底下的负责人，的确会清闲许多。但也不至于像他这样，生个病都坐飞机来江北的医院。

贺轻舟在这儿的房子应该是长租的，哪怕他不在这边，也时常有保洁过来打扫。贺轻舟爱整洁。

戚穗岁整日向江苑打听，问她和贺轻舟现在走到哪一步了。

自从得知贺轻舟的身份是北城顶有名的有钱人之后，她对这段偶像剧般的恋情便满是好奇。总缠着江苑讲他们是怎么认识的。

江苑拗不过她，便将过程精简，只说他们十几岁的时候就认识了。认识的过程也没她幻想的那么有戏剧性，就是很普通的，在一个午后遇见。

戚穗岁："那有钱人家的择偶要求应该和电视剧里演的一样高吧？他的父母是不是也是电视里演的那种，给你几百万，离开我儿子？"

江苑被戚穗岁这个奇怪的脑洞逗笑："没这么夸张，他的家人都是很好的人。"

戚穗岁这下就不理解了："那你们为什么不在一起？"

小朋友的想法总是很单纯。江苑其实有时候很羡慕这种单纯，不用去考虑其他事，凭心意就能做出决定。只是可惜，她和贺轻舟都过了那个年龄。

冬去春来，时间过得很快，又到了夏日。

江苑今年的生日，贺轻舟提前一天到的江北。他死皮赖脸地一大早就来了她家，穿了件白衬衣，袖子上卷，在厨房给鱼去鳞。

江苑看了一眼被贺轻舟塞满的冰箱，沉默地收回了视线。

这些日子，他们也是断断续续地见面。贺轻舟的改变是肉眼可见的，他没有年少时那么爱笑了，开始变得沉默。话不是很多，那双如星子般的眼，也变得深不可测，叫人猜不出情绪。阳光开朗的少年，也开始深沉起来。好像只有在他做饭的时候，才能显出些许烟火气来。

菜做得有点多，江苑就把邻居也叫来一起吃饭了。

戚穗岁见到贺轻舟，明显兴奋得很，一直说要和他合个影，好拿去和她的同学们炫耀。

她妈斜眼瞪她："还不快吃你的饭？"

戚穗岁这才不情不愿地老实下来。

贺轻舟将鱼去骨去刺，夹了一块最嫩的鱼肉到江苑碗中。

江苑和他道谢。

贺轻舟看着她，眼底染上几分笑意。

那顿饭吃完，戚穗岁就和她妈妈离开了。

江苑没有告诉她们，今天是自己的生日。如果不说，那就是聚在一起吃一顿普通的饭。如果说了，她们反而还会客气起来，觉得自己什么都没准备。江苑不太喜欢这种感觉，所以没说。

等她们离开后，江苑帮着贺轻舟把桌子收拾了。原本要去洗碗，却被贺轻舟拒绝了。俨然一副江苑才是客人的模样。

被贺轻舟这副鸠占鹊巢的样子给逗笑了，江苑低垂下眼，轻笑几声。

贺轻舟停下了手头的动作，见她笑了，他也笑了："蛋糕在冰箱里，现在吃还是晚点吃？"

江苑："现在吃吧，太晚吃东西不易消化。"她走过去，打开冰箱。蛋糕有点丑，不用特意说明便知道是贺轻舟做的。

贺轻舟插上蜡烛，点燃后把灯关了，让她许愿。

江苑闭上眼睛，许好了愿望，吹熄蜡烛。

灯被打开。蛋糕是她切的，两个人都是小小的一块。很熟悉的场景，一切好像没有任何变化。是十几岁的贺轻舟，陪十几岁的江苑过生日。

蛋糕虽然卖相不佳，但口感还是很好的。这是他做出了无数个失败品后，唯一还算成功的一个。

　　江苑这次没有推开他，也没有拒绝他，而是安安静静地和他一起过完了这个生日。大约是知道，这可能是他们一起过的最后一个生日了。

　　江苑："贺轻舟。"

　　贺轻舟："嗯？"

　　江苑冲贺轻舟笑了笑："明年，我就要走了。"

　　贺轻舟的手跟着颤抖了一下，好半天，才声音低哑地问了一句："去哪儿？"

　　江苑笑了笑，没开口。

　　于是贺轻舟也笑，只是笑里分明带了点勉强："不能留下来吗？"

　　江苑浅棕色的眼睛，看上去还是那样清澈透亮，她说："不能的。"

　　贺轻舟点了点头，好像平静地接受了这件事。不接受又有什么办法，跪下来求她吗？如果跪下来就有用的话，他早做了。其实挺窝囊的。

　　那之后，两个人都没说话，就这么安静地待了一会儿。

　　贺轻舟是什么时候走的，江苑不太清楚，那会儿她已经昏沉沉地睡着了。等她醒过来的时候，已经是凌晨三点。她躺在床上，衣物齐整，鞋子脱了，身上盖着被子。

　　贺轻舟已经走了，客厅里，空落落的。

　　江苑从床上坐起身，扫视了一眼四周，小乖睡得也熟。

　　贺轻舟身上的气息，总有种助眠的作用。

　　江苑下了床，准备去洗个澡，却看见桌上放了个精致的小盒子，盒子下面压着一张纸。她把盒子拿开，看到那张纸，密密麻麻的，全是她的名字，组成了一幅画。那是她的笑脸。熟悉的字体，遒劲有力，力透纸背，那是贺轻舟的字迹。

　　窗外，月亮隐进云层，世界陷入无边的安静与黑暗之中。

　　向云青两岁了，会说一些简单的话。贺一舟经常带着他回娘家，如今她与贺轻舟的身份好像颠倒了一般，贺轻舟反而成了不着家的工作狂。

提起贺轻舟，贺母总是长吁短叹的："以前总担心他那个被惯坏的脾气，习惯不了公司里的环境。可现在却只担心他顾不上自己的身体。"那哪像是在工作啊，分明是借着工作去逃避些什么。

贺一舟用茶盖扫开茶杯里的茶叶，抿了一口："他也大了，做事自有他的分寸。再者，公司里的事情本来就烦琐，现如今大大小小的项目一起展开，小些的可以交给别人，大点的也只能他自己跟进。"

贺母从小便是娇养着的千金大小姐，后来嫁给了贺轻舟他爸，身份从大小姐换成了豪门太太。平日里就是买买买，那些钩心斗角的事，倒也无须她去操心，自然也不懂其中复杂的门道。她叹了口气："我倒是宁愿他只是工作忙，若是因为江家那个丫头……"说到这儿，她停顿片刻，语气里又带了些侥幸去问贺一舟，"我记得江城不是挺希望攀上咱家的吗？一舟啊，你要不去问问，这门亲事咱们还能不能捡起来。我也不去计较那丫头害得轻舟出车祸的事了，只要他能好好的。"

贺一舟劝她趁早打消了这个念头："如今哪是我们能做决定的。别看江苑娇娇软软的，她反而是最有主见的那一个。"

她长时间的沉默，最后那句话没有说出口。要说狠，却也是最狠的那个。这么多年的情谊，说断就断。反观她那个纨绔弟弟，倒是个十足的恋爱脑。也幸好，江苑做得足够狠，若是给了他一点甜头，恐怕他早不顾一切地随她去了。

贺母的叹息声更大了点："我现在也没别的愿望了，就希望轻舟能平平安安的。"

宋邵安找来时，贺轻舟刚从上一场酒局下来。还有些时间，他准备去审查下新项目的进度。他刚从包厢出来，就遇到了接完电话的宋邵安。

因为工作的关系，哪怕都在北城，两个人也有些日子没见面了。

宋邵安冲贺轻舟笑了笑："外面开了个卡座，不知道贺总能不能够赏个脸？"

贺轻舟松了松领带，下颚微抬，笑容有几分散漫："这是情敌见面？"

宋邵安笑着捶了下贺轻舟的肩膀："在当情敌之前，我们先是朋友。"

卡座里还有其他人在，是宋邵安律所的合伙人。

贺轻舟过去后，宋邵安做了下介绍，那个人站起身，朝贺轻舟伸出手："周家明。"

贺轻舟简单地伸手回握，只用手指轻碰了下："贺轻舟。"

宋邵安讲起最近这阵发生的一些事，说自己忙得焦头烂额，律所刚开业，手底下有个案子在跟进。

贺轻舟似在思索些什么，听得并不认真。这些话仿佛只是由头，用来缓解下气氛而已。

宋邵安晃了下手里的酒杯，冰块搅动液体，撞着杯壁发出轻响："江苑她生日那天，你去了？"

贺轻舟也没遮掩，点头，很坦然地承认："嗯。"

宋邵安喝了口酒，靠在沙发上，轻笑了一下，倒不意外。他准备了蛋糕，本来想过去的，后来从苏御那里得知，贺轻舟提前一天便去了。挺复杂的感觉，说放弃吧，又舍不得。可他实在不想去当第三者，弄得大家都为难。

沉默就这么在两个人中间蔓延。

周家明递了根烟给贺轻舟，被他给拒了："最近在戒烟。"

周家明笑了笑，分明闻到他身上的烟酒气了。也是难得，在这样的环境里，还能保持这样的自制力。

"经常听邵安提起你。"

贺轻舟开着玩笑："背地里讲我坏话了？"

宋邵安笑着点头："天天和他咒你。"

气氛好像在这个时候才完全缓和下来，但宋邵安知道，贺轻舟的心结是很难被打开的。这短短的几年时间，他应该是他们这群人中变化最大的。

周家明也没在这里待太久，接到他太太的电话就回去了。还使劲闻了下身上的味道，生怕把这里的酒气带回家，到时候肯定会挨骂。

酒吧的驻唱乐队正唱着歌，卫兰的《她整晚在写信》。

贺轻舟喝了口酒，眼神落在前方。

> 天天衰老仍然守候你
> 时常在想你正在某片地，悠然地呼气

沉默得久了，似乎就忘了还有旁人的存在。贺轻舟便陷入自己的沉思当中，至于在沉思什么，甚至连他自己都不知道。他的身体仍旧年轻，思想却在逐渐老去。

爱而不得，本身就易让人感到自卑。他最近时常会有这样的想法，如果他仍旧是那个张扬的少年，他是不是能把喜欢说得更大声一点，也更坚决。但他不是了。中间缺失的那三年，是怎样弥补也弥补不回来的。江苑甚至都不愿意给他这个机会。

威士忌太呛嗓子，宋邵安不懂贺轻舟为何对其情有独钟。他的手指搭上酒杯，轻晃了几圈，在心里思索一番，还是决定告诉他："江苑要走了，可能是明年。"

听到宋邵安的话，贺轻舟回过神来，有片刻的愣神。身体像是坠入窄小的冰窟之中，动弹不得，又冷得可怕。手脚都是冷的。原来这件事情，所有人都要比他先知道，他是最后一个被通知的。一整杯威士忌下肚，台上演唱的歌又换了一首。

宋邵安瞧见贺轻舟的这个表情，明白他应该已经知道了："去做无国界医生一直都是江苑的梦想。我也劝过她，很危险，但她很坚持。"

贺轻舟听到宋邵安的话，突然站起身，眉头紧皱："你说什么？"

没料到贺轻舟的反应这么大，宋邵安愣了很久："我以为你知道。"

贺轻舟情绪激动地逼问："什么无国界医生？你把话说清楚。"

宋邵安说："就是你想的那个。"

贺轻舟拿起一旁的外套就要离开，宋邵安跟过去："你要去哪儿？"

贺轻舟喝了酒，开不了车，拿出手机给司机打电话："我去找江苑。"

宋邵安："你找江苑有什么用，你觉得她会听你的？你觉得她会因为你的一句话就放弃了坚持了这么久的理想？"

紧绷着的情绪仿佛在这一刻被彻底释放，贺轻舟恨恨地说："这是什么理想，她知道有多危险吗？"

宋邵安："她当然知道。"

因为宋邵安的这句话，贺轻舟仿佛被迎头泼了一盆冷水，反而冷静下来。对啊，她当然知道。

酒吧的镭射灯光刺得人的眼睛疼，贺轻舟坐在卡座里喝着酒。面上的情绪不显，但饮酒量却在无声地暴露他此刻的情绪。他是真的没办法了。那种无力感席卷了他的全身，他俨然成了一个什么也做不了的废人。现如今，他又有什么资格去阻止江苑继续去追求她的理想呢。

第十二章

离别

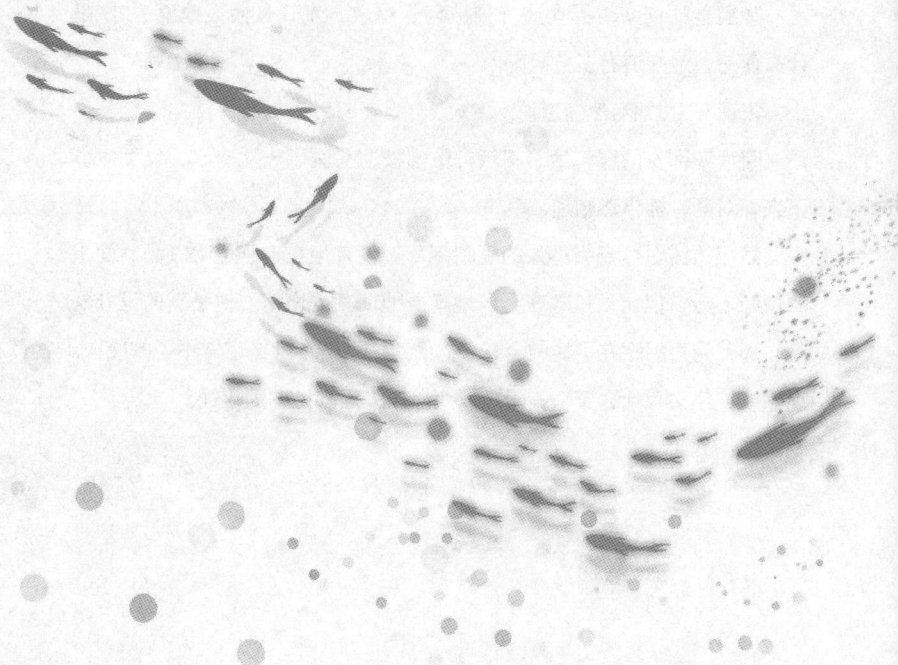

　　江苑发现这段时间，贺轻舟来的次数越发频繁了。听说他捐了善款，给那些交通不方便的山村地区修路，也包括江北。

　　贺轻舟说，他在这附近投了个旅游酒店，近一年都得待在江北亲自跟进度了。

　　江苑只说："何必呢？"

　　贺轻舟笑了笑："我犯不着恋爱脑到这种地步，这个地段是我在无数个方案中选定的。江北本就是千年古城，旅游旺地，再加上近几年政策的扶持，未来形势一片大好，在这里投资是稳赚不赔的买卖。"

　　虽然不排除，他确实有私心在。哪怕只剩最后一年了，他也要与江苑在一起。虽然可耻地利用了她偶尔心软的秉性，但他还是执意这么做了。

　　戚穗岁倒是很开心，整天领着不同的同学来家里，然后借着做客的名义去江苑家串门。

　　偶尔贺轻舟在时，她们会聚在一起，兴奋地小声议论。大抵就是一些压抑着的议论声，好帅啊之类的。

　　大部分时候，贺轻舟都是不在的。那会儿戚穗岁和她的同学就会一直在江苑家里等，还不忘问江苑："轻舟哥哥去哪儿了？怎么还不回来？"

江苑给她们切了些水果端出来："他有工作，也不是整天都待在江北的。再说了，他也不住我这儿啊，就是偶尔过来。"

戚穗岁咬着哈密瓜，暧昧地一笑："我怎么觉得只要你点头，轻舟哥哥连夜就能搬来。"

贺轻舟对江苑的爱意，是连旁观者都能看清的。

戚穗岁她们没看到人，也没在这儿多留，和江苑说完晚安之后就离开了。

九点钟的时候，有人在外面敲门，江苑过去把门打开，看到了贺轻舟。他身上穿了件烟灰色的衬衣，领带扯得有些松散，外套脱了，拿在手上。身上的酒气很浓，看神色，有几分倦怠，想来是工作忙到现在才回来。

贺轻舟递给她一个袋子，袋子里装了个纸盒。

江苑疑惑地接过来，问他："是什么？"

贺轻舟笑了笑："驴打滚，没想到江北也有这么正宗的。"

江苑从前最爱吃的就是驴打滚，她那么小的胃，一次能吃下六个。

贺轻舟知道时间很晚了，也没多打扰她，纯粹就是来送个东西。东西送到了，和她道了句晚安。

街道很安静，些许冷风卷起地上的落叶，他的脚步不太稳，或许是在酒局上喝多了些。

挺拔如松柏的身影，好似多了分孤寂，混入这夜色之中，竟叫人觉得可怜。

贺轻舟摇摇晃晃地开了门，又摇摇晃晃地进屋。门关上，灯没开。想来不是直接醉倒在地上，就是躺在沙发上睡着了。

醉成这样都不忘给江苑买驴打滚。

江苑想把那盒糕点放冰箱里，想了想，最后还是打开盒子，尝了一个。是在北城常吃的那个味道，一模一样。她坐在窗前，视线望着与她隔了一条街的屋子。灯一直没开，也不知他现在怎样了。

幼时都是有着鸿鹄之志的人，大了以后，唯独他一个人走向了现实。他应该也有过怨怼吧，那般桀骜之人，一身反骨，偏就活成了自己最讨厌的模样。

一块糕点吃完，江苑又去刷了一遍牙，然后才上床，关灯睡觉。

夜，几分安静，偶尔有风声，如同怪物低鸣。

那阵子很忙，经常连坐下来休息的时间都没有。一天好几台手术，哪怕她不是主刀，仍旧累得双腿打战。

从手术室出来，扶着墙就坐下了，也顾不上那点洁癖。太累，累得没力气继续往前走。

其他医生摘了口罩过来，问她要不要一起去吃饭。

江苑摇了摇头，勉强站起身："不了，你们去吃吧。"她回到休息室换了衣服，往科室走，却看到了坐在里面的贺轻舟。他不知是何时来的，西装革履，穿着周正，哪里还有昨日夜晚的半分狼狈。

贺轻舟瞧见她了，冲她笑笑。

江苑疑惑地进去："你怎么来了？"

贺轻舟说："给你带了午饭。"

瞧见周围那些医生投来看热闹的及一些探究的眼神，江苑轻咳了一声，让贺轻舟过来。

她带贺轻舟去了休息室，让他以后不用再来了，楼下有食堂，她去那里吃就行。

贺轻舟却说："我知道的，你吃不惯食堂的饭菜。"

贺轻舟把饭盒盖子揭开，饭菜的香味四溢。他不愧是最了解江苑的人，知道她喜欢吃什么，不喜欢吃什么。

似乎是怕她拒绝，贺轻舟便先一步开了口："只剩下最后一年了，你连让我给你送个饭的机会都不肯给我吗？"他是笑着说出这句话的，那双变得深邃的眼睛，此时泛着淡淡的光，随着他笑时嘴角上扬的弧度，那颗虎牙若隐若现。

江苑便跟着恍惚了一下，仿佛他仍旧是自己记忆中的那个少年。如藤蔓般，迎光生长。长在眼底，攀进心里，刻骨一般。

犹豫了几秒钟，江苑还是点头。是啊，最后一年了。他们只剩下最后一年。

贺轻舟是真怕她饿着，加大号的饭盒，米饭压得实。她吃了很久都没见减少，唯独边上多出了一个拇指大小的坑。

江苑轻笑着问他："你是想撑死我吗？"

贺轻舟便也笑："撑死你了，你是不是就不走了？"用开玩笑的语气，说出挽留的话来。

江苑听懂了，却装作没听懂，只是笑了笑。都是聪明人，彼此心知肚明，这段关系，早在很久之前就该结束了。

是贺轻舟以一己之力在苦苦支撑着。不是都说喜欢就是一场博弈吗？往往动情最深的那个人，输得也最惨。贺轻舟从前不信这个理，后来他信了，但也没别的办法。

那段时间江苑很忙，其实贺轻舟也很忙。

公司遇到点事，有个项目负责人中饱私囊，致使项目出现亏损。他买了当天最早的航班回去，上上下下处理了数十人，把项目接过来，亲自跟进。连着十多天都没怎么合眼，在车上都能睡着。

实在困得不行了，会看看手机里江苑的照片。那个时候她还很小，脸上带着婴儿肥，穿了件背带的牛仔短裤，因为是他偷拍的，所以她看着镜头的样子有点懵。

　　长时间的疲乏让他的眼里满是血丝，手指轻抚过照片里的那个人，嘴边的笑意便深了些。乏累被欣喜取代，便不觉得有什么了。

　　贺轻舟偶尔也会拨通江苑的电话，问些无关紧要的问题，其实就是想听会儿她的声音。

　　也不知道是预感还是什么，他总觉得，这样的日子，过一天便少一天。

　　如果一开始便知道他们的结果是这样的，那么他就应该从她五岁被接过来的那一年，就去江家找她。

　　司机的声音从驾驶位传来："先生，到了。"

　　贺轻舟看了一眼车窗外，揉了揉眉心，拉开车门下去。

　　又是一顿不可避免的应酬。

　　江苑今天的晚餐是隔壁阿姨送来的饺子，让她下锅煎一下，味道会更好。

　　饺子馅是白菜猪肉的，没有生姜和蒜末那些让人讨厌的佐料。

　　江苑去调了点蘸料，刚吃下第一个，门就被人敲响，几分急促。她微微皱了下眉，这么晚了，还有谁会来？

　　江苑放轻了动作，小心翼翼地走到门边，眼睛凑到猫眼旁，看到烂醉得需要被人搀扶的贺轻舟。

　　搀扶贺轻舟的那个人江苑有印象，是贺轻舟的司机。

　　江苑把门打开，还没来得及询问发生了什么，贺轻舟便耍赖似的靠过来，明明醉得连路都走不稳，却还是义无反顾地走向她。

　　于是江苑便被一个温暖的怀抱拥住。

　　贺轻舟抱得那样紧，紧到仿佛要把她勒进自己的身体里一般。

　　江苑用探究的眼神看向司机，司机也表示无奈，摊了摊手："从酒局上下来就这样了，说要找您。"

　　江苑向他道过谢，又说了一句麻烦了。

　　司机摇头："分内之事。"

　　司机离开后，江苑扶着贺轻舟进了屋，替他把领带解了，想了想，把衬衣的上面两颗扣子也解了。然后进厨房给他煮醒酒汤，像是察觉到她要走，贺轻舟拉住她的手不许她走。

　　贺轻舟喝醉了便像小孩，极爱撒娇："再陪我一会儿。"

　　江苑知道贺轻舟的毛病，醉酒后不喝醒酒汤第二天肯定会头疼。于是想着把他哄好，先煮了醒酒汤再说。

　　贺轻舟却垂下眼睛，一副委屈到要哭出来的模样："江苑，骨头又疼了。"

　　建好的城池堡垒便在此刻有些崩塌的迹象，江苑在他的身旁坐下："好，我不走。"

　　贺轻舟靠着江苑的肩膀，手挽上她的胳膊，活脱脱一副小娇妻的模样。

　　江苑倒也没推开他，只轻声问了一句："贺轻舟，你饿不饿？"

　　贺轻舟挽得紧，怕她走了，摇头说不饿。

　　江苑低笑一声，说："可是我听到你肚子叫了一声。"

　　贺轻舟不说话了。

　　江苑便放低了声音哄他："我去给你做饭，我不走，我向你保证。"

　　贺轻舟抬起眼睛，突然问："一直不走吗？"

　　贺轻舟这句话里的含义太多了，江苑低下头，与他碰了碰额头："现在不走。"

　　贺轻舟的眼神便黯淡下去："我早就知道，你会离开我。"

　　"很久以前就知道。"是啊，很久以前就知道的事情，可为什么，偏偏就是释怀不了呢。

　　贺轻舟睡着了，靠在江苑的肩膀上。

　　江苑动作小心地把贺轻舟放在沙发上，然后回房抱了床被子出来，给他盖上。

　　又去厨房煮了碗醒酒汤，哄着半梦半醒的他喝完，然后才放下心来。

　　得益于江苑的悉心照顾，次日醒来，贺轻舟才没有头疼。他似乎忘了自己是怎么来的。

　　江苑做好了早餐端出来，见贺轻舟醒了，便问他有没有哪里不舒服。

　　贺轻舟摇摇头，坐在沙发上，上身微倾，手肘撑着膝盖，上臂自然垂落。一种慵懒、自然、随性的样子。他在回想，但什么都想不起来，于是只能问她："我昨天应该没做出什么太出格的事情吧？"撒娇好像也算不上出格。

　　江苑笑着摇头，端着刚烤好的面包片出来，以及那份打成糊状的牛油果："没有。"

　　如此，贺轻舟方才松了口气。他没什么胃口，简单用过餐以后，给司机打了个电话，让他过来接自己。待会儿还有工作。

　　贺轻舟昨天喝了那么多酒，恐怕一晚上的时间还不足以完全代谢掉，开车估计都算酒驾了。

　　江苑给他泡了杯花茶，说是可以解乏，让他困了就喝一点："能少喝酒就尽量少喝点吧。"

　　贺轻舟正在穿外套，听到她的话，手上的动作稍停。手臂从袖口伸出，接过她递来的那个茶杯。杯盖拧得紧，玻璃的杯壁，晃一晃还能看见晒干的茉莉花在热水里舒展开。他的嘴角挑起一抹弧度："嗯，今天不喝了。"

　　江苑今天是晚班，现在不着急出门，给小乖倒了猫粮。身后一直没动静，她知道，贺轻舟没走。她能感受到他的目光一直落在自己身上。

　　过了很久很久，开门声才响起来，随即四周再次陷入一片安静之中。

　　贺轻舟离开了。

　　小乖没吃多少，便跑到江苑怀里撒起了娇，蹭来蹭去。

　　江苑挠挠它的下巴，让它乖一些。

　　正好趁着今天天气不错，她把家里来了一次大扫除，又分别给外婆和妈妈上了香。

　　记忆里关于妈妈的片段，几乎是没有的，所以江苑一直更依赖外婆一点。

　　柜子上的相框里，是她和外婆的合影，也是唯一的一张合影。

　　她没什么朋友，那些心里话也很少跟周嘉茗她们讲。不是不交心，纯粹就是，她不是那种能随意敞开自己内心，毫无保留地将自己展现给他人的人。所以大多数时候，她都是和外婆讲。

　　"我犯了这么大的错，就这么一走了之，是不是很不仁义啊。"江苑笑了笑，头靠着相框，轻声呢喃着，"外婆，您说我这辈子还能遇到第二个像他这样爱我的人吗？遇不到了吧。"

　　他们之间其实没有太大的坎坷，没有那种电视剧里演的爱而不得的原因。什么国仇家恨，或是道德伦理，他们其实一样都不沾边。都是些细微的小事，如同投于河里头的小石子。

　　站在岸边是瞧不出什么异样来的，风平浪静的。可小石子多了以后，踩进去，便扎得人寸步难移。

　　先前一直不明白，为什么看到他难过，自己也会难过。为什么独独对他，与对别人不同。后来见得多了，了解得多了，也逐渐开始知晓，这种感觉就是喜欢。

　　贺轻舟时常挂在嘴边的喜欢，但喜欢在她生命中的占比太小。

　　江苑终究是要离开的，不知归期，不知生死。她不能自私地让贺轻舟等她，如同在机场等一艘轮船。可是，她不希望再看到贺轻舟的骨头疼了，至少在她还在贺轻舟身边的时候。

"虽然这样做很自私，可是只剩最后一年了。"江苑轻轻擦拭相框，"外婆，我想好好陪陪他。"

贺轻舟是下午过来的，身上没有酒气，想来是将江苑白日里说的话听了进去，滴酒未碰。

江苑刚做好饭，见他来了，便多拿了副碗筷。

今天的晚餐比较家常，黄瓜炒鸡丝，烩炒菜花，海米冬瓜汤。

贺轻舟其实已经吃过了，但还是坐了下来，向她道了一声谢。

这些年来，江苑做饭的手艺的确见长。

贺轻舟不知道想到什么，低头轻笑起来。

江苑盛了两碗汤，一碗给贺轻舟，一碗给自己。瞧见他脸上的笑了，便问他在笑什么。

贺轻舟握着筷子，抬眼瞧她："我只是觉得，你的厨艺进步很大。"

江苑愣了一下，反应过来贺轻舟话里的意思，也笑了。

的确，从当初吃完就进医院，到现在勉强能入口，可不算进步大嘛。

贺轻舟好像是她厨艺的唯一见证者。

江苑："自己一个人住，慢慢就学会了。"

听到江苑的话，贺轻舟似乎在沉思些什么，垂着眼，从江苑这个角度正好能看见他的睫毛，长而不翘，倒意外显得乖巧。

江苑也没再多问，安静地吃着自己的饭。

她待会儿还要去医院，用餐时间并不多。

一顿饭吃完，贺轻舟主动把碗筷收拾了，问她："今天晚班？"

江苑点头。

贺轻舟看了一眼时间："七点下班？"

江苑说："七点半。"

贺轻舟："需要我去接你吗？"

江苑笑了笑："不用。"

如此，贺轻舟便轻轻"嗯"了一声，没再开口。

两个人像是形成了某种默契，不过分干预对方的生活，把握在一个普通朋友的尺度。

贺轻舟自然是不甘心只和江苑做朋友的，可他也没别的办法，只怕最后连朋友都做不了。

江苑先走了，再晚些就该迟到了。她和贺轻舟说了一声，待会儿走的时候直接把门关上就行，不需要用钥匙反锁。

贺轻舟答应了一声，从厨房出来，手上还有洗碗时留下的水渍。他站在门口看着江苑离开的背影，纤细且单薄的背影。

贺轻舟是有预感的，这样场景见一面少一面。最无力的就是这种时候了，明明对很多事情都心知肚明，却又无能为力。就好比，你知道自己的死期，也只能看着日历，等待死期一天天逼近。

碗筷洗好了，贺轻舟把厨房收拾了一遍，也没立刻离开，而是在客厅里坐了好久。

江苑喜欢花，她身上也常有花香味，很淡，淡得不仔细闻，其实是闻不出来的。

贺轻舟出车祸昏迷的那阵，他的意识时有时无，说具体点，就是处在一种完全混沌的状态。他甚至不知道自己说了些什么，也不知道自己做了什么，但在那片混沌之中，他闻到了江苑身上的香味。明明淡得风一吹就彻底没了痕迹，却足以盖过病房内浓郁的消毒水味。他知道，江苑一直陪着自己。

可后来，听苏御提起，他清醒时，一直在赶她走，说了一些恶言恶语。

江苑始终安静地听着，实在难受了，就自己躲起来，偷偷地哭。

贺轻舟靠在沙发上，双眼无神地盯着天花板发呆。至于在想什么，连他自己都不知道。可能什么也没想。

　　虽然江苑说了不用接，但早上六点，贺轻舟还是开车出门。

　　在医院楼底下等了一个多小时，看到满脸疲惫的江苑和同事说了再见，走下台阶。

　　贺轻舟打开车门下去，动作自然地接过她手里的东西："困不困？"

　　天色初显亮光，江苑看到贺轻舟，却也不意外，摇了摇头，声音带着干涩的哑："累。"

　　于是，贺轻舟的眼里便多出一些心疼。进了车里，他拧开一瓶水递给她："先去吃个早饭吧。"

　　江苑喝了口水润嗓子，仍旧摇头："不了，我想先回去洗个澡。"

　　贺轻舟心疼地看着她："好。"

　　好在医院到家的路程不远，十几分钟。

　　江苑上车没多久就睡着了，睡得很沉，一觉睡了十多个小时，等醒的时候天都快黑了。

　　她看了一眼手机上的时间，记不清自己坐上贺轻舟的车后，又发生了些什么。她只记得自己坐上车后就睡着了，至于自己是怎么从车上，转移到床上的，这段记忆已经彻底丢失了。

　　她也没太强迫自己去回想，洗漱之后换上衣服，随便冲了袋麦片。

　　端着杯子走到窗边，将窗帘拉开，见对面的屋子一片漆黑，想来贺轻舟应该是不在家的。

　　于是江苑便在家多等了一会儿。

　　八点钟的时候，车辆转弯时，车灯短暂地投进窗户，暖黄色的光。

　　于是江苑起身，再去将窗帘拉开，看到那辆黑色的卡宴停在对面马路边。

　　男人从车后排下来，低头闻了闻自己身上的味道，然后慢条斯理地将外套脱了，整理了一下自己的着装。

差不多五分钟后，江苑家的门被敲响。

江苑放下手里的杯子，过去开门。

贺轻舟穿着熨帖的白衬衣黑西裤，脸上也瞧不出半分疲态，仍是那副清贵模样。

想起他刚才在大街上整理仪容的场面，江苑不免觉得有些好笑。

江苑给他倒了杯水："待会儿还有工作要忙吗？"

贺轻舟接过水杯："已经忙完了。"

江苑靠着桌边，若有所思地点了点头，然后问他："要一起出去逛逛吗？"

贺轻舟正在喝水，听到她的话突然呛到，咳了好几下。有些不可置信，又怀疑是自己听错了，向她确认了一遍："出去逛逛？"

江苑笑着点头："要是不方便的话也……"

贺轻舟急忙开口："方便，方便！"

江苑看着他这副模样，又慌乱又有点受宠若惊，突然觉得鼻子有点酸，也说不清是什么原因。

两个人就在附近随便逛了逛，江北的夜市很热闹，有专门的夜市街，再加上附近的大学多，这个点正是人多的时候。

夜晚凉，出门的时候江苑多穿了件外套。

碰到卖棉花糖的，还需要排队。小的时候她很爱吃这种五颜六色的棉花糖，学校附近的那个小摊老板很厉害，可以做兔子和小猫。江苑每次放学都会一样买一个。

贺轻舟不爱吃甜食，但江苑觉得买了不吃会很浪费，而且棉花糖不能放太久，放久了就会化。所以贺轻舟每次都是顶着一张嫌弃的脸，老老实实地把那两个棉花糖吃完。还会吐槽江苑，自己喜欢，倒是每次都不肯吃。

江苑拉拉贺轻舟的袖子，笑容灿烂地问他："要吃棉花糖吗？"那笑容里带了几分狡黠，想也知道她没安什么好心。

贺轻舟的手指却微微蜷缩了一下，连带着心脏都泛起了涟漪一般，跳动的速度很快。好像一切都回到原位。他也笑了："好。"

排了几分钟的队，终于到他们了。老板的技术不行，只会做花，于是江苑选了一朵最好看的。全部做完也没花费太久，但出乎意料的是，实物比图片要大很多。

江苑便拿着棉花糖，让贺轻舟帮她和棉花糖拍张合影。

贺轻舟拿出手机，将她放进屏幕之中，按下拍摄键。

拍好以后拿给她看，江苑嫌弃地抿了抿嘴："好丑。"

贺轻舟凑近点，看到照片里，江苑拿着棉花糖，笑容灿烂地看着镜头："哪里丑，这么可爱。"

江苑直到现在才理解周嘉茗口中的男女审美差异。她说："你别仰着拍，显得脸大。"

贺轻舟："大吗？都快没有了。"

见贺轻舟一脸认真的表情，江苑忍着笑。

"算了。"江苑把手机给他，咬了口棉花糖，廉价的甜味刺激着味蕾。甜过头就带上了一种涩口的苦。

江苑自己吃不下去了，便又像小时候那样扔给贺轻舟："你吃吗？"

见她一副迫不及待将这个棉花糖脱手的模样，贺轻舟笑着点头："嗯。"

贺轻舟伸手接过，目光落在她咬过的那块地方，眸色深了深，便在那里也咬了一口。不被他喜欢的甜味，却也不会难以入口。

两个人就这么漫无目的地逛着，以一种很奇怪的相处模式。说他们亲密吧，总觉得隔了点什么。说不亲密吧，可都同吃一个棉花糖了。

路人总会朝他们投来些许注视，偶尔走过去了，也会在同伴的示意下回过头来看一眼。

江苑将这一切推到贺轻舟身上："你长得太引人注目了。"

贺轻舟试探着想去牵她的手，但每次都在快碰到的时候，又胆怯地避开。

听到江苑的话，他也只是低眸轻笑，目光却稳稳地落在她脸上："我怎么觉得，你长得比我更引人注目一些。"

两个人好像少有这种时候，如幼时一般调侃打趣。

江苑被套娃娃的小摊吸引了注意力，贺轻舟手里拿着融化到缩小一半的棉花糖，找老板买了五十个圈。

周围本来就有人围观，现在甚至还有拿出手机偷偷拍摄的。好看的人不管在哪儿都会成为众人焦点，更何况是两个。

贺轻舟将竹圈拿给江苑。她准头不行，套了几个都没中，只能垂头丧气地寄希望于贺轻舟。

贺轻舟便一手拿着棉花糖，一手开始套圈，套一个中一个。不过最后别的东西他也没要，唯独拿了江苑最喜欢的那缸金鱼。

将金鱼递给江苑时，他笑容温和地问她："能养活吗？"

江苑说她是医生，最会照顾人了，更别说是金鱼。

贺轻舟压低了笑："那江医生记得将鱼缸放高点，可别被你家那只猫偷偷吃了。"

江苑气急败坏地捶了他一下，手劲不大，力道软绵绵的。不疼，反而像浸了蜜一般，浸到皮肉里，连血管都是甜的。

贺轻舟："好心劝你，怎么还生起气来了。"

江苑抱着鱼缸，走得很快，说他总是狗嘴里吐不出象牙来。

此时岁月静好，他们彼此却都心知肚明，这段时间快乐的相处，不过如同垂死之人的回光返照罢了。

逛得累了，两个人便随便寻了一处地方坐下来。

路边供人休息的长椅，在这儿休息的多是些约会的情侣，恩恩爱爱，你侬我侬的。他们两个反倒显得突兀。

大抵是因为这儿情侣多，卖花的老奶奶便拎着个花篮，常在附近徘徊。

手中拈一支玫瑰，往往只和男性搭话："给你的女朋友买朵花吧，不贵。"颤颤巍巍的步伐，叫人不忍心拒绝。别人眼中的浪漫，是她维持生计的方式。

贺轻舟把那整篮的花都买了下来。

老奶奶连连道谢，还祝他们百年好合。

贺轻舟瞧着花篮里的花，垂眸轻笑："听人说，老人家的话都很灵验。可我刚出生的时候，我爷爷找的那个大师说我半生孤苦。江苑，你说我该信他们谁说的话？"

夜里风大，倒是不算冷，反而有种让人置身于天地之间的不真切感。

江苑笑了笑："重要的不是他们说了什么，而是你最终选择了哪种方式。"

贺轻舟的笑容染上几分苦涩："可选择权不在我手上，我该怎么选？"

贺轻舟把花篮送给江苑，和他的选择权一起。

江苑抱着花篮，看着里面的花，散发出淡淡的玫瑰花香。

"我以前一直觉得，人这一生做的梦是有数量的。噩梦多少个，美梦多少个，这些都是在出生前就规定好了的。"她说话的时候，贺轻舟全神贯注地听着，看着。他好像格外珍惜现在的机会，她与自己离得那样近，就在身前，抬抬手就能碰到的距离，往后可能就少有了。

"但是我做的噩梦实在太多了，我梦到蛇在追我，那么长的一条路，只有我一个人。我拼命地跑呀跑呀，后来我跑到其他城市，那条蛇还在追我。有时候也会梦到别的东西，譬如长了人脸的山羊，还有六条腿的豺狼。可梦到最多的，是我的爸爸。"江苑像是释怀了一般，面带微笑说出这番话来。

贺轻舟却只觉得有人拿着针往她的胸口戳，坐姿也从刚才靠着椅背的懒散闲适，到现在的上身直立。

"我一直以为，上帝在创造我的时候，可能忘了给我美梦这一个选项。"江苑看向贺轻舟，唇角的笑意便灿烂几分，"可是后来遇见了你，我开始做一些好的梦了，我梦到可爱的狗狗，也梦到瀑布上的彩虹，有时候也会梦到你。"

大抵直到这一刻，贺轻舟才真正意识到，他缺失的那三年里，到底失去了什么。敏感脆弱的江苑，好不容易鼓起勇气，怯生生地往前踏出第一步，却被他又给推了回去。如今已经算不上后悔了，那种情绪很难用言语来形容。好似绝症一般，心疼都算是最轻的症状。

他们两个在那儿坐了一会儿，江苑突然摸着肚子，说有点饿了。

贺轻舟站起身，问她想吃什么。

花篮里的花沉甸甸的，拎在手上有点重，贺轻舟便伸手替她接过来。

江苑想了想："烧烤吧，好久没吃了。"

贺轻舟点头，径直朝前面的烧烤摊走去。

说是烧烤摊，其实就是一个烤炉，冰箱里放着各种串了签子的蔬菜和肉类。

旁边再放几张桌子，几把椅子，烤炉旁全是油污。

贺轻舟的眉头轻皱，倒是丝毫不遮掩自己的嫌弃。

江苑瞧见了，未免觉得好笑，也是难为他了，陪自己在这样的环境里吃东西："要是接受不了的话，吃别的也行。"

"没事。"贺轻舟说得风轻云淡，把冰箱打开，从旁边拿了夹钳和篮子，问江苑想吃什么。

江苑点的大多是些蔬菜，青椒，韭菜，还有土豆之类的。末了，她问贺轻舟："你呢？"

贺轻舟把江苑刚才说的都拿了双份："和你一样。"

江苑笑了笑，也没再开口。

烤好也需要一段时间，他们寻了一处相对偏僻的位置坐下。这种路边的烧烤摊，常有那种叼个烟就开始侃大山的人。江苑不太喜欢衣服上沾染烟味。

老板娘问他们喝点什么，江苑要了豆奶，老板娘又笑看着贺轻舟："我们这儿有啤酒，冰镇过的。"

贺轻舟的语气淡淡的："一杯温水，谢谢。"

老板娘笑着打趣一句："哎哟，现在哪个大男人出来吃烧烤还喝水的，都是喝酒。"

贺轻舟看着江苑："她不让。"

老板娘眼底的笑意便更盛一些："这小情侣，还真恩爱。"说完拿着菜单离开。

江苑笑说："怎么什么锅都往我身上推？"

贺轻舟也笑："不是你说的吗？能不喝酒就尽量别喝。"

仔细回想，她好像确实说过。

豆奶和温水上来了，一起端上来的还有烤好的青椒和玉米。

江北的烤玉米和北城的不同，它是一粒一粒串在一起的，烤的时候撒点白糖上去，口感会更甜一些。贺轻舟吃了一个就放下了，显然是接受不了这个甜度。

这些年来，贺轻舟确实变了很多，更沉稳，也更内敛。不似从前那般冲动，任何情绪都惯放在脸上了。

江苑时常会有这样的感觉，感叹时间流逝得太快，仿佛只是眨眨眼的工夫，他们就都长大了。

如果是从前的贺轻舟，会是怎样的？大概会一脸嫌弃地皱着眉，说这儿的玉米怎么这么甜。

吃完烧烤，两个人是走路回去的，全当消食了。

不过需要消食的好像只有江苑一个，贺轻舟全程没怎么动筷。江北的食物大多偏甜口，他吃不惯。

晚风最是惬意，夜空上零散地缀着几颗星子，抬眼便能瞧见。

两个人都挺安静的，彼此都很默契地没有开口。哪怕不说话，却也胜过千言万语了。

在江苑家门口道别，贺轻舟把那一篮玫瑰递给她："做个好梦。"

江苑笑着点头："你也是。"

于是，一个人向左，推开门进去，另外一个人，站在原地，目送她离开，迟迟没有动静。

钝刀子割肉，大抵就是这样的感觉。有点疼，偏就刀刃上抹了蜜，只希望一直割下去。

戚穗岁的高考发挥正常，成功考入大专，会计专业。她妈气得骂了她一整个暑假。但她本人倒是无所谓，整天很闲，动辄就往江苑家跑。

江苑中午下班回家，戚穗岁拿着手机跑来找她，兴奋地指着屏幕里那张照片，问是不是她和贺轻舟。

江苑看了一眼。

照片是在他们不知情的时候拍的，她穿了件布料柔软的贴身长裙，搭一件米杏色的针织外套，长发绾得随意，耳边垂落几缕，被风吹拂开。

站在她身侧的贺轻舟，白色的衬衣，领口散了两颗，隐约可见线条凌厉的修长脖颈。黑西裤包裹的双腿修长笔直，外套拿在手里。

人潮涌动，他们在其中，却不被喧闹打扰，并肩往前走着。江苑不知说了些什么，贺轻舟低着头轻笑，有一种说不清的氛围感。昏暗的背景，以及原相机偷拍的低像素，他们仍旧透着一抹干净的白。有几分清绝，几分随性的慵懒。不刻意营造气氛，也不费心找角度，就是随手拍的一张照片。

戚穗岁说这张照片现在在微博上火得不行，都在问主人公是谁，有没有微博。她似乎有一种认识当事人的自豪感。

江苑笑了笑，答非所问："今天没课？"

戚穗岁回答得倒是坦然："有啊，我没去。"

江苑换了衣服，准备先去洗个澡，戚穗岁却拉着她讲个不停："评论里全是夸你们两个的，说你们长得好看，还有很多人说你们很配。"

江苑也只是笑笑，并未多说什么。

晚上的时候，贺轻舟来找她，给她带了蛋糕店里新出的甜品，一款里面夹咸蛋黄的欧包，他说是店员极力给他推荐的。

江苑笑着调侃他："你以后老了肯定会被骗去买保健品。"

贺轻舟也笑："你怎么和我担心同样的问题。"

江苑疑惑地抬眸。

贺轻舟说："在你没考医科大之前，我总担心你以后老了会被骗去买保健品。"

于是两个人都笑了。

江苑："我以前在你心里就这么蠢？"

贺轻舟沉思了一会儿："蠢不至于，但是不太聪明。"

江苑想了想，也实在找不出反驳的话来。她背过身子把水果切好，贺轻舟走过来，低着头，凑近她，气音轻柔，带几分笑意："生气啦？"

江苑忍着笑，点了点头："生气了。"

贺轻舟解开袖扣，袖子往上卷，将手抬高，露出来的半截手腕白皙，肌肉线条流畅。他说："从前一生气就爱咬我，现在要不要再咬一口？"

江苑笑着推开他的手："我又不是小孩子了。"

贺轻舟靠着料理台，视线落在她的脸上，眼中带着笑意。

　　水果切好了，江苑插上牙签端出去。她随便点开了一部片子，剧情其实一般，但也不妨碍她看得全神贯注。两个小时的时长，看完以后总有种怅然若失的感觉，为剧情，也为剧中的人物。

　　江苑与贺轻舟讨论起那部电影："其实他一开始就知道她死了，只是不愿意承认，所以才幻想出这样一个人来。"

　　贺轻舟点了点头，倒没接话。因为他压根就没注意电影讲了些什么，注意力全在江苑身上了。她看电影，他看她。有时候也会不切实际地想，如果时间能永远停留在这一刻就好了。

　　贺母最近联系贺轻舟的次数越来越频繁，大约是随着他的年龄不断增长，也开始着急起来。

　　江苑那边显然是没指望了，她又不忍看着自己儿子就这么一路卑微地倒追下去，便托人给他物色了好些个门当户对的名门闺秀。

　　近来的电话打得多了，贺轻舟总拿工作搪塞，能不接就不接。于是变成了发短信。

　　贺轻舟在厨房收拾碗筷，手机就放在客厅。

　　江苑收拾东西的时候看到手机屏幕亮起的字眼。

　　"你年纪也不小了，也不能一直这样单着。"

　　"前些日子你刘阿姨给你介绍的那个，珠宝设计师，照片发你手机上了，你有空的话就和人家见一面。"

　　贺轻舟从厨房出来，见江苑的目光落在自己的手机上，擦干了手上的水渍过来。瞧见手机里的信息，他皱眉回了。

　　又对她解释："这些都是我妈单方面的想法。"

　　江苑点了点头，沉思片刻："贺轻舟，其实伯母说得也有道理。"

　　"有什么道理呢？"贺轻舟看着江苑，看着她的眼睛，"让我在心里装着其他人的情况下，去接纳另外一个人？"

贺轻舟说："江苑，这对我公平吗？对别人公平吗？"

江苑向贺轻舟道歉："不好意思，是我考虑欠妥，没有在意你的感受。"

贺轻舟却笑了："你就这么着急把我推给别人吗？"

一时不知该如何作答，于是陷入长时间的沉默之中。这种不知尽头的沉默是被贺轻舟打破的。他好像很累了，抬手按了按眉心："今天就先这样吧，早点休息。"声音里也尽是乏累。

门打开，又关上，动静不大，似乎怕惊扰了谁一般。

江苑垂下眼睛，也不知在想些什么。

在贺轻舟走后，她便保持这样的姿势，站了许久。

小乖跑过来，蹭蹭她的脚。

江苑蹲下，抱着它："吵醒你了吗？"

它喵呜一声，钻到她的怀里，换了个舒服的姿势继续睡。

江苑过去把窗帘拉上，准备洗个澡后休息。她的视线看向窗外，瞥见对面屋子里的亮光，微不可察的叹息声，如尘埃一般。

近来降温，橙色预警都发布了好几次，同事常念叨，这个冬天估计是近年来最冷的了。

她笑着调侃江苑："正好让你给赶上了。"

江苑怕冷，白大褂里总是多穿两件，好在她足够瘦，倒也看不出臃肿来。

忙完工作后，换了衣服下班，围巾绕了一圈又一圈，还是免不了有冷风渗透进来。她缩了下脖子，出了医院，走下台阶。

远处停着一辆车，熟悉的车牌号。往前的步子停顿了一下，男人掐灭指间的烟过来。他今天穿着随性，中长款的风衣，高领毛衣和裤子都是同个色系，不同的是深浅。一身的冷色调，倒是衬出几分清冷之感。毛衣领口遮住了半截下巴，大抵是等得久了，有点冷。

　　贺轻舟走过来，递给她一杯咖啡，温热的："有点凉了，不行的话我再去买一杯。"

　　原本以为昨天的事之后，贺轻舟不会在来找她。江苑一时不知道该说些什么。过了很久，她接过咖啡："我还以为你生气了。"

　　"没时间生气。"贺轻舟拉开副驾驶的车门，让江苑进去，"都开始扯日历倒数了，恨不得一天掰成两天用。"世界上最心酸而且无力的，大概就是用玩笑的口吻说出真心话吧。笑着笑着，他便笑不出来了。

　　贺轻舟单手握方向盘，看着后视镜倒车，故意错开视线，似乎怕被她看穿心事一般。人啊，就是不能活得太聪明，什么都看得通透，反而更累。若是他能蠢一点，是不是就可以心安理得，毫无负担地享受江苑对他的好？

　　贺轻舟的身上有股淡淡的烟味，在完全密闭的车内，便更明显。

　　贺轻舟向她道歉，说等她的时候没忍住，就抽了一根。

　　江苑摇头，笑了笑，没说什么。视线看向车窗外的景色。走马观花，错过了，也就错过了。

　　车停好后，碰到了戚穗岁。她近来迷上了汉服，兴许是受了服装的限制，倒不如平时闹腾了，走起路来斯斯文文的。

　　但戚穗岁瞧见贺轻舟时，还是激动得两眼放光："轻舟哥哥！"

　　半开着车窗，贺轻舟礼貌地冲她点了点头，也算是打过招呼。

　　等江苑下车以后，贺轻舟才开着车，停到别处。

　　戚穗岁挽着江苑的胳膊，视线却频频往回看："轻舟哥哥这样的长相，真是越看越好看。骨相和皮相都是一绝啊。"她笑着和江苑说，"你们要是有了小宝宝，肯定是神颜。"

　　江苑早就习惯了戚穗岁夸大的话，也只是笑笑。

　　贺轻舟不是长居江北，大部分的时间，他都是在飞机上度过的。有些工作可以交给手底下的人去办，但重要些的，还是需要他本人亲自坐镇。

趁着他这次回北城，贺母来他家里找过他几次，长吁短叹的，一副操心的模样："过了年你就二十六了，你就没考虑过自己的终身大事？"

贺轻舟答得云淡风轻："顺其自然。"

贺母气急了："来来回回都是这句话，江家那个小丫头到底给你灌了什么迷魂汤，犯得着你为她这么孤注一掷的？"

每次说到这儿，便不欢而散。

贺轻舟拿起搭在椅背上的大衣："我还有工作，今天这顿饭就不陪您吃了。"

开门离开，只剩下贺母坐在餐桌前。

阿姨从厨房里端着菜出来，瞧见这副样子，就知道八成又谈崩了。她轻声劝着贺母："轻舟那个脾气，您是知道的。在感情上又拧巴又固执，您要是总这么逼他，只会适得其反。"

贺母叹了口气："我就是不忍心看着他总一个人。你瞧瞧，他都多久没有真心笑过了。"

自己宝贝成那样的儿子，从小捧在手心宠着惯着，怎就成了如今这副喜怒不显的模样。

阿姨说："您刚才也说了，这个年过完他就二十六了。他如今这个年纪坐到这个位置上，上下左右都是压力。他是优秀，但再优秀也是人，总有变的时候。您不能拿十几岁的他来和现在比。"

听到阿姨的话，贺母沉默几秒钟："也对，他爸在他这个年纪，还沉迷打高尔夫和赛车呢。"

阿姨笑了笑，给贺母沏了一壶茶："所以啊，您别总拿他当小孩看，他有分寸的。"

贺母："可我就是着急，江家那个丫头多心狠啊。先不说轻舟失忆的那三年到底发生了什么，单论他们认识的那么些年，轻舟何时亏待她了？一颗心就差没捧到她跟前让她看着了。可她倒好，说断就断。"

阿姨也不知该怎么劝了，这事当事人都说不清，更何况他们这些局外人。只能等了。等时间冲淡这些情谊。

大年三十，贺家灯火通明，贺一舟带着丈夫和儿子过来。

厨房从昨晚就开始准备。

向云青近来刚学会了一首诗，逢人就要背。

贺轻舟懒得听，往他的兜里塞了两个红包，让他离自己远点。

向云青扁扁嘴，捏紧拳头捶了他几下："舅舅坏。"这不痛不痒的力道，比蚊子咬重不了多少。

贺轻舟的坐姿闲散，注意力也不在阖家欢乐上，偶尔有话题聊到他了，他会粗略地答应一声，然后继续看着手机发呆。

向欲安坐过来，把收购的事和贺轻舟讨论了下。说是讨论，他却全程说不出个一二来。

贺轻舟倒也不指望他有什么独特见解，从根本上给他指出利弊。

向欲安几番欲言又止："那你觉得，我该接手吗？"饭碗都端到他的嘴边了，却不知道怎么拿筷子。

贺轻舟点到为止："人人心中都有一杆秤，你自个权衡吧。"

向欲安笑着点头："也对。"

饭菜好了，贺母张罗他们过去。

自小的家教便是食不言寝不语，不过今天是大年三十，也有破例的时候。

他们在那儿聊得热火朝天，贺轻舟却全程一言不发。

向云青偷偷抓了一枚黏糊糊的硬币放进贺轻舟外套的口袋里。

贺轻舟垂眸看他。

向云青小声告诉他："妈妈说了，吃汤圆吃出硬币来，这一年都有福气。"所以，他要把福气送给舅舅。

贺轻舟低笑，面上只是轻抬了下眉，笑容很淡："舅舅不需要，你自己留着吧。"

向云青更小声："可以给舅妈。"

自以为的悄悄话，其实人人都能听到。于是，笑声四起。

那顿饭吃完，本该在家守岁的。贺轻舟却直接离开，贺母问起时，他一句有事敷衍过去。

机票早就买好了，到了江北已经很晚了，更何况从机场到小区也有一个多小时的车程。

眼见着天黑了下去。前面搭了台子，晚上有戏曲表演。

出租车进不去，他下了车，一路跑过去。

这个时候贺轻舟在想什么呢？什么也没想，只是害怕。害怕江苑在这热闹的大年三十，仍旧孤零零的一个人吃着饭。江苑嘴上不说，其实最怕孤单了。

家家户户门前都挂起了红灯笼，冷风一吹，灯笼乱晃。

贺轻舟拿着外套，跑了这么久，呼吸声也重。

站在门口收衣服的江苑，此时正发愣地看着他，想来对于他的出现也感到几分惊讶。

江苑大概是疑惑的，过了好久，才问他："你怎么来了？"

"陪你过年。"贺轻舟的话说得霸道，"不欢迎也没用，已经来了。"

江苑无奈地笑了笑。

见贺轻舟还喘着气，便知道他是一路跑过来的。

江苑进屋给他倒了杯水："你家里那边，不用留下来守岁吗？"

贺轻舟确实有点渴了，一杯水很快就喝完，答得漫不经心："我也不是第一次偷跑出来。"

是啊，在他们都还很小的时候，贺轻舟经常在大年夜出来陪她堆雪人。

江苑看着窗外干净的地面："只是可惜，今年冬天还没下过一场大雪。"

贺轻舟也不知在想什么，就这么沉默着。过了许久，他不动声色地转移话题："我来的时候，看到外面搭了个戏台子。"

说到这个，江苑突然想起来了，方才的遗憾一扫而光，她笑了笑，听说晚上有戏曲表演，问他要不要一起去听。

贺轻舟见江苑笑了，便也笑了："去。"

江苑换了身衣服，枣红色的毛呢外套，头发应该是自己随意卷了一下，看上去少了几分平日里清雅，多了几分俏皮可爱。

他们去得晚，前面的位置被占完了，便随意寻了一处人少的地方坐下。

戏台子上咿咿呀呀的唱戏声，幼时不觉得，年纪长了，倒能听出些许韵味来。

江苑问贺轻舟："我听说贺奶奶从前也是唱戏的？"

人渐渐多了，身侧人来人往的，贺轻舟担心她被撞到，脚勾着她坐着的椅子，将她往自己身边拖。

贺轻舟："嗯，昆曲。"

贺奶奶走得早，江苑只见过照片。那张全家福里，女人抱着尚在襁褓之中的婴儿。那时她的年龄不算大，脸上有着自然老去的细纹，眉眼却是温柔的，穿一身水绿色的旗袍，脸上带笑，瞧着怀中婴儿。

江苑："贺奶奶很厉害。"

贺轻舟不置可否，笑了笑："我就不厉害了？"玩笑般的语气。

江苑便也笑了："厉害，你最厉害。"

身前身后皆是灯火通明，平淡，却又不平凡。

戏曲会唱到很晚，江苑反而先熬不住了。

贺轻舟和她一起回去。

家家户户门前的灯笼都是亮着的，这片难得有这么热闹的时候。

隔壁阿姨回家拿钥匙，碰见江苑了，眼神暧昧地朝贺轻舟那个方向笑了笑，对他俩的事也闭口不问。小年轻害羞，她都懂。但还是忍不住埋怨一通："穗岁那个死丫头也不知道去哪儿了，吃完年夜饭就没了人影。"

江苑笑笑，安慰她："她的朋友多，八成是一起去玩了。"

"朋友还好，如果是男朋友，我非打断她的腿不可。"

屋内有些凉意，把灯打开，小乖立刻跑过来，蹭蹭江苑的脚，又去蹭贺轻舟的脚，大有雨露均沾的模样。

贺轻舟敷衍地摸了它几下，目光落在江苑家的冰箱上，问她："今天吃了些什么？"

江苑便把菜名一一报了出来。

贺轻舟的眉头微皱，倒是不出他的预料，简陋且单调："饿了没，我给你煮点饺子？"

江苑面带难色："可是家里没有现成的饺子。"

贺轻舟问："饺子皮有吗？"

江苑点头："有。"

于是贺轻舟开始剁馅。是江苑最喜欢吃的那种，他缠着宋邵安的外婆学了好久才学会。

江苑中途进厨房看了一眼，一米八七的贺轻舟，袖口往上卷了几截，露出的小臂肌肉线条流畅而且漂亮，衬衣下摆齐整地扎进裤腰，上面系一条黑色的皮带。侧身拿香油时，隐约可见腰线轮廓。这副模样出现在厨房，实在是违和。

不知怎的，江苑看着，就有些挪不开眼了。

差不多半个小时过去，饺子终于煮好。

贺轻舟分成两碗端了出来，大的那碗放在江苑的面前。

江苑看着比她脸还大的碗，稍稍沉默片刻："你是想撑死我吗？"

贺轻舟："吃不完就剩着。"

江苑："浪费粮食不好。"

贺轻舟无可奈何，又带些纵容宠溺的笑："吃不完还有我。"

也不知是江苑小瞧了自己，还是贺轻舟太懂她，那一碗饺子她全吃完了，就差没把汤也给喝干净。还从里面吃出了一枚硬币。这是北城的习俗，吃出硬币代表接下来的一年都有福气。

以往家里只有江愿她们几个的碗中有硬币，她从未吃出来过。眼下自然是高兴的，将那硬币洗干净了，宝贝得不行。

那枚硬币和向云青给贺轻舟的不是同一枚。

贺轻舟收拾了碗筷，进到厨房，还不忘取笑一下她："刚才是谁担心吃不完的？"

江苑不好意思叫贺轻舟做完饭还洗碗，说她来洗就行。

贺轻舟便不再坚持，而是站在一旁，身子靠着墙，几分慵懒闲适的模样，看她洗碗。

江苑："你做的饺子，和外婆做的一个味道。"

贺轻舟轻笑一声："学了一个多月，能不像吗？"

外面热热闹闹的，不时有孩童的打闹声传来，偶尔偷着响起几声炮仗声。

屋内暖色的灯，也将往日空冷的屋子衬出几分烟火气来。有时突然讲起从前的事了，两个人对视一笑，或打趣，或开心。等忙完这一切，打开电视，正好赶上春晚的后半场。

桌上放了点干果和热茶，江苑刚泡的，还带热气。

暖烘烘的屋子内，小乖窝在她的怀里，贺轻舟则坐在她的身边，偶尔给她开个核桃，剥个橘子。

不知是谁先挑起的话头，话题朝着两个人都心知肚明，却迟迟无人触碰的伤口按了下去。

贺轻舟问她："什么时候走？"

江苑抱着小乖："年中吧，还没给具体时间。"

贺轻舟点了点头，突然觉得烟瘾犯了，于是拆了颗薄荷糖扔进嘴里，大力咬碎。

夜风突然大了起来，窗户本就松动，现下被吹得发出些许声响。

贺轻舟突然笑了一下："你说，我能活到下次见你的时候吗？"看似玩笑，实则在问归期。

江苑答非所问："你会长命百岁的，我求过观音娘娘了。"

要不怎么说，用情太深的人，全身都是破绽呢。光是这一句平平淡淡的话，就足够让贺轻舟苦苦支撑的心防轰然崩塌了。

贺轻舟不再说话，陷入长时间的沉默中。怎么可能甘心呢？明明只差一点点了，可命运却和他开了个巨大的玩笑。

那个晚上，他们在一起守岁，春晚结束了，也没换台，晚间节目是重播之前的老电影。

看到一半江苑就睡着了，抱枕放在沙发扶手上，她靠着抱枕，睡颜安静。

贺轻舟回房拿了床被子给她盖上。然后在一旁看着她，看了很久很久。他想将这张脸牢牢记住，记得清楚一些。

时间过得很快，尤其是心里念着，希望时间慢些走的时候，便偏不如你的愿。

江苑的申请早就通过了，医院那边也有了回复。她这些天忙着准备一些必需品。

　　张医生拉她进了一个小群，里面都是这次同行的医生。有些人和她一样，是第一次去，有些人是有经验的。他们会在群里发一些之前的前辈累积的经验。譬如什么一定要买，什么没必要买，东西带多了反而累赘。

　　贺轻舟像是有所察觉一般，最近常往她这儿来，有时带一些茶叶，她爱喝的金骏眉，有时是给小乖买的猫粮。

　　江苑迟疑地接过猫粮，向他道谢。

　　贺轻舟瞧见江苑的异样，便往角落里看了一眼，先前放在这儿，属于小乖的东西已经不在了。他的心中早就有了答案，却假装不知道，将猫粮放进矮柜里。问她："吃饭了吗？"

　　江苑点头："吃过了。"又问他："你呢？"

　　贺轻舟："没有。"

　　江苑说："冰箱里还剩些饺子，不过是速冻的，你要是吃的话，我去给你煮？"

　　贺轻舟点头："谢谢。"

　　他们这平静的有来有回，倒是和往日没区别。

　　江苑打开冰箱，把里面的饺子拿出来，开了火。

　　贺轻舟瞥见角落里的那两个行李箱。他坐下，喝了口江苑给他泡好的茶。往日厚醇的口感，如今倒尝出几分难以入口的酸涩来。

　　茶没变，是人变了。

　　厨房里关了火，江苑端着那碗饺子出来。

　　贺轻舟全都吃完了，一个不剩。

　　江苑笑道："看来是真饿了呀。"

　　贺轻舟却笑不出来。人在极度悲怆无力的情况下，仿佛缺失了伪装的能力。

　　那阵子其实是贺轻舟最忙的时候，但他把工作都往后推了，直接住在了江北。

第二天，贺轻舟来找江苑时，却见她家的门关着，晒在外面的衣服也不见了踪影。他顿时慌了神，具体也说不出是什么感觉。

贺轻舟去医院找江苑，她以前的同事说她毕业后就不在这儿了。

她认得贺轻舟，也知道他和江苑的关系还算亲密："她过几天的机票，你不知道吗？"

江苑不知道该怎么和贺轻舟道别，索性就什么都没说，却不想竟然在机场遇到了他。

贺轻舟的身边放了个黑色的行李箱，看上去有几分憔悴，唇边长出青色的胡茬。

"我知道你要走，可不知道你什么时候走，所以我这几天一直等在这里。"

"江苑，我和你一起走，好不好？"贺轻舟笑着说出这句话，语气里却带着哀求。

同行的人看到这副场面，都有些说不出话来。他们能理解家人、朋友的不舍，因为他们每一个人在做出这个决定之前，都面临过同样的问题。可像这种，要求一起走的，还是第一次见。

江苑和他们打了声招呼，让他们先去前面等她，她马上就来。

她走到贺轻舟身前，问贺轻舟怎么憔悴成这个样子。

贺轻舟不答，只重复一句话："可以吗？"

"贺轻舟啊。"江苑轻抚他的脸，笑容温柔，"认识你，是我的荣幸，也是我这辈子最大的福气。祝你平安。"答非所问，却又给了答复。她最后和贺轻舟说了一声"再见"。

江苑走了，贺轻舟在机场，从白天坐到晚上。

周围的人行色匆匆。他们有的是赶飞机，有的是接送朋友，每个人的目标都很明确，唯独他。他坐在那里，如同一只被遗弃的流浪猫，心没了归属，家也没了。

仿佛听到有人在喊他的名字，贺轻舟。熟悉的温柔的语气。他急忙抬眸，身侧却空无一物。

直到这一刻，贺轻舟才真的意识到，江苑走了，没有一点留恋地从他的身边离开。她去追求她的辽阔天地，崇高理想，没有一点不舍地把他扔下。

贺轻舟低下头，觉得自己可笑。他颓然地捂着自己的脸，指缝被濡湿，肩膀轻轻颤抖。

会再见吗？你明明，就不打算和我再见。

第十三章

放逐

江苑走后，贺轻舟照常过着自己的生活，旁人是看不出异样的。你看，没有谁是离了谁就活不了的。

苏御接手了自家的娱乐公司，但依旧游手好闲，挂了个名便继续逍遥自在。贺轻舟偶尔会在工作方面点拨他一下，什么该做，什么不该做。他却浑不在意，说他本身在这方面就没经验，做与不做都这样，还不如不做。如此，贺轻舟便随他去了。

海滩这儿常有人来喂海鸥，甚至不少外地游客专门慕名而来。不过前阵子听说海鸥吃错了东西，集体拉肚子，倒是吓退了一大批游客。今天明显人少了许多。

贺轻舟吹着海风，指间夹着烟，坐姿闲散，看着海面上的游轮。他最近时常看着这些交通工具发呆，有时是看轮船，有时是看着天上的飞机。

贺轻舟总在期待，期待这里面坐着返航的江苑。哪怕深知这不可能。但人活在这世上，不就是图个念想吗？

有在旁边偷看他许久的小女生，迟迟不敢上前，最后被她的小姐妹怂恿一阵，终于鼓起勇气，哆哆嗦嗦地询问他的电话号码。

贺轻舟掐灭了烟，转动无名指上的戒指，笑容还算礼貌，却又浮于表面："不好意思，已婚。"

清清冷冷地扔下这句话，他起身离开。

贺一舟的婆家那边出了些状况，便把向云青扔给贺轻舟养了一阵。

向云青虽然年纪小，但事儿不少，从小被惯坏了，一点不如他的意就哭。

贺轻舟被弄烦了，提着向云青的衣领子把他扔给阿姨，让她帮忙看着："您别让他上二楼就行。"

阿姨点了点头，抱着向云青去哄："哎哟，小祖宗怎么哭成这样了。"

向云青委屈地靠在阿姨的肩膀上："舅舅坏，坏舅舅！"

冬至以后，北城的温度下降得很快。

贺轻舟把烟给戒了。有时酒局上有人递烟，他也统统拒绝了。

工作繁忙时，大大小小的应酬自然少不了，能推的他都推了，实在没法推的，就过去走个过场，但也不久待。

宋邵安笑他："你这生活作息，比外婆的还要健康了。"

贺轻舟咬着一颗薄荷糖，瞧着院子里正堆雪人的向云青。

年关近了，他们都回了大院，偶尔也聚聚。

薄荷糖咬得咔咔作响："我还得长命百岁呢，不健康点怎么行。"

宋邵安眼底的笑浅了些，手边的茶都放凉了，他也忘了喝。

难受的又岂止贺轻舟一个人呢？他好歹还见了她一面，好歹还陪了她那么久，好歹也让她有过不舍。

可自己呢？她大抵都忘了有自己这个人吧。

宋邵安当初把话说得足够满，他喜欢江苑，哪怕贺轻舟记起来了，他也要喜欢她。可真到了那个时候，看见贺轻舟的颓败模样，他反倒狠不下这个心来。也罢，反正他都把这段喜欢藏在心里这么多年了，也不怕再多藏些年头。

院子里起了冷风，树上的雪也簌簌往下掉。

贺轻舟突然想起了去年听的那场戏。唱的什么，他也记不清了，但他始终记得那碗饺子的味道。她倒是吃得一干二净。也不知道今年，她能不能吃上一碗热腾腾的饺子。

外婆在里面喊他们，饭菜好了，让他们赶紧进屋，别吹久了冷风，给吹感冒了。

"也不知道苏御那个小兔崽子怎么来得这么晚，这都几点了？"外婆单独给向云青开了小灶，吆喝宋邵安去给苏御打个电话。

贺轻舟很久没有反应，仍坐在那张有了年头的竹椅上，望着房檐上的雪发呆。他这样反常的次数多了，反倒成了正常。

外婆叹了一口气，进屋多泡了壶茶，安神的，准备待会儿让贺轻舟带回去。

冬雪消融，又是一年新春。

向云青长高了不少。

贺母说，这个年纪的娃娃就跟雨后春笋一般，长得快。衣服基本上是两三个月一丢，先前那些都穿不下了。

贺母每次说到这话，都意有所指地咳上一声："也不知道我这有生之年，还能不能抱上孙子。"

贺轻舟坐在沙发上，正看着电视。他如今财经新闻看得少了，多是一些全球类的，什么地方又有战乱，什么地方起了大规模的传染病。听到贺母的话，他漫不经心地应了一句："您平时也没少抱向云青。"

贺母急了，坐直了身子："小童那是外孙，我要抱的是孙子！"

"您要什么样的，改天我去领养一个。"贺轻舟这个散漫态度差点把贺母气死，懒得再和他讲。

贺轻舟也难得落了清静，继续去看自己的新闻。

小姑娘是真的心狠，嘴上说再见，实则一点念想都没给他留，连微信都注销了。

好在，微博似乎被她遗忘了。

于是那些为数不多的内容，被他翻来覆去地看了好多遍。

　　"生日那天突然想吃荔枝，跑遍了整个水果店都没找到。于是去蛋糕店给自己买了一块巧克力蛋糕，没点蜡烛。"

　　"很累，压力很大，比实习的时候还要累。同时又很庆幸，遇到的都是不错的人。"

　　"叶子开始泛黄了，江北的秋天好像来得比北城要快。不记得是第几个自己单独过的中秋节了。"

　　"有在努力生活，病情也好转了许多。"

　　"我希望平平安安的那个人，有平安吗？"

　　"欠你的生日愿望，最后一个，已经许过了哦。明年，就没有任何关系了。"

手指轻抚过屏幕，仿佛隔着岁月的长河，和她对视一般。他在屏幕外头，她在屏幕里头。

江苑生日那天，贺轻舟买了很多荔枝。

家里关着灯，巨大的屏幕上，正一遍一遍地放着他们从前的录像，仿佛是把他们从前的生活又过了一遍。

一年了。

距离江苑离开，已经有一年了。

这一年多来，贺轻舟既怕没有她的消息，又怕有她的消息。

晚上经常做噩梦，有时突然惊醒了，身上的睡衣被冷汗洇湿。然后他就再也睡不着了，索性冲了个澡，换上衣服，出去看月亮。

月亮那么圆，也不知道她那边能不能看到。

或许有那么一个瞬间，他们在同一个时间抬头，看着同一个月亮。

戚穗岁的电话是下午打来的，江苑走之前给小乖找了一户领养人，对方领养小乖是为了让小猫陪陪老人家，互相有个伴。

江苑也是觉得老人家的脾气好，又和蔼，才点头同意的。不过前阵子老人家去世了，老人的家人又常年不在家，所以想把猫给送回来。

戚穗岁都快气死了，说他们不负责，把小乖当什么了。不光骂了对方一顿，甚至还动起手来。要不是她妈妈拦着，恐怕她那满手的水晶美甲，能直接把对方的脸给挠花。

戚穗岁说："我平时得上学，我妈也没这个耐心，所以我想问问你，能不能帮忙养一下？"

贺轻舟当下便点头："我现在过去。"倒是没一点犹豫。

猫是一种很敏感的动物，被领养又被遗弃，本身就容易让它产生应激反应。在戚穗岁的家里时，小乖表现得尤其强烈。但看到贺轻舟以后，它意外变得温顺起来，窝在贺轻舟的怀里便不肯离开。

贺轻舟带它回了北城，一人一猫，仿佛提前过上了退休的日子。

苏御拿着酒来找他，说是自家酿的，特地拿来给他尝尝。

贺轻舟闻了下味，嫌弃地皱眉，让苏御自己尝。

苏御说："虽然闻着不行，但是味道还可以。"

小乖听到声音从楼上下来，刚往这边走了两步，闻到味了，爪子拼命往后刨。仿佛苏御手里拿的不是酒，而是一坨屎，它费心费力想替他把这坨屎埋掉。

贺轻舟瞧见小乖这副模样，笑着说："您自个儿留着喝，别把我家猫臭出毛病了。"

苏御叹了口气，把瓶口封上，说贺轻舟没品位，养的猫也没品位。

北城近日雨水多，天气阴晴不定的，雨说下就下。每到这种时候，贺轻舟就会陷入长久的沉默之中。一言不发，看着窗外的雨发呆。

苏御不知道贺轻舟在想什么，但能猜到，这一切的源头是因为谁。

有时候苏御也觉得，这一年下来，贺轻舟仿佛变了个人似的。套了个活人的壳子而已，兴许灵魂早就死透了，死在江苑离开的那一天。

小乖窝在贺轻舟的怀里睡了，他低头看了它一眼。以前江苑是不是也用这个姿势，让它睡在自己怀里。

"听说无国界医生很苦，很多人都撑不过两年。"贺轻舟问苏御，"你说，明年我能等到她吗？"

苏御安慰贺轻舟："当然能，说不定她现在就想回来了。准备到时候突然出现，给你一个惊喜。"

听苏御这么说，贺轻舟反倒笑了。

"她那个木头性子，哪里懂什么浪漫？"

一听贺轻舟这话，苏御就不乐意了："你不能因为苑妹儿不在这儿就说她的坏话啊，我可不允许。"

因为下雨，天色都黑得比往常要早。这才几点，就暗得不成样子。

苏御过去把灯打开，暖黄色的灯着实把他吓了一跳："这灯怎么是这个色的？"

小乖被苏御一惊一乍的叫嚷吵醒了，伸了个懒腰便从贺轻舟的怀里跳了下去，自己玩去了。

贺轻舟回答得倒也简洁："好看。"

苏御嘀咕着："好看什么啊，瘆人得紧。"

日历一张一张被撕开，时间流水似的过去。

第二年，贺轻舟得了空闲便会去机场那儿坐着，一坐就是一整天。

但始终没有等到江苑。

两年了，距离她离开，已经两年了。

又是一年春节，贺轻舟接到了周嘉茗的喜帖。

下个月二十号，长汀酒店二楼。听说是闪婚，两个人是相亲认识的，三个月就到了谈婚论嫁的地步。

那天晚上，苏御喊贺轻舟出来喝酒。这种玩乐的酒局，贺轻舟一般是不来的。但这次，他还是过去了。

苏御应该已经喝过一轮了，醉得不成样子。他看到贺轻舟了，抱着酒瓶子摇摇晃晃地走过来，笑道："舟哥，这次的酒是真的好，不臭。"

贺轻舟微微皱眉，把苏御手里的酒瓶拿走："别喝了，我让人送你回去。"

苏御说："你放心，我真没醉。"

不知道是谁点了首歌，也没唱，只有舒缓的钢琴伴奏声，苏御坐在沙发上，笑容浅了些，但仍旧是笑着的。他说："舟哥，我高兴，我是真的高兴。"

苏御还说："我是第一次，这么喜欢一个人。可我不能害了她。"

"我现在这样，她要是跟了我，只会受委屈。"

"我跟你不同，我没你那个能力，我草包一个。"

"我也不是江苑，没有她那么不顾一切的勇气。"

他怎么就偏偏姓苏呢？但他还是高兴的，高兴她终于找到一个靠谱的人，而不是在他这样的烂人身上耗费时间。

多久了，三年多了吧？

贺轻舟想安慰苏御，可想起自己都爱而不得，哪来的立场去安慰别人。最后只能笑了一下，接过苏御给他倒的酒，仰头一口饮尽。

周嘉茗婚礼那天，他们都去了。

贺轻舟总是不放弃一丁点可能知道江苑消息的机会，他旁敲侧击地问了周嘉茗。

周嘉茗面带难色，向他道歉，说她也不知道。江苑刚出国的那段时间她们是有联系的，但是那个地方的信号时好时坏，往后就逐渐断了消息。

听到周嘉茗的话，贺轻舟面上倒是没有显出异样，心却往下沉了几分。他总是害怕，害怕江苑在他看不见的地方受苦受累。那些国家的环境都不好，在那样的境况之下，极其容易发生意外。

这些年漫无目的地等下来，他的心境也逐渐发生了改变。从希望江苑早日回来，回到他身边，变成了希望她平安。

音乐奏起，周嘉茗挽着他父亲的胳膊从门后进来，走上红毯，新郎站在红毯的尽头往回望，满心满眼全是她一个人。

苏御就站在台下看着，他和其他宾客一起鼓掌祝贺。他对贺轻舟说："她穿婚纱真好看，要是站在她身边的那个人是我就好了。我也想穿黑西服被她挽着。"

苏御没心没肺地笑着，是他惯有的嬉皮笑脸，没个正形："哪怕是当她爸，被她挽着入场也行啊。"笑着笑着，眼泪就掉下来了。

贺轻舟没了江苑的联系方式，想她了，也只能给她的微博发私信，哪怕永远都是未读。

"周嘉茗结婚了。"

"如果你在场的话，应该会很高兴吧。"

"今天北城太阳大，天气不错，晚上也能看见星星，月亮很圆。"

"刚刚让阿姨给我煮了碗饺子，可总觉得味道不对，和你那天煮给我吃的不一样。直到她去超市买了一袋速冻的。"

"江苑，记得按时吃饭。"

海外市场早就开拓了，如今新项目开始试水，贺轻舟干脆在美国短住了一段时间。

平日里常有金发碧眼的美女偷偷往他的外套里塞房卡，留个电话号码之类的，他连拒绝都嫌麻烦，干脆把那枚婚戒戴上。

戒指是江苑走后他买的。他铁了心要等她回来，有婚戒在，才可以避免一切外在因素的打扰。

贺轻舟打开戒指盒，看着里面那枚女款婚戒，轻笑了一声。这么多年，他都快思念成疾了，她倒好，半点消息都不给他。

江苑离开的第二年，贺轻舟成立了一个慈善基金会，关于无国界医生的慈善基金会。他怕江苑在那样的环境下吃不好、穿不暖。

有时候做梦都会梦到她，瘦了一圈，头发也因为营养不良变得枯黄。然后他便醒了，心脏疼得仿佛被谁用力攥着。疼啊，疼得厉害。

贺轻舟开始日日抄写佛经，为她祈福，甚至往寺庙捐了不少香火。以往最不信这些的贺轻舟，如今反而走投无路，不得不将希望寄托在这些地方上。希望神佛能保佑自己爱的人。

哪怕用他半生的寿命来换，他也是愿意的。

贺一舟看见贺轻舟屋子里的佛龛，还有抄写好，放在书架上的经书，都快占满一整个的格子了。她皱了皱眉，问贺轻舟这是看破红尘，要皈依佛门了？

贺轻舟笑笑："闲着无聊，打发时间罢了。"

贺一舟的眉头便皱得更深："我看你也不像闲的模样，这些天公司的事就够你忙了，不好好休息，抄这些经书，是嫌自己活的时间太长了？"

贺轻舟听到她的话，不知怎的，突然开始沉默起来。他放下手中的毛笔，走到落地窗前。

从这儿往外看，能瞧见江面，江面上有轮渡。

"爷爷不是说，我出生的时候，有大师给我算过，说我命里坎坷，半生孤苦。"贺轻舟笑了一下，问她，"你说，我现在是不是应验了。"

贺一舟的心里不忍。贺轻舟这些年的改变，她是看在眼里的。得过且过，过一天算一天。

家里对贺轻舟自小宠爱，所以把他养成了那个桀骜、张扬的性子。可看他现在，哪里还有以往半分的肆意，倒像是快烧尽的蜡烛。

到底是于心不忍，想要劝劝他："轻舟，这个世界上好的女孩子那么多，你又是何必呢？"

贺轻舟不说话了，他仿佛又陷入属于自己的沉思当中。

贺一舟叹了一口气，起身离开，不再打扰他。

有些事，还是得靠当事人自己想通，旁人是说不通的。但前提是，他能想通。

北城又落了一场雪，到处白皑皑的。

冬天仿佛象征着离别，很多老人都挨不过去。外婆也去世了。

宋邵安穿着黑色的孝服，抱着外婆的相框，在灵堂跪了一晚上。这是他们这儿的习俗。

宋邵安跪了一晚上，贺轻舟也一晚上没睡。

人生好像就是这样，来来去去，聚散无常。

年幼时外婆的老屋就是他们的据点，那会儿他们住大院，祖辈都是军人。外婆总说，贺轻舟这野猴一般的性子，还是得文静些的姑娘来治。

后来，江苑就出现了。她总是穿一身白色的连衣裙，梳两根小辫。贺轻舟一见她就脸红。

长大后外婆便常拿这件事打趣，说自己得好好活着，看到他们结婚的那一天。她倒要看看，贺轻舟到时候得脸红成什么样。

那天晚上，贺轻舟破例抽了根烟。烟雾缭绕，他想，时间过得可真快。

安葬好外婆后，贺轻舟和宋邵安单独喝了一杯，两个人都没说话。

难过是巨大的玻璃罩，足够隔音。成年人好像都这样，情绪爱藏在心里。

喝到后半场，宋邵安不行了，路都走不稳。

贺轻舟扶着宋邵安。宋邵安叹了口气，靠在贺轻舟的肩上。那是他们认识那么多年来，宋邵安第一次哭得那么凶。虽然没有声音，但也足够表达哀痛了。

冰雪消融，又是春分。

贺轻舟回到家，阿姨告诉他，今天收到了一箱快递，是从江北山村寄来的。

听到江北这个字眼，贺轻舟下意识地停顿片刻。他换了鞋子进来，泡沫箱还用黄色胶布封着，没有拆开。看清上面的地址后，他拿来剪刀把胶布划开。里面装着一箱桃子，还有一封手写的信。

> 江苑姐姐，贺轻舟哥哥：
>
> 因为前几年气候的影响，桃树结的果子不行，干瘪又酸涩，所以奶奶就没让我给你们寄。
>
> 今年的收成好，桃子的个头大，汁水也多，还甜。
>
> 想你们，祝你们天天健康，心想事成。

下面的署名是大树，那个带贺轻舟他们去种树的小男孩。看着这封字迹生硬的书信，贺轻舟的指腹在最前面那两个字上轻轻摩挲。这么多年了，字还是这么丑。

阿姨瞧见这些桃子了："哎哟，这是谁寄来的？一看就好吃。我去洗好放冰箱里？"

　　贺轻舟点头，随手从里面拿了一个，拍照发给江苑，问她还记不记得之前和他一起种的那棵桃树，居然结果了。他说很甜，你肯定会喜欢的。

　　消息栏往上拉，全是他一个人的自言自语，没有一条是已读的信息。

　　后来，有一天，手机突然响了一下，他看到锁屏界面上弹出一条。

　　"你关注的 yuan0718 发了一条微博。"顾不得当时是在开会，他急忙点开，却看到对方发了一条又一条的微商信息。

　　那种感觉，怎么形容呢？心情大抵是突然从巅峰跌落到了谷底。

　　盗号的事情很快就处理好了，被删除的那些微博也全都恢复了。

　　贺轻舟其实应该感谢那个盗号的人。至少他的私信前面，全都带上了一个已读。这样是不是就能安慰自己，江苑其实一直在给自己回应。

　　贺轻舟每个月都会去一次寺庙，为江苑祈福。

　　庙里的师父和他说了一句话："命里有时终须有，命里无时莫强求。"

　　贺轻舟说："再等等吧，过了今年，我就不等了。"

　　话是这么说出去了，可过了年，仍旧照常撕日历。

　　宋邵安调侃他："不是不等了吗？"

　　贺轻舟说："已经等了这么久了，反正也没别的事。"

　　"再等等吧。"他总这么说。再等等，反正也没别的事。可他的时间，好像都用在等她这件事上了。

　　贺轻舟没了自己的社交圈，生活简单，公司、家里两点一线。

　　不是他固执，死守着她那一句再见。而是因为，他太了解江苑了。她不希望贺轻舟在等她这件事上浪费时间。所以离开这么多年，她从未联系过他。

　　是铁了心想让他忘了她啊。可是，怎么可能呢？

　　他这么了解她，她却一点都不了解他。

也不是没有想过要去找她，可该去哪里找呢？

他连个目的地都没有。

这些年来，大大小小的桃花也遇到过不少。有主动投怀送抱的，也有合作方为了讨好他，企图塞人给他，但都被他给拒绝了。

盯着贺轻舟的人自然是不少的，他站到如今这个位置，加上家中深厚的根基，分明长了张招桃花的脸，却又过分洁身自好。

日子久了，关于他性向的问题便在私下被人议论开。

苏御得知这件事，笑他："就你现在这副看破红尘的模样，谁都会怀疑你的性取向。"

贺轻舟将刚抄写好的经书收拾好，放进书柜之中。

"你以后别来了。"清冷淡漠的语调，倒像是把被误解的怒火发泄到苏御的身上去了。

苏御立刻做了个拉拉链闭嘴的手势。

改变也不是一天两天的，时间越长，便越能看出端倪来。

贺轻舟沉默的时间占了大半。

苏御总觉得现在的贺轻舟，和从前江苑有几分相似。面上瞧不出异样来，但整个人又仿佛一摊早已停止流动的水。无欲无求，得过且过。

贺一舟又怀孕了。

贺母已经不强求贺轻舟结婚了。

原先是觉得江苑那个丫头刚离开，他舍不得也正常，等日子久了，冲淡了情谊，总会慢慢释怀。

可这都释怀了多久。等过了年，贺轻舟都三十了。这情谊啊，怕是只增不减。

贺母偶尔也叹息，说那个大师乌鸦嘴，该不会真让他给说中了吧？贺轻舟半生孤苦。

贺一舟安慰她别多想，摸着自己日渐变大的肚子，说等生了，就把这个孩子给贺轻舟养。

秋风渐起，贺轻舟听到了，起身拿起搭在椅背上的外套，笑着说："您歇了这份心，明知道我讨厌小孩。"

贺一舟斜眼睨他："以后等你有了自己的小孩，我看你还说不说得出这话来。"

贺轻舟过生日那天，他把手机关机，自己在家睡了一整天，直到后半夜被疼醒。膝盖疼得厉害。看了一眼窗外，不知何时开始下雨。他也不是每次下雨膝盖都会痛，有时候也受心情的影响。

贺轻舟坐起身，发了很久的呆，灰白条纹的睡衣，领扣散了两颗，露出大片的肌肤，若隐若现的肌肉线条，以及微微隆起的淡青色血管，清绝禁欲。

贺轻舟三十岁了。一转眼，都过去这么久了。也不知道江苑还记不记得这个世界上有他这么一个人。

兴许早就忘了。有太多种可能性，他都不敢细想。可能她早就忘了他，另有新欢，也可能她已经结婚，在异国他乡，或许她……

贺轻舟中止了自己的念头，目光落在窗外的雨幕中。

他不知道他们什么时候会再见，但他总有预感。他们会再见的。

所以他得好好活着，健康地活着，最起码得活过四十岁吧。

怕只怕，那个时候的他老了，青春不在。她会嫌弃他年老色衰吗？

贺轻舟的生活其实是按照他以往的规划在循序渐进的，甚至进度要更快一些。

公司的股价涨了，年利润也涨了。

贺家自从贺轻舟接手后，在北城这第一把交椅上，也算是坐稳了。他也没了其他的爱好，偶尔参加下慈善晚宴，捐个款，花高价义拍个没什么用的玩意儿。

上个月佳士得有款黄宝石的雏菊胸针，贺轻舟没有一点犹豫便举牌加价，最后成功拍下。

拍卖中途贺轻舟便离开了，那款胸针的竞争者之一找来，说那款胸针是他想送给他妈妈的生日礼物，问贺轻舟能不能让给他。可真是个孝顺的好儿子啊。

贺轻舟笑容轻慢地拒绝："不好意思，价高者得。"然后离开。

孝不孝顺，与他又有什么关系呢？

冬风再起时，小乖也走了，它生了很严重的病，在宠物医院待了三天。

贺轻舟也在那里陪了它三天。

眼见它从有力气自己吃饭，到最后躺在猫窝里，只剩出的气，没有进的气。

后来在医生的劝说下，他同意了安乐死。实在是多活一分钟，便多难受一分钟。

贺轻舟寻了处风景好的地方，把它给埋了，周围种上了小雏菊。

那是江苑最爱的花。就当是江苑送了它最后一程吧。

贺轻舟挺难过的，难过小乖走了，也难过自己和江苑有关的事物，也在一点点消失。

就连江家，也因为江城的经营不善而屡出变故。

江城来找过贺轻舟，求贺轻舟帮帮他。

贺轻舟怎么可能帮他呢？他语气客气又礼貌地回道："我巴不得看您早点死，怎么可能会帮您呢？"

那一刻，贺轻舟的眼里是带着狠的。他多恨这个人啊。

如果不是因为江城，江苑不可能平白受那么多苦，他们也不可能分开。

　　贺轻舟没想到的是，江城居然铤而走险，做起了违法的买卖。

　　那些被江城坑的工人把他告上法庭，江城被判了八年。而他那一屋子老小早就转移财产，全家移民国外了。江城用自己的八年，保全了自己家人下半生的无忧。

　　说来讽刺，这么一个对自己的女儿又打又骂的男人，居然为了自己的家人，做到如此地步。大约，江城从来不曾拿江苑当过家人吧。

　　想到这儿，贺轻舟便替江苑感到难过。

　　转眼间，贺京阳四岁了。

　　贺一舟在怀孕八个月的时候和向欲安离婚，两个孩子的抚养权都归贺一舟。

　　听到这个消息时，贺轻舟也不意外。女强男弱，大部分都会以这个结尾收场。

　　贺一舟似乎是铁了心想把贺京阳给贺轻舟抚养，从小就让他喊贺轻舟爸爸。

　　她说，等贺轻舟老了，也好有个人给他送终。

　　贺轻舟便笑："我不需要别人给我送终，不想活了，就找个地方自己慢慢等死。"

　　贺一舟一听贺轻舟这话就来火了："这种晦气的话你最好少给我讲！"

　　贺轻舟顺从地点头："好，不讲。"

　　贺轻舟换好衣服，今天是去寺庙礼佛祈福的日子。是这些年来养成的习惯，从前不信的东西，日子久了，也开始病急乱投医了。

　　贺一舟把贺京阳塞给贺轻舟，让贺轻舟把他给带上："他最近闹腾得很，你带他去庙里给他洗涤下心灵。"

　　贺轻舟看了一眼抱着他腿的小家伙，此时正往他的裤子上擦口水，顿时嫌弃地眉头微皱："贺京阳洗涤什么心灵？你先给洗洗澡。"

贺一舟把他的小飞象水壶装满水，挂在贺京阳的脖子上："京阳乖，去了人多的地方别到处乱跑，跟紧爸爸。"

贺一舟在称呼上倒是严谨，让贺京阳管贺轻舟叫爸爸，管自己叫姑姑。贺轻舟纠正过几次，但每次都会被贺一舟给拗回去，他也懒得多说什么了。

把贺京阳放在儿童座椅上，开车去了海城，他每回都是去那儿。

最近正好是旅游旺季，来往的人多，附近有不少前来旅游，拍照游玩的。

贺轻舟将经书拿给庙里的师父，顺便带着贺京阳去求了个签。

难得的上上签。解签人说，心中所想会在今日实现。

贺京阳正咬着小飞象的鼻子喝水，扯扯贺轻舟的裤子："爸爸，肚肚饿饿。"

贺轻舟收好签："别说叠词，不然把你扔出去。"

贺京阳点头："爸，肚饿。"

贺轻舟也不去纠结这个称呼了，只是问贺京阳："想吃什么？"

刚才来的路上贺京阳看到路边有好多好吃的，但最想吃的还是热狗。于是说："热狗。"

周围来往的人多，贺轻舟怕贺京阳被撞到，于是把他抱起来："不健康，换一个。"

贺京阳："羊肉串。"

贺轻舟："不卫生。"

贺京阳："糖葫芦。"

贺轻舟："太甜，容易长蛀牙。"

贺京阳已经开始委屈地扁嘴了，他不抱太大的希望说出最后一个自己想吃的东西："棉花糖呢？"

贺轻舟听了后，沉默了几秒钟，然后点了点头："嗯。"

往后任凭贺京阳再怎么说话，贺轻舟都没再开口，仿佛陷入沉思当中。哪怕再怎么将思念深埋，任何东西好像都能轻易将其勾起。

贺京阳一手拿着棉花糖，一手拉着贺轻舟的裤子。

人群熙熙攘攘，到处都充满着笑声。空气中带着燥意的风仿佛都是热闹的调味剂。

说起中文来有些蹩脚的男人的声音在这其中响起，带着笑意："江，再往左边一点。"

贺轻舟蹲下来，拿纸巾给贺京阳擦脸，问他是不是用脸在吃东西。

下一秒钟，一个女人的声音询问道："是这儿吗？"熟悉的温柔的语气。

该怎么去形容那一刻的心情呢？搜肠刮肚也找不出合适的形容词来。只觉得莫名被卸了全身的力气，连张纸巾都拿不稳，时间仿佛也凝固了。

于是人群中，只剩下贺轻舟和那个他日思夜想的人。

江苑站在石碑旁，笑容灿烂地看着镜头。

照片拍好了，江苑走下台阶，脚步却停住。在看到贺轻舟的那一瞬间。

不论过去多久，他好像永远都是人群中最瞩目、最耀眼的那一个。只一眼，便能瞧见。

明明都过去那么久了，但仿佛上次见他只是昨天。四周的熙攘、吵闹在这一刻归于安静。

他们之间缺失的那些年，似乎也被短暂忽略。没有电视剧里演的那种久别重逢后的激动，或是流着眼泪诉说思念，他们只是很平静地互相打了声招呼："好久不见。"

贺轻舟点头，声音稍显沙哑："是挺久的。"彼此却都绝口不提，到底有多久。

贺京阳认出了江苑这张脸，舅舅家里有她的画像。

江苑也注意到贺京阳了，虎头虎脑的，可爱得紧。于是弯下腰，笑着和他打了声招呼："你好呀。"

贺京阳的脸红红的，躲在贺轻舟的身后不敢出来，只露出了个脑袋。好半天，才讷讷地喊了声："漂亮姐姐。"

江苑笑了一下。

贺京阳又去问贺轻舟："漂亮姐姐是爸爸的女朋友吗？"

江苑因为这个称呼而微微抬高了眉，却也没有过分感到惊讶，好像这一切都在情理之中。

大抵是怕她误会，贺轻舟解释了一句："这是贺一舟的小儿子，说要给我抚养，所以一直叫我爸爸。"

"一舟姐的小儿子都这么大了"的惊讶，在听到贺轻舟后面那句话后，江苑的心情又转变了一番。她一时不知道该说些什么，沉吟好半天，才笑着说出一句："一舟姐考虑得还挺周到。"

贺轻舟也笑，只是那笑意很淡："她哪里舍得，就是想让我给她带孩子罢了。"

四年的时间，好像什么都没变，又好像什么都变了。他们之间礼貌又客气，仿佛痴心等她的那几年是一场梦一样。梦醒了，那些日子带给他的伤痛也就不复存在了。来时沉重，去时缥缈。

夏野收好相机过来，语言系统暂时还切换不过来，中英混杂地询问江苑。他是谁？她的朋友吗？

江苑简略地做了个介绍："他叫贺轻舟，是我认识很多年的……朋友。"

夏野听到后，若有所思地点了点头，又问她："就是那个贺轻舟？"

江苑下意识地看了贺轻舟一眼，然后点了点头："是那个贺轻舟。"

当事人却不知道他们在打什么哑谜，只安静垂眸，并无过多言语。

属于他的个人介绍做完了，他在等江苑介绍身旁的这位。面上并无太明显的情绪，喜怒不显，却有什么在暗自提着劲。他害怕自己从前不敢细想的结果，已经成真。

江苑说："他叫夏野。"除了名字，没有其他有用的信息。

贺轻舟点了点头，和夏野打过招呼："你好。"

没了少年时期的浮躁与冲动，对出现在她身边的异性总是充满了敌视。时间过滤掉他骨子里的劣根性，余下的，便是待人处事的游刃有余。

夏野笑道："你好，久仰你的大名。"

相比于夏野的热情，贺轻舟则显得无动于衷得多。

身边有叫卖的小贩，四处走动，逢人便问要不要算命。在寺庙门口给人算命，倒是多此一举。

贺京阳拉了拉贺轻舟的裤子："爸爸，饿了。"

贺轻舟稍微正了神色，让贺京阳不要这么喊他，然后将贺京阳抱起来，视线落在江苑的身上。用询问的语气对她说："这儿人多，换个地方坐着慢慢聊？"

贺轻舟的脸色很平静，所以也无人瞧见他因为紧张而过度用力，泛起青白的指节。他们之间，连失而复得都算不上，只是偶然重逢罢了。她可能，都没有想过要去找他。

江苑最后还是点了点头。

两个人约在附近的茶餐厅里。

这种旅游景点的东西都贵得吓人，外面四五十一杯的咖啡，在这儿身价能上涨好几倍。

夏野倒是非常有眼力见，知道他们久别重逢，应该有很多话要讲，于是抱着贺京阳，说带他去旁边玩滑梯。

落地窗能很好地看清外面的景致。看到山那边的夕阳，江苑突然理解了自己为何对暖黄色的灯情有独钟。因为像夕阳。

贺轻舟问江苑："回来多久了？"

手中银匙轻轻搅散咖啡上的拉花，江苑倒是没变多少，说话的语气仍是温温柔柔的："一个多月了。"

贺轻舟低声"嗯"了一声，端起咖啡杯，浅浅地抿了一口，似乎随口一问："没想过回北城看看？"

江苑："回去过。"

贺轻舟于是便心下了然。她回国一个多月，也回过北城，却没有去找过他。在她离开的第二天，贺轻舟就想过，到时候她回来了，他会说些什么，又该说些什么。求她不要再走了。

可是现在，贺轻舟只剩下沉默。

沉默的时间长了，便是一种心照不宣。

过了很久，贺轻舟看着江苑："脸上终于有了点肉，头发怎么剪短了？好像还是第一次看你头发这么短。"

她这样的肤色，好像很难晒黑，仍旧如白瓷一般。与以往不同的是，多了些红润。眉眼仍旧似水墨画般温婉，头发柔顺地垂落肩上。旁人瞧了看不出的细微改变，却被他敏锐地捕捉到了。

只字不提想她，却又字字都是想她。成年人表达情绪的方式，总是这么含蓄而内敛。

贺轻舟："这次回国，还走吗？"

江苑摇头："不走了，已经找好了工作。"

贺轻舟："哪里？"

江苑："北城一医。"她曾经实习过的地方。

贺轻舟点头："挺好的，前景好。"

咖啡放凉了，不见一点热气。

江苑说："我们好像真的挺久没见了。"

怎么会不久呢？

　　贺轻舟说出了具体的日子："四年零三个月，一千五百三十二天。"

　　江苑感到有些惊讶，似乎对他能将时间记得这么具体而感到惊讶。但她怎么可能知道，那些度日如年的日子，他便是这样一天一天地过来的。

　　分别前，贺轻舟找江苑要了电话号码。说是以后回了北城，有什么需要帮助的地方可以随时找他。从偶然相遇到再次分别，这一切好像都很平静。

　　回到酒店，贺轻舟给贺一舟打了个电话，说他可能要在海城再待些日子，让她找个人把她儿子带回去。

　　此时的贺京阳正趴在床上哭，说想妈妈。贺一舟听到了，问贺轻舟是不是凶他了："他以后是你的儿子，你对他好点。"

　　贺轻舟把外套脱了，看了一眼在床上哭着打滚的贺京阳："他要真是我儿子，早给他扔福利院了。"

　　贺一舟听到贺京阳那个铿锵有力的哭声，知道贺轻舟肯定搞不定他，叹了口气，只好无奈地妥协："行了行了，我让阿福把他接回来。"

　　贺京阳哭了十来分钟以后，贺轻舟被吵得头疼，终究是如了他的愿，带他下楼买雪糕。

　　贺轻舟给贺京阳挑了个最小的，贺京阳咳嗽，不太能吃冰的。

　　便利店外的椅子上，一大一小两个人就这么坐着。贺京阳拿着雪糕小口小口地咬，贺轻舟也不知道在想些什么，望着前方的茫茫夜色发呆。白色毛衣衬得他眉眼柔和，倒是少了几分平日里的杀伐果断。

　　贺京阳扯扯贺轻舟的袖口："舅舅，冷。"

　　贺轻舟脱下自己的外套，给贺京阳搭上。

　　贺京阳整个人仿佛都被埋在那件外套里了。他主动往贺轻舟的身上靠了靠。

　　雪糕融化了，奶油滴在贺京阳的手上，此时那只手正抱着贺轻舟的胳膊。

贺轻舟嫌弃地眉头微皱，却也没推开他。

贺京阳说话的声音奶声奶气的，发音也模糊："家里有好多那个漂亮姐姐的画。"

贺轻舟垂眸："怎么了？"

贺京阳的眉宇间带着忧虑，小声问他："舅舅，你该不会是变态吧？"

贺轻舟："……"

江苑目前的落脚点是远郊的一处民宿。

夏野是下周的飞机，回缅甸。这次过来，是因为想来看看他一直好奇的中国景色。从前常听他们几个提起，用他的话说就是，勾起了他的瘾就得对他负责。

张医生做好了饭菜，叫他们下楼去吃。见江苑迟迟没有动静，夏野过来敲门。

江苑说自己没什么胃口，让他们先吃。

今天的重逢，是江苑没想到的，所以她得花些时间去消化自己的情绪。她一直以为，或许贺轻舟已经结婚了，估计孩子都会走路了吧。可贺轻舟却一直在等她。这种感觉，江苑也不知道该怎么用语言来形容。她一直觉得，是她欠贺轻舟的，从小欠到大。

四年前，刚上飞机，江苑就摸到了自己外套口袋里的护身符，是她还给贺轻舟的那个。

或许就在机场，他又偷偷把那个护身符送给了她。那个时候的他们大约都不知道，这个护身符会在未来陪伴江苑度过多少个睡不着的夜晚。

江苑见过出车祸，被撞得血肉模糊的病人；也见过在行动中中弹，导致半边脸被炸烂的警察；她还第一次见到了这样的场面，老旧战场没被及时排出的地雷，被附近的居民不慎踩到，炸没了半边身子，病人痛得连喘息声都听不见了。她站在那里，手脚冰凉。

害怕，很害怕。那是江苑第一次直面战乱带来的恐怖。人命只是蝼蚁一般。

那天晚上，江苑连眼睛都不敢闭，缩在墙角，目光呆滞地看着窗外的月亮，被吓坏了。手里紧紧捏着的，是贺轻舟在她离开前，偷偷放在她外套口袋里的护身符。

那种巨大的无力感在此刻铺天盖地地涌来。

"贺轻舟，我很没用。"她低下头，将护身符放在胸口，眼泪便落了下来。

"我才刚来，我就想回家了。"她不敢睡，只要闭上眼睛，那个伤者痛苦的模样就浮现在她眼前。他以那副模样，在这个世界上又痛苦地存活了三十分钟。那三十分钟里，大概也只有他自己知道，有多难熬。

来这儿之前，江苑查阅过相关资料，其他医生、前辈也对她讲过相关的事情，但这些都远远不及亲眼看见来得有冲击力。

不过，她还是坚持下来了。实在难受得紧了，便偷偷躲起来哭一场。哭完了就擦干眼泪，重新投入救治工作中。

工作环境虽然艰苦而且危险，不过她还是坚持下来了。努力克服自己的恐惧，以一位医生的职业素养救治那些遭受战乱之灾的普通居民。

来之前就有人说过无国界医生的危险。但言语表达得太贫瘠，只有亲身经历过这一切，才能真切地感受到战争带来的伤害。可以说是灭顶之灾，无数个幸福的家庭，在瞬间被毁灭。

江苑曾经去过一个地方，那里刚经历过轰炸，几乎没有完整的房屋。他们住的地方就是简陋的帐篷，偶尔还会碰到饿狠了的难民过来抢食物，甚至还想要挟持他们以获得更多。

在这种连最基本的人权都没办法保证的地方，平安更多靠的是运气。

生命安全随时可能出现问题，更别说生活质量。他们吃的饭菜也很简单，有一阵顿顿吃白菜。

后来旁边开始建起了房屋，大批大批的物资也往这边运。饭桌上开始见荤，甚至有她爱吃的酥肉。

其他人笑着说："这是过节了吗？"

有人回答："前阵子国内有企业弄了个无国界医生的慈善基金，医疗物资也捐了不少。"

"嗬，还是咱们国家好人多。"

这好像是这么多天来，吃得最饱的一顿饭了。

江苑离开时，看了一眼外面装着捐赠物资的纸箱，上面印着企业的LOGO 和名字。

异国他乡，看到这几个字，江苑也不知道该如何形容自己此刻的心情。她从小就觉得，贺轻舟是她的守护神，哪怕他们的距离那么远，但他好像无所不在。不管她在哪儿，他总能以他自己的方式出现，然后保护她。

那天晚上，她一个人坐在外面看月亮。四周都是断壁残垣，唯独天上的月亮是完整的。

夏野大约也是睡不着，半夜起来溜达，看到了坐在外面独自看月亮的江苑。

"听说你们中国人想家了，或是有了思念之人，都会看月亮。"夏野问江苑，"怎么，你有思念的人？"

江苑看着天上的圆月点头："他叫贺轻舟。"

"贺轻舟？"夏野好奇地抬了下眉毛，"他是个怎样的人？"

怎样的人？江苑一时突然不知该如何形容他。仔细想了一下。

"他是一个很温柔的人，也是这个世界上，对我最好的人。"江苑拿出挂在脖子上的护身符，"他在的时候，是他保护我。他不在的时候，他的护身符代替他保护我。"

江苑有时候会想，还好自己没给他太大的希望。她不确定自己能在这个充满意外的地方活多久，有可能是明天，也有可能是今天晚上，天上就会掉下来一枚炸弹。可她选择了这条路，就会一直走下去。既然不回头，那又为什么要让别人死守着一个不可能的未来呢。

贺轻舟是个很好很好的人，应该有一个很好很好的未来。她希望他幸福。希望贺轻舟能幸福。

第一个两年过去了，有些人受不了这种恶劣而且危险的环境，选择了回国。江苑和其他人则选择了留下来。

虽然在这里经常有令人失望的事情发生，但更多的是，生的希望。

每一个人都在努力活着，哪怕他们身处的环境并不如意。但他们的生命是热烈的。

战乱地区每天都有人死去，但同样的，也不断有新生儿诞生。在这个地方，他们象征着生的希望。

一墙之隔，左边的手术室里在救治奄奄一息的病人，右边的产房里则接生了一名新生儿。

最后手术失败，这边的悲痛和那边的喜悦交织。

江苑摘了口罩和帽子，蹲在外面哭了很久："她今天早上还和我说了谢谢，但是我却没能救活她。她的家人全都死了，死在了空投的炸弹爆炸之中。她的尸体孤零零地放在那儿，盖着白布，来的时候是孤零零一个人，离开也是孤零零的。"

护士安慰她："江医生，这不是你的错，你已经尽你最大的努力了。"

江苑刚开始会因为救不活病人而哭上一宿，时间长了，仿佛就麻木了。也不能说麻木，而是这种地方，死亡太平常。

甚至有的时候，江苑在做手术，前方不远处就有飞机空投炸弹。

在那样的环境下，她仍旧得保持全部的注意力投入手术，手不能抖。

偶尔张医生还会笑着调侃她，说有了这些经验，以后就不用怕医闹了。

江苑也笑。

得知周嘉茗结婚的消息，是在半个月之后。

埃博拉病毒肆虐，江苑顶着高温，每天都穿着防护服出现在高风险疫区。

每次出发前，张医生都会拉着他们祷告。

江苑随身带着贺轻舟的护身符。

每一次出发，都做好了最坏的打算，但她都幸运地活了下来。

夏野说："好事做多了是可以挡灾的，你放心好了，你救了这么多人，上天不会让你出事。"

做好事能挡灾吗？听到夏野的话，江苑陷入长久的沉默之中。如果真是这样的话，那么她希望，自己所做的这些好事，医治的这些人，能替贺轻舟挡过生命中的每一场灾祸。希望他的膝盖不要在阴雨天时疼了。

江苑去的大多是一些热带国家，她已经很久没有看到雪了。最近看到的一次，是在她决定回国前的两个月。雪下得不大，地上铺着薄薄的一层，转眼便化了个干净。

江苑坐在椅子上往外看，突然觉得，一晃儿都过去这么多年了。周嘉茗估计二胎都生了吧。她以前就总说要生两个，一男一女。

戚穗岁应该也从当初那个不让她妈妈省心的高中生，变得听话些了吧。

江苑看着自己手里的平安符，笑了笑："你呢？有平平安安吗？"

　　江苑确实没打算去找贺轻舟。既然已经在他的生命中不负责任地缺席那么多年，就不该再去打扰他本来就平静的生活。

　　回国后，江苑一开始并不打算在北城生活，后来在教授的劝说之下才逐渐动摇。阔别多年，再次回到这个熟悉的地方。好像什么都没变，又好像什么都变了。她去了小时候的公园，那里早就被拆除，平地起高楼，成了热闹的商场。就连从前的学校，也被翻修。属于她的回忆，逐渐被这个城市一点点抹去。

　　唯一没变的，好像只有贺轻舟的家。那棵枝繁叶茂的银杏树还长在院子中，望进墙院可以看见里面的秋千。

　　藤蔓上的牵牛花开了，蓝紫色的。

　　旁边的葡萄架，每到夏天都会招惹飞虫。但因为江苑喜欢吃葡萄，所以贺轻舟一直留着。

　　想不到这么多年了，还没有拆除。

　　蝉鸣声热切，岁月静好，仿佛一切都没变。

　　年幼的他们在院中嬉闹，似乎发生在昨天。

　　江苑睡得昏昏沉沉的，半夜醒了好多次。睡不安稳大概是这些年来留下的后遗症，总担心不知道什么时候战乱就会来临。调节恐怕也需要多花些时间。

　　睡不着，干脆就不睡了。起床给自己泡了杯咖啡，坐在椅子上，开窗看月亮。

　　夜空有云，月亮也被遮得依稀可见。或许明天，是个不怎么好的天气。

第十四章

未晚

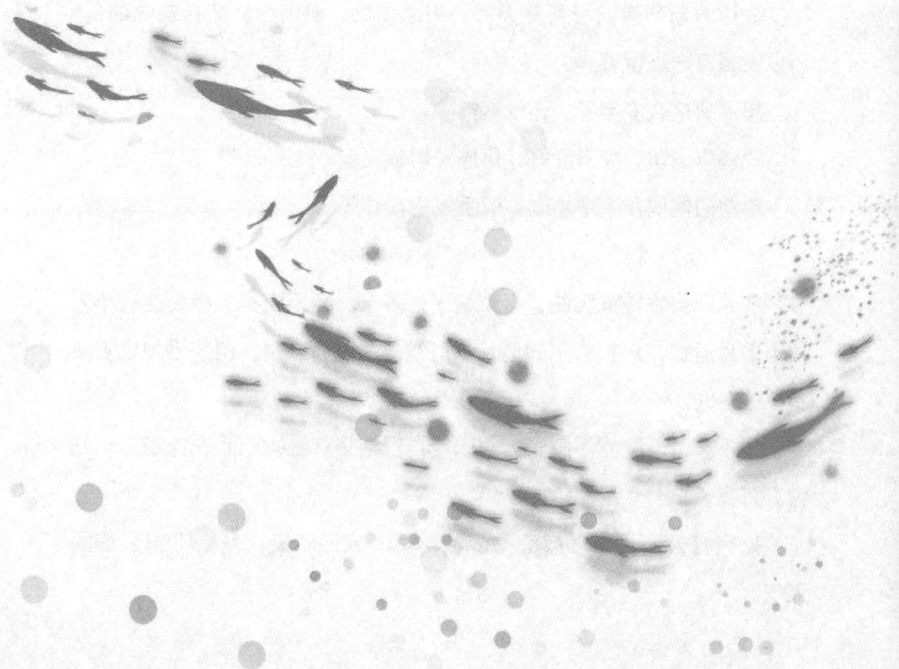

　　贺京阳是被阿福强行抱上的车，他不肯走，说要留下来陪舅舅。脚在空中扑腾，挣扎着要下去。一会儿舅舅一会儿爸爸的，称呼倒是变得勤。

　　后者却模样懒散，眉眼平静地看他被扛走。

　　贺京阳哭得撕心裂肺，说长大以后要当杀手，第一个就把舅舅给杀了。

　　直到贺京阳被塞到儿童座椅上里，关上了车门，贺轻舟的耳根子才总算清净了一点。

　　贺轻舟回了酒店。他住的是顶层套间，自带酒柜。拿了瓶红酒，自己喝了一晚上。

　　他戒烟戒酒挺长时间了，但今天没忍住，纯粹是想靠酒精麻痹下自己。

　　这些年来，他只有一个念头，那就是等江苑。可现在人等到了，他却开始迷惘。他等到的，是他的江苑，还是心里装着别人的江苑。

　　他不知道，也不敢细想。想到白日时见的那一面，平静才是最可怕的。

他的手到现在都微微发着抖。他早就不是以往那个全凭自己心情办事的纨绔子弟了。比年龄涨得更快的，是他的心境，以及控制情绪的能力。

贺母给他打过电话，或许是从贺京阳那里听到些什么。

话题倒是铺垫得够长，从他吃了没有，到海城的天气如何。最后才犹犹豫豫地问出重点："我听京阳说，他今天看到那个画里的姐姐了。是江苑？"能出现在贺轻舟画里的姐姐，除了江家那个丫头，还能有谁？

灯光昏暗，厚重的灰色窗帘大开，落地窗外，是波光粼粼的江景。

贺轻舟晃了晃手中酒杯，红色液体撞上杯壁，又往下滑，如这江水一般。他答应一声："嗯。"

那边长久不说话，似乎是在斟酌着应该如何开口，最后问出的，反而最直接："江苑那丫头还好吗？"

贺轻舟说："挺好的。"

贺母松了一口气。不知怎的，在得知江苑回国后的那一瞬间，她有种心里的石头终于落地的感觉。

贺轻舟自小便有主见，他想做的事，旁人左右不了他的想法。唯独江苑是个例外。他过度的执念，日复一日，越积越深。

贺母原先还想着通过各方施压来让他妥协，先把婚给结了，其他的可以慢慢来。可后来，连她也放弃了。因为深知贺轻舟的决心，索性随他了。是真的做好了他一辈子都不结婚的打算，才想着将贺京阳给他抚养。不过现在，江苑回来就好。

贺母说："回来就好啊。"

电话挂断了，贺轻舟又陷入沉默之中。过了很久，他点开微信，试探性地在上面输入江苑的手机号。

暮色已深，江苑的肚子有点饿了。

原想着下楼给自己煮碗面条，桌子上的手机却震了一下。

屏幕亮着，她抬眸去看，是一条好友验证信息。

这么多年，贺轻舟的微信头像一直没变，仍旧是那个歪歪扭扭的画。这是很久之前江苑给他画的。她没什么绘画天分，全凭贺轻舟教的那点技巧，试探着拿起画笔。画得挺丑，但贺轻舟却说和他自己长得一模一样。

贺轻舟从前总这样，从来不说江苑哪里做得不好。就算她把苹果画成了黑色，他也会说苹果本身就是黑色。

大约是见她没同意，贺轻舟又连续添加了好几次。验证消息一条条发过来，上面写着他的名字：贺轻舟。

江苑笑了一下，按下通过。她六七点钟就睡了，哪怕中途反复醒了好几次，这会儿也不过十点半。

好友验证通过以后，上方一直显示对方正在输入中。输入了半天也没见消息发过来，最后又变成对方正在说话。

江苑便拿着手机等了一会儿。眼见着上面的状态变来变去，她也没收到一条消息。

那边纠结犹豫了二十多分钟，才发来一条"晚上好"。

江苑唇边的笑意浓了一些，也回了一句"晚上好"。

上方再次显示对方正在输入中，并且一直都是这样的状态。不用深想便知道，他现在是怎样的模样。

大抵拿着手机，删删改改，不知道该说些什么。

贺轻舟的社交圈子一直都很广，像他这样出生便在爱里的人，骨子里是不带任何阴暗的，永远以真心待真心。哪怕是脾气差，也差在明面上。这样的人，是不缺朋友的。

可是现在，他的情绪内收，在钩心斗角的商海里沉浮久了，心思便也更重。

　　唯一没变的，大约就是，在江苑面前会手足无措。不论是十五岁，还是如今。

　　消息终于发了过来："吃饭了吗？"

　　江苑不知道他指的是晚饭还是消夜，但细论起来，不论是哪种，她好像都没吃："还没。"

　　贺轻舟："你住的周边好像有家不错的餐厅。有时间吗？给你接个风。"

　　江苑笑了笑："你知道我住在哪儿？"

　　那边停顿片刻："目前还不知道。"

　　"那你怎么知道我这儿附近有家不错的餐厅？"她倒是问得直接。

　　贺轻舟消息回得慢，一句话总得斟酌很久。在其他方面狠绝果断，少有人情味的时候。唯独在江苑这儿，变得畏首畏尾起来。

　　不过是寻个和她见面的由头而已。别说餐厅了，就是找两个米其林大厨现场给她做都行。

　　江苑最后还是同意了。不过就餐地址是她选的，她在这儿也算是住了一阵，应该要比贺轻舟更清楚附近哪里的餐厅好吃。

　　下楼以后不过几分钟的路程，是家挺普通的家常菜饭馆。

　　把定位发给贺轻舟后，老板拿着菜单过来，问江苑要点些什么。她轻声道过谢，先要了杯温水，说再等等吧。

　　原以为会等上半个小时，结果十来分钟门就被推开了。

　　海城的温度低，眼下尚且盛夏，贺轻舟穿了件浅色风衣，身高腿长，肩宽且平直。店内灯光明亮，他冷白的肤色便越发衬出几分清冷。

　　这样随性的打扮，出现在任何地方却都是目光的焦点所在。

　　服务员是个打暑假工的女学生，热情地拿着菜单过来，问他几位。

　　贺轻舟看到江苑了，礼貌地同服务员道过谢，然后径直过去。

动作停顿几秒，在和江苑对视的瞬间，他拉出椅子坐下。

江苑笑了笑，连名带姓地喊他："贺轻舟。"

是有多久没听到她用这个语气这个声音喊自己的名字，贺轻舟记不起来了。

恍惚之中觉得好像还是昨天，他们一起看戏，他还给江苑煮了一碗饺子。

年幼时不理解为什么大院里的老人都爱坐在屋前发呆，一坐就是一整天。直到亲身体会到这一切，他才知道，有些只存在于记忆里的人，想她了，也只能去记忆去见她。

他也开始长久地沉默，在回忆里去找寻江苑存在的痕迹。

可是现在，江苑就坐在自己面前。

贺轻舟好半天才抬眸："嗯？"

江苑把菜单递给贺轻舟："看下想吃什么。"大约是觉得他很少出现在这种平价饭店，于是又多补充了一句，"这家还不错，挺家常。"

贺轻舟点头，接过菜单。倒没有显出任何异样来，熟练地点了几道菜。然后又把菜单递还给她，让她看看还有没有其他想点的。

江苑接过去后看了一眼，稍作停顿。贺轻舟点的全是她爱吃的，便摇头："没了。"

菜单被服务员拿走，服务员的视线在贺轻舟的脸上多停留了片刻。他这张脸，长得好像确实太招摇了些，这个倒是不争的事实。

等待上菜的间隙，闻到他身上的酒味了，江苑问他："喝酒了？"

贺轻舟："一点点。"

江苑看着贺轻舟。

贺轻舟沉默了几秒钟，改口："半瓶。"

江苑给贺轻舟倒了杯水，温热的，还冒着热气："还是少喝点酒，对身体不好。"

贺轻舟看着她，眼神柔和得仿佛沾了露水："你是在以医生的身份关心我，还是以……朋友的身份？"

江苑笑了笑："都有吧。"

那点失望转瞬即逝，不被人察觉。

贺轻舟喝了口水。

四年，足够很多事情发生，也足够很多人被遗忘。贺轻舟不确定江苑还能记住他几分，或许他现在甚至还不如她曾经救治过的病人来得重要。

不知不觉，一杯水便见了底。

两个人都无话，沉默仿佛巨兽，一点点将他们吞噬。

饭菜上齐了，江苑率先打破了沉默，说这儿的米很好吃，软软糯糯的，让他尝尝。

贺轻舟点头，麻木地吃了一大口米饭："嗯，挺好吃的。"

江苑自然是察觉到贺轻舟的异样来，放下筷子："贺轻舟。"

贺轻舟再次抬眸，对上江苑的眼睛，此时那双好看的眼睛里却罕见地没带笑意，只剩下担忧："你哪里不舒服吗？"

可真是一位合格的好医生，职业病倒是改不了。

贺轻舟笑了笑："我能有哪儿不舒服，挺好的。"

这句话并没能让江苑放心，语气比之前还要凝重几分："可你的脸色很差。"

兴许是屋内过于憋闷了些，老板娘把窗户打开了，冷风便往里灌。

贺轻舟脸上的笑意有片刻停滞，但很快就恢复过来了。他不知道此刻的心情应该如何用言语来向她表达，因为不确定她是否能听懂。不是质疑她的理解能力，而是知道，她不懂得该如何去爱一个人。其实早该想通这点的，但又固执地不肯承认。

"江苑，我等了你四年。这四年来，你一点消息都不肯给我。"贺轻舟是笑着说出这番话的，尽量以一种轻松的语气，不让自己的情绪过多外露，怕露得狠了，会被看穿。哪怕这些年他变得如何深沉，城府如何重，但在江苑这儿，他总是藏不住自己的真心。

贺轻舟轻笑道："即使你没有拿我当过朋友，也不该做得这么绝情吧。"

江苑早就做好了贺轻舟会"兴师问罪"的准备。她没有直接回答贺轻舟的问题，而是问他："你见过被炸毁的房屋吗？除了断壁残垣，还有随处可见的残肢，有时是只剩一半的躯干，奄奄一息地趴在地上，伸着手，想求救，可是又疼得说不出话来。"

江苑说这话时，脸上带着悲悯："我不能保证我自己会不会成为他们中的一员，可能明天，也可能是后天，我也会以这副模样趴在地上，再也起不来。"

江苑每多说一个字，贺轻舟的心就往下沉一分。他一直知道无国界医生的危险性，尤其是江苑离开后，他每天都在关注这方面的新闻。

每次看了，便会失眠。整夜整夜地做噩梦，醒了便再也睡不着了。祈福的经书越写越多，大小寺庙也去了个遍，只求她能平安。

可现在听到这些从江苑的口中说出来，那股不安和恐惧仿佛在显微镜之下被不断放大，直到他觉得自己再也没法子承受。哪怕她此刻就坐在自己的面前，完好无缺地坐着。但他仍不敢去细想，这四年来她到底发生了些什么，多少次和危险擦肩而过。

这顿饭，往后都吃得极为安静。

从餐厅出去后，外面风更大了一点。

贺轻舟脱下自己的外套给她穿上，尚带温热的体温，以及令她感到既熟悉又陌生的乌木香。

这儿是郊区，路又远又偏，这个点儿早就没什么人了。

路灯昏黄，他们随意寻了处椅子坐下，在河边。

沉默的那几分钟里，他们彼此都不知道对方到底在想什么，却又默契地不去过问。很奇怪啊，明明过去这么久了，白日里还像陌生人一样，现在反倒和往常一样了。

"你真的，变了很多。"江苑笑着打破沉默。

贺轻舟也笑，只是那笑太轻，浮于表面："如果可以，谁又愿意改变。"

贺轻舟的外套是搭在江苑的肩上的，对于她来说还是太大了些，仿佛要将她整个人都包裹住。江苑的手捏着风衣领口，捏得紧了，好似要忍耐住某种情绪。

贺轻舟的声音带着压低的沉闷："为什么，不去找我呢？"

原本以为贺轻舟不在意，原来始终都在耿耿于怀。

贺轻舟看着江苑，又问了一遍："既然去过北城，为什么不去找我呢？"

江苑原本想开口的，但又顿住。

因为看到贺轻舟死死地按着自己的膝盖，由于过度用力，手背青筋的轮廓都能瞧见。

江苑忙问贺轻舟："是膝盖又疼了吗？"苦苦维持的淡定，在此刻轰然崩塌，展露出来的，便是最真实的一面。

贺轻舟说："江医生，我不是你的病人。"

这些年来，贺轻舟好像一直在追随着她的脚步。她是一只渴望更高更远的蓝天的风筝，而贺轻舟，则固执地拉着那根绳子。哪怕被割得满手血，也不肯松开。怕这一松，就再也见不到她了。

但贺轻舟最后还是选择尊重她，因为比起爱自己，他更爱江苑。他不可能为了自己的一己私欲强行捆绑住她。他做不到。

可为什么，她明明回来了，却不肯去见他。如果不是今天偶然遇到，她是不是打算一直这样。一直让他看不到希望地等下去？

江苑移开目光，替贺轻舟揉着膝盖，像小时候那样。他每次骨头疼了，都会缠着她帮自己揉，揉一揉就不痛了。

"贺轻舟，等过些天我带你去拍个片子，总这么疼下去也不是个办法。"江苑的声音温温柔柔的，哄小孩的语气。

贺轻舟闭了下眼睛，喉结滚动，溢出一声轻叹。叹自己没骨气，这么多年了，还是一哄就好。

明天应该有雨，再加上受情绪的影响，所以疼痛便更明显了一些。

江苑替他揉了这几下以后，反倒不疼。贺轻舟看着她，看着这张自己日思夜想的脸。想多看几眼，怕突然哪天，又看不见了。

裤子好像被什么濡湿，触感温热，在膝盖处。

江苑吸了吸鼻子，想要努力憋回眼泪。她的头埋得很低，似乎怕被他看到："贺轻舟，对不起。"她对不起他的事太多了，亏欠他的也太多，从未想过他会原谅自己。有想过要去见他的，哪怕躲在远处偷偷看一眼也行。但后来细想，还是算了。当初抛下他的是自己，让他难过的也是自己，她不想再去打扰他的生活。凭什么她说走就走，说来就来呢？

河岸的风，带一股腥味，实在算不上好闻。

江苑眨了眨眼睛，泪珠便往下掉。

贺轻舟抱着她，动作温柔地托着她的后脑勺，轻轻地往自己肩上压。知道她不想别人瞧见自己哭，便给她寻了个擦眼泪的地方。

"有什么好对不起的，你救了那么多人，拯救了那么多生命。"贺轻舟说话时，压低的气音很温柔。

"我喜欢的人，是一个有着伟大理想的英雄。"

"江苑，你永远都是我的骄傲。"

人有时候真的很奇怪，自己一个人的时候，再大的恐惧和委屈都可以忍受。可一旦有人用这么温柔的语气哄着你，眼泪便无法忍住。

江苑是第一次哭得这么狠，贺轻舟肩膀那块都被哭湿了。

　　贺轻舟一只手搂着她的腰，另一只手放在她的后脑勺上，轻慢地揉了几下，像摸小乖那样。他说："平安回来就好。"

　　仿佛这些年来无望的等待，在看到她全须全尾出现在自己面前时，便不复存在了一般。

　　明明早就随着时间的蹉跎变成一个心狠冷血的人，但在江苑跟前，他是真的好说话啊。

　　来时还在想，要找她问清楚，这些年为什么连个念想都不肯给他。结果看到她这张脸，别说讨说法了，连句重话他都不舍得说。

　　江苑哽咽着问他："贺轻舟，你恨我吗？"

　　安静好一会儿，贺轻舟的声音才低沉地响起："江苑，一切以爱为前提的恨，都算不上恨。"

　　是赌气。

　　江苑不说话了，她抬起头，月亮早不见了，被掩入云层之中。

　　贺轻舟越这样，她就越自责。这次回国，她是真的没打算去找他。他们本身就是两条短暂相交的线，往后，只会越来越远。可贺轻舟却强行将自己和她重合，执意要往她这儿走。一直以来，都是贺轻舟单方面在努力，在坚持。明明，她早就放弃了。

　　贺轻舟说："江苑，我不是一个心中有大爱的慈善家，但我每年给相关机构捐很多很多钱，因为我怕你吃不饱穿不暖。我不知道这些钱会不会分到你所处的国家，但我想，万一呢。我总是在你这里心存侥幸，四年前，我觉得万一呢，万一你愿意为了我留下。"可她走得决绝，丝毫不拖泥带水，甚至连回头看他一眼都没有。他就这样，在机场坐了好久好久。奢望她下一秒会出来，再次回到自己身边。可是她没有。

　　贺轻舟其实有这个自知之明，比起她的远大理想，他对她而言显得太渺小了。微不足道，不值一提。

　　偶尔他也会想，如果那三年他没有失忆，事情的发展是不是不会这么坏。三年的时间，足够发生太多事，让她收回自己好不容易决心往前迈出的那一步。所以这一切怪不了别人，是他自己的错。

这四年来，他身边连只母蚊子都没有，铁了心要等江苑回来。

人人都劝他，换个人喜欢吧，世上女人这么多，你这么干等下去也不是个事儿。世上女人这么多，可她们哪个都不是江苑。

往后再有人和他说这话，贺轻舟是一点耐心都不给，直接起身走人。他恶劣的本性倒是留了下来，不过平日藏得深。唯独在涉及江苑时，情绪控制便彻底失效。她是贺轻舟仅剩的底线与原则了，也是不可触碰的逆鳞。

夜里气温降了几度，贺轻舟的外套给自己了，江苑担心他就穿件毛衣会感冒，于是说先回去吧。她从贺轻舟的肩上离开，脸上还有泪痕。

贺轻舟瞧见了，低声笑笑，抬手想替她擦掉，手却稍稍顿住，最后还是垂放下去。

"回去记得洗下脸。"是一种玩笑的口吻。

江苑愣了一下，也笑了："多谢提醒。"

贺轻舟送她回到民宿，目送着她进去。

时间仿佛也跟着思绪恍惚了一下，这样的一幕，和四年前他在机场看着她离开，太像了。

只不过这次，她停下了，转身和他说了句晚安。

一样的场景，结局不一样。

路灯黯淡，落在她的身上，粗略地勾勒出线条。

贺轻舟笑着点头："晚安。"

这家民宿只是江苑他们回国后暂时的落脚点。

这阵子已经有人陆陆续续地离开，刚来时还热热闹闹的，吃饭时椅子都不够。这会儿却冷冷清清的，空房间也越来越多。

早起洗漱，发现张医生已经在厨房做起了早餐。煎鸡蛋、烤面包片，中式西式都有。张医生看到江苑了，问她是喝粥还是吃面包？

江苑过去帮忙清洗餐具："我不是很饿，不用准备我的。"

张医生的眉头皱了皱："不吃早餐怎么行？亏你还是医生呢，你这样，以后怎么医治你的病人？"想不到不吃早餐能扯出这么严重的问题来。

江苑哑然失笑，最后还是妥协："那我喝粥吧。"

张医生这才满意。

夏野从楼上打着哈欠下来，江苑刚把碗筷摆出去。他是今天下午的飞机，回缅甸。这次回国，大抵之后就再也见不着了，所以张医生打算给他办个欢送会，位置都订好了。

夏野喝了口粥，突然想起什么，放下碗问江苑："要不把你那个朋友也叫上？"

江苑一时没反应过来："朋友？"

夏野说："贺轻舟。"

张医生记起这茬儿来了，也赶忙点头："要叫的要叫的，他可帮了我们大忙啊。"

贺轻舟除了捐钱，还捐了不少医疗机械，是实实在在帮上他们忙的。

江苑沉吟了几秒钟："那我待会儿给他打个电话问问。"

早餐吃完后，江苑主动把碗给洗了。

夏野回楼上收拾行李。

中途张医生问起江苑的打算，她说已经去医院报过到了，月底过去上班。

张医生："房子租好了吗？"

江苑摇头："不过已经委托中介在找了。"

张医生似乎有话要和她说，叹了口气："江苑，你把青春都投入无国界医生的事业中去了，如今年纪也不小了，该考虑自己的终身大事了。"

张医生总爱给人做媒介绍对象，江苑想也知道他下一句要说什么。她笑了笑："这种事情，顺其自然便好。"

张医生哪能让她顺其自然啊，她这个佛系的性子，平日里受个伤都不知道喊疼。眼下自然是没打算放弃的："我有个侄子，体制内，前景好，哪天等你回北城了，我安排你们见见？"

深知张医生的唠叨性子，自己就算是拒绝了他也能再劝上好几个小时。江苑便只能先敷衍过去，说到时候再说。

碗洗好了，她回到房间，拿着手机犹豫了会儿，最后还是给贺轻舟发了条微信："还在海城吗？"

那边回得倒是迅速，没让她等很久。

贺轻舟："在的。"

江苑："夏野今天下午的飞机，我们给他办了个欢送会。你要一起去吗？"她其实是不抱太大希望的，贺轻舟对这种陌生人居多的饭局实在算不上感兴趣。甚至有些厌烦。但出乎她意料的是，他同意了。

贺轻舟："好。几点？"

江苑："中午十一点半。我把餐厅定位发给你。"

贺轻舟："不用。"

贺轻舟："我现在先去你那儿，然后待会儿一起过去。"倒是擅自做了决定。

江苑看着对话框里那一行字，笑了笑，没有拒绝。

贺轻舟来得很快，一身清爽的打扮，难得少了几分平日里不容触碰的清绝。

外面这会儿正在下雨，他收起了伞进来，随手挂在伞架上。

张医生瞧见贺轻舟了，微微一愣，然后用询问的眼神投向客厅里的众人。大抵是在问，这位是谁的朋友？

江苑此时恰好从楼上下来，拿着一篮水果准备去洗。

看见贺轻舟了，语气自然地打过招呼："来啦。"

贺轻舟点头，走过去。

江苑说："你先坐着，我去里面洗点水果。"

张医生此时也只剩沉默，难怪他方才说起要给江苑介绍男朋友，她会拒绝。眼前这个人，个子高，模样好，自己那个侄子确实比不过。

张医生热情地张罗贺轻舟过去坐，给他倒了杯热水。

众人的视线都落在贺轻舟的身上，甚至不少人带着打量。他倒是无动于衷，礼貌地应付过去，视线始终落在厨房方向。

直到江苑将洗好的水果端出来，他的视线总算有了着陆点。

江苑拿了个枣递给他："很甜，尝尝看。"

贺轻舟伸手接过，放进嘴里。

江苑便看着，等他的反馈："怎么样？"

贺轻舟吐出核，用纸巾包着，扔进垃圾桶："甜。"

两个人这有来有回的互动倒是叫旁人瞧出些暧昧来。

张医生看了眼时间，该出发了。他数了数人数，一辆车肯定不够坐："还得再单独叫辆车。"

"不用这么麻烦。"贺轻舟站起身，拿起椅背上的外套，搭在手臂上，"坐我的车吧。"

贺轻舟说这话时，是看着江苑的。目的太明确了，不遮不掩，想让她和自己一起。

张医生笑了笑，说："那多不好意思，还让你当司机。"

外面还在下雨，他们拿了伞出门。

贺轻舟撑开那把黑伞，伞柄底端有个双 R 的标志。伞朝江苑那边倾斜，将她遮得严实，全然不顾自己正在淋雨的半边身子。

贺轻舟的车就停在附近，不需要走太远。收了伞，放进车门内。

一路上，江苑与贺轻舟都很安静，话多是后排那两位。

关于贺轻舟的身份他们大致知道一些，毕竟他算得上是他们半个"金主"了。捐钱捐物资，从不手软。这会儿更好奇的是他和江苑的关系。

等红绿灯的时候，贺轻舟打开储物格，从里面拿出一个贴着卡通画纸的小盒子，递给了江苑。

江苑微愣了一会儿，伸手接过："是什么？"

"糖，来的时候顺路买的。"停顿片刻，又补充一句，"是你最喜欢吃的那个牌子，不过包装变了。"

江苑看着糖果的包装盒，心中不免觉得几分怀念与好笑。

小的时候她最爱这款糖，其中一部分原因是它的包装好看。除了味道，它主打的就是包装盒，也换得勤。江苑从前的爱好就是收集这款糖的盒子。

明明以前觉得很好看，现在反倒开始嫌它幼稚了。江苑低垂下眼，手指抚过上面的卡通画："小的时候一直觉得时间怎么过得那么慢，真想快点长大。可长大以后才发现，时间过得好快，怎么抓都抓不住。"

贺轻舟的声音低沉："长大不好吗？"

车子途经一座吊桥，江苑扭头看向车窗外，江景很美："有好，也不好。"

贺轻舟笑了笑，语气不乏宠溺之意："那就一直当个小孩。"

江苑也笑，将视线从窗外收回来，坐正了身子："这话不是痴人说梦吗？"

怎么可能有人能一直当小孩。

贺轻舟说："不试试怎么知道。"他说这话时，目光仍看着前方路况。

江苑只能看见贺轻舟的侧脸，世人都说美人在骨不在皮，他却两样占尽，骨相与皮相皆是好看的。也难怪他自小追求者多，人们都对美的人或物多少有些滤镜。她轻笑，不再开口。

从这儿去提前预订好的餐厅，大概半个小时的车程。

张医生他们已经到了，包间没有了，只能坐在厅里。

他们选了角落那块，张医生抬手招了招："这儿。"

江苑过去，随意寻了处位置坐下。

此时大家正热热闹闹地聊着天。

贺轻舟不过停车多花费了些时间，等他进来时，江苑的身边都坐了人。他只能在她对面坐下。

明明主人公是别人，但话题中心不知怎么，到了贺轻舟身上。

在场的异性好像明显对他更感兴趣。什么工作？多大了？哪儿的人？有女朋友了吗？和江医生是什么关系？

贺轻舟的情绪不外露，巧妙地敷衍过去。

叫人能听出来是敷衍，却又找不到话来挑刺。

身边那个女医生靠近江苑，小声吐槽道："看着年纪轻轻，怎么我在他身上看出一点老奸巨猾来。"

也不知怎的，听到这样的词语被用在贺轻舟身上，江苑觉得有些好笑。忍了忍，没忍住，便真的笑出了声。

一时之间，大家的注意力都落在江苑的身上。

江苑向他们道歉，让他们别在意她，继续刚才的话题。

贺轻舟淡漠的神情，却在那一瞬间变得柔和，眼底也染上了一抹笑意。

那顿饭吃得还算热闹，夏野给他们表演了几个即兴节目，说可能是最后一次见面了，以后大概率是听不着了，让他们这次一定要认真听。

夏野唱歌五音不全，但又极度热爱唱歌，以前他也没少唱，却总被嫌弃。

有人打趣道："也只有江医生是你的忠实听众，我们可欣赏不来。"

夏野故作感激地将头靠在江苑肩上："你们懂什么，江医生和我可是灵魂伴侣。"

也不知道是被这个词语刺激到了，还是因为夏野此刻勉强算得上亲密的举动，贺轻舟的脸色在那一瞬间变得很难看。什么喜怒不显，什么情绪不外露，在此刻仿佛都不存在。

有人注意到了，轻声咳了咳，用这作为暗示提醒夏野，注意分寸。但这种暗示法好像只对中国人有效，夏野压根就没接收到。

最后还是江苑将夏野推开，她笑着说："你的歌虽然难听了点，但还是可以让人放松情绪的。"

于是，又是一阵笑声，夏野抱怨说怎么连她也学坏了。

饭吃到一半，大家开始喝酒，张医生拿着酒瓶子就要给贺轻舟倒。

贺轻舟抬手挡住杯口，礼貌地谢绝："开了车，就不喝了。"

张医生点头笑笑，差点忘了。

席间氛围热闹，贺轻舟还是不大适应这些，中途找了个借口去洗手间洗了把脸。

出去的时候碰到过来抽烟的夏野，夏野递给贺轻舟一根。

贺轻舟没接："戒了。"

夏野笑道："烟有什么好戒的。"

贺轻舟对夏野没什么好感，连那点浮于表面的礼貌都懒得伪装，绕过他便要离开。

夏野说："江医生以前经常和我提起你。"

于是，贺轻舟的脚步停住。

外面的台阶上，一个站，一个坐。

贺轻舟靠着罗马柱，指间夹烟，模样懒散。今天天气不好，天色阴沉。头顶稍显昏暗的灯光洒下来，更显得他清绝。

灰白色烟雾也被这风给吹散了。

夏野一根烟抽了大半，回过头看了贺轻舟一眼。

从前夏野还一直在想，能让江苑都心心念念的人，该是什么样。他在脑海里设想过很多张脸，但和面前这个人比起来，还是太庸俗了些。也难怪她忘不掉。

夏野："不想知道江医生是怎么提的你？"

贺轻舟眉头皱着："你以为我为什么站在这儿，为了和你一起吹冷风？"

夏野打了个激灵："怎么还急了呢？我可告诉你，江医生可不喜欢这样的男人。"

贺轻舟本来对夏野就没什么耐心，眼下是被耗得一点都不剩了。烟都抽两根了，还跟个哑巴似的坐这儿。他把烟掐了："现在能说了？"

夏野叹了一口气，突然又不是很理解江苑的喜好了。面前这人除了模样好点，脾气那是真的差啊。夏野说道："她说你叫贺轻舟。"

贺轻舟安静地等了半天，没等到下文："没了？"

夏野点头："没了。"

"……"贺轻舟转身进去。

夏野："……"谁让贺轻舟骂人来着，他故意不说，气死贺轻舟！

贺轻舟怕被江苑闻到身上的烟味，把外套脱了才进去。

江苑应该是喝了点酒，脸有点红，此时正醉醺醺地笑着。一群人在那里讲着之前发生的蠢事，她听得倒是安静。

偶尔有人提到江苑："之前那个南非人不是还和江医生求过婚。"

江苑好脾气地笑了笑，随他们打趣。

夏野还在外面抽烟，她身边此刻空出一个位置来。

贺轻舟坐过去，给江苑倒了杯水："喝了多少？"

江苑摇摇头，接过水杯，小口地喝着："一点点。"

一点点就醉成这样。

贺轻舟无奈，又给江苑倒了杯水，问她难不难受。

江苑仍旧摇头："头有点疼。"

贺轻舟给江苑按了几下，注意着力道，既不会弄疼她，也能起到按摩的作用。

江苑被贺轻舟按得昏昏沉沉的，开始困了。

贺轻舟便扶着江苑的脑袋，靠在自己肩上。旁边几个人看见了，笑容暧昧地交换了下眼神。实在是这个举动太过亲密，想不多想也难。

因为江苑喝醉了，所以他们让贺轻舟帮忙把她送回民宿，他们几个待会儿还得送夏野。

贺轻舟点头，轻声问江苑还能不能走。

江苑点了下头，仍旧睡着。

贺轻舟无奈地轻笑，看到她刚过膝盖的裙摆，便用自己的外套替她遮住腿，然后抱着她出了餐厅。

江苑还是太瘦了，哪怕和从前比起来稍微长了些肉，但体重还是轻，抱起来毫不费力。

将江苑放进副驾驶，系好安全带，手撑着一侧准备起身时，她侧了下头，又往一旁靠去。

此时的贺轻舟上身微倾，在江苑的身前。两个人离得近，于是江苑刚才的动作，便让唇瓣从贺轻舟的脸颊上擦过。

一刹那，贺轻舟感觉心脏仿佛要从胸腔里跳出来一般。他的呼吸稍微重了些，手上的力道无意识地加重。

过了很久，贺轻舟才稳定好心绪，从副驾出来。直到上了车，他才从后视镜里看到自己泛红的脸，以及脸颊上那抹浅红色的印记，和江苑嘴唇上的唇彩是同个色号。

江苑眼下是真的彻底没了意识，睡得很沉。

贺轻舟放慢了车速，开得平缓，所以耗费的时间也比来时多了许多。

江苑清醒时安静、话少，睡着后反倒闹腾起来。梦话说了一路。但都不真切，贺轻舟听得模模糊糊。

车子停在民宿外，这里是有专门的停车位的。

贺轻舟解开安全带下车，绕到副驾驶，将车门打开，替江苑把安全带给解了。然后一手揽着她的肩，一手伸过她的膝窝。她太瘦了，腿也纤细，整个人都被圈在他怀里还有富余。

贺轻舟不清楚江苑的房间是哪个，又不好一间间推开来找。

好在民宿老板刚好过来，瞧见贺轻舟了，愣了一下。第一次见到的陌生面孔，难免带些警惕。

贺轻舟简单地向民宿老板做了自我介绍，说他是江苑的朋友，她喝醉了，然后礼貌地询问，她的房间是哪个。

先不论外貌，单就他的穿着和气质，也不像是坏人。

民宿老板放下了戒心，手往楼上指："左手第二间，门牌上画着向日葵的那间。"

贺轻舟同他道过谢，然后抱着江苑去了二楼。

门推开，有股熟悉的清淡花香。贺轻舟将江苑放到床上，动作温柔地盖好被子。然后没有离开，而是拖了张椅子过来，就在床边坐着，看着这张自己日思夜想的脸。

有时候也会觉得奇怪，明明人都是一双眼睛，一个鼻子一张嘴的，可为什么有的人却能让他想忘也忘不掉。

贺轻舟靠近一些，数她的睫毛有多少根，数到一半被自己的幼稚举动给弄笑了。

江苑喝得不多，两杯而已，醉意也浅，来得快，去得也快。她醒的时候，已经躺在床上了。头有点晕，穿上鞋子下床，忘了自己是怎么回来的。

刚下楼，听到厨房传来声响，好奇地走近。

贺轻舟没穿外套，只穿了件白色衬衣，袖口往上卷了几截，此时正切着菜。他的厨艺好，刀工也好，不像江苑，切个菜还得比画半天。就那么几下，中间丝毫停顿都没有，土豆就被切成了厚度一致的片状。

或许是听到身后的声响了，贺轻舟转过身来看了一眼，瞧见江苑了，便问她饿了没。

江苑笑说："还没。"

贺轻舟点头，把准备好的食材分别放进碗里，用保鲜膜封好，放进冰箱。之后洗净了手，将腕表戴上："给你煮了醒酒汤，先喝完。"

江苑看见贺轻舟脸上的红印，形状和色号都有点熟悉。她沉吟几秒，伸手指了指自己脸颊上相同的位置："你的脸，这儿。"

贺轻舟愣了一下："什么？"

江苑点开手机相机，屏幕翻转对着他。

贺轻舟拿了纸巾擦掉，露出一副自己也是才知道的模样："可能是你刚才亲我的时候不小心沾上去的。"

江苑发愣的时候表情总有些呆滞："我亲你了？"

得到的效果还算满意，贺轻舟把纸巾扔了，背靠料理台站着："没事，反正你也喝醉了。"

绝大部分时候，他是会控制情绪的那个人，而不是被情绪控制。就像此刻，他能很轻松地让自己处于一个大度受害者的位置。

于是，江苑向他道歉："对不起，我很少喝酒，也不知道喝醉后会变得……这样……"

贺轻舟点头："我理解。只是被亲了下脸而已，没关系。"

　　江苑将贺轻舟最后那句话重复了一遍："没关系吗？"

　　贺轻舟笑了下，却意有所指："总不能让你对我负责吧？"他一直在想，从前自己没法彻底走入江苑的内心，是因为她太清楚自己想要的是什么了。理智过了头，便成了冷血。那现在呢？她已经实现了自己一直以来的理想，也变得无后顾之忧了。轮也该轮到他了吧。

　　窗户不知是何时被风吹开的，窗帘也到处乱飘，雨水飞进来。

　　贺轻舟微不可察地皱了下眉，觉着这风起得真不是时候。他过去把窗户关上，忽略了江苑似在认真思考那句反问。

　　"对你负责吗？"

　　其他人都去送夏野了，江苑坐在客厅的沙发上看电视，贺轻舟坐在一旁陪她一起看。

　　男人长腿交叠，坐姿几分慵懒闲适，注意力却全然不在电视上。总是看着看着就去看江苑了。最后放下腿，坐直了身子，轻咳几声，用来掩盖自己一点点往旁边挪的动作。

　　好在江苑看得足够认真，并无察觉。等她回过神来的时候，贺轻舟已经在她的身边坐着了。挨得近，衣服都碰着衣服了。

　　江苑先是闻到他身上那股乌木香，然后才回的神。比起乌木香，更多的是檀香。江苑倒没太关注贺轻舟为什么坐得离自己这么近，而是想起先前在寺庙外遇到他。

　　江苑："我记得你从前不信这些的。"

　　这句话没头没尾的，贺轻舟抬眸看她："什么？"

　　江苑说："寺庙。"

　　贺轻舟轻笑一声："现在其实也不太信。"

　　江苑挑眉："哦？"

　　贺轻舟突觉这些年她确实变了，变"坏"了。他便又是一阵轻笑："但

宁可信其有，不可信其无，不是吗？"虽然在笑，可眼神总透着几分哀
怨，"那些年你一点音讯都没有，我每日担惊受怕，却也帮不了你的忙。
只能在家抄经书给你祈福，想来也窝囊。但你总归是平安回来了。"

这几日与江苑重逢，他一句稍重些的话都没讲过。这句话难得算是
吐露心声。说完以后，他又低垂下眼睛，觉得香烟确实是个消解情绪的
好东西。

手摸到烟盒的棱角，想到江苑还在身旁，力道便加重了些。直到尖
锐棱角刺入掌心，带来几分痛感，方才收回手。

"我那个时候一直想，如果我死了，这个世界上最难过的会是谁。"
江苑拿出那个护身符，指腹轻轻摩挲着上面的精细刺绣，"但我每次都
不敢想得太深入，所以干脆就不透露任何消息。"

一是怕他难过，二是，怕他忘不掉她。她既然选择了这条路，便合
该舍弃掉另一条，不能两头便宜全让她占尽。所以她选择了抛下贺轻舟。

依稀记得小时候，贺轻舟来找她，眼眶红红的："江苑，在你的眼中，
我只是妨碍你前行的累赘吗？"他很少有那么委屈的时候，天塌下来都
桀骜恣意的浪荡子，在那时却连话都说不出来了。仿佛再多说一句就会
窝囊地哭出来。

江苑说："贺轻舟，如果让我再选一次，我还是会选择同样的路。"

贺轻舟长时间没有开口，他最后还是点了根烟，自己走到屋外抽了
大半，直到他把自己说服、哄好，才掐灭了烟进来。

"没关系。"贺轻舟说，"现在不是回来了吗，至少我等到了。"

江苑看着贺轻舟，贺轻舟也看着江苑。

有时候连贺轻舟自己也觉得奇怪，为什么他会喜欢一个人喜欢这么
长时间，喜欢得死心塌地。如果重来一次，他还会喜欢她吗？他不知道。
但人生没法重来，既然喜欢上了，就合该认命。

天气预报上说，晚间没有雨。或许是为了待会儿的晴天做准备，这会儿风也停了。终于平静下来的天气，亦如他们终于平静下来的人生。

阴差阳错了那么久，命运偏偏又将这一切转回了原点。但若是真把自己的命交付给上天做决定，那才是最蠢的。

这份感情能坚持到他们再次重逢，是贺轻舟在以一己之力苦苦支撑。他不信命，也不信什么月老姻缘，他信他自己。

资本家做事看似由心，实则处处考量利益。

唯独在涉及江苑的事情上，全部原则都被推翻，出发点皆是对江苑有没有帮助。贺轻舟自然是不信命的，但总是存着一丝侥幸。万一呢？

窗外天色暗了下去，电视节目也自动换到下一个。

空旷、安静的民宿因为其他人送完夏野回来，又热闹起来。哪怕再过不久，这群人也要散了，各奔东西。

江苑是后天的机票，飞北城。她说回去之前想去外婆的墓地看看。江苑的老家便是在海城，这也是贺轻舟会选这里的寺庙为她祈福的原因之一。

次日一大早，其他人还在睡，江苑放轻了动作起床洗漱，怕吵到他们，却见贺轻舟早已穿戴整齐地坐在客厅沙发上。

或许是昨日和民宿老板有过一面之缘，今天才会进来得这么顺利。

江苑见贺轻舟身穿一身高定正装，清绝之中透着几分斯文的气质，难免有些哑然失笑，好半天才问出一句："今天有晚宴？"

贺轻舟摇头，与此同时站起身。

随着贺轻舟起身，江苑的视线也从往下看，变成了往上看。不由得想起周嘉茗的那句话，好看的人，不管穿什么都是好看的。

夏野从前总笑她，忘不掉那个人是不是因为贪图他的美色？现在想来，夏野说的话好像也不无道理。

"今天不是要去看外婆吗？"贺轻舟开口时，声音透着些许疲惫的哑。

江苑听出了贺轻舟声音不对劲，问他："昨天晚上没睡好？"

贺轻舟点头，按了按眉心："没怎么睡。"

江苑看着他。

贺轻舟轻声笑笑，突然挺想抱一下她的，抱着她充会儿电："熬夜对我来说不稀奇，缓一会儿就好。"

江苑正了神色，语气难得严肃："你知道熬夜的危害有多严重吗？"从前话那么少的小姑娘，怎么当了医生以后反而变唠叨了呢。

贺轻舟一脸无辜的表情："可我天天都这么熬。"

于是，江苑的脸色比起刚才难看了许多。她坐过来，捉过他的手腕放在自己的腿上，指腹搭上脉搏，去看墙上的钟表。

江苑的眉头从一开始的舒展，到最后越皱越深。怎么心率一开始正常，往后这么快。

她收回了手："你什么时候有时间，去医院做个细致些的检查，你熬夜都熬得心律不齐了。"

贺轻舟收回了手，指腹轻轻摩挲着刚才被她碰过的地方。可不是该去检查一下嘛，都三十了，单是被这么碰一下，心跳就能快成这样。

江苑后知后觉地反应过来。她迟疑着去看贺轻舟，后者此时唇角带笑，正瞧着自己被碰过的左手手腕，仿佛上面有什么东西一般。

江苑微微抿了下嘴唇，下意识地将自己给他把过脉的手往身后放。所以他心律不齐的原因是……她？看来身体确实是没什么大碍。

询问过贺轻舟吃什么后，她随意做了点早餐。煎蛋搭配烤得焦焦的干面包，抹一点果酱就是她的早餐了。

贺轻舟只简单地吃了点面包，早餐便算是吃完了。

贺轻舟从前陪江苑去过一次她外婆的墓地。

那会儿好像也才十六七岁吧，江离将她外婆的遗照给砸了。江苑一个人哭了半宿，后来拿着身份证出去买火车票，要回老家。

那会儿是冬天，下大雪，贺轻舟跑去火车站找她，陪她一起回去。

火车是硬座，坐了一天一夜，或许是因为正好赶上春运，车上吵闹，人来人往。

小桌板被对面那些人给占了，放满了零食和水。

贺轻舟便让江苑躺在自己的腿上睡觉，他脱下外套给江苑盖上。

外婆的墓地在半山腰，他们爬山上去的。

江苑一看到外婆的墓碑，就哭得很惨。

不像现在，长大了，也哭不出来了。

沿途采了些雏菊，用丝带绑起来，放在外婆的墓碑前。

江苑和外婆说了很久的话，贺轻舟自觉地走到一旁，等她说完。

直到上香的时候，他才过来，用随身带着的打火机点燃线香，晃了晃火苗，只余那一点微弱的火光。

拜过之后，贺轻舟将手里的香插在墓前。第一次来时，他信誓旦旦地和外婆说，他以后会娶江苑，会保护好她。

但这次，他却透着点无奈。外婆，您给您外孙女托个梦，让她娶我吧。

江苑见贺轻舟在墓碑前站了这么久，问他和外婆说了些什么。

贺轻舟收回目光，笑了笑："让外婆给你托梦，多劝劝你，对我好点。"

江苑低垂下眼，手指擦掉墓碑上的那一抹灰。

贺轻舟眼中的笑便一点点消退，他又抬头去看天。青灰色的，分明是晴天，怎么天色这样差。

看完外婆了，他们按原路返回。

江苑还得收拾东西，就直接回民宿了。

　　至于贺轻舟，哪怕来了海城，也有些免不了的饭局。就穿着这身沾染香火味的衣服前去。

　　东西不多，收拾得也快。余下的时间，江苑全部用来睡觉了。

　　回国以后，作息好不容易调整过来，但还是每天都很困，最想做的事就是睡觉。

　　房子的事不用她操心，周嘉茗已经替她找好了，还说这事儿可不是一顿饭就能解决的。江苑笑着答应了，说她想吃多少顿都行。

　　次日中午，去了机场，被通知升了舱，直到在头等舱看见贺轻舟，才明白不是被幸运女神眷顾。

　　上次回来不过匆匆一瞥，江苑甚至没来得及多看一眼。现在才发觉，北城的变化真的很大，就连路也比以前更堵了。

　　贺轻舟的司机早就等在外面，江苑原本是不打算过去的。麻烦了他这么久，总不能一直厚着脸皮继续下去。

　　结果不等江苑开口拒绝，那个司机就过来，将她的行李放进了后备厢。

　　贺轻舟抬手看了一眼腕表，似乎有些赶时间，很显然不打算和她一起："他会送你回去。有什么需要给我打电话就行。"

　　江苑沉吟片刻，最后还是和贺轻舟道了声谢。

　　贺轻舟看着江苑，就只是看着。

　　江苑察觉到了，走到车旁，和司机说出地址，让他帮忙把行李放在那儿就行。司机关上后备厢，先是看了一眼贺轻舟，然后才犹豫着问江苑："您不和我一起去吗？"

　　江苑摇了摇头："我晚点再去。"

　　司机站在那儿，不知道该听谁的，有几分为难。

　　江苑说："您先过去吧，他不会责怪的。"语气温和，口气却笃定，好像料准了贺轻舟会听她的话。

司机是前些年才过来任职的，对眼前这位并不认识。他只知道这么多年来，自家老板一直洁身自好，不近女色，今天难得带了个女伴，想来应该……多少有点关系吧。

想到这儿，他也不再多说什么，答应了一声后就绕到驾驶座旁打开车门进去。

车开走了，江苑却没走。

贺轻舟瞧见了，走下台阶问她待会儿是不是还有别的事？

江苑没有回答贺轻舟，而是反问："你呢，有其他的事吗？"

贺轻舟如实回答："有个应酬。"

江苑想了想："如果我一起去的话，是不是会打扰到你？"

贺轻舟还以为自己听错了，垂眸看她："你要和我一起去？"

这确实不像江苑的做派。她怕麻烦，性子也清冷，能简便点的事就尽量往简便了做。可刚才不知怎的，看到贺轻舟那副落寞的样子，她有些于心不忍。

江苑："原本还想跟着去蹭一顿饭，如果会打扰你，那就不去了。"

贺轻舟也不知道在想些什么，眼睛垂着。

他的眸色天生就偏暗沉些，仿佛一湾不见底的深潭，平日里不显山不显水，情绪藏得很深。

不少想要讨好他的人费尽心思也打听不到他的喜好，便想凭借自己那点观察力来尝试。

但贺轻舟软硬不吃，心情好的时候赏你个笑脸，心情不好的时候，那笑脸便淡下去几分。

不论哪种，都是浮于表面的，甚至带着一种对人的审判似的打量，难说什么时候就把这尊大佛给得罪了。于是时间长了，也没人再敢去触霉头。

但是眼下，这尊人人惧怕的"大佛"却没了往日的高高在上。反而一再确认，似乎担心自己听错了一般："你真的想去？"

江苑笑着点头："可以吗？"

贺轻舟也点头："当然。"贺轻舟开的车就停在附近的停车场。

江苑坐在副驾，看着窗外的景色一闪而过。变化真的很大，从前这儿的店面都拆了，成了商场。

中途贺轻舟接了个电话，倒也没避着她。对方汇报着工作进度，以及一些算得上商业机密的内容。

贺轻舟的神色淡淡的，安静地听着，偶尔指出其中的错处。工作汇报完毕了，那边还和他报备了一些走投无路打着苦情牌想在他跟前讨得几分好的饭局，他倒是没半点耐心，通通拒绝了。

电话挂断后，贺轻舟才意识到江苑还在车上，斟酌了下语句，轻声解释道："其中事情复杂，盘根错节的，和冷不冷血无关。"

江苑明白，贺轻舟是怕自己觉得他冷血。她说："我能理解。"她不是什么也不懂的傻白甜，在自己不擅长的领域，她不会插嘴。

第十五章

认定

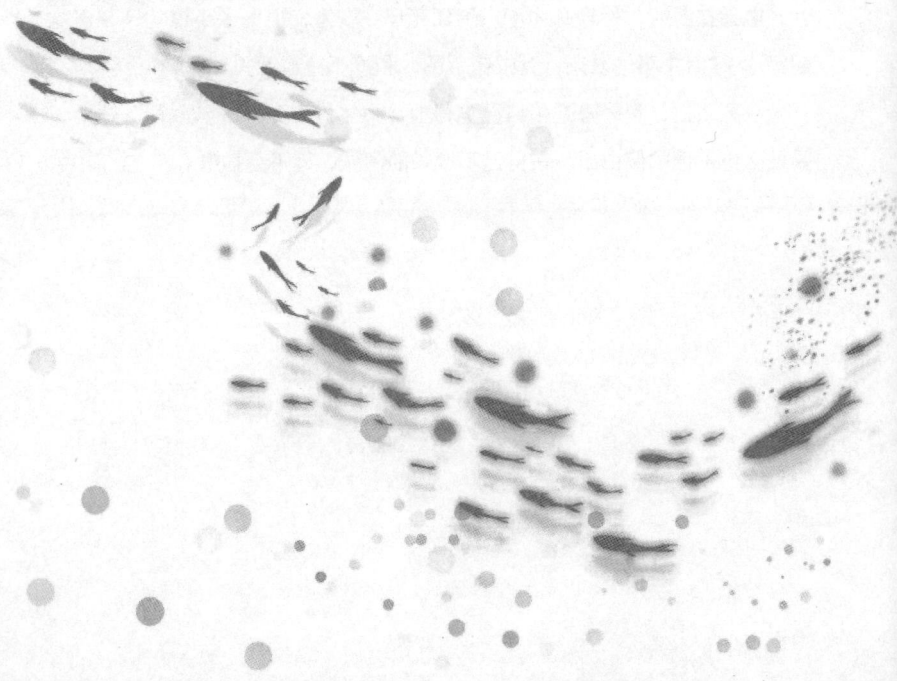

晚上的时候，苏御给贺轻舟打电话，约他出来。大年初一，在家窝着多没意思。

贺轻舟坐在沙发上，正拿着遥控器，想找部适合情侣看的电影。

江苑在厨房泡茶。

贺轻舟说："我觉得挺有意思。"

苏御骂他重色轻友："你好歹也带苑妹儿出来让我们见见啊，这都多久了，就你一个人惦记她，我们就不惦记了？"

贺轻舟放下遥控器："有你什么事？你惦记什么？"

苏御"啧"了一声："这就开始防着了。我和苑妹儿认识那么多年，要有想法早有了。"

江苑端着泡好的茶出来，一见贺轻舟这个懒散表情就知道打电话的是谁："苏御？"

贺轻舟沉默片刻，点了点头："他说组了个局，让我带你过去。"见江苑没有立刻回答，贺轻舟又说，"我知道你不喜欢这些，所以拒绝了。"

江苑笑说："去吧，正好也挺久没见了。"她端起茶，喝了一口，还挺满意这次泡的茶，让贺轻舟也尝尝。他似乎是渴了，一口喝完。

　　江苑嗔怪他："喝得这么急，都没品出味来，白泡了。"

　　电话还没挂，苏御听得一清二楚，突然有种恍若隔世的感觉。好像短短几年时间，江苑变成了一个有血有肉，活生生的人。也不能说她从前不是一个有血有肉的人，而是她那会儿给人感觉距离太遥远且易碎，仿佛是一个虚拟出来的人物。你能很清楚地看到她，但你摸不到。

　　之后他们又说了些什么，苏御没太听清楚，大约是贺轻舟将手机放远了点。再次有声音传来时，贺轻舟的话里带着刚才没有的满足笑意："地址发给我。"

　　苏御一听这话，知道这事妥了，也没多耽搁，挂断电话以后就把地址发了过去。是他们从前常去的地方。不过后来贺轻舟就很少参与了，估摸着有好几年没去过。

　　江苑换了身衣服出来，贺轻舟将她上下看了遍，问她要不要再加件外套，外面比较冷。

　　江苑指了指自己身上的枣红色的大衣："穿了。"

　　贺轻舟还是不放心，总往她这儿看。上了车还不忘调高暖气，打开储物格，拿出里面那条折叠整齐的薄毯。这是特地给江苑备着的，知道她怕冷。

　　江苑说她这些年在国外，早就适应了那边的环境，没从前那么怕冷了，但还是拢着那张薄毯盖在腿上。

　　贺轻舟空出一只手，握着江苑的手，似乎在确认她话里的真假。她每年冬天手都是凉的，怎么捂都捂不热，偶尔气温低时，还会生出冻疮，所以他总是会多些准备。

　　下车以后，贺轻舟把车钥匙给了泊车员。门童拉开门，中央空调的热气从里面蹿出来。

　　这里人少，不算热闹，倒不是因为高消费，而是会员制，不是人人都能来的。

苏御看到江苑，上前就要热情地给她一个拥抱，不过被贺轻舟隔开了。

贺轻舟握着江苑细白的手腕，虽然没说话，却一副宣示主权的模样。眼底笑意更是淡了些，提醒着苏御："别动手动脚。"

苏御轻笑："行啊，这才多久，就小心眼成这样，我和我们苑妹儿多年没见，拥抱一下都不行。"

贺轻舟对苏御的话倒也没多大反应，感受着掌心柔软的触感，不轻不重地揉捏了几下。

江苑从贺轻舟身后出来，笑着和苏御打招呼："是挺久没见了，最近还好吗？"

这还是这些年来，苏御见到江苑的第一面。苏御仔仔细细地将她上下看了一遍。和从前确实大不一样了，气质也变了许多，没有那种若即若离的距离感了。他仍旧笑得没心没肺："说好也不太好，但说不好吧，也还凑合，最起码没死。"

苏御是个挺乐观的人，他很少和人诉苦，每次见到他都是一副乐呵呵的笑脸。别人恐怕瞧不出端倪来，但同类之间总会有些相似之处，所以江苑算是了解他的人。

先前听说了苏御和周嘉茗的事，难免觉得唏嘘。但细想之下，这未尝不是对他们来说最好的结果。

苏御没法从那个扭曲的家里脱离，若是执意将周嘉茗拉进去，只会害了她。所以，江苑能理解。

苏御绝口不提关于周嘉茗的事，仿佛早就不记得这个人了。他知道江苑喝不了酒，于是非常贴心地让人上了杯果汁。

"要不是看到许偓在群里发的消息，我都不知道你们在一起了。"说着，苏御拿出手机，要先加个微信，"你以前那个注销了，手机号码也换了，想联系都不知道怎么联系你。"

贺轻舟大抵有些不爽，虽面上没怎么显露，但语气和动作倒是表现得淋漓尽致："我待会儿把她的名片推给你。"

闻言，江苑停下了拿手机的手。

苏御说："何必这么麻烦，现在加不是更简单？"

贺轻舟打断苏御："你今天话怎么这么多？"

苏御眨了眨眼睛，明白了："贺二公子别开发房产了，搞个酿醋厂挺好，也不需要任何成本，你人往那儿一站，瞬间几缸就满了。"

听出苏御话里的调侃，贺轻舟也不恼，而是握着江苑的手，在她跟前告状："听到了吗？他欺负我。"

苏御抖了抖身上的鸡皮疙瘩，实在受不了，远离了这对小情侣。他出去给宋邵安打了通电话，问他到哪儿了，江苑都到了。

宋邵安那边沉默很久："我可能……"

不等宋邵安说完，苏御就打断道："宋律师，我问过你的助理了，你上个案子刚结案，最近不忙。"

宋邵安低笑一声："还专门打听过？"

苏御："你说你们一个个的，聚一起吃顿饭容易吗？每个都得三催四请。"

宋邵安的心思，苏御不可能不明白。但宋邵安也不能一直这么逃避着，都是一个圈子的人，以后总会有见面的时候。还不如找个时间，把这一切说开。

宋邵安最后还是去了。江苑离开的这些年，贺轻舟等了她多久，他同样也等了她多久。但不同于前者的是，他在明知自己不可能的情况下，继续等着她。一个是他最要好的朋友，一个是他喜欢的人。从喜欢上江苑的那一刻，他便陷在这种纠结的境地之中。连看她都只敢用余光，生怕被人察出异样来。偶尔因为贺轻舟，能和她近距离接触，哪怕一句话都没说，也会祈求，这一天过得慢一点。如果说贺轻舟是明目张胆地喜欢，那么他就是藏于心底，羞于被人知晓。

门开了，苏御手按着骰盅，让江苑猜点数。

江苑犹豫地看着贺轻舟，似乎在寻求帮助。

贺轻舟浅浅笑着，笑里又带几分捉弄："看我做什么，我脸上有点数吗？"

看到这一幕，宋邵安犹豫地松开手，把门关上，离开了。再等等吧。等他可以自如面对这一切的时候。

贺轻舟似有所察觉，往那边看了一眼，随即和江苑说了一句，起身出去。用的借口是去洗手间。

宋邵安也没走远，站在外面抽烟，打火机打了好几次都没打着火。直到第四次的时候，终于燃起火光。

贺轻舟过去，让宋邵安给自己一根。

两个人都没多说话，一根烟抽了大半。

贺轻舟的手机震动几下，他看到上面的消息，是江苑发来的。见他这么久没回来，担心他是不是肠胃不适。无意识流露出来的笑，连他自己都没察觉："肠胃没什么问题，谢谢江医生的关心。"

宋邵安掐灭了烟："我其实已经不记得我是因为什么喜欢她了。但好像，从我对她有印象起，就一直喜欢她。"许是刚被烟雾侵蚀过，声音带着微微的沙哑。

贺轻舟靠着罗马柱，安静地听着。

"我也说不出祝你们百年好合的话来。"宋邵安笑了一下，拍拍贺轻舟的肩，"对她好点。"

贺轻舟也笑："你不说我也会对她好。"

宋邵安走远了些，把烟头扔了："今天这顿饭我就不吃了，替我和苏御说一声。"

　　贺轻舟推门进来，苏御也不知道说了些什么，逗得江苑捂嘴轻笑。他也没有立刻进去，而是靠着墙，就这么看着，眼中同样带着笑意。

　　从前的生活也说不上得过且过，对于他这样的人来说，事业总得摆在第一位，感情是极少放在明面上的。但是忙碌的人生中，总有一部分是缺失的。而现在，缺失的那一部分被补齐。事业自然退离一线。

　　看到贺轻舟了，江苑笑得有些歉疚，仿佛做了什么对不起他的事。

　　贺轻舟过去，压低了声音问："趁我不在偷偷害我？"

　　不等江苑主动开口认错，苏御就拿着那瓶酒过来："这是苑妹儿刚刚输的，她喝不了酒，你是她男朋友，你代替她喝。"

　　贺轻舟握着江苑的手，放在掌心把玩着，如同一件精美易碎的瓷器，力气控制得小心，仿佛是担心弄碎。

　　"技术不行，还学人家玩这么大。"贺轻舟的语气里不带责怪，只有满满地纵容，"想谋害亲夫？"

　　苏御被肉麻到了，搓了搓胳膊上并不存在的鸡皮疙瘩："行了啊，关爱一下旁边的单身狗。"苏御取了个空酒杯，贴心地给贺轻舟满上，"看在不是你本人输的分上，给你打个对折，喝一半就行。"

　　说起来苏御还得感谢江苑，贺轻舟玩这些从来就没输过。每回都是苏御喝得烂醉，这次好不容易新仇旧恨一起报了。

　　贺轻舟倒也没说别的，半瓶很快就喝完了。他酒量还行，但洋酒度数高，后劲足。

　　江苑多少还是有些担心的，想着还是赶紧回家给他煮碗醒酒汤，免得第二天起床头疼。

　　贺轻舟喝了酒，没法开车，江苑只得用他的手机给司机打了电话。

　　司机差不多半个小时就到了。

　　贺轻舟身上微微泛起热意，他很少喝醉，但容易上脸。但贺轻舟不像别人那样，整张脸都红，他是眼睛红，像刚哭过一样，迷蒙得很。

江苑问贺轻舟："还好吗？"

贺轻舟站起身，拿起外套挽在臂间："没事。"

江苑最后看了一眼，确认贺轻舟是真的没什么醉意，这才放心，便和苏御他们说了一声就出去了。

司机早就等在外面。

贺轻舟拉开车门，先让她进去。一上车，贺轻舟就枕在江苑的大腿上，睡了："让我躺一会儿。"

贺轻舟身上温度有点烫，江苑让司机把暖气温度稍微调低一些，又替他解开衬衣的扣子。白皙修长的脖颈此时微微泛红，有种旖旎感。

江苑瞧见贺轻舟这副模样，心里有些自责。如果不是因为她，贺轻舟不会平白喝这么多酒。扣子解开了，她刚想把手拿开，却被贺轻舟握住。十指相扣，掌心相对。

明明很简单的一个举动，贺轻舟却很是满足，好像他需要的也就仅此而已："以前倒是没想过，能这样躺在你腿上休息。"他说话时，喉结轻微滚动。

上课的时候老师有讲过，喉结是咽喉部位的软骨突起，雄性激素导致的。男女都有，只不过突出的程度不一样。后来救治过那么多病人，她也摸过不少，但那都是出于医生对病人的病情诊断需要。

贺轻舟的，是怎样的呢？她好奇地摸了一下，硬硬的。她碰上去的那一刹那，他的喉结微不可察地往下沉了沉，就像吞咽的动作。江苑没注意到被碰触的人，微微暗下去的眼眸。

到家以后，江苑去厨房给贺轻舟做了碗醒酒汤，亲眼看着他喝完才放心。

等到两个人都洗完澡，已经很晚了。不过外面仍旧热闹，大多都是走亲戚的人准备回家，屋主人出门相送，免不了寒暄几句。

　　江苑进来的时候，贺轻舟已经躺在床上，正百无聊赖地翻阅手里的书。

　　江苑还是第一次和异性同床共枕，难免有些局促。她轻咳一声，企图掩盖自己的慌乱，勉强装出镇定自若的神情，走到床的另一边。却不知同手同脚的自己，早被察出端倪。

　　贺轻舟也只是轻笑，合上手里的书放回原处，安静地看她。

　　被子已经被睡出暖意，江苑抿了下嘴唇，和他说了句晚安，就把自己这边的床头灯给关了。

　　几秒钟后，贺轻舟也关了灯，躺下来。

　　江苑感觉他从身后拥上来，搂住她。她的后背靠在他的胸口，连他讲话时，胸腔轻微的起伏都感受得一清二楚。

　　贺轻舟："冷。"

　　江苑说："我再去拿一床被子？"

　　正欲起身，贺轻舟摇了摇头，满足地喟叹："早就想这么抱你了。"

　　江苑便没有再动了，仍由他抱着。也不知道过了多久，他的声音再次在安静的夜里响起："这些是你的睡前读物？"

　　江苑知道贺轻舟指的是他刚才看的那本书，点了点头："睡不着的时候偶尔会看。"

　　贺轻舟极轻地笑了声，因为此时的姿势，他的笑声就落在她的耳边。声音低沉，空气中带着点薄荷的香气："明明以前那么胆小，打个雷都得我哄一晚上才敢睡。"

　　胆小是因为缺乏安全感，那个时候的江苑经常失眠，不敢睡，每次都得贺轻舟通宵给她打电话，唱歌讲故事哄她睡。当无国界医生的那几年，她变了许多。性格变了，脾气也变了。这些血腥的推理小说反而成了她的助眠工具。

　　是啊，人都是会变的。

贺轻舟没有再说话，呼吸声也逐渐平稳下来，似乎已经睡着了。

江苑暗自松了口气。以为这晚会平安度过，却高估了贺轻舟的自持力，也低估了自己这个猎物的巨大诱惑力。

炽热的触感贴上来，江苑的第一反应自然是躲开。贺轻舟并没有勉强她，而是饶有兴致地欣赏着她不太适应的躲避。像是放任猎物逃跑，直到猎物累了，再慢慢享用美食的野兽。

贺轻舟低笑一声，再次搂过她的腰，往自己怀里压，声音染上情欲的沙哑："阿苑，你是学医的，应该再了解不过，这是正常的生理反应。我要是没有任何想法，那才是有问题。"

贺轻舟也没急着直接上来，而是先顾着她的感受，想让她先舒服了，再去考虑其他的。

江苑的脸涨红得厉害，一种很奇异的感觉遍布全身。说难受也不是，但总觉得有蚂蚁在噬咬，一口气吊不上来。仿佛河面上的浮萍，随着浪花的拍打起起伏伏。直到最后一道大浪拍过，浮萍被冲上岸。她亦如浮萍一般，脱离海面便没了力气，浑身酸软地喘着气。

江苑的腰实在太细了些，贺轻舟感觉自己一只手便握住了大半："你果然还是面色红润一些更好看。"

也不知道过了多久，江苑从浮萍变成沾了水的布娃娃，浑身软绵绵的没力气，体温也高，是轻微脱水的症状。

贺轻舟抱着她，喂她喝了好几杯水，症状才得以缓解。

"对不起，我不知道你这么不经……"最后那个字到底没说出来，怕她害羞，"明天我请个假，在家好好陪你。"

江苑像是想到什么，脸色微微一变。

贺轻舟觉得好笑："放心，不碰你。"

贺轻舟抱着江苑去浴室洗了澡，又把床单和被子换下来，扔进洗衣机里，按下开关按钮。

江苑大约是累狠了，刚躺下就睡着了。

贺轻舟抱着她，让她靠在自己身上。

窗外，天色擦亮。

江苑那一觉睡得实在有些久，房间里的窗帘拉得严严实实，屋子里没有一点亮。她判断不了时间，只能去看床头的手机，居然都下午两点了。

稍微动一下，身上就酸痛得厉害，仿佛被人打过。她迟钝地回想起昨天发生的那一幕，脸色再次涨红。

或许是听到动静了，贺轻舟把门打开，腰上还系着围裙，十足的家庭妇男做派："给你炖了汤，我去给你盛一碗？"

经过昨天那一晚，贺轻舟和她的距离感似乎早就没了。解开围裙就过来抱她，将她从床上捞下来。

江苑往后退，说自己没刷牙。

贺轻舟笑了笑，浑不在意："肚子饿了没？"

相比贺轻舟的轻车熟路，江苑显得有几分局促和尴尬，仿佛坦诚相对一夜后，更陌生了："我……那个……还好。"

贺轻舟好整以暇地欣赏着她故左右而言他的模样。

"江苑。"

听到他喊自己的名字，江苑下意识地抬眸，正好对上贺轻舟那双带着笑意的桃花眼："以我们的关系，做这种事是很正常的，你不必感到局促和害羞。"他像是在以一种温和的方式安抚着她，"多做几次就习惯了。"

江苑："……"她显得更局促了。

贺轻舟做的饭菜很丰盛，但大多都是汤汤水水，就差没让江苑直接端着那锅汤喝了。

江苑觉得自己如果不多吃点，会辜负他的心意。但她又实在喝不下这么多。于是想找个委婉且折中的办法告诉他，自己其实喝一碗就够了。

贺轻舟却一脸凝重的表情，拿来耳温枪给她测了下体温，确认没发烧才放心。

吃饭中途贺轻舟接了好几通电话，都是贺家打来的，催他回去吃顿饭。

贺一舟说："你别的日子在外面乱来我不管，但这是过年。就算你出车祸，残了，也得给我回来一趟！"

贺轻舟将手机放远了点，等贺一舟骂完才重新拿过来，敷衍地应了一句："这几天应该不行。"

贺一舟一听贺轻舟这话，火了："贺大公子，您能说说到底是什么事让您乐不思蜀到过年连家都不回？"

贺轻舟看了眼旁边的江苑，确实挺乐不思蜀的。他是很想带江苑回去见家人，但也知道江苑的性子，他们才刚在一起，总得给她一个时间来缓冲。贺轻舟向来不做逼迫她的事情。

贺一舟还在怒火当中，贺轻舟把电话挂了，一副浑然不在意的模样。

江苑问贺轻舟："一舟姐打来的？"

贺轻舟笑了笑："你倒是了解她。"

不用问也知道这通电话的内容是什么，江苑劝他："我觉得你还是回去一下吧。大年三十你就不在家，这几天要是一直在外面的话，总归是不太好。"

江苑碗里的汤喝完了，贺轻舟又去给她盛了一碗："也不差这几天。"

江苑："可这是过年，和平时不同。"

身边一直没声音，连回应都没有，江苑抬眸看了贺轻舟一眼。此时的贺轻舟正侧着身子，眼中带着笑意："江苑，你有没有发现？"

江苑迟疑着："发现什么？"

贺轻舟过来抱她，把她捞进自己怀里，头靠在她的肩上："你越来越喜欢管着我了。"

江苑在心里默默叹息一声，你倒是越来越喜欢动手动脚了。她摸摸贺轻舟的头，像摸小乖那样，放柔了声音："我知道你是想陪我，但我也不是离了人就活不了。只这几天而已，没事的。我在家里乖乖等你。"

贺轻舟在江苑这儿软硬都吃，但软的更能让他瞬间缴械。他也不坚持了，实在是"乖乖等你"这四个字的杀伤力太大。手指插入她的发间，轻慢地揉了几下，把她往自己这边压，唇齿交融到她乱了呼吸才肯罢休。

稍离了她的唇，他用额头蹭了蹭她的额头，声音低哑带着些气音："我吃完饭就回来。"

江苑点点头，说不着急。

贺轻舟走后，江苑自己一个人窝在家里的客厅看电视。偶尔看一眼阳台上晾的床单和被子，思维总是发散，想到昨天晚上那一幕。她都不记得床单是什么时候换的，又是什么时候洗的了。想来是贺轻舟在她睡着以后做完的这一切。

还挺难想象，他这样的人，晒衣服是什么样子。江苑靠在沙发上，笑出声。

贺轻舟刚到家，贺一舟就气得把他骂了一顿。说他现在出息了，平日里不回家看看就算了，过年也不知道回来。

贺轻舟漫不经心地应了一句，说这些天有事给缠住了。

贺一舟气笑了："什么事能把你给缠住？贺大公子不是出了名的抽身快吗？"

贺轻舟把一直试图往自己腿上爬的贺京阳拎走："是我缠住别人。"

贺一舟一听他这话，平静下来，露出一副半信半疑的样子："你缠住别人？"她与沙发上的贺母对视一眼，大约是出自女人的直觉，察觉出几分不对劲来。难不成他终于想通，开始找女朋友了？

贺一舟咳嗽一声："既然这样，怎么不把人带回来给我们瞧瞧？你要交女朋友，我和妈总得先过过目。"

身处这样的家庭，凡事都得优先考量利益，就连婚姻大事也难以自己做主。

不过贺母向来纵着自己的儿子，他喜欢就行。更何况如今，他一副看淡红尘的心态，就算是给他介绍他也无动于衷。难得他如今开始动凡心，只要不是缺胳膊少腿，精神失常的，她都觉得自己能够考虑考虑。

阿姨泡好了咖啡端出来，笑着看贺轻舟，说难得回来一次，多去加几道他爱吃的菜。贺轻舟笑笑，和阿姨道了谢，让她不必这么麻烦。

贺京阳平日里跟个野猴子似的，上蹿下跳，也只有在贺轻舟跟前才乖顺些。贺一舟也乐得清闲，直接将他扔给了贺轻舟。

贺一舟："你倒是说说话啊，什么时候把人带回来瞧瞧。对方家是哪儿的？做什么工作？"

贺轻舟嫌弃地将贺京阳从自己身上拿开："你们见过。"

贺一舟一愣："见过？"她和贺母对视一眼，都想起同一个人来。能搞定贺轻舟的，她们还都见过，除了江家那个丫头还有谁。

贺一舟问道："江苑回国了？"

贺轻舟点头："回国有一阵子了。"

贺一舟旁敲侧击地问："那你们现在是……在一起了？"

贺轻舟承认得倒是坦然，也没想过要隐瞒："嗯，在一起了。"

贺一舟与贺母再次对视一眼，这无疑是最好的消息了。贺母如今也不奢求他另一半的身份背景能配得上他们贺家，她唯一的希望就是贺轻舟赶紧成家，赶紧让她抱上大孙子。他们两个之间，选择权向来是在江苑那个丫头手里的。也不知道后来发生了些什么，他们居然能再次走到一块。

贺母也不多问细节，只是问他："既然都在一起了，怎么这次不带她一起回来呢？"

江家的那些事贺母多少也有耳闻，江城进去了，其他人都移民国外。江苑在北城哪里还有家人啊。

贺轻舟随手拿了本杂志，百无聊赖地翻阅着："再等等吧，等她先适应。"

贺母眼下也不在乎她这个适应期要多久，只想着赶紧楼上谢过菩萨。拜了这么多年，终于让她得偿所愿了。

贺京阳被扔了几次，最后终于如愿爬到舅舅的腿上躺着："舅舅，你要结婚了吗？"

贺轻舟没理他。他又问："是和上次那个美女姐姐吗？我还挺喜欢她的。舅舅，要不你娶别人吧，我想和她结婚。"

贺轻舟把手里的杂志合上，笑容和善地让贺京阳把刚才的话再重复一遍。

贺一舟急忙把贺京阳抱走："你乱说什么呢？你才多大，就想着这档子事，平时舅舅揍你的次数太少了，是吧？"

贺京阳冲贺轻舟做了个鬼脸："舅舅是个小气鬼。"

那顿饭贺轻舟还没开始吃，贺一舟就催促他，这么晚了，你要不还是回去吧，别让江苑一个人在家，好歹也是大过年的，家里冷清多不好。

贺轻舟："听你这话，我还以为是我自己着急想回来吃这顿饭。"

贺一舟睨他一眼："你少跟我这儿阴阳怪气，若你早些说是和江苑在一起，我也不会这么急着让你回来。说到底，这事还是你的错。"

贺母忙张罗厨房赶紧布菜，还不忘从贺轻舟这儿打探消息。是怎么在一起的？双方都自愿吗？他应该没用什么特别手段逼迫人家吧？这话问得，仿佛她儿子是什么都做得出来的大恶人。

贺轻舟走到餐桌旁坐下，语气慵懒："找人吓了她一顿，要是不和我在一起，就剁掉她的手指。她一害怕，就同意了。"

贺母瞪他："又不正经。"她心里是高兴的，最起码听贺轻舟这个轻松的语气，也不像是有其他隐情。

贺母吩咐厨房再准备些菜："你带回去，给江苑。"想了想，她又不放心，问贺轻舟，"江苑有什么忌口的没有？"

贺轻舟说："不用这么麻烦。"

贺母反驳道："这有什么麻烦的，不过一顿饭而已，你这个男朋友是怎么当的？不在家陪人家，反倒自己回来了。"

贺轻舟："……"

那顿饭吃到一半，贺轻舟便被赶了出来。贺母生怕怠慢了自己儿子难得追上的媳妇，把饭菜放进食盒里，让他赶紧带回去。

贺轻舟回到家，江苑刚收拾好碗筷，见着贺轻舟的手里提着食盒，她有些不好意思地摸了摸自己刚吃饱的肚子："可能无福消受了。"

贺轻舟把食盒放在一旁，过去抱她："我妈让我带回来的，本来说了不用这么麻烦。"

贺轻舟过分黏人，不过一个多小时没见，便仿佛隔了一个世纪之久。

虽然吃饱了，但食盒里的饭菜总不能浪费。江苑用保鲜膜包着，放进了冰箱。她以前也去过贺家几次，也在那里吃过饭。他家的厨师都是些叫得出名字的大厨，各种菜色都精通。

贺母是个挺爱享受生活的人，对衣食住行的要求尤其高。闻到饭菜的香气了，哪怕刚吃饱，胃里的馋虫仿佛被勾醒。

贺轻舟挑了挑眉，轻笑着威胁她："平时吃我做的饭，两口就饱了。现在是饱了还能再吃两口？"

江苑笑他幼稚。

这天晚上贺轻舟倒是规矩，念及她昨天是第一次，他要得又凶，身体怕是承受不了，所以就给了她一个缓冲时间。他抱着江苑，让她给自己讲这些年在国外经历的事。

江苑便事无巨细地讲给他听。大部分都是危险的，她怕他担心，也只是粗略带过。往往这种时候，贺轻舟都会很安静。但江苑能感受到，他抱着自己的手臂在不断收紧。

江苑搂着贺轻舟的脖子，在他的颈间轻轻蹭几下，想以这种方式缓解他此刻焦虑的情绪："贺轻舟，你捐的那些钱，抄的那些经书是有用的。你看，我现在不是平安回来了吗？"

贺轻舟也没说话，只是点了下头。可他的动作太轻微，若不是此时江苑就在他怀里躺着，恐怕压根察觉不到。他把江苑抱得更紧了："明年，我们去看瀑布，看彩虹，好不好？"

上次江苑毫不犹豫地拒绝了，他没说话，一个人看了好久的月亮。可这次，江苑笑了笑，同意了。

夜色缱绻，他们再无别的话。

贺轻舟是个极其容易满足的人，至少在这一刻，他很满足。听到怀中人熟睡后的呼吸声，感受着她的体温。曾经只在梦中出现的场景，此刻却无比真实。

今天的天气不错，阴了那么多天，终于见晴。

邻居家应该有喜事，一早就过来敲门，给江苑送喜糖。还热情地同江苑打招呼，让她以后有什么需要帮忙的，尽管说。

今天的早餐是中式的。锅里煮着粥，蛋煎到一半，贺轻舟洗漱完出来，身上穿了件白色短袖，从后面抱着江苑。比她高出一个头还多一点的身高，弯着腰才能将下巴枕在她肩上："做的什么？"

江苑说："煎蛋。"

贺轻舟"哼"了两声，像刚出生没多久的小狗撒娇："又是煎蛋。"

江苑无奈地轻笑："那你想吃什么？"她转过身去，拿起被随意搭在头顶的干毛巾，替他轻轻擦拭着湿发。湿发柔软，倒真像一只狗狗了。

江苑问道："怎么不把头发吹干了再出来？"

贺轻舟说："想先出来看看你。"

江苑轻笑："我又不会跑，想看我随时都可以。"

贺轻舟把火关了："有后遗症了。"

江苑闻到煳味，这才想起锅里还煎着蛋："完了。"

贺轻舟轻笑："美色误人。"

反应过来贺轻舟话里的意思，江苑说他不要脸。

早饭他们吃的白粥。

江苑提起刚才隔壁送喜糖的事："好像是小孩满月。"

贺轻舟听得有些出神。

江苑问他："羡慕了？"

贺轻舟低头笑笑："一点点。"

江苑的胃口不大，一碗白粥也只吃了半碗，剩下的便推给贺轻舟了。她从前的剩饭也是贺轻舟替她吃的。身处高位的贺家公子，自小养尊处优，这辈子只吃过她一个人的剩饭。

江苑说："周嘉茗约了我们下周吃饭，庆祝她老公升职。"

说起来，贺轻舟与周嘉茗的老公打过交道。她老公是公职，先前贺轻舟有个项目审批，还是经由她老公的手。

贺轻舟："下周几？"

江苑："好像周三吧。"

贺轻舟点点头："我把时间空出来。"

吃完饭，贺轻舟把碗筷收拾清洗了，说今天有个招标会，要去一趟邻市，可能回来得比较晚，让她先睡，不用等他。

江苑替贺轻舟系好领带，叮嘱他少喝点酒。他笑了笑，过来抱她："遵命。"

贺轻舟走后，江苑又把屋子收拾了一遍。

贺一舟的电话是在下午打来的。她刚准备去睡个午觉，看到来电话的人后，觉便全醒了。

她这次打电话给江苑，贺轻舟那边是不知道的："我也是这几天才知道你回国的事，轻舟向来不同我们讲这些。"话里隐约还带些歉意。

江苑忙说："我也没回来多久。"

贺一舟听出江苑话里的局促，轻声笑笑，这点倒是没怎么变，仍是受不了别人太客气。

"上次也不知道轻舟和你在一起，就急匆匆地唤他回来。今天特地给你弄了桌接风宴。"似乎料准了江苑会拒绝，不等她开口，贺一舟又补充一句，"饭菜已经做好了，都是你爱吃的，如果你不来的话，就只能撤掉了。"

退无可退。难怪贺轻舟从前总说，这个世界上，最可怕的人就是他姐。她深谙如何利用每个人的特性。

江苑最后还是答应了。原是想和贺轻舟说一声的，但转念一想，他那边没有任何消息，想来一舟姐是瞒着他给自己打的这通电话。

贺家老宅，她已经很多年没有去过了。大约是老人家念旧，并没什么改变。一栋徽派的建筑。

家中的用人在堂前煮着茶，满院的茶香。看到贺父、贺母的瞬间，江苑微抿了一下嘴唇，大抵没想到他的家人都在。

贺父逗完了鸟，让人把笼子拿上楼，然后笑看着江苑："江家小囡都长这么大了。"

江苑一一打过招呼："贺叔叔，贺阿姨，晚上好。"

贺父让江苑先坐："一舟刚哄完孩子，应该马上就好了。"

江苑坐在沙发上，被方几挡着的地方，是她因为不安而交握在一起的手。

贺母又将江苑仔细打量一遍，兴许是因为之前已经被迫接受贺轻舟不结婚的事情，眼下看江苑是越看越满意，忙让厨房把饭菜端出来："也不知道你喜欢什么，但这些都是轻舟的拿手菜，我料想他会做的应该都是你爱吃的，所以就让厨房每样都做了。"

那些菜实在太丰盛，一张餐桌竟然都摆放不下。江苑感到有些受宠若惊，说不必这么麻烦。

贺父笑了笑："你阿姨从小就是个铺张浪费的性子。"

贺母不高兴地瞪了他一眼，手在桌下掐他的腿。

贺父疼得轻笑，连忙改口："叔叔刚才是开玩笑的，你阿姨挺节约的。"

贺母懒得再理他，和江苑拉起家常来。回来多久了？在国外待得还习惯吗？工作稳定了没有？都是一些司空见惯的问题，江苑倒也都答得上来。

贺京阳扶着楼梯，一点一点地蹭下来。

贺母瞧见了，忙让保姆去抱他："怎么你一个人，你妈妈呢？"

贺京阳被保姆抱下楼："妈妈睡着了。"

"……"贺母从保姆的手中接过小外孙，"你妈妈不是在哄你睡觉吗？怎么她睡着了你没睡？"

贺京阳的眼神早就锁定在江苑的身上了："妈妈给我放儿歌，结果自己睡着了。"他问外婆，"漂亮姐姐怎么来我们家了？"

贺母说："漂亮姐姐来家里吃饭，你高兴吗？"

"高兴。"贺京阳朝江苑那边伸出肉嘟嘟的小手。

江苑笑了笑，把贺京阳抱过来，放在自己腿上。小家伙似乎很喜欢江苑，一到她身上就不肯走了。

贺母觉得这个称呼有些乱，让他喊舅妈，贺京阳却不喊："舅舅才配不上漂亮姐姐。"

贺京阳小声告诉江苑："舅舅没有我讨女孩子喜欢，漂亮姐姐，你千万不要和舅舅在一起。"小孩子的身上总有一种暖烘烘的奶香味。

江苑笑着点头，说会好好考虑的。

贺京阳这才放心。

外头传来开门声，用人拿着外套过来，往衣帽架上挂。

江苑认出那是贺轻舟今天出门时穿的那件。

不多时，换了鞋子的贺轻舟进了玄关。

先是看了江苑一眼，确认她的表情还算轻松，便松了口气，洗了个手才过来。

江苑问贺轻舟："不是会很晚吗？"

贺轻舟把江苑怀里的贺京阳拎走："后头的晚宴没参加。"

贺母的眉头一皱："你这是担心我欺负江苑，特地赶回来的吧。"

贺轻舟散漫地应声："我是担心这个小家伙占我女朋友的便宜。"

被扔回保姆怀里的贺京阳正号啕大哭，一口一个臭舅舅地骂着。贺母把他接过来，抱在怀里轻声哄着。

江苑闻到贺轻舟身上沾染的淡淡烟酒气。

贺轻舟笑道："听你的话，没喝酒。别人的。"

桌子下，贺轻舟的手正握着她的手。她奖励般地用手指蹭了下他的掌心："真乖。"

两个人的声音足够小，旁人也听不到，但神情却遮掩不住。

贺父瞧着，与贺母对视一眼，也都淡淡地笑起来了。

这顿饭吃得倒是安静，因为贺轻舟的到来，话题中心便落在了他的身上。他像是专门赶回来，替她迎接这些询问的。江苑也落了个清静。

吃完饭，他们原是想再留他们一会儿，但被贺轻舟给拒绝了，说下次吧。

走之前贺母要了江苑的电话号码，说自己近日来无聊，就缺个说话的。

贺轻舟让江苑不要信，她压根就不无聊，整天不是购物就是打麻将，生活丰富得很："她就是怕你不要我，所以想隔三岔五查个岗。"

贺母被戳穿心事，气急败坏地打了贺轻舟一下："当初就不该生你。"

贺轻舟也只是笑："行了，你们进去吧，外面风大，别感冒了。"

贺母一边和贺父骂着，怎么生了这么个逆子，一边不忘嘱咐他们得了空就回来吃饭。

上车以后，贺轻舟问江苑："会不适应吗？"

江苑摇头："阿姨人很好，叔叔也很好。"

贺轻舟笑着说："可得对你好点，难得有个儿媳妇。"

江苑说贺轻舟又贫嘴。

今天的天气不错，不那么冷。

江苑突然有些怀念从前，她说："贺轻舟，你带我去附近转转吧。"

北城的变化真的很大，带着幼时记忆的地方，很多都拆了重建，有的地方变成高楼，有的地方变成商业中心。贺轻舟带她去了那个公园，问她还记不记得。他当时就站在这儿，往回看了一眼，就看到她了。穿了条白裙子，坐在秋千上，晃晃悠悠地发着呆。

"那个时候我还担心，怕你看到我打架的样子，会害怕我。"贺轻舟笑了笑，"谁知道你压根就没注意到我。"

江苑被贺轻舟抱着，靠在他的怀里："我以前确实挺怕你的，后来你结结巴巴地和我讲话，我就不怕了。"坏人才不会结巴，只有好人才会。

江苑想再荡一次秋千，她坐在上面，晃了几下。秋千上有铁锈，晃起来很迟钝，但好在还能晃动。贺轻舟在后面轻轻推她。

大约是天气好的缘故，今天的夕阳也很美，是温暖的橙黄色，隔着树影落下来，洒在她的裙摆上。一如十六年前，他们初遇的那个午后。

时间仿佛恍惚了一阵。她还是那个坐在秋千上发愣的小女孩，远处的少年羞红了脸，将手往身后藏，只敢偷偷看她。

江苑抬眸轻笑，仿佛与十四岁的贺轻舟对视。应该早些发现他的，早些走到他面前。不过好在，也不算太迟。

微风吹来，有淡淡的花香。

江苑突然开口："贺轻舟。"

贺轻舟："嗯？"

江苑的声音温柔："我爱你。"

身后有片刻安静，男人弯腰，抱着她："我也爱你。"

十四岁的贺轻舟在苏御的催促下离开，还不忘回头再看一眼。然后，便和已经逝去的那十六年，一同消失在夕阳之下。

不过他笑了一下，那副模样，臭屁得很。仿佛在说，小爷我就知道，没人能抵挡住我的魅力。

天气暖和些的时候，贺轻舟送了江苑一个礼物——一只橘猫。他说宠物店品种太多了，他本来还在考虑应该选哪种，后来店员说橘猫最后都会长胖。

贺轻舟笑着说："长胖了就不会和我争宠了。"

江苑笑着打了他一下："瞎想什么，连猫的醋都吃。"

两个人都不会取名字，他们以前养的宠物名字都挺潦草的。一个是灯泡和照明，一个更简单了，小乖。

贺轻舟懒得想，敷衍着道："它这么胖，就叫小胖吧。"

江苑虽然觉得这个名字难听，但她也想不出更好的，就干脆这么叫了。

假期结束以后，江苑和贺轻舟在家里见面的次数便少了许多，两个人都有各自的工作。

江苑偶尔上个夜班，白天一整天都在家里睡觉。

贺轻舟下午那顿饭都会做得很丰盛，等她吃饱了再送她去医院。

看着江苑眼底稍微浮现的乌青色，贺轻舟握着她的手，心疼地揉捏几下："辛苦了。"

江苑笑了笑，靠在他肩上："我们小贺又要工作又要照顾我，更辛苦。"

江苑原本不希望贺轻舟这么累的，想着去找个阿姨，但贺轻舟不让，说有他就够了。

好不容易在一起，他不希望第三个人来占用他们的时间。江苑便依他了。

贺轻舟每天都会去医院送饭，哪怕自己手头的工作再忙，也会挤出来一部分时间给她做饭。

医院里的几个女同事每次看见贺轻舟，都会花痴上好长一段时间。还不忘和他打听，有没有没结婚的朋友。

有是有，但贺轻舟显然不是这种多事的性子。他惯会敷衍人，说会帮她们多留意。

贺轻舟帮江苑拧开了盖子，盛了碗汤出来，让江苑一定要喝完："补气血的，你天天这么日夜颠倒，多补补。"

江苑喝着汤，说她明天想吃面。

"豆角焖面？"贺轻舟边问边替江苑收拾桌子，把那些纸质材料分类整理好。

"好。"江苑想了想，让贺轻舟多做一点，又和那些同事说，"他做的豆角焖面特别好吃，明天你们也尝尝。"

几个同事起哄，说江医生平时看上去内敛得不行，想不到还是个炫夫狂啊。被误解了意思，江苑也不急着辩解，而是看了贺轻舟一眼。

后者眉间带着微笑，江苑便也笑，问他："就这么开心？"

"开心的不应该是你吗？"东西收拾完了，贺轻舟靠着桌子站着，垂眸看她，把刚才那些医生的话重复一遍，"炫夫狂。"

熬过了那阵以后，就稍微好了点，也不那么忙了。

贺母最近常给江苑打电话，话里话外地打听，生怕江苑不要贺轻舟了。自己这个儿子好不容易追上的人，她总得帮忙守着。得了空便让他们回家吃饭。

江苑因为工作的原因推过几次，眼下也不怎么忙了，就应了下来。定好日子，三天后，正好也是贺京阳的生日。

贺轻舟晚上有个应酬，会很晚回来，他让江苑先睡，不用等他。

江苑将刚熨烫好的外套递给他："少喝点酒。"

这种应酬，免不了要喝酒，江苑知道，所以只能嘱咐他少喝一点。

贺轻舟向来是个不服管的人，但如果是江苑，他很乐意多听一会儿。

贺轻舟走后，江苑把澡给洗了，随便找了部电影看。

一部电影差不多两个小时，第二部看到一半的时候，外面传来密码解锁的声音。

门开了。

贺轻舟喝得确实不多，有好好听她的话。

江苑起身给他倒了杯茶，递给他时，闻到他身上那股脂粉味了。她沉默片刻，也没多问。

反倒是贺轻舟，一五一十全交代出来："有人带了女伴，不过我离她们很远。"

江苑替他把领带解了，说作为这么懂事的奖励，就给他做一顿消夜。

贺轻舟笑着俯身，抱住她："早就饱了，吃点别的也行。"

后半夜，江苑睡得迷迷糊糊之际，强撑着酸软的身子起身，把床头灯打开，看了眼身边正熟睡着的贺轻舟，起身去厨房煮了碗醒酒汤。最后叫醒他，看着他喝完一整碗才罢休。

贺轻舟还带着浓重的睡意，从身后抱住她，声音低哑，又带着淡淡的笑意："小倔驴。"

回贺家那天，江苑让贺轻舟陪自己去附近的玩具店逛了逛。

服务员非常热心地给他们推荐幼儿玩具。靠业绩拿提成的职业，嘴大多都甜。嘴里的夸赞就没停下来过，说他们当父母的长得这么好看，儿子肯定也好看，还说一定要送他们一点赠品。

太热情了，江苑有些不太适应，只说他们自己看看就行，她可以去招待其他客人。

贺轻舟低声笑笑。江苑看见了，问他是不是在笑自己。

贺轻舟倒也不否认，说："难得看你有这么慌乱的时候。"

江苑不理他，在玻璃展柜前看了一遍，拿起一个汽车模型。做工很精细，可以说是按比例还原了。

贺轻舟告诉她："贺京阳喜欢奥特曼，这是向云青喜欢的。"说起来，江苑也挺长时间没有见过向云青了。上次见，好像还是在他的满月宴上，那么小的一个娃娃，连话都不会讲。

江苑："小童该读小学了吧？"

贺轻舟说："二年级。"

江苑微微惊讶："这么快？"

贺轻舟轻笑："快吗？我觉得挺慢的。"毕竟江苑离开的那段日子，可以说是贺轻舟人生中最难熬的几年了。

选好礼物去结账的时候，贺轻舟被旁边的婴儿车短暂吸引了注意力。

江苑问贺轻舟："是红色好看还是蓝色好看？"她手里拿着给向云青

选的汽车模型。

贺轻舟说："蓝色吧，他喜欢蓝色。"

这顿饭，贺母两天前就开始张罗了。原本是想着大操大办的，但被贺一舟给拒了，她极讨厌这种张扬的处事方式。姐弟俩倒是在这方面如出一辙。

向云青被司机从学校接回来，请了半天假，下午的课就不去上了。这会儿正拿着书在看，和旁边闹腾的贺京阳形成鲜明对比。

贺一舟不满地说了几句："不过是过个生日而已，怎么还把小童给接回来了，他们马上就要期中考试了，耽误不得。"

贺母说就是她平时管小童管得太严了，所以他现在才会变成这样，眼里只有学习，早熟得很。

贺一舟反驳："这叫沉稳。"

贺母："才几岁的娃娃，需要沉稳做什么？"

她们这番争执因为贺轻舟他们的到来才作罢。

听到开门声，贺京阳激动地扔了手里的积木，跑到门口，直奔江苑："漂亮……""姐姐"两个字还没说出口，便被旁边舅舅的眼神给吓住了，最后只得不服气地改口，"舅妈。"

江苑笑了一声，蹲下身子摸摸贺京阳的头："生日快乐，给你买了生日礼物，看喜不喜欢。"

贺京阳还没看呢，就连连点头："喜欢，非常喜欢！"

贺一舟笑着过来，把贺京阳抱走："怎么舅妈一来就缠着人家。"

她让江苑先进屋，说饭菜马上就好了。

带的东西被一旁的用人接过去，江苑把外套脱了，贺轻舟动作自然地接过去，挂在旁边的衣帽架上，和他的外套一起。

贺母让向云青过来："这是你舅舅的女朋友，以前还抱过你呢。"

并没有抱过向云青的江苑笑容温柔地看着他："都长这么高了呀？"

向云青和贺京阳的性格完全天差地别，他安静得很，喊了声舅妈，便没了后话。最后默默地走到贺轻舟的身边站着了。

贺轻舟说："去玩自己的吧。"有了舅舅的话，向云青这才放心地去做自己的事了。

江苑小声和贺轻舟说："他居然这么听你的话。"

贺轻舟剥着橘子，喂给江苑："他爸妈刚离婚的时候，忙着打官司争抚养权，没空管他，我带了他一段时间。"

橘子多汁，很甜。江苑满足地吃完一整个，笑说："你居然还会带孩子。"

贺轻舟如何听不出江苑话里的调侃，屈指弹了下她额头，力道轻，也不痛："你以后生个听话点的，大的不听话，小的也不听话，一下带两个，难度有点大。"

江苑轻笑："你想得倒美。"

饭菜好了，贺一舟忙着张罗他们布菜。

贺京阳作为今天的主角，戴着生日帽，非常卖力地唱着生日歌。他把第一块蛋糕给了江苑，还不忘小声问她："我体不体贴？"

江苑被贺京阳逗笑了："嗯，很体贴。谢谢你。"

贺京阳心满意足地看了贺轻舟一眼："我比舅舅还要体贴。"

贺轻舟的父母其实算得上开明，江家也算勉强够得着这个圈子，虽然不如贺家所处的位置，但那副十足的利益至上做派倒是学了个十成十。联姻在这个圈子再常见不过，能做主自己婚姻的实在是少数。但贺轻舟的父母却从未在这种事情上强迫他，不过以他这个性子，恐怕强迫了也没什么用。

小孩觉多，贺京阳吃到一半就睡着了，保姆抱着他上楼。

贺一舟和江苑说："在家疯了一天，估计是玩累了。"

吃完饭后，贺母要留他们住一夜，说是难得回来一趟，贺轻舟的房间每天都让人打扫。

和江苑相处的时间贺轻舟一分钟都不想浪费，眼下自然是想要拒绝的。但不等他开口，江苑就应下了。

贺轻舟不光是她的男朋友，也是他父母的儿子。现下既然有时间，不妨多陪陪他们。

贺父、贺母见江苑答应，都高兴得很，让贺轻舟带江苑去附近逛逛。

江苑从前来过这儿，不过都是很久以前的事了，对这里的记忆也早就变得斑驳。贺轻舟牵着她的手，问她还记不记得那棵树。

贺轻舟当时被爷爷罚禁足，江苑偷偷来看他。他就是从这棵树上跳下来的，从窗户到这棵树的距离，有一两米。江苑看得心惊胆战，生怕他一个没站稳，就摔了。

每回金毛都会蹲在贺轻舟的脚边，吐着舌头摇尾巴。

正是盛夏，好在树荫茂密。

贺轻舟端来一把竹椅，让江苑坐着，然后和她撒着娇："我抄《金刚经》抄得手都麻了。"

江苑也不会说哄人的话，便替他揉着手。她的手小小的，软软的，揉几下就不疼了。

江苑："记得，那个时候觉得这棵树真高。想不到长大以后依然觉得这棵树很高。"

贺轻舟笑她："你在长，树也在长，而且它比你长得要快。"

这话便是在揶揄她矮了。江苑"哼"了一声，不理他了。

再往前走，有个不大不小的人工湖，周围是石雕。

从前老爷子爱养鱼，嫌用鱼缸养着没意思，便让人挖了这片湖。应该是每年都有专门的人打理，水很清，能看见边上的鱼群。

贺轻舟："前阵子刚下的鲫鱼苗。"

江苑愣了一下："叔叔现在还养鲫鱼了？"

贺轻舟说："养鱼的是我爷爷。我爸就当这是个饲料场，鱼养大了就给向云青和贺京阳炖汤。"

江苑："要是让贺爷爷知道，估计会很生气吧。"

贺轻舟笑道："难怪我爸说他最近总做噩梦，估计是老爷子在地底下骂他。"

江苑指责贺轻舟："你从前比你爸爸还过分。贺爷爷养的那些鱼，你不知道弄死了多少条。"罪魁祸首反而先告状了。

贺轻舟单手搂住她的腰，捏她的脸："我是为了给谁炖汤，嗯？小没良心的。"

晚上的时候，向云青拿着作业来找贺轻舟，说有不懂的地方，想让他教。贺轻舟刚洗完澡，身上穿了件浅灰色细条纹的睡衣。

向云青倒是不怕舅舅，莫名对他有种崇拜和敬重感，但平日不太敢与他亲近，眼下也是鼓起了好大的勇气。贺轻舟侧坐在椅子上，一条手臂搭着椅背，模样闲适，接过向云青的作业粗略看了眼。

向云青就读的是本市的一所国际学校。虽然才二年级，但小学的内容已经快学完了。他弄不懂的是英语作业。贺轻舟简单地给向云青讲了一遍，等他弄明白后，又让他不要给自己太大的压力。

向云青低着头，没说话。

贺轻舟摸了摸向云青的头，也没继续说什么。

贺一舟的脾气，贺轻舟再了解不过。争强好胜，自己凡事都要争第一，对待儿子也这样，平日里应该没少给他灌输自己的思想。

向云青走后，江苑正好进来，见向云青拿着作业下楼，问贺轻舟："小童刚才来过？"

"嗯，让我教他写作业。"贺轻舟微微岔开自己的腿，拍了拍，示意她坐过来，"让我抱一会儿。"

江苑把门关上，想了想，最后还是保险起见，反锁上了。她刚坐上去，贺轻舟便抱着她，下巴靠在她的肩上，满足地喟叹："要是能一直这样抱着就好了。"

江苑笑他："也没人不让你抱。"

贺轻舟低笑，声音故意染上一点委屈："你的工作太忙了。"

江苑拿起桌上的摆件，多看了几眼。也不知道是什么年代的，看上去应该有些年头。

贺轻舟靠近她耳边，带着轻笑，提醒她："小心点，要是打碎了，把你卖了都赔不起。"

江苑吓得手一抖，把东西放回去："这东西，是真的？"

贺轻舟贴近她的耳朵，笑得轻慢："我家里除了你送我的那件 T 恤，其余都是真的。"

江苑的耳朵有点红，说不出话来。

贺轻舟轻笑着将手放在她的后脑勺上，往自己怀里压。他身上有好闻的沐浴液味道，暖烘烘的。

江苑的声音有点闷："那个时候，你是不是也在心里笑我。"

贺轻舟说："没有，就是心疼。你一周的零花钱才那么点，给我买衣服了，自己还能剩多少。"

江苑小声解释："我也没你想得那么穷。"

贺轻舟笑着点头："嗯，我们苑苑最有钱了。"大约是年岁长了，性子也在变，没了从前的放荡桀骜，更多的是成熟和稳重。

江苑靠在贺轻舟的怀里，突然觉得，好喜欢现在的贺轻舟。同时也在庆幸，幸好自己活着回来了，回到了他的身边。

第十六章

如
愿

自从那次回家以后，贺一舟与江苑的联系便频繁起来。

贺一舟是事业型女性，大部分的时间都放在工作上。人际关系都是需要维系的，久而久之她从前的那些朋友关系就淡了，现在还在联系的也只是一些有生意往来的。

"最近不是开始升温了吗，想着给云青还有京阳买点夏装。左右也找不到人，就想问你有没有时间。"

正好周末，江苑放假在家，于是就这么约好了。贺一舟开车过来接她，还带了点阿姨做的曲奇饼："我记得轻舟提过，你爱吃甜食。正好阿姨今天做了点，就带来给你尝尝。"

江苑系上安全带，向贺一舟道过谢。

大约是江苑现在约等于她的弟妹了，贺一舟对她也没了平时的客套。偶尔也会和她埋怨几句，四五岁年纪的小孩是最烦人的，人憎狗嫌。她让江苑如果想生孩子，得慎重考虑。

这话仿佛是把江苑拉到她的阵营中，贺轻舟倒成了外人。

进了商场，贺一舟看到什么都想买，也懒得纠结，让服务员通通打包装起来。

隔壁有家男装店，江苑过去看了一眼。细算下来，除了贺轻舟过生日时，她好像没给他买过什么礼物。最后选中了一件衬衣和一条香槟色的领带。

贺一舟看见了，笑着说："他今天估计得高兴得多吃两碗饭吧。"

服务员把衣物打包好，装进购物袋里，递给江苑，同时说了声"欢迎下次光临"。

江苑伸手接过来，向店员道了谢，又笑着回应贺一舟："就是给他买件衬衣而已，又不是准备了什么巨大的惊喜，哪有这么夸张。"

贺一舟笑了笑，也没继续说什么。

贺轻舟去外省出差了，晚上才回来。

江苑做好饭菜后给他打了个电话，问他大概还有多久到家。

贺轻舟说刚下飞机，正在车上，差不多十几分钟。

江苑看了眼厨房，说家里的醋没了，让他回来的时候顺便买一瓶。

电话挂断后，贺轻舟让司机待会儿在小区附近的便利店停一下。

贺轻舟今天出席的活动比较正式，所以穿着也算得上考究，出自意大利某知名设计师之手的高定，深灰色的西装三件套。处处剪裁得体，渊源看去如冬日里屹立的雪松，阔肩窄腰，手长腿长。

司机按照贺轻舟的话，在开到附近便利店时，将车停在了那里。

贺轻舟打开车门下去，买了瓶醋回来。

司机看到后，沉默了一会儿。看来再高高在上的男人，有了老婆，都会染上烟火气，任何人都不例外。

贺轻舟外面在按门铃，江苑擦干了手过去，把门打开："不是知道密码吗……"

后面的话没说完。因为看到贺轻舟怀里的花了。

　　贺轻舟的笑容温柔："回来的时候路过花店，闻着觉得像你身上的味道，就买了。"

　　江苑接过花，低头闻了闻，是那种清清淡淡的香味。又去闻了闻自己，没闻到香味啊。

　　贺轻舟脱了外套，笑道："那大约只有我一个人能闻到。"他把醋放到厨房，看到锅里的土豆焖牛肉，"厉害啊，这个都会做了。"

　　江苑才不管贺轻舟是在调侃自己，还是在夸自己。走过去，替他把领带解了："给你买了件衬衣，试试看合不合身。"

　　店里买的肯定不如量身定做的要合身，可贺轻舟却一副受宠若惊的模样，好半天没说出话，只是在江苑的催促下把衣服脱了。

　　白炽灯的映照之下，他的上身就这么一丝不挂地展示在她眼前。哪怕平时见的次数也不少了，但每次见到，还是会下意识地避开视线。瞧见江苑这副非礼勿视的表情，贺轻舟轻笑一声，过去把她手里的衬衣接过来，穿上。

　　小了点，袖口那里有点短。江苑看到了，替他整理着袖子，确认实在拉不下来后，有些失落："我问过老板娘了，说你这个身高和体重穿什么码，她推荐我买这个的。"

　　贺轻舟穿着那件露了大半个手腕的衬衣，说："我觉得挺合适的。"

　　江苑让贺轻舟脱了，明天她去店里换个大点的码。好在还有一条领带，这总不会尺寸不对吧？她拆开包装，给他系上。

　　香槟色的领带，倒和他的气质挺配。

　　江苑后退几步，上下打量，对自己的审美表示满意："挺好。"她又问贺轻舟，"你喜欢吗？"

　　"喜欢。"贺轻舟低头看那条领带，唇角流露的笑确实是发自内心的。

　　最后果然如贺一舟说的那样，他高兴得连饭都多吃了两碗。

江苑说想去外面散散步。这个点外面很热闹，前面广场亮着灯，分成好几拨人。有跳广场舞的，也有玩轮滑的，甚至还有放个音响在街头卖艺的。

江苑挽着贺轻舟的胳膊，一路走一路看，偶尔看到精彩的地方还会停下来。她以前学过跳舞，但她不喜欢跳舞，因为不适合。甚至连舞蹈老师都说，她的肢体动作不协调，如果执意走这条路，只会害了她。她连下腰都费劲，老师将她往下压，她疼得流汗，然后再偷偷躲起来哭。

那个时候她还不认识贺轻舟，也没有人会在她身旁哄她。她唯一能做的，就是不让自己哭太久。好在，家里人最后发现她的确不是这块料，放弃了。

江苑偶尔也会想，如果早一点遇到贺轻舟的话，他们之间，是不是也不会平白浪费这么多年。可能早就结婚了，早就有了宝宝。

天气预报再次橙色预警，贺轻舟每天都亲自来医院接江苑，带一把伞。她有时候累得狠了，便会先靠在他肩上睡一觉。连她自己都觉得奇怪。贺轻舟的肩膀在她看来，甚至比舒适的床更让人容易入睡。

橙色预警过去后，天空终于放晴。

贺轻舟又带着江苑去了一次从前去过的废弃的公园。里面的游乐设施好像重新翻修了一遍，依旧保持着原有的样子，但却比小时候新了很多。

时间仿佛恍恍惚惚又回到了那个时候。在江苑感叹之际，贺轻舟打开了那个黑丝绒的盒子，将钻戒放在她面前。

"想过很多求婚的方法，哪种更浪漫，哪种更感人，哪种会让你印象深刻。但都觉得不太好。"贺轻舟将婚戒取出来，温柔缱绻的声音落在她耳中，"阿苑，嫁给我好吗？让我可以名正言顺地和你在一起。"

微风被这温暖的夕阳晒过，仿佛也变得温暖起来。

　　江苑最后答了一个"好"字。她从前是抵触婚姻的，哪怕很想拥有一个完整的家，可在知道自己的父母发生的那些事之后，她觉得家并不是一个温暖的代名词。它是由欺骗、卑劣、利益组成的。她对此感到害怕。

　　但如果对方是贺轻舟，她不害怕。

　　戒指戴在她的手上时，江苑看到贺轻舟的手在颤抖，他的身体也在颤抖。在他抱着自己的那一瞬间，她感受到了。

　　"你不知道，和你结婚，是我多少年的愿望。"

　　"谢谢你，让我心愿得偿。"

　　江苑想，其实该说谢谢的，是她才对。谢谢他这么多年，一直不离不弃地爱着她，陪着她，等着她。

　　婚礼的相关事宜不需要江苑操心，都是贺轻舟亲力亲为，一手操办，不过重要环节他会先询问她的意见。

　　江苑笑着说，再这样多过些日子，她都要被他惯得五谷不分了。

　　贺轻舟笑了笑，抱着她："你在医院救死扶伤，已经很辛苦了。我不希望让其他事情浪费你的精力。"

　　以前外婆总说，找另一半不能只看外表，要看内在，看性格，看他会不会心疼人。江苑看着贺轻舟这张脸，觉得是自己幸运，不论外表还是内在，他统统堪称优秀了。

　　"贺轻舟。"

　　请柬都是手写的，贺轻舟把名单上的名字一一写上去。听到江苑的声音抬眼："嗯？"

　　江苑摸摸贺轻舟的脸："你怎么长得这么好看。"

　　大抵是第一次听她这么说，贺轻舟先是沉默了几秒，然后才给她回应。脸主动去贴她的掌心，轻轻蹭了蹭："再好看也是你的。"

江苑笑了，去抱他。

贺轻舟把手里的毛笔放远，怕墨水沾染到他。

情到浓时，哪怕只是再简单不过的一个拥抱，都能一触即燃。

写到一半的请柬被人忽略，毛笔随意地挂在笔架上，笔头忘了洗净，墨汁往下滴，桌面一片脏污。

江苑不小心在他的后背挠了几道，此时正小心翼翼地给他上着药。

贺轻舟没穿上衣，坐在床上，背对着她。

江苑不时问贺轻舟疼不疼，他摇头："不疼。"

江苑有些心疼，自责完以后又去提醒他："用力过猛会擦伤的，你平时也注意一点。"

药擦完了，贺轻舟把衣服穿上，江苑还是不放心，让他把裤子脱了，她检查一下。他没动，模样慵懒地靠坐在床头，一副你想看就自己脱的随性模样。

不过贺轻舟还是非常友好地事先提醒了一句："江医生，我不是你的病人。你扒了我裤子，我会做出什么事来，这是我自己都没办法控制的。"

江苑脸一红，收回了正解他裤腰抽绳的手。

订婚的日子是贺母翻了好几天的皇历选出来的。

感觉时间好像被拉回到十年前，本就有婚约的他们，再一次订了婚。

面对宾客的祝福，江苑的心境和以往不大一样了。

阮熏和许来来特地请了假赶来，她们不在北城，离这儿挺远，还得转机。因为距离的关系，平时聚的次数也少了，不过逢年过节还是会在手机上互送祝福。

　　阮熏抱着周嘉茗的小儿子，有点不敢动："他太小了，我感觉稍微用点力就能把他捏死。"

　　周嘉茗被阮熏的话逗得大笑不止："他没这么脆弱。吵得很，天天晚上哭，我感觉我都快神经衰弱了。"

　　许来来摸了摸江苑平坦的小腹，调侃她："你也抓紧点啊，这肚子怎么半点动静都没有。"

　　江苑笑道："哪有这么快。才刚订婚。"好像只有和她们在一起时，她才能被稍微勾起一点早就被封印的青春活力。

　　贺轻舟被宾客缠上，免不了要喝几杯。也是难得，他这样向来由心的性子，少见地因为这种场合而多给了几分笑脸。

　　许来来她们远远地瞧着，无不叹息这段关系的坎坷曲折。

　　阮熏说，她从前是不信命的，可现在她却觉得，因果循环大约是真的存在。兜兜转转，该在一起的，还是会在一起。

　　江苑没开口，但她知道，这无关命运和因果，是贺轻舟这么多年的坚持。

　　眼见过去敬酒讨眼熟的人不断，江苑不放心，和许来来她们说了一声，便过去了。礼貌地婉拒掉那些还在敬酒的客人，说贺轻舟已经喝了很多了，再喝下去恐怕会醉，于是便拉着贺轻舟上了楼。

　　这么点量倒不至于让他喝醉，贺轻舟眼带笑意，任凭江苑将自己牵走。

　　订婚宴是在星级酒店办的，门刚关上，贺轻舟便压了过来。

　　江苑的后背抵在门上，房卡还来不及插，屋子里黑漆漆一片，只能听见他逐渐变沉重的呼吸声。她伸手推了推，没推开："贺轻舟，你乱来也要分场合。"

　　黑暗中，贺轻舟轻笑一声，靠在她的肩上，细密的吻落下来："我就尝几口，解解馋。"

江苑轻声叹息，到底拿他没办法，没有再拒绝。

主角不能离开太久，江苑替贺轻舟把衣服整理好："待会儿少喝点酒。"

贺轻舟听话地点头："嗯，都听你的。"

再次回到宴厅，周嘉茗不见了踪影，只有许来来和阮熏在。

江苑过去，问她们："怎么只有你们，周嘉茗呢？"

许来来说周嘉茗的孩子拉肚子了，她抱回车内让她老公换尿不湿呢。

阮熏一想到那副画面就觉得可怕，庆幸还好自己是不婚主义："我真的拿小孩完全没辙。"

江苑笑了笑："我倒还蛮喜欢小孩的。"

一听这话，许来来的八卦之火就烧起来了，问她打算生几个。江苑觉得说这些还太早，不过如果可以的话，她想生两个，一儿一女。

阮熏感慨，有钱就是好啊，不管生多少都养得起："现在光是养大一个孩子的费用就足够让人倾家荡产了，幼儿园也得比，小学也得比。我的小侄女，她读的那所幼儿园也没见多有名，一年光是学费就高得吓人。"

江苑倒不希望让自己的孩子在这么高压的环境下成长，她只希望他们能平平安安、快快乐乐地长大。

订婚宴结束，许来来问江苑待会儿有没有什么节目。她和阮熏是后天的机票，好不容易回北城，总得好好玩一趟吧。

江苑不太懂这些，就去找贺轻舟。他送完了宾客，说早就让苏御定好了位置。

许来来原本是想让江苑也一起去的，可是贺轻舟的笑容温和，牵着江苑的手："今天日子特殊，先把她借给我。"

许来来的笑容暧昧，也没继续说什么。

那天晚上，他们什么也没做，贺轻舟只是抱着她，抱了很久很久。他大约是睡不着，失眠了。江苑半夜醒来发现贺轻舟还没睡着。

贺轻舟将她抱在怀里："觉得像做梦一样，不敢睡，怕梦醒了，又回到那段让我害怕的日子。"他一个人，漫无目的等着她。不知道未来会不会遇见，每天都在担心，担心再也见不到她。

江苑说："不会的。"她告诉贺轻舟，"我不会再离开你，永远都不会。"

这句话仿佛是定心丸，头顶的呼吸变得平稳，江苑抬眸去看。居然这么快就睡着了。她心头一软，轻声和他道了句晚安。

婚礼定在江苑的生日那天。

贺轻舟空出几天的时间来，陪江苑去试婚纱。试了好几套，每套他都说好看，压根就给不出什么意见来。

江苑便说，带他来还不如带别人。

店员在里面给她整理婚纱，系绑带，听到这话笑着说："您丈夫真的很喜欢您，我们开店这么久，来陪同试婚纱的大多都没他这般有耐心，过不了半个小时就开始问还有多久结束了。要不就是一来就玩手机，敷衍看一眼完事的。"

江苑知晓这话里多少是带些奉承的。服务行业，自然是挑拣好听的话来讲。她同店员道过谢。

帘子拉开，头顶的光落下来，江苑站在台子上，穿着厚重、洁白的婚纱。平直白皙的肩，锁骨的线条清晰可见。她提着裙摆，问贺轻舟："好看吗？"

也不知道是头顶的光太亮，还是他眼中本就带着细碎的光。原来爱意太满，眼睛是装载不住的，会溢出来。

贺轻舟站起身："好看。"

最后定下来的就是她身上穿的这套。

原本贺轻舟已经找好了设计师，打算给江苑专门定做一套，可江苑觉得过于铺张浪费了些。大约是之前在国外的那些经历，让她觉得钱应该用在实处上。

再者，她试的这些婚纱价格也不便宜。国外顶尖品牌的设计师设计，每一套都是独一无二的。

回去的路上，江苑说肚子饿，贺轻舟便在附近寻了一家日料店。

车停在停车场，这个点人不多，无须等位。

江苑不太爱吃寿司，但喜欢这里的拉面。因为多夸了几句，贺轻舟便说，以后每天都给她做。

江苑笑他："你怎么谁的醋都吃。"

贺轻舟死鸭子嘴硬，不承认："有吗？"

江苑点点头，既然贺轻舟说没有，那就没有吧。

国外的厨师好像都有在做完餐点后出来介绍食物的习惯，江苑不太会日语，还是贺轻舟在中间做的翻译。

大多是些赞美之意，东西很好吃。

厨师道过谢后，祝他们用餐愉快，再次进了后厨。

江苑吃饱了，倒了杯大麦茶，小口喝着。

贺轻舟从头到尾没怎么动筷子，江苑问他："你不饿吗？"

贺轻舟微笑着点头："吃了那么多醋，已经饱了。"

那天晚上，江苑倒是见识到了贺轻舟吃醋的后果。

贺轻舟把吃醋的原因归到她身上，说要她自食其果，老实受着。

洗完澡后，粘腻洗去，周身再次恢复清爽干净，刚换的床单和被子还带凉意。

贺轻舟便将江苑搂在自己怀里："冷吗？"

江苑摇摇头。

贺轻舟的身上一年四季都是暖和的。

江苑："等雨停了，我想去看看外婆。"

贺轻舟："嗯，我陪你。"

江苑纠正贺轻舟："是一起去。"她笑容温柔，"以后也是你的外婆了。"

医院里常会聊起八卦，也不知是从哪里听来的一些鬼怪传言。他们都是学医的，经验也多，倒不至于害怕。可有些年纪小的护士会被吓到，苦苦哀求别再讲了，她们晚上还要值夜班。

同科室的医生笑了笑，说他说的都是真的，不信问江医生。她之前当过几年无国界医生，碰到的灵异事件肯定比他讲的要多。

人们好像总会把暂时没有得到答案，看起来蹊跷的事情归结为灵异事件，其实不过是源于未知。

江苑确实碰到过几次，但她并不觉得和灵异有关。她让那个医生别说了，笑容温柔地安抚那个娃娃脸小护士："赵医生吓唬你的，世界上哪有什么鬼。"

赵医生见江苑不和自己站在一边，说她不讲义气。

江苑只是笑笑，并未多说。她收好病历，把笔别在胸前的口袋里，推开椅子起身："我去查房了，你们慢慢聊。"

1007 病房住着一个七岁的小女孩，脑袋里长了个东西，半个月后手术，目前还是观察阶段。

这段时间病床紧张，今天好像又住进来一个病人。

第一天，家属进进出出的，热闹很紧，相比起来，那个小女孩倒显得有些孤独了。江苑见她一个人坐在床上，抱着一本儿童绘本在看。江苑笑着过去，问她在看什么呀。

小姑娘刚来的时候还挺害怕，小孩子都怕医生，仿佛是天性一样。但看到江苑以后，她便不怎么怕了，还格外亲近江苑。

听到声音了，她把绘本翻过来，对江苑说："小山羊的故事，爸爸今天给我带来的。"

小女孩是单亲家庭，江苑没见过她的母亲，平时只有她爸爸陪着她。听说她爸爸是老师，白天要上课，只有中午和下午才有时间过来。

小姑娘指着上面的山羊，挨个告诉她这些叫什么名字。

江苑摸摸她的头："真可爱。"

小姑娘高兴地抱着绘本："囡囡也可爱吗？"

江苑笑着点头："囡囡更可爱。"

护士刚好进来，江苑问了一下她今天的体温变化和状态。护士说今天的状态挺好，也没发烧。

江苑松了一口气，又去问小姑娘："爸爸有没有说什么时候过来呀？"

小姑娘："爸爸刚刚给我打电话了，说他上完课就过来。"

江苑看了眼时间，距离放学也差没多久了："那阿姨待会儿再过来哦，囡囡要听护士姐姐的话。"

小姑娘重重地点头："嗯，囡囡会听话的！"

出病房后，江苑让护士把她今天输液的瓶数调整到两瓶，体温每两个小时测量一次。

贺轻舟这些天因为公事出国，过些日子才能回来。没人送饭，江苑便和同事去楼下的餐馆吃饭。她今天是晚班，为了保持体力，吃得也比平时多了点。

几个医生聊起昨天看的那个手术案例，都各自有自己的见解，一时之间争论不下。

江苑倒没怎么参与，她有些累了，吃完饭以后便想着去休息室稍微躺一下。

进了电梯，头抵着冰凉的电梯壁，闭眼假寐。直到机械的女声报出楼层，她方才站直了身子，准备出去，却正好对上一双带着淡淡笑意的温柔眉眼。来人正是小姑娘的爸爸。应该是一下课就直接从学校过来的，袖口还沾了些许白色的粉笔灰。

也不知道他进来多久了，意识到自己的失态，江苑稍微正了正神色，和他打了声招呼。

他也点头："江医生，下午好。"

声音和和气气的，和他这个人一样。

两个人一起从电梯出去，聊的都是小姑娘的病情。

江苑让他不必太过忧心，这个手术的成功率还是很大的。

他虽然担忧，但显然也被江苑安慰到，同她道过谢后，又从手里的白色塑料袋里拿出一瓶牛奶，递给她："阿囡说江医生喜欢喝这个，来的时候正好在便利店看到。"

江苑礼貌地婉拒。

他轻笑："阿囡让我买的。"

犹豫了片刻，江苑还是伸手接过去："看来待会儿要好好和阿囡道谢了。"

许承泽笑道："江医生无须这么客气，自从阿囡患病以来，还是头回见她这么依赖哪个医生。该说谢的是我才对。"

江苑说："我是医生，救治病人是我的职责，您实在无须太客气。"

进了病房，小姑娘应该是把那本绘本看完了，这会儿又从头开始看。瞧见爸爸了，高兴地伸手要抱。

许承泽过去抱住她，声音温和地问："今天有没有听护士姐姐和医生的话？"

小姑娘点头："听了。"

许承泽笑了笑，把手里的袋子递给她："你要的蛋糕。"

窗外暮色悄然而至，阿囡不许江苑走，说要她陪。正好这会儿也没什么事，江苑便坐过去，问她手术结束以后，想去哪里玩。

她拉着江苑的手，又去拉她爸爸的手："下个月的生日，我想去看动物园，医生阿姨可以陪我一起去吗？"

许承泽的笑容无奈，替她擦掉嘴边的奶油："江医生还有自己的事，阿囡不许胡闹。"

小姑娘委屈地抿了抿嘴唇，不再说话。

江苑摸摸她的头，柔声哄道："阿囡上次不是说想要盲盒娃娃吗？阿姨送给你，当生日礼物好不好？"

小孩子的注意力总是很容易就被转移了，早就忘了自己还在因为去不了动物园而难过。她的眼睛一下就亮了："真的吗？"

江苑笑了笑："嗯。"

许承泽无奈地摇头，一贯温和的眉眼难得染上几抹厉色："爸爸平时是怎么教你的？"

阿囡低下头，小声重复："不能没有礼貌。"她的嘴一扁，哭了，委屈地趴回江苑怀里。

江苑抱着她哄了好久，又去和许承泽说："不是她主动要的，我早前便提过。"

许承泽大约也在自责，自己方才过于严厉了些，此时便和江苑一起去哄她。这幅画面过于美好和谐，在旁人看来，就像是一家三口。

病房外的贺轻舟自然也不例外。

好不容易把小家伙哄得不哭了，许承泽面带愧色，和江苑道歉："阿囡不懂事，让江医生见笑了。"

　　江苑替小姑娘把被子掖好，站起身："小孩子，难免有些小脾气，很正常。"

　　许承泽也起身："我平时工作忙，很难两边兼顾，这些天真是多谢你对阿囡的照顾。"

　　江苑摇头笑笑："这是我应尽的职责。您今天好好陪她吧，我先去查房，待会儿再过来。"

　　许承泽："嗯，江医生慢走。"

　　江苑开门出去，看到门外靠墙站着的人时，有片刻愣神。

　　贺轻舟也不知道来多久了，脸色倒是平静。外面在下雨，温度偏低，他周身也裹挟着寒气。

　　江苑的动作停顿了一下，小心翼翼地把病房门关上："来多久了？"

　　"没多久。"贺轻舟的笑容温和，"是不是打扰到你们了？"

　　这反常的语气，让江苑莫名觉得哪里不对劲。但具体是哪里不对劲，她也说不上来，就没深入探究："不是说还要过几天才能回来吗？工作完成了？"

　　"原本打算给你一个惊喜的，不过好像惊喜不成，反倒成了惊吓。"贺轻舟站直了身子，耸耸肩。仍旧在笑，要多温和就有多温和。

　　可江苑总有种后背发凉的感觉，仿佛贺轻舟此刻的笑不过是挂了张假面在脸上。她打开休息室的门："我怎么觉得你今天怪怪的？"

　　贺轻舟把外套脱了，随手挂在椅背上："有吗？"

　　江苑看着贺轻舟松领带，无名指上的婚戒明晃晃的。她下意识地看了一眼自己光着的手指，不动声色地往身后放，自以为无人注意："我还要查房，今天是晚班，要不你先回家？"

　　贺轻舟拖出椅子坐下，语气闲散："没事，你去忙你的，不用管我，我自己会照顾好自己。"挺平常的一句话，但在此刻却显得耐人寻味。

　　江苑看了眼时间，没再说别的："那我查完房再来看你。"

婚戒不是江苑故意不戴的，是因为工作性质，不方便戴。

阿囡应该是做噩梦了，一直趴在她爸爸的怀里哭。许承泽有足够的耐心，柔声哄着她。直到看到江苑的那一刻，她的哭声才稍微小了些。她说她梦到自己死了，被关在一个四四方方的小盒子里，再也见不到爸爸了。她从床上起身，抱着站在床边的江苑，头靠在她怀里。

江苑笑容温柔，摸摸她的头，说不会有事的："阿囡怎么可能会死呢？阿囡要活好多好多年呢。"

江苑的话仿佛比他爸爸的话还要有效，阿囡终于不哭了。

护士过去给她换药，许承泽和江苑一起出了病房。许承泽是个很儒雅的人，说话轻声细语的，待人处事总是照顾着他人的感受。

此时许承泽的笑容温和，语气里却带着几分强撑："阿囡生病这些年，为了给她看病，我带着她辗转了很多个城市。她大部分时间都待在医院，以往也有过几个朋友，不过先后因病去世了。现如今我也没别的念头，只希望她能平平安安。"

绳索偏挑细处断，这世上有太多的苦难磋磨。大约是因为江苑的人生也并非顺风顺水，所以才能比别人更懂他的心情。

江苑不知道该如何安慰许承泽，便陪着他站着，吹了会儿冷风。

夜色浓稠，如一团逐渐晕染开的墨。

许承泽这个角度，正好能看到身后走廊。四目相对，大抵有了猜想。他笑着和江苑道别："那我先进去了，江医生就……"

"自求多福吧。"玩笑般的五个字。

江苑愣了一下。转身便看见贺轻舟，贺轻舟也不知来多久了，下颚微抬，唇角带着笑意。

江苑沉默了几秒钟，走过去："不是让你在里面等我吗？"

贺轻舟笑道："不出来怎么知道我的未婚妻和别人聊得这么开心。"

江苑好像突然弄懂了许承泽后来那句自求多福是什么意思。难怪她一直觉得贺轻舟今天怪怪的。

江苑说："你今天有点阴阳怪气。"

贺轻舟若有所思地点头，很坦然地承认了："好像是有点。"他说，"还是刚才那个人更温柔体贴，对吗？"

江苑没想到贺轻舟的思维这么发散："他是病人家属，里面护士在换药，所以我们就出来了。不是你想的那样。"

贺轻舟靠墙站着，懒散模样："嗯，是我误会了。我为了给我未婚妻一个惊喜，提前完成了一周的工作回国，结果看到她和别人好像一家三口其乐融融，挺好的。"他的醋劲竟然这么大。

江苑过去牵贺轻舟的手："你怎么像小孩？"

"我哪能和小孩比，最起码你还能哄几句。"如果说刚才是隐晦的阴阳怪气，那现在就是直接放明面上了，连伪装都不愿意。

江苑无奈地笑了几声，将贺轻舟拉到楼梯口。这里僻静，不用担心被人看到。这个点医院本来就没什么人，倒是出奇的安静。

江苑摸摸贺轻舟的脸，让他靠在自己的肩上："你比小孩还娇气。"

贺轻舟弯下腰抱她，声音低沉："那就多哄哄我。"

江苑如他所愿，哄了他很久，嘴唇都有些红肿破皮。

工作到这个点，累得头重脚轻。刚上车，江苑就坐在副驾驶睡着了。第二天醒来，人已经躺在床上。

贺轻舟做好了早餐，江苑还处在半梦半醒的状态。贺轻舟把她从被子里捞出来："再不起床就迟到了。"

江苑哼唧几声，缩在贺轻舟的怀里继续睡，倒有点像家里的那只猫。

贺轻舟无奈地轻笑，抱着她去了浴室，牙膏都挤在牙刷上了："自己不动手的话，我来？"

江苑后知后觉地清醒过来，发现自己没穿鞋子，小心翼翼地踩在他的脚上。左右看了看："我鞋子呢？"

贺轻舟："在房间里。"

贺轻舟扶着江苑的肩膀，看着镜子里的她："最近都是夜班？"

江苑摇头，满嘴牙膏沫，说话也有些模糊不清："同事家里有事，昨天和我换了班。"

电动牙刷在口腔里发出嗡嗡轻响。她好像做什么都是慢条斯理的，包括刷牙洗脸也是。

十分钟过去了，贺轻舟把她抱到客厅，进卧室拿了拖鞋出来，又去看腕表上的时间，提醒她："还有四十分钟。"

从家里开车去医院，少说也得十几分钟，更别说这个点还是上班高峰期，堵车又占去十分钟。

江苑吃得很快，贺轻舟无奈地轻笑，给她倒了杯温水："慢点吃，别噎着。"

"你怎么不早点叫我？"这罪责反倒落在他的身上了。

贺轻舟笑道："江医生，也得我叫得醒才行。要不是你还有呼吸，我都以为你睡死过去了。"

江苑两三口消灭了一整块面包，不到十分钟便吃完了早饭。再慢条斯理的人，在面对迟到的恐惧时，也会加快进度。好在今天并没有太堵车。

江苑解开安全带下车，贺轻舟不忘叮嘱她："别和那个单亲爸爸说太多话，他看你的眼神不太对，我不喜欢。"

江苑："我看是你的思想不太对。"

贺轻舟单手握着方向盘，探头往外："江苑，你再多往前一步，我可就没有昨天那么好哄了。"他这副天生淡漠，有距离感的脸，平日里随便几句威胁，都足够起到震慑作用。但在江苑看来，现在的他和小狗撒娇没什么区别。

江苑笑着过去，柔声哄道："刚才是逗你的，真生气了？"

贺轻舟别开脸，没说话。

江苑从包里拿出一盒巧克力，说是七夕节的礼物。

贺轻舟倒是一秒破功，得了便宜还卖乖："七夕节？"

江苑笑说："提前送了。"说完她就进去了。

贺轻舟拿出手机，点开日历。这也太提前了。他掂掂手里的巧克力，也不知道是在哪个路边摊顺手买的便宜货。

用这个就想把他打发了？

嗯，打发了。贺轻舟笑着把那盒巧克力放进外套的口袋，宝贝得很。

下午江苑是在外面吃的饭，没有回家，因为周嘉茗来医院找她了。两个人都在北城，平时聚一次也方便。

周嘉茗如今很幸福，小孩可爱，丈夫温柔，她对如今的生活是满意的。

面前的一杯咖啡已经放凉了，话题不知怎么转到苏御的身上。江苑想，这才是她今天约自己出来的真正目的。

"我也是听他朋友讲的，他前些日子从家里搬出来了，因为他母亲的事。"

贺轻舟平时很少和江苑讲这些，但圈子总共就这么大，哪怕不特意去打听，也总有风声漏出来。

苏御的母亲半个月前去世了，那时他被他爸以工作的名义骗去国外，上周才得到消息，连最后一面都没见到。苏御平时看着没个正形，大大咧咧的，其实他是心思最细腻的一个。

江苑离开的那几年，也多亏了苏御一直陪着贺轻舟，才不至于让他陷入完全消沉的状态之中。

"江苑，你应该知道我和他在一起过。"周嘉茗的眼里是释怀，早已不见半分遗憾，"分手是他提的，那个时候我很难过，尤其是在看到他用那个嬉皮笑脸的态度和我说出这句话时。当时我在想，他凭什么啊？是后来才知道，那天我走后，他喝了一晚上的酒。喝醉了也不闹，老老实实地坐在那里，一直小声说着对不起，也不知道在和谁道歉。"

江苑瞧着周嘉茗，欲言又止。

周嘉茗笑笑："我说这些，倒不是放不下他。我现在也有了自己的家庭，我很幸福。我只是出于朋友的立场，有点担心他。"

苏御这样的人，其实才不让人放心。什么都藏在心里，永远以最乐观的一面示人。可情绪压抑得久了，总会积郁成疾。

江苑让周嘉茗放心，苏御自己会调节好的，更何况还有贺轻舟在。

提到贺轻舟，沉重的话题似乎都变得轻松许多，也包括周嘉茗的语气："以前我还一直好奇，你们两个谈恋爱会是什么样子。想不到和普通小情侣没什么区别。"

江苑也笑，端起咖啡杯喝了一口："本来就是普通人，能有什么区别。"

大约是聊的时间久了些，贺轻舟打来电话，问她还有多久，他去接她。

江苑说可能还有一会儿，她自己坐出租车回去就行，不用这么麻烦。

贺轻舟却说没事，他不打扰她，就在旁边安静地等着。

江苑总是拿他没办法，最后还是允了。

电话挂断后，周嘉茗调侃道："他一直都这么黏人？"

江苑仔细想了想："其实还好。"

周嘉茗："这还好？你才出来一个小时。"

江苑笑了笑："他很怕孤独的。"

周嘉茗沉默了几秒钟。突然开始怀疑，江苑眼中的贺轻舟，和她眼中那个阴冷话少，没耐心的贺轻舟到底是不是同一个人。

　　贺轻舟来得倒快，周嘉茗很识趣，没有继续留下来碍眼，随意找了个借口就走了。

　　回去的路上，江苑和贺轻舟提起苏御的事情，贺轻舟让她放心，这些事情他会处理好。

　　江苑轻声叹了口气，视线看着车窗外。

　　不多时，贺轻舟的手握住江苑的手，放在自己的腿上："今天累不累？"他的掌心温热，江苑的思绪被拉回来："还好，今天坐班，不怎么累。"

　　其实贺轻舟比江苑好不到哪里去，他忙起来时，空闲的时间几乎都是在飞机和车上度过的。忙得狠了，回来便抱着江苑，也不说话。

　　不过身体虽然累了，某些方面却没有影响。后半夜，也不知道自己被翻来覆去折腾了多久，江苑侧躺在床上，被人从身后抱住。

　　贺轻舟："阿苑，你别背对着我，让我看看你。"

　　现在，江苑总是拒绝不了贺轻舟的任何要求。江苑有时候觉得这样挺不好的。贺轻舟这个人，就是这样，你越是纵容着他，他就越是变本加厉。虽然这么想，但江苑还是如他所愿，转过身去。

　　贺轻舟便顺势将江苑抱在自己怀中，低下头，贪婪地闻着她身上的香味："以后生宝宝了，你会更爱他还是更爱我？"

　　近来类似的问题贺轻舟问的次数越来越多，江苑每次都说："一样爱。"

　　贺轻舟没了平日里的沉稳，倒像是个争宠的小朋友："人的感情是不可能平均分配的，所以你这个结论不成立。"

　　江苑哪会不知道贺轻舟的心里在想什么，笑了笑："那就更爱他们的爸爸。"

　　贺轻舟满意了，抱着她，又开始动作。江苑攀住他的肩膀，问他不累吗？他埋首在她颈间，笑声轻慢："做自己不喜欢的事才会累。"

于是，后半夜也不得消停。

关于七夕节的礼物，江苑问贺轻舟自己先前送他的巧克力好不好吃。

贺轻舟说他没吃："你难得送我礼物，吃完可就没有了。"

江苑听了，无奈地轻笑，怎么感觉自己这么抠门："巧克力不吃就化了。"

贺轻舟："那下次七夕节你还送我礼物吗？"

江苑说："再送你一盒巧克力。"

贺轻舟说："怎么还是巧克力？"

从前没在一起的时候，看到贺轻舟这张脸倒是没多大的感觉，哪怕时常听周嘉茗说起他长得多好看，可她却并无察觉。反倒在一起久了，日日看着，突然懂了周嘉茗为什么总夸赞他的外表。江苑抬手摸摸他的脸："不喜欢吗？"

贺轻舟乖顺地低下头，主动往她的掌心蹭了几下："喜欢，你送的都喜欢。"

晚上的时候，贺一舟打来电话，说要将贺京阳送来这边寄养几天，她有点事要出国一趟。

"不用太久，差不多五天。"

贺轻舟的声音慵懒："五天还不久？都够你儿子把我们家的屋顶给掀了。"

贺一舟也知道自己这个小儿子有多闹腾，但实在没办法，阿姨也拿他没办法。总不能让他去吵贺父、贺母吧。前几日贺父生病，医生说需要静养，要是贺京阳去了，哪还有半点清净。

贺一舟最后还是在江苑这儿找的突破口。

江苑很快就答应了，她喜欢小孩，倒也不觉吵闹。

贺轻舟说他再去找个耐心些的阿姨。

江苑笑道："五天而已，不必这么麻烦。"

贺轻舟："医院的事情那么多，回来还要被他吵，万一休息不好怎么办？"

江苑："我没有你想的这么娇气。"

贺轻舟最后还是顺了江苑的意，他开车去贺一舟那儿把贺京阳接过来，在路上提醒贺京阳："这次过去给我安静一点，不许烦你舅妈，知道吗？"

贺京阳抱着自己的书包，非常认真地点了点头。

那几天，贺京阳也确实够听话，不像在家里那般吵闹，就是黏人。时时刻刻都黏着江苑，就连睡觉也要她陪着。

饭桌上，贺轻舟以往的位置被占了，他看着贺京阳抱着江苑的胳膊，奶声奶气地撒娇："舅妈，我想喝汤。"

江苑替贺京阳擦干净嘴边的食物残渣，又去给他盛汤，吹凉了些才放在他的面前："喝慢点，别呛着。"

贺京阳乖巧地点头，小口小口地喝着。

江苑眉眼带笑，看着贺京阳，自己倒没怎么吃。

贺轻舟放下筷子，靠着椅背，闲散地坐着，突然感觉自己成了多余的那一个。

把贺京阳哄睡下以后，江苑回到房间，贺轻舟不在里面。她去书房，见贺轻舟躺在沙发上，手上拿了本书在看。

江苑走过去，问贺轻舟这么晚了怎么不去睡觉。贺轻舟冷笑一声，将书翻页："大忙人亲自过来关心我，受宠若惊啊。"这阴阳怪气的语调，就差没将生气这两个字写在脸上了。

江苑问贺轻舟怎么了，为什么生气？

贺轻舟看着手里的书："我没生气，挺好的。"

江苑把书拿走，过去抱他："还生气吗？"

贺轻舟不说话了，但是没太大的反应。

江苑便抱得更紧了，稍久些后，贺轻舟才动了动身子，声音沉闷："前几天还说最爱我。"

原来是因为这个。

江苑轻笑："你怎么连小孩的醋都吃？"

贺轻舟倒也不否认："我的心眼很小。"

江苑脸上的笑意更盛，眼中自然流露出几分宠溺来："嗯，小心眼的贺同学，能先消气吗？在沙发上睡觉容易感冒。"

心眼很小的贺同学，被江苑一句话就哄好了："我明天就打电话给贺一舟，让她把孩子接回去。"

江苑点头，顺他的意："明天我放假，在家好好陪你。"

如果说刚才贺轻舟是被哄好了，那现在便是被哄高兴了："真是难得啊，我们江医生居然主动说陪我。"

那天晚上，贺轻舟倒是罕见地什么都没做，除了抱着她时，手仍旧不太安分以外。

江苑睡不着，转过身，躺在贺轻舟的怀里："饿了。"

贺轻舟点头："我给隔壁房间的贺京阳打个电话，让他起床给你做消夜。"

江苑笑着打了贺轻舟一下："你有毛病。"

贺轻舟捂着被江苑打过的地方，轻声控诉："你这就是无事夏迎春，有事钟无艳的昏君做派。"

江苑抱着贺轻舟的腰："贺哥哥，我饿了。"

这个称呼杀伤力实在太大，昏君直接从江苑变成了贺轻舟："想吃什么？"

江苑倒是贪心："什么都想吃。"

贺轻舟诱哄着江苑："再喊一声，给你做一桌满汉全席。"

江苑："贺哥哥。"

贺轻舟原本想稍微收敛下的，但笑得实在遮掩不住。承诺过的满汉全席，在江苑的要求下，最终改成了面条。

贺轻舟的厨艺确实不错，哪怕只是一碗简单的面条，都能做出不同的花样来。

江苑接过贺轻舟手里的筷子，还没来得及开动，旁边的房门开了，贺京阳揉着惺忪的睡眼出来："舅妈，我也想吃。"

江苑把自己那碗推到贺京阳的面前，让他等凉些再吃，不要烫着了。

贺轻舟倒是忘了，贺京阳这个一闻到香味，哪怕睡得再死都能秒醒的能力。只能进厨房，给江苑再煮一碗，还不忘提醒贺京阳，吃完了记得刷牙。

再次躺回床上，贺轻舟不依不饶，非要让江苑多叫他几声贺哥哥。叫到他起反应，江苑累得说不出话，眼神迷离地看着天花板。原来再理智的人，在这种事情上，也会回归野兽本性。

贺一舟回国后的第一件事就是把贺京阳接走，贺京阳在她妈妈的肩膀上哭得泣不成声，不愿意离开舅妈。

贺轻舟一身休闲打扮，单手插着裤袋，靠墙站着，目送他们远去，面对贺京阳的失声痛哭也能做到无动于衷、冷眼旁观。甚至还在心里庆幸，终于把这个电灯泡送走了。

雨是中午开始下的，雨滴砸落在窗户上的声音嘈杂且没规律。哪怕时间尚早，天也黑了大半。

碎花窗帘被拉上，屋子里开了灯，茶几上放着两杯冒着热气的花茶，电视里正播放一部挺老的片子。江苑对这种有些年代感的电影总是格外喜欢。屋外是吵闹、寒冷的大雨天，屋内却温暖安静。

江苑靠在贺轻舟的怀里看着电视，偶尔和他讨论下剧情，但贺轻舟看得并不认真。他好像对这些娱乐消遣的东西没太大兴趣。

江苑说人在逐渐变老的过程中，最先体现的，就是对很多事情的不在意。贺轻舟笑了笑："心老了，身体还没老。"

然后，江苑便体会到什么叫自食其果。

贺轻舟花了一个下午的时间让她切身感受，他的后半句话，是真是假。他们所处的位置，早就从客厅的沙发到了卧室的床上。

江苑做了一个梦，噩梦。她很久没有做过噩梦了，这种既熟悉又陌生的感觉，让她仍旧感到后怕，身上冒着冷汗，呼吸也变得急促起来。

贺轻舟抱着江苑，手轻轻地拍打着她的后背，柔声哄着："做噩梦了？"

直到此刻，江苑悬着的心才放下来。

贺轻舟的怀抱让她感到安心，噩梦带来的恐惧也消散了大半。

"我梦到我留在了那个地方，再也回不来了。"江苑问他，"贺轻舟，你有想过吗？万一我不回来了怎么办呢？"

当初出国，她确实做好了不回来的打算。哪怕后来回国了，也没有想过要去找他。还是后来得知，这么多年，贺轻舟一直在等着她。是因为知道，他总有一天会等到她吗？

安静很久，只能听见还算平稳的呼吸声，直到贺轻舟低沉喑哑的嗓音缓慢地落入她耳中："江苑，这个世界上，最了解你的人，是我。"

答非所问，但又明确地给出了答案。他当然知道她是怎么想的，但他还是盲目地坚持，漫无目的地等下去。与其说是在等她回来，不如说是在守着回忆，守着江苑留给他的回忆。

江苑叹息一声："怎么这么傻。"

贺轻舟却笑着去牵她的手："至少我等到了。"他的前半生，一腔孤勇都用在江苑的身上了，不求结果，只顾当下。也正是因为他的孤勇与真诚，将江苑从一个看不见底的深渊里拉了出来。他以一己之力，拯救了江苑。

泰戈尔说过："那想做好人的，在门外敲着门。那爱人的，看见门敞开着。"

江苑的人生中，先后遇到过很多口口声声说爱她的人，但他们的爱有衡量，有退缩。他们觉得自己推不开那扇门。可在贺轻舟的眼中，那扇门是不存在的。他满腔热忱，不畏险阻，只为爱她。

江苑："贺轻舟，谢谢你。"

贺轻舟："谢我什么？"

江苑说："谢谢你爱我。"

贺轻舟轻笑："那我是不是也应该谢谢你。谢谢你让我爱你。"

这场雨下了整整一周，大抵是突然降温，感冒成了常态。

医院这些天总是人满为患。难得的休息时间里，几个医生在科室讨论待会儿下班了要去哪里吃饭。

有人问江苑："上次听刘医生说江医生快结婚了，最近不忙吗？"

江苑笑道："应该还算忙，但这些都是他在处理，我也不怎么清楚。"

那个医生一脸羡慕："江医生的未婚夫不光长得帅，还这么体贴，现在这样的好男人可不多见了，江医生真是命好啊。"

旁边有人不满地打断她："什么叫江医生命好，我看是那个男的命好。我要是个男的，有江医生这样的老婆，我能比他还体贴。"

江苑平时很少参与她们这种话题的讨论，想不到今天的话题中心竟然成了自己。她只能轻声笑笑，也算是给过回应。

下班前，江苑去病房查看了一下阿图的情况，许承泽今天也在，正拿着一本书，读给她听。

瞧见江苑了，她笑得高兴："江医生。"

江苑笑着走过去，问她今天感觉怎么样。许承泽合上书，把书放在一旁，站起身："今天的状态很好，饭量也比以前大。"

江苑替她把输液的速度调慢些，夸她："阿囡真棒。"

阿囡像是受到鼓舞一样，说自己明天要吃三碗。

江苑笑道："也不能吃太多，当心消化不良。"

今天的天气难得见晴，江苑建议许承泽多带她出去散散步，呼吸一下新鲜空气，这样有助于情绪的调节。阿囡却说要江医生也一起。

许承泽想起前些天见到的那一幕，刚准备让阿囡别胡闹，江苑却点头同意了。许承泽给阿囡戴上帽子和围巾，生怕她受一点冷风，这才推着轮椅出去。

楼下散步的家属和病患很多，阿囡很快就和其他同龄的病人玩到一起了。江苑和许承泽站在一旁，看着她。

"江医生，其实阿囡的手术，成功率不大，对吧？"许承泽带阿囡求医这么多年，她的身体状况，他怎么可能不知道，如今不过是续着一条命罢了。

江苑："阿囡爸爸……"

许承泽笑了笑："江医生，您不需要安慰我，其实我早就做好了心理准备。只是当这一天真的要到来的时候，还是会难过。"

远处，小孩的笑声传来。

江苑低垂下头，那种无力感再次涌了上来。明知道不可能，却还是想尽最大的努力，祈求万分之一的奇迹。

在国外的那些年，她见惯了生死。那里的死亡经常是一个家庭的坍塌。但她还是没有强大到面对死亡面不改色。

夜色深了。

江苑："贺轻舟。"

贺轻舟在工作，让江苑先睡，她却失眠了，拿着枕头和被子来了书房。贺轻舟见江苑的脸色不太好看，放下手头上的工作过来："怎么了？"

江苑摇摇头，把枕头放在沙发上，人躺上去："你忙你的，不用管我。"

贺轻舟："失眠了？"

江苑："嗯。我看不到你睡不着。"

贺轻舟抱起江苑："回房睡吧，这些工作明天再做。"

江苑却说："你忙你的，不用管我。反正我在哪儿都可以睡，我在医院的时候，还坐在椅子上睡过。"她越说，贺轻舟便越心疼。

贺轻舟："那我把电脑拿过来，在哪儿工作都一样。"

江苑搂着贺轻舟的脖子，脸埋在他的肩上，声音沉闷："贺轻舟。"

贺轻舟："嗯？"

江苑："我今天，有点难过。"

贺轻舟掀开被子，将她放上去，自己也坐上去，为了让她靠着舒服些，便脱了外套："怎么了？"

江苑给贺轻舟讲了今天的事，说觉得自己很没用，当了医生却不能给病人和病人家属带去希望。

贺轻舟听完以后，告诉江苑："你是医生，不是起死回生的神仙。"

江苑："可是他们都说，相信我。"

"我也相信你。我相信在你的能力范围内，你一定能做得比任何人都好。但这么多年，医学界都没能攻克的难关，不是你一个人一朝一夕就能改变的。"贺轻舟抱着她，"江苑，尽你所能就行。"

怀中的人安静下来，只余平稳的呼吸声。贺轻舟垂眸，看见江苑柔和的睡颜，轻声笑笑。

第十七章

清欢

　　手术成功的概率其实不高，但还是圆满结束，比之前预测得要好。阿囡目前下不了床，整天躺在病床上。许承泽请了长假，每天都在医院陪她，读书给她听。

　　虽然这个病没有被彻底治好，但看术后的恢复情况，再过一个月差不多就能出院了。

　　许承泽说了很多句谢谢，原来再镇定的男人，在面对这种事情时，也会红了眼眶。他说找个时间，想请江苑吃顿饭，作为答谢，被江苑拒绝了。医治病人，是她的职责。再者，江苑笑了笑："我老公心眼很小，醋劲也大。要是让他知道我和其他男人吃饭，估计两盒巧克力都哄不好。"

　　许承泽愣了一下，也笑了："是我考虑不周，疏忽了。"

　　不忙的时候，江苑会把婚戒戴上。

　　贺轻舟虽然嘴上没说，但是给她送饭的时候无意间看见，眼底的笑意瞬间盛满，掩饰不住。

　　江苑故意问他，怎么这么开心？

　　贺轻舟笑着握起她的手："戒指真好看。"

江苑说他不要脸。戒指是他选的，哪有人自己夸自己的。

公司里的那些项目已经过了需要他亲自坐镇的阶段，近来他比较闲散。

婚礼大大小小的事项也准备得差不多了。

贺轻舟一开始想的是旅游结婚，他对那些形式主义没兴趣，只想和江苑单独待在一起。

但因为江苑的工作性质，以及她骨子里对婚礼传统的向往，最终还是放弃了这一决定。

江苑请了几天假，回了趟老家。小的时候总听老人说，房子太久没住人，缺少人气，是会逐渐衰败的。

近几年的脱贫政策，让村里人都修了楼房。唯独这间破败的小瓦房，如同一个异类般存在。

江苑五岁时便被接走，对这里的记忆已经不剩多少了，更别谈这里的人。

热热闹闹的村落，家禽宠物几乎都是散养的，随处可见小狗小猫。

江苑看着面前这个屋顶残破，露出房梁的房子。门前不知是谁家的柴垛，挡住了门。江苑仅有的那点回忆涌上来。她告诉贺轻舟，那个时候她就是在这个地方，第一次看到那个男人的。她所谓的父亲。

"我以前一直在想，如果我没有被他接走，之后的一切应该都不会再发生。"江苑看着贺轻舟，"可现在我不这么想了。因为如果他不带走我，我就没办法认识你。"

具体也说不上此刻是什么感觉，只是心头软得一塌糊涂。贺轻舟抱着江苑，最后才理解，这种感觉，是在被爱着。有她这句话，他十六年的坚持，好像都不算什么了。

他们去给外婆上了坟，然后才下山，在镇上的旅馆住了一夜。因为时间太晚，已经没有去市里的班车了。

镇上的旅馆自然比不上他平时住的星级酒店，墙上贴着的白色瓷砖甚至都有些泛黄。

贺轻舟皱眉坐在椅子上，他有洁癖，明显是对这里的环境难以忍受。

江苑劝他将就着住一晚："这已经是这里最好的旅馆了。"

虽然旅馆有浴巾和牙刷，但贺轻舟还是自己下楼重新买了两套。然后他又嫌酒店的床单不干净，把自己的毛衣脱了，垫在江苑的身下："这种地方，一看就没有认真消过毒。你的皮肤敏感，还是多注意些。"

江苑无奈地轻笑："我直接趴你身上睡算了。"

原本是觉得贺轻舟的话过于夸张，而随口说的一句玩笑话，却让贺轻舟当了真："好啊。"他靠过来，气音低沉，带几分喑哑笑意，"求之不得。"

江苑拒绝不了贺轻舟的请求，却又怕他乱来，于是提醒他："贺轻舟，这儿隔音不好。"

贺轻舟轻笑一声，从她的身上下来："我还不至于连这点自控力都没有，随时随地发情。更何况这种破旧旅馆，有没有针孔摄像头都两说。"

江苑被贺轻舟的话弄得一怔："摄像头？"

贺轻舟粗略地检查了一遍，倒是没有发现，不过他显然不会在这种地方起什么心思。

江苑的睡眠质量不太好，入睡慢。贺轻舟便陪她说话，等她睡着了他才睡。

床单和被子都不敢直接让她的皮肤触碰到，她的身下垫着他的毛衣，身上也盖着他的外套。

贺轻舟睡得浅，隔壁一直有动静传来。他微微皱了眉，动作温柔地抱着江苑，让她靠在自己怀里。用手捂住她的耳朵，生怕她被吵醒。

大抵是因为贺轻舟的悉心照料，所以哪怕换了新环境，那一夜江苑睡得倒也踏实。

第二天醒的时候，屋子里只有她一个人。她掀开被子，发现身上穿着贺轻舟的毛衣。想来是怕她乱动，把衣服弄掉，干脆直接给她套上了。

江苑打了个哈欠，里外看了一遍，都没找到贺轻舟。不过浴室里的牙刷被拆开了，毛巾刚用过，还是湿的，估计他出去没多久。

江苑也没给贺轻舟打电话，而是先简单地洗漱了一下。等她从浴室出来的时候，房门打开。

贺轻舟手上提着几个袋子回来，还冒着热气，透明的塑料袋里面装着几个纸碗："给你买了早点，吃完我们再回去。"

贺轻舟用脚拖了张椅子过来，把手里的东西放在桌上，一一取出来。买了白粥和烧卖，还有江苑爱吃的酸菜包。豆浆应该是现磨的，香味浓郁。

江苑坐过去："好香。"

贺轻舟把筷子掰开，擦掉上面的木屑后递给她："那家店人挺多的，味道应该还凑合。"

江苑向贺轻舟道谢，然后小口地吃着。偶尔停下来和他说几句话："贺轻舟，你还记得你第一次来这里的时候吗？"

贺轻舟拿吸管扎开豆浆的塑封，放在江苑的手边："记得，我还吐了一晚上。"

水土不服，加上食物中毒，又怕江苑看到觉得自己窝囊，所以不肯告诉她。如果不是江苑后半夜听到隔壁的动静，察觉到不对劲，恐怕直到现在，她都被蒙在鼓里。

江苑："我怎么会觉得你窝囊呢？"

旅馆的位置不好，在深巷之中，左右都是墙。哪怕开着窗，光也透不进来。房间里的灯光惨白，她周身又似带了雾霭，显得朦胧又不真实。

江苑的笑容温柔，分明在他的面前，可贺轻舟却总有感觉，她好像在很遥远的地方。大概是分离这些年的后遗症吧，她总是走在他的前面，他一直在努力跟上她，却总也跟不上。可是现在，她却告诉他，她停下来了，为了他。

江苑一直没告诉过贺轻舟，那个时候，在她还不懂喜欢是什么的时候，她看到贺轻舟那副模样，便只剩心疼。

贺轻舟吐了一晚上，她也一晚上没睡。其实那个时候应该就是喜欢他的吧，只是那种喜欢太淡了，他们谁都没发现。

上午的班车，从镇上去市里。

天气转凉，还带薄雾，贺轻舟怕江苑着凉，让她穿着自己的毛衣。只是他的毛衣对江苑来说还是太大了些，下摆都到大腿了。

江苑："感觉我像穿了条裙子。"

贺轻舟低声轻笑，握着她的手："那就把它当裙子穿。"

袖子也长，往上卷了好几截，江苑说："平时只觉得你很高，但没想到这么高。"她伸手比画了一下，"刚认识你的时候，好像没比我高这么多。"

贺轻舟寻了个靠窗的位置，让她坐下："刚认识的时候，你眼里也没我，哪里会注意到我有多高。"

江苑本身就安静，那会儿更是。贺轻舟如同一块狗皮膏药，贴上了就撕不下来。花了好长的时间，才终于和她说上话。她安静，他闹腾，两个人倒是互补。

自从认识了贺轻舟他以后，总是独来独往的江苑，身边好像突然变得热闹起来。

他拯救了一个失落的灵魂，让她低垂久了的头颅终于得以抬起，看清前方路牌，找到自己想走的路。所以，贺轻舟于江苑来说，就是照亮黑暗的灯。但现在不一样了，贺轻舟是她未来的避风港，也是给她遮风挡雨的大树，更是她余生的归宿。

江苑牵着贺轻舟的手，看着车窗外迅速后退的风景。车速很快，景色仿佛都成了一帧一帧的画面，似乎在和她的过往道别。

回大院的第二天，江苑碰到了宋邵安。

宋邵安穿着一身黑色西装，手里拿着密封的文件袋，正接着电话。

江苑正好推门进来，嘈杂的院落在此刻仿佛突然变得安静下来。她的一只脚跨过门槛，对上宋邵安微愣的视线。她笑了笑，走进来。

宋邵安很快回神，把电话挂了。

除了上次在酒吧匆匆一瞥，两个人其实很久没有见过了，也没有说一句话。

自从入夏后，晨起都带着暑气，远处有小孩跑来跑去，打打闹闹的。

江苑的手里提着几个塑料袋，是刚去附近菜市场买的一些蔬菜。见宋邵安的视线落在上面，她轻笑道："贺轻舟想吃焖饭，所以我去附近菜市场逛了逛。"

宋邵安笑着点头："这样啊。"

太阳刚升高，清风阵阵，有幼童围着宋邵安："宋叔叔，下次来记得给我带汉堡。"

宋邵安无奈地低笑，抱着他："少吃点垃圾食品。"

小孩据理力争地反驳道："汉堡才不是垃圾食品，有荤有素还有碳水，明明是好东西。"

江苑听到了，轻声笑笑。

宋邵安最终还是应了，那个小孩这才离开。

见他走远，宋邵安稍微松了口气："我二叔的小孙子。"

江苑有点惊讶："南平哥哥的儿子？"

宋邵安的惊讶程度不比她少："你记得他？"

江苑点头，大致回想了一下："你以前带我去过他家吃过饭。"

那应该是少数的几次，江苑和宋邵安单独相处的时间了。贺轻舟要去外省参加竞赛，又不放心江苑，所以就让宋邵安帮他照看一下江苑。

"别让她被她的家里人带回去。"这是贺轻舟当时和宋邵安反复强调的一句话。宋邵安并不清楚发生了些什么，只知道，那阵子江苑的身上有伤。总之，应该不是什么好的事情。

江苑十分安静，贺轻舟在时，她还能说上几句话，贺轻舟不在，她便时刻闭着嘴，不肯发出一点声音来。

宋邵安带江苑去了二叔家，那里热闹，他觉得江苑应该会喜欢："南平哥前阵子还提起过你。"

江苑抬眸，轻笑："是吗？"

手里的文件袋，因为宋邵安加重的力道而起了褶皱。呼吸仿佛也变得沉重起来，不敢再去看江苑。他只能抬头看天，澄蓝色的，仿佛刚被冲洗过一般，干净得要命。他向来都是大院家长口中的别人家的孩子，聪明，懂事，是同龄孩子中最沉稳的。

贺轻舟每次带着苏御他们打架闹事，宋邵安从不参与。但贺轻舟做过的那些幼稚的事，他也曾做过。过年时随家人上山拜佛，偷偷许过愿，想和江苑结婚，还把写有他们名字的木牌偷偷扔到姻缘树上。

宋邵安也在梦里抱过江苑，说出那句迟迟不敢开口的喜欢。可他是个胆小鬼，甚至没有贺轻舟半分的勇气。他连第一步都不敢踏出去，因为江苑的冷漠态度。

可是明明，在一开始，江苑对所有人都是一视同仁的冷漠。

贺轻舟像是一团火种，靠着自己的温度，融化掉江苑包裹自己的寒冰。

江苑没有在这里留太久，她说锅里煮着粥，她得先回去了。

和宋邵安告别后，江苑起身离开。白色的棉麻连衣裙，宽松的腰身也遮掩不住她纤瘦的身段。

宋邵安看着江苑离开的背影。长达十六年的一场荒诞的梦，他也该醒了。没什么不甘的，贺轻舟能得偿所愿，是应得的。

煮粥前江苑专门打电话问过家里的阿姨水和米的比例，还有火候都得注意。所以这次煮出来的粥的确是最成功的一次，软糯香弹。她盛了一碗出来，拍照发给贺轻舟。

江苑："今天的粥煮得很好，可惜你吃不到。"

原以为贺轻舟在工作，不可能这么快回消息，没想到他很快就回了。

贺轻舟："给我留一碗。"

江苑："等你回来就凉了，不好吃。"

这条消息发出去后，倒是没有立刻得到回应。在过了大半个小时以后，手机才再次有动静传来。

贺轻舟："那就吃凉的。"

江苑刚收拾完碗筷，这会儿拿了本书，正准备看。收到他的消息后，精心挑选的书也暂时失宠，被随手放在一旁。她拿起手机，手指轻触屏幕打着字，删删改改好几遍。那边的消息反而先发过来了。

贺轻舟："刚刚在开会，用我的电脑投屏。"

贺轻舟："你的消息也一起投上去了。"

看到这两行字，江苑的脸立刻就红了，微微发着热，感到有些窘迫。

江苑："啊？"她还抱着一丝天真的侥幸，"应该没人看到吧。"

贺轻舟："在开会，所有人都看着大屏。你说呢？"

哪怕是隔着手机，只能看见这些汉字，江苑仿佛也能猜到贺轻舟打出这行字时，脸上的慵懒的笑意。她缩了缩手指，手碰到脸，触感滚烫，羞得。

江苑："完了。"

贺轻舟："确实完了。这下全公司的人都知道我有老婆了，以后就没有女员工约我吃饭了。"

江苑："……"她这串省略号刚发过去，对面就发了视频过来。江苑没打算接，直接按了挂断。对方倒是锲而不舍，第二通很快打来。接着第三通，第四通。

江苑还是接了。手机的距离不像电脑屏幕那么远，所以人脸也靠得近，仿佛就在眼前一样。

贺轻舟细长的桃花眼里此时攒着淡淡的笑意，里面细碎的光也不知是本身就有，还是办公室里的灯光坠落。

江苑没有将摄像头对着自己，屏幕里是对面的电视墙。

贺轻舟轻声哄着："让我看看你。"

江苑的声音瓮声瓮气的："看你们公司的女员工，别看我。"

贺轻舟脸上的笑容更加灿烂了，那颗因为年岁的推移而变得不那么明显的虎牙，此刻也显出弧度。

"我们公司的女员工都在认真工作，没空理我。"贺轻舟抬手轻轻弹了下手机屏幕，仿佛隔着这码事的屏幕在弹她的额头，声音放轻许多，"我刚才是逗你的。你难得吃一次醋，让我看看。"

那边没了声音，过了很久，她才将摄像头调转过来。江苑的眉眼轻垂，嘴唇微微抿着。

贺轻舟的眼底带着笑意："怎么吃醋的样子也这么好看。"

一句话，气就消了。江苑问贺轻舟："上班期间还能开视频？"

贺轻舟笑道："我是老板，还不能有点特权？"

江苑嘴笨，说不过他，要挂电话，说她看书去了。

贺轻舟让江苑别挂："我不打扰你看书，你把手机放在一旁就行，对着你。"

江苑："……"她最后还是照做了，找了个放手机的地方，防止滑落。屏幕里正好能完完整整地看见她。

贺轻舟满意了，果然不再烦她。他那边应该关了麦克风，办公室常有人进来汇报工作。倒是没了平日里在她面前的散漫笑意，罕见地认真起来。偶尔眉梢微蹙，是光看神情就能察觉到不悦。哪怕没有声音，隔着屏幕，江苑都能感受到那种凝重的氛围和气场，仿佛身临其境一般。

原来工作时的贺轻舟是这个样子的，严厉挑剔。大抵是那些方案没有一个能通过的，待人走后，贺轻舟低头轻按眉心，另一只手去松领带，脸上稍显疲态。却在目光触及手机屏幕上那张脸后，笑容没有丝毫缓冲地挂上眼角。

贺轻舟把麦克风打开，问她看完了没？

江苑拿起书，给他看自己看过那部分厚度，只有薄薄的几页。

贺轻舟："怎么看得这么慢。"

江苑把书放下："看人去了，就没看书。"

贺轻舟微微挑起了眉："哦？"

江苑笑道："你有点凶。"

贺轻舟低叹："忍不住，那些方案一个比一个烂。"

江苑："辛苦啦，晚上给你做焖饭，食材都买好了。"

贺轻舟的情绪调整得很快，仿佛在江苑这儿就没有任何负面情绪："昨天不过提了一嘴，今天就安排上？"他仿佛有点受宠若惊。

江苑点头笑笑："看你这么辛苦工作的份上，就当犒劳你了。"

贺轻舟："那我今天早点下班。"

江苑："你滥用职权。"

"有职权还不滥用，那是傻子。"贺轻舟中途去见了个合作方，视频通话也暂时挂断。

贺轻舟从不在江苑面前诉苦，或是谈论他的工作。所以江苑理所当然地认为，他的工作是轻松的，所以他每次出现在自己面前，都不会有任何的负面情绪。可直到这一刻，江苑才突然明白，他坐在那个位置，其实不全然是轻松的。

大家都仰仗着贺轻舟，凡事都等他做决定。平日里不过是藏起那些疲累，从不在她面前展露罢了。

贺轻舟口中的滥用职权，早点下班，也是在十点之后。他提前给江苑打过电话道歉，说临时出了点事，他得去海城一趟，今天大约会晚点回家。

江苑看了眼正在煮饭的电饭煲，让他专心工作："我在家等你。"

那边安静片刻，贺轻舟低沉的声音传来："突然好想抱你。"

江苑的笑容温柔："回来想抱多久都行。"

饭做好了，在电饭煲里保温放着。

江苑看完了一整部电影，门外才有动静。大约是不确定江苑睡着了没，贺轻舟刻意放轻了动作，连开门都是小心翼翼的。

江苑穿着白色连衣裙，夜里的气温稍微降了点，她便添了件小碎花的披肩，长发和发带编织的麻花辫松散，随意地搭在一侧肩上，看着有种慵懒的温柔。她起身过去，接过贺轻舟臂间的外套，抚平后挂在衣架上，然后主动抱着他："辛苦啦。"

贺轻舟闻到一股很淡的山茶花香，江苑身上的。周身的阴霾与疲累一扫而光，他俯下身，靠在她肩上。

江苑问他："累不累？"

贺轻舟点头，又摇头："不累。"

江苑轻笑："累也没事。贺轻舟，在我面前，你可以累的。"

贺轻舟抱着她的手，比刚才更用力："有点累，还有点饿。"

江苑笑着拍拍他的后背："饭在锅里，我去给你盛。"

贺轻舟不松手，说再抱一会儿。是她答应的，想抱多久都行。

江苑也不说话了，仍由贺轻舟抱着，随他抱多久。

时间一分一秒地流逝，江苑看了眼时间，提醒他："再不吃饭，晚饭都要变成早饭了。"

"那就一起吃。"贺轻舟倒是随性。

江苑的职业病犯了，严肃起来："饮食不规律对肠胃不好。"

贺轻舟低笑，认输投降："知道了，江医生，以后一定按时吃饭。"

江医生问他："那现在吃还是待会儿吃？"

贺轻舟乖巧地回答："现在吃。"

江苑笑着摸摸他的头："待会儿给你奖励。"

贺轻舟听到有奖励，倒是吃得挺快。碗筷放在一旁，人靠坐在椅子上，笑容轻慢："什么奖励？"

江苑从包里掏了掏，拿出一个巴掌大的小玩偶，是一个毛毡做的金毛，放在他的掌心。

贺轻舟沉默了几秒钟，眉梢微皱："就这？"

江苑说这是她今天买完菜回来，在旁边的钥匙扣摊位上看到的，觉得长得和他很像。

贺轻舟顿时觉得兴趣索然，点了点头："是挺像的，都有两只眼睛。"

江苑见贺轻舟这副模样，有点想笑："不喜欢啊？"

贺轻舟将钥匙扣勾在手上，上下看了眼："喜欢，但就是觉得和我预想的奖励不太一样。"

"哦？"江苑好奇地问他，"那你想的奖励是什么？"

贺轻舟勾唇轻笑，将钥匙扣拢回掌中："说了你就会答应？"

江苑："不过分的话，我可以考虑考虑。"

贺轻舟不愧是在钩心斗角的名利场上沉浮久了的老狐狸，绝不做赔本的买卖。不交出自己的底牌，而是先套别人的话，得知对方的底线之后，再酌情更改，这样就能获得利益最大化："那你先说说，你心目中对过分的定义是怎样的？"

江苑说："不违背法律和道德。"

贺轻舟笑了："那正好，这两样都不搭边。"

江苑抬眸："那是什么？"

贺轻舟朝她勾勾手指，让她过来，说是秘密，得小声点告诉她。

江苑真信了，头靠过去，手撑着沙发扶手。

贺轻舟一副正经的模样，却又忍不住笑场，说出几个暧昧的字眼。

江苑先是一愣，然后立刻红了脸，随手抓起一旁的抱枕朝他砸了过去："下流！"

贺轻舟也没躲，抱枕砸在他手臂上，他顺手抱在怀里，单手撑脸，歪头看她。大抵是对江苑这个反应很满意，笑意比刚才更明显了："不是你说的吗？只要不违反法律和道德。"

"可是……"江苑还想说些什么。

贺轻舟站起身，到她的身旁坐下，语气带些调侃："只是让你主动一回，又不是让你去杀人。"

江苑说贺轻舟钻空子。

贺轻舟挑眉，生出一种惊讶来："明明是江医生耍赖，这会儿反而倒打一耙了？"

江苑说不过他，偏偏自己又不占理。

贺轻舟虽然确实有这个想法，但他也没想过要勉强江苑，纯粹就是想要逗逗她。谁知道她这么不经逗。他正要再开口，中止这场玩笑，江苑却在沉默了一会儿后，像是下了极大的决心："那好吧。"

贺轻舟垂眸，身子微动："嗯？"似乎没听清。

江苑又重复了一遍："我说，好。"

江苑在开始之前倒是准备得充分，洗完澡，还把灯给关了。她是温柔的，哪怕在做某些事的时候，仍旧温柔。那种感觉像是喉咙被掐着，力道软绵绵的。

贺轻舟突然开始后悔，不该让她主动的，悬着的那口气始终上不来，却又不舍得让她停下。他掐着她的腰，喉结起伏剧烈。算了，随她吧。他自己起的头，只能自己受着。这磨骨一般难耐的感觉，却又希望多持续一段时间。

后半夜，江苑问贺轻舟有没有哪里不舒服："还好吗？"

贺轻舟歪了下头，极轻地笑了，怎么觉得，他反而成了被欺负的那一个。"不太好，腰被坐得有点酸。"他故意说，"你是不是长胖了？"

江苑说："好像是有点。"

贺轻舟过去抱她，笑得肩膀轻轻颤抖，靠在她的肩上，气音低沉："现在怎么不害羞了？"

江苑摸摸贺轻舟的头："没什么好害羞的。"

角色像是互换了，但感觉还行。在江医生眼中，此刻的贺轻舟仿佛是一个需要被小心对待的病人："有不舒服的地方就和我讲。"

贺轻舟笑了一下："怎么，江医生还要给我看病？"

江苑倒要没否认："必要的话。"

"……"贺轻舟看了一眼时间，五点多了，"你还不睡吗？明天不是要上班？"

"我请个假。"江苑的脸色十分严肃，"在家照顾你。"

"……"贺轻舟，"照顾我？"他怎么觉得这幕这么熟悉。正好对上江苑要笑不笑的眉眼。

"好啊，江苑。"贺轻舟捏着她的后颈，往自己怀里按，"捉弄我是吧？"

"不是你让我主动嘛。"江苑推了他几下，没推开，考虑到男女力量的悬殊差异，最后还是放弃了。

"那就主动到底，抱我去把澡洗了。"贺轻舟伸着手，等着她抱。

江苑微微睁大了眼睛，一副你不要开玩笑的表情："我怎么可能抱得动你！"

贺轻舟："不是要照顾我吗，还能中途反悔？"

江苑："可是你都这么大的人了，哪有让别人抱你洗澡的。"

贺轻舟微微挑起了眉头，轻笑道："是吗？看来江医生是忘了自己每次都中途睡着的事了。你以为是谁帮你洗的澡？"

江苑装作没听到，人往床上一躺，又开始装死。下一秒整个身体就腾空了。她被贺轻舟横抱起来，双脚离地的感觉让她有片刻慌乱："你干吗？"

贺轻舟一脸无辜的表情："洗澡啊，还能干吗。"

临近婚期，贺一舟时常约江苑去逛街。

虽然婚礼的大小事务都不需要江苑来操心，但有些东西，她还是要亲自过目的。

婚戒是贺轻舟选的，专门订制的一款，独一无二。敬酒礼服也是，两个月前去量了尺寸，今天去试样衣，看大小是否合适。

店员端了两杯咖啡过来，贺一舟不知怎的就聊起自己对婚姻的见解来了。她向来不是那种帮理不帮亲的人。虽然贺轻舟是她最疼爱的弟弟，但他幼时犯了错，她倒是没一次心软过。该罚就罚，下手一次比一次狠。她爸妈不舍得罚贺轻舟，把他当成心肝宝贝护着，宠成了那个纨绔子弟的模样。好在他的本性不坏，不然早和那些整日只知道纸醉金迷的二世祖没区别了。

贺一舟："婚姻就是女人的坟墓，这句话我算是切身体会过一次了。要是贺轻舟那个浑蛋婚后对你不好，你直接来和我说，我揍他。"

江苑笑了笑，和她道过谢，又说："不过我觉得，他应该不会对我不好。"大抵是过于清楚贺轻舟的为人了，所以也深信他不可能做出那种事情来。

贺一舟自然也是相信自己这个弟弟的。但在经历一次失败的婚姻之后，她算是悟出来一个道理。男人这种东西，永远不能给他们太多的信任，说不准什么时候就会变。而且他们理由还一大堆，压根不觉得自己是错误的。

贺一舟："你的脾气好，容易被欺负。他又是个浑不吝，要真有那么一天，你就狠一点，别心软。"

江苑点头，像是听进去了："嗯。"

贺一舟喝了口冰美式，又觉得自己这句话是废话，就她那个恋爱脑弟弟，满脑子都是江苑，也不可能做出这种事情来。

其实也挺不容易的，贺轻舟看似顺风顺水的前半生，却在江苑身上栽过无数次，终于要苦尽甘来了。

婚礼倒是没有弄得太夸张，贺轻舟知道江苑不喜欢烦琐，所以在很多环节都要求尽量精简。

虽说是精简，可又处处花费心思。贺轻舟自然是重视的，哪怕婚礼交给了专业的团队，可大大小小的事务都恨不得自己来。

早在很久之前，贺轻舟就把婚礼的每一处细节都想到了。如果不是出了那场意外，可能他们早就结婚了。但幸好，虽然迟了很多年，可兜兜转转，他们还是站在了这里。

江苑没有亲人，她是自己把自己交到贺轻舟的手上的。

今天的贺轻舟和平时很不一样，没了那种懒散随性，多了分一丝不苟的沉稳妥帖。那是一种叫安全感的东西，让江苑忍不住想要多依靠他一点。仿佛只要有他在，天塌下来她也不需要担心。

可是当他们在众人的注视下交换完戒指，江苑抱着贺轻舟，突然笑了："眼睛怎么红了，爱哭鬼。"

贺轻舟很少哭，至少在认识江苑之前，他大概只有刚出生的时候哭过。幼时不听话，经常被他爷爷罚，跪在院子里，一跪就是一整晚。或是被他爷爷拿拐杖打，后背打得都红肿起来。但别说哭了，他连吭都没吭一声。

贺轻舟的情绪大抵是在认识江苑以后才开始变得丰富起来的。她以前总让他难过，他还是头回知道有这种情绪的存在，忍不住，骨头和心脏一块疼，又酸又疼。偏偏她的感情和反应双重迟钝，让他难过了也察觉不出来，不哄也不管。每回都是他自个儿调整好情绪，然后跟个没事人一样再次出现在她面前。

"没哭，就是挺想问你一个问题。"他们讲话的声音不大，恰好只够彼此听到。

江苑说："什么问题？你问。"

贺轻舟："我以后难过了，你会哄我吗？"

江苑无奈地轻笑，这算什么问题："会的。"

婚礼结束了，贺轻舟被苏御他们灌得够呛。也幸亏他的酒量好，不然早醉趴下了。

贺母的笑容就没从脸上下来过，到处敬酒。旁人说的奉承话她也听得开心。

"这得抓紧抱孙子了，听说猪年生的宝宝有福气。"

贺母将下滑的披肩往上扯了扯，笑说："这种事情顺其自然，我们也催不得。全看他们小两口自己的想法。我当然是希望赶紧抱孙子的。"

周嘉茗搭着江苑的肩："看看，看看，天底下的婆婆都一个样，结了婚就想要抱孙子。"她一副过来人的模样，让江苑千万别妥协，凡事顺着自己的心意来。

江苑是第一次结婚，也是第一次切身体会到结婚原来这么累。她好不容易能坐下来吃饭，偶尔抽空回应周嘉茗几句。

周嘉茗看着被人轮番敬酒的贺轻舟，虽然还没醉，但估计离喝醉也不远了："难得见他脾气和耐心都这么好的时候。"

江苑抬头往贺轻舟那边看，他刚喝完一杯，立刻有人给他倒上。明明最讨厌这种半强迫式的劝酒方式，这会儿却笑得挺开心，也不推开，倒多少喝多少。

可是再怎么高兴也不能这么喝啊。江苑放下筷子，起身往那边去。拿掉贺轻舟手里的杯子，让他少喝一点。

旁人起哄："舟哥该不会是个妻管严吧？"

贺轻舟没醉，自己把握着度，意识还清醒。看到江苑了，听话地点头："不喝了。"

苏御调侃道："这哪是妻管严啊，整个一妻奴。"

最近有流行感冒，幼儿园放假了。作为新晋的幼儿园大班学生，贺千御也跟着沾了光，可以不用去学校。

只不过不凑巧的是，家里的阿姨前些天也请假回去了。妹妹被接到奶奶家，贺千御就彻底成了孤家寡人，只能在家和爸爸相处。

贺千御走到贺轻舟的身旁坐下："爸爸，你明天能带我去环球影城玩吗？我想和威震天拍照。"

贺轻舟正看着投标书，手指戳他的额头，不让他靠近："作业写完了吗？"

贺千御百折不挠，被推开了就换个位置："学校放三天假，我可以明天再做。"

贺轻舟终于肯将视线从标书上移开，看着面前这个小孩："贺千御，上次我是怎么和你说的？"

贺千御低着头，抿了抿嘴唇，重复爸爸之前对他说的话："不要总想着偷懒，当天的作业当天完成。"

贺轻舟："知道还不去做？"

贺千御叹了口气，认命了。想妈妈。

贺轻舟今天本来要去公司的，但因为不放心贺千御一个人在家，所以干脆直接在家办公。会议也是远程开的。

贺千御也就安静地写了半个小时作业的，写完作业就又开始闹腾起来，拿着飞机模型到处乱跑，说要给它助力起飞。

贺轻舟这次开的会议是公司高层内部的一个会议。开会时除了发言人的声音，偶尔还能听到不知道属于哪个屏幕的小孩叫声："一唔一唔一唔，起飞喽。"

大家都屏住呼吸，大气也不敢出一下。大老板的脾气，出了名的严厉，更别说是在这种严肃的会议场合，这到底是谁家的小孩？

大家都安静地等待着接下来的冷漠质问，也确实等到了。不过……

"贺千御，安静一点，不要让我说第二遍。"

江苑去外省参加一个讨论会，需要两天后才回来。所以说，这两天，家里只有贺千御和贺轻舟两个人。

晚上想上厕所，贺千御敲响了贺轻舟的书房门，委屈得很："爸爸，我想上厕所。"

自从前些天苏御叔叔和他讲了关于厕所的灵异故事以后，贺千御就不敢晚上自己上厕所了，得有人陪着。

贺轻舟："……"他推开椅子起身。贺千御主动去牵贺轻舟的手："这次是大的。"

贺千御上厕所的时候，贺轻舟在外面等他。隔一会儿他就喊一声，确认爸爸是不是还在外面。

贺千御："爸爸？"

贺轻舟："嗯。"

贺千御："爸爸。"

贺轻舟："嗯。"

贺千御："爸爸？"

贺轻舟："……嗯。"

贺千御："爸爸？"

贺轻舟："专心上厕所，我没走。"

贺千御终于没了声音。

时间悄然流逝，贺轻舟看了眼腕表，二十分钟过去了，还没出来。贺轻舟轻声开口："多一分钟就多听写一页单词。"

卫生间里面立刻传来冲水的声音，随即贺千御开门出来。

贺轻舟："原来你能在半个小时内拉完？"

贺千御每次上厕所都在里面蹲半个多小时。贺千御小声地嘟囔着："爸爸讨厌。"

"明天送你去爷爷家。"贺轻舟实在没这个多余的精力来管他了。

贺千御不想去："每次去奶奶家都做一大桌子菜，我吃不完。而且阿琼一看到我就要我抱，我自己都是个小孩呢，我抱不动她。"

贺轻舟听到他这话，低声笑笑："阿琼是你妹妹，哥哥照顾妹妹不是应该的吗？"

贺千御看上去很苦恼："可是我抱不动她，她像个秤砣。"

贺晏如才三岁，只是普通孩子的体重，不过对于比她大不了几岁的贺千御来说，确实抱不动。

贺轻舟的笑声轻慢，摸摸他的头："怎么能这么说妹妹？"贺轻舟打开房门，开了灯，"好了，去睡吧。"

贺千御才刚进去，又不放心地回过身来："爸爸，你是不是还要工作？"

贺轻舟点头："嗯，快忙完了。"

贺千御："你也早点休息，妈妈说熬夜对身体不好。"

贺轻舟："好。"

贺千御忧心忡忡地说："爸爸，你可千万别死掉啊，我希望你能和妈妈一起永远不死。"

贺轻舟无奈地失笑："爸爸尽量。"

贺轻舟给贺千御定了规矩，每天做完作业才能玩。写作业还好，贺千御最怕的就是爸爸给他检查的作业的时候。他每天的作业，都会拿去给贺轻舟检查。为了分散贺轻舟的注意力，他总会东拉西扯说些有的没的。

贺千御："爸爸，老师说，夫妻之间都会有七年之痒。你和妈妈也会有七年之痒吗？"

贺轻舟说："我和你妈妈七十年都痒不了。"

贺千御不依不饶地问："可是老师还说，父母恩爱生出来的小孩都很聪明，为什么我这么蠢，是你和妈妈不够恩爱吗？"

贺轻舟："别把自己的问题推到我和你妈妈的身上，你上课少走点神，认真听讲，就不会这么蠢了。"

贺千御："妹妹也没多聪明，她连乘法口诀都不会背。"

贺轻舟："她才三岁，到了一定的年龄自然会背了。"

贺千御："爸爸，那一定年龄是什么年龄？"

贺轻舟："不会拉着爸爸问东问西的年龄。"

贺千御："爸爸……"

贺轻舟："好了，今天的问答环节到此为止。"

贺轻舟的眉头微皱，作业放在贺千御的面前："说说看，你在判断题里填什么？"

贺千御挠挠头，看来还是没混过去。

贺轻舟下午必须得去公司一趟，他看了一眼贺千御，不太放心，最后带贺千御一起去了。

贺千御坐在儿童座椅里，抱着自己的小书包，贺轻舟提醒他："外面和家里不一样，人很多，不许乱跑，也不许离开爸爸的视线，知道吗？"

贺千御乖巧地点头："知道了爸爸！"

到公司之后，将车停在专属车位，贺轻舟帮贺千御解开安全带，抱着他下了车。

贺千御把手里的书包背上，去牵贺轻舟的手。这还是他第一次来爸爸的公司。一路上他总能听到女孩子的声音："好可爱啊！"

被夸的当事人却完全在状况之外，抬头看了眼牵着他的爸爸。爸爸可爱吗？才不可爱呢，明明凶得很。

到办公室以后，贺千御写完了今天的作业。贺轻舟怕他无聊，就把电脑给他玩，自己则在旁边上办公。

员工进来汇报工作，关于年度报表的内容，以及各个项目的盈亏状况。

电脑里奥特曼一直在变身。贺千御最喜欢看的就是奥特曼变身的那个瞬间，反复拉进度条，反复回看。怕爸爸错过这么酷炫的一幕，还把音量调到最大。

员工沉默着，虽然今天是第一次见，但大概也能猜出，这位眉眼与贺总相差无几的小朋友，应该就是贺总的儿子了。不得不说，有钱人家的基因真好，想来老婆也是个大美女。

贺千御似乎还没有意识到事情的严重性，甚至想喊爸爸一起过来看。然而才刚抬头，就对上爸爸看过来的眼神。

嗯……好像有些大事不妙。

贺千御被训了，回到家后自己偷偷趴在床上哭了一场。哭完以后还是难受，半夜不睡觉，偷偷用自己的小天才电话手表给妈妈打电话。因为怕爸爸知道，所以说话的声音也特别小。

听到电话里传来妈妈温柔的声音，贺千御没忍住，又哭了一场，说爸爸凶他。

江苑那边也刚忙完，正准备去洗澡，看到号码，能猜到是谁。她说话的声音温柔，轻声问他："爸爸为什么凶你呀？"

贺千御一五一十地答了。因为在办公室里用爸爸的电脑看奥特曼，还把音量调到最大，打扰到爸爸工作了，最后还被赶了出去。被一个叔叔看着，不许他乱跑。

"可我是怕爸爸错过那个场景。"贺千御的声音很委屈。

江苑听到后，无奈地笑了，她安慰了儿子一阵，又说："爸爸不该凶阿琛，但是阿琛也有错。爸爸工作的时候阿琛不该去吵爸爸，知道吗？"

贺千御似懂非懂地点了点头。

江苑："这几天妈妈不在家，阿姨也不在家，就只有爸爸一个人带你。他还要忙工作，平时也很累的。你要理解爸爸。"

想到自己每次半夜起床上厕所，爸爸都在书房，贺千御认真地点头："嗯！爸爸也很累。"

爸爸平时对他们十分严厉，所以贺千御更亲近妈妈一点，这会儿小声撒着娇："妈妈，我好想你，你什么时候回来呀？"

江苑："明天晚上就能到了，给你和小琼带了礼物。"

贺千御高兴了，只需要再和爸爸待一天。有妈妈在的时候，爸爸很少凶他。

贺千御："那说好了，不许骗人。"

"嗯，不骗人。"江苑说时间不早了，让他赶紧去睡觉。电话挂断后，贺千御正准备原路返回，结果一转身就看到站在自己身后，不知道来了多久的贺轻舟。

贺轻舟刚洗过澡，身上穿着睡衣，模样懒散，双臂环胸，靠墙站着："告状了？"

贺千御低着头，不敢吭声。

贺轻舟蹲下身，替儿子把系乱的睡衣扣子解开重新扣好："刚刚和妈妈聊什么了？"

贺千御低着头，小声说："妈妈说她明天回来。"

贺轻舟："还有呢？"

还有……他的头埋得更低："说爸爸……凶我。"

贺轻舟的眉眼舒展："那你觉得你今天有错吗？"

刚才被妈妈说过以后，贺千御已经认识到自己的错误了。他抿了抿嘴唇："我知道错了，以后我不会这样了。爸爸，对不起。"

贺轻舟低声笑笑："爸爸也不该那么凶，爸爸也有错。"

贺轻舟起身的同时，贺千御主动去牵他的手。后者垂眸，脸色倒是微微诧异，对他这个举动。片刻后，唇角带笑。

次日中午，贺轻舟去把贺晏如接了回来。贺母舍不得，抱着她说了好久的话。又问贺轻舟这次怎么自己过来，不把阿琛也一起带来。

贺轻舟单手抱着贺晏如，另一只手拎起她的书包："他的作业还没写完。"

贺母面带不满，说他对孩子过于苛刻了些。

贺轻舟说得轻描淡写："总要对他严厉些，才不至于长成我当年那样。"

那会儿提起贺轻舟，谁不说一句顽皮。贺轻舟确实挺担心贺千御把自己的脾气给学了去，还是得像他妈妈才好，温柔些。

小孩觉多，尤其是贺晏如这个年纪的，刚上车就睡着了。贺轻舟抱着她回屋她都没醒。

贺千御已经写完作业了，坐在地毯上拼模型。

瞧见贺晏如，模型也不拼了，要过来和妹妹玩。

贺轻舟做了个噤声的手势，让他小点声音，别把妹妹吵醒了。

贺千御听到，立刻不作声了，非常小声地问他："爸爸，妈妈几点到呀？"

贺轻舟看了眼墙上的钟表："快了。"他先把贺晏如抱回房间，又给特助打了通电话，交代完今天的工作，然后才下楼。

贺千御心里全是待会儿去机场接妈妈这件事，这会儿也没心思拼模型了，隔一会儿就问贺轻舟："爸爸，还有多久？"

贺轻舟永远都是那两个字："快了。"

阿姨甚至比江苑先到家，带了不少老家的土特产，用保鲜膜包好放进冰箱。

贺轻舟交代阿姨待会儿多做些江苑爱吃的菜，然后又去了趟书房，处理工作。

贺千御有些不高兴，觉得爸爸一点都不在意妈妈。妈妈离开这么多天，好不容易要回来了，他却没有一点反应，眼里只有工作。

年仅五岁的贺千御早就从老师那里，知道恩爱的夫妻应该是怎样的了。分开一天都会很想念的那种，才是恩爱。可爸爸好像压根就不在意妈妈，妈妈不在的这些天，他甚至都没有提起过她。只有自己主动问起，他才会答几句。

小孩子的想象力大多都是天马行空的，很容易就从一件小事延展开来。万一爸爸和妈妈感情不好，要离婚怎么办？虽然舍不得爸爸，但他肯定是要跟着妈妈的，还有小琼也是，也得跟着妈妈。

时间差不多了，贺轻舟去了贺千御的房间，拿了件他的外套下楼，正好看到他一个人趴在沙发上哭得很难过。

"……"贺轻舟过去给贺千御把外套穿上，"哭什么？"

贺千御委屈地看着贺轻舟，无声地流着泪，不肯说话。贺轻舟以为他是太想妈妈了，就没多问，让他自己换鞋子。

外面下小雨，贺轻舟拿了把伞。

贺千御换好鞋子了，捏着他的外套下摆，边哭边往外走。

到机场了，等了一会儿。

江苑推着行李箱出来，一眼就看到了等在外面的一大一小。贺千御跟个小兔子一样，蹦蹦跳跳地跑到江苑的面前。

江苑松开握着行李箱的手，蹲下身来抱他："这么开心呀？"

贺千御趴在江苑的肩膀上，不肯松手，身上带着一股小孩特有的奶香味，说话也是奶声奶气的："很开心，好想妈妈。"

江苑笑着捏了捏贺千御带着婴儿肥的小脸："妈妈也很想我们阿琛。"

贺轻舟问贺千御："多大了，还这么黏人。"

贺千御抿了抿嘴唇。

贺轻舟动作自然地接过江苑肩上的包，另一只手去扶行李箱："累吗？"

江苑站起身："还好。"

贺轻舟点了点头，便没有其他多余的话。

车就停在附近，贺轻舟让他们在原地等一会儿，他过去把车开过来。

一路上贺千御的小嘴巴就没停过，什么都和妈妈讲。包括苏御叔叔给他讲鬼故事，让他半夜不敢上厕所的事也讲了。

江苑的笑容温柔，耐心地听着。

车开过来了，贺轻舟打开后备厢，把行李放进去。

贺千御这次非常懂事，自己爬了进去，坐上儿童座椅，还不忘自己扣安全带。江苑摸摸他的头，夸他真厉害。他高抬下巴，得意得不行。

贺轻舟看着后视镜倒车，余光瞥见贺千御了，轻声笑笑："你再多夸他几句，他今天估计都要睡不着觉了。"

江苑也笑，问贺千御："是吗？"

贺千御的脸红红的，反驳道："才没有，爸爸乱说。"

对于江苑回家，兴奋高兴的不止贺千御一个，贺晏如也是。

江苑到家的时候，她一个人坐在沙发上，抱着杯子喝牛奶。看到江苑，牛奶也不喝了，伸长了胳膊要妈妈抱。

阿姨算准了时间，刚把菜端出来，笑道："你们刚走她就醒了，自己在客厅坐了半个小时，说要等妈妈。"

江苑像个大忙人一样，抱完了贺千御又要去抱贺晏如。

贺千御偷偷观察了一下，发现爸爸全程都很淡定，果然有问题。

家里有两个小孩，吃饭总不会太安静，但也不至于特别闹腾。只不过一顿饭吃完，时间有点久而已。

江苑洗完澡后，贺晏如已经睡着了，只剩下贺千御，还在顽强地数羊。没办法，白天睡太多了，晚上就不困。

江苑拿了本故事书过来，说给他讲故事。以往这种事都是贺轻舟做的，但贺轻舟没耐性，讲个开头就直接省略掉中间的，去讲结尾，两分钟草草了事。所以贺千御已经很久不听睡前故事了。

"要听哪个？"江苑拿着书让贺千御挑。

贺千御躺在床上，看着江苑："妈妈，你和爸爸的关系好吗？"

似乎没想到贺千御会问这个问题，江苑沉默片刻："怎么突然这么问？"

贺千御捏着小被子，扭扭捏捏地不肯说。

江苑笑道："爸爸和妈妈如果关系不好的话，怎么可能会结婚？又怎么可能生下你和妹妹呢？"

贺千御说："可爸爸一点都不黏你。"才五岁，居然就开始观察起这个来了，看来最近的小孩都比较早熟和敏感。

江苑："那妈妈告诉你一个关于爸爸的秘密好不好？"

贺千御点头。江苑靠近他的耳边，配合地放低声音。说完以后，贺千御睁大了眼睛，似乎难以置信。

江苑笑着做了个嘘声的手势："是秘密哦。"

好不容易把贺千御哄睡，江苑回到房间，才刚进去，就被人抱住了。怀抱温暖，身上带着的香味和她是同款的，白茶味的沐浴液，香味清爽。

"不是说才去两天吗？怎么又推迟了三天？"贺轻舟低着头，埋在江苑的肩上，声音低沉，仔细听能辨出几分委屈，哪里还有半点在贺千御面前的正经严肃。

江苑笑着轻抚贺轻舟的后背："教授临时延长了时间，我也没办法。本来应该明天返程的，我特地提前一天回来了。"

贺轻舟抱着江苑，脸轻轻蹭了蹭："好想你。"

江苑笑话贺轻舟："刚才还说阿琛，你自己也没比他好到哪里去。"

提起阿琛，江苑又想起贺千御方才的话来了，便将儿子的担忧讲给了贺轻舟听。贺轻舟听完后，轻声笑笑："他真这么说？"

江苑点头："还担心我会和你离婚，让我别怕，他和小琼肯定跟我。"

贺轻舟："小没良心的，和你一样。"

"你才没良心。"江苑想寻一处软肉来掐，手伸进他衣摆里，摸了一圈都是硬邦邦的肌肉，于是便作罢，"你平时对他好一点，也别太严厉了。"

贺轻舟："我和你之间总得有个唱黑脸的。爸妈那边对他有求必应，你又凶不起来，我要是态度再缓和点，他那个性子，估计过两天就能把屋顶掀了。"

江苑说："还不是随你，都是个坏脾气。"

贺轻舟点头，握着江苑正从衣摆里往回收的手，又重新放回去，带动她的手上下抚摸："嗯，随我。"没几下，就听他起了喘意。

贺轻舟的声音低沉，问江苑："那你后来怎么和他说的？"

"我说。"江苑故意停顿片刻，"我说爸爸其实比他还要黏人，每天晚上都得和我打久很久的电话，不然他睡不着。"

"那完了。"贺轻舟轻声笑笑，"严父的形象没有了。"

江苑说："你对他也别太凶了。"

贺轻舟："没凶，但态度温和了他也听不进去。"

江苑还是那句话："还不是随了你。"

贺轻舟点头，江苑被他握着的那只手，往更隐秘的地方带去。

"嗯，随我。"声音渐低。

江苑的手酸了，他也快到极限，便停止了这场助兴游戏，将她抱上床。

五天的思念，一夜全都宣泄了。

早上起床的时候，阿姨已经做好了早点。

贺轻舟正给贺晏如穿衣服，她的头发还是乱糟糟的。江苑坐过来，问她今天想梳什么样的头发。贺晏如的手往两边比画，说话像嘴里塞了什么东西一样，奶声奶气，又有点小孩初始说话的口齿不清，可爱得紧："想梳两个小辫子，一边一个。"

江苑笑着摸摸她的头："好，妈妈待会儿给你梳。"她又抬眼看了下四周，"阿琛呢？"

贺晏如在爸爸的指挥之下听话地抬手抬胳膊，衣服终于穿好了，被放在儿童椅上。

贺轻舟把旁边的粥端过来，试了试温度，还是有点烫，便不打算先喂给她："还睡着，说明天就要去学校，留给他赖床的机会不多了。"

江苑："……"

贺千御这床赖得也够久，他们都快吃完早饭了他才出来，打着哈欠去洗漱。洗漱完后，自己爬上自己的小凳子，安静地喝着粥，不时问江苑几个问题。

"妈妈你这几天累不累呀？"

"有没有好好吃饭？"

"你别熬夜，熬夜对身体不好。"

江苑笑着一一作答。

"妈妈不累。有好好吃饭。没熬夜，你也不能熬夜，知道吗？"江苑拿餐巾擦掉他嘴边沾上的饭粒，"今天难得爸爸和妈妈都有时间，你有想去的地方吗？"

贺千御的眼睛一亮："我想去开卡丁车！"

却被贺轻舟一票否决了："你才五岁，开什么卡丁车？"

贺千御："爸爸可以带我。"

贺轻舟说："爸爸也不会。"

贺千御小声嘟囔着："爸爸是个大骗子。苏御叔叔都跟我说过了，爸爸不管什么车都会开。而且爸爸小的时候还经常飙车。"他倒是好的不教，净教坏的。

"行了，换一个。"贺轻舟压根不给贺千御反驳的机会。

最后折中选了动物园。贺千御嘴上嫌弃，去了以后倒比谁都兴奋。

贺轻舟全程抱着贺晏如，不时提醒贺千御别到处乱跑。

江苑看着兔子撒欢一般的贺千御，问贺轻舟："你小的时候也这样？"

贺轻舟沉默了几秒钟，不太想承认："比他好点。"

江苑："可是妈说，阿琛比起小时候的你，收敛许多。"

贺轻舟不说话了。

江苑故意叹息道："你说我要是嫁个脾气好点的人，他是不是性格就不这样顽劣了？"

贺轻舟方才还风轻云淡的脸，一听她的话就变了脸色："也是，宋邵安比起我，脾气好，性格也好，我倒是样样都不如他。你当初要是和他在一起，肯定比跟我要好得多。"这会儿连语气都变了。

江苑开始沉思起来。

看江苑这样，贺轻舟哪里还有刚才半分的阴阳怪气，皱眉问她在想什么。明明话是他说的，此刻害怕她当真的也是他。

江苑说："我在想，宋邵安好像还没结婚。这么多年也没听说他谈过女朋友。不知道他介不介意带着两个孩子的二婚女人。"

贺轻舟眉眼微低，眼角倒是生出些许委屈来，和他平日里的沉稳、严肃的样子大相径庭，瞧着实在是违和："江苑，你真是这么想的？"

见贺轻舟委屈成这样，江苑也不逗他了，见好就收："不是你先开始的吗？怎么没说上几句就觉得委屈了。我怎么可能不要你呢？"

委屈没了，贺轻舟轻扯了下嘴角，转身就走。

江苑跟上去："不要你儿子了？"

贺轻舟："你带他去找他继父吧。"

"……"江苑，"贺轻舟，你幼稚不幼稚。"

最后事情得到解决，还是江苑难得主动一次，吻了他。

贺轻舟捂着贺晏如的眼睛，不让她看。

江苑问："还生气吗？"

贺轻舟下意识地舔了下唇角："看你的表现吧。"虎牙都快笑出来了，还在那儿傲娇呢。

江苑忍着笑，说她一定会好好表现。

贺千御这趟动物园没白来，拍了很多张照片。他用妈妈的手机把照片发给爷爷。爷爷都快开心死了，夸他小孙子帅："那些小熊和长颈鹿都没我们家阿琛好看。"

贺千御也回了条语音过去："爷爷，可是我和那些动物不是一个品种。"

爷爷就是贺千御的无脑粉丝："就算我们阿琛变成它们的同类，那也是我们阿琛更好看。"

贺千御小小年纪，就已经初尝无语的滋味，他随便找了个借口，说他要去洗澡了，就中止了这场和爷爷的谈话。

贺轻舟在一旁看书，翻到下一页后，语气冷淡地提醒他："不是说过，让你不要撒谎？"

"我是和妈妈学的。"贺千御拿了个苹果，咬了一大口。

贺轻舟终于肯将视线从书上移开，抬眸看他："哦？"

贺千御坐在沙发上，两条小短腿在空中荡啊荡。他说："上次爸爸给妈妈打电话，讲了一个多小时，妈妈也是说她要去洗澡了。结果挂了电话以后，她在旁边陪我堆积木。"

贺轻舟："……"他把手里的书合上，放回原处。

贺千御见贺轻舟起身，好奇地问他："爸爸，你去哪儿？"

贺轻舟："兴师问罪。"

假期彻底结束，贺千御重新回到幼儿园，江苑也回归岗位。家里便只剩下贺轻舟和贺晏如朝夕相对。

贺晏如的年纪小，又是女孩，和江苑可以说是如出一辙，除了眉眼更像贺轻舟一点，其他地方，可以说是缩小版的江苑。

苏御他们组了个局，考虑到贺轻舟可能还得带孩子，所以特地选了个安静而且禁烟的地方。空气甚至比外面还要好。

贺轻舟不放心把贺晏如一个人放在家里，虽然家里有保姆照看着，但贺晏如睡醒以后是认人的。于是贺轻舟便把她一起带了过去。

宋邵安也在，还带了礼物，很多条公主裙："上个月去日本出差，正巧委托人是一位裁缝，便让他给我做了几条。"知道这个年纪的孩子长得快，便特地让那个人做大了些，以免回来就穿不上了。

贺晏如还在睡，此时就躺在婴儿车里。

苏御说宋邵安偏心："阿琛前阵子不是还说想要奥特曼的头套吗？你听到了跟没听到一样。不能因为阿琛长得像贺轻舟你就偏心。虽然贺轻舟这张脸看久了确实让人火气大。"

苏御是料到小孩在旁边睡觉，贺轻舟担心吵醒她，就算他说什么，贺轻舟也不会反驳，所以说得比平时更肆无忌惮一点。

聊到这个，苏御问宋邵安，打算什么时候找女朋友。

宋邵安又敷衍地笑着："目前工作太忙，还没有这方面的打算。"

苏御："不能啊，你爸妈不着急？"

"还好，他们尊重我的个人意愿。"杯子里的酒空了，宋邵安给自己又倒了半杯，方方正正的冰块掉进淡黄色的洋酒之中，逐渐沉了下去，"而且还有邵念呢，传宗接代的事，也不急着在我身上落实。"是玩笑的语气。

苏御靠在沙发上："以前小的时候你妈还跟贺轻舟他妈说好了，给你们两订个娃娃亲，结果你们都是男的。后来又说给你们俩的孩子订个娃娃亲，你这都没动静呢，订个什么？"

贺轻舟想到昨天江苑说的那些话，冷冷地"哼"了一声："不订。"

苏御抬眸，看向他这边，宋邵安也是。

"为什么？"

贺轻舟眼神不善地看着宋邵安："我家阿琼不喜欢招蜂引蝶的狐狸眼。"

这句话的针对性实在太过明显了，在场的狐狸眼只有宋邵安。宋邵安听到后也只是好脾气地笑笑。

苏御出来替宋邵安打抱不平："论招蜂引蝶明明是你更胜一筹，读书的时候你抽屉里的情书可比宋邵安的要多。"桃花眼说狐狸眼招蜂引蝶，还是头回听说。

贺轻舟也不替自己辩解，他没有暗地里针对宋邵安，而是直接放在明面上了。

宋邵安笑道："贺轻舟，我记得我最近好像没得罪你吧？"

大约是因为刚才的话题，大家都放松了许多，也没有注意音量。贺晏如被吵醒了，正伸着小胳膊在婴儿车里哭呢。

贺轻舟把她抱出来，放在怀里轻慢地晃，边晃边哄，但没太大的作用。小孩的起床气都太大了。

苏御拿起宋邵安带来的那几条公主裙哄她，问她喜不喜欢。她看也不看，只顾着哭。

好在他们这儿是包间，隔音好，旁人吵不到他们，他们也吵不到旁边。

苏御虽然油嘴滑舌，但眼下也没了办法，又是扮鬼脸又是逗她，都哄不好。

宋邵安一个律师，平日里正经惯了，打交道的人形形色色，但和小孩却少有接触。

眼下三个大男人，在一个三岁的小女孩面前，倒是彻底没了章法。

贺轻舟见女儿哭得伤心，担心她是哪儿不舒服。声音压低到极致："阿琼是哪里不舒服吗？"

贺晏如不说话，就是哭。贺轻舟手足无措，想给江苑打电话，又想到她在工作，不敢打扰她。

于是三个大男人，你看看我，我看看你。

过了很久，苏御开口打破平静："你们有没有闻到什么味道？"

宋邵安闻了闻："有点臭。"

贺轻舟似乎想到什么，拉开女儿的裤子看了一眼，拉了。

宋邵安在外面推着婴儿车，苏御开车去贺轻舟家拿更换的衣服去了。

贺轻舟则在里面给女儿洗了个澡，顺便把她的裤子也洗干净了。

宋邵安看他用自己的衣服包着贺晏如出来，问他："没带纸尿裤？"

贺轻舟洗了好几遍手，总觉得还是一股味。小孩的便便，味道是真的大："她学会上厕所了，她妈妈就没让她穿。"今天可能是在梦里拉的。

衣服、裤子拿来了，贺轻舟给她穿上。她倒好，嫌爸爸臭，不想让他碰。

贺轻舟替她把衣服穿好："自己拉的屎还嫌弃上了。"

贺晏如伸着手，让宋叔叔抱。

宋邵安笑容温柔，把她抱过来："阿琼饿了没？"

贺晏如点点头，靠在宋邵安的肩膀上："喝奶奶。"

贺轻舟看着这"父慈女爱"的一幕，用衣架把手里刚洗干净的衣服夹好，挂在一旁。这里的楼上就是酒店，他刚开好一间房。

"阿琼，你是喜欢宋叔叔呢，还是更喜欢爸爸？"贺轻舟看似不在意地用一种漫不经心的语气问出这句话，其实心里在意得要命。

这个年纪的小朋友，好恶还没完全成型，被谁抱着，不害怕那就是喜欢。她说："宋叔叔，喜欢。"声音奶声奶气的。

贺轻舟冷笑一声："那你给宋叔叔当女儿吧。"

宋邵安捏了捏她的脸："好不好？"

贺晏如居然点头了！她居然点头了！！！

贺轻舟觉得自己是真的年纪大了，居然有一种急火攻心的感觉。他把贺晏如从宋邵安的怀里抱过来："你要是喜欢女儿，你自己去生一个。"

宋邵安乐于瞧见贺轻舟这副气急败坏的模样，笑容意味深长："贺轻舟，不至于吧，以前吃江苑的醋，现在吃阿琼的醋。真把我当死敌了？"

贺轻舟抱着贺晏如往客厅走："你倒是会抬举你自己。"他从婴儿车里拿出奶瓶，单手抱着贺晏如，另一只手给她冲奶粉，试了下温度才敢往她嘴里放，"慢点喝，别呛着。"

喝到一半，贺轻舟把奶瓶往回抽。贺晏如的两只手还保持着握奶瓶的姿势，嘴巴张开，一脸懵懂地看着他。贺轻舟问她：："更喜欢宋叔叔还是更喜欢爸爸？"

"喜欢爸爸。"果然有奶就是娘。

贺轻舟满意了。还不忘往宋邵安那儿看一眼，表情挺得意。宋邵安无奈地摇头。

江苑因为工作的时间原因，有时候是深夜，回来得比较晚。贺轻舟想让她多睡一会儿，一般不会弄出太大的动静，怕吵醒她。

贺千御平日里对贺轻舟多些畏惧，没妈妈庇佑的时候，他也不敢在爸爸面前太闹腾。

早上起床，贺晏如的头发一如既往地睡得乱糟糟的。贺轻舟抱着她坐在自己腿上，拿来梳子给她梳头发。梳了半天，好不容易梳好。他还挺满意。

刚把镜子拿过来，放在贺晏如的面前，贺晏如看到以后，立刻哭了。袖子擦着眼泪，一副天塌下来的悲伤感。贺轻舟哄了半天都没哄好。

一旁正拿着勺子吃馄饨的贺千御向贺轻舟投来不理解和些许鄙夷的目光："爸爸，你要是想羞辱人，也不该用这种方式。"

听到贺千御的话，贺晏如哭得更凶了。

不满贺千御的火上浇油，贺轻舟让他安静吃饭，自己又去哄贺晏如，说很好看："我们阿琼不管怎样都好看。"

贺晏如哭得很难过："不好看，刘海都竖起来了。要妈妈，爸爸是大笨蛋！"

贺轻舟只能拆了给她重新梳。

"妈妈以前考试还得靠爸爸给她补课。"

儿子和女儿读同一所幼儿园，吃完饭以后，贺轻舟先送他们去学校，然后再去公司。贺千御虽然闹腾，但他到底比贺晏如大几岁，平日里妹妹如果哭了，都是他去照顾。

贺轻舟打开车门把他们抱下去，老师出来，一个人牵一个。

贺轻舟蹲下身，替贺千御把衣服穿好："在学校要听话。"

贺千御背着书包，点了点头："爸爸再见。"

贺晏如的老师声音温柔地问贺晏如："今天的头发是谁给你扎的呀？"

贺晏如的声音带着哭腔："爸爸。"

"阿琼不哭，老师待会儿给你重新扎一遍。"

扎了五遍好不容易扎成功的贺轻舟："……"

医院中午休息两个小时，贺轻舟一般有时间的话就会去医院给江苑送饭。不过最近要跟进项目，抽不出时间。但还是在吃饭的时间来给她打电话。具体也没什么好聊的。本来每天都会见面的，彼此做了些什么也都知道。

江苑说："你去吃饭吧，有什么话晚上回家了再说也一样。"

贺轻舟："你是不是嫌我烦了？"

面对这突如其来带着点委屈的质问，江苑觉得自己的肩上莫名多出一道莫须有的枷锁来。她觉得好笑："你从哪儿看出我嫌你烦了？"

贺轻舟："我才刚给你打电话，你就不想跟我说话了。"

江苑："我怕你没时间吃饭。你最近不是很忙吗？我都听你的助理说了，你前几天经常忙到忘记吃饭。"

贺轻舟说那个助理："多嘴。"

江苑笑道："没你的默许，他敢和我讲这些？"

被拆穿了，贺轻舟仍旧表现得很淡定："为什么不敢？我又不会吃人。"他是不吃人，但平时有够严肃，公事公办的态度，总让人心生畏惧。

江苑老生常谈，还是那几句话："记得按时吃饭，不然对肠胃不太好。"

虽然这些话听得耳朵都要起茧子了，但贺轻舟还是听不腻，反而心情很好："嗯，我待会儿下去吃。"

江苑："那先不说了，你去吃饭吧。"

贺轻舟："我现在还不想吃，再聊一会儿。"

江苑："聊什么？"

贺轻舟："随便说什么都行。"

江苑就随便聊了一点，把她今天看了多少个病人都和他讲了一遍，主要是没什么别的可讲的。但光是这些，贺轻舟都听得很专心。只要是江苑讲的，哪怕涉及的专业他一知半解，但也不会觉得无趣。

晚上的时候，贺轻舟还没回家。

吃完饭，洗完澡，保姆阿姨把贺晏如哄睡了。

贺千御缠着江苑，非要先把那一集电视看完再睡。

江苑看了眼时间，确实也还早，就没有急着催他去睡觉，而是在旁边陪他一起看。

贺千御看着看着，小屁股蹭啊蹭，蹭到江苑身旁："妈妈，爸爸是不是不喜欢我啊？"

江苑低头，感到有些惊讶，他为什么会问这个问题："为什么会觉得爸爸不喜欢你呢？"

"爸爸对我很凶。"贺千御低着头，看样子多少有些委屈。

江苑抱着贺千御，让他坐在自己的腿上："怎么会呢？爸爸很爱你和小琼。"她摸摸贺千御的小鼻子，"你们的小名还是爸爸取的呢。琛是珍宝的意思，琼是美玉。因为在爸爸眼中，你们两个就是他最珍贵的宝贝。"

贺千御听得一知半解："真的吗？"

　　江苑笑道，给贺千御讲了个小故事："你两岁的时候，小琼还没出生。有天晚上妈妈在医院值夜班，爸爸突然给妈妈打电话，说你晕倒了。他开车带你来医院，妈妈看到他的时候，他的手在抖，脸都白了。妈妈很少看到爸爸那个样子。"

　　贺千御："那我是出什么事了吗？"

　　江苑："妈妈也以为出什么事了，就给你做了个检查，结果发现是睡得太死了。"

　　贺千御："……"

　　贺轻舟回来的时候，贺千御已经睡着了，就趴在江苑腿上。贺轻舟抱着贺千御回房，把他放在床上，替他盖好被子，然后关上房门出去。

　　江苑跟贺轻舟讲了刚才的事，让他以后不要对孩子太严厉了。

　　贺轻舟沉默几秒钟："你连这个都跟他讲了？"

　　江苑笑着问："不能讲吗？"

　　也不是不能讲，就是觉得："有点丢脸。"

　　江苑笑着摸摸贺轻舟的头："我觉得很可爱啊。"

　　大概有了江苑那天晚上的嘱咐，贺轻舟的确不像从前那样对贺千御那么严厉了。

　　贺千御感到有些受宠若惊。他拿着日记本，说老师给他们布置了一个观察日记的作业，观察自己的父母。江苑平时在医院，忙得压根没有时间顾得上他。所以贺千御只能退而求其次，选择了观察爸爸。

　　只是被贺千御放低要求选择的贺轻舟很快就拒绝了："我待会儿开车送你去爷爷家，你去观察你爷爷。"

　　贺千御噘着嘴："爷爷每天不是下棋就是遛鸟，我才不要观察爷爷。"

　　贺轻舟："那你去观察奶奶。"

　　贺千御："奶奶每天打麻将。"

"……"贺轻舟刚要开口，见贺千御的眼泪都蓄在眼底了。沉吟几秒，最终还是轻声叹息。偏偏这两个孩子长得都像他们的妈妈，连难过的样子也一模一样。没法拒绝，也拒绝不了。

贺轻舟："不许乱跑。"

贺千御的眼睛亮了，拼命地点头："嗯！我一定好好跟着爸爸，不乱跑，也不会离开爸爸的视线范围！"

贺轻舟又加了一条："也不许在爸爸的办公室里看奥特曼。"

贺千御："……"

虽然没看奥特曼，但贺千御还是占用了爸爸的电脑，这次看的是小猪佩奇。不过有了爸爸的嘱咐，他也不敢再随意乱碰音量键了。

爸爸工作的时候很安静，有时候有叔叔或者阿姨推门进来。手上拿着一叠印满了字的纸，他只认识几个简单的字，还有一些阿拉伯数字。

贺千御看小猪佩奇的同时也没忘了自己的作业，观察着工作时的爸爸。他发现现在的爸爸和平时的爸爸不太一样，虽然不凶，但有种说不出来的感觉，比凶也好不了多少。因为爸爸凶的时候，他撒撒娇，流个眼泪，爸爸就会过来哄他。但现在的爸爸感觉不太一样。具体哪里不一样，他也说不出来。

叔叔垂头丧气地拿着那摞纸走了。

贺轻舟见贺千御的表情严肃认真，问他饿了没。

贺千御摇摇头。过了一会儿，他坐不住了，问："爸爸，什么时候才能回家？"

贺轻舟看了眼腕表："十点。"

贺千御："好耶。"还有半个小时。

只听贺轻舟不紧不慢地补充："晚上十点。"

"……"贺千御顿时在心里质疑自己，或许观察爸爸是个错误的决定。但他不是那种会半途而废的人，观察到十一点的时候，他睡着了。坐在椅子上，看着小猪佩奇睡着的。

贺千御睡醒的时候，还流着口水。身上盖着爸爸的外套，躺在办公室的沙发上。旁边的桌子上放着午饭，还在冒热气。

见贺千御醒了，贺轻舟转动椅子，带着些调侃的笑意："贺观察员醒啦？"

贺千御拿起爸爸的外套擦口水，觉得自己有点丢脸，不肯说话，脸却涨得通红。

贺轻舟："醒了就吃饭吧，吃完了我送你回去。"

贺千御说他得观察完。

贺轻舟："爸爸待会儿要去应酬，那地方不是小朋友能去的。"

贺千御倒是挺坚持："老师说了，要观察完一整天，半途而废的小朋友不是好小朋友。"

贺轻舟瞧着贺千御这副模样，眼底带笑。这小倔驴脾气，倒是和他妈妈一模一样。

贺轻舟拿贺千御没办法，最后还是同意了带他一起去。

贺千御倒也意外的乖巧，知道爸爸是在谈正事，不吵也不闹，唯独在对方和贺轻舟敬酒时，不让他喝酒。小模样挺认真："妈妈说爸爸喝酒会头疼。"

贺轻舟似乎对贺千御的这个反应有些意外，片刻的惊讶过后，他轻声笑笑，捞起贺千御坐在自己腿上："爸爸少喝一点，可以吗？"他虽然对贺千御严厉，但向来不是那种不讲道理的父亲。

贺千御听完后，犹豫了一会儿，才小心翼翼地点头："一点点哦。"

旁人瞧见了，露出羡慕的神情："我家那个兔崽子要是有贺小公子一半懂事就好了。"

至于是发自真心的羡慕，还是出于奉承，贺轻舟倒也不关心。当爹的哪有不爱听别人夸自己家孩子的。

贺轻舟果真只是浅浅地抿了一口，便将酒杯放下："只是看着听话而已，平日里也没少闹腾。"

贺轻舟抬手捏了捏贺千御的脸，故意逗他："是不是？"

贺千御虽然年纪小，但好赖话还是能听懂的。他气得脸都鼓起来了，像个小金鱼："才没有，我在家也很听话。"

人类幼崽总是可爱的，哪怕是生气，也让人忍俊不禁。在场的人瞧见贺千御这副模样，都笑了。

贺千御觉得他们是在取笑自己，脸顿时涨得通红，躲进爸爸怀里："爸爸，我们什么时候回去呀？"

贺轻舟说："快了。"他看了时间，给出具体时间，"再等十分钟，好吗？"

贺千御点点头，乖乖地趴在爸爸的怀里。

贺轻舟的动作比方才小了许多，说话的声音也有意压低，怕吵醒贺千御。他说的十分钟，便真的是十分钟，不超一秒。

贺千御睡着了，醒的时候人躺在床上。他一看时间，都早上了。

今天是观察爸爸的最后一天了。

贺晏如一醒就要贺千御抱，贺千御抱不动她，只能和她讲道理："你有点胖，哥哥抱不动你。"

贺晏如那颗幼小的心灵被伤害了，嘴一扁，哭了。阿姨抱着她哄了好久。

好在贺轻舟今天也放假，这让贺千御的观察更加轻松一点。

中午吃完饭，贺轻舟说他还要工作，让贺千御不要上楼打扰他。

贺千御想，自己在旁边偷偷观察，不发出任何声音，肯定不会打扰到爸爸的。于是他轻手轻脚地上了楼。

贺千御的视角，关于他观察爸爸的两天时间：

爸爸七点吃完早餐，给小琼梳头发，梳头发花费半个小时。

哄因为发型太丑而难过的小琼停止哭泣又花费了半个小时。

爸爸带我去公司，打开电脑，替我点开了小猪佩奇。

因为看小猪佩奇太认真，忘记观察爸爸了。

爸爸看了一个叔叔递来的作业，发了一通脾气，问他为什么敢把这种垃圾方案交到他面前。

爸爸带我楼下吃饭，吃完饭后，我因为想要儿童套餐里的玩偶，缠着爸爸撒谎说自己还没吃饱，想再点一份儿童套餐，被爸爸提着我的衣领子拎进了电梯。

爸爸去开会，把我交给了一个叔叔，让他看着我，不许我乱跑。

叔叔人很好，给我点开了奥特曼，还让我缺什么可以直接和他讲。

我困了，睡着了，醒过来的时候爸爸已经给我买了中午我想要的那份儿童套餐。

可惜没有玩偶。

我问他为什么没有玩偶，他问我什么玩偶？

我说儿童套餐里的玩偶。

于是他开始假装沉思，逃避我的话。

他以为我没看到，他往垃圾桶的方向看了一眼。

爸爸工作结束以后还要应酬，在我的再三请求下，爸爸终于答应带我一起去了。

叔叔们不认识我，让我做自我介绍。

我牵着爸爸的手，告诉他们，我叫贺千御，小名阿琛，是半岛国际幼儿园大班的学生。

他们夸我乖。

但我很害怕，因为其中一个叔叔长得很可怕。

我努力往爸爸身后缩，生怕被他看到，我感觉他的嘴巴大得可以一口就把我给吃下。

半夜突然肚子疼，妈妈在医院上夜班，家里只有爸爸在。

我边哭边推门进去，说肚子疼。

爸爸穿好衣服，问我今天吃了什么，我报出一大串菜名。

爸爸的眉头皱着："晚上吃这么多，你不疼谁疼。"

我哭了，捂着肚子不敢说话。

爸爸穿好衣服后，又带着我回房，替我把衣服也换好，说要带我去医院检查。

去医院后，看到妈妈的那一刻我非常没骨气地又哭了。

妈妈按了按我的肚子，问是不是这里疼。

我点头。

她说我是吃积食了，没什么事，让我别害怕。

第二天。

阿琼一大早又在哭，我希望她能早点长大，早点明白哥哥的不容易。

她真的很胖，我真的抱不动她。

阿姨说爸爸在楼上的书房工作，让我不要去打扰他。

我就在旁边偷偷观察，不会打扰他的。

我上楼去了书房，没看到人。想了想，我又推开了卧室的门，爸爸果然在里面。

妈妈在用电脑上课，说要工作的人，此时却躺在妈妈的腿上睡觉。

下午吃完了饭，想去让妈妈教我写作业，结果被爸爸赶了出来。

他打电话给家教叔叔，让家教叔叔现在过来。

　　晚上睡觉，想让妈妈给我讲故事，爸爸用他的手机点开了儿童故事读物。

　　爸爸真的很烦人，比我还黏人。

　　讨厌爸爸。

　　半夜的时候，做了噩梦，吓醒了。

　　不敢再睡，身上冒着冷汗。

　　房门被人打开。我听到声音，更害怕了，以为是鬼。

　　不过这个鬼应该还挺温柔，因为他给我盖好了被子，手摸到我身上的冷汗时，动作停顿了几秒钟。

　　我听到了爸爸的声音，他问我是不是又胃疼了？

　　我号啕大哭着往他的怀里钻，说："我梦到鬼了，鬼要吃我。爸爸，我不敢一个人睡。"

　　于是那天晚上，爸爸抱着我，陪我睡。

　　我没有再做噩梦。

　　我不讨厌爸爸了，也暂时原谅他一直霸占着妈妈。

番外

初心

　　贺轻舟从梦中惊醒，已经是中午了。睡衣被冷汗打湿，他坐起身，大口地喘着气。梦里的场景真切得要命，一幕幕在他的眼前闪过，就好像，是真实发生过的事情一样。

　　阿姨在外面敲门，喊他出去吃饭："不是说下午要去接阿苑放学吗？"

　　贺轻舟抓了抓额前的头发，长出一口气，掀开被子下床。是的，他居然忘了这茬，差点错过时间。

　　快速洗漱完，贺轻舟换上衣服就要出门。阿姨让他吃了饭再去。

　　贺轻舟看了眼时间，再过半个小时补习班就下课了。他说："您今天下午不用等我。"

　　开车过去差不多二十分钟的时间，他怕江苑饿着，正好路边碰到个卖冰糖雪梨的摊贩，他就买了一份。这玩意儿甜得发腻，他不太懂江苑为什么这么喜欢。

　　刚从锅里盛出来还有点烫手，十分钟后，江苑下课，冰糖雪梨也没之前那么烫了。

　　一大群人一起出来，贺轻舟还是一眼就看到了那个穿着枣红大衣，像个枣子的江苑。她怕冷，每到冬天就把自己捂得密不透风。

贺轻舟过去，把自己的外套脱了给她穿上："今天怎么才穿这么点？"

江苑抬眸看他，因为围巾围了太多圈，脖子动得有点艰难，连带着动作也变得迟缓，像个树懒。

贺轻舟："饿不饿？"

江苑摇了摇头，眼睛盯着他手里的杯子："是什么？"

"还明知故问呢。"贺轻舟毫不留情地戳穿了她。

江苑没说话。

贺轻舟试了下温度，确认不那么烫了才递给江苑："刚好在城管来之前买的，晚去一分钟都没了。"

江苑小口喝着。她不喜欢上补习班，这儿和学校其实没什么区别，总有一些爱口出恶言，却又说自己是开玩笑的同学。这是江苑表达厌恶的方式，从来不是直接放在明面上，而是以沉默应对。不回应，不理会。

在糖水里煮久了的梨子也自带一股糖水味。

贺轻舟每次都会感叹，江苑是怎么把这一整个全吃完的："待会儿想吃什么？"

江苑摇摇头："还有作业没写完。"

贺轻舟问："学校的？"

江苑："补习班的。"

灯光明亮的咖啡厅里，江苑正享用着一份甜品，坐在她对面的贺轻舟正替她写着作业。

作业不算多，主要是难度过高，但这是对江苑来说的。

贺轻舟几分钟就解出来了。他把笔帽合上，将笔放进她的笔袋里，一边帮她收拾东西一边问："想好待会儿要吃什么了吗？"

江苑还是摇头。

最后地点是贺轻舟决定的，烤肉。

贺轻舟最近总是做同一个梦，梦到他出了车祸，唯独把江苑给忘了。

在那个梦里，他对江苑恶语相加。她一个人孤零零地从那个家里搬出去，又一个人孤零零地去看病。忘了最后看到的是怎样一幅画面，贺轻舟是被吓醒的。

贺轻舟从床上坐起来，身上都是冷汗。梦里的感觉并不好受，仿佛被人掐着脖子。他动弹不得，被困在那具称为贺轻舟的身体里。听他说着言不由衷的话，看他反复把江苑推开。他拼命地想阻止，可是他发不出任何声音来，也没有半分力气，直到梦醒。

阿姨察觉到贺轻舟最近的睡眠质量不太好，所以给他煮了些安神的茶。

"难不成被什么给魇到了，要不去寺里拜拜？"贺母平时信佛，每年都会给寺里捐香火。

贺轻舟不以为意，让她别这么迷信，都什么年代了。

简单地吃完饭，贺轻舟拿起一旁的外套穿上，就要出门。

贺母在后面训斥他："人要有敬畏之心！"过后又叹气，知道自己这个儿子是个怎样的脾性。这辈子让他信佛拜佛，怕是没希望了。所以这事自然得她亲自来。他不信，她还是信的。

哪有人一个梦连续做这么久的？而且还是同样的场景。

贺轻舟去找了江苑，她的手机一直无人接听。明明昨天约好了，今天一起去植物园的。

贺轻舟不放心，直接去了她家。

江苑一个人站在院子内，头低着，也不知道在看什么。门前的雪刚被扫净，又有新雪覆盖上去。

贺轻舟看到江苑冻得发红的耳朵，眉头皱着，走过去，用手捂住。

"他们又欺负你了？"贺轻舟说这话时，声音阴沉，眼睛也是阴沉的。

贺轻舟的手很暖和，江苑顿时觉得，不那么冷了。她没有直接回答贺轻舟的问题，而是将视线移回自己刚刚看的地方。那里是一块没有被雪覆盖的地方，大约是因为被树的枝干挡住。

"你说这里，明年春天，会长出花来吗？"

江苑总是有些无厘头的想法，譬如在太空蹦极，会不会很刺激？吞掉西瓜的种子，会在肚子里发芽吗？梦境到底是梦境，还是曾经真实发生过的事情？江苑好像有一个属于自己的世界，孤僻封闭的世界，只有她一个人住在里面。

贺轻舟是第一个上前敲门的人，只不过他暂时还没有将这扇门敲开。不过他相信，只要他足够努力，总有一天，那扇门会打开，并且只为他打开。

贺轻舟："土里面有埋种子吗？"

江苑摇头："埋了种子，那长出来的花，就不叫花了。"

贺轻舟不懂："为什么？"

江苑看了贺轻舟一眼，最后什么都没说。

贺轻舟这次也没白来，他用石头把江苑家的窗户砸破了，砸破的正好是她爸的书房。

江苑每次都说："这样不好。"

贺轻舟才不管什么好与不好："那是他们活该。"

江苑是自己出来的，和他们无关。

江苑最近迷上了香水，每次逛街，都会买很多回来。她似乎觉得自己的品位要比那些调香师好，所以将很多种不同味道的香水混在一起。那种味道，江苑不太喜欢，她觉得像是用一块脏兮兮的抹布去擦洗一朵娇艳的花。

下午的时候，雪下得最大。植物园内有些地方关门了，停止参观。

他们坐在一个四四方方的亭子内，檐角上挂着雪，悬着冰柱，晶莹剔透。

江苑伸手去接雪，她问："贺轻舟，你喜欢雪吗？"

贺轻舟没有任何犹豫地点头："当然喜欢。"

江苑却摇头："贺轻舟，你没有必要一味地迎合我的喜好，我知道你很讨厌冬天，也讨厌雪。"

然后贺轻舟就不说话了。他以为是自己平时伪装得还不够好，让她看出破绽了："江苑，我没有不喜欢，也没有不耐烦。"他急忙解释，怕江苑误解自己。他的确不喜欢冬天，也不喜欢雪，但远不到讨厌的地步。而且因为江苑喜欢，他也在努力地让自己去喜欢，每年给她堆的那两个雪人就是最好的证明。

"其实我也不喜欢冬天，冬天太冷了，冷得很多动物、植物和人都熬不过去。"江苑收回了手，看着安静地躺在自己掌心里的那片雪花，"可是我喜欢雪，如果人能有下辈子，我想变成雪。"

江苑听过太多人对她的点评，说她作，说她矫情。她从来不否认，她也确确实实和这些人的想法不太一样。不是说她多特别，而是她拥有和别人不一样的思维方式。

后来有医生告诉她，她是因为生了病。生病的人，和健康的人，总是有区别的。她想成为雪，不是因为雪多好看，而是因为，雪的一生是短暂的。它们会消融，可能只在数秒之间。

凌晨一点，江苑还没睡着，她坐在书桌前，手上拿着一个白色的MP3，耳机里放的是重金属摇滚。大概没人能想到，这样一个温婉内向的女孩子，私下竟然喜欢重金属。

手机在一旁响着，比起耳机里的声音，显得弱了许多。但是江苑还是一眼就注意到了，因为屏幕上面的名字太过显眼——贺轻舟。她摘了耳机，按下接听键。

不等江苑开口，电话另一边的人便好似松了一口气。他在喘，有几分急促。

江苑问贺轻舟："又做噩梦了？"她的声音本来就是偏细柔的，此时刻意放轻，仿佛是在哄着谁一般。

贺轻舟点了点头，突然想到，隔着手机通话的江苑看不到。于是他低声"嗯"了一声。

江苑似乎意识到了什么："这次和我有关？"

那边安静了很久，才听到贺轻舟用沮丧的声音说道："我梦到你和我分别。"听语气，有难过，也有委屈。

江苑想说些什么的，最后却也没开口。她很早以前就把自己未来的规划做好了，但同时，她又在犹豫。她迟迟不敢踏出第一步，就是怕贺轻舟会难过。

在这个世界上，她在意的只有三个人，妈妈、外婆、贺轻舟。前两个已经去世了，留在这世界上的，便只有贺轻舟一个人。所以，她想再等等，再多考虑考虑。

冬天很快就过去了，在烟花和合家团聚的喜庆气氛中度过。

高二分班，江苑换了教室。她的同桌是个同样安静的女生，两个人就连相处时都是安静的。

春天，树下的那块空地长出了嫩芽，江苑每天都会去看。出门前看一眼，回家后再看一眼。

家里的几个姐妹在父亲的安排下，都陆陆续续出国留学了，只剩下江苑一个人。

虽然仍旧存在感不高，但至少清静了不少，也没人会莫名其妙地找她麻烦。

过了三个月，嫩芽开出了花，小雏菊，黄色的。看到花的那天，正好是大晴天，太阳仿佛就在头顶悬挂着。

江苑高兴地拿出手机拍下照片，发给贺轻舟。

贺轻舟的噩梦还在继续做，像是连续剧一样，现在已经上演到，他恢复了记忆。

两种情绪冲撞在一起，像是活生生地将他撕裂。疼啊，疼得连做梦的人都能感受到。

贺母着急不已，断定贺轻舟是被魇着了："你今天和我一起去趟庙里，我找大师给你卜一卦。"

贺轻舟当然没去。有这个求神拜佛的时间，他还不如多陪江苑一会儿。他们不在同一所高中，离得也远，每次过去都得一个小时的时间，但他还是乐此不疲。

贺轻舟早就等在校门口了，却迟迟不见江苑出来，找人问了才知道，她今天数学题多错了几道，被罚留堂，现在估计正在改卷子呢。

他们的教室在一楼，贺轻舟过去的时候正好看到江苑坐姿端正，背挺得笔直，正拿着笔，认真地在草稿纸上演算解题过程，偶尔会带着困惑去翻教材。数学是江苑的弱项，全部改完，也比别人多花费了一些时间。

贺轻舟都快睡着了，江苑才出来。

江苑背着书包，见贺轻舟靠墙站着，一副睡眼惺忪的模样。她迟疑了一会儿，从校服外套口袋里摸出一颗软糖，是她最喜欢的味道。递给贺轻舟。

贺轻舟眨了会儿眼睛，有些受宠若惊的感觉："小气鬼今天怎么这么大方了？"

江苑爱吃甜食，手上经常会备着糖。偶尔给他几颗，但这个口味的，她谁都不会给。平时性格像只高冷的猫，在护食这方面，比猫也好不了多少。

江苑没说话，安安静静地往前走。

贺轻舟的腿长，三两步就跟过来了。落日西斜，将他们并肩离开的影子拉得很长，有时重叠在一起。

贺轻舟："我听说你们学校附近新开了家烧烤店，应该还不错，我们今天去吃那个？"

时间过得很快，贺轻舟高考正常发挥，摘了省状元。国内外的一流大学随便他选，可他却偏偏将志愿填在了北城。

江苑也是听人说的，贺轻舟因为这事，被家里人轮番训斥。说他任性，平时任性就罢了，现在居然拿自己的未来不当回事。但贺轻舟做事一向我行我素，那些话，别说左耳进右耳出了，他连听都没听进去。

虽然他家里人生气，但这股气也没有持续太久。反正他的未来早就被规划好了，考个好点的大学不过是让他的履历更好看一些。

贺轻舟去找了江苑。

江苑正坐在路边小卖部门口，买了根五毛钱的冰棍，小口咬着，腿上放着一本不知道从哪儿淘来的旧书，旧得封面的字都被磨白了。

贺轻舟坐过去："这是什么书？"

江苑说："《鬼怪杂录》。"

贺轻舟闻言，微微挑了挑眉："你不是最怕这个吗？"

江苑往下翻页："可人总要克服自己的恐惧。"她咬着冰棍，用空出的那只手去摸自己心脏跳动的地方，"只有克服了恐惧，我才能去做自己想做的事。"

不知道为什么，看着这样的江苑，贺轻舟不合时宜地想起了自己做的那个梦。梦里的江苑也是这样一副看似温和，实则不可撼动的坚韧神情。她说，她有自己想走的路，那条路上没有他。

贺轻舟突然开始感到害怕，害怕那个梦境成真。于是他问："那你做你想做的事情时，会带上我吗？"

时间过得有些快，转眼又是秋天。作为一个高三学生，江苑现在的时间也被安排得很紧张，她是铁了心想要报考医学院的。她算不上柔弱，她同样也是坚韧倔强的，就像那朵小雏菊。最终，她还是考上了。虽然中途遇到不少挫折，还有家里人的阻拦，但她还是考上了。

贺轻舟最近来找江苑的次数越发频繁了，江父也经常话里话外透露出，想要赶紧把这门亲事给定下来。他当然也怕，怕贺轻舟变心。男人最懂男人，都是见异思迁的。但他高估了自己，也低估了贺轻舟。

虽然对江苑的父亲心生厌恶，但他好歹生养了江苑。于是那天晚上，贺轻舟给江苑打了电话。

贺轻舟试探着问江苑："要不等你办了升学宴以后，我们……"

江苑却摇头，她说："贺轻舟，我说过的，我有自己想走的路。"

贺轻舟点头："我知道，不论你想走哪条路，我都会支持你。"

江苑："可是，贺轻舟，如果和你结婚，我就会被困在这里。"困在这个让她不快乐的地方。

那场很大的雨下了好几天，有些地方都淹了，到处都在修路。

江苑听苏御说，那天贺轻舟被她挂了电话以后，喝了很多酒，精神状态也不太好。说要去找她说清楚，哪怕是求，也要让她把刚才的话收回去。

苏御："还好你后来又给他打了一通电话，不然以他那个状态，加上这个天气，没准就出事了。"

江苑长时间没有出声，她看着窗外的雨幕有些失神。那天挂断电话前，她好像听到了贺轻舟哽咽的哭腔。他很少哭的，为数不多的几次都是因为她，可是她又让贺轻舟哭了。理智最后还是被打败了，她拨通了贺轻舟的电话。

江苑说："贺轻舟，你给我几年时间，好吗？我不会扔下你。"

上了大学以后，并没有像高中老师说的那样轻松，反而更累。

贺轻舟依旧风雨无阻地每天给江苑送饭。

因为刚上完一节解剖课，小白鼠的肚子被剖开的场景仿佛还在面前，她顿时没了胃口，只挑了一盒酸奶，小口喝着。

贺轻舟坐在一旁陪她。看见桌上摞起来的教材，他又心疼地道："累不累啊？"

"不累。"江苑看到贺轻舟的黑眼圈好像又重了一点，问他，"最近又做噩梦了？"

贺轻舟叹了口气，靠在椅背上："我妈非说我是被魇着了，又是请大师又是找医生，折腾了半宿。昨天倒是没做梦，因为我压根就没睡。"

江苑扑哧一声笑出声来。

贺轻舟看到了，装模作样地去揪她的耳朵："好啊，还敢幸灾乐祸。"

说是揪，其实也不舍得下多大力道，就是温柔地碰了一下。非但不疼，还有点痒，所以江苑一直在躲。

就算来回地折腾，贺轻舟还是做了噩梦。梦境已经上演到，他一边等待出国的江苑，一边去寺庙抄写经书替她祈福。

明明是他认为的迷信，在梦里，他看上去却那么虔诚，甚至不止一次跪在那尊铜像面前发愿，如果可以，他想把自己的命分一半给她。

漫无目的的等待才是最可怕的，没有任何关于她的消息。从一开始希望她回来，到最后希望她平安。

梦里的贺轻舟，似乎把这种复杂而且痛苦的感受传到了现实中他的身上。于是这次，他是被痛醒的，心脏仿佛被拉扯，碾碎。所以他今天才这么迫不及待地过来，想看看她。那种不安太真实了，仿佛是切身体会过一般。

贺轻舟最近甚至想去看看心理医生，他觉得自己已经混乱得分不清到底哪里是真实的，哪里才是梦境。可是现在，此刻，江苑的笑声就在他耳边，他悬着的心也开始落下。有江苑在的，就是真实的。

江苑上大学之后很努力，一切都按部就班地进行着。她从江家搬了出来，勤工俭学养活自己，考研留在了本校。她和贺轻舟说了自己的打算，她想去当无国界医生。

贺轻舟自然是不同意的，无国界医生去的都是一些发生战乱的国家，随时都会丢掉性命的那种。他不希望要自己的心上人是个伟大的英雄，他就希望她平平安安的。

贺轻舟："能不能不去？"

江苑看着贺轻舟，他的眼里满是哀求。最后还是没忍住，伸手摸了摸他的头，向他保证："我一定会活着回来的。"这条路，是从很早以前就打算好了的，没人能让她回头，哪怕那个人是贺轻舟。

贺轻舟知道江苑的脾气，但凡是她决定好的事情，没人能让她改变。

所以，梦境还是实现了一部分。江苑离开的那两年，贺轻舟一有空就会抄写经书为她祈福。他做了很多慈善，全都和她有关。

贺母说："你还记得你爷爷以前和你讲的，你刚出生的时候，有个大师说你半生孤苦。"

贺轻舟沉默良久，点了点头。从前他是不信的，可现在，他却莫名地感到恐惧。但凡是和江苑有关的，他都害怕。

贺母又说："你爷爷当时没听完就把人给轰出去了，还是我后来赶出去多问了一嘴，他才对我讲了破解的方法。"

也不知道是贺轻舟的祈福起了作用，还是江苑实现了自己的诺言。两年后，她健康地出现在他的面前。

除了皮肤稍微黑了点，头发剪短了一些，其他的，一点都没变，不过性格倒是比之前开朗了许多。最起码，在表达自己的情感时，不再藏着掖着了。当贺轻舟抱着她，说有多想她的时候，她点了点头："我也很想你。"

至于那个破解半生孤苦的方法，大师说，要靠他自己去寻找。

所以，他找到了。